JN245690

ヨシフ・ブロツキー

レス・ザン・ワン

詩について　詩人について　自分について

加藤光也・沼野充義
斉藤 毅・前田和泉・工藤 順
共訳

みすず書房

LESS THAN ONE

Selected Essays

by

Joseph Brodsky

First published by Farrar, Straus and Giroux, New York, 1986
Copyright © Joseph Brodsky, 1986
Japanese translation rights arranged with
Farrar, Straus and Giroux LLC
c/o The Wylie Agency (UK) LTD, London

わが母とわが父に
カール・レイ・プロッファーに

カール・レイ・プロッファー（一九三八－八四）　アメリカのロシア文学者、元ミシガン大学教授。妻エレンディアとともにロシア文学専門の出版社「アーディス」を創設し、ブロツキーの詩集を始めとして当時ソ連で出版できなかった作品をロシア語で出版した。またアメリカ亡命直後のブロツキーを「滞在詩人」（Poet-in-residence）としてミシガン大学に招聘するため尽力した。

レス・ザン・ワン　目次

だが心臓は死ぬべきと思われるときにも死なない。

——チェスワフ・ミウォシュ「N. N. のためのエレジー」

レス・ザン・ワン

1

思うようにならないという点では、過去を思い出そうとすることは人生の意味をつかまえようとすることに似ている。どちらの場合も、バスケットボールをつかもうとする赤ん坊のような気分にさせられる。手のひらはずるずると滑ってばかりだ。

私は自分の人生についてわずかしか覚えていないし、そもそも覚えていることにもたいした意味はない。私にとって面白かった考えはたいてい、それが生じた時期のおかげで意味があったのだった。そうでないような考えがあったとしても、きっと他の誰かがすでにはるかに上手く表現しているに違いない。作家の伝記というものは、言葉をどんなふうにひねるかという工夫にある。覚えているのは、たとえば、十歳か十一歳のときのこと。「存在は意識を規定する」というマルクスの格言が正しいのは、意識が疎外の技法を身につけるまでのことだ、とふと思いついた。この技法を身につけた後になると、意識は独り立ちし、存在を規定することも、無視することもできる。その年頃にとって、これは確かに大発見だった。しかし、記録に値するとは言いがたいことでもあり、他の人たちにもっと上手に言われていることだろう。それに、「存在は意識を規定する」が精神の楔形文字文書の完璧な見本だとしても、それを誰が最初に解読したかなどということが、本当に大事だろうか。

そんなわけで、私がこんなことを書き連ねているのは、記録を正すためではなく（記録といえるようなものなどそもそもないし、あったとしてもたいしたものではないので、まだ歪められてもいない）、作家がものを書くときの普通の理由によるところが大きい。つまり、後押しする力を言語からもらったり、それを人に分けたりするということだ。私の場合、その言語が外国語であるわけだが。私が覚えているわずかなことは、母語ではない英語で回想されることによってさらに縮小してしまう。

さしあたっては、自分の出生証明書を信用することから始めるべきだろうか。そこには、私は一九四〇年五月二十四日にロシアのレニングラード(1)で生まれた、とある。もっとも、私はこの街の名前が大嫌いだし、だいぶ前に普通の人々は「ペテルブルク」を縮めて「ピーテル」という愛称を作ったくらいなのだが。昔の戯れ歌にこんなものがあった。

みんな脇腹を
齢をとったピーテルに擦りとられた(2)

国民の経験の中ではこの街は断然レニングラードだし、その中身が俗悪の度合いを増すにつれて、それはますますレニングラードになっていく。そのうえ、ロシア人の耳には、レニングラードという単語は「建設」や「ソーセージ」と同じくらい、あたりさわりのないものに聞こえる。それでも私はこの街を「ピーテル」と呼ぶことにしよう。私が記憶しているこの街の姿は、それが「レニングラード」のようには全然見えなかったとき、つまり戦争直後のものだからだ。灰色やくすんだ緑色の建物の前面《ファサード》は、銃弾や榴散弾で穴だらけになっていた。果てしない空っぽな街路には、行き交う人もほとんどなく、自動車も少なかった。その顔つきはほとんど飢えた者のようで、その結果、目鼻立ちがくっきりとし、より高貴に見えたといってもいいくらいだった。やせこけた厳しい顔が、うつろな窓の目に、川の抽象的なきらめきを映し出していた。生き残った街をレーニンにちなんだ名前で呼ぶことはできない。

この街の壮麗なあばた面のファサードの背後では、古いピアノや、すりきれた絨毯、重々しいブロンズの枠に収められた絵画、そして包囲[3]のとき鉄製のストーヴにむさぼり食われた家具の（椅子が食われることが一番少なかったが）残りなどに囲まれて、弱々しい生活がぼんやりと姿を現しはじめていた。そして今でも覚えているのだが、登校の途中でこういったファサードの前を通りすぎるとき、私はその背後にある、古ぼけて大波のようにしわがよった壁紙が張られた部屋ではいったい何が起こっているのだろうかと、想像することに夢中になったものだ。古典的、現代的、折衷的といったさまざまなファサードや柱廊《ポルチコ》とその円柱や片蓋柱《ピラスター》、石膏でできた神話上の動物や人々の頭。それらの装飾やバルコニーを支え持つ女人柱像《カリアティド》。また、そ

（1）この街の名前の歴史は複雑である。もともとはサンクト・ペテルブルクだったが、一九一四年にペトログラード、一九二四年にはロシア革命の指導者レーニンを記念してレニングラードと改名された。一九九一年にはサンクト・ペテルブルク（しばしば「サンクト」は省略される）に戻った。

（2）実際にあった俗謡。ペテルブルクの暮らしは楽ではなく、痩せてしまうことを意味する。

（3）レニングラードは第二次世界大戦（独ソ戦）の際、一九四一年から四四年にかけてほぼ九〇〇日にわたってドイツ軍に包囲され数十万もの餓死者を出しながら、耐え抜いた。

れらの入り口の壁龕《へきがん》に置かれた胸像《トルソー》——こういったものから、世界の歴史について私は後にどんな本から学んだことよりも多くを学んだ。ギリシア、ローマ、エジプト。そのすべてがそこにあり、そのすべてが爆撃の際に砲弾に表面や角を削りとられていた。そして、流れに逆らおうとするタグボートを時に真ん中に浮かべた、バルト海に注ぎこむ灰色の鏡のような川から、私は無限と禁欲精神について、数学やゼノンからよりも多くを学んだ。

そのすべてはレーニンとはほとんど何の関係もなかった。そして私は小学一年生のときからもう、レーニンを軽蔑するようになった。それは七歳の私にはほとんど知るよしもなかった彼の政治哲学や実践ゆえというよりは、ほとんどすべての教科書、教室の壁、郵便切手、お金、その他もろもろにつきまとっていた彼の遍在する姿のせいだった。ブロンドの巻き毛をした、天使のように見える赤ちゃんのレーニンがいた。それから、二十代、三十代のレーニンがいた——もう禿げていて、神経をぴりぴりさせ、顔には例の無意味な表情を浮かべたレーニンだ。その顔の表情はどのようにでも誤解できるもので、好んで目的意識を表すものと受け取められた。この顔はあらゆるロシア人にとりついているようなもので、個性というものをまったく欠いているがゆえに、人間の外見についてのある種の標準を示唆することになる（たぶんその顔には特有のものが何もないからこそ、かえって多くの可能性を示唆することになるのだろう）。それからちょっと年をとり、もっと禿げ、楔のようにとがった顎ひげを生やし、三つ揃えのスーツを着たレーニンがいた。このレーニンは微笑んでいることもあったが、たいていは装甲車の天辺や共産党の大会か何かの演壇から「大衆」に語りかけ、片手を空中に突き出しているのだった。

さまざまなバリエーションもあった。労働者の帽子をかぶったレーニン、カーネーションを襟の折り返しに留めたレーニン。チョッキを着て、書斎で書き物か読書をするレーニン。湖畔の切り株に腰を下ろして、つまり屋外で、例の四月テーゼか、それとも何か他のたわごとを書きなぐるレーニン。そして最後に、半ば軍服のような上着を着て庭園のベンチに座っているレーニン。その隣に腰を下ろしているのはスターリンで、彼こそは印刷された姿がどこにでもあふれているという点でレーニンを超えるべきただ一人の人物なのだった。しかし、その頃スターリンはまだ生きていたのに対して、レーニンはすでに死んでいて、そのことだけでも、レーニンは「良い」存在だった。というのも、彼は過去に属していたわけで、それはつまり、歴史と自然の両方に後援されていることを意味したからだ。それに対して、スターリンは自然にしか後援されていなかった。いや、その逆に自然のほうがスターリンに後援されていたのかもしれない。

これらの写真を無視するようにすることが、離脱のための最初のレッスン、自分を疎遠なものにする最初の試みだった。その後にはもっといろいろなことが続いた。実際のところ、残りの私の人生は、人生の最も押し付けがましい側面を徹頭徹尾避け続けることだったと見なせるくらいだ。その方向で私はそうとう遠くまで行った、と言わねばならない。いや、遠くに行き過ぎたのかもしれない。反復の気味があるものは何でもそれだけで信用を失い、除去されねばならなかった。そこには語句も、樹木も、ある種の人々も、ときには肉体的な苦痛さえも含まれた。それは私の人間関係の多くに影響を与えることになった。ある意味で、私はレーニンに感謝している。豊富にあるものを何でも私はただちに、ある種のプロパガンダと見なしたのだ。この態度は、さまざまな出来事が絡み合った茂みを突き抜ける速度を恐ろしく加速してくれた——それには浅薄さが伴ったとはいえ。

私は、人格のすべての鍵が幼年時代に求められるなどとは[4]、まったく信じない。ほとんど三世代にもわたってロシア人はいくつもの家族が押し込まれた共同住宅や狭苦しい部屋に暮らし、親は子供たちが寝ているふりをしている間に愛の営みをしてきた。そのうえ、戦争があり、飢餓があり、父親が不在になったり不具になったりし、母親が男に飢え、人は学校で公式の、家で非公式の嘘をついた。冬は厳しく、衣服は醜く、夏のキャンプではおねしょで濡れたシーツが人目に晒され、その種のことが他人の面前で引き合いに出された。そして赤旗がキャンプの旗ざおではためいたものだった。それで？　軍国主義に染め上げられた子供時代も、恐ろしくも不条理な日常も、エロティックな緊張状態も（十歳で子供たちは女の先生に欲情を抱いたものだ）、私たちの倫理にたいして影響を及ぼさなかった。いや、美意識にも、愛し苦しむ能力にもたいした影響はなかった。私がこういった物事を思い起こしているのは、それが潜在意識への鍵だと思っているからではないし、幼年時代へのノスタルジアなどのせいでも確かにない。私が思い起こしているのは、以前そうしたことが一度もないからであり、それらの物事が——少なくとも紙の上に——留められることを望むからである。それに、過去を振り返るのはその逆の行為よりもやりがいのあることだからでもある。要するに、明日は昨日よりも魅力がないのだ。どういうわけか、過去は未来ほどには茫漠たる単調さを放射しないのだ。豊富にあるからこそ、未来はプロパガンダなのだ。草もまた同じ。

　意識の本当の歴史は人がつく最初の嘘に始まる。私はたまたま自分の最初の嘘を覚えている。それは図書館で、利用者登録票に記入を求められたときのことだった。第五項はもちろん「民族籍」[5]だった。私は七歳で、自分がユダヤ人だということをよく知っていたが、受付の図書館員には、わからない、と言った。すると、彼女はなぜだか嬉しそうな顔をして、家に帰って親に聞くように、と言ったのだった。私は同じ用紙に記入することを求められるその他の多くの図書館には通うことになったのに、その図書館だけには二度と足を踏み入れなかった。私はユダヤ人であることが恥ずかしいとも思わなかったし、それを認めることも恐くはなかった。学級名簿には生徒たちの親の名前と自宅の住所、そして民族籍が詳しく記載されていて、ときおり、教師がその名簿を休み時間に教壇の上に「置き忘れる」ことがあった。そういうとき、皆はまるでハゲタカのように名簿の上に飛びかかった。クラスの誰もが私がユダヤ人だということを知っていた。しかし、七歳の子供はまともな反ユダヤ主義者にはなりようがない。私は七歳にしてはかなり腕っぷしが強く、この年齢ではなんといっても一番物を言うのはげんこつである。私が恥ずかしいと思ったのは、「ユダヤ人」という言葉そのもの——ロシア語では「イェヴレイ」というのだが——だった。その言葉がどんな意味を言外に暗示するかには関係なく。

　言葉の運命はその文脈がいかにどのくらい多様であるか、その使用頻度がどのくらいであるかに左右される。ロシア語の印刷物では「イェヴレイ」はたとえば、アメリカ英語における mediatinum（両肺間などの縦隔）、gennel（イングランド、ヨークシャーの方言で「小道」の意味）と同じくらい稀にしか現れない。実際、それには卑猥な罵り《フォーレター・ワード》や性病の名前の地位にも似た何かがあった。人は七歳にもなればこの単語が稀にしか使われないと認めるのに十分な語彙を持つものであり、自分がその名前で呼ばれる者だと自認するのはまったく不愉快なことだ。なぜだかその言葉は、人が持つ韻律の感覚を逆なでするのである。ロシア語には英語の kike に相当する「zhyd」[6]（アンドレ・ジードの苗字の部分のように発音される）があるのだが、私はいつもそ

（4）ソ連時代の劣悪な住環境のもとでは、本来一家族で住むべき住居に数家族が住み、トイレ・台所などを共有することが一般的だった。そのような住居を「コムナルカ」（共同住宅）と呼んだ。

（5）旧ソ連時代の国内用パスポートの第五項は、所属する民族（民族籍）を記載する欄になっていた。

（6）俗語で、ユダヤ人を意味する差別的な呼び方。

ちらのほうがずっと気楽だったことを覚えている。それは明らかに侮辱的な言葉で、それゆえ無意味であり、余計なほのめかしを含んでいなかった。ロシア語では一音節の短い単語にたいしたことはできないのだ。しかしそれに接頭辞、または語尾、あるいは接尾辞が付こうものなら、様相は一転する。こんなことをあれこれ言ったからといって、私が年端もいかない頃からユダヤ人として悩んだというわけではない。単に私の最初の嘘が、私のアイデンティティに関わるものだったということにすぎない。

悪くない出発点だ。反ユダヤ主義それ自体について言えば、私はたいして気にしなかった。それはおおかた、教師たちに由来するものだったからだ。それは私たちの生活の中で彼らが果たす役割に、本来備わっているもののようだった。だから、低い成績と同じように扱うべきものだった。もしも私がローマ・カトリックだったならば、大部分の教師たちに地獄に行くように願ったことだろう。確かに、教師の中には比較的いい人もいた。しかし彼らは皆、私たちのいま現在の生活のご主人様だったので、私たちはわざわざ区別はしなかったのだ。彼らもまた自分の小さな奴隷たちの違いを区別しなかった。そして、最も熱烈な反ユダヤ的発言も人格とは関係のない惰性のような雰囲気があった。どうしたものか、私は自分に対する言葉による攻撃を――特にそれが教師のような齢《とし》の離れた集団によるものである場合――真剣に受け取ることができたためしがない。両親が私に浴びせてきた痛烈な非難の言葉が、私をたいへんよく鍛えてくれたのだろうか。そのうえ、教師の中には自身ユダヤ人である人たちもいたのだ。そして私は、純血なロシア人教師と同じように、ユダヤ人の教師を恐れたのだった。

これは自己の刈りこみの一例にすぎない。その結果――もしも人があえてそうしようと思えば、動詞と名詞が互いの場所を自由に取り替える言語そのものとともに――私たちのうちに曖昧さの圧倒的な感覚を育み、私たちは結局、十年後には海藻の持つ意志力と比べてどう見てもまさっているとは言えない意志力しか持てなくなるのだ。四年間の兵役が（男たちは十九歳のときに徴兵された）、国家への全面的な降伏のプロセスの仕上げとなった。服従が第一にも、第二にも、本性となったのだ。

脳ミソのある人間ならば、あらゆる迂回路を考え出し、自分の上に立つ者たちとうさんくさい取引を試み、嘘に嘘を重ね、身内のコネを利用することによって、きっと体制を出し抜こうとしたことだろう。これは掛かり切りで取り組むべき仕事になる。しかし、人は自分が織り成したのが嘘の織物であることを常時意識しており、どんなに成功しようとも、どんなユーモア感覚に恵まれていようとも、自分を軽蔑することになる。これこそは体制の究極的な勝利である。体制を打ち負かそうが、体制の一員になろうが、人は同じように自分に罪があると感じるのだから。国民の信念は――ことわざが言うように――〈善〉を一粒も含まない〈悪〉はないということで、おそらくその逆もまた真だろう。

同じ一つのことに対して矛盾した二つの態度を取る両面価値《アンビヴァレンス》こそが、わが国民の主要な特徴なのだ。ロシアの死刑執行人の中に、自分もいつの日か犠牲になることを恐れない者は一人もいないだろうし、どんなにみじめな犠牲者であっても、自分が死刑執行人になる精神的能力があると（心の中だけだとしても）認めないことはないだろう。われわれの直近の歴史はそのどちらについても、十分な例を提供している。そこにはある種の知恵が認められる。いや、この両面価値《アンビヴァレンス》こそが知恵なのだとさえ考えてもいいかもしれない。つまり、人生それ自体は良くも悪くもなく、恣意的にどちらでもありうる、という考え方だ。わが国の文学が善の根拠を非常に目覚ましく強調するのも、ひょっとしたら善の根拠というものがそれだけ容易に攻撃され、異議を申し立てられるからかもしれない。もしもこのように善の根拠を強調することが単なる二重思考であったとしてもいいだろう。しかし、それはわれわれの本能に不快な感じを与える。私の考えでは、この種の両面価値《アンビヴァレンス》とはまさに、東方世界がその他の世界に――それ以外に提供できるものがあまりないので――押し付けようとしている「神聖な報せ」なのだ。そして、世界のほうもそれを受け止めるための機は熟している。

世界の命運はともかく、少年にとって自分に差し迫った運命と戦う唯一の方法は、その軌道からそれることだ。それは実行するには難しいことだった。まずは両親のせいで。さらに自分自身が未知の世界をひどく恐れていたせいでもある。しかし、何よりも、その結果自分が大多数の人たちと違ってしまうせいだった。なにしろ、大多数が正しいという考え方は、母乳とともに子供が吸収したものなのだ。軌道からそれるためには、関心のある種の欠如が必要である。そして私はまさに無関心だった。十五歳のとき私は学校をやめてしまったのだが、それは意識的な選択というよりは、本能的な反応だったことを覚えている。単に、自分の学級のいくつかの顔に我慢できなかったのだ。我慢できない顔のうちには、同級生のもあったが、大部分は教師たちの顔だった。そういうわけで、ある冬の朝、私は明確な理由もなく、授業の最中に立ち上がり、まるでメロドラマのように校門から出て行った。二度と戻らないだろうということは、はっきりとわかっていた。その瞬間に私を圧倒していたさまざまな感情のうち、覚えているのは、若すぎて、多くの物事に縛られ、従わなければならない自分に対する全般的な嫌悪感だけだ。それから、逃走の感覚、陽の当たる果てしない通りの感覚もあった。それはあの漠然としてはいるが幸せな感覚だった。

肝心なことは、外部の風景の変化だったのではないか。すべてが中央で集中管理された国家では、すべての部屋が同じように見える。私の学校の校長室は、五年ほど後に私が頻繁に滞在するようになる尋問室の正確な複製だった。同じ木の壁板、机、椅子――これは大工の楽園ではないか。わが国の創設者たち――レーニン、スターリン、共産党政治局の幹部たち――の同じ肖像画、そして学校ならばマクシム・ゴーリキー（ソヴィエト文学の創始者）の、尋問室ならばフェリックス・ジェルジンスキー（ソヴィエトの秘密警察の創始者）の肖像画だった。

しかし、しばしばジェルジンスキーは――プロパガンダでは「鉄のフェリックス」とか「革命の騎士」と呼ばれた人物だが――校長室の壁も飾ることになった。というのもこの男はKGBの高みから教育システムに横滑りしてきたからだった。そして私の教室の、漆喰を塗った壁には、目の高さに青い水平な筋が引かれており、これは無限の公分母を示す線のように、あやまたず国中を貫いて必ず引かれていた――集会所でも、病院でも、工場でも、刑務所でも、共同住宅の廊下でも。それに出くわさなかった唯一の場所は、農民の木造の小屋だった。

この装飾は至るところにあっただけに、人の頭をおかしくさせるほど腹立たしいものだった。私は自分の人生でいったい何回、気がつくとこの二インチ幅の縞を呆然と見つめていたことだろう。私はときにそれを水平線と見なし、ときに無そのものの化身と見なした。それは何かを意味するには抽象的すぎたのだ。床から目の高さまではネズミのような灰色か緑色がかったペンキで塗られ、その仕上げにこの青色の縞が引かれている。その上には漆喰が純潔な白さを見せていた。そんな縞がどうしてそこにあるのか、誰も尋ねなかった。いずれにせよ、誰も答えられなかっただろう。それは単にそこにある境界線で、灰色と白色を、下と上を分けるものだった。それら自体は色ではなく、色をほのめかすものにすぎず、それが中断させられるとしたら、交替で現れる褐色の断片によってのみだった。褐色の断片というのは、ドアのことだ。閉まっていることも、半開きのこともあった。そして半開きのドアの向こうにはもう一つの部屋が見え、そこにも青い縞で分けられた、灰色と白色の配色の壁が見えた。それに加えて、レーニンの肖像画と世界地図もあった。

このカフカ的な宇宙から立ち去るのはいいことだった。とはいえ、そのときでさえ私には――そのように思えるのだが――六を半ダースと交換しているだけだということが、何となくわかっていたのだ。このさき足を踏み入れることになるどんな建物も同じように見えるだろうということが、私にはわかっていた。なにしろ建物というのは、私たちがどのようにであれ人生を続けていく場所だからだ。それでも、行かなければならないと私は感じた。私の家族の経済状況は厳しかった。私たちはもっぱら母の収入に頼って生きていた。というのも、ユダヤ人は軍隊で重要な地位に就くべきではないという天使のように気高い規則に従って海軍を除隊した後、父は仕事が見つからないで困っていたからだ。もちろん、両親は私の家計への貢献なしでもなんとかできただろうし、彼らとしては私が学校を終えてくれたほうがよかっただろう。私にはそれがわかっていた。しかし、それでも私は家族を助けなければならないと、自分に言い聞かせた。それはほとんど嘘だったが、そういうことにすれば物事はよく見えた。そして、すでにこの頃までに私は、まさにこの「ほとんど」のために嘘が好きになっていた。この「ほとんど」は真実の輪郭を鋭くしてくれるのだ。結局のところ、嘘が始まったところで真実は終わる。それが学校で少年が学んだことであり、代数より役に立つことが後に判明したのだ。

2

私にそのような決断をさせたのが何だったとしても——嘘であろうと、真実であろうと、いや、もっとありそうなのはその両者の混ざったものだったが——私はそのおかげで人生で初めての自由な行動のように見えることをしたのであり、それについてものすごく感謝している。そのように学校から歩み去り、舞台から退場したことは、本能的な行動だった。理性はそれにはほとんど関係なかった。私にそれがわかるのは、それ以来私はずっと、ますます頻繁に歩み去ってきたからだ。しかも、退屈したからとか、罠が待ち構えているのを感じてといった理由によってでは、必ずしもない。私は恐ろしい状況から歩み去るのと同じくらい頻繁に理想的な状況から歩み去ってきた。人がたまたま占めることになったのがどんなにささやかな場所だったとしても、もしもその場所にほんの微かな品位のしるしがついているならば、確かなのは、いつの日か誰かが歩み入ってきて、それは自分のものだと主張するということだ。いや、もっと悪いことに、その場所をシェアしようと言われるかもしれない。そのとき人はその場所を守るために闘うか、その場所を立ち去るかしなければならない。私はたまたま後者を選んできたのだ。それは闘うことができなかったからではまったくない。むしろまったくの自己嫌悪からなのだ。他の人たちを惹きつける何かを選び取れるということは、その選択にある種の俗悪さがあることを意味する。自分がその場所を最初に見つけたということは、まるっきり重要ではない。どこかに最初に行き着くのは、もっと悪いことになるとさえ言えるだろう。後からついて来た者たちは、最初に来た者の、部分的にしか満足していない欲望よりも強烈な欲望をいつも抱くものだからである。

後になって私はしばしば、特に以前の級友たちが体制の内部でうまくやっているのを見たときなどは、自分の行動を後悔した。それでも私は、彼らが知らない何かを知っていた。実際のところ、私もまたうまくやっていた。しかしそれは逆の方向で、彼らよりもちょっと遠くまで行っていたのだ。特に嬉しかったことが一つある。それは「労働者階級」が一九五〇年代末に中産階級に転換し始める前の、本当のプロレタリア期をうまく捕まえられたことだ。私は十五歳のとき工場で、フライス盤担当として働き始めたのだが、そこで付き合うようになったのは本物の「プロレタリア」だった。マルクスならば瞬時に彼らのことを見分けただろう。彼らは――というか、むしろ「私たち」は――皆共同住宅に住み、四人かそれ以上で、しばしば三世代がいっしょに一部屋を共有し、交替で眠り、サメのように酒を飲み、共用の台所や、共用の便所の前で朝自分の番を待つ行列に立って互いに、あるいは隣人たちと口論し、自分の女を断固として——そのような決断力はほとんど死にたえつつあったが——殴り、スターリンがくたばったときも、あるいは映画を観ながらでも大っぴらに泣き、汚い罵《ののし》り言葉をあまりにしょっちゅう使うので、「飛行機」というようなごく普通の言葉が何か手の込んだ卑猥なもののように通りがかりの人に思われる始末。そして、夥しい頭が集まって灰色の無関心な海となり、公的な集会でエジプト(7)か何かを支持して挙げられた夥しい手は林となった。

工場は全面的にレンガ造りで、巨大で、産業革命から飛び出してきたばかりのようだった。それは十九世紀末に建てられたもので、「ピーテル」の住民は「兵器庫」と呼んだ。工場は大砲を生産していたのだ。私がそこで働き始めたときは、農業用の機械類や空気圧搾機《コンプレッサー》も作っていた。それでも、ロシアで重工業に関わるほとんどすべてのものを覆い隠す七重の秘密のヴェールに従って、工場は暗号名を持っていた。「郵便箱六七一」というものだ。とはいえ、そのような秘匿性が押し付けられたのは、外国の諜報機関をだますためというよりは、むしろ一種の準軍事的な規律を維持するためだった。そのような規律こそは、生産のいかなる能力をも保証する唯一の手段だったのだ。まあ、いずれの場合でも、失敗は明らかだったが。

工場の機械は時代遅れだった。その九〇パーセントは第二次世界大戦後に戦争賠償としてドイツから持ってきたものだった。シンシナティ、カールトン、フリッツ・ヴェルナー、ジーメンス&シュッカートといった名前を持ったエキゾチックな動物たちが立ち並ぶ、鋳鉄製の一大動物園を私は覚えている。生産計画は恐るべきものだった。時折、何らかの製品を至急作るようにという注文がはいると、ある種の仕事のリズム、手順をなんとか確立しようとする、もともと揺らぎがちな試みが無茶苦茶になってしまう。四半期の終わりに（つまり三か月ごとに）計画が煙と消えそうになった頃、工場の執行部は鬨《とき》の声をあげてすべての人手を一つの仕事に集中して動員し、生産計画は強襲にさらされた。何かが故障しても、予備の部品があったためしはなく、普段半ば酔っぱらっている一群の修繕工が呼び集められて、魔法を使うのだった。金属製品は穴ぼこだらけで出来上がってきた。事実上、すべての者が月曜日には二日酔いだった。給料日の翌朝のことは言うまでもない。

街の、あるいは国を代表するサッカーのチームが負けると、翌日の生産は激しく落ち込んだ。誰も働こうとせず、皆試合の細部や選手たちについて議論をした。というのも、ロシアには優越した地位を持つ国のあらゆる優越感とともに、小国の大きな劣等感があるからだ。それはたいてい、国民生活の中央集中の結果である。それゆえ、公式の新聞やラジオの前向きな「人生を肯定する」たわごとが垂れ流されることになる。地震を報道する場合でさえも、そうなのだ。被災者についての情報は決して与えられず、公式メディアは被災地にテントや寝袋を供給する他の町や共和国の兄弟愛に満ちた配慮を称えるだけだ。あるいはコレラの感染が生じた場合、それをたまたま知ることになるかもしれないのは、新しいワクチンが作られたという、わが国の素晴らしい医学の最新の成果について読んでいるときだけだ。

このすべてはもしも、とても早い朝の一連の日課がなかったらばかげたものに見えただろう。毎朝、薄い紅茶で朝食を胃に流し込んでから、私は走って路面電車に飛び乗り、乗降用踏段にすがりついている人間葡萄の暗い灰色の房に自分という実を一つ加え、ピンク色がかった青色の、水彩画のような街をすいすいと通り抜けて、私の工場の入り口にある、木製の犬小屋のような守衛詰所に向かった。そこには二人の守衛がいて私たちのバッジを確かめた。詰所の前面は古典的な浮彫の壁柱《ピラスター》の化粧張りで装飾されていた。私は気づ

(7) 一九五六－五七年の第二次中東戦争（スエズ動乱）でソ連はエジプトを支持した。

いたのだが、この種の入り口は、刑務所でも、精神病院でも、収容所でも同じ様式で作られていた。どの入り口も、古典主義的、あるいはバロック的な柱廊玄関《ポルチコ》のような感じがしたのだ。なんという呼び交わし《エコー》だろうか。自分の作業場では、天井の下で灰色のさまざまな色調が組み合わさり、床ではあちこちに燃料油がこぼれて虹のすべての色できらめき、空気を送るホースが静かにしゅうしゅうと音を立てていた。十時までにこの金属のジャングルはフル稼働していきいき叫んだり、轟音をとどろかせたりし、これから対空高射砲になるべきものの鋼鉄の砲身は関節がはずれたキリンの首のように宙に舞い上がった。

私はいつも、十九世紀の人物を羨ましく思ったものだ。彼らは人生を、そして自分の発展の跡を振り返り、そこに目印となる重要な出来事を見分けることができたからだ。何らかの出来事が移行地点、異なった段階を示したのだ。いま言っているのは作家たちのことだが、私が本当に念頭に置いているのは、ある種のタイプの人々が自分の人生を合理的に説明し、物事を——明確にではないとしても——それぞれ独立した別々のものとして見る能力なのだ。そして、私の理解では、この現象は十九世紀に限られるべきものではないだろう。しかし、私の人生においてそれは大部分が十九世紀文学によって表現されてきた。わが精神のある種の基本的な欠陥のせいなのか、それとも人生そのものの流動的な、不定形な性格ゆえなのか、私は人生の目印《ランドマーク》になるようなもの——浮標《ブイ》についてては言うまでもなく——を見分けられたためしがない。もしも目印《ランドマーク》のようなものがあるとすれば、それは自分自身では認められないもの、すなわち死である。ある意味では、子供時代などというものは決してなかった。そういったカテゴリー、つまり子供時代、大人時代、成熟期といったものは、私にはとても奇妙なものに思われる。そして、もしも私が時折そういった言葉を会話の際に使うとしたら、口には出して言わないとしても、それは自分にとっては借り物だとつねに見なしているのである。

どうやらいつも小さな殻の中に――その殻は後で少し大きくなるのだが――「私」のようなものが入っていて、「すべて」のことはその殻の周りで生じていたのではないか、と思う。その殻の中では人が「私」と呼ぶ存在は決して変化せず、外で何か起こっているか観察するのをやめることも決してなかった。中に真珠が入っている、と仄めかそうとしているわけではない。私が言おうとしているのは、時の経過も殻の内側の存在にはたいして影響を及ぼさない、ということだ。落第点をとること、フライス盤を操作すること、尋問の際にさんざん殴られること、あるいは教室でカリマコス(8)について講義すること――このすべては本質的に同じことなのだ。これはちょっと驚きを感じさせられるようなことだろう。人は成長し、気がつくと、大人が取り扱うべきとされる課題に取り組んでいるわけだが、それでもすべてが同じだとは。子供が自分を支配する親に感ずる不満と、責任に直面する大人のパニックは、同じ性質のものなのである。変わらぬ一つの存在はこのどちらの姿でもない。一人の人間は、たぶん「一」よりも少ないのだ(9)。

確かにこれは部分的には、書くという職業から派生する結果だろう。銀行家や飛行機のパイロットだったら、相当な量の熟練した技能を獲得すれば、多かれ少なかれ利益や、安全な着陸は保証されることが分かっている。しかし物書きの仕事では蓄えられるのは専門技能ではなく、不確実性である。それは物書きの技能

---

(8) 古代ギリシアの文学者・詩人。アレクサンドリアの図書館で目録を完成させた。
(9) 原文は one is perhaps less than “one.” このエッセイの表題に直結する部分だが、「人は一般に～」を意味する代名詞の one と数詞の「一」の one の両方の意味が掛けられていて、きわめて訳しにくい。あえて解釈を試みれば、自分の殻の中の「一つ」の変わらない存在は、自分が人生のさまざまな局面で取る一つ一つの姿のすべてを包含するものなので、個別の「一人」の人は内なる一つの存在よりも少ないということになる。

の別名にすぎない。この分野では熟練した技能は破滅を招き寄せ、青春と成熟の概念はごっちゃに混じり合い、パニックこそが最も頻繁に生ずる精神状態なのだ。だから私が時系列や何にせよ直線的な発展の過程を示唆するようなものを頼りにしていたら、私は嘘をついていることになるだろう。学校は工場であり詩であり刑務所であり学究の世界であり退屈[10]でありパニックの突発をともなっている。

ただしじつは工場は病院の隣にあり、病院はロシア全土で一番有名な、十字架《クレストウィ》と呼ばれる刑務所[11]の隣にあった。そしてその病院の死体保管所が、武器庫を辞めた後に働きに行った場所だった。私は医師になろうという考えを持っていたのだ。私が考えを変え、詩を書き始めてから、十字架《クレストウィ》はその監房のドアを私に開いた。工場で働いているとき、私は壁の向こうに病院を見ることができた。私が病院で死体を切ったり、縫い合わせたりしていたときは、十字架《クレストウィ》の中庭を歩く囚人たちの姿が中庭に見えた。ときどき囚人たちは手紙をうまく壁越しに投げ込むことがあり、私はそれを拾い上げ、郵送したものだった。この窮屈な地勢と殻に囲い込まれた場所の狭さゆえに、これらの場所、仕事、服役囚、労働者、守衛、医師たちはすべて互いに混じり合い、自分が思い出しているのが十字架《クレストウィ》のアイロンの形をした中庭を行ったり来たりする誰かなのか、それとも自分がそこを歩いているのか、もはや私にはわからないのだ。そのうえ、工場と刑務所はほぼ同じときに建てられ、外観では区別できなかった。その二つは、互いから張り出した同じ建物の翼《よく》のように見えた。

だからここで時系列に関して連続的な記述をしようとするのは、私には意味のないことだ。人生がはっきりと印された一連の移行のように見えたことは決してなかった。むしろ、それは雪だるま式に膨れ上がっていくもので、それが膨れ上がれば膨れ上がるほど、さまざまな場所が（あるいは時が）互いに似て見えるようになる。たとえば、私は一九四五年のことを覚えている。母と私はレニングラード近郊のどこかの鉄道の駅で列車を待っていた。戦争が終わったばかりで、二千万のロシア人が大陸全土の急場しのぎの墓の中で腐敗していき、戦争のせいで散り散りになった残りの人たちは自分の家に、あるいは家だったものの残骸に帰ろうとしていた。鉄道の駅は原始の混沌の様相を呈していた。人々は狂った昆虫のように家畜用の車両に押し寄せていた。彼らは車両の屋根によじ登り、なんとかして車両の中に押し入ろうなどとした。どんな理由によるものか、私の目は一人の足の不自由な、木製の義足をつけた、禿げた老人の姿を捉えた。彼は車両から車両へと移っては乗り込もうとしていたのだが、そのたびに、すでに乗降用踏段にしがみついている人たちに押し退けられた。列車は動き始め、老人は片足でぴょんぴょん跳ねて追いかけた。そしてある瞬間に、車両のうちの一つの取っ手をなんとか摑むことができた。すると、私が見ているうちに車両への入り口に立っていたひとりの女がやかんを持ちあげ、老人の禿げ頭に沸騰した湯をもろに浴びせたのだ。老人は倒れた――そして千本の足のブラウン運動が彼を呑み込み、私は彼を見失った。

残酷なことだった。そう、確かに。だがこの残酷さの一例は次に私の頭の中で、二〇年後の出来事と溶け合ってしまう。それはポリツァイと呼ばれるドイツ占領軍と以前協力していた者たちが何人も逮捕されたときのことだ。新聞にそのように書かれていた。逮捕されたのは、六人か、七人の老人たちだった。彼らの首謀者の名前は、当然、グレヴィチ、またはギンズブルク、つまりユダヤ人だった――ユダヤ人がナチに協力したと想像するのが、いかに考えられないことだとしても。彼らは皆さまざまな刑を受けた。首謀者のユダ

（10） これは is によってさまざまな名詞を延々とつなげていくという破格の文章である。ガートルード・スタインの A rose is a rose is a rose（「薔薇は薔薇であり薔薇である」）を思わせる。
（11） クレストゥイには九九九の監房があった（原注）。

ヤ人はもちろん、最も重い罰、つまり死刑だった。私が聞かされた話では、処刑の日の朝、彼は監房から連れ出され、射撃隊が待ち構えている刑務所の中庭に引き立てられていくとき、刑務所の警備を担当する将校にこう訊かれた――「そうだ、ところでグレヴィチ（またはギンズブルク）、最後の望みは何だね？」「最後の望み？」と男は言った。「さあ……小便をしたいな」。それに対して、将校は答えた。「まあ、小便なら後でするさ」。いまとなっては、私にはどちらの話も同じなのだ。しかし、二つ目の話が事実ではなく、純粋な言い伝え《フォークロア》だとしたら――私はそうだとは思わないが――事態はもっと悪くなる。私は何百もの、いやたぶん何百以上の似た話を知っている。しかし、それらは溶け合ってしまう。

私の工場を私の学校と違うものにしたのは、それぞれの中で私が何をしていたかでもなければ、それぞれの時期に私が何を考えていたかでもなく、それぞれの建物の前面《ファサード》がどんな風に見えたか、そして教室や仕事場に行く途中に私が何を見たかだった。結局のところ、外見というものがすべてなのだ。同じばかげた運命が何百万、何千万の人々に降りかかった。本来単調である存在それ自体が、中央集権化した国家によって硬直した厳密に一様なものに還元されてしまったのだ。残されたもので見るべきものは、顔と天気と建物だった。それから、人々の使う言語もだ。

私には共産党員のおじがいた。彼は、今にして思えば、恐ろしく優秀な技師だった。戦争中、彼は党のGenossen《ゲノッセン》〔同志。ドイツ語〕のために防空壕を作った。その前と後には橋を作った。そのどちらもいまだにきちんと残っている。私の父は金のことで母と口論になると、いつでもこのおじのことをあざわらった。母が技師である自分の兄弟のことを、堅実で安定した暮らしの手本として引き合いに出したからだ。そのせいで私はほぼ自動的に彼のことを軽蔑した。とはいえ、彼には堂々たる蔵書があった。彼はたいした読書家ではなかったと思う。しかし、ソヴィエトの中産階級にとって、新しい版の百科事典や、古典の著作集、等々を予約購入することは上品な趣味の印だった（それはいまでもそうだ）。私は狂おしいまでに彼が羨ましかった。私はあるとき、彼の椅子の後ろに立ち、彼の後頭部をじっと見つめていたことを覚えている。頭をよぎったのは、もしもおじを殺せば彼の本は全部自分のものになる、という考えだった。そのときおじは独身で、子供もいなかったのだ。私は彼の書棚からあれこれの本を取り出したものだった。そして、ある背の高い本棚の合鍵までなんとか作った。その本棚のガラス扉の向こうには、革命前に出た巨大な四巻の『男と女』が鎮座していたのだ。

それは夥しい挿絵がついた百科事典で、禁断の実の味についての私の基礎知識はそのおかげだと今でも思っている。もしも、一般的に言って、ポルノグラフィが勃起を引き起こす、生命のない物体だとすれば、スターリン時代の禁欲的な雰囲気の中では、百パーセント純潔な『共産主義青年団《コムソモール》への入団』(12)と呼ばれる社会主義リアリズム絵画でさえも性的な興奮を引き起こすことができた。この絵は広く複製が流布し、ほとんどすべての教室を飾っていたのだ。この絵に描かれた人物の一人、若いブロンドの女性は足を組んで椅子に座り、その腿が二、三インチほど見えているのだ。私をひどく興奮させ、夢にまでつきまとったのは、腿のそのような小さな断片というよりは、むしろ彼女が着ているドレスの暗褐色と腿の色とのコントラストだった。

私が潜在意識についてのすべての雑音を信じないようになったのは、そのときだった。私はシンボルの夢は一度も見たことがないと思う。私はいつも実際の物を見たのだ――胸とか、尻、そして女性の下着などだ。下着に関して言えば、それはその頃の私たち、つまり少年たちにとって奇妙な意味を持っていた。授業中に

(12) ソ連の画家セルゲイ・グリゴーリエフによる一九四九年の作品。

机の列の下を、女の教師のデスクのところまで這って行く者がいたことを私は覚えている。その目的はたった一つ、スカートの中を覗いて、その日に教師がはいているパンティーの色を確認することだった。この探検を遂行し終えた少年は、教室の残りの級友たちにドラマティックな囁き声で「薄紫」と告げたものだ。

　要するに、私たちは自分の空想にはあまり悩まされなかった。相手にすべき現実がたくさんあり過ぎたのだ。どこか他のところで言ったことがあるのだが、ロシア人は——少なくとも私の世代は——精神科医を頼ったりすることは決してない。第一に、精神科医はそれほどたくさんはいない。そのうえ、精神医学は国家の専有物だ。精神科の記録があるのは、あまり芳しいことではないと、誰しもわかっていた。それはいつ自分に跳ね返ってくるか、わかったものではなかった。だがいずれにせよ、私たちは自分の問題は自分で取り扱い、外部の助けは借りずに、自分の頭の中で起こっていることは自分で追跡するのが普通だった。全体主義のある種の長所は、それが個人に対して、意識を頂点とした自分自身の階層的《ヒエラルキー》な組織を提案してくれるということだろう。そんなわけで私たちは自分の内部で起こっていることを監視し、自分の本能について自分の意識にほとんど報告のようなことをする。それから自分自身を罰するのだ。そして自分の内側に発見した豚同然の卑劣な人間とこの罰が釣り合っていないとわかると、私たちはアルコールに頼り、自分の頭を酔いつぶしてしまう。

　このシステムは効率的で、現金も比較的使わないですむと思う。いや、抑圧のほうが自由よりもいいと私が考えているわけではない。ただ、抑圧のメカニズムは人間の魂にとって解放のメカニズムと同じくらい先天的なものだ、と信じているのだ。そのうえ、自分が豚だと考えるのは、自分が堕天使だと認識するよりも謙虚で、結局のところ、より正確だということになるだろう。私にはそのように考える理由があり余るほどある。なにしろ私が三一年を過ごした国では不倫することと映画を見に行くことだけが自由な企ての形態なのだ。いや、それに芸術も加えておこう。

それでもやはり、私は自分が愛国的であると感じていた。これは子供がいだく普通の愛国心であり、強い軍国主義の風味のきいた愛国心だった。私は飛行機と戦艦に感嘆し、私にとって空軍の黄色と青色の旗よりも美しいものはなかった。空軍の旗というのは、パラシュートの開いた傘体の真中にプロペラがついたもの(13)のように見えた。私は飛行機が大好きで、つい最近まで航空機産業の発展をぴったりと追いかけていたほどだ。だがロケットが到来すると諦めて、私の熱中はプロペラ・ジェット機へのノスタルジアになった（それは私一人ではないと分かっている。九歳になる私の息子は一度、大きくなったらターボジェット機を全部壊して、複葉機に戻すんだ、と言ったものだ）。海軍について言えば、私は父を受け継ぐ本当の息子で、十四歳のとき潜水艦専門学校《アカデミー》に願書を出した。私はすべての試験に合格したが、第五項——ユダヤ人という民族籍——のせいで、入学できなかった。そして、夜の街路の遠のいていく信号灯のように、金ボタンが二列に並んだ海軍の外套に対する私の理不尽な愛が報いられることはなかった。

(13)

ソ連空軍の旗。

私には人生の視覚的側面のほうが、いつもその内容よりも重要だったのではないだろうか。たとえば私はサミュエル・ベケットの作品をほんの一行でも読むはるか前に、彼の写真に恋してしまった。軍隊に関して言えば、刑務所に入れられたおかげで徴兵は免れることができ、軍服への私の恋は永遠にプラトニックなものに留まった。刑務所は軍隊よりはましなめぐりあわせではないか、と思う。第一に、刑務所では誰も遠くの「潜在的な」敵を憎むように指図しない。刑務所での敵は、抽象的なものではない。それは具体的で、明白な手で触れられるものだ。ということは、つまり、自分自身も敵にとって手で触れられる存在だということである。いや、「敵」というのは強すぎる言葉かもしれない。刑務所で相手をすることになるのは、敵についての、極度に現場に適応させられた概念であって、そのせいで事態はまったく世俗的、現世的なものになる。結局のところ、刑務所の看守や隣人たちは、学校の教師や、工場で私がまだ見習いとして訓練を受けていたときに私をいじめた労働者たちとまったく違わなかった。

言葉を換えて言えば、わが憎しみの重心は、外国の資本主義の「どこにもない場所」に消散しなかった。理解し、そして理解を通じてすべての人を赦すというなんともいまいましい習性は、学校時代に始まり、刑務所で満開になった。私はＫＧＢの尋問官さえも憎まなかったと思う。私は彼らでさえも許すことが多かった（他のことができない役立たずなんだからとか、この男にも養う家族がある、とか）。ただ全然擁護できないと思ったのはこの国を動かし、治めている人たちだった。たぶんこういった連中の誰のそばにも近寄ったことがなかったからだろう。敵というのはたいていそんなものだが、刑務所の監房には非常に身近な敵がいる。空間の欠如だ。刑務所を定式化して言えば、空間の欠如を時間の過剰によって埋め合わせたものとなる。人はこれには本当に悩まされ、打ち勝つことができない。刑務所とはさまざまな選択肢の欠如のことであり、望遠鏡で見るように未来が予測できることに、人は狂おしい思いになる。ただ、たとえそうであっても、それはひどい運命としては、この地球の反対側の——あるいはもっと近くの——人々に兵士をけしかける軍隊の荘重さよりはましなものだろう。

ソヴィエトの兵役は三年から四年だが、その期間に服従という心の拘束衣によって魂がずたずたにされなかった人に私は会ったことがない。その例外はおそらく、軍楽隊で演奏する音楽家たちと、一九五六年にハンガリーで自分を銃で撃って自殺した、遠い関係の知り合い二人くらいだろう。後者は二人とも戦車の指揮官だった。人を市民に仕立て上げるのは軍隊である。軍隊経験がなければ、人は人間のままでいられる可能性が——どんなに微かな可能性であれ——あるのだ。もしも私に自分の過去を誇る理由があるならば、それは私が兵士ではなく、服役囚になったということだ。たとえそれで軍隊の専門用語を身に着けるチャンスを逃したとしても——それが一番心配なことだった——私は犯罪者の隠語でたっぷりと埋め合わせを受け取った。

それでも戦艦と飛行機は美しかった。そして、それらは毎年どんどん増えた。一九四五年に街路は、ドアとボンネットに白い星の模様をつけた、スチュードベーカーのトラックとジープで溢れていた。それは武器貸与法《レンド・リース》によって手に入れたアメリカの軍備用品だった。一九七二年にわれわれは自らこの種のものを世界中に売りつけるようになっていた。この期間に生活水準が一五から二〇パーセント上昇したとするならば、武器生産の増加は何万パーセントといった数字でなければ表現できないものだ。それはこの先も増加し続けるだろう。というのも、それこそはわが国の持つほとんど唯一の「本物」、発展が明確に把握できる唯一の分野だったからだ。さらに、軍事的恐喝、つまり軍備生産の不断の増加は、全体主義的な組織においては完全に許容できるものだった、ということもある。ところがどんな民主主義的な敵国でも、軍事力のバランスを保とうとすれば一国の経済を損ってしまう恐れがあるのだ。軍備の増強は狂気ではない。それは争っている相手国の経済を左右するための、手に入る限り最良の道具なのであり、クレムリンはこのことを完全によく理解しているのである。世界の覇権を求める者ならば、誰でもそうするだろう。他の選択肢はうまくいかないか（経済の競争）、恐ろしすぎる（実際に軍事的手段を使うこと）。

そのうえ、軍隊とは農民が抱く秩序の理想である。平均的な人間にとって、自分の仲間たちがレーニン廟の上に立つ政治局のお偉方の目の前を行進する光景ほど心が休まるものはない。神聖な遺体の墓の上に立つことには冒瀆の要素がある、などということはお偉方にも、決して思い浮かばなかったのだろう。私の考えでは、ここで肝心なのは時空連続体の理念であって、レーニン廟の上の人々に関して悲しいことは、時に挑むことによって彼らも本当にミイラの仲間になってしまうということだ。人はそれをテレビのライヴ放送か、あるいは何百万部もの公式の新聞に印刷された、質の低い写真で見ることができる。古代ローマ人は、自分の入植地の目抜き通りがつねに南北に走るように作ることによって、自分自身を帝国の中心に結びつけたものだが、ロシア人も自分の存在が安定していて、その未来が予見できることを、これらの写真によって確かめるのである。

私が工場で働いていたとき、私たちは昼休みに工場の中庭に行った。腰を下ろしてサンドイッチの包みを開ける者もいれば、煙草を吸う者、バレーボールをする者もいた。標準的な木製の柵に囲まれた、小さな花壇があった。柵というのは五〇センチほどの高さの板の列で、板と板の間には五センチの隙間があり、同じ木材で作られ緑色に塗られた横板が差し渡され板の列をつなぎとめていた。それは、四角形の花壇の内側に植えられた、縮んで萎れた花とまったく同じように、埃と煤に覆われていた。ソヴィエトという帝国では人はどこに行こうとも、同じこの柵に行き当たることになる。それは部分が前もって作られたプレハブ式の柵だった。しかし、手作りをするにしても、人はあらかじめ決められたデザインにいつでも従うのだ。一度、私は中央アジアのサマルカンドに行ったことがある。そして、トルコ石のような青緑色の丸屋根や、学院《マドラサ》や尖塔《ミナレット》の謎めいた装飾を見る気満々だった。確かにそういったものはそこにあった。ところがそれから、馬鹿げたリズム感をかもし出す例の柵が見えたのだ。そのとたんに私は幻滅し、東洋は消え失せた。幅の狭い木の板が櫛の歯のように小さな規模で反復される柵が、工場の中庭とフビライ・ハンの古《いにしえ》の王座の間の空間を——そして時間も——ただちに消滅させたのだ。

柵を塗るペンキは自然の緑をばかばかしくも連想させようとするが、実際には自然ほど、緑に塗られた柵から遠いものはない。これらの花壇の板、政府が支給する鉄の手すり、すべての町のすべての通りで通り過ぎる群衆の中に避けがたく見つかるカーキ色の軍服、毎朝の新聞に掲載される鋼鉄の鋳物の永遠の写真、絶え間なくラジオで流れるチャイコフスキー——人は自分のスイッチを自分で切ることができなければ、こういったもののせいで頭がおかしくなってしまうだろう。ソヴィエトのテレビにコマーシャルはない。その代わり、レーニンの写真があり、番組と番組の合間にはいわゆるフォト・エチュード「春」、「秋」といったものが放送される。それに加えて、「軽い」泡立つ音のような音楽があった。それには作曲者は決して存在しない。それはアンプ自体の産物なのだ。

そのとき私はまだ、このすべてが理性と進歩の時代の帰結、大量生産の時代の帰結だとは知らなかった。私はそれは国家のせい、そして部分的には、想像力を必要としないものなら何でも得ようとする国民自体のせいだと思っていたのだ。それでも、完全には間違っていなかったと思う。中央集権化した国家ではこのように啓蒙と文化を実行に移し分配するのは、より簡単ではないだろうか。理論的に言って支配者は、代理人よりも簡単に完璧な状態に近づきやすい（いずれにせよ、支配者はそう主張する）。ルソーはこのことについて議論していた。それがロシアでは一度もうまくいかなかったのは、あまりに残念だ。この国は、人間の魂の最も微妙なニュアンスを表現できる、素晴らしく語形変化の豊かなロシア語を持ち、信じがたいほどの倫理的感受性（ロシアの、それ以外の点では悲劇的な歴史の結果である）を備え、文化的、精神的な楽園、文明の本物の器を作るための原材料がすべてそろっていたのに、単調で生気のない地獄になってしまった。この地獄に備わっていたのは、みすぼらしい唯物論の教義と哀れな消費文明の暗中模索だった。

しかし、私の世代はいくらか運がよかった。私たちは戦後の瓦礫の下から現れ、その頃国家は自分自身の肌につぎをあてることに忙しく、私たちの面倒を非常によく見るわけにはいかなかったのだ。私は学校に入っても、そこでどんなに高尚なでたらめを教え込まれようとも、あたり一面、苦しみと貧困ははっきり目に見えるものだった。廃墟を『真実《プラウダ》』(14)のページで覆い隠すことはできない。空っぽな窓は私たちに向かって、頭蓋骨の眼窩のようにぽかんと開いて、私たちはまだ小さかったけれども、悲劇を感じ取った。確かに、私たちは自分を廃墟と結びつけることはできなかったが、その必要はなかった。廃墟は笑いを中断させるのに十分なくらい、おのずから発散していたのだ。それから私たちは笑いをまったく思慮分別もなく再開したが、それは中断したものの再開だった。あの戦後の歳月、私たちは空中に奇妙に強烈なものが漂っているのを感じた。それは何か非物質的なもの、ほとんど亡霊のようなものだった。そして私たちは若く、まだ子供だった。物資の量は非常に限られていたが、別の状態を知らなかったので、気にならなかった。自転車は古く、戦前に作られたもので、サッカーボールの所有者はブルジョワと見なされた。私たちの着るコートや下着は、父たちの軍服やつぎの当てられたズボン下から母たちが切り取って作ったものだった。さらば、ジークムント・フロイト。そんなわけで私たちはものを所有することに対する愛着を育むことはなかった。後に私たちが所有できたものは、できの悪い、醜く見えるものだった。どういったものか、私たちはもの自体よりも、ものについての考えを好んだ。とはいえ、鏡の中を覗きこんだとき、そこに見えたものが私たちはあまり好きではなかったのだが。

私たちはガールフレンドを誘い入れられるような、自分自身の部屋を持たなかったし、ガールフレンドたちも自分の部屋を持っていなかった。私たちの恋愛はおおむね、歩くことと話すことに尽きていた。もしも歩いた距離の分だけ料金を請求されたら、その金額は天文学的な数字になっていただろう。古い倉庫、工業地区の河岸通り、濡れた公園の固いベンチ、そして公共の建物の冷たい入口――これが私たちの、最初の霊的な至福の経験の標準的な背景だった。私たちにはいわゆる「物質的刺激」はまったくなかった。イデオロギー的な刺激は幼稚園児にとってさえも笑い種《ぐさ》でしかなかった。もしも誰かが裏切って自分を売り、敵についたとしても、それは商品や安楽のためではなかった。そもそも、そんなものはなかったのだ。裏切って自分を売ろうとするのは内的な欲求ゆえのことで、それは自分でもわかっていることだった。要するに供給はなく、まったくの需要だけがあった。

もしも私たちが倫理的選択をしたならば、それは直面する現実にもとづいたというよりは、むしろ小説に由来する道徳的基準にもとづいたものだった。私たちは貪るように本を読み、自分の読んだものに従属した。本はたぶんその最終的に定まっているという形式的要素ゆえに、絶対的な権力で私たちを支配した。ディケンズはスターリンやベリヤよりもリアルだった。他の何にもまして小説が私たちの行動や会話のしかたに影響を与えた。そして私たちの会話の九〇パーセントは小説についてだった。それは悪循環に陥る傾向が強か

---

(14) ソ連共産党の機関紙。紙名の「プラウダ」はロシア語で「真実」の意味。

ったが、この悪循環を断ち切ろうとも思わなかった。

その論理において、この世代はロシアの歴史の中でも最も書物的な世代の一つであり、そのことでは神に感謝しなければならない。ヘミングウェイのほうがフォークナーよりもいいなどと言おうものなら、友人と永遠に絶交することになりかねなかった。作家たちを祭るこの神殿《パンテオン》での位階制《ヒエラルキー》こそは、最も大きな権限を持つ、私たちの本当の中央委員会だった。それは普通の知識の蓄積に始まったが、すぐに私たちの一番重要な活動になり、そのためにすべてのことを犠牲にしてもよかった。本が最初にして唯一の現実となり、それに対して現実自体はナンセンスか厄介なこと《ニューサンス》と見なされた。他の人たちと比べると、私たちは見たところ顕著に人生から落伍しているか、人生を捏造していた。しかし考えてみれば、文学において示された基準を無視する生き方は劣悪で、努力に値しないものではないか。そのように私たちは考えたし、私はそれで正しかったと思う。

本能的な選択は、行動することよりも、むしろ読むことだった。私たちの実際の生活が多かれ少なかれ乱雑で荒廃していたとしても、驚くにはあたらない。口先だけの——そして体の他の器官も使うことになる——体制への奉仕をして、「高等教育」の鬱蒼たる森をなんとか通り抜けた者でさえも、最終的には文学によって課された良心の咎めの犠牲となり、それ以上同じようにやっていくことができなかった。私たちは最後には結局、臨時の片手間仕事をするのが落ちだった。つまらない雑用だったり、編集の仕事だったり、そうでなければ何かあまり頭を使わないこと——たとえば、墓碑銘を彫るとか、設計図の下書きを書くとか、技術テクストを翻訳するとか。あるいは経理、製本、X線写真の現像など。ときおり私たちは互いのアパートの玄関口にひょいと姿を現したものだ——片方の手には酒の瓶を持ち、もう一方の手には菓子か、花か、つまみを持って。そして一晩話しまくり、うわさ話に花を咲かせ、上階に住む役人たちの馬鹿さ加減について文句を言い、私たちのうち誰が一番先に死ぬか推量した。さて、ここで私は「私たち」という代名詞を使うのをやめなければならない。

これらの人たちよりも文学と歴史をよく知っている者は誰もいなかったし、彼らよりも優れたロシア語の書き手も一人もいなかった。そして彼らほど深く現代を軽蔑する者もいなかった。これらの人物にとって文明は、毎日のパンや毎晩抱き合うことよりも多くのことを意味した。これはもう一つの「失われた世代」――そのように見えるかもしれないが――などではなかった。これは自分を発見したロシアで唯一の世代なのであり、彼らにとってはジョットとマンデリシュタームのほうが自分自身の個人的な運命よりも肝要なものだった。貧しい身なりながらもなんだか優雅で、直属の支配者の愚かな手によってあちこちに引っ張り廻され、どこにでもいる国家の猟犬から、そしてもっとどこにでもいる狐から兎のように一目散に逃げ、打ちひしがれ、齢をとってきても彼らは相変わらず存在しない（あるいは彼らの禿げつつある頭の中にだけ存在する）、「文明」と呼ばれるものへの愛を保ち持った。世界の残りの部分から絶望的に切り離されて、彼らは少なくとも世界は彼ら自身に似たものだと考えた。しかし、いまや彼らにはわかっている――世界は他の人たちに似たものである、ということが。ただし、その「他の人たち」はより立派な身なりをしているのだ。こう書きながら、目を閉じると、荒れ果てたキッチンに立つ彼らの姿がほとんど見えるようだ。彼らは手にグラスを持ち、顔中に皮肉なしかめつらを広げている。「Liberté, Égalité, Fraternité〔自由、平等、友愛〕とは言うけれど……」彼らはにやりと笑う。「……どうして誰も〈文化〉を付け加えないんだろう?」

記憶というものは、私たちが進化の幸福な過程で永遠に失った尾の代用品ではないだろうか。それは移住を含む、私たちの運動を導く。ただし、思い出すという過程そのものには何か明らかに先祖返りのようなこともあるので、その点は別にしてということになる。先祖返りのようなことというのは、思い出すという過程が決して直線的ではないという一事をとってみれば、わかるだろう。それに、人はたくさんのことを思い出せば出すほど、たぶん死に近くなるのだ。

もしもそういうことなら、記憶がつまずくのはいいことだ。しかし実際には記憶はより頻繁に、ちょうど尾のようにぐるぐる巻き、後ずさりし、ありとあらゆる方向に逸れていく。語りもまた、筋が通らないとか退屈に聞こえるという危険を冒してでも、そのようにあるべきだろう。退屈というのは結局、人間存在の最も頻繁に現れる特徴ではないか。一生懸命リアリズムを目指した十九世紀小説において、退屈があれほど貧弱なままだったのはどうしてか、と不思議になるほどだ。

しかしかりに作家が紙の上で心の最も微妙な揺れまで模倣しようと完全装備していても、尾をその堂々たる螺旋も含めて再現しようとする努力はやはり失敗に終わるしかない。進化が無駄に行われたわけではないからだ。歳月の見晴らしは物事をまっすぐに整理してしまい、ついには完全な忘却に至る。どうしたところで、それを——ぐるぐる巻いた文字をともなう手書きの言葉さえも——取り戻すことはできない。もしもこの尾がロシアのどこかにたまたま取り残されているなら、なおさらそういった努力は失敗に終わるしかない。

しかし、印刷された言葉が忘れっぽさの印だとしたら、それはそれでいいだろう。悲しい真実は、言葉が現実を前にしてやはり役に立たないということだ。少なくとも私の印象は、ロシアという国に由来するいかなる経験も、たとえそれが写真のように精確に描写されていても、英語には跳ね返されてしまい、目に見えるいかなる痕跡も英語の表面に残さないということだ。もちろん、ある一つの文明の記憶は他の文明の記憶になることはできないし、おそらくなるべきでもないだろう。しかし、言語がもう一つの文化の否定的な現実を再現することに失敗するとき、最悪の種類の同語反復が結果として生ずるのだ。疑いもなく、歴史は自らを反復しなければならない。結局のところ、人間たちと同じように、歴史には多くの選択肢はないのだ。しかし少なくとも人は、ロシアのような外国に普及している独特な意味論を相手にするとき、自分が何の犠牲になろうとしているのか意識するという慰めを持つべきだろう。人は自分自身の概念的もしくは分析的な習慣によって――たとえば、言語を使って経験を詳しく分析し、自分の心から直感の利益を奪ってしまうことによって――破滅させられる。というのも、明確な概念は、それがいかに美しくとも、つねに意味の収縮を意味し、結ばれていない紐の端をばっさり切り落とすことになるからだ。ところが、この結ばれていない紐の端というのは、この現象的世界で一番重要なのだ。なにしろそれは互いに絡み合うから。

こういった言葉自体は、私が英語の無能さを非難しているわけではまったくないことの証言になっている。いや、私は英語を母語とする人々の魂の眠ったような状態を嘆いているわけでもないのだ。私は単に、ロシア人がたまたま所有している〈悪〉のような高度に進歩した概念が、複雑極まる統語法《シンタックス》を持っているという理由で、意識への入場を拒否されているのを残念に思うだけだ。いったい私たちのうち何人が思い起こせるだろう――平明な話し方をする〈悪〉が家に入ってきて、「やあ！　私は〈悪〉だよ。調子はどうだい？」などと言うところを。

このすべてがそれでもエレジーのような調子を帯びているとすれば、激情がより相応しいこの文章の内容よりも、そのジャンルに負うものだろう。そのどちらももちろん、過去の意味を産み出しはしない。少なくともエレジーは新しい現実を創り出したりはしない。自分の尾を捕まえるためにどんなに精巧な仕掛けを工夫したとしても、人は誰しも最後には魚がいっぱい入っているのに水がない網に行き着くことになるだろう。

それはボートを心地よく揺すってくれる。そして、眩暈を引き起こすか、人をエレジーのような調子に頼らせるにはそれで十分だ。あるいは魚を水の中に投げ戻すか。

＊

むかしむかし、一人の小さな少年がいた。少年は世界で一番不公平な国に住んでいた。その国を支配していた連中は、すべての人間的な価値観から判断して、退化した変態と見なされるべきだった。しかし、そんなことは決して起こらなかった。

そして街があった。地上で最も美しい街。その街の巨大な灰色の川は遠い川底の上に、川の上空の巨大な灰色の空と同じようにぶら下がっていた。川に沿って美しく仕上げられた前面《ファサード》を見せる壮麗な宮殿が立ち並び、少年が右岸に立てば、左岸は文明と呼ばれる巨大な軟体動物の痕跡のように見えた。その文明はすでに存在をやめていたのだ。

朝まだき、まだ空いっぱいに星が輝いている頃、少年は起き上がり、精錬された鉄の新記録のニュースと、それに続いて〈指導者〉の讃歌を歌う軍隊の合唱をラジオで聴きながら——その〈指導者〉の肖像画はまだ暖かい少年のベッドの上の壁に画鋲で留められていた——一杯の紅茶と卵一個の朝食をとってから、雪に覆われた花崗岩の河岸通りに沿って走って学校に向かった。

幅の広い川は白く横たわり、沈黙に陥った大陸の舌のように凍っていた。そして大きな橋が暗い青空を背景に鉄製の口蓋のようなアーチとなって聳えた。二分ほど時間の余裕があれば、少年は氷の上に滑り降り、二〇歩か三〇歩ほど真ん中のほうに歩み出た。そうする間じゅう、少年は考えていた——この重い氷の下で魚たちは何をしているんだろう、と。それから少年は立ち止まり、一八〇度回転し、駆け戻り、ノンストップで学校の入り口まで駆けて行った。少年は玄関ホールに猛烈な勢いで飛び込み、帽子とコートをフックに掛けると、階段を飛ぶように上がって自分の教室に駆け込んだ。

それは大きな部屋で、机が三列並び、教師の椅子の後ろの壁には〈指導者〉の肖像画が掛かり、世界の二つの半球を示す——その二つの半球のうち、一つだけが合法なのだ——地図も貼ってある。少年は席につき、かばんを開け、ペンとノートを机の上に置き、顔を上げ、待ち構える。さあ、これからたわごとが始まるぞ、と。

一九七六年

（沼野充義訳）

彼女の父親は、娘がサンクト・ペテルブルクの雑誌に何篇かの詩を掲載しようとしているのを知ったとき、彼女を呼びつけ、詩を書くことには反対しないが、「敬うべき良家の名を汚さぬよう」筆名を使ったらどうかと諭した。娘は承諾し、こうしてアンナ・ゴレンコではなく「アンナ・アフマートワ」がロシア文学に加わることになったのである。

この黙従の理由は、選ばれし職業と自分の実際の才能について疑念を抱いたからでも、身元を分けることで書き手にもたらされうる恩恵を期待したからでもなかった。それは単に「体面を保つ」ためだけのことだったのだ。というのも貴族に属する家系では——ゴレンコ家もそうだったわけだが——文学という職業は一般にあまり品のよろしくないもの、名声を得るのに他によい手だてを持たない、より卑しい出自の者たちに相応しいものと見なされていたからである。

とはいえ、父親の要求にはちょっと大袈裟なところがあった。結局のところ、ゴレンコ家は爵位を有しているわけではなかった。しかしまた一方で、一家は皇室の夏の別荘地であるツァールスコエ・セロー——皇帝村——で暮らしており、その種の地誌がこの人物に影響を与えたということはありうる。しかし、十七歳だった彼の娘にとっては、その場所は別の意義を有していた。ツァールスコエ村はリツェイ(1)の所在地であり、その庭園で百年前、若きプーシキンが「のびのびと花開いていた」(2)のである。

筆名自体について言えば、この選択はアンナ・ゴレンコの母方の祖先と関係がある。この家系は金帳汗国の最後の汗《ハン》にして、チンギス・ハンの子孫であるアフマト・ハンまで遡りうるのである。「私はチンギスの子孫なのよ」と、彼女はどこか得意げに言っていたものだった。そして、ロシア人の耳には「アフマートワ」という響きは、明確に東洋的な、正確にはタタール的な趣きがある。もっとも彼女は異国趣味を狙ったわけではない。何しろロシアではタタール的倍音を持つ名は好奇心ではなく、偏見に直面するのである。

それでも、アンナ・アフマートワ Anna Akhmatova という名にある五つの広母音のaは催眠的効果を持ち、この名の担い手をロシア詩のアルファベットの冒頭にしっかりと据えることになった。ある意味で、それは彼女の最初に首尾よくいった詩行だった。その音響ゆえに不可避的に記憶に残り、感情よりも歴史によって支えられている「ああ」〔ロシア語のakhは嘆息を表す間投詞〕を含む詩行である。それはこの十七歳の少女が持つ直感と聴覚の質について多くを物語っている。彼女は最初に詩を公けにした直後から、手紙や法的書類にアンナ・アフマートワと署名するようになったのである。響きと時間の融合に由来するアイデンティティを示唆しているという点で、この筆名の選択は予言的な意味を持つことになる。

アンナ・アフマートワは、系譜もなければ、識別しうる「発展」もない部類の詩人に属する。彼女は単に「ふと現れる」種類の詩人なのだ。すでに確立された語調と、彼ないし彼女独自の感性を持ってこの世を訪

（1）十九世紀初頭、官僚養成を目的に創設された貴族階級子息のための教育機関。詩人プーシキンもここで学んだ。
（2）プーシキン『エヴゲニイ・オネーギン』からの引用。

れる詩人である。彼女は完全装備でやってきたのであり、誰にも似ていなかった。おそらくそれ以上に意味深長なのは、無数の彼女の模倣者たちの誰一人として、説得力のあるアフマートワのパスティーシュを作り出せなかったということである。彼らは彼女自身よりも、互いに似てしまうという結果に終わったのだ。

ここから示唆されるのは、アフマートワの語法が巧みな文体上の計算などよりも捉えることの難しい何ものかの産物なのだということであり、それでわれわれはビュフォンの有名な等式〔文体は人なり〕の第二項を「自己《セルフ》」の概念に格上げする必要に迫られるのである。

そうした固有存在の概して神聖なる側面とは別に、アフマートワの場合、その存在の独自性は、彼女の実際の肉体的美しさによってさらに確かなものにされた。彼女は明らかに見目麗しかった。身の丈五フィート一一、黒髪、色白で、雪豹のような薄い灰緑色の瞳をして、細身で信じられないほどしなやかな彼女は、半世紀にわたり、アメデオ・モディリアーニに始まる多くの芸術家によってスケッチされ、絵に描かれ、鋳造され、彫刻にされ、撮影されてきた。彼女に捧げられた詩について言えば、それらを集めたら彼女自身の作品集よりも多くの巻数になることだろう。

こういったことはみな、その自己の可視的な部分がまさに見事なものであったことを証すものであるが、隠れている部分がそれと完璧にマッチしていることについては、両者をブレンドしている彼女の作品にその裏づけを見いだすことができる。

このブレンドの主たる特徴は高貴さと抑制である。アフマートワは厳格な韻律、正確な押韻、そして短い文《センテンス》の詩人である。彼女の構文は単純であり、従属節から解放されているが、大半のロシア文学をロシア文学たらしめているのは、そうした従属節の格言的煩雑さなのである。事実、その単純さにおいて、彼女の構文は英語に似ている。その経歴のまさに入口から終わりまで、つねに彼女は完全に明晰で理路整然としていた。同時代人たちの中では、彼女はジェイン・オースティンのごときものである。いずれにせよ、彼女の言うことが不分明であったとしても、それは彼女の文法のせいではなかったのだ。

詩における夥しい技法的実験により特徴づけられる時代にあって、彼女は露骨なほどに非前衛的だった。どちらかといえば、彼女の手段は、他の国々と同様、世紀の変わり目に起こったロシア詩の革新の波を促したものと、外見的には似ていた。すなわち、草のごとく至るところ見られた、象徴主義者たちの四行連句にである。しかしながら、この外見的類似はアフマートワにより意図的に保たれたものだった。それによって、彼女は自らの職務を単純化するのではなく、いわば勝算《オッズ》を低くすることを求めたのである。彼女はルールを曲げたり、作り出したりすることなく、ただ真っ向勝負をしたかったのだ。要するに、彼女は自らの詩形が体裁を保つことを望んだのである。

古典的な詩形ほど詩人の弱点を晒しだすものはなく、だからこそ、それは万人から敬遠されるのである。滑稽な効果を生じさせたり、他の誰かの模倣《エコー》になったりすることなく、二行連句の詩行に思いがけない響きを与えようとするなら、それは大変な難事になる。厳格な韻律が持つ、この模倣的側面は甚だ執拗につきまとってきて、具体的な物質的細部《ディテール》でいくら詩行を飽和させたところで、自由にはさせてくれない。アフマートワの詩の響きがこれほど自律的なのは、彼女が敵を利用する術《すべ》を最初から知っていたからなのだ。

彼女は内容をコラージュのように多様化させることで、それを切り抜けたのだった。たった一つの連の中で一見無関係なさまざまな物事を扱うことが、彼女にはよくあった。人が自らの感情の真剣さ、すぐりの花、左手の手袋を右手にはめることについて、ただ一息で語るとき、そのために呼吸——詩においては韻律である——は乱れ、その呼吸が由来する系譜を忘れさせるまでに至る。換言するなら、〔韻律における〕模倣《エコー》は諸々の対象の食い違いのほうに従属することになり、実質的にそれら対象に共通分母を与えるのである。それは形式であることをやめ、発話の規範となるのだ。

こうしたことは、模倣《エコー》についても、物事それ自体の多様性についても、遅かれ早かれつねに起こるものだ――それがロシア詩においてはアフマートワによって、より正確には、彼女の名を担う自己によって、なされたのである。その自己の内なる部分のほうは、それらばらばらの対象の近しさについて、言語自体が押韻という手段で示唆することに耳を傾けており、一方、外なる部分のほうは、そうした近しさを彼女の実際の背丈から鳥瞰的に、文字通りの意味で眺めているのだと、そのように考えずにはいられない。彼女はすでに結びつけられているもの、すなわち言語において、そして彼女の生のさまざまな状況において結びつけられているものを繋ぎあわせているにすぎないのだ。いわゆる天において結びつけられたもの(3)ではないにせよである。

彼女の語調の高貴さもそこから来る。彼女は自らの発見を主張することがないからである。彼女の押韻は押しつけがましくなく、韻律もしつこくない。時折、彼女は連の最終行かその前の行で音節を一つか二つ落として、喉が詰まったような効果、ないし感情的緊張からくる思いがけないぎこちなさの効果を生みだそうとすることがあった。しかし、彼女が行ったのはせいぜいそこまでである。というのも、古典的詩法の制約の中で、彼女は非常に居心地よく感じていたからであり、それによって、自らの恍惚と啓示は形式上の特別措置を必要とはせず、それらは以前にそうした韻律を用いていた先人たちのものより立派なわけでは決してないことを、暗に示しているのである。

もちろん、厳密に言うならこれは事実とは違う。詩人ほど過去を徹底的に吸収する者もいないが、それというのも、すでに発明されているものを発明してしまうことへの恐れが、何よりもあるからなのだ（ちなみに、だからこそ詩人は「時代の先を行く」と言われるのである。時代はいつもクリシェを蒸し返すのに忙しくしているものなのだ）。だから、詩人は何を言おうとする場合でも、話す瞬間には、自分がその題材を誰かから受け継いでいるのだということをいつも弁《わきま》えている。過去の偉大なる文学が人を謙虚にさせるのは、その質の高さのゆえだけでなく、それがあれこれの題材を先がけて取り上げているからでもあるのだ。優れた詩人が自らの悲しみについて抑制をもって語るのは、悲しみに関しては、詩人はさまよえるユダヤ人だからである。この意味で、アフマートワはすぐれて、ロシア詩におけるペテルブルク的伝統の産物であった。その伝統の創設者たちはと言えば、自らの背後にヨーロッパの古典主義を、そしてその起源であるギリシア・ローマ文化をも有していた。それに加えて、彼らは貴族でもあった。

アフマートワが控えめであったとすれば、それは彼女が先人たちの遺産を今世紀の芸術の中へ運び込んでいたからであると、少なくとも部分的には言えよう。これは明らかにその先人たちへ敬意を表したのにすぎない。というのも、まさにその遺産によってこそ彼女は今世紀の詩人となったからである。彼女は自分自身を、自らの恍惚と啓示も含め、単に先人たちのメッセージ、彼らが自身の生について記録したものへの追伸と見なしていた。その生は悲劇的であり、そのメッセージもそうであった。もしその追伸が暗く見えるのだとしたら、それはメッセージが完全に吸収されたからなのだ。彼女がけっして叫んだり、頭から灰をかぶったりしなかったのは、先人たちがそうしなかったからなのである。

彼女が出発したときの出だしの合図《キュー》とその調子《キー》はこのようなものだった。彼女の最初の詩集は、批評家と公衆の双方に大いに受けた。一般に、ある詩人の作品に対する反響は、最後に考慮されるべきものだ。とい

（3）英語で「天においてなされた結びつき」と言えば、最良の結びつきを指す。

うのも、それは詩人本人が最後に考慮する〔考慮することのまずない〕ものだからである。しかしながら、この点でアフマートワの成功は、とりわけ二冊目と三冊目の詩集の場合、そのタイミングを考えると注目すべきものだった。前者は一九一四年（第一次世界大戦勃発）、後者は一九一七年（ロシアの十月革命）に刊行されたのである。一方で、もしかすると、まさに背後で耳を聾するように響いていた世界の諸事件の雷鳴こそが、この若き詩人の私的震音《トレモロ》をより一層はっきりと聞き取らせ、そこに生気を与えたのかもしれない。その意味でも、この詩人のキャリアの始まりは、それから半世紀にわたり駆け抜けることになった道のりの予言を含んでいた。当時のロシアの耳には世界の諸事件の雷鳴は、象徴主義者たちの絶え間ない、そしてまったく無意味な呟きと相まって激しさを増し、それがさらに予言の感覚を強めていた。これら二つの騒《ざわ》めきは終いには収斂して融けあい、新時代の脅《おびや》かすような取りとめのない唸りへと変わり、アフマートワはそれに抗して残りの生涯、語ってゆく運命だったのである。

それら初期の詩集（『夕べ』『数珠』『白き群』）は主として、初期の詩集には欠くべからざる感情、すなわち恋愛感情を扱っていた。これらの詩集の詩篇には、日記のような親密さと直截さがあった。現実の、ないし心理的な出来事を一つ以上記述することはなく、せいぜい一六行から二〇行という短さである。そのため、それらは一瞬のうちに記憶にとどめることができ、実際、幾世代にもわたるロシア人たちにより記憶されてきたし、今もってなおそうなのである。

しかし、人の記憶がそれらの詩篇をわがものにしようと望んだのは、その簡潔さのゆえでも、題材のゆえでもなかった。そうした特徴なら、経験豊かな読者にはまったくお馴染みのものだったのである。新しさは、作者が主題を扱う際に現れる感受性の形にあった。裏切られ、嫉妬や罪悪感に苦しめられ、傷ついたヒロインは、怒りよりも自責の念にかられて語ることが多く、非難するときよりも赦すときのほうが雄弁であり、叫ぶよりもむしろ祈るのである。十九世紀ロシアの散文に見られる感情の機微と心理的複雑さ、そして同世紀の詩から教わった品格が、彼女には余すところなく見られる。またそれとは別に、皮肉《アイロニー》に富み、超然としているところも大いにあるが、それはまさしく彼女自身のものであり、諦念のための方便というより、むしろ彼女が有する形而上学の産物なのである。

　言うまでもなく、これらの特質は彼女の読者層にとって有用であり、また時宜に適ったものでもあったように見える。詩は他のいかなる芸術にも増して感情教育の一形式なのであり、アフマートワの読者らが暗記した詩行は、新時代の俗悪さの襲来に対して彼らの心を鍛えたのである。私的ドラマの形而上学を理解することは、歴史のドラマを乗り切る機会を向上させる。だからこそ公衆は彼女の詩行に思わず縋りついたのであり、その寸鉄詩《エピグラム》的美しさのためだけではなかったのだ。それは本能的な反応であった。その本能は自己保存のそれであった、というのも、歴史の暴走がますますはっきりと聞き取れるようになっていたからである。

　いずれにせよ、アフマートワはそれをまざまざと聞き取っていた。『白き群』の極度に私的な抒情性は、彼女の表徴となる運命にあった調子を帯びていた。すなわち、抑制された恐怖の調子である。ロマン主義的性向の感情を抑えるために設計されたメカニズムは、死の恐怖に適用しても同様の効果を示したのである。後者は前者とますます絡み合い、結果として感情的同語反復にまでなったが、『白き群』はそうした過程の始まりを印づけている。この詩集でロシア詩は「暦《こよみ》上のものではない、本当の二十世紀」[4]に突き当たったわけだが、その衝撃でばらばらになることはなかった。

（4）アフマートワ『主人公のいない叙事詩』（一九四二）からの引用。彼女は一九一四年の第一次世界大戦勃発をもって「本当の二十世紀」が始まったと考えていた。

アフマートワは、控え目に言っても、同時代のほとんどの人たちよりも、この出会いに対して準備ができていたように見える。その上、彼女は革命の時までに二十八歳になっていた。つまり、革命を信じるほどには若くなく、それを正当化するには年を取りすぎているというわけでもなかった。さらに彼女は女性であり、この出来事を彼女が称揚しても、非難しても、同じように相応しくないこととされたかもしれない。また、彼女は社会秩序の変化を、自らの韻律や連想の列なりを解放する誘いとして受け入れることにしたわけでもない。というのも芸術は、クリシェを避けるという一事のためだけでも、生を模倣するものではないからである。彼女は自らの語調に、その私的音色に忠実であり続け、掛け替えのない個人の心というプリズムを通して、生を映し出すというよりは、むしろそれを屈折させようとしていた。ただ、以前は詩篇の中で感情に富んだ問題から注意を逸らす役割を担っていた細部の選択が、今や話題それ自体に影を投げかけ、何かを和らげるようなものではますますなくなり始めていた。

彼女は革命を拒絶しなかった。挑戦的なポーズをとることも彼女向きではなかったのだ。現代風の言い回しを用いるなら、彼女はそれを内面化したのである。彼女は単にそれをあるがままに受け入れた。すなわち、個人当たりの悲哀の甚だしい増大を意味する恐るべき国家的変動としてである。彼女がそれを理解したのは、彼女自身への〔悲哀の〕割り当てがあまりに多くなりすぎたからということもあるが、何よりもまず、自らの技芸そのものを通してだった。詩人が生まれながらの民主主義者であるのは、その地位が覚束ないからというだけでなく、詩人は国民全体を相手にし、その言語を用いるからなのだ。〔ジャンルとしての〕悲劇もまたそうであり、両者の親近性もそこに由来する。アフマートワは、自身の詩句がつねに俗語や民謡の言い回しへの傾きを示していたため、その当時、文学その他において自分たちの綱領を推し進めていた人々よりも徹底して民衆に同一化することができた。彼女は単に悲哀をそれと知ったのである。

ただ、彼女は民衆と同一化したと言ってしまうと、実際には決してなされなかった理屈づけを持ち出すことになる。それは必然的に冗長であるためである。彼女は全体の一部だったのであり、筆名は彼女の階級上の匿名性をさらに強めただけだった。加えて、彼女は「詩人」という語のうちに感じられる優越性の雰囲気をいつも軽蔑していた。「私はこういう大仰な言葉が理解できない」と彼女は言っていた。「詩人とか、ビリヤードとか」。これは謙遜ではなかった。それは彼女が自身のあり方に対して保っていた醒めた物の見方の結果なのである。恋愛が執拗に彼女の詩の主題であったこと自体、彼女と平均的な人との近似性を示している。彼女が自身の読者層と異なっていたとすれば、それは彼女の倫理が歴史的順応には応じなかったという点にある。

それを除けば、彼女は他のみなと同じだった。それに時代自体が幅広い多様性を許容しなかった。彼女の詩篇が必ずしも民の声《ヴォクス・ポプリ》でなかったのは、一つの国民が一つの声で語るわけでは決してないからだ。しかし、彼女の声は選り抜きの者の声《クレーム・ド・ラ・クレーム》でもなかったということは、それがロシア知識人《インテリゲンツィア》特有の庶民へのノスタルジーをまったく欠いていたということからだけでも言える。この頃、歴史がもたらす痛みの非人称性に対する自己防衛として彼女が使い始めた「われわれ」は、この代名詞の言語的限界にまで広げられたが、それは彼女自身によってではなく、この言語の他の話者たちによってなのだった。この「われわれ」は、そうした未来の特質のゆえに、そこにとどまり続け、それを用いた者の権威はいや増すことになったのである。

いずれにせよ、第一次世界大戦や革命期のアフマートワの「市民」[5]詩と、それから三〇年もの年月を経た第二次世界大戦中の詩との間に、心理的な違いは何もない。実際、「祈り」〔一九一五〕のような詩は、その

（5）ロシアにおいて社会的、政治的関心を中心に据えた詩のジャンル。

下に日付がなければ、実質的に、その特定の詩のタイトルが妥当と思えるような時であれば、今世紀のロシア史のどの時点の作とも見なすことができただろう。しかしながら、このことは、彼女の鼓膜の繊細さとは別に、過去八〇年の歴史の特質が、詩人の仕事をいくらか簡略化してきたことをも証している。そのために、詩人は予言的可能性を含む詩行を拒絶し、事実や感覚の簡素な記述のほうを好むまでになっていたのだ。

アフマートワの詩行が一般的に、またとりわけこの時期には、呼名文的性格を有しているのもそのためである。(6)彼女は、自分の扱う感情や知覚が十分ありふれたものであるだけでなく、時間がその反復的性質に従って、それらを普遍化することをも知っていた。歴史は、その対象と同様、非常に限られた選択肢しか持っていないのだと、彼女は感じていた。しかしながら、より重要なのは、それらの「市民」詩は、彼女の抒情的流れ全般により生み出された断片にすぎず、そのためにそこでの「われわれ」は、より頻繁に現れ、感情を込められている「わたし」と実質的に区別できなくなるということだった。双方の代名詞は重なりあっていたため、どちらも迫真性を増していったのである。その流れの名は「愛」であったがために、祖国や時代についての詩はほとんど不適切なほどの親密さを帯び、同様に、心情そのものを扱った詩も叙事的音色を獲得していった。後者はその流れの拡大を意味していた。

後年の人生においてアフマートワは、批評家や学者たちが自分の意義を今世紀一〇年代の恋愛詩に限定しようとするのに、いつも憤慨していた。彼女は完全に正しかった。その後四〇年にわたる創作は、数の上でも質の上でも、最初の十年間を上回っていたからである。とはいえ、そうした学者たちのことも理解はできる。アフマートワは一九二二年以降、一九六六年に亡くなるまで、自分自身の詩集を出版することができなかっただけであり、(7)学者たちは入手可能なもので対処せざるをえなかったからである。しかし、こうした学者や批評家たちが初期アフマートワに惹かれたのには、さほど明白でない、あるいは彼ら自身がさほど理解していない、別の理由があったのかもしれない。

人間の生涯を通して、時間はその人に多種多様な言語で語りかける。無垢、愛、信仰、経験、歴史、疲労、皮肉、罪悪、腐朽等々の言語である。その中で、愛の言語は明らかにリンガ・フランカ〔共通語〕である。その語彙は他のすべての言語を吸収し、それが発語されると、いかに生気を欠いた題材でも満足させられるのだ。また、そのように発語されることで、題材は教会的な、ほとんど神聖な価値を獲得する。その発語は、われわれが自分たちの恋情の対象を捉える仕方と、神たるものについて聖書が示す仕方の、双方の反響《エコー》のようにしてなされるからである。愛とは本質的に、無限なるものが有限なるものに対してとる態度なのだ。その逆をなすのが信仰ないし詩である。

アフマートワの恋愛詩は、当然のことながら、まず第一に詩であった。何よりそれらの詩篇は甚だ小説的な性質を有しており、読者はそのヒロインのさまざまな苦難や試練を解釈しながら、楽しい時を過ごすこともできただろう。（ある人々はまさにそのようにしていたし、熱くなった公衆の想像力は、それらの詩篇を根拠に、作者をアレクサンドル・ブローク――その時代を代表する詩人である――や皇帝陛下その人と「ロマンティックな関係」にあるかのごとく仕立ててしまいかねなかった。彼女は前者よりもはるかに秀でた詩

（6）ロシア語において主語のみから成る文のこと。

（7）実際には一九四〇年にそれまで刊行された詩集からの作品に新たなものを加えた『六冊の詩集から』、六五年には同様の『時の駆けり』などが刊行されている。一冊の完結した詩集としては、二二年以降、新たなものが出ていないことは事実である。

人であり、後者より優に六インチは背が高かったにもかかわらずである。）半ば自画像、半ば仮面であるその詩的ペルソナは、現実のドラマを演劇の宿命性によって増幅し、そうすることで彼女自身、およびその苦しみ双方のぎりぎりの限界がどこにあるのか、探っていたのである。より幸福な状態についても、同様の探りが入れられた。要するに、リアリズムは形而上学的目的地への移動手段として利用されていたわけだ。しかしながら、こうした一切も、そのような心情を扱った詩の数が甚大なものでなかったならば、そのジャンルの伝統を活気づけるだけで終わっていたことだろう。

そのような詩の数は、伝記的アプローチもフロイト的アプローチも否定するものだ。なぜなら、その数は詩の名宛人たちの具体性を超えており、彼らを作者が語るための口実に変えてしまうからである。芸術と性愛とで共通しているのは、どちらも人の創造的エネルギーの昇華であるということであり、それが両者の間のヒエラルキーを否定する。初期アフマートワにおいて恋愛詩は、ほとんど特異なまでに執拗に書かれたわけだが、それが示しているのは、恋情の再燃というよりも、祈りの絶え間なさなのである。そういうわけで、想像上の、あるいは現実の主人公たちがいかに異なっていても、それらの詩は著しい文体上の類似を示している。というのも、内容としての愛には、形式上のパターンを制限する性向があるからである。同様のことが信仰にも当てはまる。結局、真に強い情感には、適正な顕現の仕方がさほど多くあるわけではないということだ。儀式というものを説明するのも、つまるところそれである。

アフマートワの詩における恋愛の主題の度重なる繰り返しを説明するのは、有限なるものが抱く無限なるものへのノスタルジーであり、現実の痴情のもつれなどではない。実際、彼女にとっては愛が時間のメッセージを記録する、あるいは少なくともそのメッセージの調子を伝える言語、コードとなったのだ。それは、そのようにしたほうが彼女にはそのメッセージがよく聞き取れたのだというにすぎない。この詩人が最も関心を抱いたのは、自身の生ではなく、まさに時間と、その単調音《モノトーン》が人間の精神に及ぼす影響、とりわけ自身の語調に及ぼす影響であったのだ。後年、自分の創作を初期作品で代表させてしまおうとする試みに彼女が憤慨していたのは、なにも常習的に恋に病む少女の地位を嫌ったからではなかった。それは、無限なるものの単調音をより聞き取りやすくするために、彼女の語調、およびそれに伴ってコードも、その後大きく変化したからなのである。

実際、それは *Anno Domini MCMXXI*〔『主の年（西暦）一九二一年』〕——彼女の五冊めの、そして厳密に言うなら最後の詩集で、すでにかなりはっきりしたものになっている。その中の詩篇のいくつかでは、例の単調音が作者の声と溶け合っていて、細部やイメージを、また同様に彼女自身の精神を、韻律の非人間的な中立性《ニュートラリティ》から救い出すため、彼女はそれら細部やイメージの具象性をより鮮明にせざるをえなくなるまでになっている。両者〔作者の精神と韻律の中立性〕の融合、というよりは前者の後者に対する従属が起こるのは、さらに後のことである。その間、彼女は存在について自身が抱く諸々の観念を、韻律法《プロソディ》によって自身にもたらされる観念に凌駕されてしまわぬよう、救い出そうとしていた。というのも、韻律法は時間について、一人の人間がそれを顧慮しようと思う以上に、多くを把握しているものだからである。

こうした再構成された時間についての把握、より正確にはその記憶と間近に接するようになると、精神は過度に加速され、そのために実際の現実に由来する洞察は、その重みとは言わないまでも、新鮮みを奪われてしまう。どんな詩人もこの裂け目を埋めることはできないのだが、抜かりのない詩人ならば、自分が現実の生から疎外されているのを控えめに見せるため、音程《ピッチ》を下げたり、語調を弱めたりするかもしれない。これは純粋に美的な目的のためになされることもある。自身の声をより芝居がかったもの、ベルカント風のものにしないためにである。とはいえ、この偽装の目的は、やはり正気を保つことであることのほうが多く、厳格な韻律の詩人であるアフマートワは、まさにそうした目的のためにその偽装を用いていた。しかし、そうすればするほど、彼女の声は否応なく時間そのものの非人称的な調子に近づいてゆき、ついには溶け合い、「わたし」という代名詞の背後に誰が隠れているのか――『北方哀歌《エレジー》』においてそうであるように――推測しようとする人を慄然とさせるような何かに変わってしまったのである。

代名詞に起こったことは他の品詞にも起こっており、韻律法によりもたらされる時間のパースペクティヴの中で、それらの品詞は消え入りそうになったり、大きく迫ってきたりした。アフマートワは非常に具象的な詩人であったが、イメージが具象的であればあるほど、それを伴奏する韻律のために、そのイメージはより即興的なものとなった。物語の筋のためだけに書かれる詩篇はないというのは、死亡記事のために生きられる生がないのとまったく同様である。詩の音楽と呼ばれるものは、本来、再構成された時間のことであり、それは、時間が詩の内容に、言語的に必然的な、記憶に刻むような焦点を合わせるように構成されているのである。

言い換えるなら、音は詩篇の中の時間の座なのであり、それを背景とすることで詩篇の内容は立体的性質を獲得するのである。アフマートワの詩行の力は、音楽の非人称的で叙事詩的な振幅を伝える彼女の能力に由来しているが、そうした振幅はとりわけ二〇年代以降、詩行の実際の内容と見事に一致するものとなった。主題に対する彼女の管弦楽法《インストゥルメンテイション》〔諧音構成〕の効果は、壁に向かって立たされることに慣れてしまった人が、突然地平線に向かって立たされたときの効果に似ている。

以上のことは、外国のアフマートワの読者がぜひとも心に留めておくべきことである。翻訳ではそうした地平線は消えてしまい、ページ上には魅惑的ではあるが一次元的な内容しか残らないからである。一方で外国の読者は、この詩人の母国の聴衆もまた、非常に歪曲された形で彼女の作品に接することを余儀なくされているという事実に、おそらくは慰められるかもしれない。翻訳が有している検閲との共通点は、どちらも「できる限り」という原則にもとづいて働くということであり、言語の壁が国家により築かれた壁と同じほど高いことだってありうることに注意しなければならない。いずれにせよ、アフマートワはその両方に囲まれており、崩れる気配を見せているのは前者だけである。

Anno Domini MCMXXI は彼女の最後の詩集だった。その後の四四年間、彼女には自身の本がなかったのである。厳密に言うなら、戦後、二冊の薄い彼女の作品集が出されたが[8]、それらは主に初期の抒情詩の復刻と、純粋に愛国的な戦争詩、それから平和の到来を讃える下手な詩の寄せ集めからなっていた。この最後のものは強制収容所にいた息子の釈放を勝ち取るために書かれたのだが、それにもかかわらず彼はそこで一八年間を過ごすことになる[9]。これらの出版物を彼女自身のものであると見なすことは到底できない。というのも、詩篇を選んだのは国営出版社の編集者たちであり、彼らの目的は、アフマートワが存命しており、元気で忠誠心もあることを公衆（とりわけ外国にいる）に信じ込ませることであったからだ。詩篇は全部で五〇

(8) アフマートワは独ソ戦、とりわけレニングラード封鎖に際し、祖国を鼓舞する詩を自発的に書いている一方、一九四九年に息子レフが逮捕された後は、彼を救うため、戦争に勝利し平和をもたらしたスターリンを讃える、故意に体制迎合的な一連の詩を発表した。

(9) この記述には不正確な点がある。今日知られているところでは、息子レフは一九三五年、アフマートワの三度目の夫プーニンと共に逮捕されるが、周囲の奔走により両者ともまもなく釈放された。その後、レフは三八年に再度逮捕され、四三年までを収容所で過ごした。戦後の四九年にプーニンとレフがまたも逮捕に遭い、プーニンは五三年に獄死、レフは五六年、フルシチョフによるスターリン批判後に収容所から釈放された。ブロツキーは、本文の叙述から察するに、一九三八年にプーニンとレフの二人が逮捕され、前者はそのまま獄死、後者は五六年までを収容所で過ごしたと誤解していたものと思われる。

篇ほどにのぼったが、その四〇年間に彼女が書いたものとは何の共通性もなかった。

アフマートワほどの格の詩人にとって、これは生き埋めにされ、その盛り土に目印として二枚の板が置かれているようなものだった。彼女の零落はいくつかの力、主として歴史の力の産物であったが、歴史の主成分は低俗さ、その直接の代理人は国家なのである。こうしてMCMXXI、すなわち一九二一年までに、新国家はアフマートワとの間に軋轢を生じさせていた。というのは、彼女の最初の夫である詩人ニコライ・グミリョーフが治安機関により処刑されたからであるが、それは国家の首領ウラジーミル・レーニン直々の命によるとも言われる。教条的な「目には目を」の精神の派生物である新国家は、アフマートワから、特に自伝的な筆致により知られる彼女の傾向を考えるなら、てっきり仕返しを受けるものと思っていた。

おそらく国家の論理とはそのようなものなのであり、続く十年半の間に彼女の交際関係全体（最も親しい友人たちである詩人のウラジーミル・ナールブトとオーシプ・マンデリシュターム[10]を含む）を破壊することで、その論理はさらに推し進められた。それは息子のレフ・グミリョーフと三番めの夫で芸術史家のニコライ・プーニンの逮捕で頂点に達するが、プーニンはまもなく獄死した[11]。それから第二次世界大戦が始まるのである。

戦争に先行するこの一五年間は、おそらくロシア史全体の中で最も暗い時期であったが、アフマートワ自身の人生においてもそうであったことは疑いない。この時期に与えられた題材、より正確には、この時期に差し引かれた諸々の人生が、最終的に彼女に「哭《な》き歌のムーサ[12]」という称号を獲得させることになった。この時期は、それまで恋愛詩が書かれていた絶え間なさを、追悼詩のそれに置き換えたにすぎなかった。以前なら彼女があれこれの感情的緊張の解決として呼び出していた死は、あまりに現実的《リアル》なものとなり、そのためにいかなる感情も問題ではなくなってしまった。死は言葉の綾《フィギュア》から、人を言葉が出ないままにする姿形《フィギュア》に変わったのだ。

彼女が書き続けたのは、韻律法が死を緩和する〔吸い込む〕からであり、また自分が生き残ったことに疚しさを感じたからである。彼女の『死者たちへの花輪』を構成する諸詩篇は、単に自分より先に逝ってしまった人々に韻律法を取り〔吸い〕込ませる、あるいは少なくともそれに加わらせようとする試みだった。彼女は自分の死者を「不死化」しようとしたわけではなかった。彼らのほとんどはすでにロシア文学の誇りであり、それゆえ十分に自らを不死化していた。彼女は、存在の意味の源泉が破壊されたため突然眼前に口を開けた、その存在の無意味に対処し、忌むべき無限を、そこに身近な影たちを住まわせることで手懐けようとしただけなのだ。さらに、死者に語りかけることは、語る声が喚《わめ》き声に変わってしまうのを防ぐ唯一の方法であった。

しかし、この時代以降の他のアフマートワの詩には、喚き声の諸要素がかなり聞き取れる。それらは特異で過剰な押韻という形で、あるいは他の点では一貫した語りの中に差し挟まれる、脈絡のない詩行として現れた。とはいえ、誰かの死を直接的に扱った詩には、この種のものは一切見られず、まるで作者が自分の感

(10) ナールブトはグミリョーフ、アフマートワ、マンデリシュタームらと共に詩流派アクメイズムのグループの一員。一九三六年に逮捕、三八年にコルィマの収容所で銃殺された。マンデリシュタームについては「文明の子」の章を参照。

(11) 五一頁の注（9）を参照。

(12) マリーナ・ツヴェターエワが一九一六年にアフマートワに捧げた詩で彼女をそう呼んでいる。ムーサとはギリシャ神話における詩神。記憶の女神ムネモシュネーから生まれた九人姉妹で、それぞれに抒情詩、叙事詩、悲劇など司る分野がある。

情の極端さで宛名人の気分を害さないようにと望んでいるかのようだ。宛名人たちに対して出しゃばる究極の好機を利用することへの、こうした拒絶の態度は、もちろん彼女の抒情詩における慣行と呼応している。しかし、死者たちが生きているかのように語り続けたり、自らの語調を「機会」に合わせて変えたりしないことで、彼女は、あらゆる詩人が死者や天使の中に求め、また見いだす、理想的で絶対的な話し相手として死者を利用する好機をも、同じく拒絶しているのである。

主題としての死は、詩人の倫理を計るのに良いリトマス試験紙である。「追悼」というジャンルはしばしば、自己憐憫を行使するために利用されたり、犠牲者に対する生存者の、少数者（死者）に対する多数者（生者）の無意識的優越感の印である形而上学的旅のために利用されたりする。しかし、アフマートワはそうしたことをまったく受けつけなかった。彼女は亡き人たちを一般化するのではなく、個別化する。彼女は、いかなる場合にも自分にとって同一化がより容易な少数者たちのために書いていたのだから。彼女はただ彼らを、自分が知っている個人として扱い続け、彼らがどんなに壮大な目的地への出発点としても利用されるのを好まないだろうことを分かっていた。

至極当然のことであるが、この種の詩は出版できなかったし、書き留めたり、タイプで清書したりすることすらできなかった。それらは暗記する他なかったのだが、それは作者の他、七人ほどの人により行われた。作者は自身の記憶力を当てにしていなかったからである。時折、個人的に人に会っては、在庫調べの手段として、彼ないし彼女にあれこれの詩を小声で暗唱してもらうことにしていた。こうした慎重さは行き過ぎたものでは決してなかった。数行を記した紙切れよりも取るに足らないことのために、人々が永遠に姿を消したりしていたのだ。その上、彼女が案じていたのは自身の命というよりも、息子の命のほうだった。彼は収容所におり、その解放を彼女は一八年の間、必死になって求めていたのである。数行を記した小さな紙切れは大きな代償となりえたし、それは彼女にとってよりも、息子にとってそうだったのだ。彼女のほうは、失うものと言えば、希望と、そしておそらくは正気くらいのものだった。

　しかしながら、彼女の『レクイエム』が当局に発見されていたならば、二人共に余命いくばくもなかったことだろう。これは、息子が逮捕されたため、彼への差し入れを携えて刑務所の塀の下で待ち、彼の運命を知ろうとあちこちの役所を訪ねて回る、一女性の苦難を描いた連作詩である。このときは彼女は確かに自伝的であったが、しかし、『レクイエム』の力は、アフマートワの伝記があまりにもありふれたものであったという事実にある。このレクイエムは、悼む者たちを悼むのである。すなわち、息子を失う母親たち、寡婦になる妻たち、時には、作者の場合がそうであるように、その両方である者たちをである。これは主人公《ヘロス》より前に合唱隊《コロス》が破滅する悲劇なのである。

『レクイエム』のさまざまな声部が歌われるときの憐みの度合いは、作者の正教への信仰によってのみ説明できる。この作品の突き刺すような、ほとんど耐え難いほどの抒情性の由来である慮《おもんぱか》りと恕《ゆる》しの度合いは、彼女の心、彼女の自己、そしてその自己が有する時間感覚の独自性によってのみ説明できるのである。どんな信条も、体制の手によるこの二重の寡婦状態、息子のこの運命、沈黙させられ、排斥されたこの四〇年間を慮り、ましてや恕し、そればかりか生き延びる助けにはならなかっただろう。アンナ・ゴレンコならそれを決して受け止めることができなかっただろう。アンナ・アフマートワがそれをし果《おお》せたのであり、彼女はこのペンネームを名乗ったとき、何が待ち受けているかを知っていたかのようだ。

　歴史上、現実を扱うことができるのは詩だけだという時代がある。そのとき、詩は現実を濃縮し、把握可能なもの、そうでなければ精神によっては保持されえないものとするのである。その意味では、国民全体がアフマートワという筆名を名乗ったのだと言える――彼女の人気もそれゆえであり、さらに重要なことには、それゆえに彼女は国民の知らなかったことを伝えるだけでなく、国民の代わりに語ることもまたできたのである。彼女は本質的に人間的絆、すなわち大事にされながらも、やがて張りつめ、断ち切られる絆の詩人であった。彼女はこれらの展開を、まず個人の心のプリズムを通して、次いでありのままの歴史というプリズムを通して示した。光学という点で得られるのは、いずれにしろこの二つくらいなのである。

これら二つの眺望《パースペクティヴ》は、韻律法を通してくっきりとピントを合わせられることになったが、韻律法はと言えば、それは単に言語の中の時間の容器である。ちなみに、彼女の恕しの能力もそこに由来する——というのも、恕しとは、信条により持たねばならないとされる美徳ではなく、世俗的な意味でも形而上学的な意味でも、時間の特性だからである。それはまた、彼女の詩行が出版されようがされまいが生き延びている理由でもある。それは韻律法のためであり、それらの詩行が、言葉の両方の意味で時間を充塡《チャージ》されている〔時間に責任を負っている〕ためなのである。言語は国家よりも古く、韻律法はつねに歴史よりも生き延びるのだから、彼女の詩行は生き延びることだろう。実際、韻律法は歴史をほとんど必要としない。韻律法が必要とするのは詩人だけであり、アフマートワはまさにそれであったのだ。

一九八二年

（斉藤 毅訳）

振り子の歌

1

コンスタンティノス・カヴァフィスは一八六三年、エジプトのアレクサンドリアに生まれ、七〇年後、その地で喉頭癌で亡くなった。彼の生涯は厳格このうえない新批評家をも満足させるほど、平穏無事なものだった。カヴァフィスは裕福な商家の九番めの子供だったが、父の死とともに一家の繁栄は急速におとろえた。未来の詩人は九歳のときにカヴァフィス・アンド・サンズ商会の支店があるイギリスにわたり、十六歳でアレクサンドリアに戻った。彼はギリシア正教会の教えを受けて育った。しばらくのあいだアレクサンドリアの商業学校ヘルメス・リセに通ったが、いくつかの情報によれば、彼は在学中、商業よりも古典や歴史の勉強に興味を持ったという。しかしこれは、詩人の伝記につきものの挿話にすぎないかもしれない。

一八八二年、カヴァフィスが十九歳のとき、反ヨーロッパの暴動が起き、（少なくとも十九世紀の基準によるなら）大変な流血の惨事がもたらされた。イギリスはアレクサンドリアを海から砲撃して、これに報復した。(1) カヴァフィスと母親は少し前にコンスタンチノープルに去っていたので、彼はアレクサンドリアで起こった、おそらく生涯に唯一の歴史的事件を目撃する機会を失ってしまった。その後の三年間を、彼はコンスタンチノープルで過ごした――それは彼の発展にとっては重要な歳月だった。それまで数年にわたってつけていた歴史日記の記入が――「アレクサンダー」と記入されたところで――止まったのも、コンスタンチノープルでのことだった。ここではまた、初めての同性愛の経験をしたと伝えられている。二十八歳のとき、彼は初めて仕事に就いた。公共事業省、灌漑局の臨時事務員の職だった。この臨時の職はかなり永続的なものとなった。彼はその後三〇年間その職にとどまり、ときおりはアレクサンドリアの株式取引所の仲買人として臨時の収入を得ていた。

カヴァフィスは、古代および現代ギリシア語、ラテン語、アラビア語、フランス語を知っていた。ダンテをイタリア語で読み、最初のいくつかの詩を英語で書いている。しかし、なんらかの文学的影響があったにせよ――エドマンド・キーリーは『カヴァフィスのアレクサンドリア』で何人かのイギリス・ロマン派詩人たちの影響を認めているが――その影響は、カヴァフィスの詩の展開の中では、キーリーの定義による「正典《キャノン》」から、詩人自身が削除している時期のものに限られるべきだろう。その後の時期についていうなら、ヘレニズム期(2)において短長格物まね体《ミム・イアンブ》(あるいは単に「物まね」)として知られたものの扱いと、碑銘体の利用は、まったく彼独自のものとなっているので、キーリーが『パラティン詞華集』(3)風の曖昧模糊とした作品をわれわれが読まないで済むようにしているのは正しい。

カヴァフィスの生涯はまったく平穏無事なものであり、生前には一冊の詩集も出さなかったほどである。彼はアレクサンドリアに住み、詩を書き(ときおりそれらの詩をごく少数の限定版のルーズリーフ形式や、パンフレットあるいはブロードサイド〔片面刷りの印刷物〕として印刷し)、カフェで土地の文学者や訪ねてきた文学者たちとおしゃべりをし、トランプ遊びをし、競馬で賭をし、男娼窟をたずね、そしてときには教会に行った。

カヴァフィスの詩の英訳は少なくとも五冊はあると思う。最もみごとな翻訳は、レイ・ダルヴェンの訳[4]と、エドマンド・キーリーおよびフィリップ・シェラードによる共訳[5]である。後者のハードカバーの本は二言語版になっている。翻訳の世界には協力というものが無きにひとしいので、翻訳者たちはときとして他人の努力を知らずに、二重の仕事をしてしまうことがある。しかし、読者はこのような二重の仕事から恩恵を受けることがあるし、また、ある意味では詩人も恩恵を受けることがある。少なくともこの場合には詩人も恩恵を受けており、直裁な訳を目指そうとする点において二つの訳には多くの共通点がある。その目的から判断するならば、確かにキーリーとシェラードの訳のほうがすぐれている。ただし幸いなことに、カヴァフィスの作品のうちで脚韻を踏んでいるものは半数たらずであり、しかも、そのほとんどが初期の詩ばかりである。

あらゆる詩人の詩は翻訳によって損なわれるものであり、カヴァフィスの場合にも例外ではない。例外なのは、彼の場合には得るところもあるという点である。得るところがあるというのは、彼がかなり教訓的な

(1) イギリスは一八七五年にスエズ運河会社の株式の四〇パーセントを取得して、その地域に大きな権益を持っていた。
(2) 一般に歴史区分としては、マケドニアのアレクサンドロス大王（紀元前三五六－三二三、在位三三六－三二三）の時代以後、古代ローマによるエジプトのプトレマイオス王国征服（紀元前三〇）までの三世紀間を指す。ギリシア文化の周辺地域への拡散の時期であるとともにその文化の衰退期ともされる。
(3)『ギリシア詞華集』のもととなったアンソロジーで、十七世紀初頭にハイデルベルクのパラティン図書館で発見された。
(4)『カヴァフィス全詩集』ハーコート・ブレイス・ジョヴァノヴィチ、一九六六年（原注）。
(5) ジョージ・サヴァディス編『C・P・カヴァフィス詩集』プリンストン大学出版、一九七五年（原注）。

詩人であるからというばかりでなく、すでに一九〇〇－一九一〇年にかけての早い時期から、彼の詩のあらゆる詩的装飾を――豊かなイメージや、直喩や、華やかな韻律や、さらには、すでに述べたような脚韻を――捨てはじめていたからでもある。これは円熟による簡素化であり、カヴァフィスはさらなる簡素化に向かうため、故意に「貧弱な」手段に頼ったり、言葉をその本来の意味において使うことに頼ったりするのである。かくして彼はエメラルドを「グリーン」と呼び、肉体を「若く美しい」と描くことになる。この技法はカヴァフィスの認識、つまり、言語とは認知のための道具ではなく対象をわがものとするための道具であり、また、人間とは生まれつきのブルジョワであり、言語を、住居や衣服を利用するのと同じ目的で利用するものだという認識からくる。詩こそ、言語自体を手段として言語をうちくだくことのできる唯一の武器であるように思われるのだ。

カヴァフィスによる「貧弱な」形容詞の使用は、ある種の知的類語反復《トートロジー》を構成するという思いがけない効果を生みだして、読者の想像力を解きはなってくれるのに対して、より精妙なイメージや比喩は読者の想像力を拘束し、そのイメージや比喩のみごとさのほうに目を向けさせる。こうした理由から、カヴァフィスの翻訳は詩人がめざしていた方向へ向けてのほとんど論理的な次の一歩――カヴァフィス自身が歩みだしたいと思っていたであろう一歩――と言ってもさしつかえないだろう。

ひょっとすると、彼はその一歩を踏みだす必要もなかったのかもしれない。彼が操作するような隠喩があれば、それだけで、彼が到達した段階、あるいはそれより以前の段階にとどまってもよかったからだ。カヴァフィスがおこなったのは、ごく単純なことである。ふつう、隠喩を構成するのは、二つの要素である。つまり、描写されるもの（I・A・リチャーズの呼び方によるなら「テナー＝主旨」）と、その最初の対象が想像上、あるいは単に文法的に結びつけられるもの（「ヴィーイクル＝媒体」）である。後者の媒体が通常持っている含意によって、作者には、事実上、無限の展開の可能性が与えられることになる。詩はそのようにして機能する。カヴァフィスが詩人としての経歴のほとんど最初からおこなっていたのは、ただちに後者の媒体に向かうことであった。彼はその後の経歴において、前者の主旨は自明であるとの前提のもとに、わざわざそれに立ちもどることなく、媒体のほうに含まれる概念を展開し、精妙化しつづけた。「媒体」はアレクサンドリアであり、「主旨」は人生であった。

2

『カヴァフィスのアレクサンドリア』〔一九七六年〕には「進行中の神話についての研究」と副題がついている。「進行中の神話」という言葉はヨルゴス・セフェリス〔一九〇〇―一九七一、ギリシアの詩人〕の造語になるものだが、「進行中の隠喩についての研究」としてもよかったろう。神話とはもともと前ヘレニズム時代に属すものであり、もし、外国人はもとより彼の同国人をも含む数多くの文人たちによる、ギリシア的テーマ――神話と英雄の創造、民族主義的熱狂など――の陳腐な扱いに対するカヴァフィス自身の見解を考慮に入れるなら、「神話」という言葉は不運な選択に思われる。

　カヴァフィスのアレクサンドリアは、精確には、ヨクナパトーファ郡(6)でもなければ、ティルベリー・タウン(7)でも、スプーン・リヴァー(8)でもない。そこは何よりもまず、日常と化した腐敗的性格のために悔恨の念す

(6) アメリカの作家ウィリアム・フォークナーの多くの小説の舞台となる架空の土地。
(7) アメリカの詩人エドウィン・アーリントン・ロビンソンの詩に現れる架空の町。

ら萎えてしまうほどの衰退期にある、むさ苦しく侘びしい場所である。ある意味で一八六九年のスエズ運河開通は、アレクサンドリアの輝きをくもらせるうえで、ローマの支配とキリスト教の出現、およびアラブによる征服とを合わせたよりも、さらに大きな影響を及ぼした。アレクサンドリアの商業的存在のおもな源泉である海運業のほとんどが、ポート・サイード(9)に追いやられたからだ。けれども、カヴァフィスはこれを、一八世紀も前に、アクティウムの戦い(10)に敗れたあとのクレオパトラの最後の船団が同じルートをたどって脱出したときの、遠いこだまと見なすことができた。

カヴァフィスはみずから歴史の詩人と名乗っていたし、キーリーの本はキーリーの本で、ある種の考古学的な仕事を表している。けれどもわれわれは、「歴史」という言葉が、国家の事業にも、また個人の生涯にも、同様にあてはまることを心に留めておかなければならない。どちらの場合にも、「歴史」は、記憶と、記録と、解釈とから成り立っている。『カヴァフィスのアレクサンドリア』が一種の遡行的な考古学となっているのは、キーリーが一つの想像上の都市のさまざまな層を扱っているからである。彼は、そのようないくつもの層がまじりやすいことを承知したうえで、細心の注意を払いながら仕事を進める。キーリーは少なくとも五つの層を、明確に区別する——つまり、現実の都市、隠喩としての都市、官能的な都市、神話的なアレクサンドリア、それとヘレニズム世界である。そして最後に、それぞれの詩がどのカテゴリーに収まるかを示す図表を作成する。この本は、E・M・フォースターの本(11)が現実のアレクサンドリアについてのみごとな案内書となっているのと同様、想像上のアレクサンドリアについてのみごとな案内書となっている（フォースターの本はカヴァフィスに捧げられていたし、フォースターはイギリスの読者にカヴァフィスを初めて紹介した人物であった(12)）。

キーリーの数々の発見は助けになるし、彼の方法も助けになる。それに、もし彼の結論のいくつかに同意できないとしても、それはこの非凡な人物カヴァフィスが、かつてはもとより現在においてもなお、キーリーの発見が示唆するよりも大きな存在であるからだ。けれども、そのスケールの大きさを理解するためには、カヴァフィスの作品の翻訳者としてのキーリーのみごとな仕事に頼ることになる。キーリーがこの本の中でいくつかのことを語っていないとしても、それはおもに、彼が翻訳においてそれらのことをすでに語っているからである。

歴史記述——とくに古典古代の歴史の記述——の大きな特徴の一つは、当然のことながら、多数の対立する証拠、あるいはその証拠に対するはっきりと対立する評価から生ずる、文体上の曖昧さである。タキトゥスはいうにおよばず、ヘロドトスやトゥキュディデスたち自身も、後世の逆説家のように聞こえることがある。言葉を換えるならば、曖昧性というものは、客観性をもとめる戦いの必然的な副産物であり、その戦いには、ロマン派以後、多かれ少なかれ真面目な詩人たちすべてが関わってきたのである。われわれは、文体

（8）アメリカの詩人エドガー・リー・マスターズの詩集『スプーン・リヴァー・アンソロジー』の舞台となる架空の町。

（9）スエズ運河の北端に位置する都市。

（10）紀元前三一年、共和制ローマの政務官オクタウィアヌス（のちの初代ローマ皇帝アウグストゥス）の軍勢と、同じく政務官のアントニウスとエジプト（プトレマイオス朝）の女王クレオパトラの連合軍がギリシア北部アクティウムの沖で激突した海戦。戦いの最中にクレオパトラの船団が戦線を離脱してアレクサンドリアに逃走、あとを追ってアントニウスの船団も敗走。ローマが共和制から帝制に移行するのを促したとされる出来事。

（11）『アレクサンドリア——歴史と案内』一九二二年。

（12）「C・P・カヴァフィスの詩」『ファロスとファリロン』一九二三年、所収。

家としてのカヴァフィスがすでにこの方向へと向かっていたことを知っているし、また、歴史に対する彼の愛着も知っている。

二十世紀が始まるまでには、カヴァフィスはすでに、彼がその後三〇年間にわたって使うことになる、あの、適度な曖昧さをそなえながらも客観的で冷静な語り口を身につけていた。彼の歴史意識、より精確には彼の読書上の趣味が彼をとらえ、彼に一つの仮面を与えたのである。人間とはそのひとが読むものの総体であり、詩人の場合にはなおさらそうである。この点においてカヴァフィスは、ギリシアやローマ、ビザンティン（とりわけミカエル・プセロス[13]）については、図書館なみの知識をそなえている。とくに、紀元前三世紀から紀元四世紀にかけてのギリシアとローマの相互作用に関する記録や碑文については、概説的な知識をそなえている。記録の中立的な文体と、碑文の非常に形式的な悲哀感とから、カヴァフィス特有の様式的な語法、つまり記録と墓碑銘とが混淆したような語法が生まれたのである。このような語法は、「歴史に取材した詩」に使われる場合にも、また、適度に叙情的な題材に対して使われる場合にも、それらが本物であるとの不思議な効果をもたらし、彼の歓喜や夢想が冗舌になることを防いで、最も単純な発話にも寡黙さの彩りを添えてくれる。カヴァフィスのペンのもとでは、感傷的な決まり文句や慣習的言いまわしも——ちょうど彼の「貧弱な」形容詞と同じく——仮面となるのだ。

詩人を扱う場合、こまかい区分をもうけるのはつねに好ましくないことだが、キーリーの考古学はそれを求めている。キーリーはわれわれに、詩人が自分の声と主題とを発見したころのカヴァフィスを紹介するのである。そのときにはカヴァフィスはすでに四十を越えており、さまざまな事柄について、とくに、そこにとどまることにした現実のアレクサンドリアの都市について、心を決めていた。カヴァフィスのこの決意のむずかしさについて、キーリーの説はたいへん説得力に富んでいる。関連のない六篇か七篇の詩を別にすれば、カヴァフィスの正典である二二〇篇の詩では、「現実の」アレクサンドリアは表面には現れてこない。まず最初に現れるのは「隠喩としての」都市であり、神話としての都市である。このことだけでもキーリーの説の正しさがわかる。なぜなら、ユートピア的な考え方には、カヴァフィスの場合のように、それが過去に向かうときでさえ、ふつう、現在は耐えがたいものだという意識が含まれているからである。住んでいる場所がみすぼらしく侘びしければ侘びしいほど、そこを活気づけたいという気持ちが強くなるものだ。アレクサンドリアにとどまろうというカヴァフィスの決意には何かきわめてギリシア的なものがある（あたかも、彼をその地に運んだ運命の命ずるがままに従って、パルコス[14]とともにあることを選んだかのようだ）と語るのがためらわれるのは、カヴァフィス自身がそのような神話化を嫌っているからである。そしてまた、読者の側でも、あらゆる選択は本質的には自由からの逃走であることを承知しているからかもしれない。

カヴァフィスがとどまろうと決心した理由としてもう一つ考えられるのは、彼自身、自分がそれ以上の境遇にふさわしいとまでは思わなかったということである。だが、いかなる理由にせよ、彼が想像したアレクサンドリアは、現実のアレクサンドリアと同様、生きいきと存在している。芸術とは存在のもう一つの形式であるが、ただし、そう述べるときに強調されるのは、「存在」のほうである。なぜなら、創造の過程というものは現実からの逃避でもなければ、現実の昇華でもないからだ。いずれにせよ、カヴァフィスの場合には昇華ではなかったし、彼の作品における官能的な都市全体の扱い方がそれを証明している。

(13) 一〇一八頃－一〇七八頃。ビザンティンの歴史家、哲学者。万能の学者であり、ビザンティン帝国の人文主義の先駆者の一人。『年代記』で知られる。

(14) 未詳。

彼は同性愛者だったが、その主題の率直な扱い方は、キーリーがほのめかすとおり当時の基準に照らして進んでいたばかりでなく、現在の基準に照らしてみても進んでいる。彼の考え方を伝統的に東地中海地域に見出される態度と関連づけようとしても、ほとんど、あるいはまったく、助けにならない。ヘレニズム世界と詩人が生きた実際の社会との違いは、あまりにも大きかったのだ。かりに実際の都市の道徳的雰囲気がカモフラージュの技法を勧めたとしても、プトレマイオス朝の壮麗さを想起しようとすれば、これ見よがしな誇張に陥ることになったろう。カヴァフィスにとってはどちらの戦略も受け入れがたいものだった。なぜなら、彼は何よりもまず瞑想の詩人であったからであり、また、どちらの態度も程度の差こそあれ、同様に、愛の感情そのものにはそぐわないからだ。

最良の叙情詩の九割までは、カヴァフィスの詩と同様、いわば性交後《ポスト・コイタム》に書かれている。いかなる主題のものであれ、彼の詩はつねに回想の中で書かれているのだ。同性愛自体、異性愛以上に自己分析を強いる。私の信ずるところでは、同性愛者の罪の意識は異性愛者の罪の意識よりもはるかに込み入ったものである。異性愛者には、控えめにいっても、結婚や、そのほかの社会的に容認される恒常的な関係を通じて、即座に罪〔キリスト教に言ういわゆる「原罪」のこと〕をあがなう道が与えられているからだ。同性愛者の心理は、あらゆるマイノリティの心理と同様、明らかにニュアンスと両面価値《アンビバレンス》の心理である。それは人の傷つきやすさにつけ込むあまりに精神の逆転をもたらし、そのあとでは、逆に攻撃性が発動されかねないのである。ある意味で同性愛は一種の官能の極限主義であり、当人の理性の力と感情の力とを完全に吸収消費しつくすので、その結果生まれるのは、T・S・エリオットのおなじみの友である「感じられた思考」[15]ということになりそうだ。結局、同性愛者の人生観には、それと対照的な異性愛者の人生観よりも多くの側面があるのかもしれない。理論的に言えば、そのような人生観は詩作にとって理想的な動機を与えてくれるものだが、カヴァフィスの場合、その動機も口実であるにすぎない。

もちろん、芸術において問題なのは、その人がどのような性的嗜好を持っているかではなく、その嗜好から何がつくりだされるかである。浅薄な批評家や党派心の強い批評家だけが、カヴァフィスの詩に単純に「同性愛的」というラベルを貼ったり、彼の詩を彼の「快楽主義《ヘドニズム》的偏向」の実例にしようとする。カヴァフィスの愛の詩は、歴史を題材とする詩と同じ精神でつくられていた。彼の詩の回想的性質のため、彼の言う「快楽」——思い出している性的出会いに言及するため、カヴァフィスが最も頻繁に使う語の一つ——でさえ、キーリーが述べる現実のアレクサンドリア[16]が、何か壮麗なるものの貧しい残滓であるというのとほとんど同じ意味で、「貧弱な」感じがする。たいていの場合、それらの叙情詩の主人公は孤独な初老の人間であり、時間によって、つまり彼の存在にとって大切だったほかの多くのものを変えてしまったその時間によって、醜くなった自分の容貌を嫌悪している。

人間が時間に対抗するために自由に使える唯一の道具は記憶であり、カヴァフィスの作品をかくも際だったものにしているのは、彼独自の、官能的で歴史的な記憶である。愛のメカニズムには官能的なものと精神的なものとを架橋する働きが含まれており、ときには愛を神格化することすらある。われわれの結合の中のみならず、別離の中にも、死後の世界の予感があるからだ。まことに逆説的なことだが、カヴァフィスの詩は、あのヘレニズム的な「特殊な愛」を扱うときにも、また、ついでに《アン・パサン》ありふれた物思いや憧れに触れると

(15) エリオットのエッセイ「形而上派の詩人たち」に「思考を薔薇の香りのようにじかに感じる」との句がある。
(16) キーリーの研究書の第一章の表題は「序論　現実の都市」。

きにも、かつて愛したものたちの影を甦らせる試み——というより、むしろその挫折の承認——なのである。あるいは、影というより写真と言ったほうがいいかもしれない。

カヴァフィス批評には、彼の絶望を超然さと受け取り、彼のばかげた振る舞いをアイロニーと受け取ることによって、彼のものの見方を理解しやすいものにしようとする傾向がある。カヴァフィスの愛の詩は「悲劇的」ではなく、恐ろしいものだ。なぜなら、悲劇は既成事実《フェタコンプリ》を扱うのに対して、恐怖は想像力の産物であるからだ（想像力が未来に向けられるか過去に向けられるかには関係がない）。彼の詩において愛の喪失感が愛を得たときの感覚よりもはるかに鋭いのは、まさしく、結ばれている状態よりも別離の状態のほうが永くつづく体験だからである。カヴァフィスは、罪の意識と心理的抑圧だけに強く束縛される現実においてよりも、言葉のうえでのほうがいっそう官能的であったようにすら思われる。「時が彼らを変える前」や「秘められたこと」のような詩篇は、スーザン・ソンタグの「生は映画であり、死は写真だ」〔ソンタグの最初の小説『恩恵者』の中の言葉〕という公式を完全に逆転させている。別な言い方をするなら、かりにカヴァフィスの快楽主義的偏向なるものがあるにしても、その偏向自体、彼の歴史意識によって偏向しているのだ。歴史というものはとりわけ不可逆性を意味しているからである。またいっぽう、歴史を題材とするカヴァフィスの詩篇も、快楽主義的傾向を持たなかったら、単なる逸話に終わってしまったことだろう。

*

快楽主義と歴史意識というこの二重の技法がどう機能しているかを示す最良の例の一つは、クレオパトラの十五歳になる息子で、プトレマイオス朝の名目上は最後の王となった、カエサリオンについての詩〔「カエサリオン」〕である。カエサリオンは「征服されたアレクサンドリア」でオクタウィアヌス帝の命により、ローマ人たちによって処刑されている。ある晩、どこかの歴史書にカエサリオンの名前をみつけた語り手は、この少年についての夢想に耽るうち、心の中で「少年の姿を自由に思い浮かべ」、「あまりにも完璧に」思い浮かべるので、詩の最後でそのカエサリオンが処刑される場面では、われわれは彼の処刑を陵辱行為とすら感じてしまう。そしてそのときには、「征服されたアレクサンドリア」という詩句にも特別の意味合いが加わる。個人的な喪失感という苦痛にみちた認識が加わるのである。

官能性と歴史とを結びつけるよりも、それらを同一視することによって、カヴァフィスは彼の読者（および彼自身）に、世界の支配者である愛の神《エロス》についての古典的なギリシアの物語を語る。その物語はカヴァフィスの口から語られると説得力にみちているが、歴史に取材する彼の詩篇がもっぱらヘレニズム世界の没落を扱っているだけに、なおさらのことそう思われる。彼はその没落を、一個人としては、小型模型《ミニチュア》の中に、あるいは鏡の中に映し出す。カヴァフィスはまた、小型模型の中での扱いでは精確さに欠けるとでもいうかのように、われわれのためには、アレクサンドリアとそれに隣接するヘレニズム世界の大縮尺模型を作りあげる。それは一枚のフレスコ画であり、そのフレスコ画が断片的に見えるとするならば、一つにはそれが作者の姿を反映しているからであるが、大きな理由としては、どん底期にあるヘレニズム世界が、政治的にも文化的にも、断片的になっていたからである。ヘレニズム世界はアレクサンドロス大王の死とともに崩壊しはじめ、ちょうどさまざまな矛盾が人の心を引き裂くのと同じように、戦争や小競り合いなどがその後数世紀にわたってヘレニズム世界を引き裂きつづけたのである。この雑多でコスモポリタン的な断片を結びつける唯一の力が「大いなるギリシア語《マグナ・リングア・グレカエ》」であった。カヴァフィスは彼自身の人生についても同じことが言えたろう。われわれがカヴァフィスの詩の中に、おそらくは最も率直な声を聞くのは、彼がうっとりと昂揚した熱烈な調子で、ヘレニズム世界の生活の数々の美を彼が並べたてるときのことだろう——快楽主義、芸術、詭弁《きべん》哲学、そして「とりわけ、わが大いなるギリシア語」。

3

ヘレニズム世界を終わらせたのはローマによる征服ではなかった。ヘレニズム世界が終わったのは、ローマがキリスト教に屈した日のことであった(17)。カヴァフィスの詩における異教世界とキリスト教世界の相互作用は、彼の詩のさまざまな主題のうち、キーリーの本が十分には論じていない唯一の主題である。しかし、その理由は容易に理解できる。この主題を論じるには一冊の本を必要とするからだ。カヴァフィスをキリスト教世界に安住できなかった同性愛者として片づけるのでは、単純にすぎるだろう。その点について言うなら、彼は異教世界にも決して安住はできなかった。彼は鋭い洞察力で、自分が血の中に二つの世界の混淆を受け継いで生まれてきたことを——そしてまた、その二つの世界の混淆の中に生まれてきたことを——知っていた。彼が二つの世界の緊張を感じたとするならば、それはどちらか一方の世界のせいではなく、両方の世界のせいだった。彼の問題は、それぞれの世界への忠誠心のあいだで引き裂かれていたということではなかったのだ。少なくとも表面上は、彼はキリスト教徒だった。いつも十字架を掛け、聖金曜日には教会の礼拝に参列し、臨終の秘蹟も受けた。彼はおそらく心からのキリスト教徒だったろう。彼の最も鋭い皮肉が向けられているのは、キリスト教の大きな欠陥の一つ——敬虔なるがゆえの不寛容——であった。だが、もちろん、われわれ読者にとって重要なのは、カヴァフィスがどの教会に属していたかではなく、二つの宗教の混淆を彼がどう扱っていたかである——カヴァフィスの扱い方は、キリスト教的なものでも異教的なものでもなかった。

前キリスト教時代の終わりには（といっても、人々は、救世主《メシア》の出現を警告されている人々であれ、あるいは迫りくる大虐殺を警告されている人々であれ、時間を逆に辿ることはないが）、アレクサンドリアはさまざまな信条やイデオロギーが混在する場所であり、その中にはユダヤ教もあれば、土地に根ざしたコプト教や新プラトン主義もあり、もちろん、新着のキリスト教もあった。多神教と一神教の問題は、われわれの文明史上で最初の本格的な学堂――ムセイオン(18)――があったこの町では、おなじみの問題であった。一つの信仰をもう一つの信仰と並べるだけでは、確かに、それぞれの信仰を本来の文脈から抜き出すことになるが、その文脈こそ、まさしくアレクサンドリアの人々にとって重要なものであった。やがて、重要なのはどちらか一つの信仰を選ぶことなのだと告げられる日がやってきた。人々は選択を好まなかったし、カヴァフィスも好まない。カヴァフィスが「異教」とか「キリスト教」という語を使うとき、われわれも彼と同様、それらはいわば近似値、約束事、公分母にあたるものであり、文明がもっぱら関わるのはその分子に当たる部分なのだということを、心に留めておかなければならない。

カヴァフィスは歴史を題材とする詩篇において、キーリーが「ありふれた」隠喩と呼ぶもの、つまり政治的な象徴にもとづく隠喩を利用する（「ダレイオス〔紀元前五五〇－四八六。ペルシア帝国の王、在位前五二二－四八六〕」や「夷狄《いてき》を待ちながら」といっ

(17) ローマが四分していた時期の三一三年、西ローマの皇帝コンスタンティヌスと東ローマの皇帝リキニウスがミラノで会談し、キリスト教の公認と各人の宗教的自由を認める、「ミラノ勅令」を出した。
(18) 古代ヘレニズム世界で各地につくられた学堂で、特にプトレマイオス一世がアレクサンドリアに設立したものが有名。

た詩篇の場合のように)。これがカヴァフィスの詩が翻訳によって得るところさえある、もう一つの理由である。政治というもの自体が一種のメタ言語、精神の制服であり、しかもカヴァフィスは現代のほとんどの詩人と違って、政治のくだけた扱いがとても巧みである。キーリーの「正典《キャノン》」には、背教者ユリアヌス(19)についての詩が七篇含まれている——ユリアヌスの皇帝としての治世が短いこと(三年)を考えれば大変な数だ。カヴァフィスがユリアヌスに興味を持ったについては何らかの理由があるはずだが、キーリーの解釈は当たっていないように思われる。ユリアヌスはキリスト教徒として育てられたが、皇帝の座に就くと、異教を国教として再建しようとした。国教という発想自体、ユリアヌスのキリスト教的傾向を示しているが、彼はまったく違った方法でこの問題と取り組んだ。キリスト教徒を迫害もしなければ、彼らを改宗させようともしなかったのだ。ユリアヌスはただ、キリスト教への国の援助をやめ、賢人たちを送って、キリスト教の司祭たちと公開で討論させただけである。

それらの言葉による応酬において司祭たちがしばしば負けたのは、一つには当時の教えに教義上の矛盾があったためであり、また一つには、司祭たちが、単純に自分たちのキリスト教の教義のほうがすぐれていると思いこむあまり、たいていは相手ほど討論の準備をしていなかったためである。いずれにしても、ユリアヌスは彼が「ガリラヤ人《びと》の宗教」と呼ぶものに対して寛容であり、その三位一体の説を、ギリシアの多神教とユダヤの一神教の後ろ向きの混合と見なした。ユリアヌスがおこなったことで唯一、迫害行為と見なしうるのは、ユリアヌス以前の皇帝たちの時代にキリスト教徒が奪っていたいくつかの異教の寺院の返還を求め、学校で人々をキリスト教に改宗させることを禁じたことである。「諸神を卑しめる者たちは、若者を教えたり、また、これらの神々を崇拝したホメロスや、ヘシオドス、デモステネス、トゥキュディデス、ヘロドトスの著作を解釈したりしてはならない。その者たちは彼ら自身のガリラヤの教会で、マタイやルカの書いたものを解釈しておればよいのだ」。

キリスト教徒たちはいまだ彼ら自身の文学を持たず、また全体として、ユリアヌスの主張に対抗すべき論拠もあまり持ちあわせていなかったので、ユリアヌスが彼らを扱う際の寛容な態度そのものを攻撃して、彼をヘロデ王[20]、肉食の案山子《かかし》と呼び、おおっぴらには迫害しないことで、悪魔のような狡猾さで単純な者たちを欺く大嘘つきだと呼んだ。ユリアヌスが本当にめざしていたものが何であれ、カヴァフィスは明らかに、このローマの皇帝がギリシアの多神教とユダヤの一神教という問題にどう対応したかに興味を持った。カヴァフィスはユリアヌスを、二つの形而上的可能性のいずれかを選択することによってではなく、それぞれを最大限に生かすような連関を両者の間につくりだすことによって、その二つの可能性を保持しようとつとめた人間と見ていたように思われる。確かにこれは、精神的問題に対して取り組む際の合理的な態度であるが、ユリアヌスは結局のところ、一人の政治家であった。ただし、問題の拡がりと予測できる結果とを考えるならば、彼の試みは英雄的なものだった。理想化しすぎると非難されることを承知のうえで言えば、ユリアヌスは、異教精神もキリスト教精神もおのおのそれ自体では十分なものではなく、いずれか一つだけでは人間の精神的能力を完全には発揮させられないという認識にとりつかれていた、一つの偉大な魂であったと言いたい気がする。どちらか一つだけをとれば、つねに悩みの種となる部分が残され、つねに一種の部分的空白

(19) 三三二－三六三、ローマ皇帝在位三六一－三六三。キリスト教への優遇を改め、ローマ古来の神々の祭礼を復活させようとしたため、のちに「背教者」と呼ばれた。

(20) 紀元前七三頃－紀元前四。共和政ローマ末期からローマ帝国初期にユダヤ王国を統治した王（在位は紀元前三七－紀元前四）、新約聖書「マタイによる福音書」によれば、ユダヤの王になると予言されたイエスを除くためベツレヘムの幼児たちを皆殺しにしたとされる。

感が生じてしまい、せいぜいよくても、ある罪の意識が残ってしまうことになる。実際には、人間の休みを知らぬ精神は、どちらか一つの泉だけでは満足できないものだし、また、両者を結合した教義を語ろうとすれば、どうしても非難を招いてしまうことになる。例外は、おそらく、禁欲主義か実存主義（これはキリスト教の後押しを受けた禁欲主義とも考えられる）だけ、ということになるだろう。

官能的な、そして暗に精神的な極端主義者も、このような解決に満足することはできないにしても、断念してそれに従うことはできる。しかし、いかなる断念にせよ、大切なのは、断念して何に従うかではなく、何を断念するかである。カヴァフィスが異教精神とキリスト教精神のいずれかを選ぶのではなく、両者のあいだで振り子のように揺れていたということを知れば、カヴァフィスの詩の射程が拡がってくる。ただし、振り子は遅かれ早かれ、箱の中に収められているというみずからの限界を知ることになる。振り子はその壁を越えることはできないが、それでもなお、外の領域を垣間みて、おのれが従属的なものであり、揺れていかざるをえない方向はあらかじめ定められており、その方向自体——前進のためではなくても——行きつ戻りつする進行において、時間に支配されていることを知るのである。

それゆえに、快楽主義的でありながら禁欲的でもあるトレモロの響きをたたえたカヴァフィスの声をまことに忘れがたいものとする、あの、なだめがたい倦怠の調べが生まれることになる。そして、その声がいっそう忘れがたいものとなるのは、われわれ自身、自分たちがこの人間の側にあることを知っているからであり、また、たとえ異教徒が敬虔なキリスト教の体制に同化吸収されることを扱った詩においてだけであっても、その中での彼の立場が理解できるからである。私の念頭にあるのは、テュアナのアポロニオス[21]を扱った「はたして本当に亡くなったのか」という詩である。キリストにわずか三〇年遅れてきただけの異教徒の予言者アポロニオスは、数々の奇跡によって知られ、人々の病いを癒しながら、死んだときの記録は何も残さなかったが、キリストとは違って、自分の言葉を書きのこすことができた。

一九七五年(22)

（加藤光也訳）

(21) 紀元一世紀の小アジア出身の遍歴の哲学者。おもにフィロストラトスの伝記によって知られるが、いくつもの奇跡によってしばしばキリストと比べられた。
(22)『ニューヨーク・レビュー・オブ・ブックス』の初出は一九七七年。

改名された街の案内

世界をイメージの形で所有することは、まさに、現実の非現実性と遠隔性を再体験することに他ならない。
（スーザン・ソンタグ『写真論』）

旅行者がこの街に入るか、この街を去るときに使うことになる五つの鉄道ターミナルの一つ、フィンランド駅の前には、まさにネヴァ川の岸に、この街が現在その名前を冠している男の記念碑が立っている。[1]実際のところ、レニングラードのすべての駅にはこの男の記念碑が——駅舎の前に立つ実物大以上の彫像か、駅舎の中の重々しい胸像が——あった。しかし、フィンランド駅前の記念碑はユニークだ。彫像そのものが問題なのではない。というのも、同志レーニンは通常の半ばロマンティックな流儀で描かれているからだ。彼の片手はおそらく大衆に向けられているのだろう、空中に突き出されている。ここで問題なのは、台座なのだ。ここで同志レーニンは装甲列車の上に立って演説を行っているのである。それは現在西側で非常に人気のある初期の構成主義のスタイルで作られていて、一般的に言って石で装甲列車の彫刻を彫るという発想自体、一種の心理的加速の風味がある。つまり、この彫刻家は少々時代の先を行っていたという感じがするのだ。私の知る限り、これは世界に存在する、装甲列車上の男の記念碑として唯一のものだ。この点だけをとっても、これこそは新しい社会のシンボルだと言えるだろう。古い社会は馬上の男たちによって表されるのが常だった。

そして十分大雑把に見積もって、そこから二、三マイル川を下ると、この街が建都以来その名前を冠して来た男の記念碑が立っている。その男とはピョートル大帝(2)である。それは世界中で「青銅の騎士」として知られる記念碑で、その不動ぶりに相応しいのは、それが写真に撮られた頻繁さくらいのものだ。それは二〇フィートほどの高さの、強い印象を与える記念碑で、エティエンヌ・モーリス・ファルコネの最良の作品である。ファルコネは、この記念碑の発起人であるエカテリーナ大帝に対して、ディドロとヴォルテールの二人から推薦されたのだった。カレリア地峡から引きずられてきた巨大な花崗岩の上にピョートル大帝は高く聳え立ち、ロシアを象徴する、後ろ脚で立った馬を左手で抑え右手を北にむけて差し伸べている。

二人の男たちはどちらもこの場所の名前に責任があるので、二人の記念碑だけでなく、そのすぐそばを取り囲むものも比較するのは非常に心惹かれることだ。装甲列車に立つ男の左には、準古典主義的な市の共産党委員会の建物と、悪名高い「十字架《クレストウィ》」、つまりロシア最大の刑務所がある。右にあるのは、砲兵学院だ。そして、彼の手が指し示す方向をたどれば、革命後に建てられた最も高い建物が、川の左岸にある――レニングラードのKGB本部だ。「青銅の騎士」について言うならば、彼の右側にも軍事的な施設がある。海軍

(1) このエッセイが書かれた一九七九年に、町の名前はレニングラードだった。この後、一九九一年に街はふたたび改名され、古いサンクト・ペテルブルクに戻った。

(2) 皇帝ピョートル一世(在位一六八二―一七二五)はしばしば「大帝」と呼ばれる。なおレニングラードの旧名サンクト・ペテルブルクは、聖人ペテロに由来するが、この街を建設した皇帝ピョートルの街と見なされることも多い。

省だ。しかし彼の左にあるのは、かつての元老院、現在は国立歴史文書館だ。そして彼の手が指し示すのは、大学である。この大学は彼自身が建てたもので、装甲列車の男も後にここで自分の教育のいくらかを受けた。

そんなわけで、この二七六年の歴史を持つ街には(3)二つの名前——旧姓と別姓のようなもの——がある。そして、住民たちは概して、そのどちらも使わない傾向にある。郵便物や身分証明書だったら確かに「レニングラード」と書くのだが、普通の会話では住民たちはこの街をむしろ「ピーテル」と呼ぶ。この名前の選択は政治とはほとんど関係がない。問題は、「レニングラード」も「ペテルブルク」もちょっと長くて発音が面倒だということで、いずれにせよ人は自分の居住地に愛称をつけたがるものだ。それはさらに一歩進んで、居住地を親しみやすくするやり方である。レーニンでは確かにうまくなかろう。これは苗字なのだ（しかも本名ではない、別名である）ということを考えただけでも、うまくないことはわかる。それに対して、「ピーテル」は最も自然な選択のように思える。一つには、この街はすでに二世紀もそう呼ばれてきた、ということがある。それに、ピョートル一世の精神の存在は、ここでは新しい世紀の香りよりもはっきりと感じられる。それに加えて、皇帝の本名はロシア語では「ピーテル」ではなく「ピョートル」であり、「ピーテル」はある種の外国くささを仄めかしてこの街に相応しく響くのである。というのも、この街の雰囲気には何かはっきりと外国的で、よそよそしい気分を醸し出すものがあるからだ。それはこの街のヨーロッパ的に見える建物ゆえでもあり、また街の位置そのものに由来するものでもあるだろう。この街は北方の川のデルタ地帯に作られ、川は敵対的な外海に流れ出ていく。つまり、この街はよく馴染んだ世界の縁に位置しているのだ。

ロシアは非常に大陸的な国だ。その広大な土地は世界の陸地の六分の一に相当する。(4)この国土の端に街を建設し、そのうえそれを一国の首都だと宣言するのは、ピョートル一世の同時代人には控えめに言っても悪い構想だと見なされた。胎内のように暖かい、風変りなまでに伝統的な、閉所恐怖症的なロシア本土の世界は身を切るようなバルト海の風の下で、ひどく震えていた。ピョートルの改革に対する抵抗は手ごわいものだった。その理由としては、ネヴァ川のデルタの土地が本当に悪いものだったということだけでも、相当なものだったと言えるだろう。それは低地で、沼地だった。その上に街を築くためには、土地を強化する必要があった。その周囲には大量の木材があったが、それを進んで切り出してくれる人材などはなく、杭を地面に打ち込む人材はさらにはるかに少なかった。

しかしピョートル一世には街の、そして街以上のものの未来像があった。彼は世界に顔を向けたロシアの姿を見ていたのだ。彼の時代の文脈ではこれは西側にとって、そして実際に街はそうなる運命だったのだが――当時ロシアを訪れたヨーロッパの作家[5]の言葉によれば――ヨーロッパへの窓を意味した。しかし、実際

（3）サンクト・ペテルブルクの建都は一七〇三年。このエッセイが書かれたのは一九七九年である。

（4）一九九一年にソ連が解体した後、ロシアの面積は世界の陸地の約八分の一に減少したが、それでも世界最大の陸地面積を誇る。

（5）イタリア人のフランチェスコ・アルガロッティ。一七五九年に『ロシアについての手紙』でこの表現を使った。後にプーシキンが叙事詩『青銅の騎士』（一八三三）でこの表現を引用したことによって、広く知られるようになった。

ここに傲慢な隣人への面当てのように
街が築かれるだろう。
ヨーロッパへの窓を開け
海辺にしっかりと立つことこそ
自然によって我らに定められたこと。

にはピョートルが欲しかったのは門、ちょっと開いた門だった。ロシアの王座の彼の先行者とも後継者とも違って、身長六フィート半もあるこの君主はヨーロッパに対する劣等感という、ロシアの伝統的な不定愁訴に苦しむことはなかった。彼はヨーロッパを模倣したいとは思わなかった。彼は自分が少なくとも部分的にはヨーロッパ人であったのとまったく同じように、ロシアがヨーロッパであることを望んだのだ。子供時代から彼の親しい友人や仲間の多くも、戦争をした主要な敵もヨーロッパ人だった。彼は一年以上をヨーロッパで働き、旅行し、文字通り暮らして過ごした。そしてその後もヨーロッパを頻繁に訪れた。彼にとって西洋は未知の土地ではなかった。彼は恐るべき大酒飲みだったが、しらふの落ち着いた精神の持ち主で、自分が足を踏み入れたすべての国を――自分自身の国も含めて――単に空間の続きと見なした。ある意味では、彼にとって地理は歴史よりもずっと現実的なもので、彼が最も愛した方角は北と西だった。

　全般的に彼は空間に惚れこんでいたが、海に対する愛には格別なものがあった。彼はロシアが海軍を持つことを望み、この「船大工皇帝」は――同時代人は彼をそう呼んだ――自分の手で、オランダとイギリスの造船所で働いたときに習得した技能を使って、海軍最初の小型船を作った（それは現在、海軍博物館に展示されている）。それゆえ彼が抱いた街の未来像は実に特殊なものだった。彼はこの街をロシア海軍の港、近隣の海岸を何世紀にもわたって包囲してきたスウェーデンに対する要塞、国を守る北方のとりでにしたかったのだ。同時に彼は、この街が新しいロシアの精神的な中心、つまり理性と、学問と、教育、知識の中心になることも考えていた。彼にとってそれは未来像の構成要素、意識的に追求する目標であって、後世の軍事的な時代の流れの副産物などではなかった。

　未来像を持つ予見者がたまたま皇帝でもあると、その振る舞いは無慈悲なものになる。ピョートル一世が自分の計画を遂行するために頼った方法は、せいぜい「徴用」としか定義できないものだ。彼は何にでも、誰にでも税を課し、強制的に自分の臣民を土地と闘わせた。ピョートル治下でロシア帝国の臣民は徴兵されて軍隊に入るか、あるいはサンクト・ペテルブルクの建設に送られるかといういくらか限定された選択しかできなかった。そして、そのどちらがより致命的だったか、言うことは難しい。幾万人もの人たちがネヴァ川のデルタ地帯の沼地で匿名のまま生を終えた。そのためネヴァ川の島々は、現代の収容所にも似た評判を享受することになった。ただし、十八世紀に人は自分が何を建てているか分かっていたし、最後には死ぬ前の儀式を受け、自分の墓の上に木製の十字架を立ててもらうチャンスもあった。

たぶんピョートルには、それ以外に計画の実行を確実にする方法がなかったのだろう。戦争を別にすれば、ロシアは彼の統治まで中央集権化ということをほとんど知らず、全体としてまとまった統一国家として行動したことは決してなかった。未来の青銅の騎士が自分の計画を遂行するために行った全面的な強制は初めて国民を一つに束ね、ロシアの全体主義を産み出した。その果実はその種子よりも美味だというわけではない。大きな質量を持つものは、それに見合った大規模な解決を招来する。そして教育によっても、ロシアの歴史それ自体によっても、ピョートルはそれ以外のことに向けての訓練ができていなかった。彼は自分の未来の首都になるはずのもののための土地を扱うのと、まったく同じように人々を扱った。大工にして航海者《ルーラー》でもあるこの支配者《ルーラー》は、自分の街をデザインする際に、たった一つの道具しか使わなかった。その道具とは定規である。彼の前に広がっていく空間は完全に平ら、水平的であり、直線だけで事足りる地図のように彼がそれを扱ったのはもっともなことだった。もしもこの街で何かカーヴするものがあれば、それは特定の計画のせいではなく、彼がずさんな製図工だったからである。彼の指はときに定規の端から滑ってはずれ、鉛筆はこの滑りに従ったのだ。同じように彼の部下たちも戦々恐々と従った。

この街は建設に携わった人々が地面の中に打ち込んだ木の杭の上にのっているのと同様に、本当に彼らの骨の上にのっているのだ。じつは旧世界〔ここではアメリカに対してヨーロッパを指す〕の他のほとんどどんな場所でもある程度はそうなのだろうが、不快な記憶については歴史が十分にうまく処理してくれる。しかしサンクト・ペテルブルクは、神話をなだめ和らげるにはたまたま若すぎるのだ。そして自然災害または予め計画された災害が起こるといつでも、群衆の中に、青白く、ちょっと飢えた、時間を超越した顔を一つ見分けることができる。その顔は深くくぼんだ、白い、視線のすわった目をしていて、こんな囁きも聞こえてくる。「いいか、この街は呪われているんだ！」人は身震いするが、一瞬後、そのように囁いた人物をもう一度見ようとすると、その顔はすでに消えている。ゆっくり動き回る群衆や、のろのろ這いすすむ車の列を探しても無駄だ。無関心な通行人と、雨の斜めのベールの向こうの、偉大な帝国時代の建物の壮麗な姿の他には、何も見えないだろう。この街の建築の遠近法の幾何学は、ものごとを永遠に見失うためには完璧である。

しかし、概してこの街には、自然がある日帰ってきて、一度は人間の攻撃に屈して強奪された財産を取り戻そうとするだろうという気分がただよっていて、それにはそれなりの論理が備わっている。それはこの街を荒廃させてきた洪水の長い歴史に由来するものだし、また手で触れられるほどこの街が海に物理的に近接していることにも由来している。洪水の災厄はネヴァ川が自分の花崗岩の拘束衣の外に飛びだすだけで、それ以上には決してならないのだが、バルト海から街に押し寄せてくる雲の、重々しい灰色の塊の光景そのもののせいで、いずれにせよ街につねに漂っている不安に街の住人たちはうんざりしてしまうのだ。ときどき、特に晩秋のころ、風がほとばしり、土砂降りの雨が降り、ネヴァ川が河岸を鋭く叩くといった天候が何週間も続くことがある。何も変わりはしないのに、単なる時間の要素のせいで、人は天候がどんどん悪くなっていくように思ってしまう。そんな日に人は、この街の周りには堤防がなく、自分が運河やネヴァ川の支流という、敵に密通した勢力に文字通り囲まれていることを思い出すのだ。そして、人は事実上、自分が全部で一〇一あるうちの一つの島に住んでいることにはたと気づき、いつか映画で見た――それとも、夢の中で見たのだろうか？[6]――巨大な波とか、その他もろもろのことを思い出す。そして次の天気予報を聴こうと、ラジオをつける。予報は普通、肯定的で楽天的に響く。

しかし、このような感情を抱く主な理由は、海そのものである。奇妙なことに、ロシアが今日蓄積した大きな海軍力にもかかわらず、海の観念は一般の国民にはいまだにいささか疎遠なのだ。民間伝承も公的なプロパガンダも、この主題を肯定的にではあれ、曖昧なロマンティックなやり方で扱っている。平均的な人間にとって、海といえば何と言っても黒海のことであり、休暇とか、南国のリゾートとか、ひょっとしたら椰子の木まで連想される。歌や詩で最も頻繁にお目にかかる海の形容詞は、「広い」「青い」「美しい」である。ときに「荒れた」が使われることもあるが、それも残りの文脈と食い違いはしない。自由や開けた空間の概念、そしてここから出ていきたいという願望は、本能的に抑圧され、その後に水や溺死の恐怖が裏返しの形で表面に浮上する。この点についてだけでも、ネヴァ川デルタの街は国民的精神への挑戦になっており、かつてニコライ・ゴーゴリがそう呼んだように、「祖国の中の異邦人」の名前を持つのももっともなことだ。まあ、異邦人というのが言いすぎだとしたら、少なくとも航海者だろう。ある意味ではピョートル一世は自分の目的を達成した。この街は港になったのだが、それは文字通りの意味だけではなく、形而上的にもだったた。ロシアにはここ以上に思考が喜んで現実から離れていく場所はない。ロシア文学はサンクト・ペテルブルクの出現とともに生まれたのだ。

（6）ネヴァ川河口のデルタ地帯に建てられたペテルブルクを構成する島の数は十九世紀末には一〇一にのぼった。ただし、その後運河や川の支流の埋め立てによって統合が進み、現在地名上の島は四二である。

ピョートルがここに新しいアムステルダムを作ることを計画していたことがいかに本当だったとしても、その結果には元のオランダの街と共通するものはほとんどなかった。それはハドソン川の岸に作られた街〔ニューヨーク〕が、その名のもとになった街と共通するものがほとんどないのと同様である。しかし後者において上に伸びていったものが、前者では水平に広がった。もっとも、街の広がりは二つとも同じなのだ。ただ、川幅だけでも、異なった規模の建築が求められる理由になったのである。

ピョートルの治世に続く時代に、人々は個別の建物ではなく、全体として調和のとれた建築のまとまりを作っていった。いや、もっと正確に言えば、作られていったのは、建築の風景である。それ以前ヨーロッパの建築スタイルの影響を受けたことがなかったロシアは水門を開き、バロックと古典主義が押し寄せ、サンクト・ペテルブルクの街路と河岸通りをいっぱいに満たした。宮殿の前面《ファサード》にはオルガンにも似た円柱の森が高くそびえながら永遠に立ち並び、何マイルもの長さにわたってユークリッド幾何学の勝利を誇っていた。十八世紀後半の半世紀と十九世紀初めの四半世紀の間、この街はイタリアとフランスの最良の建築家、彫刻家、装飾家にとって本物の冒険旅行《サファリ》の舞台となった。帝国の首都にふさわしい外観を獲得するため、この街はどんな細部にいたるまでも周到に注意を払った。それは花崗岩による川と運河の護岸、そこにはめられた鋳鉄製格子の渦巻きすべてに認められる精巧さが、おのずと雄弁に物語っている通りだ。同じことは、皇帝一家や貴族たちが住んだ宮殿や郊外の邸宅についても言える。それらの建物の内部の部屋にほどこされた装飾は、あまりに多様かつ絶妙のできばえで、猥褻に境を接していると言えるほどだ。しかし、それでも、建築家たちが自分の仕事において何を基準にしようとも――ヴェルサイユであれ、フォンテンブローであれ、その他何であれ――その結果はつねにまごうことなくロシア風だった。というのも、別の翼《よく》のどこに何を置くか、それがどんなスタイルで仕上げられるべきか、建築者に指示したのは、途方もなく裕福だが、しばしば無知な依頼人の気まぐれな意志であるというよりもむしろ、空間の過剰だったからだ。ペトロパヴロフスカヤ要塞のトルベツコイ稜堡から開けるネヴァ川のパノラマや、フィンランド湾の近くに作られたペテルゴフ宮殿の階段状の滝《カスケード》を見れば、人は奇妙な感覚を抱くだろう——これはロシアがヨーロッパ文明に追いつこうとしているのではなく、むしろヨーロッパ文明のほうが幻灯機を通して拡大された映像を、そこに生ずる空間と水の巨大なスクリーンに投影しているのではないか、という感覚だ。

　結局のところ、街とその壮麗さの急速な成長は、何よりもまず遍在する水のおかげだろう。街の中心で右に分岐する一二マイルの長さのネヴァ川と、全部で二五ある大小のぐるぐる巻くような運河はこの街に非常に多くの鏡を提供するので、ナルシシズムが不可避なものとなる。何千フィートもの流れゆく銀色のアマルガムに一瞬ごとに映しだされて、まるで街が川に絶えず撮影されているかのようだ。そして川は撮影された映画フィルムをフィンランド湾に放出し、晴れた日にフィンランド湾はこれらの目もくらむような映像の保管庫のように見える。ときどきこの街が自分の外見だけに心を奪われている、まったくの利己主義者の印象を与えるのも不思議ではない。なるほど、こういう場所では人は確かに顔よりも建物の前面《ファサード》に多くの注意を払うものだろう。しかし、石は自己増殖をする能力がない。すべての付け柱《ピラスター》、列柱《コロネード》、柱廊《ポルチコ》などの尽きることのない、狂おしいまでの増殖ぶりは、都市のナルシシズムの性格を仄めかし、少なくとも無生物の世界では水は時間の凝縮された形態と見なしうる可能性があることを仄めかしている。

　しかし、ドストエフスキーの言葉を借りれば、この「前もって計画された街」は、おそらく運河や川よりも、ロシアの文学によりよく映し出されている。というのも、水は表面についてしか——しかも、人目にさらされたものについてしか——語れないからだ。街の現実の内部と精神的内部の両方を描写すること、そして人々とその内面の世界に街が与えた影響を描写すること——これこそが、街が創建されたほとんどその日から、ロシア文学の主要な題材となった。厳密に言えば、ロシア文学はまさにここ、ネヴァの岸辺で誕生したのだ。もしもよく言われるように、すべてのロシア作家が「ゴーゴリの外套から出てきた」(7)のならば、この外套は他ならぬここサンクト・ペテルブルクで十九世紀初頭に、かの貧しき役人の肩から剝ぎとられた(8)ということを思い出すのも、それだけの価値のあることだろう。しかし、全体の調子を定めたのは、プーシキンの『青銅の騎士』である。この作品の主人公は役所のどこかの部局に勤める小役人だが、最愛の恋人を洪水で失い、騎馬像の皇帝を怠慢ゆえに（なにしろ防波堤がないのだから）非難する。すると馬に乗ったピョートルは激怒して台座から飛び降り、自分を非難した無礼者を追いかけて突進し、地面の上で踏みつぶそうとする。そして主人公は、その皇帝の姿を見て、発狂してしまう。（もちろんこれは、恣意的な権力に対する「小さな人間」の叛逆を描いた単純な物語にもなりうるし、あるいは迫害妄想とか、下意識対超自我などの物語にもなりうるだろう。しかし、そうはならなかったのは、韻文そのものの荘厳な美しさのおかげである。これは街を讃えて書かれた詩の中で最も優れたもので、例外はオシプ・マンデリシュタームの詩だけだろう。マンデリシュタームはプーシキンが決闘で殺された一世紀後に、文字通り踏みつけられ、帝国の大地に消えた。(9)）

いずれにせよ、十九世紀初めまでにサンクト・ペテルブルクはすでにロシア文学の首都となっていたのだが、その事実はここに実際に宮廷があったこととほとんどまったく関係ない。結局、宮廷はその前モスクワに置かれていたのだが、そこからはほとんど何も出てこなかった。このように突如創造力が噴出した理由は、またしても主に地理的なものだった。当時のロシア生活の文脈ではサンクト・ペテルブルクの出現は、新世界の発見に似たものだった。それは当時の物思いにふけりがちな男たちに、自分自身と国全体をあたかも外からのように見る機会を与えた。言葉を換えて言えば、この街は国を客観化する可能性をもたらしたのだ。

批判というものは外部から行われたとき最も有効になる、という考え方は、今日でさえ非常に人気が高い。そういうわけで、既存のものに替わる――少なくとも視覚的には――街のユートピア的性格によって、街は価値を高め、初めてペンを手にとり、自分の表明することにはほとんど疑問の余地のない権威があると感じた作家たちの頭の中に次第に街は浸透していった。作家は誰でも自分の経験についてコメントできるようになるためには、そこから自分の身を引き離さなければならないというのが本当だとすれば、この街は疎遠になる機会を提供することによって、作家がわざわざ旅行にでかける手間を省いてくれた。

貴族、地主、あるいは聖職者などさまざまな出自を持つこれらの作家たちがすべて所属していたのは、経済的な階層の概念を使うならば、中産階級だった。どこでもほとんどこの階級だけが、文学の存在に責任を負っていた。二、三の例外は別として、彼らはみな筆一本で食べていた。つまり十分に貧しい暮らしだったので、頂点に立つ裕福な者たちの壮麗な暮らしを理解できただけでなく、説明抜きで、あるいは当惑することもなく、もっと貧しい者たちの苦境を理解することもできた。彼らが裕福な暮らしのほうに注意を惹かれることがはるかに少なかったのは、一つには、自分がそのような上流に登る可能性がはるかに小さかったからでもある。その結果、私たちには内側の本物のサンクト・ペテルブルクについてかなり詳細な、ほとんど立体的な描写を得ることができた。なにしろ、現実の主要な本体を構成するのは貧しい人たちだからである。

（7）この言葉はドストエフスキーが言ったものとして人口に膾炙している。ただし実際にはいつ誰が初めて言ったかは、突きとめられていない。
（8）ゴーゴリの小説『外套』の筋書きを念頭に置いている。
（9）マンデリシュターム（一八九一－一九三八）の最期については本文一五一頁および同頁の訳注（9）を参照。

「小さな人」はいつも普遍的である。そのうえ、「小さな人」を直に取り囲む環境が完璧であればあるほど、「小さな人」は不釣り合いな、調和を欠いたものに見える。彼らはみな――退職した将校や、夫に先立たれた貧しい女たち、身ぐるみ剝がれた役人、飢えたジャーナリスト、屈辱を受けた勤め人、そして肺病やみの学生なども――古典主義的な柱廊《ポルチコ》をユートピア的な非の打ちどころのない背景として姿を現し、作家たちの想像力につきまとい、ロシア小説の一番最初の章に洪水のように氾濫した。

こういった登場人物がかくも頻繁に紙の上に現れ、彼らを紙の上に描写する人たちがかくも多く、彼らが自分の素材にかくも見事に精通し、また素材そのもの――つまり言葉である――がこのようなものであったために、ただちに街に何か不思議なことが起こり始めた。道徳的判断に満ちた、これらの癒しがたく意味論的な反映の数々を認識するプロセスは、それらとの自己同一化のプロセスとなったのだ。鏡を前にした人にしばしば起こることだが、街は文学によって提供された三次元のイメージに依存するようになった。街が環境に適合するために行っていた調整が十分でなかったと言いたいわけではない（もちろん十分ではなかったのだが！）。しかし、ナルシシストが先天的に抱く、自分に対する自信のなさもあって、街はますます熱心に鏡を覗き込むようになった。その鏡は――スタンダールの言葉を言い換えれば――ロシア作家たちが街路や中庭や街の住人のみすぼらしいアパートを通り抜ける際に持ち歩いていたものだ。ときおり、映し出された者は自分の反映を修正しようとさえする。いや、もっと簡単に、粉砕しようともするのだ。それを遂行するのは、ほとんどすべての著者たちが街の中に住んでいただけに、いっそう容易なことだった。十九世紀半ば頃までに、これら二つのもの――つまり鏡を覗きこむ者と、鏡に映し出されたイメージ――は溶け合った。ロシア文学は現実に追いつき一体化したため、今日サンクト・ペテルブルクのことを考えようとすると、人は虚構を現実と区別できないほどなのだ。それはたったの二七六年の歴史しかない場所にしては、いささか奇妙なことではないか。今日、街の案内書《ガイド》はドストエフスキーが裁判にかけられた警察第三局の建物も、小説の登場人物ラスコーリニコフが斧で金貸しの女を殺した家も同様に示してくれるだろう。

街のイメージを形作るのに十九世紀文学が果たした役割は、サンクト・ペテルブルクの宮殿や大使館がロシアの役所や政治、ビジネス、軍事、そして最終的には産業の中心に発展していった世紀が十九世紀であっただけに、いっそう決定的なものとなった。街の建築はその――不条理なまでに――完璧な、抽象的な性格を失い、新しい建物が一つ建てられるたびに悪くなっていった。それは機能主義（利潤追求の高貴な名前にすぎない）に向けての歴史の進展と同じくらい、全般的な審美的堕落によって規定されていた。エカテリーナ大帝は別として、ピョートルの後継者たちは未来像に関してはほとんど何も持っていなかったし、ピョートルと未来像を共有していたわけでもなかったのだ。彼らはみなそれぞれ自分なりのヨーロッパ像を宣伝しようとし、実際まったく徹底的にそれを行った。しかし、十九世紀にヨーロッパは模倣する価値のあるものではなかった。治世が皇帝から皇帝へと代わるにつれて、衰退はますます明らかになっていった。新たな冒険的事業の体面を守った唯一のことは、それらの事業を偉大な先行者たちの事業に適合させる必要性だった。今日では、もちろん、兵舎《バラック》のような殺風景なニコライ一世の時代のスタイルは、時代の精神をよく伝えるので、じっと考えこむ審美家の心を温めるかもしれない。しかし全体として見れば、社会に関するプロイセンの軍国主義的な理想をこのようにロシア風に実行にうつしたものは、古典的な建物群の合間に押し込まれたぶかっこうな居住用の建物とあいまって、むしろ人を落胆させる効果をもたらすのである。それから、ヴィクトリア朝風のウェディングケーキと霊柩車の時代が来て、未来への飛躍として始まったこの街は、十九世紀の最後の四半世紀の頃までに部分的には普通の北ヨーロッパのブルジョワのように見え始めた。

それこそがゲームの名前だった。文芸批評家のベリンスキーは、一八三〇年代にこんな風に叫んでいた

――「ペテルブルクはアメリカのすべての街よりも独創的だ。それは古い国の新しい街だからだ。したがってそれは、新しい希望、この国の驚くべき未来なのだ」。すると、その四半世紀後、ドストエフスキーは冷笑するように答えることができた。「ここには巨大な近代的なホテルの建物がある。その効率のよさはすでに、何百もの部屋を擁し、アメリカ的精神《アメリカニズム》を具現したものになっている。われわれも鉄道を持っていて、われわれも突然、てきぱきとビジネスをこなす人々になったのだということはただちに明白である」。「アメリカ的精神《アメリカニズム》」という形容を、サンクト・ペテルブルクの歴史における資本主義時代に適用するのはいささか牽強付会だろう。しかし、ヨーロッパとの視覚的類似は実際、じつに驚くべきものだった。そして、象のようにどっしりした連帯感でベルリンやロンドンの同様の建物に匹敵したのは、銀行や株式会社の前面《ファサード》だけではなかった。そしてエリセーエフ兄弟の食料品店のような場所の内部の装飾は、パリのフォションと容易に比較することができた（エリセーエフ兄弟の店はいまでもそっくりそのまま残っていて、店として立派に機能しているのだが、それは一つには、今日それを拡張するための商品があまりないからである）。本当のことを言えば、すべての「イズム」は国民的アイデンティティをあざける巨大な規模で作動するのだ。資本主義《キャピタリズム》も例外ではなかった。街は景気づき、急速に発展した。労働力は帝国のあらゆる隅々から集まってきた。男性の人口は女性の人口の二倍にのぼった。売春が栄え、孤児たちが溢れた。港の水はロシアの穀物を輸出する船のせいで沸き立った。今日外国からロシアに穀物を運んでくる船のせいで港の水が沸きたつのと同じことだ。それは国際的な街で、外交官や商人がいたのはもちろんのこと、フランス、ドイツ、オランダ、イギリスの大きな居留地があった。プーシキンが青銅の騎士の口に言わせた「すべての旗がお客さんとして来るだろう」という予言は、文字通りに実現した。もしも十八世紀に西洋の模倣が貴族の扮装とファッションよりも深いものにならなかったとするならば（「このロシアの猿たち！」と、あるフランスの貴族は冬宮の舞踏会に出席した後、叫んだ。「なんと迅速に彼らは適応したことだろう！　彼らはわれわれの宮廷の上を行っている！」）、十九世紀のサンクト・ペテルブルクは成金《ヌヴォー・リシュ》のブルジョワや、上流社会、高級売春婦の世界、等々があって十分にヨーロッパ的になり、ヨーロッパに対してある程度軽蔑を抱く余裕さえあった。

しかしながら、この軽蔑は主として文学で示されたもので、しばしば正教がカトリックよりも優れているという議論の形で表明される、伝統的なロシアの外国恐怖症とはほとんど何の関係もなかった。それはむしろ街の自分自身に対する反応、商業的な現実に対する公言された理想の反応、ブルジョワに対する審美家の反応だった。正教対西欧のキリスト教という議論について言うならば、それが非常に遠くまで行くことは決してなかった。というのも、大聖堂や教会は、宮殿を建てたのと同じ建築家によってデザインされたからだ。そういうわけで、丸天井の下に足を踏み入れない限り、そして半球状の屋根《クーポラ》に掲げられた十字架の形を見なければ、これらの祈りの家が何の宗派のものか、決めることはできない。そして、この街には事実上、タマネギ型の丸屋根は一つもない。とはいえ、それでもヨーロッパに対するこの街の軽蔑には、何か宗教的な性格のものが含まれていたのだが。

人間の条件に対するどのような批判も、批判者がより高次の注視すべき面や、よりよい秩序の存在を意識していることを暗示するものだ。ロシアの美意識の歴史はまさにそういうものだったので、サンクト・ペテルブルクの調和《アンサンブル》のとれた建築群は、教会も含めて、そのようなよりよい秩序を可能な限り最も周到に具体化したものと考えられていたし、いまでもやはりそう考えられている。いずれにせよ、この街に十分長く住んだ人ならば、必ずや道徳的美点を調和のとれた均整と結びつけるだろう。これは古いギリシアの理念である。しかし、北方の空の下に置かれると、それは戦いへの構えを固めた精神の独特の権威を獲得する。そして、控えめに言っても、それは芸術家を形式に対して異常に意識的にする。街のこの種の影響はロシア文学の場合——あるいは誕生した場所の名前を使うならば——ペテルブルク文学の場合、特にはっきりと表れる。二世紀半にわたってこの流派は、ロモノーソフやデルジャーヴィンから、プーシキンと彼を取り巻く星団《プレイアッド》（バラトゥインスキー、ヴャーゼムスキー、デリヴィク）を経て、二十世紀のアクメイスト〔二〇七頁の訳注(13)を参照〕、つまりアフマートワとマンデリシュタームに至るまで、それが誕生したときと同じ印の下に存在してきた。それは古典主義の印である。

しかし、プーシキンの『青銅の騎士』における街への讃歌と、ドストエフスキーの『地下室の手記』における発言「最も抽象的で、最も計画的に作られた場所であるペテルブルクに住むことは、不幸なめぐり合わせだ」の間を隔てる時間は、五〇年もない。そのように時間間隔が短いということは、この街の発展のペースが実際にはペースなどと呼べるものではなかったということによってのみ、説明されるだろう。それは出発の時点からの、猛烈な加速だった。一七〇〇年に人口がゼロだった場所が、一九〇〇年までに一五〇万人に達していたのだ。他の場所だったら一世紀かかりそうなことが、ここでは数十年の中に押し込まれた。時間は神話的な性質を獲得した。というのも、ここでいう神話とは、創造の神話だからである。産業が沸き立つように急速に発展し、工場の煙突がにょきにょきと立ち並び、まるで建物の列柱《コロネード》を煉瓦で模倣しているようだった。フランスの振付師プチパが率いる帝室バレエ劇場ではアンナ・パヴロワがスターとして活躍し、わずか二〇年も経たないうちに、交響楽的構造としてのバレエという構想を発展させ、それは後に世界を席巻することになった。三千隻もの船が外国やロシアの旗を風になびかせて、毎年サンクト・ペテルブルクに入ってきて港は活気に溢れ、一九〇六年には一ダース以上の政党がドゥーマと呼ばれる未来のロシア国会の建物の一階に集まった（議会が達成できたことを後から振り返ってみると、ドゥーマという名称は音の響きが英語の doom〔破滅、宿命〕に近いだけに、とりわけ不吉なものに思えてくる）。接頭辞の「サンクト」は次第に、しかし当然のことだが、街の名前から消えていった。そして第一次世界大戦が勃発すると、反ドイツ的な気運ゆえに、名称そのものがロシア化し、「ペテルブルク」は「ペトログラード」となった。かつては完璧に把握しえた街の理念は、分厚く張り巡らされた経済の網の目と市民感情に訴えかける扇動《デマゴギー》のせいでどんどん輝きを失っていった。言葉を換えて言えば、『青銅の騎士』の街は通常の大都会としての未来の中に大股のはやがけ《ギャロップ》で駆け込み、街の小さな人たちのかかとを踏みつけ、彼らを前に押しやったのだ。そして、ある日、フィンランド駅に列車が到着し、小男〔レーニン〕が車両から姿を現し、装甲車両の頂上によじ登った。

この男の到着は国にとっては災難だったが、街にとっては救いとなった。というのも、街の発展は国全体の経済と同様に完全に停止したからだ。この街は今まさに来ようとしている時代を前にして、まるで困惑し完全に口がきけなくなったように立ちすくんだ。それどころか、同志レーニンはサンクト・ペテルブルクに記念碑をいくつも建ててもらうだけの功績があった。それには二つの理由があって、一つはこの街が地球村《グローバル・ヴィレッジ》という下劣な組織の一員にならないようにしたこと、もう一つは政府の所在地になる不名誉から救ったことである。レーニンは一九一八年に、ロシアの首都をモスクワに戻したのである。

この移転の意義だけをとっても、レーニンをピョートルと同列に考えることができる。しかし、レーニン自身はこの街に自分の名前を冠することはまず承認しなかっただろう。彼がここで過ごした時間が総計で約二年だけだったということ一つとっても、それはわかる。もしも自分で決めてよいということだったら、彼はモスクワか、あるいは本来のロシアのどんな場所でもペテルブルクよりいいと考えただろう。そのうえ、彼は海があまり好きではなかった。彼は固い大地《テラ・フィルマ》の人間で、しかも都会の住人だったのだ。そしてもしも彼がペトログラードを快適に感じられなかったとしたら、それは海のせいでもあった。もっとも、彼が心に留めていたのは洪水ではなく、英国の海軍だったのだが。

彼がピョートル一世と共有していたのは、おそらく二つのことだけだった。ヨーロッパを知っているということと、無慈悲さである。しかしピョートルがさまざまな分野への関心と荒れ狂うようなエネルギーを持ち、大きな構想《グランド・デザイン》に関してアマチュア的であって、ルネサンス的人間の、時代に合わせた、ないしは時代遅れのヴァージョンだったのに対して、レーニンはすぐれて自分の時代の産物だった。彼は狭量な革命家であり、プチ・ブルジョワの典型的な、偏執狂的な権力欲を持っていた。この権力欲というのは、それ自体極度にブルジョワ的な観念なのである。

そんなわけで、レーニンがまずペテルブルクに行ったのは、彼が求めているもの——つまり、権力——がそこにあると考えたからだった。それゆえ、彼は他のどんな場所でも、そこに権力があると考えれば、行っていただろう（そして、実際にそうしたのだった。スイスに住んでいるとき、彼はチューリッヒで同じことを試みた）。手短に言えば、彼は地理を政治科学として受け止めた最初の人間の一人だった。しかし、問題は、ペテルブルクは一度も、ニコライ一世の最も反動的な時期でさえも、権力の中心であったことがないということだ。どのような君主制国家も、教会に支援された一人の支配に対して人々が喜んで従順に従うか、甘んじて屈従するか、という伝統的な封建的原理にもとづいて成り立つものだ。結局のところ、この二つのどちらも——つまり従順にせよ、屈従にせよ——投票と同じような、意志の行動である。ところが実際には、レーニンが抱いた主要な企みは、意志そのものの操作、人々の心の支配だった。そして、それはペテルブルクにとって目新しいことだった。というのも、ペテルブルクは単に皇帝の統治の玉座が置かれた場所であって、国民の精神的ないし政治的な中心地ではなかったのだ——国民の意志とはそもそも、特定の場所に限定されえないものだからだ。社会というものは有機的な存在であって、木々が互いの間の距離を産み出し、通りすがりの人間がそれを「森」と呼ぶのと同じように、みずからの組織の形態を産み出す。権力の概念——その別名を、社会構造に対する国家の統制という——は、それ自体はっきりとした自己矛盾であり、木こりの存在を示すことになる。壮麗な建築と、網の目のような官僚的伝統をこの街が混和させていることそのものが、権力の概念をあざ笑うものである。宮殿、特に冬用の宮殿に関する真実は、それらの建物のすべての部屋が使われていたわけではない、ということだ。もしもレーニンがこの街にもっと長く滞在していれば、彼の国家の概念はもう少し慎ましやかなものになっただろう。しかし彼は三十歳のときからほとんど一六年間も外国で——主にドイツとスイスに——暮らし、自分の政治理論をはぐくんできた。彼がペテルブルクに戻ったのはたった一度、一九〇五年のことで、それも三か月だけだった。そのとき彼は、帝国政府に反抗する労働者を組織しようと試みたのだが、すぐにまた外国に出ざるをえなくなった。そして馴染のカフェに戻って政治談議をし、チェスをし、マルクスを読んだのだった。こういったことも、彼の風変わりさを減ずる役には立たなかったようだ。失敗が人の視野を広げることはめったにないのだから。

一九一七年にスイスにいたレーニンは皇帝が退位したことを通りがかりの人から聞いて、ドイツの参謀本部から提供された封印列車に自分の支持者のグループとともに乗り込み、ペテルブルクに向かった。ドイツの参謀本部は、彼らがロシア戦線の背後で破壊工作をするものと期待していたのだ。一九一七年にフィンランド駅で列車から降りた男は四十七歳。おそらくこれが彼の最後の賭けとなるはずだった。彼は勝利するか、さもなければ裏切りの非難に直面しなければならなかったのだ。一二〇〇万ドイツ・マルクを別にすれば、彼が持っていた荷物は夢だけだった。まず社会主義革命がいったんロシアで始まれば、連鎖反応を起こすだろうという世界革命の夢。もう一つの夢は、この第一の夢を実行するために、ロシアという国家の長になることだった。一六年もの長きにわたる、フィンランド駅に至る平坦ならざる旅にあって、二つの夢は溶け合い、いささか悪夢的な権力の概念になった。しかし、装甲車両の上に登ったとき、二つのうち一つしか実現しない運命だとは、彼にもわからなかったのだ。

そんなわけで、権力を奪い取るためにレーニンがペテルブルクにやってきたというよりは、むしろ、はるか昔に権力の理念がレーニンをつかみ取っていて、それがいまや彼をペテルブルクに運んできたのである。歴史書で大いなる十月社会主義革命などと記述されているものは、実際には、単純なクーデターであり、しかも無血のものだった。駆逐艦オーロラ号の艦首砲からの空砲の発射を合図として、新たに編成された赤衛軍の小隊が冬宮に歩み入り、臨時政府の大臣たちをまとめて逮捕した。大臣たちは皇帝が退位した後のロシアを引き受けて面倒を見ようと思いながら、実際には何もできず、無為に時間を過ごしていたのだ。赤衛兵たちはいかなる抵抗も受けなかった。彼らは宮殿を警備していた女性部隊の半分をレイプして、宮殿の中の部屋にあったものを略奪した。その際に二人の赤衛兵が撃たれ、一人がワイン貯蔵室で溺れ死んだ。そのとき生じた唯一の射撃の際には、人々の体がばたばた倒れ、サーチライトが空を横切ったのだが、それは現実に行われたものではなく、セルゲイ・エイゼンシュテインによるもの(10)だったのだ。

たぶん十月二十五日夜の企てが控えめな規模のものだったことを念頭に置いたうえで、この街は公式プロパガンダにおいて「革命のゆりかご」と名付けられたのだろう。そしてこの街はゆりかごのまま残った。それは空っぽなゆりかごだった。そしてゆりかごという身分を存分に楽しんだのだ。ある程度まで、街は革命につきものの虐殺を避けることができた。「神よ、どうか私たちは見ないですませられるように」と、プーシキンは言った――「無意味で無慈悲なロシアの蜂起を」。そして、ペテルブルクはそれを見なかったのだ。内戦が国中で猛威をふるい、恐ろしい裂け目が国民の中を貫き、国民を二つの敵対する陣営に分断した。しかし、ここ、ネヴァ川のほとりでは二世紀の歴史を通じて初めて静けさが君臨し、空っぽになった公園の玉石や歩道の石板の隙間から草が伸び始めた。飢餓が多くの人命を奪ったし、人命を奪うことについてはチェーカー（KGBのもとの名前だ）もまた同じだった。しかし、それ以外のことについては、街は街自身に、そしてその鏡のような反映に委ねられた。

首都がモスクワに戻され、国が胎内を思わせる、閉所恐怖症にして外国恐怖症の状態に引きこもっていったとき、ペテルブルクはどこにも退却する場所がなくて、静止状態になってしまった――まるで十九世紀に撮られた写真のように。内戦に続く十年間もそれをたいして変えなかった。確かに新しい建物も建てられたが、それはたいてい町はずれの工業地帯にだった。そのうえ、全般的な住宅政策はいわゆる「密度の増加《ウプロトニェーニェ》」で、要するに、貧しい人たちを裕福な人たちのところに入れて同居させたのである。そんなわけで、もしも一家族が三部屋の住居を占有していたならば、その家族は一部屋に押し込まれなければならず、他の部屋には他の家族が入居した。こうして街の内側はかつてなかったほどドストエフスキー的になった一方で、建物の前面《ファサード》は剝がれ落ち、埃を吸収した。それは過ぎ去ったいくつもの時代の日焼けのように見えた。

静かに、不動のまま、街はたたずみ、季節の移り変わりを見守った。ペテルブルクではあらゆるものが変化したが、天候だけは例外だった。そしてその光も。それは淡く青白く、散乱した北方の光であり、その中では記憶も目も並外れて鋭く働くようになるのだ。この光の中では、そして真っすぐに長く延びる街路のおかげで、歩行者の思念は歩行者の目的地よりも遠くまで到達し、普通の視力しかない人間でも一マイル先か

（10）ロシア革命十周年を記念して制作されたエイゼンシュテイン監督による記録映画的作品『十月』（一九二七）を指している。

ら近づいてくるバスの番号や、後ろからつけてくる尾行者の年齢が見分けられる。この街に生まれた人ならば、少なくともその青春時代には、立派な遊牧民《ベドウィン》と同じくらい、歩くことや立っていることに時間を費やすだろう。しかも、それはバスや路面電車の不足とか、運賃のせいではないし（街には公共交通の優れたシステムがある）、食料品店の前の半マイルもの長さの行列ゆえでもない。それは、この空の下で、この広大な川に沿って、灰色の花崗岩の河岸通りを歩くことがそれ自体、生の拡張であり、遠くを見ることを訓練する学校だからである。絶えず流れ、それていく水の傍らに延びる花崗岩の舗道のざらざらした感触には、歩くことに対するほとんど官能的な欲望を足裏からしみこませるような何かがある。海から吹いてくる、海藻の匂いのする向かい風は、ここでは嘘や、絶望や、無力感を過剰に含んだ多くの心を癒してきた。もしもそれが人を奴隷にしてしまう陰謀だとするなら、奴隷は容赦されてもいいだろう。

これは他のどこよりも、どういうわけか孤独に耐えやすい街である。街自体が孤独だからだ。この街の石は現在とは何の関係もないし、未来とはさらにもっと関係がないと思うと、奇妙に慰められる。前面《ファサード》は二十世紀により深く入っていけばいくほど、新しい時代や関心を無視し、気難しく見えるようになる。前面《ファサード》が現在と折り合いをつけるように仕向けられるのはただ一つ、気候であって、前面《ファサード》が最も居心地よく感じられるのは、雪まじりの驟雨と激しい、方向の定まらない突風をともなう晩秋や早春の悪天候の中なのだ。そうでなければ、冬のさなか、宮殿や邸宅が凍った川の上にぼうっと見えるときである。そのとき重い雪の装飾やショールを身にまとった宮殿や邸宅は、大きくて重い毛皮に眉のところまで身を隠した昔の帝政時代の高官のようだ。真紅の球体のような、沈みゆく一月の太陽が建物のヴェネチア式窓(11)を金色の液体塗料で染めあげるとき、橋を徒歩で渡る凍えかけた一人の男は、これらの壁をピョートルが建てたとき、何を念頭に置いていたか、突然理解する――孤独な惑星のための巨大な鏡だ。そして白い息を吐き出しながら、前面《ファサード》に聳え立つ剝き出しの円柱にほとんど同情のような思いを抱く。円柱はこの無慈悲な寒さの中に、この膝まである雪の中に追い込まれたところを捕まったかのような、ドーリア式[12]のヘアスタイルを施されている。温度計が下がれば下がるほど、街はいっそう抽象的に見えるようになる。摂氏マイナス二五度ならば十分に寒いが、気温はさらに下がり続ける——あたかも、人や川や建物を片付けてしまってから、さらに理念を、あるいは抽象的なコンセプトを目指しているかのようだ。屋根の上に白い煙を漂わせながら、河岸通り沿いの建物は、立ち往生してしまった永遠行きの列車にますます似てくる。公園や公共庭園の木々は、学校に展示されている人間の肺のように見えるが、ただしカラスの巣が黒い洞窟のようにちりばめられている。そしていつも遠くでは、海軍省の尖頂の金色の針が反転した光線のように、雲の中身に麻酔をかけようとする。そして、そのような背景に対して、現代の小さな人たちと、ボディガードを詰め込んだ黒い大型乗用車《リムジン》で慌てて走っていく彼らの支配者のどちらがより不釣り合いに見えるか、決めることはできない。控えめに言って、そのどちらも非常に居心地悪く感じることは確かだろう。

一九三〇年代の末に、地元の産業はやっと革命前の生産水準に追いつき始めたのだが、そのときでさえ人口は十分には増加しなかった。それは二百万を超えるか超えないかのあたりを揺れ動いていたのだ。実際、長年にわたって居住している家族（つまりペテルブルクに二世代か、それ以上住んできた家族）の割合は、一九二〇年代の内戦や、亡命、一九三〇年代の粛清のせいで絶えず減っていった。それから第二次世界大戦と九〇〇日にわたる包囲〔ドイツ軍による〕が到来し、百万近い人びとの命が空襲だけでなく、飢餓によっても失わ

(11)　二つの側窓からなり、左右に開くタイプの窓。
(12)　古代ギリシアの建築様式の一つ。建物の前面に聳え立つ円柱についていう。

れた。この包囲は街の歴史の中でも最も悲劇的なページであり、私の考えでは、まさにそのとき生き残った住民に「レニングラード」という名前がようやく受け入れられたのだった。それはほとんど死者たちへの敬意の印である。墓石に彫られた墓碑銘と議論することは難しい。街は突然以前よりもずっと老けて見えた。まるで〈歴史〉がついに街の存在を認め、いつものおぞましく病的なやり方で――つまり、死体を積み上げることによって――この場所に追いつこうと決めたかのようだった。それから三三年後(13)の今日、この征服されなかった街の天井や前面《ファサード》は、いかにペンキや漆喰を塗り直してあっても、その住民の最期の息と最期のまなざしの痕跡をいまだに留めているように見える。あるいは、ひょっとしたら、単にペンキと漆喰の質が悪いということだろうか。

今日街の人口はおよそ五〇〇万人(14)である。朝の八時に超満員の路面電車や、バスや、トロリーバスがごとごと大きな音を立てて数えきれないほどの橋を渡り、車両にかじりついて離れない人々を工場やオフィスに運んで行く。住宅政策は「密度の増加《ウプロトニェーニエ》」から、街はずれに新しい集合住宅を建てることに転換した。そのスタイルは世界中の他のすべてのものと似たりよったりで、俗に「大きく殺風景な建物《バラッコ》」として知られている。それが街の本体に事実上手を触れないで保存したことは、現在の街の父たちにとって大きな誉れである。この街には摩天楼もなければ、複雑に絡み合った高速道路もない。ロシアは鉄のカーテンの存在に対して感謝すべき建築上の理由がある。というのも、鉄のカーテンはロシアが視覚的アイデンティティを保持することを助けたからだ。現代では絵葉書を受け取った人は、それがベネズエラのカラカスから送られてきたものか、ポーランドのワルシャワからなのか、理解するのにかなり時間がかかるだろう。

街の父たちがガラスとコンクリートの中で自分を不朽のものにしたくない、というわけではないだろう。しかし、なぜか彼らはあえてそうすることができないのだ。彼ら自身にいかに価値があろうとも、彼らもまた街の魅力のとりこになってしまい、彼らにできるのはせいぜい街中のあちこちに現代的なホテルを建てることどまりなのだ。しかもそのすべては外国の（フィンランドの）建築家によってなされるのだ。ただし例外はあって、それはもちろん、電話と電信である。それはロシアのノウハウだけに従うものだからだ。普通、これらのホテルは外国の旅行者だけにサービスを提供するように作られている。外国人というのはしばしばフィンランド人自身である。なにしろ、彼らの国はレニングラードのすぐそばにあるのだから。

街の住民が娯楽を楽しむ場としては百近くある映画館と、一ダースにのぼる演劇とオペラとバレエの劇場がある。それから巨大なサッカー・スタジアムが二つあり、二つのプロ・サッカー・チームと一つのアイスホッケー・チームを街が後援している。一般的に言って、スポーツは役人の世界によって実質的に推奨されており、最も熱狂的なアイスホッケーのファンがクレムリンに住んでいることはここでは広く知られている。[15]しかし、レニングラードにおける主な気晴らしは、ロシアならどこでもそうだが、「瓶」である。[16]アルコール消費に関して、この街は本当に「ロシアへの窓」であり、しかも大きく開いた窓なのだ。午前九時から酔っぱらいがタクシーよりも頻繁に見受けられる。食料品店の酒類コーナーでは、怠惰な、しかし探るような表情を顔に浮かべた二人組の男の姿がいつでも見つかるだろう。彼らは瓶の価格も中身も分かち合うべき「三人目」を探しているのだ。価格は店のレジで、中身は最寄りの戸口で分かち合われる。このような建物

（13）このエッセイが書かれたのは一九七九年。
（14）この数字は一九七九年当時のものだが、いまでも大きくは変わっていない。二〇二四年には約五六〇万人である。
（15）当時のソ連の最高指導者ブレジネフはアイスホッケーとフィギュアスケートをことの他好み、彼が政権の座にあった時期にこれらの競技は黄金時代を迎えた。
（16）酒瓶のこと。ソ連のウォッカの瓶は通常〇・五リットル入り。

の入り口の薄闇に君臨するのは、飲酒に関する技術の最高の形だ——つまり、半リットルのウォッカをきれいに残りをださないように三等分する技術である。ここからはぞっとするような犯罪も生まれるが、奇妙な、予期しがたいことに、ときに一生続く友情も生まれることがある。そしてプロパガンダは口頭でも文書でも過度の飲酒を非難しているものの、国家はウォッカを売り続け、値上げする。というのも、「瓶」は国家の最大の財源だからである。原価は五コペイカなのに、それが住民には五ルーブリで売られるのだ。つまり、九九〇〇パーセントの利潤である。

しかし、飲酒癖は海辺に住む人々の間では、珍しいことではない。レニングラードの住民の最も際立った特徴は、悪い歯（包囲の間のビタミン不足のせいだ）と、シューシューいう歯擦音の発音が明確なこと、自己嘲笑、そして自分たち以外のロシアの人たちに対するある程度の傲慢さである。精神的にはこの街は依然として首都なのだ。この街のモスクワとの関係は、ちょうど、フィレンツェのローマに対する関係、あるいはボストンのワシントンに対する関係に相当する。ドストエフスキーの何人もの登場人物と同様、レニングラードは「認められないこと」、拒否されることから誇りや、ほとんど官能的な快楽さえも導き出す。そのくせ、完璧に意識しているのだ——母語をロシア語とするすべての人々にとって、この言語が聞かれる世界のどこにもましてこの街がリアルであるということを。

というのも、ロシアの詩と小説から作られた、第二のペテルグルクがあるからだ。小説は読まれさらに再読され、詩は暗記される。単に、ソヴィエトの学校で子供たちは卒業したければ詩を暗記させられるというのが理由であるにしても。そしてまさにこの暗記こそが、街の未来の——この言語が存在する限り——地位と場所を確保し、ソヴィエトの学校の子供たちをロシア人に変貌させるのである。

学校の一学年は普通五月末までに終わり、白夜がこの街にやってきて六月のまる一月の間続くことになる。

白夜というのは太陽がかろうじて二、三時間しか空から消えない夜のことで、北方の高緯度地方ではごくありふれた現象である。それは街の最も魔法のような季節で、午前二時に灯りもなしに書いたり読んだりすることもでき、影を奪われた建物と金色に縁どられたその屋根はきゃしゃな陶器のセットのように見える。あたりはあまりに静かなので、フィンランドでスプーンが落ちてもちゃりんという音がほとんど聞こえてくるようだ。空の透明なピンクの色合いはあまりに淡く、水彩絵の具のような薄青色の川面はそれをほとんど映し出すことができない。そして橋が引き上げられ、デルタ地帯の島々はまるで握りしめていた手を離して、川の本流の中で向きを変え、バルト海に向かって漂い出していくかのようだ。そんな夜、寝付くのは難しい。あまりにも明るく、どんな夢もこの現実にはかなわないからだ。この現実において人は影を投げかけない——水と同じように。

一九七九年

（沼野充義訳）

ダンテの影のもとで

人間の人生とは違って、芸術作品は決して額面どおりに受け取られることはない。つねに、先駆的な作品や先行する作品と比べて眺められるものだ。偉大な作者たちの影は、とくに詩において目につく。偉大な作者たちの言葉は、そこに表現される考えよりも移ろいにくいからである。

したがって、あらゆる詩人の努力のかなりの部分には、偉大な作者たちの影との論争が含まれており、詩人は、それらの影の熱い息や冷たい息を首筋に感じたり、また、文芸批評界によってそれを感じさせられたりする。「古典」は、そうしたとほうもなく大きな影響をもたらすので、ときにはその結果として詩人の言葉が麻痺してしまうこともある。そして精神は、悲観的な未来と取り組むよりは、未来を悲観的に考えるほうがたやすいので、情況を行き詰まりと考えがちである。その場合には、生まれつきの無知、いや、無邪気を装うことすら、幸いに思われる。無知であれば、そのような亡霊などまったく存在しないものと無視して、みずからが今ここに存在しているという感覚だけから、（できれば自由詩《ヴェール・リーブル》で）「歌う」ことができるからだ。

とはいえ、そのような情況を行き詰まりと考えるのは、ふつう、勇気の欠如というよりは、想像力の貧困の表れである。長く生きていれば、詩人は、そうした想像力の枯渇期を（その原因とは関わりなく）自分の目的のために利用して、それを扱うすべを学ぶ。たとえ、人間の予知能力は未来がもたらしうるいかなるものよりもはるかに破壊的であるとしても、現在の耐えがたさよりも未来の耐えがたさに立ち向かうほうが容易なのだ。

エウジェーニオ・モンターレ（一八九六年ジェノヴァ生まれ、一九八一年ミラノで死去）は現在、八十一歳であり、数多くのありえた未来——他人の未来のみならず彼自身の未来——をあとに残してきた。彼の伝記的事実の中でとくに目ざましいと考えられるのは二つだけであり、一つは、第一次世界大戦中に歩兵部隊の将校として従軍したこと。もう一つは、一九七五年にノーベル文学賞を受賞したことである。この二つの出来事のあいだに、彼がオペラ歌手になろうと勉強したことや（彼は有望なベル・カントの持ち主だった）、ファシズム体制に抵抗したこと——彼は初めからファシズムに抵抗し、その結果、フィレンツェのヴィウスー文庫館長[1]の職を失うという代償を払った——、また、評論を書いたり、リトル・マガジンの編集にたずさわったり、ほぼ三〇年にわたって『コッリエーレ・デッラ・セーラ』紙の「第三ページ」の音楽その他の文化欄を担当したこと、そして六〇年にわたって詩を書いてきたことが挙げられるかもしれない。彼の人生がかくも平穏であったとは、ありがたいことだ。

ロマン派詩人たちの出現以来、われわれにとって詩人たちの伝記はお馴染みのものとなっているが、彼らのめざましい経歴も、ときにはその貢献と同様、短期間のものであった。このような情況のもとでは、モン

（1）ヴィウスー文庫は一八一九年にジュネーヴ出身の商人によって設立され、ヨーロッパの主要な定期刊行物を提供する読書室として出発、リソルジメント（イタリア統一運動）でも重要な役割を果たしたとされる。

ターレは一種の時代錯誤的存在であり、彼の詩に対する寄与も時代錯誤的な大きさを持っている。アポリネール、T・S・エリオット、マンデリシュタームとほぼ同時代人である彼は、単なる年代的な意味以上にこの世代に属している。これらの作家はそれぞれ、モンターレと同様、各国の文学に質的な変化をもたらしたが、モンターレの仕事ははるかに困難なものだった。

英語を話す詩人がフランスの詩人（たとえばラフォルグ）を読むようになるのは、ふつうは偶然によるのに対して、イタリア人がフランスの詩を読むのは地理上の義務感からである。かつては文明が北に向かうときの一方通行路であったアルプス山脈は、いまや、文学のあらゆる主義《イズム》が行きかう幹線道路なのだ！　こうしたさまざまな影響が、詩人の活動を亡霊のように圧迫する（あるいは詩人の活動に影をさす）。イタリアの詩人は誰であれ、新しい一歩を踏みだそうとするなら、過去と現在の交流によって蓄積された重荷を取り除かねばならない。おそらくモンターレにとって扱いやすかったのは、現在の重荷のほうだろう。

このようにフランスが近いということ以外には、今世紀初めの二〇年間、イタリア詩の情況はほかのヨーロッパ文学の情況とそれほど違わなかった。つまり、（それが自然主義的なものであれ、象徴主義的なものであれ）ロマン主義の詩学の絶対的支配によって引き起こされた美学の肥大化があったということである。当時のイタリア詩壇の二人の主要人物――「尊大な《プレポテーンティ》」ガブリエーレ・ダンヌンツィオ〔一八六三―一九三八、早熟な才能と審美主義によって詩・小説の分野で旺盛な創作活動を続けた〕とマリネッティ〔一八七六―一九四四、『フィガロ』紙に「未来派宣言」を発表したあと、伝統的形式を破壊する多彩な実験を展開した〕――は、それぞれの方法で、この肥大化を証明したにすぎない。ダンヌンツィオが肥大化したハーモニーをその極端な（そして究極の）結末まで導くいっぽう、マリネッティやほかの未来派の詩人たちは、逆に、そのハーモニーをずたずたにすべく奮闘していた。いずれの場合にも、それは極端に対するに極端をもってする戦いだった。捕えられた美学、つまり感受性を目立たせただけの、条件付きの反動だったのだ。いまでは、イタリア語が現代の抒情詩を生みだすためには、次の世代の三人の詩人、ジュゼッペ・ウンガレッティ〔一八八八－一九七〇、第一次世界大戦の体験から生まれた前衛的な短詩によってイタリアの現代詩を切り開いた〕、ウンベルト・サバ〔一八八三－一九五七、トリエステに生まれ暮らした伝統的詩風の抒情詩人〕、エウジェーニオ・モンターレが必要であったことは明白だと思われる。

精神の長い冒険の旅《オデュッセイ》には到達すべきイタケーの島(2)は存在しないし、言葉でさえ、旅の一つの手段にすぎない。明らかに極度に凝縮されたイメージを好む形而上的写実主義者、モンターレは、彼が「高雅体《オーリック》」——宮廷風の文体——と呼ぶものと「散文体」とを並べることによって、なんとか彼独自の詩的語法を創造した。それは（イタリア詩に六世紀以上にわたって君臨してきたダンテの公式《フォーミュラ》〔次に出てくる「清新体」のこと〕と対照的な）、「苦く新しい文体《アマロ・スティレ・ヌオーヴォ》」と定義することもできるだろう。モンターレの詩業で最も注目すべき側面は、「清新体《ドルチェ・スティレ・ヌオーヴォ》」がイタリア詩を強く支配していたにもかかわらず、なんとか前に進むことができたという点にある。が、実際には、モンターレはこの支配を緩めようとするどころか、イメージにおいても語彙においても、たえず、この偉大なフィレンツェ人《びと》に言及し、その言葉をパラフレーズしている。モンターレの詩が引喩に富んでいることは、ときおり批評家たちの攻撃の的となる難解さの一つの原因となっている。しかし、他の作品への言及やパラフレーズは、あらゆる洗練された話法に本来的な要素であり（そのようなものから自由な——あるいはそれを「免れた」——話法とは、たんなる身振りにすぎない）、ことにイタリアの文化伝統の中ではそうである。二人だけ例をあげるなら、ミケランジェロとラファエロは、ともに、『神曲』の貪欲な解説者だった。芸術作品の目的の一つは先行する作品を下敷にした作品を創造することである。逆説になるが、芸術家は他の恩恵をこうむればこうむるほど豊かになるのだ。

（2）ホメロスの英雄叙事詩『オデュッセイア』で主人公のオデュッセウスが最後に帰還する故国の島。

最初の詩集――『烏賊《いか》の骨』一九二五年出版――に示されている成熟ぶりのため、モンターレの詩の発展を説明することはいっそう困難になる。彼はすでにこの詩集において、ときとして詩脚の追加によって甲高くなったり、その省略によって寡黙になったりする、故意に単調な語調――韻律上の惰性を避けるため、彼が利用するさまざまな技法の一つ――をよそおうことによって、イタリア詩に遍在する十一音節詩行の音楽を破壊している。モンターレの直前の詩人たちを思い起こすとき（中でも最も華やかな存在は、確かにダンヌンツィオだが）、モンターレが文体に関しては誰の恩恵も受けていない――というより、彼が詩の中でつっかかる相手すべての恩恵を受けている――ことが明らかになる。論争も遺産継承の一つの形だからである。

この、拒絶をとおしての過去とのつながりは、モンターレの押韻《ライム》の利用法に明らかである。一種の言語的こだま、いわば言語への讃辞としての機能とはべつに、押韻は詩人の陳述に、それが必然的なものであるとの感じを与える。便利なものではあるが、押韻構造の反復的性格は（それについて言うなら、いかなる構造の反復的性格も）、過去を読者から遠ざけるのはもとより、大袈裟な表現へと向かう危険をもともなう。これを避けるため、モンターレはしばしば同じ詩の中で、押韻詩から無韻詩へと転じる。文体上の行き過ぎに対する彼の反発は、明らかに、美学的な反発であると同時に、倫理的な反発でもあり――詩は、倫理と美学との、考えうる最も緊密な相互作用の一形態であることを証明している。

残念なことに、この相互作用はまさしく、翻訳では消えてしまいがちなものである。それでも、彼の詩の（モンターレの詩の最も鋭い批評家、グラウコ・カンボンの言う）「脊椎となる凝縮」が失われても、モンターレの詩は翻訳にもよく耐える。必然的に別の調性に移し変えられる翻訳は――その説明的性格のため――、作者には自明のことと考えられ、したがって自国の読者には気づかれないような点を明確化することによって、なんとか原作に追いつく。微妙で控えめな音楽の多くは失われるけれども、アメリカの読者は意味を理解するうえでは有利な立場にあり、イタリア人のように難解さを非難することも少ないだろう。この訳詩集(3)について唯一残念なのは、脚注に原詩の押韻構造と韻律のパターンについての表示が含まれていないことである。結局のところ、脚注こそ文明が生き残る場所なのだから。

ひょっとすると、「発展」という言葉は、直線的な過程を暗示するからというだけでも、モンターレのような感受性を持った詩人にはあてはまらないかもしれない。詩的な思考はつねに総合的性格を持ち、――モンターレ自身、ある詩の中で表明するとおり――いわば「蝙蝠のレーダー」〔「贈り物《クセニア》」I 5〕のような技法を使うものであり、そのときには、思考が三六〇度の方位にはたらくのである。また、詩人はいついかなるときにも一つの言語全体を所有しており、たとえば、古風な語に対する彼の好みも、あらかじめ考えられた文体上の計画というより、むしろ、彼の主題や彼の神経によって決められている。構文やスタンザの構成などについても同じことがあてはまる。モンターレは六〇年にわたって、詩の文体をなんとか一定の水準に保ってきたし、その高い水準は翻訳においてさえ感じられる。

『新詩集』は、英訳で現れるモンターレの六冊めの本だと思う。しかし、詩人の経歴の全体像を提示しようとする以前の翻訳とは違って、この本には、ここ十年間に書かれた詩だけが収められており、したがってモンターレの最新の詩集――『雑事混詠《サートゥラ》』（一九七一年）――の内容と同じものとなっている。これらの詩を詩人の最終の言葉と見るのはばかげたことだろうが、それにもかかわらず――作者の年齢と、詩篇を統一する

（3）G・シン訳『新詩集』、ニュー・ディレクションズ社、一九七六年。

妻の死という主題のために――それぞれの詩には、ある程度まで、最終的なものという雰囲気が漂う。死を主題とすれば、つねに自画像を描くことになるからだ。

詩においても、ほかのあらゆる話法においてと同様、話しかけられる相手が、話し手に劣らぬ重要性を持っている。『新詩集』の主人公は、自分と「話し相手」との距離を測定し、次には、もし生きていれば「彼女」が示したであろう反応を推測しようとすることに、心を奪われている。主人公の言葉が必然的に向かわざるをえない沈黙には、その暗示性のゆえに、答えという点では、人間の想像力が及ぶ以上のものが秘められている――このことがモンターレの「彼女」に、明らかな優越性を与えている。この点でモンターレが似ているのは、しばしば比較されるT・S・エリオットでも、トマス・ハーディでもなく、むしろ『ニューハンプシャー』[4]の時期のロバート・フロスト〔一八七四―一九六三、アメリカの詩人。ニューイングランドの自然と人々の暮らしをめぐる思索を伝統的形式で描いた〕である。フロストは、女は男の肋《あばら》（心の渾名だ）から、愛されるためでも、愛するためでもなく、また、裁かれるためにでもなくて、「汝の裁き手」となるべく創造されたのだと考えていた〔ここは『ニューハンプシャー』収録の詩「自宅での埋葬」への言及〕。しかしフロストとは違って、モンターレが扱っているのは、既成事実《フェタコンプリ》である優越性の一形態――不在《イン・アブセンティア》であるがゆえの優越性――であり、それが彼の心に、罪悪感よりも別離の感覚を呼び起こす。これらの詩篇における彼のペルソナは、「外部の時間」へと追放されているのだ。

したがってこれは、死が、『神曲』やマドンナ・ラウラに捧げられたペトラルカのソネットにおいてとほぼ同じ役割、つまり死後の世界への案内者の役割を演じる、恋愛詩篇なのである。しかしここでは、まったく違った人物がおなじみの道程をたどっているのであり、彼の言葉は神聖な予感とは何の関係もない。モンターレが『新詩集』で示すのは、想像力のあの頑固さ、死を出し抜こうとするあの強い衝動である。それによって人は、亡霊の領域に至って「キルロイ参上」[5]という落書きをみつけるとき、それを自分の筆跡と知るのかもしれない。

とはいえ、これらの詩には、病的に死に魅了されているところはないし、裏声《ファルセット》も使われてはいない。ここで詩人が語っているのは、「彼女」がかつて「彼女」の存在を表現するのに使ったのとまさに同じニュアンスを持った言葉と感情――つまり親密な言語――によって感じられる、不在についてなのである。そこから、これらの詩篇の韻律と、細部の選び方の、きわめてひそやかな口調が生まれる。人が――しばしば呟き声によって――自分自身に語りかけるこの声こそ、一般にモンターレの詩で最も際立つ特徴である。しかし、この詩集では、現実の彼と現実の彼女のみが知っていたこと――靴べら、スーツケース、かつて泊まったホテルの名前、おたがいの知人、二人とも読んでいる本――について詩人のペルソナが話すという事実のせいで、個人的な調子が強くなっている。このような実在物《レアーリア》から、そして習慣《イネルティア》となった親密な語り口から個人的な神話が生まれて、それはしだいに、いくつもの超現実的な幻想や変身なども含めて、いかなる神話にもあてはまるあらゆる特徴を獲得するにいたる。この神話には、女性の乳房をもつスフィンクスのかわりに、「彼女」の、それも眼鏡をはずしたイメージが出てくる。これは引き算による超現実主義であり、この引き算こそが、主題あるいは調性のいずれかに影響を与えて、この詩集に統一を与えているのである。

死はつねに「無垢」の歌であり、決して経験の歌ではない。そしてモンターレは詩を書きはじめたときか

（４）一九二三年出版のこの詩集でフロストは最初のピュリッツァ賞を受賞。
（５）壁の向こうから長い鼻を垂らしてこちらを覗いている男の絵のいたずら書きに添えられた言葉。この落書きは、第二次世界大戦中から連合国のいたるところで見られるようになった。ここでは自分の「先例」の意味。

ら、告白よりも歌への好みを示している。告白ほど明瞭ではないが、歌のほうが繰り返しがきかない。ちょうど失われたものが戻らないのと同じように。人生を生きてくれば、不動産《リアル・エステイト》などよりも、心理的に得られたもののほうが現実的《リアル》に思われてくる。取り残された人間がエレジーに訴えかけることほど感動的なものはない。

ぼくはきみと腕を組み、すくなくも百万の階段を降りた
そしてきみなき今　一段ごとに空虚がひらく。
そうだとしても　ぼくらの長い旅はつかの間だった。
ぼくの旅はなお続くのに、ぼくにはもう用がないのだ
連絡の便も、予約も、罠も、
実在するものとは眼に見えるものだと
そう信ずる者の　不明も。

ぼくは百万の階段を　きみと腕を組んで降りた、
なにも　四つの眼のほうがよく見えるからというわけじゃない。
ぼくがきみと降りたのは　知っていたからだ、
どれほどかすんでしまっていても、ぼくら二人のうちではきみの瞳だけが
真実《まこと》の瞳だと。

（「贈り物《クセニア》Ⅱ　5」）

ほかの点はさておいても、孤独に階段を降りつづけることへのこの言及には、『神曲』のどこかのこだまが聞こえる。この詩集を構成する、「七一年の日記」と「七二年の日記」はもとより、「贈り物I」と「贈り物II」の詩篇にも、ダンテへの言及があふれている。たった一語によって言及がなされる場合もあれば、また――「贈り物I」の一三番のように――一篇の詩全体がこだまを響かせている場合もある。一三番の詩は、「煉獄篇」第二一歌の結末、「煉獄篇」全体でもとくにはっとさせられる場面の反響となっている。[(6)] しかし、モンターレの詩的で人間的な英智を特色づけるのは、彼の、むしろわびしい、ほとんど疲れきったような、尻すぼまりの口調である。結局のところ、彼が語りかけている女性は、彼が長年をともに過ごしてきた相手なのであり、よく知っていればこそ、彼女が悲しげなトレモロなど嬉しがらないことはわかっているのだ。確かに、彼は自分が沈黙に向かって語りかけていることを知っている。彼の詩行をたびたび中断する休止《ポーズ》が暗示するのは、その空虚の身近さであり、空虚は――たとえ実際には埋められないにしても――「彼女」がどこかすぐそこに存在するかもしれないという彼の確信のために、すこしは近しいものとなるのである。そして彼に、表現主義的な工夫や、手のこんだイメージや、甲高い警句などに訴えることを思いとどまらせるのも、彼女のこの存在感である。亡くなった彼女にしても、派手な言葉遣いは嫌うだろう。モンターレは経験上、どれほどその発想に欠点がなくとも、古典的に「立派な」詩行は聴衆におもねり、一般に利己的なも

(6) 煉獄をめぐるダンテとウェルギリウスに出会うローマの詩人スタティウスが敬慕のあまりウェルギリウスの脚に抱きつこうとすると、いまでは私もおまえも空ろな霊となった身なのだから、実体あるもののように扱うのはやめなさい、とたしなめられる。

のだと知っているし、いっぽう、自分の言葉が誰に、そしてどこに向けられているのかもよくわきまえている。

そのような不在《アブセンス》の前で、芸術は謙虚になる。われわれは知性の進歩にもかかわらず、依然として、「芸術は人生を模倣する」というロマン主義的な（それゆえ、写実主義的でもある）考えに、すぐ陥りがちである。何かそのようなことをおこなうとき、芸術は「生」を超越するような、存在のわずかばかりの要素を映し出して、生をその限界点のむこうまで拡げようとする――これは、芸術、あるいは芸術家自身による不滅性の模索であると、しばしば誤解される企てだ。言い換えるなら、芸術は生よりもむしろ死を「模倣する」。つまり、芸術が模倣するのは、生がなにも教えてはくれない領域なのである。そして芸術はみずからの短命を悟りながら、可能なかぎりの長い時間を手なずけようとする。結局、芸術を人生と区別するのは、いかなる人間関係において考えられるよりも、いっそう高次のリリシズムを生みだすことができる芸術の能力である。それゆえ、詩は――それを発明こそしないにせよ――来世という観念に似てくる。

『新詩集』は質的に新しい語法を提供してくれる。大部分はモンターレ自身の語法であるが、翻訳作業によるものもあり、翻訳上のかぎられた手段は、かえって原詩の簡潔さを際立たせている。多くの詩篇がこうして一冊にまとめられてみると、おどろくべき効果を生みだすが、それは、『新詩集』に描きだされた魂《サイキ》が、世界文学にも前例のないものだからというより、むしろ、このような心性《メンタリティ》は英語ではもとのイタリア語と同じようには表現できないことを、はっきりさせるからである。「なぜか」と問いかけても、その理由は曖昧になるだけだろう。モンターレの母語、イタリア語においても、このような心性は、彼が例外的な詩人という評判をとるほど変わったものだからである。

詩は結局のところ、それ自体、一つの翻訳である。別な言い方をすれば、詩は言語で表現された魂《サイキ》の一側面である。詩が芸術の一形態であるというより、芸術は、詩がしばしば頼りとする一形態なのである。本質的に、詩は知覚の明確化であり、その知覚の、言語遺産への翻訳である――結局は言語が、利用できる最良の道具なのだ。しかし、知覚を枝分かれさせ、深化させる――そして、最も幸運な場合には知覚と一つにもなって、最初に意図された以上のものを明るみにだすこともある――この道具の価値にもかかわらず、多少なりとも経験をつんだ詩人ならば、誰でもそのためにどれほど多くのものが取り残され、あるいは損われるかを知っている。

このことが暗示するのは、詩は、イタリア語にせよ、英語にせよ、またスワヒリ語にせよ、どういうわけか言語とは相容れなかったり、言語に抵抗したりするものでもあるということ、また、人間の魂は、その総合的性格ゆえに、われわれが使用せざるをえない（なぜか、屈折言語を使う機会のほうが多い）いかなる言語よりも、測りしれないほどすぐれている、ということである。控えめにいっても、もし魂が自分自身の言葉を語れるなら、魂の言葉と詩の言語とのあいだの距離は、詩の言語と会話のイタリア語との距離とほぼ等しくなるだろう。モンターレの語法は、双方の距離を縮めてくれる。『新詩集』は、何度も繰り返して読まれるべきである。分析の機能とは、詩を立体鏡《ステレオスコープ》で見るような原像へと――詩人の心に存在していたとおりに――戻すことだが、そうした分析のためにではなくとも、この、微妙で、呟くような、しかし確固たる禁欲的な声のとらえがたい美しさのために、繰り返し読まれるべきなのだ。この声はわれわれに、世界は「バーンと終わるのでも、めそめそと終わる」(7)のでもなく、話をしては言

（7）T・S・エリオット「うつろなる人々」の中の句。

葉をとぎらせ、また話しはじめる人間とともに終わるのだということを教えてくれる。かくも長い人生を歩んでくれれば、漸降法《アンティクライマックス》も単なるもう一つの技法ではなくなるのだ。

本というものは確かに独白である。詩においてはほぼつねにそうだけれども、話し相手が不在のときには、独白となるほかはないだろう。けれども、主要な技法としての独白という考えは、一つには、「不在《アブセンス》の詩」に由来する。「不在の詩」とは、象徴主義以後の最大の文学運動——一九二〇年代と三〇年代にヨーロッパで、そしてとくにイタリアで生まれた運動——つまり「錬金術派《エルメティズモ》」の別名である。この訳詩集の巻頭を飾る次の詩は、この運動の根本原理の表明であり、それ自体、この運動の勝利を表している（イタリア語のtuは「きみ」という二人称単数の親しい呼びかけである）。

「きみ」の効用(8)

ぼくに欺かれて
批評家たちは繰り返す、
ぼくが使う「きみ」は一つの決まりごとなのだと。
ぼくのこの過ちがなければ　彼らにも
たとえ鏡にたくさんの「きみ」が写ろうと
ぼくのなかでは一つなのだとわかったろうに。
不幸なことに　網にかかった鳥は　自分がほんとうの自分なのか
それとも無数の写しの一つなのか

わからなくなるのだ。

モンターレがエルメティズモ運動に加わったのは、一九三〇年代の末、フィレンツェに住んでいたときのことで、彼は一九二七年には生まれ故郷のジェノヴァからそこに移り住んでいた。当時、エルメティズモの第一人者はジュゼッペ・ウンガレッティであり、彼はマラルメの『骰子一擲』の美学を、おそらくは極端なまでに信奉していた。けれども、エルメティズモの性格を十分に理解するためには、この運動を推進した人々のみならず、イタリアの政治劇全体を動かした人物をも考慮に入れてみる必要がある――その人物とは、統帥《ドゥーチェ》ムッソリーニだった。エルメティズモはかなりの程度までは、一九三〇年代と四〇年代のイタリアの政治情況に対するイタリア知識階級の反発であり、ファシズムに対する文化的自己防衛――詩の場合、言語的自己防衛――の行為と考えられる。少なくとも、エルメティズモのこの側面を見逃せば、しばしばこの側面を強調しすぎる場合と同じ単純化に陥るだろう。

イタリアの体制は、ロシアやドイツにおける同様の体制に比べるなら、芸術に対してはるかに寛容だったが、その体制がイタリア文化の伝統と相容れぬものであるという意識は、ほかの国々におけるよりもはるかに明白で、耐えがたいものだった。全体主義の圧力のもとで生き延びるため、芸術がまさしくその圧力の強さに比例して密度を高めなければならないのは、ほとんど鉄則といっていい。イタリア文化の全歴史が必要な内容の一部を提供してくれていたし、それをどう利用するかはエルメティズモの詩人たちにゆだねられたが、それはエルメティズモという名前とはほとんど関わりがなかった。文学的禁欲主義、言葉遣いの簡潔さ、

（8）イタリア語の原題は Il Tu. ここでは英訳題 The Use of "Tu" による。

語および語の頭韻の力の強調、音と意味との対立――むしろ意味に対する音の優位――などを力説した者たちにとって、くどくどしい宣伝や国家のひもつきの未来主義ほど憎悪すべきものが、ほかにあったろうか。

　モンターレには、このエルメティズモの最も難解な詩人という評判があるし、確かに――より複雑という意味では――ウンガレッティやサルヴァトーレ・クァジーモド〔一九〇一－六七、シチリア島生まれ。反ファシズムの立場から社会性の強い詩を書いた。一九五九年にノーベル文学賞受賞〕よりも難解である。しかし、彼の作品中のさまざまな含みや、寡黙さ、さまざまな連想の融合、もしくはそうした連想へのヒント、作品中に隠された他の作品への言及、顕微鏡的細部に代わる一般的陳述、省略的語法――、こういった技法にもかかわらず、「ヒトラーの春」を書いたのは彼だった。その詩はこうはじまる。

　白い雲となった蛾の群れが狂ったように
　青白い街灯のまわり　欄干の上を舞いとび
　地面に白い毛布を拡げる上を　その足が
　きしきしと　まるで砂糖のように踏みしだく。

散り敷く砂糖のような蛾の死骸を踏み砕く足の、このイメージは、ひどく単調な不安と無表情な恐怖とを伝えるので、一四行ほど先で、彼が

　……そして流れはやがて岸辺を噛み、
　もはや罪無き者はいない。

と述べるとき、これは感傷に流れているようにも聞こえる。この詩行には、象徴主義の禁欲的な変種たるエルメティズモを思わせるものはほとんどない。現実はもっとはっきりした反応を求めていたのであり、第二次世界大戦は「脱エルメティズモ化」をもたらしたのであった。にもかかわらず、モンターレの背には「エルメティズモの詩人」というラベルが貼られるようになり、それ以後、彼は「難解な」詩人と考えられている。しかし、難解だという評判を耳にするときには、つねに、立ちどまって、明快さというものに対する自分の概念をよく思い返してみるべきだ。明快さという概念は、通常、自分がすでに知っていることや、好むもの、あるいは最悪の場合には、思い出したことにもとづいているからである。この意味では、難解であればあるほどよいことになる。この意味ではまた、モンターレの難解な詩は、いまもなお文化の擁護、しかもこんどははるかに遍在的な敵に対する文化の擁護でありつづけている。

こんにちの人間は、現在の生の情況には耐えられないような神経組織を受け継いでいる。明日の人間が生まれてくるのを待ちながら、こんにちの人間は、変化した情況に対応するのに、それに立ち向かったり、その打撃に抵抗しようとしたりはせずに、大衆の中に逃げこもうとしている。

この一節は、モンターレ自身が「ノートのコラージュ」と呼んでいる『われらの時代の詩人』[9]からの引用である。これらの散文作品は、さまざまな時に、さまざまな場所で発表された、エッセイや、書評や、インタビューなどから抜粋されている。この本は実際、詩人自身の発展に側面から光をあてるものではあるが、は

(9) アリステア・ハミルトン訳。マリオン・ボイヤーズ社、一九七六年。

るかにそれ以上の意義を持っている。モンターレは、「彼の技巧の秘密」はもとより、彼の思考の内的過程を明かすような人間とはとても思われない。控えめな人間である彼は、公的生活を吟味の対象とするほうを好むのであり、その逆ではないからだ。『われらの時代の詩人』は、まさしくそのような吟味の結果を記したもので、「詩人」よりも「われらの時代」のほうが強調されている。

　これらの散文に日付がついていないことと、その言葉遣いの厳格な明晰さのため、この本には医師の診断書か陪審の評決のような趣きがある。患者あるいは被告になっているのは、「実際にはベルトコンベヤーではこばれているのに、自分では歩いていると信じこんでいる」文明であるが、詩人は、自分自身がこの文明の肉から生まれた肉であることを承知しているので、治療法も更生法も暗示されてはいない。実際には、『われらの時代の詩人』は、「自分自身の運命について考えることすらできない未来に仮定されるステレオ装置人間」以外、後継者を持てないと思われる人間の、落胆した口調による、やや気難しい遺言《テスタメント》なのである。こうした独特のヴィジョンは、確かに、磁気テープ式のわれわれの現在には後ろ向きに聞こえるし、また、一人のヨーロッパ人が語っているのだという事実を示すものでもある。けれども、モンターレのヴィジョンのうち、――このヴィジョンか、それとも次の「ささやかな遺言《ピッコロ・テスタメント》」のヴィジョンか――いずれのヴィジョンがより恐ろしいのか、それを決めるのはむずかしい。「ささやかな遺言」は、ゆうにイェイツの「再臨」[10]に匹敵する詩である。

……この虹だけを　ぼくは
きみに遺すことができる
戦いとられた信仰の証《あかし》として、

炉のなかの硬い薪よりも
のろのろと燃えた希望の証として。
手鏡《コンパクト》にその白い粉を忍ばせておくがいい
すべての明りが消え
サルダナ踊り(11)が地獄の舞いとなり
そして　翳のごとき堕天使《ルシフェル》が
テムズやハドソンあるいはセーヌの川の舳《へさき》に
疲労になかば破れたタールまみれの翼を
打ちふりながら降りてきて　「時が来た」と告げるだろうときには。

それでも、遺言には未来が含まれている分だけいい。哲学者や社会学者たちとは違って、詩人は自分の聴衆に対する職業的懸念や、芸術の死すべき運命の意識から、未来について思案するものだ。『われらの時代の詩人』では、後者の意識のほうが強くはたらいている。なぜなら、「芸術の内容は、ちょうど個人間の違いが縮小しつつあるのに見合って、縮小している」からだ。この散文集の中で、皮肉にも、あるいは悲しげにも聞こえないのは、文芸に関するページである。

(10) 一九一九年に書かれた、世界の秩序の崩壊と暴力的な未来の到来を予見する詩。
(11) スペイン、カタルーニア地方での踊り。

いやしがたいまでに意味の芸術である、言葉の芸術の反響が、真実の確認と真実の表現に対するあらゆる責務から解放されたと主張するほかの芸術においてさえ、遅かれ早かれ感じられるようになるだろうとの希望は残る。

これは、おそらく文芸に関してモンターレがとりうる最も肯定的な態度だろうが、彼は次のコメントも忘れてはいない。

もはやいかなることも信じられない世代の一員であることは、この空無の究極の高貴さ、あるいは、そのような空無へのある神秘的欲求を確信する者にとっては、誇りの根拠となるかもしれない。しかし、誰であれ、ただ自分の存在にスタイルを与えるためだけに、この空無を逆説的な生の肯定に変えることを望む者にとって、そのような世代の一員であることは何の言い訳にもならない……

モンターレの言葉はつい引用したくなるが、それは危険なことでもある。引用しだせばすぐにきりがなくなってしまうからだ。レオナルド・ダ・ヴィンチからマリネッティにいたるまで、イタリア人には、未来に関して、彼ら独特の対処のしかたがある。とはいえ、モンターレを引用したくなるのは、彼の言葉のアフォリズム的性格や、ましてやその予言的性格のせいではなく、むしろ彼の語り口のせいであり、その語り口のみが、不安からかくも自由であるがゆえに、彼の発言に信頼感を与えるのである。そこには、浜辺に寄せる波や、あるいはレンズを通る光の一定不変の屈折にも似た、ある種の繰り返しが感じられる。彼のように長く生きてくれれば、「現実と理想との一時的な出会い」をしばしば経験してきているので、詩人は理想にいっそう深くなじむことも、また、理想の特徴のありうべき変化を予言することもできるようになる。芸術家にとっては、こうした変化が、おそらくは時を感じる唯一の測定法なのだ。

これら二冊の本がほぼ同時に現れたのは、なんとも驚くべき出来事である。二冊は一つに混じり合うように思われるからだ。結局のところ、『われらの時代の詩人』は、『新詩集』のペルソナが住む「外部の時間」を最も適切に説明してくれるものとなる。繰り返すけれども、「外部の時間」とは、この現実世界が「あの幻影の世界」と理解されていた、『神曲』の世界を逆転させたものである。モンターレのペルソナにとって「彼女」〔亡き妻ドルシッラ〕の不在は、ダンテのペルソナにとっての「彼女」〔『神曲』におけるベアトリーチェ〕の存在と同じくらい、はっきりと確かめられるものなのである。そしてこんどは、いまやこの来世の中にある存在が現世の姿をなぞるさまが、ダンテによる、「肉体が死ぬまえに人間としては死んでいた」〔W・H・オーデンの詩「アキレスの楯」から〕者たちのあいだの巡歴にも似てくるのだ。『われらの時代の詩人』がわれわれに提供するのはスケッチであり――スケッチのほうが、つねに油絵よりは多少とも説得力に富むものだが――それは、あの、死につつあるのに、なお生きている者たちがひしめくように螺線をえがく風景のスケッチなのである。

古い文明がこの老いたる文人の詩業に大いに寄与しているにもかかわらず、この本はあまり「イタリア的」とは思われない。「ヨーロッパ的」とか「国際的」とかいう言葉も、モンターレにあてはめてみるとき、「普遍的」という言葉の使い古された婉曲表現に思われる。モンターレは、巧みな言語の使用が精神の自律に由来するような一人の作家であり、したがって、『新詩集』も『われらの時代の詩人』も、本が単なる本となる前にそうであったもの、つまり、魂の年代記なのである。魂に年代記が必要だというわけではない。『新詩集』の最後の詩にはこうある。

終わりに

ぼくは子孫の者たちが（もしいれば）
ありえないことだろうが　文学において
ぼくの人生に関するすべてのもの、
ぼくのなしたこと、なさなかったことのすべてを
盛大に燃やすことを願う。
ぼくはレオパルディ(12)ではない、燃やすべきものは少ししか残せないし
小出し《パーセンテージ》で生きるだけでも大変なことだ。
ぼくは五パーセントで生きてきた、その割合いを増やさないでほしい。
それでも　降れば
必ずどしゃぶりなのだから。

一九七七年

（加藤光也訳）

（12）一七九八－一八三七。イタリアの詩人、思索家。古典の素養をもとにした厭世的な詩風で知られ、十九世紀イタリア最大の詩人とされる。散文の評価も高い。

独裁政治について

おそらくは病気と死こそが、独裁者と人民が共通にもっている唯一のものである。この意味においてだけでも、国家は老人に統治されることで利益を受ける。おのれの死すべき運命を意識すれば必然的に啓発されたり穏やかになるということではなく、独裁者が、たとえば自分の体調を考えるのに時間をついやせば、それだけ国事から離れることになるからである。国内と国際間の平穏がどれほど保たれるかは、ともに、党の第一書記や終身大統領がかかえている病気の数に直接、比例する。たとえ独裁者が洞察力を働かせて、あらゆる病気はついでに感覚を鈍らせてくれることを学ぶにしても、彼はふつうは、そのようにして得られる冷淡さを宮廷内の陰謀や外交政策に適用することは、ためらうものだ。本能的に以前の健康状態への復帰を探ったり、あるいは完全な回復を信じるという理由からだけでも、そうなのである。

独裁者の場合、魂のことを考えるべき時間はつねに現状維持の策謀をめぐらすために使われる。そうなるのは、独裁者の立場にいる人間は、現在と、歴史と、永遠とを、区別しないからである。それらは、彼と人民にとっての便宜のため、国家宣伝によっていっしょくたにされているのだ。彼はどんな老人でも年金や貯蓄にしがみつくように、権力にしがみつく。ときおり高官の粛清と見えるものも、国家にとっては安定を維持する試みと見なされる。この国家はそもそも安定を求めて、独裁制の樹立を許したからである。

ピラミッドの安定性が尖塔部に依存しているなどということはまずありえないが、それにもかかわらず、われわれの注意を引くのはまさにその尖塔部である。しばらくすると眺めている者の目はその耐えがたいまでの幾何学的完璧さに飽き、ひたすら変化を求める。しかし変化が訪れると、それはつねに悪いほうへの変化となる。控えめに言っても、老人が、その年になればとりわけ不愉快になる不名誉や不安を避けようと戦うのは、容易に予測がつく。その戦いにおいて老人は残虐で卑劣に見えるかもしれないが、それがピラミッドの内部構造や外側の影に影響を与えることはない。彼の戦いの相手であるライバルたちも、年齢が違うだけで同じ野心を持っているという理由からだけでも、彼から意地悪な扱いを受けるに十分、値する。政治というものはジャングルの法則を含んでいながら幾何学的純粋さを求めるからである。

上の尖塔部の頂には一人の人間が座るだけの余地しかないが、その人間は老人であるほうがいい。老人は天使であるふりをすることは決してないからである。老いてゆく独裁者の唯一の目的は自分の地位を保持することであり、彼の民衆扇動や偽善が人民の精神に信仰の必要や宣伝文書の増殖を要求することはない。いっぽう、真実にせよ見せかけにせよ、熱意と献身にあふれる若い成り上がり者は、最後にはつねに大衆の冷笑的態度《シニシズム》をつのらせることになる。人類の歴史を振り返るなら、シニシズムは社会の進歩を測る最良の物差しと言っても間違いではない。

なぜなら新しい独裁者はつねに、新式の偽善と残虐さの組み合わせを導入するからだ。ある者は残虐さのほうをより好み、またある者は偽善のほうをより好む。レーニン、ヒトラー、スターリン、毛沢東、カストロ、カダフィ、ホメイニ、アミンなどを考えてみればよい。彼らは一つ以上のやり方で前任者を打ち倒し、傍観者の心はもちろん、市民の腕をも新たにひねりあげる。人類学者（このことに関してきわめて超然としている者）にとっては、このような展開は大きな関心の的となる。人類についての概念を拡げてくれるからだ。けれども、気をつけなければならないのは、上に述べたような過程には、ある独裁者固有の邪悪さと同様、技術の進歩と人口の一般的増加も責任があるということである。

今日では、それが民主主義体制であろうと権威主義体制であろうと、すべての新しい社会・政治組織は、いよいよ個人主義の精神から離れ、殺到する群衆のほうへと向かっている。個人の実存的な独自性という観念は、個人の匿名性という観念にとって代わられる。個人は剣によってよりもむしろ人口過剰をもたらすペニスによって滅びるのであり、どれほど小さな国であっても、中央計画を必要とし、それに従わざるをえなくなる。このような事情は容易にさまざまな形態の独裁政治を生み出し、そこでは独裁者自身が時代遅れのコンピュータと見なされることにもなるだろう。

だが、彼らがただ時代遅れのコンピュータであるならば、それほど悪いことではない。問題なのは、独裁者は新型で最先端のコンピュータを買うことができるし、しかもそれを操作したがるということである。時代遅れの者たちが最先端のハードウェアを動かしている実例は、拡声器に頼るヒトラー総統や、政治局内の敵対者を排除するために電話の盗聴システムを使うスターリンである。

人々が独裁者になるのは使命感からではないし、まったくの偶然によるものでもない。そのような使命感を持った者は、たいてい手っ取り早い方法をとって、家庭の独裁者になるものだが、本物の独裁者は恥ずかしがり屋であり、家庭人としてはあまりおもしろみのない人間であることが知られている。独裁制を動かす手段は政党（あるいは政党と同じ構造を持つ軍の階級）である。なぜなら、何かの頂点に立つためには、何か垂直の構造を持つものが必要だからである。

さて、山岳や、もっとよい例としての摩天楼とは違い、政党というのは、精神的に、あるいはほかの意味で失業中の者たちによって発明される、本質的には虚構の現実である。彼らは社会に出てきてその物理的な現実、つまり摩天楼や山岳がすでに人でいっぱいになっていることを知る。したがって彼らの選択は、古い組織に空きができるのを待つか、それとも自分たちで代わりの新しい組織をつくるかの、いずれかとなる。彼らにとっては後者のほうが、ただちに始められるという理由からだけでも、いっそう都合のいいやり方のように思われる。政党をつくるということはそれ自体が一つの仕事であり、しかも骨の折れる仕事である。確かにすぐに成果が出るわけではないが、それでも仕事はそれほどきつくないし、一貫しない野心にも多くの精神的慰めはある。

純粋に人口統計学的な原因を隠蔽するため、政党はふつう、独自のイデオロギーと神話を開発する。一般的には、新しい現実はつねに古い現実のイメージに合わせてつくられ、既存の構造をまねている。このような手法は想像力の欠如を粉塗するいっぽう、その企て全体に、ある種の真正さを与える。ついでながら、それと同じ理由から、こうした人々の多くはリアリズム芸術をあがめる。概して、想像力が発揮されるよりも想像力が欠如しているほうが、より真正に見えるからだ。政党の綱領の眠くなるような退屈さと、指導者たちのこれといって目立つところのない外見も、大衆自身の反映として大衆にアピールする。人口過剰の時代にあっては、悪は（善とともに）人民と同様に凡庸なものになる。独裁者となるためには、退屈なほうがいいのである。

実際に独裁者たちは退屈であり、彼らの生活も退屈である。彼らにとっての唯一の報酬は出世してゆく過程で、つまりライバルが負けて追い出され、降格するのを見ることで、得られる。二十世紀への変わり目、政党の全盛期にはそれに加えて、たとえば、にわかづくりのパンフレットを出したり、警察の監視の目をくぐり抜けたり、秘密会議で熱烈な雄弁をふるったり、あるいはまた党の経費でスイスアルプスやフレンチ・リヴィエラで休養したりする楽しみがあった。いまでは、燃え上がるような論争も、付け髭も、マルクス主義の研究も、すべてが消え去った。あとに残ったのは、出世待ち競争、きりのない官僚的形式主義、事務仕事、そして信頼できる仲間探しである。話をするときに用心するスリルすらない。なぜなら、壁いっぱいに仕掛けられた盗聴装置の注目に値するような内容の話はまったくないからである。

人をいちばん上に押し上げてくれるのはゆっくりした時間の経過であり、時間の経過がもたらす唯一の慰めは、それがその事業に与えてくれる真正さの感覚である――時間のかかるものは本物、というわけである。敵対する政党の階級においても昇進はゆるやかである。政権政党にあってはどこにも急いでゆく必要はないし、半世紀もの支配のあとには時間の分配すらできるようになっている。もちろん、ヴィクトリア朝時代の意味での「理想」に関して言うなら、一党独裁体制も現代版の政治的複数主義とそう変わるところがない。とはいえ、唯一存在している党に加わるには、人並みはずれた不誠実さが必要となる。

それにもかかわらず、どれほど狡猾であっても、また履歴がどれほど汚点《しみ》一つないものであっても、六十歳前に政治局《ポリトビューロー》の一員となることはまずないだろう。その年齢になれば、人生はまったくやり直しがきかないし、ひとたび権力の手綱を握れば、それを放すのは最期を迎えるときだけである。六十歳の男が経済的、政治的に何か危険を冒すようなことを試みることはまずないだろう。彼は余命が十年くらいであることを承知しており、彼の喜びはもっぱら美食か機械類となる――旨い食事、外国産のタバコ、そして外国製の車。彼は現状維持の人間であり、そのことは、着実に増えてゆくミサイルの在庫を考えるなら外交面においては有益なことだが、無為に過ごせば現状を悪化させるだけの国内にあっては容認しがたいものである。彼のライバルたちは後者の国内事情を利用しようとするかもしれないが、彼は何か変化を導入しようとするよりライバルたちを排除しようとするだろう。誰でも、自分を成功へと導いた秩序に対しては、つねに多少のノスタルジアを感じるものだからである。

まともな独裁制の平均的な期間は一五年くらいであり、せいぜいのところ二〇年である。それ以上の期間になると、きまって奇怪なものへとなりはてる。そんなときには、戦争か国内のテロ、あるいはその双方の形で現れるたぐいの壮麗な景観を見ることになるだろう。幸いなことには、自然《ネイチャー》(1)がその体制の終わりを告げ、ときにはちょうどいいタイミングで、つまり独裁者が何か空恐ろしいことによって後世に名を残そうなどと決断する前に、ライバルたちの手を借りることがある。若い幹部たち、といっても、もうそれほど若くない幹部たちが下から彼を押し上げ、純粋な時間《クロノス》という青空の彼方へと彼を押し出すのである。尖塔の頂に達したあとは、それ以外に進むべき道はないからだ。けれども、たいていの場合、自然は、国家安全保障会議と、独裁者の個人的医療チーム双方からの頑強な抵抗と戦い、孤軍奮闘することになる。外国の医師団が国外から送り込まれ、彼が陥っている老衰の淵から彼を救い出そうとする。そしてときには彼らがその人道的使命に成功し（医師たちの政府もまた、現状の維持に大いに関心を抱いているのだ）、独裁者が各国政府にふたたび死の脅威を与えるようになることもある。

最後には、国家安全保障会議と医療チームの双方が断念する。おそらく医師団よりは国家安全保障会議のほうがいやいやながら断念することになる。なぜなら、医療のほうが、さし迫った変化によって影響を受ける序列に干渉する度合いは低いからである。しかし、安全保障会議のメンバーでさえ最終的には頭領にうんざりしてくる。メンバーたちのほうが頭領よりも長生きするはずだし、護衛たちが顔をそむけているうちに死が、大鎌《サイズ》と小鎌《シックル》をもって忍び込んでくる。(2)そして翌朝、人々は時間どおりの雄鳥の鳴き声によってではなく、拡声器からとどろくように響いてくるショパンの葬送行進曲によって目を覚まされる。そして軍による葬儀がとりおこなわれ、馬たちが砲架を引く前では、分遣隊の兵士たちが小さな深紅のクッションの上に、優勝した犬の胸を飾るように独裁者の上着を飾っていた、メダルや勲章をのせて運んでくる。彼はまさにそのとおりのもの――賞品を得た犬、レースに勝った犬だからである。しばしばそうであるように、かりに人々が彼の死を悼むとしても、流される涙は賭に負けた者の涙である――人民は失われてしまった時間を嘆いているのだ。つづいて政治局員たちが、国旗に包まれた棺をかついで現れる。その棺だけが彼らの唯一の共通分母である。

政治局員たちがその唯一の共通分母であった死者の棺を運ぶあいだ、カメラがカシャカシャと鳴り、外国人も国内の者たちも彼らの推し量りがたい顔を熱心にのぞき込みながら、後継者が誰かをあてようとする。死者は虚栄心から政治的遺言を残しているかもしれないが、どんな形でもそれが公にされることはない。決定がひそかに下されることになるのは、政治局の――人民に対しては――閉じられた会議においてである。つまり、秘密裡に決められるのだ。秘密主義は党の古くからの問題であり、党の人口統計学的起源、栄光ある不法な過去の名残りである。というわけで、政治局員たちの顔からは何もうかがうことはできない。

明らかにすべきものは何もないので、彼らはいっそうみごとにやってのける。同じことを繰り返せばいいだけだからだ。新しい人間も古い人間とその肉体が違っているにすぎない。精神的にもほかの点でも、新しい人間は死者の精確な複製となる運命にあるからだ。それこそが、おそらくは最大の秘密である。それを考えるなら、党指導者の交代は、われわれにとっては主の蘇りに最も近いものとなる。もちろん、繰り返しは退屈をもたらすが、秘密裡に繰り返せば、それなりの楽しみの余地はある。

（1）ここでは人間の寿命のような自然の摂理のこと。

（2）草刈り用の長い柄のついた鎌は擬人化された死に神の持ち物であり、ハンマーと小鎌は旧ソ連の国旗の印なので、ソ連時代の独裁体制に対する痛烈な批判。

けれども、とりわけ滑稽なのは、これら政治局員の誰もが独裁者になりうると感じさせられることであり、そのような不確実さと混乱とをもたらす原因は、供給が需要を上回っているところにあると感じさせられることである。また、われわれが扱っているのは、個人による独裁ではなく、独裁者たちの生産を産業的基盤の上に置いている、党による独裁なのだと感じさせられることである。こうした点は、個人主義自体が急速に退潮しつつあることを考慮するならば、この党の、全体としてみれば誠に狡猾なところであり、また個別にみれば誠に適切なところでもあった。言葉を換えるならば、今日では、「誰が何になるか」を推測するゲームは、剣玉遊びのようにロマンティックで時代遅れなものであり、自由に選出された者たちだけがそのゲームを楽しむことができるのである。鉤鼻の横顔や、山羊髭かシャベルみたいな髭、セイウチ髭か歯ブラシみたいな口髭をたくわえた独裁者の容貌というものは、とっくに時代遅れになっている。独裁者特有の眉毛だって、すぐに時代遅れになるだろう。

それでもなお、退屈で陰気な、これといった特徴のないこれらの顔には、どこか忘れがたいところがある——しかも、誰の顔にでも似ているため、どこか秘密めいた雰囲気がある。彼らの顔は草の葉のように似ているのである。外見上似ているということは、「人民の政府」という原則にさらなる深みを、つまり「誰でもない者による支配」という深みをつけ加える。だが、誰でもない者による支配は、いっそう遍在する独裁制である。誰でもない者は誰にでも似ているからだ。彼ら、誰でもない者たちは、さまざまな点で大衆を代表しており、それゆえ、彼らは選挙を思い煩うことはない。どれほど想像力を働かせてみても、たとえば十億の人口を誇る中国で「一人一票」の制度がどのような結果をもたらすのか、それがはたしてどのような議会をつくるのか、また、何千万もの票を集めても少数派にしかならないことなど、想像力を働かせて考えるだけ無駄というものだ。

二十世紀への変わり目で政党が続々と生まれたのは、人口過剰を告げる最初の叫びであり、今日でも政党が生まれつづけているのはそのためである。個人主義者たちが政党をからかっているあいだに、政党は人間の非個人化につけこみ、やがて個人主義者たちも笑うのをやめてしまった。だが目標は、政党自体の勝利でもなければ、誰か特定の官僚の勝利でもない。確かに政党は時間に先駆けていることがわかった。しかし、時間の先には多くのことが控えているし、とりわけ、多くの人間が控えている。目標は、これ以上は大きくならない世界において人間の数の膨張をどう調整してゆくかということであり、それを達成する唯一の方法は、生きている者すべての非個人化と官僚化である。なぜなら、生きているということが共通分母だからであり、存在をさらに細かく構造化する前提としてはそれで十分なのである。

独裁制が実施するのはまさにそのことであり、人々の生を人々のために構造化するのである。独裁制はそれを可能なかぎり細心に、そして、確かに民主主義よりもはるかにみごとに、やってのける。さらにまた、独裁制がそれを人々のためにやっているというのは、いかなる形にせよ、群衆の中で個人主義を示すのは有害かもしれないからである。まず第一にそれを示した本人にとって有害ということだが、隣の人々にも気を配る必要がある。治安部隊や、精神病院、警察、市民の忠誠心をそなえた一党独裁国家は、まさにそのためにある。だが、これらの装置すべてが揃っても十分とは言えない。夢は、すべての人間を彼自身の官僚にすることだからである。そのような夢が実現する日も間近である。個人の存在の官僚化は政治を考えることから始まるが、ポケット計算機の獲得で止まることはないからである。

したがって、それでもなお独裁者の葬儀で哀悼の念を感じる者がいるとするなら、それはもっぱらその人の個人的理由からであり、その死去が「古き良き時代」への個人的ノスタルジアをいっそう具体的なものにしてくれるからである。結局のところ、その独裁者はまた、言っていることとおこなっていることの違いに人々がまだ気づいていたころの、旧式な人物だったというわけだ。もし、その独裁者が歴史の中で一行の記述にしか値しないとすれば、かえってそのほうがいい――彼は一段落の記述に値するほどは人民の血を流さなかったことになるからである。彼の愛人たちはでっぷり肥っていたし、数が少なかった。彼はあまりものを書かなかったし、絵を描くことも、楽器を演奏することもなかった。また、家具に新しいスタイルを導入することもなかった。彼は単純な独裁者だったが、民主主義の大国の指導者たちは熱心に彼と握手したがった。つまり、彼は波風を立てたりはしなかったのだ。われわれが朝、窓を開けるとき、地平線が平らなままであることでは、少しは彼に感謝してもいいのだ。

　彼の仕事の性質上、彼の本当の考えを知るものは誰もいなかった。彼自身、自分の考えを知らなかったということもありそうだ。それでもいい墓碑銘は書けるだろうが、ただし、フィンランド人が「終身大統領」ウルホ・ケッコネン[3]の遺言について話している逸話があり、その遺言は次のように始まっている――「もし私が死んだら……[4]」。

一九八〇年

（加藤光也訳）

（3）在任一九五六－八二。フィンランド大統領、積極的な中立政策を掲げ、ソ連との友好関係に努めたが、フィンランドをソ連の属国にしたとの批判もある。八六年没。

（4）ケッコネンの遺言とこの逸話については未詳。

文明の子

奇妙なことであるが、「詩人の死」という表現には、「詩人の生」と言うときよりも、いつもどこか具体的な響きがある。それはおそらく「生」も「詩人」も、その積極的な曖昧さにおいて、言葉としてはほとんど同義語であるからだろう。一方、「死」は――言葉としてであってさえ――詩人自身の創作、すなわち一篇の詩とほとんど同程度に明確なものだ。詩の主要な特徴をなすのはその最後の一行なのである。芸術作品が何から成っているにせよ、それはその形式を生みだし、そして復活を否定するフィナーレへと向かってゆく。詩の最後の一行の後には、文芸批評を除いては、続くものは何もない。だから、われわれはある詩人を読むとき、本人ないしその作品の死に立ち会っているのだ。マンデリシュタームの場合、われわれが立ち会っているのは、その両方である。

芸術作品はつねにその作り手よりも長らえるようになっている。かの哲学者〔ソクラテス〕の言葉を借りて、詩を書くこともまた死ぬための訓練なのだと言うこともできよう。しかし、純粋に言語的な必要を別にすれば、人が何かを書こうとするのは、滅ぶべき自分の肉体への不安からというよりはむしろ、自らの世界――自らの個人的文明――、自らの非意味的連続体のうちのあるものを救い出そうとする衝動からである。芸術とは存在のよりよきあり方ではなく、もう一つ別のあり方なのである。芸術は現実から逃避しようとする試みではなく、それとは正反対のもの、すなわち現実を生気づけようとする試みなのだ。それは、肉体を探し求めながら言葉を見出す霊魂である。マンデリシュタームの場合、それはロシア語の言葉なのだった。おそらく、霊魂にとってこれほどよき住まいはないであろう。ロシア語は語形変化に非常に富んだ言語なのだ。どういうことかと言えば、名詞が文の末尾に置かれることが容易に起こり、またその名詞（あるいは形容詞、動詞でも）の語尾は、性、数、格に従ってさまざまに変化するのである。こうしたことにより、どのような言語表現がなされても、そこに知覚それ自体の立体的性質が与えられ、（ときに）後者は先鋭化され、助長されるのだ。その最良の実例は、マンデリシュタームが自身の詩の主要な主題《テーマ》、すなわち時間の主題を扱う際の、そのやり方である。

綜合的現象に分析的手法を適用することほど奇異なことはない。たとえば、ロシア詩人について英語で書くことがそうである。しかしながら、マンデリシュタームを論じるとなると、ロシア語で書いたとしても、そうした手法の適用はたいして容易にはなるまい。詩とは言語全体の働きの最高の成果なのであり、それを分析することは焦点をぼかすことにしかならない。このことはマンデリシュタームにはより一層当てはまる。というのも、彼はロシア詩の文脈においてきわめて孤絶した存在であり、その孤立を説明するのが、まさに彼の詩における焦点の密度だからである。文芸批評が意味をなすのは、批評家が心理的見地と言語的見地の双方を同一平面上に置いて操作するときだけである。現状を見るに、マンデリシュタームはいずれの言語でも、もっぱら「下からの」批評を運命づけられているようだ。

分析の稚拙さは、時間、愛、死の主題等なんであれ、そもそも主題という概念を用いること自体に端を発する。詩は何よりもまず、参照《レファレンス》、暗示、言語的および文彩的平行関係の芸術である。ホモ・サピエンス〔知恵あるヒト〕とホモ・スクリベンス〔書くヒト〕との間には巨大な溝がある。というのも、書き手にとって主題という概念は、それが仮に現れるにしても、今述べた技法や手法を組み合わせた結果として現れるものだからである。書くことは文字通り実存的過程であり、それが思考を自らの目的のために用い、概念、主題その他を消費するのであって、その逆ではない。詩を口述するのは言語であり、詩神《ムーサ》や霊感という愛称でわれわれが知っているのは言語の声なのだ。それならば、マンデリシュタームの詩における時間の主題についてではなく、時間それ自体が、実体として、かつ主題として、そこに現前する仕方について語るほうがよい。時間はいずれにしろ詩篇の中に自らの座を有しているのだから。それは中間休止(1)のことである。

だからこそ、われわれがよくよく知っているように、マンデリシュタームはゲーテのように「時間よ止まれ！　おまえはあまりに美しい！」などと叫んだりはせず、ただ自分の中間休止を拡張しようとするだけなのだ。しかも、彼がそうするのは、この瞬間がとりわけ見事であったり、あるいは見事さが欠けているからというわけではない。彼の関心は（ということは彼の技法も）、まったく別のところにある。若きマンデリシュタームが、最初の二つの詩集(2)で伝えようとしていたのは、過度に飽和した実存の感覚であり、その際、彼は過度に負荷された時間の描写を、自らの手段として選択したのだった。この時期のマンデリシュタームの詩行は、語の音声的、および暗示的な力を余すことなく用いることにより、時間の経過の減速的、粘着的な感覚を表出している。彼のやり方は（いつもそうであるように）見事であるため、結果として、語、またその中の文字――とりわけ母音――でさえ、ほとんど可感的な時間の器《うつわ》となっていることを、読者は理解するのである。

（1）韻律により書かれた詩行において韻脚の区切りと語の区切りが一致し、そのことで詩行を二分する切れめのこと。
（2）『石』（初版一九一三）と『TRISTIA』（一九二二）のこと。

他方、執拗に手さぐりをして、過去をふたたび取り戻し、思いをめぐらそうとする、あの過ぎ去りし日々の探求は、彼にはまったく似つかわしからぬことだ。マンデリシュタームが詩の中で後ろを振り返ることは滅多にない。彼は現在時——この瞬間の中にすっかり身を置いているのであり、この瞬間を、その自然な限界を超えて持続させ、長引かせるのである。過去については、個人的なものであれ、歴史的なものであれ、それを顧慮するのは、言葉自体の語源なのであった。しかし、彼の時間の扱いがいかに非プルースト的であるとはいえ、彼の詩行の密度は、かの偉大なるフランス人の散文にどこか通じているところがある。ある意味で、それは同じ総力戦、同じ正面攻撃なのだ——しかし、この場合、それは現在時に対する攻撃であり、また異なる性質の手段によりなされるのである。たとえば、ぜひとも指摘しておかなければならないことだが、マンデリシュタームは時間の主題を扱うことになるとき、ほとんどの場合、かなり強い中間休止を持つ詩行に頼り、その詩行は、拍子において、また内容において、ヘクサメトロス(3)の模倣《エコー》となっている。それはたいてい、アレクサンドラン〔十二音綴〕へと変じてゆく五脚ヤンブ〔弱強格〕の詩行であり、つねにホメロスのいずれかの叙事詩のパラフレーズか、それへの直接の参照を含むのである。この種の詩の舞台となるのは、きまって晩夏の、どこかの海辺であり、それにより直接、間接に古代ギリシア的背景が喚起される。その理由の一つとして、ロシア詩においては伝統的にクリミアと黒海が、手に届く範囲では、唯一ほぼギリシア世界と呼べるものと見なされていたことが挙げられる。これらの土地——Taurida〔クリミアのギリシア名〕とPontus Euxinus〔黒海のラテン名〕——は、かつてそのギリシア世界の最果ての地だったのだ。たとえば、「金色の蜜の条《すじ》がこんなにもねっとりと流れるから……」、「不眠。ホメロス。連なる真帆……」、「森には鶯がいて、母音の響く長さが……」といった詩が挙げられるが、最後のもの〔一九一四〕には次のような一節がある。

……でも一年に一度だけ　自然のなかに長さが
ホメロスの韻律のなかのように　溢れるときがある
あたかも中間休止のように　この日はぱっくりと口を開け……

このギリシア的模倣が持つ重要性は多面的である。それは純粋に技術的な問題に見えるかもしれないが、肝要なのは、アレクサンドランは中間休止を用いるという点だけからしても、ヘクサメトロスに最も近しい親類なのだということである。親族ということで言えば、すべてのムーサの母はムネモシュネーという記憶のムーサであり、詩は（短いものであれ叙事詩であれ）生き延びるためには記憶されねばならない。ヘクサメトロスは、それがホメロスの聴き手をも含めた、いかなる聴き手の話し言葉とも異なる、不自然なものであるということだけでも、注目すべき記憶手段である。こうして、このような記憶の伝達手段を、さらに別の手段――すなわち、自分のアレクサンドラン――の中で示すことにより、マンデリシュタームは、時間の抜け穴というものの、ほとんど身体的な感覚を生み出しているばかりでなく、遊戯の中の遊戯、区切れの中の区切れ、休止の中の休止という効果を生みだしている。それは、時間の意味とは言わないまでも、結局は、時間の一つの形式である。それによって時間が止められることはないが、少なくとも時間に焦点が合わせられるのである。

マンデリシュタームが意識的に、故意にそうしているということではない。また、それが詩を書いているときの彼の主要な目的であるということでもない。彼は（しばしば何か別のことについて）書きながら、従

（3）六歩格。六脚を一行とするもので、ホメロスの叙事詩はこの韻律で書かれている。

属節において、片手間でそれを行うのであって、それを強調せんがために書くことによってでは決してない。彼の詩は題目的《トピック》なものではない。概してロシア詩はさほど題目的なものではないのだ。その基本的な技法は、藪を突くように探りを入れつつ、さまざまな角度から主題にアプローチするというものだ。英詩の特徴である主題の明快な扱いは、〔ロシア詩では〕通常、個々の行内でなされることはあっても、詩人はその後、別のもののほうへと移っていってしまう。題目や概念は、その重要性にもかかわらず、語と同じように材料でしかなく、つねに手持ちのものなのだ。言語ではそれらのすべてに名がついており、詩人とはそうした言語を自在に操る者なのである。

ギリシアはつねに手持ちのものとしてあり、ローマもそうであり、聖書におけるユダヤとキリスト教もそうであった。われわれの文明の礎石であるそれらは、マンデリシュタームの詩によって、時間自体がそれらを扱うであろうのとほとんど同じ仕方で扱われている。すなわち、一体のものとして——かつその一体性において扱われているのだ。マンデリシュタームをいずれかのイデオロギーの（とりわけ最後の〔聖書の〕）信奉者であると断じることは、彼を矮小化するだけでなく、彼の歴史的パースペクティヴ、というよりは彼の歴史的風景を歪めることでもある。マンデリシュタームの詩は、主題の面でわれわれの文明の発展を繰り返している。つまり、それは北へ向かって流れてゆくのだが、その潮流の中にある並行するいくつもの流れは、そもそもの初めから互いに混じりあっているのである。一九二〇年代に近づくにつれ、ローマの主題がギリシアや聖書への参照を次第に凌駕してゆくが、それは主に「詩人 対 帝国」という元型《アーキタイプ》的な苦境に詩人がますます同一化していったことによる。もっとも、この種の態度が生みだされたのは、当時のロシアにおける情勢の純粋に政治的側面に加え、マンデリシュターム自身が、自分の作品と他の同時代文学との関係、さらには他の同国人たちの道徳的風潮や知的関心との関係を見据えた結果でもあった。こうした帝国的視野を促していたのは、そうした同国人たちの道徳的、精神的堕落なのである。しかし、それはあくまで主題上の凌駕であって、決して占拠ではなかった。最もローマ的な詩である「TRISTIA」(4)〔一九一八〕で、作者は明らかに追放の身のオウィディウスからの引用をしているが、そうした詩においてさえいくらかヘシオドス風の家父長的調子が感じられ、企図全体がどこかギリシア的なプリズムを通して見られていたことがわかる。

TRISTIA

わたしは別離の技を学んだ
髪振り乱す夜の嘆きの中で。
牛らは草を食み、待機は続く――
都の徹夜番《ウィギリア》の最後の時刻
わたしは崇《あが》まう、雄鶏の夜の儀式を
泣きはらした両の眼が重い哀しみの行李《こり》を
持ちあげて遠くを見つめていた夜
女の哭《な》き声は詩神《ムーサ》らの歌と混じらっていた。

(4) Tristia はオウィディウスの詩集のラテン語原題で、日本語では『悲歌』(ないし『悲しみの歌』)と訳される。ローマから黒海沿岸トミスへ追放された際の悲しみを綴ったもので、マンデリシュタームは詩「Tristia」においてそのタイトルを借用している他、本文でも『悲歌』よりいくつかの引用を行っている。

別離——という言葉を聴いて誰が知りえよう
どんな別れがわれらの前に迫っているのか？
アクロポリスに火が焔えるときわれらに
雄鶏の叫びは何を詔《つ》げているのか？
牛が仕切り間でのっそりと草を食む
何ごとかの新生の曙のときに
なにゆえ雄鶏、この新生の事触れは
都の城壁の上、羽ばたくのか？

わたしが愛するのは糸紡ぎの習わし
機織《はたおり》の梭《ひ》が往き来し、紡錘《つむ》はぶんぶんと唸る。
ごらん、こちらに向かい白鳥の柔毛《にこげ》みたいに
裸足のデリアがもう飛んでくる！
おお、われらが生の乏しき経糸《たていと》よ！
喜びの言語のなんと貧しいこと！
すべては古《いにしえ》にあり、すべてはあらたに繰り返され
われらに甘美なのはただ認識の刹那のみ。

かくあれかし——透き通った小さな像《かたち》が
腹ばいの栗鼠の毛皮みたいに
清潔な粘土の皿に横たわり
蠟の上に屈みこんで娘がそれを見つめている。
われらはギリシアの幽冥《エレボス》を占うにおよばない
女にとっての蠟、それは男にとって銅
ただ戦さにおいてのみわれらには天命が巡ってくるが
彼女らは占いつつ死にゆくのがさだめ。

その後、三〇年代のヴォロネジ時代[5]として知られる時期に、これらの主題はすべて——ローマやキリスト教も含め——剝き出しの実存的恐怖、および恐るべき精神的加速という「主題」に取って代わられるわけだが、それらの領域間の相互作用、相互依存の型《パターン》のほうは、より一層明確に、そして緊密になるのである。

マンデリシュタームは「文明化された」〔洗練された〕詩人だったわけではない。彼はむしろ文明のための、そして文明の詩人だった。かつて、彼はアクメイズム〔二〇七頁の訳注(13)を参照〕——彼が属していた文学運動である——の定義を問われ、こう答えている。「世界文化への郷愁」であると。この世界文化という概念はいかにもロシア的である。ロシアはその位置（東洋でも西洋でもない）、および不完全な歴史のために、少なくと

（5）一九三四年五月、スターリン批判の詩を書いた廉で逮捕されたマンデリシュタームは、同年六月から三七年五月までロシア南西部の都市ヴォロネジで流刑期間を過ごした。一五一－一五二頁を参照。

も西洋に対する文化的劣等感につねに苛まれてきた。そうした劣等感から、「向こう側」に存在するある種の文化的一体性という理想、そして、そこからやって来るあらゆるものに対する知的貪欲さが育っていった。これはいわばロシア版ギリシア趣味であり、プーシキンの「ギリシア的蒼白さ」に関するマンデリシュタームの所見も、ゆえなきものではなかったのである。

　このロシア的ギリシア趣味の縦隔であったのがサンクト・ペテルブルクである。このいわゆる世界文化に対するマンデリシュタームの態度を最もよく示す標徴となりうるのが、喇叭を吹く天使のレリーフで装飾され、先端に帆船のシルエットを持つ黄金の尖塔を頂くサンクト・ペテルブルク海軍工廠の、あの厳格に古典主義様式の柱廊玄関《ポルチコ》であろう〔一九一三年の詩「海軍工廠」〕。彼の詩をよりよく理解するために、英語圏の読者は、マンデリシュタームがロシア帝国の首都に住んでいたユダヤ人であり、その帝国の支配的宗教は正教、政治機構は本来ビザンツ的、アルファベットは二人のギリシア僧により考案されたものであることを、おそらくは理解すべきである。歴史的に言うなら、この有機的ブレンドが最も強く感じられたのがペテルブルクなのであり、それは以後、マンデリシュタームにとり、彼のさほど長くない生涯において、「涙が出るほどなじみの」〔一九三一年の詩〕終末論的居場所《エスカトロジカル・ニッチ》(6)となったのである。

　とはいえ、その生涯はこの場所を不滅のものとするのには十分な長さであり、彼の詩はときに「ペテルブルク的」と呼ばれることがあったわけだが、その定義が的確であり、また讃辞でもあると見なす理由が一つならずある。的確であるというのは、ペテルブルクは帝国の行政上の首都であるのに加え、その精神的中心でもあり、世紀初頭には、マンデリシュタームの詩におけるのと同じような具合に、かの潮流をなすいくつもの筋がそこで合流していたからである。讃辞であるというのは、詩人のほうも都市のほうも、互いに対置されることで、そこから自らの意義を得ていたからである。西洋がアテネであったと言うなら、今世紀一〇年代のペテルブルクはアレクサンドリアであった。啓蒙主義時代の心優しい人々から「ヨーロッパへの窓」と呼ばれ、その後ドストエフスキーによって「最も人工的な都市」と定義されたこの都市、バンクーバーと同緯度、マンハッタンとニュージャージーの間のハドソン川と同じくらい広い河口に位置するこの都市は、偶然狂気から生ずる美――あるいはその狂気を隠さんとする美、そのような種類の美によって、かつても今も美しくあり続けている。古典主義様式がこれほどの空間を擁したことはかつて一度もなく、歴代のロシア君主に招かれ続けたイタリアの建築家たちも、それはすべて十分すぎるほどよく分かっていた。白い円柱がなす巨大で無限で垂直のいくつもの筏が、皇帝やその家族、貴族、大使館、成金《ヌヴォー・リシュ》らの所有する堤防の宮殿の正面《ファサード》からバルト海へと、物映しだす河によって運ばれてゆく。帝国の目抜き通り――ネフスキー大通りには、あらゆる宗派の教会がある。果てしなく続く広い通りは、二輪幌馬車《カブリオレ》、新たに導入された自動車、立派な身なりでぶらつく群衆、最高級ブティック、菓子店等々で溢れている。かつての支配者らの馬上の銅像やネルソンのそれよりも高い凱旋柱が並ぶ、あちこちの広大な広場。数多の出版社、雑誌、新聞、政党（現代のアメリカより多い）、劇場、レストラン、そしてジプシーたち。こうしたすべてが、煙を吐く工場の煙突がなすレンガ造りのバーナムの森[7]に囲まれ、広く開けた北半球の湿った灰色の空に覆われている。先の戦争は負け、次の戦争――世界大戦が迫っており、あなたはと言えば、ロシア語の五脚ヤンブが心の内に満ちているユダヤ人少年なのである。

（6）ある生物が生態系内で占める位置を指す「生態的地位《エコロジカル・ニッチ》」に掛けた表現。

（7）スコットランドの町バーナムの森。シェイクスピア『マクベス』でプロット上、重要な役割を果たすことで知られる。

完璧な秩序がこのように巨大な規模で体現されている中では、ヤンブの拍子は敷石と同じくらいに自然である。ペテルブルクはロシア詩の揺籃の地であり、さらに言うなら、その韻律法の揺籃の地である。盛られた内容の質の如何にかかわらず気品ある構造という考え（ときには、ひどく不釣り合いな感じをもたらすほどに、内容の質に反して気品ある――それは、記述されている現象を、作者というよりは詩句自体が価値づけていることを示しているのだ）は、まさしくこの地に特有のものである。それはみな一世紀前に始まったのであり、マンデリシュタームの第一詩集『石』における厳格な拍子の使用は、明らかにプーシキン、およびそのプレイヤードを想起させる。とはいえ、やはりそれは何らかの意識的な選択の結果ではないし、またマンデリシュタームの様式《スタイル》がロシア詩において先行する、ないし同時代のプロセスによってあらかじめ決定されていたことの印でもない。

残響《エコー》があるということがあらゆる音響のよさの主要な特徴なのであり、マンデリシュタームは自らの先達らのために大いなる丸屋根《クポラ》を作ったにすぎないのだ。その下で最も際だって聞こえてくる声は、デルジャーヴィン、バラトゥインスキー、バーチュシコフのものである。しかしながら彼は、既存のいかなる語法――とりわけ同時代のそれ――も意に介さず、大体においてきわめて勝手にふるまっていた。単に彼は、自分の文体の独自性を気にかけるには、あまりに言いたいことが多すぎたのだ。しかし、この詰め込まれすぎているという彼の詩句の性質が、他の点ではその詩句は規則的であったにもかかわらず、彼を独自なものにしたのである。

一見したところ彼の詩は、〔当時〕文壇を席巻していた象徴主義の作品とさして変わらないように見えた。彼はかなり規則的な押韻、標準的な連構成を用いており、その詩の長さもごく普通――一六行から二四行であった。しかし、彼はこのような質素な運送手段を用いることで、ロシア象徴主義者を自称していた、曖昧であるがゆえに心地のよい形而上学者たちの誰よりもはるかに遠くへと読者を連れだしていったのである。象徴主義は、〔文学〕運動としては確かに最後の偉大なる運動だった（しかも、それはロシアに限ったことではない）。しかし、詩はきわめて個人主義的な芸術であり、イズムに反発するのだ。象徴主義の詩的創作は、この運動の顔ぶれや諸原理がそうであったように、仰々しく、かつ清浄《セラフィック》〔天使的〕なものであった。この上空への飛翔はあまりにも根拠のないものであったがため、大学院生、士官学校生、事務員らも惑わされたほどであり、世紀の変わり目までには、このジャンルは言葉のインフレと言えるほどまでに信用を失っていた。それは今日のアメリカにおける自由詩の状況にどことなく似ている。そしてその後、案の上、未来主義、構成主義、イマジズム〔ロシアでの呼び名はイマジニズム〕等々の名のもとに、反動としての切り下げがなされたのである。しかし、これらはイズムに挑むイズム、手法に挑む手法であった。ただ二人の詩人、マンデリシュタームとツヴェターエワだけが、質的に新たな内容を見出し、彼らの運命は、その精神的自律性の度合いを恐ろしい仕方で反映していた。

　詩においては、他のどこでもそうであるように、精神的優位性はつねに肉体的《フィジカル》〔物理的〕なレベルで争われる。まさに象徴主義者たちとの軋轢（反ユダヤ的な含みがまったくなかったわけではない）に、マンデリシュタームの未来の萌芽が含まれていたのだと考えずにはいられない。私が言っているのは、ゲオルギー・イワーノフ[8]が一九一七年にマンデリシュタームの詩を嘲笑い、それがその後、三〇年代の公的排斥《オストラシズム》によって繰り返されたということではなく、むしろマンデリシュタームがあらゆる形の大量生産、とりわけ言

（8）マンデリシュタームらアクメイズムのグループと近しかった詩人。一九二二年に亡命し、その後フランスで活動した。

語的、そして心理的なそれからますます離れていったということなのである。その結果、声が明確になるほど、それは不協和に響くという効果が生じた。その声はどの合唱からも厭われ、美学上の孤立は肉体的次元を獲得する。人が自分自身の世界を創造するとき、その人は重力、圧縮、拒絶、殲滅といったあらゆる法則がそれに対して向けられる異物となるのである。

　マンデリシュタームの世界は、これらすべてを招き入れるのに十分なほど大きかった。仮にロシアが別の歴史的道を選択していたとしても、彼の運命はさほど大きくは変わらなかっただろうと私は思う。彼の世界は、他と溶け合うにはあまりに自律的だった。さらに、ロシアは周知の道を歩んでいったが、ただでさえその詩的成長が急速であったマンデリシュタームにとって、その方向がもたらしえたものはただ一つ——恐ろしいほどの加速度であった。この加速度は何よりも彼の詩行の性格に影響を及ぼした。その崇高にして瞑想的な、中間休止を含む流れは、敏捷で唐突な、せっかちな動きに変わった。彼の詩は、高速度で神経を剝き出しにした詩、ときに暗号的で、自明なことを無数に跳躍する、いくらか省略的なシンタックスを持つ詩となった。しかも、それにもかかわらず、このようにしてそれは以前のいつにも増して、歌となったのである。吟遊詩人《バード》ではなく鳥《バード》のような歌、何か鶸《ひわ》のトレモロのような〔一九三六年の詩〕、鋭く予測不能な装飾音と音程《ピッチ》を持つ歌である。

　そして彼はその鳥と同様、自らの祖国から惜しげもなく投げつけられる、あらゆる種類の石の標的となった。マンデリシュタームはロシアで起こっている政治的変化に反対していたわけではない。この事業全体の叙事詩的性質を認めるのに十分なほどの尺度の感覚、そしてアイロニーを彼は持ちあわせていた。さらに、彼は不信心なまでに楽天的な人間であり、他方、すすり泣くようなイントネーションはもっぱら象徴主義運動の独占物にされていたのである。また、世紀初頭以来、世界の再編についての冗長な会話が大気中に満ちており、革命が起こったときにはほとんど誰もが、起こったことを望まれていたこととして受け止めたのだった。世界を震撼させ、非常に多くの思慮深い頭脳を眩惑させた出来事に対する、おそらく唯一醒めた反応が、マンデリシュタームのそれであった。

よかろう、やってみよう、大きくぎこちなく
舵を軋ませ回してみるのだ……
（「自由の薄明」〔一九一八〕より）

しかし、石はすでに飛んでおり、鳥もまたそうだった。互いに関わりあうそれらの軌跡は詩人の未亡人の回想録に余すところなく記録され、それは二巻の書物となった。これらの書物は、単に彼の詩の手引きというだけではない。そうでもあるのだが、しかし、詩人というのは、どれほど多く書いたとしても、物理的ないし統計的に言って、自分の人生の現実のせいぜい十分の一程度しか、その詩行のうちに表現しないものである。残りは通常、暗闇の中に隠されている。同時代人らによる証言が残っていても、そこにはいくつもの口を開けた空隙が含まれているし、言うまでもなく、証言によって視角は異なっており、そのために対象は歪められてしまう。

オーシプ・マンデリシュタームの未亡人の回想録は、まさにその十分の九を引き受けている。それは暗闇を照らし、空隙を埋め、歪みを取り除くのである。最終的にその結果は復活に近いものとなる。その人を殺し、彼よりも生き長らえ、なお存在し続け、人気を得続けているあらゆるものもまた、これらのページで転生し、再生していることを別とすればであるが。扱う素材が致死的な力を有しているがゆえに、詩人の未亡

人は、爆弾の信管を外すのに用いられる慎重さで、それらの成分を再現している。こうした綿密さのゆえに、また、彼の詩行を通し、彼の生のさまざまな行動、およびその死の特質によって、偉大なる散文を引き出した人がいたという事実のゆえに、人は即座に理解するかもしれない——たとえマンデリシュタームによる詩を一行も知らなくても——これらのページで回想されているのは確かに偉大なる詩人なのだと。彼に向けられた悪の量とそのエネルギーのゆえにである。

とはいえ、新たな歴史的状況に対するマンデリシュタームの態度が、あからさまな敵意というようなものではまったくなかったことに注意しておかなければならない。概して彼はそれを、実存的現実のより過酷な形態、質的に新たな挑戦と見なしていたのである。ロマン主義者たち以来、われわれはこの、自らの暴君に手袋を投げつける〔挑戦する〕詩人という概念を有してきた。しかし、たとえかつてそのような時代があったのだとしても、この種の行為は今日ではまったくのナンセンスである。暴君たちはもはや、そうした差しでの向かい合いに応じる用意はないのである。われわれと主人との間の距離は主人によって縮められる他ないのだが、そんなことは滅多に起こらない。詩人がトラブルを引き起こすのは、その政治的立場というよりも、むしろその言語的な、ということはその心理的な優越性のためなのである。歌は言語的不服従の一形態であり、その響きは、具体的な政治体制に留まらず、はるかに多くのものに疑いを投げかける。それは存在の秩序全体を疑問に付すのである。そして、それに比例して歌の敵の数は増えていくのだ。

マンデリシュタームの破滅をもたらしたのはスターリンに逆らった詩であったと考えるのだとしたら、それは単純化というものだろう。この詩は、その破壊的威力にもかかわらず、マンデリシュタームが、このさして新しくない新時代という主題を扱う際の副産物に過ぎなかったのだ。それを言うならば、同じ年（一九三三年）のもっと前に書かれた「アリオスト」という詩に、「権力は床屋の手のように厭わしい……」という、はるかに痛烈な行がある。その手のものは他にもたくさんあった。そしてそれにもかかわらず私が思うのは、これら横っ面を張るような評言もそれ自体では、殲滅の法則を呼び招きはしなかっただろうということである。彼が単なる政治的詩人、あるいは方々で政治に首を突っ込んでしまうような抒情詩人であっただけなら、ロシアを横断していった鉄の箒も、彼のことを見逃していたかもしれないのだ。結局、彼は自身への警告を受けたのであり、他の多くの人々がしたように、そこから学ぶこともできたはずだった。しかし、彼はそうしなかった。というのも、彼の自己保存本能は、とっくの昔に彼の美学に屈してしまっていたからである。マンデリシュタームの詩における抒情性の計り知れない強度が、彼をその同時代人たちから際立たせ、彼をその時代の孤児、「全連邦規模の宿無し」にしたのだ。というのも抒情性とは言語の倫理だからであり、この抒情性が、どんな名目のものであれ、人間の相互作用の中で達成されうるいかなるものよりも優越しているがゆえに、芸術作品は生みだされ、また存続していくのである。だからこそ、全住民の精神的去勢を目的とした鉄の箒は、彼のことを見逃しえなかったのだ。

それは純粋な二極化の事例だった。歌とはつまるところ再構成された時間なのであり、黙した空間はそれには本来的に敵対しているのだ。前者はマンデリシュタームによって体現され、後者は国家をその武器として選択した。一九三八年にオーシプ・マンデリシュタームが亡くなった強制収容所の立地には、ある種の恐ろしい論理がある。それはウラジオストク近郊(9)、まさに国有空間の最深部なのだ。それはロシア国内ではペテルブルクから行きつける、ほとんど最果ての地である。そこで、人が詩において抒情性という点でどれほ

(9) マンデリシュタームは一九三七年に流刑期間を終えた後、翌三八年五月に再逮捕、強制労働五年の刑に処され、同年十二月、ウラジオストク近郊の中継収容所に送られたところで病死した。

どの高みにまで行きつくことができるのかを示してみよう（この詩はスウェーデンで亡くなったとされる女性オリガ・ヴァクセリ[10]を追悼するもので、マンデリシュタームがヴォロネジに住んでいたときに書かれた。彼は神経衰弱を患ってから、それまでのウラル山脈近くの流刑地からその地へ移されたのである）。わずか四行である。

……そして丸い眉（a）のなす硬い燕たちが
墓の中からわたしのところまで飛んできたのだ（b）
自分らは十分休んだのだと、その（a）
冷たいストックホルムの臥所（b）で寝てたからと伝えに

交互に（a b a b）押韻する四脚アンフィブラヒー〔弱強弱格〕を想像していただきたい。

この連は再成された時間の極致である。一つには、言語がそれ自体で過去の産物であるということがまずある。これら硬い燕たちの回帰は、〔ありふれた〕その鳥がそこにいることの反復的性格、およびその比喩自体の、内心の思い、ないし口にされた言い回しとしての反復的性格の両方を含意している[11]。また、「わたしのところまで飛んできたのだ」は春、巡る季節を暗示している。「自分らは十分休んだのだ……と伝えに」もまた過去を暗示している。そこに居合わせた者はいないがために不完全な過去である。それから、最終行で完全な円環が描かれる。というのも、「ストックホルムの」という形容詞が、ハンス・クリスチャン・アンデルセンの童話への隠された暗示を露わにするからである。その話では、傷ついた燕がモグラの穴で冬を越し、その後、元気を取り戻して故郷へ飛んでゆく。ロシアの小学生なら誰でもこの物語を知っている。意識的な想起の過程は、実は意識下の記憶に強く根ざしており、突き刺すような悲しみの感覚を生みだす。それはまるで、われわれが耳にしているのは苦しむ人間ではなく、その人間の傷ついた霊魂《プシュケー》の声そのものであるかのようだ。この種の声は必ずやあらゆるものと衝突するだろうし、その媒体の――すなわち詩人の――生とすら衝突する。それは自分の魂の呼びかけに抗すべく、我が身を帆柱に縛り付けるオデュッセウスのようなものである。これこそが、この詩でマンデリシュタームがこんなにも省略的に語っている理由なのであり、彼が既婚の身だという事実だけが理由ではないのである。

彼は三〇年の間、ロシア詩の中で営みを続けたが、彼がなしたことはロシア語が存在する限り生き続けるだろう。それは、その抒情性と深遠さの双方のゆえに、彼の国《か》の現体制、またそれに続くいかなる体制よりも、確実に生き長らえることだろう。率直に言って、私は世界の詩の中で、彼の死のちょうど一年前に書かれた「無名戦士詩篇」の中の、次の四行に見られる啓示的な質に比肩するものを知らない。

アラビアの混ぜこぜ、ごった寄せ
光芒となるまでに磨《す》られた速度の光
その傾《かし》いだ靴底で

(10) ヴァクセリは一九二五年にマンデリシュタームが熱烈な恋愛感情を抱いた女性。その美貌で知られ、映画女優としても活動した。三二年にノルウェーの外交官と結婚し、オスロへ移住するが、同年に(「スウェーデン」ではなく)同地で自死した。マンデリシュタームは三三年にその死を知り、三五年、ここで引用されている詩を含め、彼女について三篇の詩を書いている。

(11) ロシア語の「燕《ラーストチカ》」は女性への親しい呼びかけとしても用いられる。

光芒はわが網膜のうえに立つ……

ここにはほとんど文法がないが、それはモダニズム的手法ではなく、途方もない精神的加速の結果なのであり、それは別の時代にはヨブやエレミヤが困難を打破するのに寄与したものである。この速度の研磨は、天体物理学への途方もない洞察であると同時に、自画像でもあるのだ。「急いで近づいてくる」のを彼が背中で聞いていたのは、〔時間の〕「翼もつ戦車」などではなく、[12]彼の言う「狼狩りの犬たる世紀」〔一九三一年の詩〕だったのであり、彼は空間がある限り逃げていった。空間が尽きたとき、彼は時間に突き当たったのである。

つまり、われわれにである。この代名詞は、彼のロシア語圏の読者だけでなく、英語圏の読者も指している。おそらく今世紀の誰にも増して、彼は文明の詩人であった。彼は自分に霊感を与えたものに貢献したのだ。彼は自分が死を迎えるずっと以前に文明の一部となったのだとすら、主張できるかもしれない。もちろん彼はロシア人であったが、それはジョットがイタリア人であったのと同じであるにすぎない。文明とは、精神的公分子〔公分母ではなく〕により生気づけられた、異なる文化の総計であり、その主な伝達手段は——隠喩的に言っても、字義通りに言っても——翻訳なのである。ギリシアの柱廊玄関《ポルチコ》がツンドラの緯度にまで迷い込むことは一つの翻訳なのだ。

彼の生も、その死も、この文明の結果だった。詩人の場合、その倫理的姿勢、気質そのものすらが、その美学によって決定され、形づくられる。それを考えるなら、詩人たちがつねに変わらず社会的現実との反目の中に置かれるというのも分かるし、詩人たちの死亡率は、そうした現実が自らと文明との間に置く距離を示しているのだ。翻訳の質もまたそうである。

秩序と犠牲の原則にもとづく文明の子であるマンデリシュタームは、その双方を具現していたのであり、彼の翻訳者に少なくとも見かけだけでも同等のものを期待しても、不当なことではないだろう。模倣《エコー》を生みだそうとするときに伴う過酷さは、たとえ手に負えぬものに見えようとも、それ自体、原詩の原動力となり、またそれを形作った、あの世界文化への郷愁に対するオマージュなのである。マンデリシュタームの詩行の形式的側面は、何か時代遅れの詩学の産物などではなく、実際に、先に述べた柱廊玄関《ポルチコ》の列柱なのである。それらを取り払うことは、その人独自の「建築」を瓦礫の山と荒ら屋《あばら》に変えてしまうだけではない。それは詩人がそのために生き、死んだことについて嘘をつくことになるのだ。

翻訳とは等価物の探求なのであり、代用品のそれではない。翻訳は、心理的とは言わぬまでも、文体的親和性を要求する。たとえば、マンデリシュタームを翻訳するのに利用しうるであろう文体上の語法は、後期イェイツのものである（主題的にもマンデリシュタームは彼と多くの共通点を持つ）。もちろん問題なのは、そうした語法を使いこなす人は——そんな人がいればの話であるが——いずれにしろ間違いなく自分自身の詩を書くことのほうを好み、翻訳に頭を悩ませることなどないだろうということだ（しかも翻訳はさほど割に合う仕事ではない）。しかし、技術的能力、また心理的親和性すらも別として、マンデリシュタームの翻訳者が有しているべき、でなければ育くむべき最も肝心なものは、文明に対する相通ずる心情なのである。

マンデリシュタームは、その語の最も高度な意味で、形式的《フォーマル》な詩人である。彼にとって詩は音と共に、彼自身の言い方によれば「鳴り響く形式の鋳型」(13)と共に始まるのだ。この概念が欠けていると、彼の比喩表現《イメジャリー》の最も正確な訳出ですら、刺激的な読み物にしかならない。「わたしはロシアでただ一人、声から〔耳だけ

(12) 十七世紀イギリスの形而上詩人アンドルー・マーヴェルの詩「はにかむ恋人へ」からの引用。
(13) マンデリシュタームのエッセイ「言葉と文化」（一九二一）からの引用。

で〕仕事をするが、周りでは紛れもないろくでなしどもが手で書いている」と、マンデリシュタームは『第四の散文』〔一九二九〕の中で自身について語っている。これらの言葉が語られるときの憤怒と威厳こそは、自身の創造の源泉がその方法を条件づけることを理解していた詩人のものである。

それに倣うよう翻訳者に期待するのは無益であるし、無理というものだろう。人がそこから、そしてそれをもって仕事をする声というのは、必ずや唯一無二のものであるのだから。しかしながら、詩の韻律に反映される音色、音程《ピッチ》、歩調は対処可能である。詩行の韻律はそれ自体、何ものにも代えがたい、種々の精神的度合いであることが忘れられてはならない。それらを自由詩によって置き換えることができないのは当然として、韻律同士ですら置き換えはできない。韻律の違いは呼吸と鼓動の違いである。押韻の違いは脳機能の違いである。そのいずれかでも軽率に扱うことは、良くて冒瀆であり、悪ければ四肢切断、ないし殺人である。いずれにせよ、それは心の犯罪であり、その犯人は——とりわけ逮捕されない場合——自らの知的退化を速めるという代償を支払うことになる。読者はといえば、嘘を買わされるのである。

とはいえ、それなりの模倣《エコー》を生みだすのに伴う過酷さは、あまりに大きい。それは個性に過度に枷《かせ》をはめてしまう。「我らが時代の詩の楽器」を用いることを求める声は、あまりに執拗である。それで翻訳者たちは代用品を探そうと躍起になる。こんなことが起こるのは、第一に、そうした翻訳者たちは通常自身が詩人であり、彼らにとって自分自身の個性が何よりも大切なものであるからだ。彼らによる個性の捉え方は、成熟した個性の第一の特徴である（そしてそれは、いかなる翻訳であれ——たとえ技術翻訳でも——その第一の必要条件でもあるのだが）犠牲の可能性を単に除外してしまう。そのために、結果としてマンデリシュタームの詩は、見た目にも、またその触感においても、浅薄なネルーダの一篇のようなもの、ないしウルドゥー語かスワヒリ語からの翻訳のようになってしまうのである。そんなものがもし生き残るのだとするならば、それはその比喩表現《イマジャリー》、ないし彩度が風変わりであるため、読者の目にある種、民族誌的意義を獲得するためなのだ。「なぜマンデリシュタームが偉大なる詩人と見なされているのか、私には分からない」と晩年のW・H・オーデンは言っていた。「私が見てきた翻訳では、どうにも納得できないのだ」と。

驚くには当たらない。現在入手可能な翻訳で出会うことになるのは、まったく無個性な製品、一種、現代言語芸術の公分母のようなものなのだ。それらが単に下手な訳であっただけなら、それほど悪いことにもならなかっただろう。というのも下手な訳は、まさにその下手さのゆえに、読者の想像力を刺激し、本文《テクスト》をなんとか突破しよう、あるいはそこから身を引こうという欲求を引き起こすからだ。それは人の直感を煽り立てるのである。今の場合、こうした可能性は事実上除外されている。これらの翻訳は、自信たっぷりで鼻持ちならない、文体的な田舎くささの刻印を帯びているのだ。そして、こんなにも質の劣った芸術は、頽廃《デカダンス》から最大限隔たった文化の疑う余地のない印であるというのが、それらの翻訳に関して述べうる唯一の楽観的意見である。

総じてロシア詩は、とりわけマンデリシュタームは、貧しい親戚〔劣ったもの〕として扱われるべきものではない。言語とその文学、中でも詩は、彼《か》の国が持つ最良のものなのだ。しかしながら、マンデリシュタームの詩行に対し、その英訳においてなされてきたことにぞっとするのは、マンデリシュタームやロシアの名声への気遣いゆえではない。それはむしろ、英語文化を略奪している、その基準を低めている、精神的な難事を回避しているという感覚ゆえなのである。「確かに」、こう言って、アメリカの若い詩人や詩の読者は、これらの何冊かを玩味した後、次のように結論するかもしれない。「しかし同じことは彼《か》の地、ロシアでも起こっているではないか」と。しかし、彼の地で起こっているのは、まったく同じことではない。ロシア詩は、その種々の隠喩のみならず、道徳的純粋さと堅固さの模範を示しているのであり、それは、いわゆる古典的形式が内容を何ら損なうことなく保持されているという点に少なからず反映されている。ここにロシア詩とその西洋の姉妹たちとの違いがある。もっとも、この違いがどちらを最も利するのか、あえて判断するようなことでは断じてないのだが。とはいえ、それは違いなのであり、純粋に民族誌的な理由からだけでも、その特質は翻訳において保持されるべきであり、ある共通の鋳型に押し込めるべきではないのだ。

一篇の詩はある必然性の結果である――それは不可避であり、その形式もまたそうである。詩人の未亡人、ナデージダ・マンデリシュタームが『モーツァルトとサリエリ』（創造性の心理学に関心を持つあらゆる人にとって必読である）で述べているように、「必然性は強制ではなく、決定論の呪いでもなく、時代間の結びつきなのだ。祖先から受け継がれた松明《たいまつ》が踏み躙られていなければの話であるが」。もちろん必然性は模倣されえない。しかし、時代によって照らし出され、神聖化された諸形式に対する翻訳者の軽視は、その松明を踏み消すことに他ならない。そのような実践を正当化するために提起される理論に唯一利点があるとすれば、それはそれら理論の考案者が自身の見解を出版し、それによって報酬を得ることくらいである。

一篇の詩は、あたかも人の能力と感覚が脆く、当てにならないことを自覚しているかのように、人間の記憶に訴えかける。その目的のために、詩は本質的に記憶手段である形式を利用する。それは、体の他の部分が断念したときでも、脳が世界を保持できるようにし――そしてその保持の作業を簡略化するのだ。記憶は通常、最後に去るものである。まるでその去ること自体の記録を取っておこうとでもしているかのように。このように、詩は涎を垂らす唇を離れる最後のものなのかもしれない。英語を母語とする者がその瞬間にロシア詩人の詩行を呟くとは誰も思わない。しかし、もしその人がオーデン、イェイツ、あるいはフロストの詩のうちの何かを呟くのだとしたら、今日の翻訳者たちよりもマンデリシュタームの原詩の近くにいることになるだろう。

換言するなら、英語圏の世界は、愛、恐怖、記憶、文化、信仰の入り混じった、この神経質で甲高い純粋な声を、いまだ耳にはしていないということだ――おそらく強風の中で燃えるマッチのように震えているが、それでもまったく消えることのない声を。持ち主が去ってしまってもそこに残っている声を。彼は現代のオルペウスだったのだと言いたくもなる。地獄に送られた彼は二度と戻ってこなかったが、その未亡人は身をかわしながら地球の表面積の六分の一〔ソ連のこと〕を渡り歩き、彼の歌を中に丸め込んだ鍋を握りしめ、捜索令状を持ったフリアエ[14]らに見つかったときのために、夜陰に紛れてそれらの歌を暗記していたのである。これはわれわれの変身譚、われわれの神話である。

一九七七年

（斉藤 毅訳）

---

(14) ローマ神話における復讐の女神たちで、ギリシア神話ではエリニュエスにあたる。罪人をどこまでも追跡し、狂わせることで罰するとされる。

ナデージダ・マンデリシュターム（一八九九－一九八〇）追悼

ナデージダ・マンデリシュタームは自身の八一年の生涯のうち、一九年を今世紀最大のロシア詩人オーシプ・マンデリシュタームの妻として、四二年をその未亡人として過ごした。残りは幼年時代と青春時代である。教養ある人々のサークル、とりわけ文学者たちの間では、偉大なる人物の未亡人であることは、それだけでその人に一つの身分《アイデンティティ》を与えるのに十分である。とりわけロシアではそうであり、かの国では三〇年代から四〇年代にかけて体制が作家の未亡人たちをきわめて効率的に輩出したため、六〇年代の半ばには彼女らはいたるところにおり、労働組合を組織できるほどの数にまでなっていた。

「ナージャ〔ナデージダの愛称〕は最も幸運な未亡人だ」とアンナ・アフマートワは言っていたが、それはその頃、オーシプ・マンデリシュタームが世界的に認知されるようになったのを念頭に置いてのことである。この所感の焦点は、当然ではあるが彼女の詩の同志のほうにあり、彼女は間違っていないにせよ、それは端《はた》からの見方であった。そのような認知が起こり始めたとき、マンデリシュターム夫人はすでに六十代で、健康状態は相当に覚束なく、収入も微々たるものだった。しかも、それは世界的な認知であったにもかかわらず、名だたる「惑星全体の六分の一」、すなわちロシア自体はそこには含まれていなかったのである。彼女の背後には、すでに二〇年にわたる未亡人の身、極貧の生活、大戦争（いかなる個人的損害をも見えなくしてしまうような）、そして、人民の敵の妻として国家保安委員会の諜報員に逮捕されるという日々の恐怖があった。死を除けば、爾余のものは猶予をしか意味しえなかった。

私が彼女と初めて会ったのは、一九六二年の冬、二人の友人と連れ立ってプスコフへその地の教会群（私見によれば、帝国内で最良のもの）を見に出かけた、まさにあの時だった。私たちがその街へ行こうとしているのを知ったアンナ・アフマートワは、当地の教育大学で英語を教えているナデージダ・マンデリシュタームを訪ねるよう勧め、彼女に渡すための本を何冊か私たちに託した。私が彼女の名前を聞いたのは、そのときが初めてだった。私は彼女が存在していることを知らなかったのである。

彼女は二部屋からなる小さな共同アパートに住んでいた。最初の部屋は皮肉なことにニェツヴェターエワ（字義通りには非ツヴェターエワ）という名の女性が住んでおり、二つめがマンデリシュターム夫人の部屋だった。広さは八平方メートル、アメリカの平均的なバスルームの大きさである。空間のほとんどはツインサイズの鋳鉄製ベッドで占められていた。他には編み細工の椅子二脚、小さな鏡のついた衣装箪笥、あらゆる用途に使われるベッド脇のテーブルがあり、その上に夕食の残りが何皿か、さらにその横にはアイザイア・バーリンの『ハリネズミと狐』のペーパーバックが開いたまま置かれていた。このちっぽけな一間にこの赤い表紙の本があるということ、そして呼び鈴が鳴っても彼女がそれを枕の下に隠さなかったという事実は、まさに小康の始まり、これを意味していた。

その本はアフマートワが彼女に送ってきたものだったのだが、この詩人は半世紀近くマンデリシュターム夫妻の最も近しい友人であり続けた。初めは二人の、後にはナデージダ一人のである。自身も二度未亡人となったアフマートワは（最初の夫、詩人のニコライ・グミリョーフは一九二一年にチェカー――ＫＧＢの旧姓である——に銃殺され、二番目の夫、美術史家のニコライ・プーニンは同じ官庁に属する強制収容所で死んだ）、ナデージダ・マンデリシュタームを能《あた》う限りのやり方で助け、戦時中は一部の作家たちが疎開していたタシケントまでナデージダを密かに連れ出し、毎日の配給を分けてやることで、文字通り彼女の命を救ったのだった。体制に二人の夫を殺され、息子は一八年間〔五一頁注(9)を参照〕、収容所で辛酸を嘗めたとはいえ、アフマートワはナデージダ・マンデリシュタームよりもいくらか恵まれていた。渋々ではあれ作家として認知されていたし、レニングラードとモスクワに住むことも許されていたのである。人民の敵の妻にとっては、大都市は単に立ち入り禁止だった。

　この女性は何十年もの間、逃亡の身で、大帝国のあちこちの僻地や地方都市を駆け抜け、新しい土地に腰を落ち着けても、危険の兆候があればすぐさま発っていった。非人《ノンパーソン》という身分が次第に彼女の第二の天性になっていった。彼女は小柄な女性で、華奢な体格をしていたが、年を経るごとにますます萎びていった。まるで飛び立つ瞬間に簡単にポケットに入るような、何か重さのないものに自身を変えようとしているかのように。同様に、彼女には実質的になんの家財もなかった。家具も、美術品も、蔵書もである。本は、たとえ外国のものであっても、彼女の手元に長く留まることはなかった。読むか目を通すかした後、他の誰かの手に渡ったのである——本はまさにこのように遇されてしかるべきなのだ。彼女が最も裕福だった時代の六〇年代末から七〇年代初めにかけて、モスクワ郊外の一間のアパートで最も高価だったものは、台所の壁に掛けられたカッコウ時計だった。泥棒はここではがっかりしただろうし、捜査令状を持ってきた連中もそうだろう。

　彼女の二冊の回想録[1]が西側で出版された後の「裕福な」時代には、その台所はまさしく巡礼の場となった。

プスコフのベッドの骨組みの十倍はある長い木のテーブルの周りには、ロシアでスターリン後の時代まで生き延びたもの、あるいはそのとき生き返ったもののうちの最良のものが、ほぼ一晩おきに集まっていた。彼女は賤民であった数十年を取り戻しかけているように思われもした。とはいえ、彼女にそれができたとは私にはあまり思えないし、思い返すと、プスコフのあの小さな部屋にいたり、彼女が時折プスコフからやってきて不法滞在していたレニングラードのアフマートワのアパートで寝椅子の端に腰掛けていたり、彼女が自身の場所を手に入れるまで止まり木としていたモスクワのシクロフスキーのアパートで廊下の奥から姿を現したりしていたときの彼女のほうがよかったのではないかと思えてくる。そちらのほうを私がよりはっきりと覚えているのは、そのときの彼女は、追放者、逃亡者、オーシプ・マンデリシュタームが自身の詩の一篇で彼女について言うところの「物乞いする女友だち」としての本領をより発揮していたからであり、彼女はその後の人生でも、まさにそれであり続けたのである。

彼女があの二冊の本を書いたのは六十五歳の時なのだということに思い至るとき、何かはっとさせられるような気持ちになる。マンデリシュターム家では書き手はオーシプであって、彼女ではなかった。あの二冊以前に彼女が書いたものと言えば、友人たちへの手紙か、最高裁判所への上訴くらいだった。それに彼女の場合は、長く波瀾万丈だった人生を余生の静けさの中で振り返っているような人ともわけが違う。なぜなら彼女の六五年という歳月は、通常の六五年とは少し違うからである。ある収容所での一年の服役は三年に勘

（1）『望みなき希望』『捨てられた希望』（いずれもアテネウム社、一九七〇年、一九七三年刊、マックス・ヘイワード訳）として翻訳されている（原注）。一冊目の邦訳は、ナジェージダ・マンデリシュターム『流刑の詩人・マンデリシュターム』（木村浩・川崎隆司訳）、新潮社、一九八〇年。巻末の解題（五三五頁）も参照。

定すると規定する条項がソ連の刑罰制度にあるのも、故なきことではないのだ。こうして今世紀の多くのロシア人たちの人生は、その長さにおいて旧約聖書の家父長たちのそれに匹敵することになった——この家父長たちとは彼女にはもう一つ共通点があった。正義への献身である。

とはいえ、彼女が六十五歳になって腰を下ろし、自身の猶予の時間をこれらの本の執筆に充てたのは、そうした正義への献身からだけではなかった。それらをもたらしたのは、ロシア文学の歴史でかつて起こったのと同じ過程の、一人の人間のレヴェルでの再現なのである。私が言いたいのは、十九世紀後半に偉大なロシア散文が出現したことである。その散文は、あたかもどこからともなく、遡りうる原因などなしに現れたかのように見えるが、実際は十九世紀ロシア詩の副産物にすぎない。それはその後ロシア語で書かれたあらゆるものの基調を定めたのであり、ロシア小説の最良の作品は、その世紀最初の四半世紀のロシア詩が誇示した心理的、語彙的な繊細さの遠い反響、またそれを入念に練りあげたものと見なすことができる。「ドストエフスキーの登場人物のほとんどは、オネーギンその他、プーシキンの主人公たちの年老いた姿だ」とアンナ・アフマートワはよく語っていた。

詩はつねに散文に先行するものであり、ナデージダ・マンデリシュタームの人生においても一方《ひとかた》ならぬ仕方でそうであった。彼女は書き手として、また一人の人物として、自身の人生と容赦なく結びついていた二人の詩人、オーシプ・マンデリシュタームとアンナ・アフマートワの創造物なのである。しかも、前者は彼女の夫であり、後者は彼女の生涯の友であったからというだけではない。結局、四〇年もの未亡人生活は、最も幸福な思い出すらも（そしてこの結婚の場合、革命、内戦、第一次五カ年計画による国の経済的荒廃と重なっていたのだから、そんな思い出は本当に稀だった）薄れさせてしまいかねなかった。同様に彼女が何年もアフマートワとまったく会わないときもあったし、手紙も到底信頼できるものではなかった。紙というものは総じて危険なものだったのだ。その結婚、またその友情の絆を強めたのは、技術的問題だった。すなわち、紙に託すことができないもの、つまりは両作者の詩を、記憶に託す必要性である。

その時代、アフマートワが言うところの「グーテンベルク以前の時代」にそうしていたのは、確かにナデージダ・マンデリシュターム一人だけではなかった。しかし、死んだ夫の言葉を日夜繰り返すことは、それをより一層理解することだけでなく、彼の声そのもの、彼だけに特有のイントネーションを甦らせること、彼がそこにいるのをたとえ束の間でも感じとること、彼があの「良い時も悪い時も」という〔結婚の〕契約における自身の役目、とりわけその後のほうを守っていたのだと悟ることと、疑いなく結びついていた。同じことは物理的にはしばしば不在であったアフマートワの詩についても言えた。というのも、暗記のメカニズムは一度動き出してしまうと停止しようとしないからだ。同じことは他の作者らについても、あれこれの思想についても、倫理的原則についても――つまりはそうでなければ生き延びえなかったすべてのものについて言えた。

そして、次第にそれらのものが彼女に根づいていったのである。もし愛に代わるものがあるとすれば、それは記憶である。そうであるなら、記憶することとは親密さを回復することだ。二人の詩人たちの詩行は次第に彼女の気質となり、アイデンティティとなった。彼らの詩行は彼女に視野や視角を与えただけではなかった。より重要なのは、それらが彼女の言語的規範となったことである。だから、彼女が本の執筆に着手したとき――そのときまでにはすでにそれと知らずに、本能的に――自分の文を彼らのそれと照らして判断することになった。彼女が書いたページの明晰さと容赦なさは、彼女の精神の性格を反映している一方で、その精神を形づくった詩から必然的に由来する文体的帰結でもあるのだ。内容においても文体においても、彼女の本は、詩が本質的にそうであるところの言語の最高の様態、夫の詩行を暗記することにより彼女自身の肉体となった、その様態への追記にすぎないのである。

W・H・オーデンの言葉を借りるなら、偉大なる詩が彼女を「傷つけ」、散文に向かわせたのである。(2) それは実際そうだった。というのも、この二人の詩人の遺産を発展させたり、練りあげたりするのは、散文によってのみ可能だったからだ。詩においては、彼らはせいぜいのところエピゴーネンらに追従されえただけだった。そして事実そうなったのだ。換言するなら、ナデージダ・マンデリシュタームの散文は、言語自体にとって、停滞を避けるために利用しうる唯一の媒体《ミディアム》だったのである。同様に、それら詩人たちならではの言語使用〔措辞〕により形づくられた霊魂《プシュケー》にとっても、それは唯一の霊媒《ミディアム》だった。こうして、彼女の著作は、二人の偉大なる詩人たちの生涯の回想や案内というものではなかった。それらがいかに見事にその役目を果たしたとしてもである。それらの著作は国民の意識に照明を当てるものだったのである。少なくともそれらを入手することができた一部の国民の意識にである。

したがって、そうした照明が結果として体制の告発になったところで不思議はない。マンデリシュターム夫人によるこれら二巻の書は実際、彼女の時代とその文学にとっては地上での最後の審判に等しかった――地上の楽園の建設に着手したのがまさにこの時代であったからこそ、なおのこと正当に下されたとも言える審判である。これらの回想、とりわけ二巻目がクレムリンの壁の両側で好まれなかったことも、それに増して不思議ではない。当局はその反応において、知識人たちよりも誠実であったと言わざるをえない。彼らは単にこれらの本の所持を、法で罰せられる罪としただけである。知識人たちはと言えば、とりわけモスクワでは、その高名な、またさほど高名でない面々の多くをナデージダが実質的に体制と共犯関係にあると言って非難したことをめぐり、正真正銘の騒ぎに陥り、それで彼女の台所での人々の氾濫は著しく退潮していったのである。

公開、半公開の書簡が出され、もう握手はしないと憤然と決意する人が現れ、彼女があれこれの人を情報提供者と見なしたのは正しいのかどうかをめぐって友情や夫婦関係が壊れていった。ある著名な異論派は顎鬚を揺すりながら「彼女はわれわれの世代全体を虚仮《こけ》にした」と宣言し、またある者たちはダーチャ(3)へ急ぎ、鍵をかけて閉じこもり、反回想《アンチ》(4)をタイプで叩いたものだった。それはすでに七〇年代初めのことであり、それから六年ほどすると、同じ人々が今度はソルジェニーツィンのユダヤ人に対する態度をめぐり、真っ二つに割れることになる。

文学者たちの意識のうちには、誰かが道徳的権威を持つという考えに耐えられないところがある。党第一書記や総統の存在は必要悪として諦めるが、預言者にはむきになって異存を唱えるのである。おそらくそれは、おまえは奴隷だと言われるほうが、道徳的に最低だと言われるよりも落胆することの少ないニュースであるからだろう。つまりは、倒れた犬を蹴るべきでないということだ。しかしながら、預言者が倒れた犬を蹴るのは、とどめを刺すためではなく、自らの足で立てるようにするためなのである。そうした足蹴に対する抵抗、作家の主張や告発に対する異議申し立ては、真理への欲求ではなく、奴隷の知的うぬぼれからくる。

（2）詩「W・B・イェイツを偲んで」からの一節、「狂ったアイルランドがあなたを傷つけ、詩に向かわせたのだ」の引用。
（3）ソ連時代に市民の間で普及していた郊外の菜園付き別宅。
（4）アンドレ・マルローの著作名の借用。

このとき、その権威が道徳的なものであるだけでなく文化的なものでもあると、文学者たちにとってはさらに悪いことになる——ナデージダ・マンデリシュタームの場合がそうだった。

ここで私は敢えてさらに一歩踏み込んでみたい。現実はそれ自体では何の価値もない。現実を意味へと高めるのは認識である。そして、種々の認識の間には（ということは意味の間にも）ヒエラルキーがあり、最も洗練され、鋭敏なプリズムを通して得られるものが頂点に位置することになる。洗練と鋭敏さをそうしたプリズムに付与するのは、その唯一の供給源である文化、文明であるが、それらは言語を主要な道具としている。そうしたプリズムを通してなされた現実の価値評価は——その獲得が人類の共通の目標なのであるが——最も正確で、おそらく最も正当ですらある（こんなことを言うと、あろうことか方々の大学キャンパスから「偏っている！」とか「エリート主義だ！」という叫び声が上がるかもしれないが、それには耳を貸してはならない。文化はその定義からして「エリート主義」的なのであり、民主主義的原則を知の領域に適用するならば、英知と愚かさを同一視することになりかねないからだ）。

ナデージダ・マンデリシュタームが自分の知る限りの現実について語ったことが反論の余地のないものであるとしたら、それは彼女が二十世紀最良のロシア詩によって提供されたこのプリズムを持っていたからであり、彼女の悲しみの大きさが無比であったからではない。苦痛がより偉大な芸術を生みだすというのは、忌まわしい謬見である。苦痛は人の目を見えなくし、耳を聞こえなくし、破滅させ、しばしば殺してしまう。オーシプ・マンデリシュタームは革命以前から偉大な詩人だった。アンナ・アフマートワもそうだし、マリーナ・ツヴェターエワもそうだ。たとえ今世紀にロシアを襲った歴史的事件がまったく起こらなかったとしても、彼らは現に彼らがそうなったものになっていただろう。なぜなら、彼らは才を授けられていたからである。つまりは、才能は歴史を必要としないのだ。

革命とそれに続くすべての出来事がなかったなら、ナデージダ・マンデリシュタームは現に彼女がそうなったものになっていただろうか。おそらくは違っただろう、彼女は一九一九年に将来の夫と出会ったのだから。しかし、その問い自体はたいしたことではない。それは確率の法則や歴史的決定論という曖昧な領域の中にわれわれを導いてしまう。結局、彼女が現に彼女がそうなったものになったのは、今世紀にロシアで起こったことのゆえにではなく、むしろそれにもかかわらずなのだ。歴史的決定論の観点からするなら「にもかかわらず」は「のゆえに」と同義語であることを、詭弁家の指は必ずや指し示すことだろう。いかにも人間的な「にもかかわらず」の意味論に歴史的決定論がそこまでこだわるのであれば、そうさせておく他ない。

とはいえ、それも分からないわけではない。なぜなら、六十五歳のか弱い女性が、ある国民全体の文化的崩壊を、長期的には回避できなくとも、遅らせることはできるということが分かったからである。彼女の回想はその時代の証言以上のものだ。それらは良心と文化に照らした歴史観なのである。その照明のもとで歴史はたじろぎ、個人は自身がせねばならない選択を悟るのだ。その照明の光源を求めるか、自身に対する人類学的罪を犯すかの選択をである。

彼女のほうはそれほど立派であろうとしたつもりはなかったし、単に体制に仕返しをしようとしたわけでもなかった。というのも、彼女にとってそれは私的な問題であり、自分の気質、アイデンティティ、そしてそのアイデンティティを形づくったものの問題だったからだ。事実、彼女のアイデンティティは文化によって、その最良の産物である夫の詩によって形づくられていた。彼女が生かしておこうと努めたのは、それらの詩なのであり、思い出ではない。彼女は四二年の間、夫ではなく、彼の詩の未亡人になったのだ。もちろん彼女は彼を愛していたが、愛自体、情熱の中で最もエリート主義的なものである。それは文化という文脈においてのみ、立体的実質と奥行きを獲得する。というのも、それはベッドの中よりも心の中に多くの空間を占めるものだからである。そうした舞台から外れてしまえば、それは破綻して平板なフィクションと化してしまう。彼女は文化の未亡人だったのであり、結婚した日よりも最後の時のほうが、自分の夫を愛していたのだと私は思う。彼女の本を読んだ読者たちがそれらを忘れられないと思うのも、おそらくはそのためなのだ。それもあるし、さらに現代世界もまた文明に対しては未亡人の状態にあると定義しうるからということもあろう。

彼女に欠けているものがあったとすれば、それは謙虚さだった。その点では、彼女は二人の詩人とはまったく違っていた。しかし、それというのも彼らには自分たちの芸術があり、彼らが成し遂げたことの質の高さが、謙虚であるために、あるいは謙虚であるふりをするために十分な満足感を与えてくれたからなのだ。彼女はひどく独断的、断定的で、気難しく、人当たりもよくなく、変わり者だった。彼女の考えの多くは浅薄であったり、風聞にもとづいて作り上げられたりしていた。一言で言って、彼女には自分は人より上だというところが大いにあったのだが、それも彼女が現実に、また後には想像の中で相手にしていた人物たちの大きさのことを考えれば驚くにはあたらない。彼女のその不寛容さゆえに、最後には多くの人が離れていってしまったが、本人はそれでまったく構わなかった。というのも、お世辞を言われたり、ロバート・マクナマラやウィリー・フィッシャー（ルドルフ・アベル大佐の本名）(5) のような人に気に入られたりすることには、うんざりしつつあったからである。彼女が望んでいたのは、ただベッドの上で死ぬことだけであり、ある意味では死ぬのを楽しみにしていた。なぜなら「あちらでまたオーシプと一緒になれる」からだ。それを聞くやアフマートワは「いいえ」と反論した。「それは勘違いね。あちらでオーシプと一緒になるのは今度は私よ」。

その願いは叶い、彼女は自分のベッドの上で亡くなった。彼女の世代のロシア人にとっては小さなことではない。彼女は自分の時代を誤解していた、未来へと走ってゆく歴史の列車に乗り遅れたのだと嘆く者が必ずや出てくることだろう。だが、彼女はその世代のロシア人のほとんどがそうであったように、未来へと走ってゆく列車が強制収容所かガス室で停車することを知りすぎるほどに学んでいたのである。その列車を逃した彼女は幸運だったし、彼女からその路程を教えてもらったわれわれも幸運だった。私が最後に彼女に会ったのは、一九七二年五月三十日(6)、モスクワのあの彼女宅の台所でのことだった。それは午後遅くで、背の高い食器棚が壁に落とす深い影の中、彼女は隅に座って煙草を吸っていた。影はあまりに深く、見分けることができたのは、ただ彼女の煙草の火のかすかな明滅、そして刺すような二つの眼だけだった。あとは——肩掛けの下の小さく縮んだ体も、手も、灰色をした顔の楕円も、灰のような白髪も——すべては闇に呑み込まれていた。彼女は巨大な炎の残り火、触れれば燃えだす小さな燃えさしのようだった。

一九八一年

（斉藤　毅訳）

（5）マクナマラは一九六〇年代、ケネディ大統領時代のアメリカ国防長官。アベルは冷戦期に活動したソ連の諜報員。
（6）ブロツキーはその五日後、六月四日にソ連を出国した。

元素(1)の力

空気、土、水、火とならんで、金《かね》は、人間が最も頻繁に相手にしなければならない第五の自然力だ。これこそは、ドストエフスキーの死後百年(2)が経った今日でも、彼の小説が現代的な重要性を保ち持っていることの――かりに主な理由ではないにしても――一つの理由である。現代世界の経済的方向性、つまり、全体的な貧困化と生活水準の平準化の方向性を考えれば、この作家は予言的な現象と見なすことができよう。というのも、未来を論ずる際に過ちを避ける一番いい方法は、それを貧困または罪のプリズムを通して捉えることだからだ。実際のところ、ドストエフスキーは両方のレンズを使った。

この作家を熱烈に崇拝するエリザヴェータ・シュタケンシュネイデルという人物がいた。サンクト・ペテルブルクの社交界でよく知られた女性であり、一八七〇年代から八〇年代にかけて彼女の家は文字通りのサロンとなり、文学者、婦人参政権を唱える進歩的女性、政治家、芸術家などが集まった。このサロンの女主人は一八八〇年、つまりドストエフスキーの死の前年に、彼についてこう書いている。

……しかし、彼は小市民《プチ・ブルジョワ》である。貴族でもなければ、神学校出でもなく、商人でもなく、根無し草の芸術家とか学者でもなく、まさに小市民《プチ・ブルジョワ》なのだ。そしてこの小市民《プチ・ブルジョワ》が最も深い思想家であり、天才的な作家なのだ……。いまや彼はしばしば貴族の家や、大公の家さえ訪れ、もちろん品位を保っているけれども、それでも小市民《プチ・ブルジョワ》らしさがすけて見えてしまう。それは親密な会話に認められるある種の特徴に現れるのだが、何よりも作品に顕著である……大きな資産を描写するための巨大な数字は、いつも彼にとっては六千ルーブリなのだ。

いまこれを見直せば、もちろん完全に正確ではない。『白痴』でナスターシャ・フィリッポヴナの暖炉に投げ込まれるのは、六千ルーブリよりもはるかに大きな額である。その反面、世界文学で最も悲痛な場面の一つ、これを読んだらどんな読者の良心もそのまま無傷ではいられないような場面が『カラマーゾフの兄弟』にあるが、そこでスネギリョフ二等大尉が雪の吹き溜まりの中に踏みにじる金はたかだか二〇〇ルーブリである。しかしながら問題は、この六千ルーブリがあれば（現在の二万ドルに相当する）、当時は一年間きちんとした暮らしがまかなえた、ということだ。

シュタケンシュネイデル夫人というのは彼女の時代の社会的層の産物であり、彼女が小市民《プチ・ブルジョワ》と呼ぶものは、社会的所属ではなく年収によって定義した場合、今日の中流階級として知られるものだ。言葉を換えて言えば、六千ルーブリという上述の額は、巨大な富でもなければ、目も当てられないような貧困でもなく、

(1) ここでいう「元素」とは、古代ギリシアで万物の根源をなす要素と考えられた、土・気・火・水などの自然力を指す。
(2) ドストエフスキーは一八二一年生まれ、一八八一年没。このエッセイが書かれたのは一九八〇年。
(3) これはブロツキーの思い違い。このとき雪はまだ降っておらず、スネギリョフ二等大尉が二〇〇ルーブリ（一〇〇ルーブリ紙幣二枚）を投げ捨てるのは、雪の吹き溜まりの中ではなく、砂地の地面である。

なんとか我慢できる人間の条件、つまり人間を人間らしくする条件なのである。六千ルーブリというのは、ほどよい普通の生き方を金銭で表現したものであり、この事実を理解するのに小市民《プチ・ブルジョワ》が必要なのだとしたら、小市民《プチ・ブルジョワ》万歳ではないか。

というのも、普通の人間らしい生き方とは、人類の大多数が熱望するものだからだ。六千ルーブリを巨額の金と見なす作家は、それゆえ、大多数の人々と同じ身体的かつ心理的な水準で働くことになる。つまり、そういう作家は人生をその一般的な状態で扱うのだ。なぜならばあらゆる自然の過程と同様に、人間の暮しは中庸に引き寄せられていくからである。その逆に、上流社会あるいは下層のどん底に属している作家は、つねにいささか歪んだ人生の像を作りだすことになるだろう。というのは、どちらの場合でも、作家は人生をあまりに鋭い角度から見ることになるからだ。上からでも下からでも社会（それは人生の別名である）を批判することは立派な読み物を作り出すかもしれない。しかし、それは道徳的な命令を供給する、いわば内部犯行でしかない。

さらに、中流階級の作家自身の立場は不安定なため、作家に下で起こっていることを相当な鋭敏さをもって見させることになる。それに対して、上の状況は物理的な近さゆえに、天国の魅力を欠いている。数について見れば、中流階級の作家は、控えめに言っても、より多様な苦境を扱うことになり、同じ理由により読者の規模を増大させる。いずれにせよ、これはドストエフスキーだけでなく、メルヴィル、バルザック、ハーディ、カフカ、ジョイス、フォークナーもまた広範な読者たちに恵まれたことを説明する、一つの方法になる。あたかも六千ルーブリに相当する金額が、偉大な文学を保証しているように見えるほどだ。

問題は、この額の金を得ることのほうが、何百万も受け取ったり、あるいは一文無しでいるよりもはるかに難しいということだ。というのも、極端よりも標準を得ようとする競争者のほうが単にたくさんいるからだ。上記の額を獲得することは、その半分、あるいは十分の一の場合と同様に、どんな一攫千金の企みや、あるいはどんな禁欲の形態よりも、人間の精神のはるかに多くの複雑な働きを必要とするものである。実際、必要とされる金額が小さければ小さいほど、それを獲得するために人が感情の次元で使うものはますます大きくなる。それゆえ自分の仕事にとって人間精神の複雑さこそがすべてであるドストエフスキーは、六千ルーブリを巨額の金と見なしたのだった。彼にとって、それは莫大な量の人的投資、莫大な量の微妙な陰影、莫大な量の文学を意味した。手短に言えば、それは現実の金というよりは、むしろ形而上的な金だった。

ほとんど例外なく、彼のすべての小説は窮乏した状態の人々についてである。この種の題材は、それ自体、人を夢中にさせるような読書を保証する。しかし、ドストエフスキーを偉大な作家に変えたのは、彼の題材の避けがたい複雑さでもなければ、彼の精神のユニークな深遠さでも、同情の能力でさえもなかった。それは彼が使う道具というか、むしろ素材の――つまりロシア語の――肌理《テクスチャー》だった。

言葉の複雑さということについて言えば、この言語では名詞がしばしば文の一番最後にちょこんと陣どったりし、その主な力は陳述にではなく、従属節にあり、融通無碍である。これは「AでなければB」といった英語のような分析的な言語ではなく、「とは言うものの」の言語である。紙幣が小銭に崩されるように、この言語で表明された考えは何でも瞬時に崩されて反対の意味を持ち、その統語法が最も好んで言い表すのは疑念と自己非難なのだ。その多音節的特性は（ロシア語の単語の平均の長さは三から四シラブルである）、一つの単語によって扱われるさまざまな現象の原初の自然の力を、いかなる合理的説明に可能な以上にずっとうまく明らかにする。そして作家はときには自分の考えを展開する代わりに、つまずき、単に単語の音調のいい中身に大きな喜びを感じ、そのことによって自分の論点を脇道にそらし、予見できなかった方向に導いてしまう。そしてドストエフスキーの著作の中に私たちは主題の形而上学と言語の形而上学の間の異様な

――あまりに強烈でほとんどサディスティックな――摩擦を目撃するのだ。

彼はロシア語の不規則な文法を最大限活用した。彼の文は熱にうかされたような、ヒステリックで特異な調子を帯び、その語彙の中身は純文学と口語と官僚的な言葉の狂おしいほどの混淆に他ならない。確かに、彼はひまなときにのんびりと書くなどということは決してなかった。自分の作品の登場人物たちとまったく同じように、彼は収支の帳尻をなんとか合わせようと働いた。いつも借金取りか、締め切りに追われていたのだ。それでも彼は、締め切りに悩まされていたにもかかわらず、異様なまでに脱線が多く、この脱線は――思い切って言うが――小説の筋書きの必要よりも、言語によって引き起こされた面が大きい。ドストエフスキーを読むと、人はあっさり理解するだろう――意識の流れとは意識から出てくるのではなく、人の意識を変化させたり、別の方向に向け直したりする単語に由来するということを。

いや、彼は言語の犠牲ではなかった。しかし、彼による人間の魂の扱い方はロシア正教徒にしては――彼は自分がそうだと主張していた――あまりに根掘り葉掘り詮索するようなもので、このような魂の扱い方の特質は、宗教上の信条というよりはむしろ統語法が原因であった。どんな作家の経歴も聖人になること、自己改善の個人的な追求に始まる。遅かれ早かれ、そして普通はとても早く、人は自分のペンが自分の魂よりもはるかに多くのことを成し遂げられるということを発見する。この発見は非常にしばしば個人の中に耐えがたい分裂を作り出し、ある程度は文学がある種の界隈で享受する悪魔的な評判の原因にもなっているのだ。基本的にそれは公正なことだろう。というのも、六翼天使《セラピム》の損失は、ほとんどいつも人間の利益になるからだ。そのうえ、どちらの極端も本質的には退屈なもので、優れた作家の作品では私たちはつねに、溝をはさんだ二つの領域の対話を聞くことになる。もしもそれが人間か、あるいはその原稿を破壊しなければ（たとえばゴーゴリの『死せる魂』第二部の原稿は焼き捨てられてしまったわけだが）、この分裂はまさしく作家が作り出すものであり、作家の仕事はそれゆえ自分のペンを自分の魂に追いつかせることになる。

ドストエフスキーとはまさにそういう作家なのだが、ただ、彼のペンが彼の魂をロシア正教の信条の境界を越えるところまで持っていってしまったということだけは話が別である。というのも、作家であるということは、つねにプロテスタントであるか、あるいは控えめに言って、プロテスタント的な人間の概念を受け入れることを意味するからだ。ロシア正教においても、ローマ・カトリックにおいても、人間は全能の神かその教会によって裁かれるのに対して、プロテスタントにおいては自らを最後の審判の等価物にかけるのは人間なのだ。そうする際に、プロテスタントは自分に対して神よりも無慈悲である。いや、教会さえもプロテスタントの人間ほどは無慈悲ではない。その理由は一つには、人間のほうが自分について、神や教会が人間について知っているのよりもよく知っている（そう人間は考える）からであるし、人間は喜んで許したりはしない、あるいはより正確に言えば、許す能力がないからでもある。いかなる作家も自分の教区のためだけに書くことはない以上、文学の登場人物やその行為は公平な裁きを受けるべきだろう。取り調べが徹底的であればあるほど、本当らしさもより大きなものになり、本当らしさというのは第一に作家が追い求めるものである。文学において、恩寵はたいして重要なものではない。だからこそ、ドストエフスキーの聖人はおぞましいのだ。

もちろん、彼は「大義」の、キリスト教の主張の偉大な擁護者だった。しかし、考えてみれば、かつてより優れた悪魔の代弁者もほとんどいなかったのだ。古典主義から彼はこんな原則を選びとった。つまり、人はいかに自分が正しいとか、正義であると感じても、自分の主張を打ち出す前に反対側の論拠をすべて列挙しなければならない、という原則である。そして、これは列挙の過程で人が反対側に揺すぶられてしまうということではない。単に、列挙それ自体が強力に人を夢中にさせるプロセスだということなのだ。人は最後にもともとの立場から離れ去って行かないかもしれないが、悪に代わってあらゆる論拠を挙げ尽くした後では、熱意をもって、というよりはむしろノスタルジアとともに宗教上の公式見解を述べるようになる。これは独自のやりかたで、本当らしさの度合いを高めるものでもある。

しかし、読者を前にしてほとんどカルヴァン派のような粘り強さでこの作家の登場人物たちが自分の魂を剝き出しにするのは、本当らしさだけのためではない。何か別のものがあって、ドストエフスキーに彼らの生を裏返しにさせ、彼らの汚れた心の下着の折り目や皺をすべて広げて見えるようにさせるのだ。そして、それは真実の探求でもない。というのも、彼の探索の結果は真実以上のものを示すからである。それは人生の織物そのものを露わにし、その織物はぼろぼろでみすぼらしい。彼を駆り立ててそうさせる力は、なんでもむさぼってしまう言語の貪欲さであり、この言語は最後には神にも、人間にも、現実にも、罪にも、死にも、無限にも、救済にも、空気にも、土にも、水にも、火にも、金《かね》にも満足できない点にまで到達してしまう。そして、そのとき言語は自分自身に挑むのである。

一九八〇年

(沼野充義訳)

潮騒[1]

文明というものにも限りがあるので、それぞれの文明の生においても、中心が持ちこたえられなくなる時期が訪れる。そのようなとき、文明を崩壊から守ってくれるのは、軍団《レギオン》ではなく言語である。ローマ帝国の場合にもそうであったし、それ以前のヘレニズム時代のギリシアの場合にもそうであった。そのような時期に中心を支える仕事をするのは、地方や周辺部出身の人々である。一般に信じられていることとは逆に、周辺部とは世界が終わるところではない――周辺部とはまさに、世界が解きほどかれるところなのである。このことは、目に見える世界に劣らず、言語にも影響を与える。

デレク・ウォルコット〔一九三〇―二〇一七、一九九二年にノーベル文学賞受賞〕はセントルシア島の、「太陽も、帝国に疲れて沈む」〔『もう一つの生』第一章〕ところに生まれた。しかし、その太陽が沈むときには、北半球のいかなる坩堝《るつぼ》よりもはるかに大きな人種と文化の坩堝を熱するのである。この詩人の出身地はその起源からして本物のバベルの地[2]であるが、英語がそこの言葉である。ウォルコットがときにクレオール訛りで書くことがあっても、それは、文体の筋

---

(1) このエッセイは最初、デレク・ウォルコット『カリブ海の詩』(限定出版クラブ、一九八三年)への序文として発表された(原注)。

肉をほぐしたり、聴衆を増やしたりするためではなく、子供のころ——彼がバベルの塔をめぐる道を登る前に〔さまざまな言語を学ぶ前に、の意味〕——話していた言葉に讃辞を贈るためである。

詩人たちの真の伝記というものは鳥たちの伝記に似ているし、ほとんど同じと言ってよいほどである——彼らの真の資料《データ》は彼らが発する響きにある。詩人の伝記は彼らの母音や歯擦音、韻律や、脚韻や、隠喩の中にあるからだ。存在の奇跡を証するように、ある詩人の全作品はある意味ではつねに福音であり、その詩行は彼の読者よりも作者のほうを根本的に変えるのである。詩人たちにあっては、話の筋よりも語の選択のほうがつねに多くのことを語ってくれる。それゆえ、最良の詩人たちは、自分たちの伝記が書かれると思うだけで恐ろしくなるのである。ウォルコットの出自を知りたければ、この選詩集のページが最良のガイドになってくれる。次に掲げる詩行では詩の登場人物の一人が自分自身について語っているが、これは作者の自画像と言ってもいいものである。

I'm just a red nigger who love the sea,
I had a sound colonial education,
I have Dutch, nigger, and English in me,
and either I'm nobody, or I'm a nation.

おれは海を愛する褐色のニグロにすぎないが
れっきとした植民地の教育を受けた、
おれのなかにはオランダとニグロと、そしてイギリスの血が流れているおれは何者でもないか、さもなくば　一つの国家だ。

（「帆船　逃走号」から）

この溌剌とした四行の詩句は、一つの歌声と同じように、作者について確かなことを伝えてくれる——ちょうど歌声を聞けば、窓の外を見なくても鳥のいることがわかるように。土地の訛りがこもる「愛するlove」という言葉は、(3)彼が自分のことを「褐色のニグロ」と呼ぶとき、文字どおりの意味でそう語っていることを告げている。「れっきとした植民地の教育」とあるのは、ウォルコットが一九五三年に卒業した西インド諸島大学のことを指していると言っていいだろうが、この一行にははるかに多くのことが込められており、それについてはまたあとで触れることにする。少なくともわれわれはここに、まさしく支配する民族特有の言葉遣いに対する侮蔑の念と、その教育を受けていることに対する土地の人間としての誇りの、両方を聞くことができる。ここに「オランダ」とあるのは、血筋から言って、ウォルコットは一部はオランダ人であり一部はイギリス人であるからだ。ただし土地柄からすれば、われわれは血筋よりも、さまざまな言語のことを考えてしまう。「オランダ語」の代わりに——あるいはそれとともに——フランス語、ヒンディー語、クレオール訛り、スワヒリ語、日本語、いくぶんかはラテンアメリカの刻印のついたスペイン語など——揺

（2）聖書「創世記」によれば地上の人々が天にまで届く塔の建設を始めたので、その高慢な行為を罰するため神は人々の言葉を乱し、互いに言葉が通じないようにした。塔を建てた町がバベル。ここではさまざまな言葉が行き交う場所の意味。

（3）引用の第一行目では、nigger が who の先行詞なので、普通の英語では loves となるべきところ。

り籠や通りで聞いたどんな言葉でもよかったろう。肝腎なのは、そこには英語があったということである。

引用の三行目が「おれのなかには……イギリスの血が and English in me」にたどり着くまでの巧妙さは注目に値する。「オランダ……の血が流れている I have Dutch」のあとにウォルコットは「ニグロ nigger」を投げ込み、この行全体にジャズのような下方へのスピンをかけるので、「おれのなかには……イギリスの血が」と揺り戻すとき、そこには、English と in me のあいだのこのシンコペーションのような揺れ[4]によって強められた強烈な誇り、実際に荘厳ささえ感じられる。そして、「おれのなかには……イギリスの血が」というこの高み、彼の声が謙遜してためらいながらもしかし確かなリズムで登ってくるこの高みから、詩人は、「おれは何者でもないか、さもなくば　一つの国家だ」という言葉によって、彼の雄弁な力をほとばしらせるのである。この言明の威厳とおどろくべき声の力は、彼がその名において語っている領土、およびその土地を取り巻いている無限の海原の双方と、みごとに釣り合っている。このような声を聞くとき、まさしく、世界が解きほどかれてゆく。それこそが、作者が「海を愛する」と言うときに意味していることなのだ。

ウォルコットがこの仕事、つまり海を愛する仕事にとりかかってきたほぼ四〇年間、この海の両岸[5]の批評家たちは彼を、「西インド諸島の詩人」あるいは「カリブ海出身の黒人詩人」と呼びならわしてきた。このような定義は、救世主キリストを「一介のガリラヤびと」と呼ぶのと同様、近視眼的で、誤解を招くものである。このような比較は、あらゆる対象を矮小化しようとする傾向が生じるのは無限に対する同じ恐怖感からなのだと考えるときにのみ、当てはまる。そして、無限に対する欲求に関して言うならば、詩はしばしばさまざまな信念にも打ち勝つのである。この人物を地方作家にとどめようとするこうした試みに明らかな、精神におけるのと同様、知性における臆病さは、さらに、偉大な英語詩人が黒人であることを認めたがらない批評界の傾向によっても説明できるかもしれない。これはまた、切れたぜんまいや、ベーコンのように筋の入った網膜[6]に帰せられるかもしれない。もちろん、最も好意的な説明は、地理の知識に欠けているからというものである。

なぜなら西インド諸島の海は、ギリシアの海のほぼ五倍もある、広大な多島海《アーキペラゴ》だからである。もしも主題のみによって詩が定義されるべきであるなら、ウォルコット氏は、イオニア方言で書き、やはり海を愛した吟唱詩人ホメロスの主題より五倍もすぐれた題材を手にしていることになるだろう。実際、ウォルコットが多くの共通点を持っていると思われる詩人がいるとすれば、それはイギリス人ではなく、むしろ『イーリアス』と『オデュッセイア』の作者ホメロスか、さもなければ、『物の本性について』の作者ルクレティウスのほうである。なぜなら、ウォルコットの描写力は本当に叙事詩的なものだからだ——ただし、彼の詩が叙事詩特有の退屈さを免れているのは、描かれる領域の実際の歴史の短さと、英語という言語に対する彼のすぐれた聴覚のおかげであり、彼の聴覚それ自体が歴史をとらえているのである。

ウォルコット自身のユニークな才能という問題は別として、その詩行がかくも朗々と響き立体的であるのは、まさに、耳でとらえられたこの「歴史」が波瀾に富んでいるからである——言語自体が叙事詩の装置であるからだ。この詩人が触れるすべてのものは、磁波のように、その反響と眺望とをどんどん増殖させてゆくが、その音響は心理的なものであり、その暗示するところは木霊《こだま》のように拡がる。もちろん、彼の領域である西インド諸島には、触れるべきものがたくさんある——自然の王国だけでも、多くの新鮮な題材を提供

（4）ănd Ĕnglĭsh ĭn mé の弱強弱弱強の抑揚を指すと思われる。
（5）ここでは大西洋両岸のアメリカとヨーロッパ。
（6）これらの比喩は「時代遅れの感覚」と「曇った鑑識眼」を指すようである。

してくれる。しかしここに、この詩人が、詩の題材の中で慣習上最も不可欠なもの《ド・リグール》——つまり月——をどう扱っているか、その一例がある。彼は月みずからに語らせている。

Slowly my body grows a single sound,
slowly I become
a bell,
an oval, disembodied vowel,
I grow, an owl,
an aureole, white fire.

ゆっくりと　わたしの体はふくらんで一つの音となり、
ゆっくりと
一つの鐘となり、
卵形の、肉体のない一つの母音となり、
ふくらんで、一羽のフクロウ、
一つの光背、白い炎となる。

（「変身Ⅰ　月」から）

次は、この最もとらえがたい詩的題材について、詩人自身が語っている例である——というより、ここには彼がこの主題について語る動機が示されている。

a moon ballooned up from the Wireless Station. O
mirror, where a generation yearned
for whiteness, for candour, unreturned.

月がラジオ局からバルーンとなって昇っていった。おお
鏡よ、一世代のものたちはそこに　報われないまま
白さと、純真無垢《キャンダー》とを、あこがれ求めようとした。
（『もう一つの生』第一章から）

心理的な頭韻の効果によって読者の目はほとんど否応なくmoonの綴りの中の二つのoに惹きつけられてしまうが、その頭韻は、この光景が再発するものであるということだけでなく、それを眺める行為が繰り返される性格のものであることをも暗示する。人間的な現象として、詩人にとっては後者のほうがより大きな意義をもっており、月を眺める者たちや、その理由についての描写は、黒い卵形の黒人たちの顔と白い卵形の月との、真に天文学的な同一視によって、読者を驚かせる。ここで感じとられるのは、moonの二つのoが、balloonedの中の二つのlを通って、O mirrorの中の二つのrに変化することであり、この二つのrが子音の効果に従って表しているのは、*r*esisting *r*eflection[7]ということ、つまり、責めを負うべきなのは自然でも人々でもなく、言語と時間なのだということである。黒と白とのこの同一視に責任があるのは、作者の選択

ではなく、言語と時間の過剰である――この言語と時間の過剰のほうが、不偏不党を表明する彼の批評家たちよりもよく、この詩人が生まれついた人種の対立を引き受けてくれるのである。

簡単に言うならば、疑いもなく敵にも味方にも好まれる矮小化された人種的な自己主張をおこなう代わりに、ウォルコットはみずから、彼が同一視する両者、黒（人）と白（人）とがともに分かち持つ言語の、あの「肉体のない母音」となるのである。この選択の賢明さは、やはり、彼自身の賢明さというより、彼が使う言語の賢明さである――さらに言うなら、白い紙に黒いインクで書かれる文字の持つ賢明さである。彼はまさしく、みずからの動きを意識するペンであり、彼の詩行に生き生きとした雄弁さを与えるのも、この自己意識である。

処女と猿、乙女と邪悪なムーア人、[8]
彼らの不滅の番《つが》いがいまもぼくらの世界を二分する。
彼はきみたちの犠牲となる獣、吼えてつつかれ、
おのれの血のリボンにまみれて唸る黒い牡牛。
だが、いかなる怒りが　そのサフラン色の夕陽の
ターバンをまとおうと、三日月形の剣は
彼女の寝室を生々しい麝香《じゃこう》と、その汗で息づかせる、
彼の人種的な豹の黒さの復讐ではなく、
月の変化に対する恐怖、
ある絶対なるものの堕落に対する恐怖だったのだ、

ちょうど白い果実でも
愛撫されればとろけて熟しながら二倍は甘くなるのにも似た堕落への。
（「山羊たちと猿たち」から）

これこそが、「れっきとした植民地の教育」がもたらしたものであり、「おれのなかにはイギリスの血が流れている」という詩句が意味することなのである。ウォルコットは同様の権利をもって、彼の中には、ギリシア、ラテン、イタリア、ドイツ、スペイン、ロシア、フランスの血が流れていると主張することもできたろう——ホメロス、ルクレティウス、オウィディウス、ダンテ、リルケ、マチャード、ロルカ、ネルーダ、アフマートワ、マンデリシュターム、パステルナーク、ボードレール、ヴァレリー、アポリネールに学んでいるからである。これらは影響というものではない——彼らは、シェイクスピアやエドワード・トマス[9]に劣らず、ウォルコットの血流細胞となっているのだ。というのも、詩は世界文化の精髄だからである。そして、もし世界文化が、「泥の小道が　逃げる蛇のように身をよじる」（「島々の物語7、ロートスイーター」から）小便臭い木立の中でこそ、いっそうよく感じ取られるなら、泥の小道を讃えるがいい。

そして実際、ウォルコットの叙情詩の主人公はそうするのである。中心が虚ろになった文明のただ一人の

（7）「反映に対抗して」とあるのは、月の鏡に映る西欧の白人文明への憧れと反発を指しているととれるが、この句はブロツキーがウォルコットの詩行に触発されて思いついた句のようである。
（8）シェイクスピア『オセロ』のオセロとデズディモーナを下敷きにしている。
（9）一八七八－一九一七。イギリスの詩人。イギリスの田園を歌った詩で知られる、第一次世界大戦で戦死。

守護者として、彼はこの泥の小道に立ち、「魚がぽちゃんと跳ねていくつもの丸い波紋をつくりだし／それが広い湾を」、その上空の「端のところが焼けこげた紙のようにまくれた雲」や、「電柱から電柱をつたって歌いながら／距離をパロディにする電話線」と結びつけるさまを見つめる〔この文中の引用は『もう一つの生』第一三章から〕。鋭いまなざしという点ではこの詩人はサー・ジョーゼフ・バンクス(10)に似ているが、彼は「みずからの露の鎖につながれている」〔『もう一つの生』第一八章から〕植物や、ほかの事物に目をとめ、いかなる博物学者にもなしえないことを成し遂げる――彼はそれらに命を与えるのである。確かに、詩人がそこで生き延びるためそうするのにまったく劣らずに、彼の住む王国がそれを求めているのだ。だがいずれにせよ、彼の住む王国はそれに報いてくれ、そこから次のような詩行が生まれる。

水生ネズミがゆっくりと芦のペンを執りあげて
のんびりと走り書きをし、白鷺が
泥の書字板に象形文字の足跡を刻みつける……(11)
（『もう一つの生』第二二章から）

これはエデンの園で事物に名前を与える以上の行為だ(12)――それに、エデンの園の時代よりは少しあとの時代のことである(13)。ウォルコットの詩は、彼と彼が描く世界の双方がすでに楽園を去っているという意味において――彼は知恵の実を味わったという意味で、また彼の世界は政治に支配される歴史を経てきたという意味において――アダム的なのである。

「ああ　すばらしき第三世界よ！」〔『もう一つの生』第一八章から〕と彼はほかの個所で叫んでいるが、この叫びの中には単なる苦悩や憤激よりもはるかに多くのものが込められている。これは、純粋に地域的なものというよりもっと大きな、気力と想像力の挫折に対する、言語によるコメントである。無意味でありながら溢れかえるような現実に対する意味論的な返答であり、みすぼらしさの中にある叙事詩なのだ。うち捨てられて雑草の生い茂った飛行場、退職した役人たちの荒れ果てたアパート、波形のトタン板で覆われたぼろ家、「コンラッドの小説から抜け出した遺物」のように咳き込む一本煙突の沿岸航路の船たち、廃品置き場となった墓場から逃げ出し、骨をガタガタ鳴らしながらピラミッドのように聳えるマンションの脇を通り過ぎる車椅子に乗った屍骸たち、救いようのない、あるいは堕落した政治屋どもと、彼らに取って代わろうとして革命的なたわごとをわめき散らしている、平気で銃をぶっぱなす若い無知蒙昧な連中、そして「プレスのよく効いた鰭をもつ詐欺師《シャーク》どもは／剃刀みたいなニヤけた笑みを浮かべてわれわれ小魚を喰いちぎる」（以下、この段落の中の引用は「スポイラーの帰還」から）。その王国では「一冊の本を見つけるまえに頭が疲れ切ってしまい」、ラジオをつければ白人の遊覧船《クルーズ》の船長が、ハリケーンに襲われた島の免税店はいかなることがあろうとまた開店されるべきだと主張しているのが聞こえ、「貧しいやつらは何をつかもうと依然として貧しく」、この王国が受けてきた仕打ちをまとめるなら、「俺たちゃあ鎖につながれてたけど、鎖が俺たちを団結させていた／いまじゃあ持てるやつらは栄え、落ちぶれた連中はそれっきり」、そして、「彼らの向こうには火に照らされたマングローブの湿地が拡がり／朱鷺《とき》

（10）一七四三―一八二〇。イギリスの博物学者、植物学者。キャプテン・クックの世界一周航海にも同行。
（11）公刊されている詩集では二行目の句読点が違っていて、「走り書きをする。のんびりと　白鷺が」となっている。
（12）『聖書』創世記では最初の人アダムが地上のすべてのものに名を与える。
（13）アダムが原罪を犯してエデンの園を追われてのちということ。

が郵便切手を貼るような脚どりで歩いている」のである。

受け入れようと拒絶しようと、西インド諸島では植民地時代の遺産が抗しがたい現実として残っている。ウォルコットはその呪いを解くために、存在しない過去を求めて「とりとめないノスタルジアの中に」逃げ込もうともしないし、また、過去の巨匠たちの文化の中に自分が何とか潜り込む隙間を見つけようともしない（彼はまず第一に、その広大な才能のゆえにそんな隙間には潜り込めないだろう）。彼の行動上の信念は、言語はその主人や召使いよりも偉大であり、詩は言語の至高の形態であるのだから、したがって言語の主人と召使いの双方にとって自己改善のための道具になる――つまり、階級や人種やエゴの束縛を超えたアイデンティティを獲得するための方法となる――というものである。これはまさに単純な常識である。そしてまた、存在する最も健全な社会変革のプログラムでもある。だがそうだとすると、詩は最も民主的な芸術ということになる――詩はつねにゼロから始めるからである。ある意味では詩人はまさに、どの枝にとまろうとも、たとえ相手が木の葉だけであろうと、聴衆がいることを期待して囀《さえず》る小鳥のようなものなのだ。

沈黙していようと、葉擦れを鳴らしていようと、色褪せていようと、不動であろうと、それらの「木の葉（leaves）」――生（lives）――について、そして、その無力と服従について、ウォルコットは熟知しているので、たとえば、

引っ掻き傷のある壁に対する重罪人の愛は悲しく、
古いタオルの疲労は美しい、
そして　へこんだフライパンの忍耐は
この上なくコミカルに見える……

このような詩行から読者がふと目をそらし、また読み始めると、そこには次のような詩行が控えている、

（「ガイアナ」から）

……ぼくには分かっている、いずれは白髪になるだろう女の
ナプキンを折りたたむ行為に、どれほど深い意味があるものか……

（「ガイアナ」から）

意気消沈させるような精確さにもかかわらず、ここにある認識はモダニズム的な絶望を免れ（そのような絶望はしばしば、本人のあやふやな優越感を偽っているにすぎない）、対象と同様に落ち着いた口調で語られている。ウォルコットの詩行をヒステリックな調子から救っているのは、彼の次のような信念である。

……ぼくらを事物に変えてしまう時間は、
ぼくらの生来の孤独を増幅させる……

（「クルーソーの日誌」から）

そこから次のような「異端《ヘレシー》」(14)も生まれる。

……神の孤独は、彼の最も小さな被造物の中を動く。

（「クルーソーの日誌」から）

この北アメリカであろうと、熱帯においてであろうと、いかなる「木の葉」もこのようなことは聞きたがらないだろう。木の葉たちがこの小鳥の囀《さえず》りにめったに拍手しないのもそのためである。それどころか、さらに大きな静寂があとに続くことになる。

All of the epics are blown away with leaves,
blown with careful calculations on brown paper,
these were the only epics: the leaves…

叙事詩のすべては木の葉とともに吹き散らされる、
茶色い紙に書かれた注意深い計算とともに吹き散らされる、
これらだけが唯一の叙事詩だった。木の葉だけが……

（『もう一つの生』第二二章から）

反応の不在は多くの詩人を、しかもさまざまなやり方でだめにし、最終結果として原因と結果とのあいだの、あの不名誉な均衡――あるいは同義語反復《トートロジー》――つまり沈黙を、もたらした。ウォルコットの場合、彼が必要以上の悲劇的ポーズをとらずにすんでいるのは、彼の野心のためではなく、彼の謙虚さのお陰であり、その謙虚さが彼とこれらの「木の葉」を一冊の緊密な本に綴じ合わせるのである〔木の葉（leaves）には本の「ページ」の意味もある〕、「……

だが、おれは何者なのだ……彼らの唯一の名前である跳躍者《ソトゥール》！(15) の叫びに向かって駈けゆく／千もの足に踏みしだかれる／このおれは……」(『もう一つの生』二二章から)。

ウォルコットは伝統主義者でもなければモダニストでもない。いかなる「……主義」も、それに付随する「……主義者」という呼称も、彼にはあてはまらない。彼はいかなる「流派・群れ《スクール》」にも属してはいない――カリブ海には魚の群れを除いて、たいした群れは存在しない。あるいは彼を形而上派のリアリストと呼びたい気にもなるだろうが、その逆の場合と同様、リアリズムはその定義からして形而上的なのである。おまけに、そんな呼び方では散文的になってしまう。彼は自然主義的にもなれば、表現主義的、超現実主義的、イマジスト的(16)、秘教的、告白的にもなれる――好きなように呼んだらいい。彼はまさに、ちょうど鯨がプランクトンを呑み込むように、あるいは絵筆がパレット上のあらゆる色を扱うように、北半球が提供するすべての文体的特徴を吸収したのだ。彼はいまや独自の存在であり、しかも大きなスケールでそうなのである。

彼が扱う韻律とジャンルの多様さは羨望に値する。けれども全体として、彼には叙情的独白や物語に向かう傾向がある。その傾向と、韻文劇や連作を書く傾向は、やはりこの詩人の叙事詩的な性行を示しており、おそらく、彼のその叙事詩的傾向について論じるべき時が来ているのだ。ほぼ四〇年にわたって、彼の容赦なく轟く詩行は寄せ波のように英語圏に打ち寄せ続け、詩篇の多島海を形づくってきたのであり、その多島

(14) この世界のいかなるものにも神が宿るとする汎神論的思考を指すようである。
(15) 一六五一年のグレナダでフランスによる植民地化に抵抗する多くの土地の者たちが服従より死を選んで崖から跳びおりた。「ソトゥール」はフランス語。
(16) イマジズムは一九一〇年代に英米で広まったイメージを重視する自由詩運動。

海がなければ、現代文学地図は実際、壁紙同然のものとなってしまうだろう。彼はわれわれに、彼一個人や「二つの世界」以上のものを与えてくれる。彼がわれわれに与えてくれるのは無限の感覚であり、その感覚は、彼の詩篇につねに存在する海の中だけでなく、言語の中にも具現化されている——詩篇の背景や前景として、また、それらの主題、あるいはそれらの韻律として。

別の言い方をするなら、これらの詩篇は無限というものの二つの現れ——言語と海——の融合を表しているのだ。思い出してもらいたいが、これら二つの要素《エレメント》の共通の親は時間である。もし進化論が、そしてとくに、われわれはみんな海からやってきたのだと示唆する進化論の一部が、少しでも筋が通っているとするなら、主題から言っても文体から言っても、デレク・ウォルコットの詩は、人類という種の、最高の、最も論理的な発展の事例となる。確かに彼がこの周縁の地、英語と大西洋とがともに波となって押し寄せては引いてゆく、その交差路に生まれたことは幸運だったろう。同じような運動のパターン——陸に押し寄せてはまた水平線へと引いてゆく運動——が、ウォルコットの詩行と、思考と、人生の中には保たれている。

この詩集を開いて、「……鈍い鉄色の湾が／錆色の蝶番のようなカモメの翼に乗ってひろがる」さまを見、「……空の窓が逆に入れられたギアで／ガタガタと鳴る」〔「遠く離れて」から〕音を聞くがいい、そして、「文章がとぎれるところから雨が降りはじめる。／その雨の端に、一枚の帆。」〔「新世界の地図 I 多島海」から〕[17] に気をつけるがいい。これが西インド諸島であり、これがかつて、歴史を知らないままにキャラベル船のランタンをトンネルの出口を示す明かりと取り違えて高い代償を支払った領土なのだ——それはトンネルへの入り口を示す明かりだったのだが。このようなことは、個人においてと同様、多島海においてもしばしば起こることである——その意味では、誰しもが小島なのだ。もし、それにもかかわらず、この経験を西インド諸島のものと呼び、この領土を西インド諸島と呼ばなければならないとするなら、そう呼ぶことにしよう。だが、われわれが思い浮かべているのは、コロンブスによって発見され、イギリス人によって植民地化され、ウォルコットによって不滅のものとなった場所なのだということも明確にしておこう。われわれはさらに、ある場所に叙情詩における実在感を与えることは、すでに創造されていたものを発見し、それを搾取することよりも、もっと寛大であるばかりか、もっと想像力に満ちた行為なのだということもつけ加えておいていいだろう。

一九八三年

（加藤光也訳）

（17）十五、十六世紀にスペインやポルトガルで使われた中型帆船、探検家たちにも好まれた。

詩人と散文

1

文学が詩と散文に分けられるようになったのは、散文が誕生してからのことである。というのも、そうした下位区分は散文においてのみ可能だったからだ。以来、文学の中で詩と散文は互いに十分独立した自立的な「分野」——「領域」と言ったほうがいいかもしれない——として見なされることになった。いずれにせよ、「散文詩」「詩的散文」といった表現は、借用の心理、つまり、文学という現象が一つの統一体として知覚されているのではなく、二つの極に分かれていることを物語っている。興味深いのは、文学作品に対するこのような見方が、批評によって、つまり外側から押しつけられたのではまったくないという点である。この見解はまず何より作家自身の側からの、文学に対するギルド的アプローチの産物に他ならない。

芸術の本質は平等思想とは無縁であり、あらゆる文学者の思考は階級《ヒエラルキー》的だ。このヒエラルキーの中で、詩は散文よりも上に位置し、詩人は——原則として——散文作家よりも上位にある。これは、事実として詩が散文よりも古くから存在するためではなく、詩人は自分の懐具合が苦しくなれば座って評論でも書けばよいのに対して、同じような状況にある散文作家は詩のことなど考えもしないからだ。たとえその散文作家が素晴らしい詩のテクストを作るのに必要な資質に恵まれていたとしても、詩は散文より圧倒的に原稿料が少なく、しかもその支払いが遅いということを、散文作家は嫌というほど知っているのである。

それなりに名のある最近の作家は、わずかな例外を除けば誰もが詩作に敬意を表している。たとえばナボコフのように、自分はやはり詩人なのだ――「まず何よりも詩人である」とまでは言わないにせよ――と、その生涯の最後まで自分自身や周囲に言い聞かせようとした者もいる。しかし大半の作家は、ひとたび詩の試練を通り過ぎてしまうと、詩から得られた簡潔性と調和のレッスンに深い感謝の念を抱きつつ、もはや読者としてしか詩に向かおうとしなくなる。二十世紀文学において優れた散文作家が偉大な詩人に変じた唯一の例はトマス・ハーディ[1]である。総じて、詩を積極的に経験したことのない作家は饒舌で能弁になりやすいと言える。

散文作家は詩から何を学ぶのだろう？　それは、言葉の比重が文脈に依存することや、思考の集束、自明なことの省略、高揚した心理状態に潜む危険性などである。詩人が散文から学ぶことは、あまり多くない。細部への注視、俗語や官僚語の使用、さらには構成の手法（その最良の手本は音楽であるが）を学ぶこともできないわけではない。しかしそれらを詩それ自体の経験（とりわけルネサンスの詩）から汲み取ることは簡単だし、理論的には――ただしあくまでも「理論的に」ではあるが――詩人に散文は必要ないものなのだ。

また、詩人は散文を書かなくてもよい、というのもあくまで理論上の話である。単なる手紙については言うまでもなく、貧窮や批評家の無知のために詩人は遅かれ早かれ「みんなと同じように」散文形式で書き始

（1）トマス・ハーディ（一八四〇－一九二八）はイギリスの作家、詩人。長編小説『日陰者ジュード』（一八九五）の後で詩に転じ、『境遇の風刺』（一九一四）など数多くの詩集を発表した。

めることを余儀なくされる。だがそれ以外にも、詩人には散文を書くための動機がある。それについて以下に見てゆくことにしよう。第一に、詩人はある日ふと、ただなんとなく何かを散文で書き始めたくなることがある（詩人に対して散文作家が抱く劣等感は、散文作家に対して詩人が優越感を抱くことを意味するのではまったくない。詩人はしばしば散文作家の仕事に対し、自分の仕事――詩人自身は必ずしもそれを仕事とは考えていないのだが――よりもはるかに重要なものとして敬意を抱いている）。その他にも、散文以外では表現できないプロットというものがある。三人以上の登場人物についての叙述は、叙事詩以外のほとんどすべての詩的形式とは相容れない。歴史的テーマの考察や、子供時代の回想（詩人も普通の人々と同様、こうした回想に耽ることがある）なども、散文で書かれたほうが自然である。『プガチョフ反乱史』『大尉の娘』(2)などは、一見するとロマン主義叙事詩にもってこいのプロットのように思われるではないか！　とりわけロマン主義の時代には……。しかし結果的に、「詩による物語」に代わって、「物語中の詩」のほうが頻繁に登場することになる。(3)詩人が小説を書くことによって詩がどれだけ損をしたのかは不明であるが、それによって散文が大いに得をしたことだけは確かである。

なぜ得をしたのかという質問に対しては、おそらくマリーナ・ツヴェターエワの散文作品がその最良の答えとなるだろう。クラウゼヴィッツ風に言うなら、ツヴェターエワにとって散文は詩の延長にすぎなかったが、ただしそれは別の手段による「延長」だったのである(4)（歴史的に見るなら、散文とはまさにそのようなものなのだが）。彼女の日記、文学論、回想小説などを読むと、そのいたるところで、詩的思考の方法論が散文テクストに移し替えられ、詩が散文へと展開してゆく様子がまさに目の当たりにされる。ツヴェターエワの文章は、主語の後に述語が続くという原則によってではなく、音的連想、語根の押韻、意味的enjambment《アンジャンマン》(5)などの詩特有の技法によって組み立てられている。つまり読者はつねに、線状的（分析的）に展開する思考ではなく、結晶のように（統合的に）成長する思考を相手にすることになるのである。詩の創作心理を分析する者にとって、おそらくこれ以上の研究材料はないだろう。そこには創造過程の全プロセスが、簡潔明瞭に描かれたカリカチュアばりの超クローズアップで呈示されているのだ。

ツヴェターエワは次のように述べている。「読むことは創作に共同参加することだ」。もちろんこれは詩人ならではの発言で、レフ・トルストイならそのようなことは言わないだろう。敏感な――少なくとも、ある程度注意深い――耳であれば、この発言の中に、作者（なおかつ女性）としての自尊心によって極度に押し殺されてはいるが、一行書くごとに深まっていくばかりの読者との断絶に疲れ切った絶望の声を聞き取るだろう。詩人が散文という、読者と交流する際の先天的《アプリオリ》に「ノーマル」な形式に目を向ける裏には、速度を緩め、ギヤを切り替え、釈明し、説明しようという動機がつねに存在している。なぜなら、創作への共同参加がなければ、理解を得ることなど不可能だからである。理解とは、共同参加以外の何ものでもない。ホイットマン曰く、「偉大な詩は、偉大な読者が存在するときにのみ可能である」。散文を書きながら、ツヴェターー

（2）『プガチョフ反乱史』と『大尉の娘』は、いずれも十九世紀ロシアの詩人アレクサンドル・プーシキンの散文作品。前者はプガチョフの乱をテーマにした歴史ドキュメンタリーで、後者はこの時代を背景としたフィクションである。

（3）「詩による物語」はプーシキンの韻文小説『エヴゲーニイ・オネーギン』、「物語中の詩」はパステルナークの長編小説『ドクトル・ジヴァゴ』のいわゆる「ジヴァゴ詩篇」が念頭に置かれている（原注）。

（4）クラウゼヴィッツ『戦争論』のよく知られた一節「戦争は政治におけるとは異なる手段をもってする政治の継続にほかならない」（クラウゼヴィッツ『戦争論』、篠田英雄訳、岩波文庫、一九六八年、五八頁）を踏まえている。

（5）enjambment（句またがり）とは、文の途中でわざと行を変え、シンタクシスを分断することで、意外性などの効果を生む詩的技法。

エワは言葉が、思考が、フレーズが、いったい何からできているのかを読者に説明し、(しばしば自分の意志とは裏腹に)読者を自分のほうへと近づけようとする。つまり彼女は読者を自分と対等の位置に立たせようとしているのである。

ツヴェターエワの散文の方法論は、次のように説明することもできよう。語りのジャンル(6)が誕生して以来、あらゆる文学作品——短編も、中編も、長編も——が恐れてきたのは、信憑性を疑われることである。ゆえにリアリズムへの指向、ないしは構成上の新機軸が生まれる。結局のところ、どの文学者も一つの同じものを目指している。それは、失われた、あるいは今まさに流れている「時間」を捉える、または繋ぎとめることである。そのために、詩人は中間休止(7)、力点のない詩脚、ダクチリ韻(8)などを用いるのだ。散文作家の場合、そのような手法はまったくない。ツヴェターエワは散文を書くとき、ほとんど無意識のうちに詩的発話のダイナミズム——それは概して「歌」のダイナミズムであるが——を散文へと持ち込もうとしている。このダイナミズムこそがまさに「時間」を再構成する形式なのである(それは、詩の行が短く、一つの語が、あるいはしばしば一つの音節でさえもが、二重、三重の意味的負荷を負う、ということからだけでも明らかだ。多義であるということは、その分だけ何回も、意味を読み取る作業を繰り返し行うことを前提としている。「回」とはまさしく「時間」を表す単位ではあるまいか?)。もっともツヴェターエワは、自分の言葉の信憑性に関してはそれほど注意を払ってはいない。叙述のテーマが何であれ、その技法はつねに変わらないのである。しかも厳密に言うと彼女の叙述はプロットがなく、主としてモノローグのエネルギーによって維持されている。ただし、他のプロフェッショナルな散文作家や、散文の力を借りようとした詩人たちとは異なり、ツヴェターエワは散文というジャンルの持つ可塑的慣性に屈することなく、散文に自分の技法を、自分自身を押しつけるのである。これは彼女自身の人格が憑依しているのだと普通は考えられているが、実はそうではない。憑依しているのはイントネーション――彼女にとって詩よりも小説よりもはるかに重要なもの――なのである。

叙述の信憑性は、散文というジャンルの要求に従った結果として生まれることもあるが、叙述する声のトーンに対する反応としても生じうる。後者の場合、プロットの信憑性も、そしてプロットそのものすら、お義理で捧げられた貢物のように、聞き手の意識の中では後景に退いてしまう。括弧の外に残るのは、声のトーンと、そのイントネーションである。舞台の上でそうした効果を生み出すためには、身振りによって補うことが要求される。紙の上、つまり散文の中では、それは演劇的な不揃いのリズムを用いることによって達成される。多くの場合、そうしたリズムは多くの複文の中に名辞文[9]を挿入することによってもたらされる。これだけをとってみても、すでに詩からの借用の要素が見てとれよう。しかしツヴェターエワは、誰からも何も借用する必要がない。彼女は限界まで圧縮された発話構造から始め、そしてそれによって終えるのである。彼女の散文は、最小限の活字手段によって見事なまでの表現力を得ている。戯曲『カザノヴァの最期』で、カザノヴァの性格を描写した作者のト書きを思い出してみよう。「尊大《バールストヴェネン》ではなく堂々として《ツァールストヴェネン》」。これがチェーホフだったら、いったいどれだけの言葉が費やされたことだろう[10]。しかもこれは、紙や言葉や力を節約しようという意図から生まれたものではなく、簡潔さを求める詩人の内なる本能の副産物なのである。

（6）韻文ではなく自由な語りで叙述する文学ジャンル。要するに散文のこと。
（7）中間休止は詩の技法の一つ。行の途中で間を置くことによってリズムに変化をもたらす手法。
（8）最後から三番目の音節に力点がある脚韻形。
（9）名詞句だけで構成され、述語を含まない文。名辞文は散文よりも詩で頻繁に用いられるもので、普通はきわめて短い文であるため、長い複文の中に混ぜることで「不揃いのリズム」が生まれるとブロツキーは考えている。

詩の延長として散文を書きつつ、しかしツヴェターエワはその両者の間の境界線を消してしまうわけではない。彼女は、大衆の意識の中に存在するそうした境界線を、それまで統語的に到達困難であった言語領域、つまり「上方へ」と移し替えてしまうのだ。シンタクシスの袋小路に陥る危険性が、詩の場合よりもはるかに高い散文にとって、そうした「移し替え」から得るものは大きい。上空の、自らのシンタクシスの希薄な空気の中で、ツヴェターエワは散文に加速度を付与し、その結果、「慣性」という概念自体が変化をこうむる。「電文体」「意識の流れ」「サブテクストの文学」等々は、ここに述べたこととは何の関係もない。このような定義を当てはめることのできる作家たち（ツヴェターエワ後の数十年のうちに現れた作家たちはもちろん、彼女の同時代の作家たちも）の作品は、主としてノスタルジー、ないしは文学史上の観点（どちらも基本的には同じことだが）からでなければ、とてもまともには読んでいられない。ツヴェターエワの創り出した文学は、「テクストの上」を目指す文学であり、彼女の意識が「流れる」とするなら、それは倫理の河床を流れるのだ。ツヴェターエワの文体と電文とを近づける唯一のものは、彼女の句読法の中で最も重要な記号《——》（ダッシュ）である。それは彼女にとって、現象と現象が等しいことを示すための記号であり、また、自明なものを飛び越えるための記号でもある。ちなみにこの記号には他にもう一つ役割がある。それは、二十世紀ロシア文学の大多数を抹消してしまうのである。

2

「マリーナはしばしば高い《ド》から詩を始める」と述べたのはアンナ・アフマートワである。散文におけるツヴェターエワのイントネーションについても、部分的には同じことが言える。彼女の声の特徴は、いつもオクターブの「向こうの端」から、つまり高い音域から話し始めることである。それは声域の限界であり、その先に待っているのは下り坂か、せいぜい台地ぐらいしかありえない。しかし、彼女の声の調子があまりにも悲劇的であるために、その音がどれだけ長く続くかにかかわらず、それはあたかも上昇してゆくように感じさせるのだった。この悲劇性は実人生に由来するのではなく、「それ以前」から存在していた。彼女の人生は、たまたまそれに一致し、こだまのように響き返しただけである。このようなトーンは『若き日の詩』[11]の中でもすでにはっきりと聞き取ることができる。

私が詩人だと私ですら知らぬほど
あまりにも早くに書かれた私の詩に……

これはもはや自分についての物語《ラスカース》ではなく、自分に対する拒絶《アトカース》である。彼女の人生は、この声を追いかけてゆくしかなかった。しかしそれはいつも声から取り残されてしまうのだった。なぜなら声は出来事を追い抜いてしまうからである。なにしろそのスピードは「音」速なのだ。そもそも経験というのはつねに予測よりも遅くやって来るものなのである。

(10) チェーホフは文章の簡潔さで知られる作家。そのチェーホフを凌駕するほどツヴェターエワの表現が簡潔に圧縮されていることをブロツキーは強調しようとしている。
(11)『若き日の詩』は一九一二－一五年の作品を集めたツヴェターエワの詩集。一九一九－二〇年頃に出版準備を進めていたが、出版許可が下りず生前は未公刊に終わった。

しかしこれは、予測に後れをとる「経験」だけの問題ではない。問題なのは、芸術と現実の相違である。現実世界には、芸術において達成されうる抒情のレベル――素材自体の特質のおかげで――に見合うだけの物理的等価物が存在しないというのも、そうした相違の一つだ。同様に、芸術に存在する悲劇的なるもの――それは抒情の裏面、ないしはその次の段階であるのだが――に相応する等価物もまた、現実世界には存在しない。人間の直接的経験がいかにドラマティックなものであれ、それは決して「声」という楽器の経験にはかなわない。詩人という一つの人格の中には楽器と人間とが共存しているが、前者は次第に後者を圧倒してゆく。このような優位性を感じることで音質が育まれ、またそれを自覚することによって運命が決定づけられるのである。

詩人が散文に、とりわけ自伝的散文に取り組む理由の一端はそこにあると見るべきなのかもしれない。ツヴェターエワの場合、もちろんこれは歴史を書き直そうという試みとは違う。今さらそんなことをしても遅すぎるだろう。むしろそれは、子供時代という「歴史以前」への、現実からの逸脱である。ただしそれは、人生の半ばで厳しい時代と直面することになった、成熟した詩人の子供時代――「知らないことなど何もなかった」が、「まだ何も始まっていなかった」時代――なのである。こうした場合、自伝的散文は――そもそも散文というものは概して――単なる息継ぎにすぎない。あらゆる「逸脱」がそうであるように、この「息継ぎ」もまた抒情的、かつ一時的なものである（彼女の文学論の多くにおいても、強い自伝的要素と並んで、このような逸脱と、それに伴う諸々の特質が感じられる。そのため彼女の文学論は、現代の「テクストのテクストロジー」すべてを合わせても及ばないぐらいに「文学の中の文学」となっているのである）。ツヴェターエワの散文は、日記以外はみな本質としては回顧的だ。なにしろ、息継ぎができるのは振り返るときだけなのだから。

したがって、この種の散文においてディテールの果たす役割は、詩的発話よりも緩やかな散文の「流れ」そのものの持つ役割に似ている。それは純粋にセラピー的な役割であり、藁が果たす役目に等しい（その藁をつかむのが誰なのかは周知のとおりである）。詳細に描写されていればいるほど、それだけ「藁」の必要性が高いということだ。一般的に、作品が「トゥルゲーネフ的」[12]に作られていればいるほど、逆に作者自身の時代や場所や行動などの状況は「アヴァンギャルド的」なのが普通である。そこでは句読法でさえ規定外の負荷を負う。たとえば叙述を終える終止符は、その物理的完結や限界を示しているのであり、それは現実（すなわち非‐文学）へと向き合う断崖絶壁なのだ。こうした断崖の必然性と接近（それは叙述そのものによって操作しうる）ゆえに、与えられた範囲内において作者が完全性を目指す速度は十倍にも加速され、また余分なものすべてを捨てなければならなくなるため、作者の課題は部分的に簡略化されるほどである。

余分なものを捨て去るということは、それ自体、詩の最初の叫び——現実を音が凌駕し、存在を本質が凌駕する起点——である。それは、悲劇的意識の源泉だ。ツヴェターエワはこの行路において、ロシア文学、そしておそらくは世界文学における誰よりも遠くまで達したのだった。少なくともロシア文学において、彼女の占める位置は他の同時代人たち——最も優れた者たちを含めて——の誰からもきわめてかけ離れたところにある。彼女は自分と彼らとの間に、「捨て去られた余分なもの」から成る壁を築いてしまったのだ。ただ一人、彼女に並び立っている——何よりもまさに散文作家として——のは、オーシプ・マンデリシュタームである。散文作家としてのツヴェターエワとマンデリシュタームとの類似性は実に驚くほどである。マンデリシュタームの『時のざわめき』『エジプトのスタンプ』はツヴェターエワの自伝的散文と同列に並べる

（12）トゥルゲーネフは人間心理や風景などを丁寧で詳細に描写するのが特徴のリアリズム作家。

ことができるし、『詩論』『ダンテをめぐる会話』は彼女の文学批評に、また『アルメニアへの旅』『第四の散文』はツヴェターエワの『日記より』に相当する。マンデリシュタームのほうがややオーソドックスではあるが、両者の文体の類似――無プロット性、回顧、言語や隠喩の凝縮――は、ジャンルやテーマの類似よりもさらに明白でさえある。

しかし、このような文体やジャンルの親近を、両者の伝記的類似や、その時代の全般的な空気によって説明しようとするのは誤りであろう。伝記はあらかじめわかるものではないし、また「空気」や「時代」というのも至って暫定的な概念にすぎない。ツヴェターエワとマンデリシュタームの散文作品が持つ基本的な共通要素は、純粋に言語的な過飽和である。それは感情の過飽和のように受け止められるし、実際にそのようなものを反映していることも珍しくはない。エクリチュールの「濃さ」、稠密なイメージ、フレーズのダイナミズムなどの点で、両者はきわめて接近しており、血縁関係ではないにせよ、ある種の同族集団や共通する「イズム」の存在を疑ってみたくなるほどである。しかしマンデリシュタームは「アクメイスト」[13]だったが、ツヴェターエワは一度たりとも何らかの集団に属したことはないし、どれほど果敢な批評家であっても、彼女に何らかのレッテルを貼るという栄誉に浴することはできなかった。ツヴェターエワとマンデリシュタームの散文がなぜ類似しているのかという謎を解く鍵は、詩人としての両者が相違している原因と同じところにある。それは、言語に対する両者の態度、より正確には、彼らがどれだけ言語に依存しているのかという点にあるのだ。

詩というのは、「最良の単語を最良の順序で」[14]並べればよいというものではない。それは、言語の至高の存在形式である。純粋に技術的な観点からすると、それはもちろん、最大限に効果的、かつ一見してそれが必然であると思えるような順序で、最大の比重を持つように語を配置することに帰結する。だが詩の理想とは、言語による自らの質量の否定、重力の法則の否定に他ならず、「初めに言葉があった」その原点へ向けての言語の上昇――ないしは逸脱――なのだ。いずれにせよ、それはジャンル以前（ないしはジャンルを超越した）領域、つまり自分自身が生まれた圏域へと向かってゆく言語の運動である。これ以上ないぐらい人工的と感じられる詩的発話の構成形式――三韻句法《テルツァ・リーマ》、六行六連体《セスティーナ》、十行詩《デシマ》など――は、実際には「初めにあった言葉」の反響音が、細部にわたって何度も繰り返され、自然と磨き上げられていった結果にすぎない。そのため、外見的にはツヴェターエワよりも型にはまった詩人であるマンデリシュタームは、反響音から、繰り返される音の支配から逃れるため、ツヴェターエワ――連や詩の枠組み全般に収まらない思考を持ち、従属文や根本的弁証法[15]を最大の武器にしていた――に少しも劣らぬほど散文を必要としたのである。

　語られた言葉はみな、何らかの続きを必要とする。続け方はさまざまだ。それは論理的な延長かもしれないし、音的、文法的延長かもしれない。脚韻によって続きが生まれることもありえる。そのようにして言語は展開してゆく。もし論理でなければ音声によって、言語が展開を求めていることが示される。なぜなら、語られたことは決してそれだけで終わりはしないからだ。発話の末端の後には――「時間」が存在するおかげで――必ず何らかの続きがある。そしてすでに語られたことよりも、その「続き」のほうがつねに興味深

(13) アクメイストとは、一九一〇年代前半に、ニコライ・グミリョフ、アンナ・アフマートワ、マンデリシュタームらによって展開された文学流派であるアクメイズムに関わった作家のこと。アクメイズムはポスト・シンボリズムの潮流の一つで、明晰で具象的な描写を目指した。

(14) イギリスの詩人サミュエル・コールリッジの発言を踏まえている。

(15) ツヴェターエフは従属文やダッシュなどを駆使して、重層的に思考を展開させていくのを得意とした。そうした特徴を、ここでブロツキーは「根本的弁証法」と呼んでいる。

いものなのだ。もっともそれは、もはや「時間」のおかげではなく、むしろ「時間」に逆らってのことではあるのだが。以上が発話の基本であり、ツヴェターエワの詩学の基本である。詩においても散文においても、いつも彼女には場所が不足している。彼女の散文の中で最も学術的に感じられるものでさえ、まるで敷居の外に逃れてゆく抱擁のようである。彼女の詩は従属複文の原理によって構成され、散文は文法的 enjambment《アンジャンマン》（句またがり）から作り上げられている。このようにしてツヴェターエワはトートロジーから逃れるのである（なぜなら現実に対する関係という点で、散文における虚構は詩における韻と同じ役割を果たすからである）。詩神《ミューズ》の仕事において恐ろしいのは、何よりもまずそれが反復（メタファーであれ、プロットであれ、手法であれ）を許さないことにある。日常生活であれば、同じ笑い話を二度、三度と繰り返しても罪にはなるまい。しかし紙の上でこれが許されることはありえない。というのも、言葉が次なる一歩――少なくとも文体的に――を踏み出すように強いるからである。当然のことながら、それは語り手の内面を満足させるためではなく（結果的にそうなることもあるが）、言葉自身のステレオスコープ効果（あるいはステレオ音響効果）を首尾よく達成させるためだ。クリシェというのは、芸術が退化する危険を避けるための安全弁である。

このような「次なる一歩」を踏み出せば踏み出すほど、詩人はさらに孤立してゆく。排他の手法を濫用する者は、最後にはこの手法にしっぺ返しを食らうことになるのだ。これがツヴェターエワでなければ、詩人が散文を書こうとすることのうちに、ある種の文学的《nostalgie de la boue》（堕落への郷愁）、つまり、（物書きにおける）多数派と同化し、最終的には「みんなと同じように」なりたいという願望を見てとることもできるだろう。しかし私たちがここで論じているのは、自分がどこへ向かい、あるいは言葉がどこへ導いていくのかを、そもそもの初めから知っていた詩人なのである。「詩人は――彼方から言葉を運び／言葉は

——彼方へと詩人を運ぶ[17]」という一節を書き記したのは、そして『ねずみとり』[18]を書いたのはまさにこの詩人であった。ツヴェターエワにとって散文は決して避難場所でも、（心理的あるいは文体的な）解放の形式でもない。彼女にとって散文とは、孤立の領域の拡大、つまり言語の可能性の拡大に他ならないのである。

3

それは、自らに敬意を払う作家が進むことのできる唯一の進路である（本質的に、あらゆる既存の芸術は定型的だ。なぜならそれはすでに存在しているものだからである）。そして、文学が思考の言語的等価物であるからには、はるか彼方へと言葉に運ばれていったツヴェターエワは、同時代の中で最も興味深い思想家だということになる。それが誰であれ、ある人の視点（とりわけそれが芸術作品という形で表明されている場合）を総体的に評価しようとすると、どうしてもカリカチュア的になってしまう。総合的現象を分析的にアプローチしようという試みは必ず破綻するものなのだ。とはいえ、ツヴェターエワの持つ視点の体系をディスコンフォート（不便）の哲学、あるいは辺境（国境ではなく）の状況を伝道するものと定義しても、それほど問題ではなかろう。こうした立ち位置を「禁欲的」と呼ぶことはできない。というのも、それはまず何よりも、美的・言語的範疇への考慮に由来するものだからである。また、これを「実存主義的」と呼ぶこ

（16）従属節を持つ文のこと。
（17）ツヴェターエフの連作詩「詩人」（一九二三）第一篇からの引用。
（18）『ねずみとり』（一九二五）は、ハメルンの笛吹伝説を題材にしたツヴェターエワの物語詩。

ともできない。なぜなら、現実の否定こそがその本質であるからだ。哲学的な次元では、ツヴェタ―エワには先駆者も、また後継者もいない。同時代人に関して言うなら、もしそのようなことを証明するような資料があれば、レフ・シェストフの著作に親しんでいたと推測したくなるところだ。だが残念ながらそうした資料はまったくないか、あったとしてもほんのわずかでしかない。マリーナ・ツヴェタ―エワが唯一、自分の作品――初期の段階ではあるが――に対する影響をはっきりと認めているロシアの思想家（より正確には「思索家」）はワシーリー・ローザノフである。だが、もし実際にそのような影響があったとしても、それは至って文体的な面での影響だと捉えるべきだろう。なぜなら、すべてを受容するローザノフに対して、厳格で、時としてほとんどカルヴァン主義的でさえある円熟期のツヴェタ―エワ作品を貫く自己責任感の強さほど対極的なものはないからである。

存在以外にも、多くの要素が意識を規定する(19)（とりわけ、やがて非存在が到来するという見通しが）。そうした要素の一つが言語である。カルヴァンを想起せずにはおかないツヴェタ―エワのストイックさ（その反面、ツヴェタ―エワは同業者の作品に対してしばしば不当なほど寛容な評価を与えているのだが）は、彼女の受けた教育の産物というだけでなく、まず何よりも、詩人と言語との職業的関係の反映もしくは延長である。ところで教育と言えば、ツヴェタ―エワが三つの言語教育を受けているということを忘れてはなるまい。主なものはロシア語とドイツ語だった。もちろん母語はロシア語で、他に選択の余地はなかった。しかし、ハイネを原語で読む子供は、好むと好まざるとにかかわらず、演繹的な「西欧というよその家族の／厳格と純潔(20)」を身につけてゆくものである。正確さの追求は、一見すると「真理」の希求を強く想起させるが、本質的にそれは言語的なものだ。つまりそうした方向性は、言語にもとづき、言葉に端を発しているのである。前述の「排除の手法」、すなわち、余分なものを捨てずにはいられないという、もはや本能のレベルにまで達した――というより、そこまで「運ばれていった」――彼女の性質は、こうした希求を実現するための手段の一つである。詩人の場合、この希求は特異体質的な性格を帯びることが多い。なぜなら、詩人にとって音声と意味は、ほとんどの場合同一のものであるからだ。

この同一性が意識をあまりに加速させるため、意識は自らの担い手をあらゆる都市の括弧から――精力的なプラトンやその同類の者たちが言っていたのよりもずっと以前に、そしてもっと遠くまで――括り出してしまう。(21) それだけではない。想像上の、あるいはしばしば現実に生じるこの転移に伴う感情は、どのようなものであれ、まさにその同一性によって編集される。そして、その感情の表現形式――感情を表現するという事実それ自体と同じく――もまた、上記の同一性に対して美学的に依存している。より一般的な言い方をするなら、倫理が美学に依存するようになる、ということだ。ツヴェターエワの作品において特筆すべきは、並外れて研ぎ澄まされた言語感覚を持ちながら、それによって道徳的価値観が一切左右されていない点である。倫理的原則と言語決定論との格闘を示す最良の例の一つは、一九三二年の評論『詩人と時代』である。それは、どちらも死ぬことなく、両者が勝利を収める決闘だ。ツヴェターエワ作品を理解するために欠くことのできないこの評論は、抽象的なカテゴリーが私たちの意識の中に占める位置に対して（この場合は「時代」という概念に対して）加えられた意味論的な正面攻撃の、きわめて興味深い一例である。こうした戦略の副産物として、文学言語は抽象概念という希薄な空気を呼吸する術《すべ》を修得し、一方、抽象概念のほうは音

(19) カール・マルクス――「存在が意識を規定する」を元にしている（原注）。
(20) マンデリシュタームの詩「ドイツの言葉に」（一九三二）からの引用（原注）。
(21) ここでブロツキーは、プラトン『国家』第一〇巻で述べられている、いわゆる「詩人追放論」を踏まえている。

声と道徳性という「肉体」を手に入れることとなる。

ツヴェターエワの作品を図式化したなら、それはほとんど垂直に上昇する曲線――ではなく、直線として示されるだろう。彼女はつねに一音ずつ、一つのイデアの分ずつ（いや、一オクターブ、そして一つの信念の分ずつ）上を目指していこうとするからだ。彼女はいつも思考と表現が可能な限界まで語り尽くそうとする。詩でも散文でも、中途半端に残されたり、曖昧なままで終わったりすることなど何一つない。ツヴェターエワは、その時代の主たる精神的体験（この場合は、人間という存在の持つ二律背反や二重性を感じること）が表現の目的ではなく、その手段となった稀有な例である。彼女はこうした精神体験を芸術の素材へと変えたのだった。詩よりも順序立てて思考が展開されるという幻想を抱かせる散文に詩人が取り組むようになるということ自体、最も重要な精神的体験であると思われたものが、実は一番重要だったわけではないということを間接的に証明しているようなものである。さらに高度な精神的体験が可能なのであり、また読者は、詩であれば乱暴に小突いて引きずられていったであろう領域へと、散文によって手を引かれ、送り届けてもらうことができるのだ。

今述べた見解――読者に対する配慮という考え方――を考慮に入れるべきなのは、少なくともそれが、現実や世界の秩序全般を（できるだけ高い次元で）正当化し、慰めを施そうとするロシア文学の伝統にツヴェターエワを押し込む唯一のチャンスだからである。そうでなければ、いくら「時代」が餌をやっても「〈永遠〉という奥深い森」を見続ける「灰色狼」[22]にして、「地上の真実に対抗する天上の真実」[23]の声の伝道者、ないしは「耳」であり、どちらでもない中間を決して認めることのないツヴェターエワは、ロシア文学の中で本当に孤立し、まったくの独りぼっちになってしまう。倫理だけではなく美学によっても後押しされて現実を否認するというのは、ロシア文学においては異例のものだ。これはもちろん、国内外における現実それ自体の性質にその原因を求めることもできるだろう。しかし問題はおそらく別のところにある。それはむしろ、新しい「意味」が新しい「音」を必要とし、そしてそれをツヴェターエワが与えたということなのだ。ツヴェターエワという詩人において、ロシア文学はそれまで持っていなかった次元を手に入れた。つまり彼女は、言語自体が悲劇の内容と連動していることを示してみせたのである。この次元では、現実の正当化や受容は不可能だ。なぜなら、世界秩序の悲劇はここでは純粋に音声学的なものになるのだから。ツヴェターエワによれば、言葉の響きはそれ自体が「悲劇性」へと向かう傾向を持ち、また「悲劇」によって利することさえある。たとえば泣くときのように。ゆえに、教訓的な実証主義にどっぷりと浸かり、規範から逸脱する者は「竜頭蛇尾」に終わるのが常であるような文学にとって、ツヴェターエワの作品と、それがもたらした社会的影響がきわめて新奇なものであったということは驚くに当たらない。伝記的にツヴェターエワよりも不運だったのは、彼女以前に非業の死を遂げた幾人かの同時代人ぐらいだろう。

しかし、文学としては新奇であったが、民族意識としてはそうではなかった。N・クリューエフを除けば、二十世紀の偉大なロシア詩人たちの一群の中でツヴェターエワは誰よりもフォークロアに近いところに立っているし、民衆哀歌の文体は、彼女の文体を理解するための鍵の一つである。前述のクリューエフは、フォークロアの（サロン的とまではいかなくとも）装飾的と言える側面をうまく使いこなしたが、ツヴェターエ

(22) ツヴェターエワの『詩人と時代』の「いくら餌をやっても狼は森を見続ける。私たちはみな、〈永遠〉という奥深い森の狼たちなのだ」という一節を踏まえている。なお、「いくら餌をやっても狼は森を見続ける」はロシア語の諺で、人間がもともと持っている資質や愛着は、外から強制したり手懐けたりしようとしても変わることはない、という意味。

(23) ツヴェターエワの連作詩「工場の詩」第二篇（一九二二）からの引用。

ワはその部分には注意を向けず、フォークロアの本質を成す「不特定多数に向けられた発話」というメカニズムに訴えることを諸事情により余儀なくされた。彼女の詩であれ散文であれ、聞こえてくるのはいつもモノローグだ。しかしそれは登場人物《ヒロイン》のモノローグではなく、対話相手の欠如の結果としてのモノローグなのである。

このような発話の特徴は、話者がその聞き手でもあるという点だ。フォークロアという「牧夫の唄」は、自分に向けられた発話であり、耳が口に聞き入っている。かくして、自身に耳を傾けることを通じて言語の自己認識のプロセスが生じる。しかし、ツヴェターエワの詩学の系譜をいかに説明したとしても、彼女の生み出す作品によって読者の意識に課せられる責任の重さは、それを引き受けようとする読者の予想を上回るものであったし、今もそれは変わらない（まさにこのような責任を要求するところから、フォークロアと文学作品との違いが生じるのに違いあるまい）。ドグマという鎧や、それに劣らぬほど強硬な絶対的シニシズムという鎧に守られていたとしても、芸術の光に良心を照らし出された読者(24)はまるで無防備になる。その結果として予想される破壊効果が不可避なものであることは、牧夫も家畜の群れも同じように認識しており、ゆえにツヴェターエワの作品集は、彼女が書いた言葉を使う人々の国の中でも外でもいまだに存在していないのである。(25) 政治的に虐げられた民族が自らの文化遺産に対して口を閉ざしていたとしても、理論上はその尊厳がひどく毀損することはありえない。だが、立法の伝統や選挙制度などが存在する幸福な民族と違って、ロシアは文学を通じてしか自己を認識することができないし、たとえ二流の作家だったとしても、その作品を消滅させたり黙殺したりすることによって文学のプロセスを遅らせるのは、民族の未来に対する遺伝学的犯罪に等しい。

ツヴェターエワが散文を書くことになった理由が何であれ、またそれによってどれだけロシア詩が損失を被ったにせよ、彼女が散文を書いたことに対して私たちは神に感謝するしかない。それに、詩は本当に損失を被ったのだろうか？　確かに形の上では失われたかもしれないが、そのエネルギーや本質という意味で、詩は自己に忠実であり続けた。つまり、詩の実質は保たれたのである。作家は誰しも、自分の先駆者たちの公理や語法や美学などを発展させる（否定という手段を用いて発展させることさえある）。ツヴェターエワは散文に向かうことによって自分自身を発展させたのである。それは自分自身への反動だった。彼女の孤立は意図的なものではなく、言語の論理や歴史的状況、同時代人たちの資質などの「外側」から強いられ、押しつけられたものである。彼女は決して秘教的な詩人ではない。二十世紀のロシア詩において、彼女以上に情熱的な声が響いたことはなかった。それに、「秘教的」な詩人なら、散文を書いたりはしない。いずれにせよ、彼女がロシア文学の本流から外れたところに位置しているということは、ポジティブな結果しかもたらさないだろう。星というものはそのようにして――彼女の愛するリルケの、これもまた彼女の愛するパステルナークによって訳された詩によれば――「教区の端の家」[26]に灯る明かりのように、教区の広さについて信徒が抱くイメージを広げてくれるものだからである。

一九七九年

（前田和泉訳）

（24）ツヴェターエワの評論『良心の光に照らされた芸術』（一九三二）を踏まえている。
（25）このエッセイが書かれた一九七九年の時点では、本格的なツヴェターエワの作品集はまだ出版されていなかった。
（26）リルケの詩「読む人」（『形象詩集』所収）より。

ある詩について

一九二七年二月七日、マリーナ・ツヴェターエワはパリ郊外のベルヴューで『新しき年の辞』(1)を書き上げた。多くの点において、これは彼女個人だけではなくロシア詩全体にとっても総決算とも言うべき作品である。この詩はジャンルとしては悲歌《エレジー》、すなわち詩の中で最も発達したジャンルに属している。もしもいくつかの状況が付随していなければ、確かにこれは悲歌と見なすべきであろう。そうした「状況」の一つは、この悲歌が詩人の追悼として書かれたものだということである。

誰かの「追悼」として書かれた詩は普通、作者にとって自らの喪失感を表す手段となるばかりでなく、より普遍的な、死という現象そのものについて考察する契機ともなる。喪失（愛する存在や国民的英雄、友人、あるいは社会的な影響力を持つ者の）を嘆きながら、作者はしばしば――直接的もしくは間接的に、あるいは時として無意識のうちに――自分自身を嘆いている。というのも、悲劇のイントネーションはつねに自伝的なものだからである。言い換えるなら、「追悼」として書かれた詩には、必ず何らかの自画像的要素が存在する。嘆かれる対象が作者と同じく作家である場合、なおのことそうした要素は避けがたい。作者はその対象とあまりにも強い絆――それが現実のものか、想像上のものかはさておき――で結ばれているため、詩の対象と自分を同一視する誘惑から逃れられなくなるのである。作者がこのような誘惑に抵抗しようとしても、職業ギルド的な帰属意識や、死というテーマの持ついささか高尚な性格、さらにはきわめて個人的で私的な喪失の苦痛（何かが奪われた、ということはつまり、その「何か」と何らかの関係を持っているということなのだから）が邪魔をする。この感情はあらゆる点から考えて自然で、かつ尊敬に値するが、おそらくその唯一の欠点は、ある他者に実際何が起きたのかということよりも、作者本人や、今後起こりうる自身の死に対する作者の姿勢について私たちは作中からより多くを知ることになる、という点である。とはいえ、詩はルポルタージュではないし、詩の持つ悲劇的な音楽のほうが、細かい記述よりも詳しくその出来事について語ってくれるというのはよくあることだ。いずれにせよ、書き手が対象に対して舞台を見る観客のような位置にあり、作者にとっては眼前に生じている出来事の恐怖よりも自身の反応（拍手ではなく、涙）のほうがより大きな意味を持っているという印象と闘うのは容易ではないし、時に気まずくもある。要するに、作者はせいぜい観客席の一番前に座っているにすぎないのだ。

このジャンルにはこうした代償が伴うが、レールモントフからパステルナークに至るまで、ロシア詩を振り返ってみればそれが不可避であるのは明らかだ。おそらく唯一の例外は、一八三七年に書かれたヴァーゼムスキーの「追悼」であろう。[2]この自己追悼というコスト――それは時として自己陶酔と紙一重である――が不可避である理由は、以下のように説明できる（というか、そう説明せざるをえない）だろう。つまりそ

（1）ロシア語タイトルは《Novogodnee》で、これは「新年の」を意味する形容詞の中性形。この後ろにslovo（ことば）、pozdravlenie（挨拶）などの単語が想定できるが、ツヴェターエワはあえて明示していない。ここでは『新しき年の辞』と訳した（英訳では《New Years Greetings》）。

（2）プーシキンの死を悼んで書かれた詩。ヴァーゼムスキーはプーシキンの親しい友人だった。

れは、作品を捧げた相手が同業者で、なおかつこの悲劇が自国の文学界において起きたからなのであり、また、自己憐憫は親近感の裏返しにして孤独感のなせる業だからである（ただでさえ作家には孤独がつきものであるが、それは誰か詩人が亡くなるとさらに増大するものなのだ）。どこかよその文化の「精神的指導者」の話（たとえばバイロンやゲーテの死について）であれば、対象が「外国のもの」であるため、きわめて普遍的で抽象的な考察（社会生活における「唄い手」の役割や芸術一般について、あるいは――アフマートワの言葉を借りるなら――「時代と民衆」について、等々）になりがちである。こうしたケースでは感情的必然性に欠けるので、作品は説教臭く曖昧なものになり、このバイロンなりゲーテなりは、ナポレオンなりイタリアのカルボナリ党一派であっても大差ない。この場合、当然のことながら自画像的要素はなくなる。なぜなら、死というのは――矛盾しているように聞こえるかもしれないが――その公分母的特性にもかかわらず、作者とその嘆かれる対象たる「唄い手」との距離を縮めてくれることはなく、逆に両者を遠ざけてしまうからである。書き手がこの「バイロン」の人生についてよく知らないことが、あたかもその死の本質についてもよくわからないということに拡大してしまうかのように。言い換えるなら、死それ自体が何か「よその国のもの」として受け止められるのである。それは、死が不可知であることの間接的な証拠としてごく妥当なことだと言えよう。ましてや、「詩人の死を悼んで」詩を書く伝統はロマン主義時代に端を発している（それは今もなおロマン主義の詩学に彩られている）のだが、この時代の基本的なパトスは現象の不可知性であり、ないしは、少なくとも認識の結果は近似的なものにすぎないという感覚に他ならないのだから。

ツヴェターエワの『新しき年の辞』は、この詩の主人公ライナー・マリア・リルケ本人よりもはるかに、こうした伝統や詩学とは無縁である。この作品におけるツヴェターエワとロマン主義を結ぶ唯一の絆は、ツヴェターエワにとって「ドイツ語のほうがロシア語よりも近しい(3)」こと、つまり、十九世紀末から二十世紀初頭にかけて過ごした幼年期が彼女はロシア語と同程度にドイツ語を操り、十九世紀ドイツ文学が子供にもたらすであろうさまざまな影響を彼女もまた受けたということかもしれない。もちろんこの絆は、単にツヴェターエワとロマン主義を結ぶだけのものではないが、この点についてはまた後ほど触れることになるだろう。さしあたっては、リルケとのつながりが生じたのはまさに彼女がドイツ語を知っていたおかげであり、したがって彼の死は、彼女の子供時代に対する間接的な――それまでの人生すべてを飛び越えての――打撃であったのだ、と指摘しておこう。

ある言語（母語ではないが、母語よりも近しくさえある）への幼年時代の愛着が、大人になってから（言語の最も成熟した形式としての）詩への崇拝に結実しているという点だけをとってみても、『新しき年の辞』における自画像的要素は必然であるように思われる。しかし、ツヴェターエワにとってのリルケが詩人以上の存在であるのと同様に、『新しき年の辞』は自画像以上のものなのだ（それは、詩人の死が単に一人の人間が失われたという以上の出来事であるのと同じである）。これはまず何より、他ならぬ言語のドラマ、つまり、言語体験と実存体験との不一致のドラマなのである）。リルケに対するツヴェターエワの個人的感情――それはきわめて強烈な感情であり、プラトニックな愛情と文体的な依存から始まり、やがて一定の対等感を自覚するまでに至る――を抜きにしたとしても、偉大なドイツ詩人の死は、ツヴェターエワが自画像的な試みだけに留まることができないような状況をもたらした。何が起きたのかを理解するために――あるいは、「理解しない」ためですらあったのだが――ツヴェターエワはジャンルの境界線を押し広げ、言うなれ

（3）ツヴェターエワの『新しき年の辞』の一節「たとえロシア語よりもドイツ語のほうが私には／近しくても、それより〈天使語〉が一番近しいのです！」を踏まえている。

ば自ら観客席を立って舞台に踏み出ることを余儀なくされたのだった。

『新しき年の辞』は何よりもまず告解である。ここで指摘しておきたいのだが、ツヴェターエワはきわめて率直な詩人であり、もしかするとロシア詩の歴史において最も率直な詩人と言えるかもしれない。彼女は何かを隠そうとしたりはしない。とりわけその美的・哲学的信条は、一人称単数形の代名詞が頻出する彼女の詩や散文のそこかしこに撒き散らされている。そのため読者は、『新しき年の辞』に見られるツヴェターエワ的な発話の流儀——いわゆる抒情的モノローグ——には多かれ少なかれ慣れている。しかし、どれほど『新しき年の辞』を読み返しても決して慣れることができないのは、このモノローグの緊張度、この告解の持つ純粋に言語的なエネルギーである。これは、『新しき年の辞』が詩——その定義によれば、最大限に焦点を絞り、最大限に言説を凝縮させることを求める叙述形式——であることとはまったく関係がない。ここで重要なのは、ツヴェターエワが聖職者ではなく詩人を前にして告解を行っているということである。彼女の官等表によれば、人間が——神学的規範によれば——天使よりも高位にある（というのも、天使は神の似姿として創造されたのではないからだ）のと同じぐらい、詩人は聖職者よりも高位にある。

矛盾し、また冒瀆しているように聞こえるかもしれないが、ツヴェターエワは死せるリルケの中において、あらゆる詩人が希求するもの、すなわち「完全なる聞き手」を手に入れたのだった。詩人はつねに誰かのために詩を書くものだ、という広く信じられている見解は、半分しか正しくないし、さまざまな誤解を孕んでいる。「誰のために書くのか？」という問いに対して誰よりもうまく答えたのはイーゴリ・ストラヴィンスキーで、彼は次のように述べている。「自分と、そして仮想的なアルター・エゴのために」。詩人は創作する限り、意識的に、あるいは無意識のうちに、このアルター・エゴという理想の読者を探求し続ける。なぜなら、詩人は認められようとするのではなく理解されることを求めるからである。バラトゥインスキーもプーシキンへの手紙の中で、「軽騎兵たちがわれわれの作品をもはや読まない」ことにとりたてて驚く必要はない、と述べて彼を慰めようとしている。ツヴェターエワは「郷愁」(4)という詩の中で、さらに踏み込んでつぎのように記している。

母なる言葉にも、その甘い誘いにも
私は目を眩まされたりはしない。
どうだっていい——行きずりの者たちに
何語で理解されなくても！

このような態度をとっていれば、読者層が狭まるのは必然であり、その結果として読者の質が向上することはあまりない。しかし物書きというのは本来民主主義者で、そのため詩人はつねに、自分の作品と読者の意識の中に生じるプロセスが多少は同時進行するだろうと期待してしまうのである。だが詩人が成長すればするほど、読者に対する要求は——知らず知らずのうちに——高まるばかりであり、そして読者層はますます狭くなるのだ。結果的に、読者が「現実の読者」とはほとんど関係のない「作者の心の投影」となってしまうことも珍しくない。そうした場合、詩人は天使に直接呼びかけるか（『ドゥイノ悲歌』のリルケのよう

（4）一九三四年に執筆された作品。亡命先で理解されないことの孤独がテーマとなっている。ツヴェターエワはドイツ語やフランス語に堪能で、亡命先のパリでは自作をフランス語に翻訳する試みも行ったが、フランス文壇で認められることはなかった。

に）、あるいは他の詩人（とりわけその詩人が故人である場合）に向かうことになる――ツヴェターエワがリルケにそうしたように。どちらの場合も行われているのはモノローグであり、どちらの場合でもそのモノローグは絶対的な性質を持つ。なぜなら作者は自らの言葉を非存在へ、クロノスへ宛てているからである。

ほとんど病的なほどすべてを語り尽くし、考え尽くし、物事を論理的結末まで進め尽くそうという欲求のもとに詩を書くツヴェターエワにとって、このような宛先は決して目新しいものではない。ただリルケの死とともに新たにわかったのは、実はその宛先には住人がいるということで、それはツヴェターエワの内なる詩人の関心を呼ばないはずがなかった。もちろん、『新しき年の辞』は具体的な感情の爆発によって生まれたものだ。しかしツヴェターエワは極限主義者であり、彼女の内的運動のベクトルはあらかじめ決まっている。とはいえ、ツヴェターエワを「極限性の詩人」と呼ぶことはできない。それは、彼女にとって「極限」（演繹的、感情的、言語的な）が単に詩の始まる場所にすぎないからである。「人生を生き抜くことは野を横切るほど容易くはない(5)」、あるいは「オデュッセウスは還ったのだ、空間と時間に満たされて(6)」といった一節は、ツヴェターエワであれば決して詩の最後の一行とはしなかっただろう。彼女ならきっとこれらの詩行から詩を書き始めたはずである。ツヴェターエワを「極限性の詩人」と呼べるとするならば、それは彼女にとって「極限」とは、認識された世界の終わりではなく、未だ認識されていない世界の始まりである、という意味においてのみである。暗示や遠回しな表現、終わりまで言い切らない、あるいは沈黙するといったテクニックは、この詩人にはまったくそぐわない。ゆるやかな韻律を持つ、読者を心地よくさせるような高度に調和のとれた詩風も彼女にはさらに無縁である。力点に溢れたツヴェターエワの詩は、その和声を予測することが不可能だ。彼女はきっちりとしたヤンブ（弱強格）より、ホレイ（強弱格）やダクチリ（強弱弱）を好む。行頭には強勢が連続するよりも強弱格が用いられることが多く、行末には哀歌のようなダクチリ韻が置かれる。これほど巧みに行間休止や詩脚の分断を多用した詩人を他に見つけるのは難しい。形式という点において、彼女は未来派たちも含めた同時代の誰よりも興味深いし、その押韻法はパステルナークよりも創造的である。しかし何よりも重要なのは、彼女の編み出した技法が形式的探究の結果としてもたらされたのではなく、発話の副産物、つまり、自然に生まれたものであるという点だ。彼女の発話にとって最も大事なものはその対象なのである。

そもそも芸術というものは、芸術と直接には関係のない対象を捉える（理解する）ための、外側へ逸れてゆく運動の結果として生じる。芸術とは移動のための手段、窓にちらつく風景であり、この移動の目的ではない。アフマートワは言う。「あなた方が知っていればよいのに、いったいどんなごみ屑から詩が育っていくのかを……」[7]。移動の目的地が遠くなればなるほど、芸術は確かなものとなる。したがって、理論的には死というものはある意味で芸術を保証しているのだ（どのような死でもそうなのだが、偉大な詩人の死であればなおさらである――なぜなら、偉大な詩人や偉大な詩以上に日常の現実から遠く離れたものはありえないのだから）。

「ツヴェターエワとリルケ」というテーマについてはこれまで多数の研究がなされてきたし、今後も研究さ

（5）パステルナークの詩「ハムレット」（一九四六）からの引用。なおこの一節はもともとロシア語の諺で、人生の困難さを表現する際に用いられる。
（6）マンデリシュタームの詩「黄金の蜂蜜が瓶から流れた」（一九一七）からの引用。
（7）アフマートワの詩「賛歌《オード》の大群など私にはどうでもよい」（一九四〇）からの引用。詩は一見すると些末でくだらないように見えるものから、ふとした瞬間に芽生えることがある、という内容の作品。

れ続けるであろう。われわれの関心を引くのは、『新しき年の辞』の名宛人としてのリルケの役割——ないしは「リルケ」というイデー——であり、また内的運動の対象としての彼の役割、そして、こうした運動の副産物たるこの詩に対して、どの程度リルケがその責任を負っているのかということである。ツヴェターエワの極限主義を知っていれば、彼女がこのテーマを選んだのはごく自然なことであると気づくはずだ。この作品には、具体的な故人としてのリルケの他に、空間における肉体であることをやめ、永遠の魂と化した「完全なるリルケ」のイメージ（ないしはイデー）が生まれている。それは、完全に、極限まで「遠ざかる」ことに他ならない。詩のヒロインは、完全なる対象（すなわち魂）に対して完全なる感情（つまり愛）を抱いている。この愛を表現する手段もまた完全なものである。つまり、極度の自己忘却と、極度の率直さである。こうしたことすべては、極度に緊張した詩的発声を生まずにはおかなかった。

しかし逆説的なことに、詩的発話は——あらゆる発話全般と同様に——独自のダイナミクスを有しており、それは詩を書き始めたときには予測もしなかったほど遠くへと詩人を運ぶ加速度を内的運動に付与する。もっとも、これこそが創造のメカニズム（創造の「誘惑」と呼んでもいいかもしれない）であり、ひとたびこのメカニズムに触れる（あるいはそれに屈する）と、人はもはや他の思考法や表現方法、移動手段を受けつけなくなってしまう。言葉は、他の方法では近づくことのできないような領域へと詩人を押し出す。詩作以外で詩人がどれほど内的、心理的に集中する能力を持っているのかは関係ない。しかも、この「押し出し」は恐るべきスピードで生じる。なにしろそれは「音」速なのだ。想像や経験よりも速い。普通、詩を書き終えようとする詩人は、詩を書き始めたときよりもずっと年齢を重ねているものである。『新しき年の辞』におけるツヴェターエワの発声法の極限性は、喪失体験それ自体よりもはるかに遠くへと彼女を運ぶ。おそらくは、リルケ自身の魂が死後の放浪の旅で到達するのよりも、さらに遠くへ。それは、他者の魂についての思いが、魂そのものと違って、その魂の行為による重荷をさほど負わないというだけではなく、そもそも詩人は使徒よりも鷹揚なのである。詩的楽園は「永遠の至福」だけに限られるものではないし、教条的楽園のように人口過密に苦しめられることもない。ある種の最終審判か魂の袋小路のように思われる標準的なキリスト教の楽園とは異なり、詩的楽園はむしろ「果て」であり、また唄い手の魂は、完成されていくのではなく、つねに動きの中にある。永遠の生命という詩的観念は、神学よりも宇宙発生論に引き寄せられるものだし、また魂の尺度となるのは、どれだけ魂が完成されているのか（それは「創造者」と肩を並べ、一体化するのに欠かせない）ではなく、魂が「時間」の中を物理的《フィジカル》（形而上学的《メタフィジカル》）にどれだけ長く、かつ遠くへと遍歴するかということである場合が多い。基本的に、「存在」という詩的概念は、有限で静的な形態とは相容れないものであり、神学的な神格化とも無縁だ。いずれにせよ、ダンテの楽園は彼の教会的信条よりもはるかに興味深い。

　もし仮に、リルケを失ったことがツヴェターエワにとってただ単に「旅への招待状」でしかなかったとしても、それは『新しき年の辞』の彼岸的トポグラフィーによって正当化されたはずである。しかし実際にはそうではなかった。ツヴェターエワはリルケという人間を「リルケというイデー」ないしは彼の魂のイデーに代替させているわけではない。彼女がそのような置き換えなどできなかったであろうことは、その魂なるものがすでにリルケの作品の中に具現化されていたというだけでも明らかである（そもそも、人が死ぬときには特に濫用されがちな魂と肉体の二極化は、さして理にかなったものではないし、詩人について考える場合、それはまったく説得力がないように思われる）。言い換えるなら、詩人は生きているときからすでに、自分の魂の後を追うように読者へと呼びかけているのであり、そしてツヴェターエワはリルケに対してまず何よりも「読者」なのだった。それゆえツヴェターエワにとって死せるリルケは生きているリルケとさして違いはなく、ツヴェターエワがリルケの後を追うのは、ダンテがウェルギリウスの後を追ったのと同じようなものなのである。リルケ自身が作品の中でこのような旅程を試みている（「ある女友だちを悼むレクイエム」）のは、その大きな根拠と言えよう。手短に言うと、死後の世界は詩的想像力にとっては十分になじみの領域であり、そのため『新しき年の辞』を書いた動機をツヴェターエワに代わって想像してみるに、そこには自己憐憫ないしは彼岸への好奇心があったのだろうと推測できる。『新しき年の辞』の悲劇は「別離」に、すなわち、リルケとの精神的な結びつきがほとんど物理的に断ち切られた点にある。彼女が「旅」に出ることになったのは豹に驚いたからではなく(8)、置き去りにされてしまったという意識、もうこれ以上、彼が生きていたときにその詩の一行一行を追いかけていたようには彼の後を追えなくなってしまったという認識のためである。そして、そのような「置き去りにされた」感覚と同時に、自分よりも優れている彼は亡くなったのに自分は生きている、という罪悪感もある。しかし、詩人に対する詩人の愛（たとえそれが異性の詩人であっても）は、ロメオに対するジュリエットの愛とは違う。悲劇は、彼なしで生きてゆくなど考えられない、ということではなく、まさしく彼なしで生きてゆく事態が考えうる、という点にこそある。そして、それが考えうることの帰結として、生きている自分に対する作者の態度は、より一層容赦なく、非妥協的なものとなる。そのため、何か言おうとするとき、または自分について語り始めるとき――そもそものようなことにまで至る場合――あたかも懺悔でもしているような調子を帯びることになるのである。なぜなら、それを聞いているのは司祭でも神でもなく、彼――もう一人の詩人――なのだから。かくして『新しき年の辞』のツヴェターエワの発声は高い緊張度を持つこととなる。なにしろ彼女は、神とは違って「完全なる聴覚」を持つ者に呼びかけているからである。

『新しき年の辞』はきわめてツヴェターエワ的に、右側の、つまりオクターヴの高いほうの端、「高い

《ド》」から始まる。

新しき年――世界《ひかり》――彼方――住居《すまい》――を祝して！

S Nóvym gódom – svétom – kráem – króvom!

それは上へ、外へと向けられた叫びだ。作品全体を通じて、このようなトーンも、そして発話の方向性そのものも変わることはない。何か変化が生じる場合、それは声が低まるのではなく（括弧の中でさえトーンが低まることはない）、逆に上昇する。こうしたトーンに彩られた名辞文は、この詩行の中でエクスタティックな効果、感情が飛翔するような効果を生んでいる。この感覚は、一見して同義であると思われる語の列挙――一段ごとに上昇する階段（段階）を駆け上がってゆくかのような――によって強められる。しかしこの列挙は、各語の音節の数が等しいだけで、なおかつツヴェターエワ的等号（ないしは不等号）たるダッシュは、コンマよりもはっきりとこれらの語を分離し、次の語を前の語の上へと放り投げてゆく。

しかも、文字通りの意味で用いられているのは「新しき年」の「年」という単語だけであり、この行の残りの語はみな連想や転義的意味を過剰なまでに負っている。« svet »(9)は三重の意味で用いられている。まずそれは「新しき世界」――「新しき年」との類推から――であり、すなわち地理学的に新しい« svet »、つまり「新世界」である。しかしこの地理は抽象的なもので、ここでツヴェターエワは、海の向こう側にある

（8）ダンテ『神曲』の「地獄篇」第一歌が念頭に置かれている。
（9）「世界」または「光」を意味するロシア語。テクスト中の« svétom »は« svet »の変化形。

地ではなく、何やら「はるか彼方」にある場所、別世界の果てを念頭に置いている。このような「別世界の果て」としての「新しき世界」という理解は「彼岸」(10)という概念を生む。そしてこれこそが作品のテーマに他ならない。もっとも、「彼岸」とは何よりもまさに「光」である。なぜなら、この一行の方向性と、「年(gódom)」に対する「世界(svétom)」の音調の優勢(より鋭く貫くような音)からして、この「世界」は文字通りどこか頭上、天上、つまり「光」の源となる場に存在しているからである。前後のダッシュは《svet》という語をその意味的責務からほとんど解放し、そこへさまざまな肯定的暗示を導入する。いずれにせよ、「彼岸」という概念においては、普通とは異なり「闇」ではなく、まさにこの「光」という側面がトートロジー的に強調されているのである。

さらにこの一行は、抽象的な地理上の概念たる「世界」から音声的かつ地勢的に飛翔し、短く慟哭を響かせる《krai》(11)へと向かう。それは、世界の「果て」であり、あらゆるものの「果て」にして、天上へ、《rai》(天国)へと踏み出す地点である。「新しき果て」とは何よりもまず新たな境地や新たな境界線、そしてその境界線を踏み越えることを意味している。この行は、「新しき住居《すまい》」という音声的・意味的結尾《コーダ》によって締めくくられる。というのも、《króvom》(12)は、その音的構成からして《gódom》とほとんど等しいが、とはいえこの二音節はすでに《svétom》と《kráem》によってスタート地点の響きよりも高められ、八つの音節から成るオクターヴの頂点に昇りつめており、もはや行頭のトーンや字義通りの意味に戻ることはないからである。《króvom》はあたかも高所から見下ろすように《gódom》のほうを振り返るのだが、もはやそこに自身と同じ母音や子音があるとは認識できなくなっている。《króvom》の子音《kr》は、この単語自身よりもむしろ《krai》に帰属しており、そうした理由もあって、《krov》は意味論的にきわめて希薄化されている。それほど高い位置にこの語は置かれているのである。「世界の果ての安息の場」「帰るべき家」としての《krov》は、「天」という「覆い」としての《krov》──惑星を覆う「全体の天」であり、魂が最後にたどり着く「個人の天」でもある──と織り合わさっている。

実際のところ、ツヴェターエワはここで鍵盤でも操るかのようにホレイ（強弱格）を用いている。鍵盤との相似は、コンマの代わりにダッシュを用いることによって強調される。二音節から成る一つの単語からもう一つの二音節語への移行は、標準的な文法上の論理というよりピアノ的な論理によって成し遂げられており、後に続く叫びの一つ一つは、あたかも鍵盤を押すときのように、前の音が消える地点から始まっている。このような手法は無意識に用いられているのかもしれないが、この行で展開される「天」のイメージの本質──はじめは目に見えるが、見えなくなった後は魂だけが到達可能になるという段階的な「天」──にこれ以上ないほどふさわしいものである。

読者がこの一行から受けるきわめて感情的な印象は、上へと迸り、あたかも自分自身を放棄（解放）するかのごとき純粋な声の感触である。とはいえ忘れてはならないのは、ここで作者が念頭に置いている第一の読者（「唯一の読者」ではないにせよ）は、この詩を宛てた相手たるリルケだということである。そのために自己の放棄や、あらゆる地上的なものからの解放への希求、すなわち告解的心理が生まれてくる。もちろん、語の選択にしろ、音調の選択にしろ、こうしたことはみな無意識のうちに生じるもので、「選択」という概念はここでは不適当である。なにしろ、芸術、とりわけ詩というものは、形式や内容、さらには作品の

(10) ロシア語では《tot svet》（直訳すると「あちらの世界」という意味）。
(11) 「端」「果て」「地方」を意味するロシア語。《kráem》は《krai》の変化形。ここでは「彼方」と訳してある。
(12) 「覆い」「屋根」「雨露をしのぐ場所」を意味するロシア語《krov》の変化形。ここでは「住居《すまい》」と訳してある。

っているのだ。
精神そのものも、そのすべてが聴覚によって選び出されていくという点で、他のいかなる精神活動とも異なっているのだ。

以上に述べたことは、決して知的無責任を意味するものではない。むしろその反対で、選択や選定という理性的活動が聴覚に託されている、あるいは（もっと無粋な、しかしより正確な言い方をするなら）聴覚にその焦点を集束させている。ある意味でそれは、選択するという分析的プロセスの縮小化、オートメーション化であり、このプロセスを聴覚器官のみに移行、ないしは帰納してしまうことなのである。

しかし、詩人によって聴覚に委任されるのは分析的機能だけではない。作品の持つ純粋に内面的、精神的な側面にも同じことが生じている。作品の精神そのものが「耳によって」選び出されるのであり、その担い手、あるいは媒介となるのは韻律なのだ。というのも、韻律こそが作品の音調を決定するからである。多少なりとも詩作の経験を持つ者であれば、詩の韻律が精神状態と等価であることを知っている。しかもそれは、時として一つの精神状態だけではなく、いくつかの状態が合わさったものと等価なこともある。詩人は韻律という媒介によって作品の精神に合うように「選び出される」のである。スタンダードな韻律を使うと発話が機械的になってしまう危険性があるが、詩人はそれぞれ自分なりにこれを克服する。そして、この克服の過程が複雑であればあるほど、その精神状態は――詩人自身にとっても、また読者にとっても――より詳細に描き出されることになる。最終的には、詩人が詩の韻律を、何か生命のある、魂を持った対象、あるいは聖なる器か何かのように感じ始めることもよくある。それは概して理にかなっている。詩における形式と内容は、肉体と魂よりもさらに分かち難く、そして肉体はいつか滅びるからこそ貴いのである（詩において「死」に相当するのは、音が機械的になること、あるいは定型にはまり込んでしまう可能性に他ならない）。いずれにせよ、詩を作る者であれば誰しも、それぞれによく用いられるお気に入りの韻律があり、それはその作者の「署名」と考えてもよい。なぜならそうした韻律は、最も頻繁に繰り返される作者の精神状態に呼応しているからである。ツヴェターエワの場合、女性韻もしくは（このほうが多いのだが）ダクチリ韻[13]を持ったホレイ（強弱格）がそのような「署名」だと考えられる。ツヴェターエワはこの韻律形を、おそらくはネクラーソフ[14]以上に多用している。もっとも、この二人の詩人がホレイの韻律に関心を寄せたのは、「和声派」の作家にもロシア象徴派にも共通する、三脚および四脚ヤンブ（弱強格）の抑圧が背景にあったのかもしれない。おそらくツヴェターエワにはこれ以外にも心理的要因があったろう。というのも、ロシア詩のホレイにはつねにフォークロア的な響きが感じられるのだ。このことはネクラーソフも知っていたが、彼の詩には英雄叙事詩《ブィリーナ》の持つ叙述性が響いているのに対し、ツヴェターエワの詩は哀歌と呪文の響きを感じさせる。

彼女が哀歌の伝統に関心を抱いた理由の中には（どちらかというと「関心を抱いた」ではなく、「耳の波長をそこに合わせた」と言うべきかもしれないが）、普通、哀歌の詩行の土台になっている三音節の結句では母音韻[15]の可能性がさらに増す、ということも挙げられるだろう。何はともあれここで重要なのは、詩人が現代人の心理を伝えるのに、伝統的な民衆詩学をその手段として用いようとしているという点だ。これがうまくいった場合――ツヴェターエワはほとんどつねにうまくいっていたが――現代的意識がいかに断裂ないし逸脱していても、それが言語的に是認されているという印象が生じる。それだけではなく、どのようなテーマを扱っていても、何かを嘆いているのだということが明瞭に感じられることとなる。いずれにせよ、

（13）女性韻は最後から二番目の音節に力点がある脚韻形で、ダクチリ韻は最後から三番目の音節に力点がある脚韻形。
（14）十九世紀ロシアの詩人。代表作は『誰にロシアは住みよいか』（一八七六）など。
（15）アクセントの置かれる母音のみが一致する不完全な押韻のこと。

『新しき年の辞』に関しては、ホレイ以上に適した韻律を想像することは難しい。

ツヴェターエワの詩が同時代の作家たちの作品と比べて異質なのは、何よりもその先天的な悲劇のトーンとでもいうのか、詩の中に秘められた嘆きのためである。ただし、ツヴェターエワの声の中に響くこのトーンは、直接悲劇を経験した結果としてではなく、言語活動の副産物、とりわけフォークロア体験の結果として生じたということを見逃すわけにはゆくまい。

そもそもツヴェターエワは、極度に様式化を好んでいた。『乙女王』『白鳥の陣営』などの作品はロシア古代文学を模しているし、『不死鳥』(『カザノヴァの最期』)[16]や『吹雪』はフランスのルネッサンスとロマン主義に倣っている。ドイツのフォークロアを模した『ねずみとり』などの作品もある。ただ、どの文化を扱っているのか、あるいは具体的にどのような内容なのかにかかわらず、また——さらに重要なことだが——彼女に何らかの文化的仮面をまとわせた純粋に内面的・感情的な諸要因がどのようなものであろうと、あらゆるテーマは純粋に音声上の屈折を被り、悲劇的な調子を帯びてしまうのだった。おそらくそれは、時代を(まず初めに)直感的、そして(後から)物理的に感じとったためではなく、世紀初頭のロシアの詩的発話に共通するトーン——背景《フォーン》——に由来する。創作とは総じて先覚者に対する反動であり、純粋に言語学的な意味で調和のとれた象徴派の停滞状態は、その解決を必要としていたのである。どの言語にも、とりわけ詩的言語には、必ず声楽的未来がある。ツヴェターエワの作品はまさに詩的言説の停滞状態を脱するのに必要な声楽的解決として登場したのだが、彼女の声質はあまりにも高く、そのため読者のみならず作家仲間の大多数とも断絶するのは必然だった。新しい音は、単に新しい内容だけではなく、新しい精神も携えていた。ツヴェターエワの声には、何やらロシア人の耳にとって聞き慣れぬ、ぎょっとさせられるようなものが響いていた。それは他でもない、「世界の拒絶」である。

それは、より良いものへの変化を求める革命家や進歩主義者のリアクションとは違うし、古き良き時代を忘れない貴族の保守主義やスノビズムでもない。内容としては、時代の文脈に左右されることのない、存在全般の悲劇が扱われている。音について言うなら、声はその唯一可能な方向、つまり「上」を目指してゆく。それは、魂が自らの根源を目指すのに似ている。詩人本人の言葉を借りるなら、「地上を離れ、地上を見下ろし／虫けらからも穀粒からも／離れてゆく引力[17]」である。これにはさらに、「自分自身から、自分の喉から」と付け加えるべきであろう。この声のビブラートの純粋《チスタター》さは（振動数の多《チャスタター》さと同様に）、数学的無限の中へと送り出され、反響を見出すことができずにいる、あるいは、反響を得てもすぐにそれを拒否してしまうエコー信号に似ている。ただし、世界を拒絶する声というのは確かにツヴェターエワ作品のライトモチーフではあるが、彼女の言葉は「世俗を超越したもの」などではまったくないということは指摘しておかねばなるまい。実際にはその逆で、ツヴェターエワはきわめて此岸的かつ具体性の詩人であり、ディテールの正確さという点でアクメイストを凌駕し、また誰よりも警句と皮肉に長けていた。彼女の声は、天使というよりも鳥に近く、自分が何の上を飛んでいるのか、そして地上には何があるのか（より正確に言うと、そこに何が「ない」のか）をつねに知っていた。おそらくはそれゆえに、彼女の声は視界を広げるべく、さらなる高みへと上昇していったのだが、結局は探し求めるものの存在しない領域が広がっただけであった。だからこそ『新しき年の辞』の一行目で、彼女のホレイは短い嘆きの声を感嘆符でかき消しながら、上へと飛び立

（16）『不死鳥』は一九一九年に執筆された三幕の戯曲。そのうち第三幕が『カザノヴァの最期。戯曲的エチュード』と題されて一九二二年にモスクワで出版された。

（17）ツヴェターエワの詩「父祖たちに」（一九三五）より。

っていくのである。

『新しき年の辞』にはそのような行が一九四ある。どの行をとってみても、その分析には一行目に劣らぬほどの分量が必要となるだろう。それもそのはず、なにしろ詩というのは凝縮と圧縮の芸術なのだから。研究者にとって——そして読者にとっても——最も興味深いのは、「光源にさかのぼる」こと、つまり、いかにこの「凝縮」が行われたのか、また、私たちみなにとって一般的なこの細断状態の中、どのタイミングで詩人にとっての言語的分母が誕生し始めるのかを観察することである。もっとも、こうした観察を行う過程でどれほど研究者の労が報われようと、やはりこのプロセス自体は織物を解きほぐすようなものであり、われわれはこの先そのようなことは回避するつもりである。ここでは作中のツヴェターエワの言葉のうち、事物一般に対する彼女の姿勢、とりわけ創作にあたっての心理や方法論などを明らかにしてくれるようなものを扱うにとどめる。『新しき年の辞』の中にはそのような言葉が数多くあるが、それよりもさらに多いのは手法そのもの、つまり、韻律の策略や押韻、enjambment《アンジャンマン》（句またがり）、音声効果などなどであり、そうした手法は詩人について、どれほど率直で能弁な宣言よりも多くのことをわれわれに語ってくれるのである。

手近なところで例を挙げてみよう。たとえば『新しき年の辞』の二～四行目の間には次のような「句またがり」が見られる。

これはあなたへの最初の手紙、新しい
——「豊かな」と言っては誤りだから——
（「豊かさ」とは牛の反芻のようなもの）場所へ、アイオロス[18]の空洞の塔のように
がらんと響きわたる場所へ去ってしまったあなたへの

この一節は、ツヴェターエワ作品の特徴である思考の多面性と、あらゆることを考慮に含めようとする傾向を示す絶好の一例である。ツヴェターエワはきわめてリアリスティックな詩人だ。果てしなく従属文を積み重ねるこの詩人は、自分自身に対しても、読者に対しても、物事をただそのまま受け入れてしまうことを許さない。

この数行における彼女の主たる課題は、一行目「新しき年――世界《ひかり》――彼方――住居《すまい》――を祝して！」のエクスタシーを引き延ばすことである。そのため彼女は「彼岸」のことを、散文的表現を用いて「新しい場所」と呼ぶ。もっともツヴェターエワは、普通の散文表現よりもさらに踏み込んでいる。「新しい場所」という句において繰り返されている形容詞はかなりトートロジー的であり、これだけでも十分に引き下げ効果を持つ。「新しい」を反復させること自体が「場所」という語を貶めるのである。しかし、「新しい場所」という表現が、作者の意図とは別にそもそも持っているプラス・イメージ――とりわけ「彼岸」を意味するのに使われている場合――は、彼女の中に辛辣さの衝動を呼び起こし、そのため詩人は「豊かな」という修飾語によって「新しい場所」を巡礼旅行の目的地と同列に並べることになる（死という現象が何度も繰り返されることを考えれば、それは正しい捉え方ではあるのだが）。さらに注目すべきは、「豊かな（zlachny）」という語が明らかに死者を弔うロシア正教の祈禱（「……豊かなる場所にて、安らかなる場所にて……」）に由来しているという点だ。もっとも、リルケが正教徒ではなかったからという理由もあるだろうが、ツヴェターエワは祈禱書を脇へ押しやり、そのためこの修飾語は卑俗で現代的なコンテクストの中に戻ってしまってい

（18）ギリシア神話の風の神。

る。「彼岸」と、ほとんど「保養地」とすら見紛うばかりの場所との類似は、次に続く形容詞「反芻の(zhvachny)」の内部押韻によって深められ、この後さらに「鳴り響く(zychny)」と「よく響く(zvuchny)」が続く。[19] 形容詞の濫用は、通常の発話においてもつねに胡散臭く思われる。そうした濫用はとりわけ詩においては警戒心を呼ぶが、それは故なきことではない。というのも、ここで「鳴り響く(zychny)」を使うことによって、それまでの皮肉な調子から一般的な悲歌のイントネーションへの移行が示されるからである。

もちろん「鳴り響く(zychny)」は、「豊かな(zlachny)」「反芻の(zhvachny)」によって導入された「群衆」「俗悪」のテーマを受け継いでいるが、それはもはや口の持つ別の機能——空間における声の機能——を示しており、この機能は最後の修飾語「よく響く(zvuchny)」によって強められている。さらに、空間それ自体も、そこにぽつねんと立つ塔(アイオロスの)のイメージによって拡張される。「空洞の」というのは、そこに風が宿っているということであり、つまりそれは声を持っているのだ。かくして「新しい場所」は次第に「彼岸」の様相を帯びてゆく。

理論的には、「句またがり」(「新しい／……場所へ」)だけでも引き下げ効果を得ることができたろう。ツヴェターエワはこの手法——行を分割すること——を極度に多用したため、それはもはや彼女の署名、彼女の指紋と考えられるほどだ。しかし、もしかするとあまりに頻用されすぎたがゆえに、この手法は彼女を十分に満足させるには至らず、そのためツヴェターエワは括弧——最小限に切り詰められた抒情的逸脱——を重複させることによってそれを「奮い立たせる」ことを必要としたのかもしれない(そもそもツヴェターエワは発話の従属文的性格を表現するのに、他に例を見ないほど活字符号を濫用した)。

しかし、彼女が「句またがり」を三行にわたって引き延ばした主な理由は、「新しい場所」というフレーズのはらむステレオタイプ(その皮肉な調子にもかかわらず)を危惧したからというよりは、「住居《すまい》

(króvom)」と「新しい(nóvom)」という押韻の凡庸さに作者が飽き足らなかったからである。彼女はなんとしてもこの借りを返さずにはいられず、そして実際、この一行半後にはきちんと借りを返している。[20] だがそれが実現されるまで、作者は自分自身の言葉や思考を容赦なく粉々にする、つまり、自分自身を注釈する。いや、より正確には、聴覚が内容を注釈してゆくのである。

ツヴェターエワの同時代人の中で、すでに語られたことをこれほどまでに絶え間なく確認し直し、自分自身への監視をやめなかった者はいない。こうした特質(性格的な? それとも視覚的、あるいは聴覚的な?)のおかげで、彼女の詩は散文並みの説得力を獲得している。ツヴェターエワの詩――とりわけ円熟期の――には、詩的にアプリオリなものや、疑問に付されずに済むようなものは何もない。ツヴェターエワの詩は弁証法的である。しかしそれは対話の弁証法であり、意味と意味、あるいは意味と音が対話しているのだ。ツヴェターエワはつねに、いわば詩的発話の持つ自明の権威と闘っており、自分の詩を見せかけだけの威厳から解放しようと努めている。彼女が『新しき年の辞』でとりわけ頻用している手法は、「より明確にすること」である。「アイオロスの空洞の塔のように／がらんと響きわたる場所へ去ってしまったあなたへの」の次に続く行で、彼女はすでに述べられたことを再度強調するかのように、最初の部分へと引き返し、改めて詩を開始する。

これはあなたへの最初の手紙、昨日までの

---

(19) ここではこの両者を合わせて「がらんと響きわたる」と訳した。
(20) 「豊かな(zlachny)」と「反芻の(zhvachny)」を内部押韻させている箇所を指している。

——あなたに焦がれ疲れた私の——
故郷からの……

詩はふたたび疾走するが、それはすでに、これより前の数行の文体やリズムによって敷かれたレールの上を走っている。「あなたに焦がれ疲れた私の」は「句またがり」の中途に楔を打ち込むが、これは作者の個人的な感情を強調するためというより、「昨日までの」と「故郷」（ここでは地上や惑星、世界を意味する）とを引き離すためのものである。「昨日までの」と「故郷」との間のこの休止を目にする——耳にする——のは、もはや作者ではなく、詩を宛てた相手であるリルケだ。ここでツヴェターエワは自分自身も含めた世界を、もはや自分の目ではなく彼の目で、つまり外から見ている。おそらくそれは、彼女固有のナルシシズムのとりうる唯一の形だった。そして彼女が『新しき年の辞』を書いた動機の一つは、まさにこの、自分を外から見ることへの誘惑だったのだろう。いずれにせよ、死せる者の目で世界を描こうと努めているからこそ、ツヴェターエワは「昨日までの」と「故郷」を引き離し、またそれと同時に、この詩の中で最も胸を刺す部分の一つ——胸を刺す箇所は数多くあるが、そのうち最初に出てくるもの——への道を敷き、冒頭二行でのありきたりな韻への借りを——自分自身に対して——返すのである。「あなたに焦がれ疲れた私の」というぎこちない従属文の楔の後には、次のような一節が続く。

故郷からの——今や無数の星々の一つとなった
星からの……

これは衝撃的だ。自分を外から見るというのはまだわかる。結局のところ彼女は生涯を通じて自分を外から見ようとしていたのだから。自分をリルケの目で見るというのはまた別問題だが、この詩人に対するツヴェターエワの姿勢を考慮するなら、これもまた彼女はかなり頻繁にやっていたと考えるべきだろう。しかし、空間を旅する死せるリルケの魂の目で自分を見るためには、そしてその際、自分を見るのではなく彼が置き去りにしていった世界を見るには、魂の視力が必要である。そのような視力を持った者をわれわれは他に知らない。読者にとってこの展開は想定外である。より正確に言うと、「あなたに焦がれ疲れた私の」という意図的なぎこちなさは、読者に対して、この先何が起きてもいいように心の準備をさせるのだが、「故郷(ródiny)」という語の疾走するダクチリ(強弱弱格)や、ましてや「〜の一つ(odnóy iz)」という見事な合成韻[21]は、まったく想定の範疇にないのである。そしてもちろん、「〜の一つ」の後ろに炸裂するような一音節の「星々の(zvyozd)」が続こうとは、読者はまるで予期していない。読者がまだ「昨日までの」の家庭的な響きにまどろみ、いささかもったいぶった「焦がれ疲れた」の上でぐずぐずしているそのタイミングで、突如としてダイナミックで断固とした「故郷からの——今や無数の星々の一つとなった／星からの」が襲いかかってくるのだ。二つの分断された「句またがり」が続いた後で、第三のオーソドックスな「句またがり」が登場しようとは[22]、読者はまったく想定していないだろう。

(21) 前行の「焦がれ疲れた(iznóyus)」と脚韻(不完全な押韻ではあるが)を踏んでいる。

(22)「新しい／……場所へ」と「昨日までの／…故郷からの」はいずれも間に行を挟んだ大胆な「句またがり」であるのに対して、「一つとなった／星からの」は比較的オーソドックスな「句またがり」となっている。いずれにせよ、これだけ「句またがり」を連発する詩は珍しく、非常にツヴェターエワ的であると言える。

また、この句またがりはツヴェターエワからリルケへのお辞儀のジェスチャーなのかもしれない。それは、一九二六年夏にリルケがツヴェターエワに書き送った悲歌[23]に対する密かな返答のしるしだ。この悲歌の三行目も、実は星に関する「句またがり」から始まっているのである。

ああ、万物における喪失よ、マリーナ、堕ちゆく星々よ！
われわれは万物を増やすことはない、どこへこの身を投げようとも、いかなる
星へと加わろうとも！　総計において、すべてはもはや数え尽くされている。

人間の意識の中で、「故郷」（つまり「大地」）と「星」という二つの概念ほど互いに遠くかけ離れたものはないだろう。この両者を同列に並べること自体、すでに意識に対する暴力的行為である。しかし、やや侮蔑的な「〜の一つ」という表現は、「星」と「故郷」をサイズダウンさせることで、いわばその双方の意義を毀損し、暴行を加えられた意識の価値を下落させている。ここで指摘しておきたいのはツヴェターエワの戦略性だ。というのも、この箇所でも、また作品の先の部分においても、彼女は亡命者たる自らの運命を強調することなく、「故郷」と「星」の意味を、自身の移住の結果としてではなくリルケの死の結果として生じたコンテクストのみに限定しているのである。とはいえ、描かれている眺望に間接的な自伝要素が含まれているという印象を完全に拭い去ることは難しい。なぜなら、作者が作品を宛てた相手のものとして見なしている視覚――視力――の質は、その相手に対する精神的愛着のみによって生まれたものではないからだ。普通、愛着の重心となるのは、その対象ではなく、愛着を感じる主体のほうである。ある詩人が別の詩人に対して愛着を抱いている、という場合であったとしても、重要なのは、「彼は私の詩をどう感じているのだ

ろう？」ということなのだ。

さて、愛する者を失うと、自分が身代わりになれるものならそうしたいと思うほどの絶望感を抱くものだが、このような願いはどのみち叶えられないということだけで、もう十分に心は慰められる。というのも、それはある意味で感情の限界であり、それゆえ想像力はこれ以上の責任を負わなくてもすむからである。一方、「故郷」を「星々の一つ」と受け止められる視力の質は、『新しき年の辞』の作者が、引き算される者と立場を入れ替える能力があるだけではなく、自分の主人公を置き去って、彼すらも他所から傍観する想像力を持っているということを示している。というのも、昨日までの故郷を星々の一つとして「見ている」のはリルケというより、この詩の作者が、こうしたことすべてを「見ている」リルケをさらに「見ている」のだ。当然のことながら、次のような疑問が浮かんでくるだろう――作者はいったいどこにいるのか？　そして、どうやって作者はそこにたどり着いたのか？

第一の疑問については、G・R・デルジャーヴィン(24)の「メシチェルスキー公追悼」の第三八行(25)を参照すれば十分であろう。第二の疑問に対してはツヴェターエワ自身が最良の答えを出してくれているので、もう少し後でその引用に言及することになろう。さしあたってここで述べておきたいのは、離脱の習性――現実やテクストからの離脱、あるいは自分自身からの離脱や、自分自身について思考することからの離脱など――

(23)　一九二六年五月から十一月にかけてツヴェターエワとリルケは文通していた。その中でリルケは「マリーナ・ツヴェターエワ＝エフロンに捧げる悲歌」（エフロンはツヴェターエワの夫の名字）を書き、ツヴェターエワに贈った。この作品の二行目から三行目にかけての「いかなる／星」の部分が「句またがり」になっている。

(24)　デルジャーヴィン（一七四三－一八一六）はロシア古典主義詩人。

(25)　「彼は何処に？――彼の地に――彼の地とは何処？――我らは知らぬ」という一節（原注）。

は、おそらく創造の第一の前提条件であり、どのような文学者にもある程度は備わっているのだが、ツヴェターエワの場合それがほとんど本能の域にまで達していたということである。文学的手法として始まったものが、存在の形態へと変じたわけだ。それは、彼女が（祖国や読者、名声なども含めた）多くのことから物理的に遠ざけられていたからというだけではない。また、彼女の生きた時代には、距離を置くしかない、ないしはそうしなければならないようなことがあまりにもたくさん起きたからでもない。上述したような転換は、詩人ツヴェターエワと人間ツヴェターエワとが等しいものだったからこそ生じたのである。彼女にとって、言葉と行為の間、芸術と存在の間には、コンマも、ダッシュさえも挿入されることはなかった。ツヴェターエワはそこに等号を書き込んだのだ。それゆえに手法は生へと変じ、また、技法ではなく魂が発達したのだった。つまるところ、この両者は同じものなのである。ある時点までは、詩は魂を指導する役目を果たすが、その後——割とすぐに——両者の役割は逆転する。『新しき年の辞』が書かれたとき、魂はとうの昔に文学から学ぶものがなくなってしまっていた。リルケからでさえもそうなのだ。だからこそ、『新しき年の辞』の作者は、この世を去った詩人の目を通して世界を見ることができただけではなく、この詩人を傍ら、外から、この詩人の魂がまだ行ったことのない場所から見ることができたのである。言い換えるなら、視覚の質は、個体の形而上学的可能性によって決まる。そしてこの可能性こそが、無限（数学的ではないにせよ、声楽的な）を担保しているのである。

このようにして、極度の絶望と離脱が組み合わさったところからこの詩は始まってゆく。心理学的な観点からすると、これは至って当然のことである。というのも、離脱はしばしば絶望の直接的な結果、その直接的な表現であるからだ。とりわけ、誰かの死に際しては。死は、それに相応する反応の可能性を奪ってしまうものなのだ（そもそも芸術とは、この存在しない感情の代替品なのではなかろうか？　とりわけ詩という芸術は？　そして、もしそうであるなら、「詩人の死を悼んで」書かれた詩というジャンルは、言わば詩の論理的クライマックスであり、詩の目的ではないだろうか？　それは、原因という祭壇に捧げられた、結果という生贄なのではあるまいか？）。絶望と離脱の相互依存関係はあまりにも明白であり、時としてこの両者を同一視することは避けがたい。いずれにせよ、『新しき年の辞』について語るにあたって、その後者の系図を忘れずにいるようにしよう。離脱というのは、この詩の手法であると同時に、そのテーマでもあるのだから。

感傷に流されないために（「故郷＝星々の一つ」というメタファーは、展開次第ではそのような危険性を孕んでいる）、また、ツヴェターエワが具体的なものやリアリズムを好むからでもあるのだが、次に続く一六行では、彼女がリルケの死を知った状況がかなり詳細に描写されている。それまでの我を忘れたかのような八行とは対照的に、この描写（リルケについての「記事を提供する」ことを彼女に勧める訪問者M・スローニム[26]との対話という形で描かれている）では、直接話法がそのまま導入されている。この対話に備わっている飾り気のなさや予測のつかない脚韻、断続的な応答などは、日記のような性格と、ほとんど散文的な信憑性をこの場面に付与している。その一方で、簡潔さと弁証法的内容によって強められる応答それ自体のダイナミズムは、速記のような印象や、早くこうした些事とけりをつけて重要な問題に移りたがっているかのような感覚を生んでいる。ツヴェターエワはリアリズム的効果を目指すべく、ありとあらゆる手段を用いているが、その主たる一つは言語レベルの混交である。それは、さまざまな状況によって生じる心理的和音のすべてを（時として、たった一行の中で）伝えることを可能にしてくれる。たとえば、記事を求める訪問者

---

(26) マーク・スローニムはロシア出身の作家・批評家。ロシア革命後の一九一八年に西側に亡命。

と言葉を交わすうちに、彼女はどこでリルケが死んだか——ローザンヌ近郊のヴァルモン療養所——を知るのだが、その後、次のような名辞文が、普通ならこうした情報を導くために発せられるはずの「どこに」という質問すらないままに登場する。

「サナトリウムで」

そしてこれに続いてすぐに作者は括弧の中でこう付け加える（彼女はすでに記事を「提供」することを断っている。つまり、感情を公けにしたくないのだ。だから彼女は会話の相手に心のうちを隠しているのである）。

（金で買われた天国で）

それまで熱っぽくはあるが慇懃ではあった対話のトーンは、ここで根本的に移行している。それは俗語への移行であり、ほとんど下卑た女の叫び声のようだ（「ベンゴシってヤツは金で買われた良心だよ」というよくある言い回しを想起されたい）。この移行——それをわれわれは「下への離脱」と呼んでおこう——は、単に自分の感情を隠そうとしているからだけではなく、自分を卑下し、それによってそうした感情からわが身を守ろうとするところから生じている。「これは私ではない、苦しんでいるのは誰か他の人。私にはあんな風にできないはずだもの……」[27]というわけである。にもかかわらず、このような自責の念や自己拒絶、俗語性においても、詩的緊張が弱まることはない。それを示しているのが「天国」という語である。というのも、この詩の理念とは「彼岸」を描写することであるが、「彼岸」のイメージの源泉となるのは「此岸」なのだから。もっとも、荒っぽい印象が拭えないのは、そうしたイメージの力強さではなく、その近似性を証明している。「金で買われた天国で」と叫ぶ作者は、自分がまだ「彼岸」について不完全なイメージしか持っておらず、理解のレベルが不足していることを間接的に示唆している。つまり、作者はこのテーマをさらに突き詰めてゆく必要があるのだ。テーマの追究を要求しているのは詩のスピード感それ自体である。それは、次のように簡潔な文を重ねることによって加速されてゆく。

来るべき年を祝して！（明日生まれたあなた！）――
教えてあげましょうか、それを知って私がどうしたのかを、あなたの……
いけない、口を滑らせた。いつもの癖。
生と死のことなら、意味のない噂話のように
ずっと前から括弧にくくってある。

この詩全体を通して、ツヴェターエワは一度たりとも「あなたの死」という言葉を用いていない。詩行がこの言葉を許容しうるような場合でさえ、彼女はそれを避けている。[28] もっとも、『新しき年の辞』を執筆した数日後に、彼女はまさに『あなたの死』と題されたエッセーを書いているのだが。これは、死がリルケの所有権を持つ――あるいは、リルケが死の所有権を持つ――ことを認めたくないという、迷信めいた気持ち

(27) アフマートワの連作詩『レクイエム』第三篇より。

のせいではない。作者は単に、自らの手で詩人の棺にこの最後の精神的な「釘」を打ち込むことを拒んでいるのである。その理由はまず何よりも、このような言葉がカタストロフィーの忘却や家畜化――すなわち、カタストロフィーの無理解――への第一歩であるからだ。それに、ある人間の物理的な生を語ることなく――それについては知らないのだから語れない――その人物の物理的な死について語ることなど不可能なのだ。そのようなことをしてしまったら、リルケの死は抽象的な性格を帯びたであろうし、それに対してツヴェターエワは単純にリアリストとして抵抗したはずである。その結果、リルケの死は、その生がそうであったのと同じぐらいに憶測の対象となってしまう。つまり、「あなたの死」という表現は、「あなたの生」という表現と同じく、不適切で無内容なものなのである。しかし、ツヴェターエワはそれだけでは留まらずにさらに先へと進む。そして、「上への離脱」やツヴェターエワの告解とも呼びうるものがここから始まってゆく。

生と死のことなら、意味のない噂話のように
ずっと前から括弧にくくってある。

この一節の文字通りの意味――ちなみにツヴェターエワはつねに、アクメイストなどと同じく比喩的にではなく、まさに「文字通り」に理解すべきなのだが――は次のようなものである。すなわち、「生」と「死」という言葉は、この現象に適合しようとする言語の無益な試みであり、それればかりか、この現象を貶めるものでさえある。なぜなら、これらの語には普通、「意味のない噂話」という意味がこめられているからである。つまり、某氏の生は、まだ大文字で書かれる〈存在〉(そこからもたらされるものは某氏の死にとって

も意味を持つ）にはなっていない。「噂話《スプリョートイ》」という語は、「ゴシップ《スプレートニ》」の古い形、ないしは「(状況や関係などの）でっちあげ《スプレチェーニエ》」を意味する俗語表現である。いずれにせよ、「意味のない」という形容はきわめて適切だ。ここで鍵となるのは、「ずっと前から」という表現である。というのも、「生」と「死」を貶める「噂話」は昔から大衆によって何度も繰り返され、それゆえにこれらの語がリルケにはふさわしくないものとなってしまっているのだということが、この表現によって示されているからである。

ちなみに、『新しき年の辞』の詩的ヒロインは詩人ツヴェターエワその人であり、そのため彼女は詩人として、「生」と「死」という二語に対して先入観を持っている。というのも、この二語は、あまりにも長い間、あまりにも多くの人々によってそこにこめられた意味のせいばかりではなく、あまりにも頻繁に用いられるために、すでに去勢されてしまっているからだ。そのため彼女は言葉を途中でさえぎり、指を口に当てることになる。

いけない、口を滑らせた。いつもの癖。

これは、ツヴェターエワの詩によくみられる「自己への抵抗」の一例だ。こうした抵抗を引き起こすのは、言語レベルの混交をもたらしたのと同じ「リアリズム志向」である。このような手法――「手法」というよ

(28) この直前に引用された箇所の二行目で「私」は、「あなたの死について知った後で私がどうしたのかを教えてあげましょうか」と言おうとするが、「あなたの死」という言葉を口に出そうとして、はっと気づいてやめているのである。

りは、「魂の運動」と言うべきかもしれないが――の目的は、発話を詩的に自明なものとはせず、健全な良識が存在していると示すことだ。それは言い換えるなら、語られたことに対して読者を最大限に依存させるということである。ツヴェターエワは読者と対等なふりをしているのではない。彼女は、語彙面においても、また論理面においても、読者と同じ場所に立ってやっているのだ。読者が彼女の後を追うことができるように。

生と死を私は、そっと薄笑いを浮かべて
　口にする……

と彼女は後から付け加えているが、それはまるで、前に記された一節の意味を読者にかみ砕いて説明しているかのようだ。これと同じ理由から――そしてまた、詩の最初で訪問者が「記事を提供する」ように提案していることもあって――ツヴェターエワはインタビューするジャーナリストのような口調――仮面――を用いることになる。

それで――どうやって行ったの？
どうやって心は弾け飛んでいったの――
張り裂けもせずに？　かつてオルロフの駿馬に乗って
鷲を追った――と言っていたでしょう？――その時のように
息が詰まって――それとももっと強烈に？

もっと甘美だったの？……

「行った」という婉曲的な言い方（それはつまり「新しい場所」へ、つまり、天や天国へ「行った」ということである）と、それに続くリルケ自身の言葉のパラフレーズは、何行か前で、「教えてあげましょうか、それを知って私がどうしたのかを」に対して答える際に、制御を失いかけた感情をコントロールしようという試みである。

何もしなかった、けれど何かが
生まれた――影もこだますることもなく
何かをする何かが！
それで――どうやって行ったの？

ここでツヴェターエワは、ここまでのイントネーションの切断と内容の物理的切断を強調すべく、行の配置を乱している。紙の上では下方へと引き下げられているがゆえに、読者の意識においては上昇への転換となる。これ以降、この詩は上昇するのみであり、抒情的逸脱や音調を抑えるために立ち止まるとしても、それはあまりにも高い領域で起きるため、これを地理的に区分しても無意味に思われる。ツヴェターエワ自身、このことをある程度は考慮に入れている。彼女は自らが問いかけた「もっと強烈に？／もっと甘美だったの？」に答える代わりに、次のように記している。

……高度も勾配もないはず
正真正銘ロシアの鷲に乗り、飛んだことのある
者には。

つまり、ロシアで生活し、形而上学的な「ロシアの丘」を体験した人間にとって、いかなる地形も（彼岸の地形も含めて）別段どうということもないのである。さらに、愛国者の悲しみと誇りを抱きつつ、ツヴェターエワはこう付け加える。

わたしたちはあの世と血で結ばれている――
ルーシ[29]の地にいたのなら、生きながら〈その世界〉を
見たはずだから。

これは安っぽい愛国主義とは違うし、嘲笑的なトーンに彩られがちな自由主義者の愛国主義でもない。それは、形而上学的な愛国主義である。「ルーシの地にいたのなら、生きながら〈その世界〉を／見たはず」――この言葉は、人間の存在一般の持つ悲劇性を明確に意識し、なおかつ究極的に彼岸と近接したものとしてロシアを理解するところから生まれている。

この一行は、「ツヴェターエワは革命を受け入れなかった」という意味のない考察を完全に骨抜きにしてしまう。もちろん彼女は革命を受け入れなかった。なぜなら、殺人を「受け入れる」ことは――それがどのような理想の下で遂行されたのかにかかわらず――その共犯者になることであり、死者に対する裏切り者と

なることだからである。それを「受け入れる」というのは、死せる者たちは生存者たちよりも劣っていると主張するに等しい。そのような「受け入れ」は、少数派（死者）に対して多数派（生存者）が優越的立場をとることであり、それはすなわち、最も忌むべき道徳的堕落の形態である。キリスト教的倫理規範に則って育てられてきた人間にとって、このような「受け入れ」はありえないし、また、「非受容」という形をとった政治的盲目や歴史プロセスの無理解を非難されることは、この個人にとっては道徳的洞察力を賞賛されることに他ならない。

「ルーシの地にいたのなら、生きながら〈その世界〉を／見たはず」という一節は、「祖国よ、おまえのすべてを／主は奴隷の姿に身をやつし／祝福しつつ歩いた」や「ロシアは信じるしかない[30]」といった言説からさほど遠くないところにある。引用したツヴェターエワの詩行は、彼女が「革命を受け入れない」という以上のものを成し遂げたことを証明している。つまり、彼女は革命を「理解した」のである。存在の本質を、極限まで——骨の髄まで——露呈させるものとしての革命を。そしておそらくはそれゆえに、「いた」という動詞が用いられているのである。この語は、リルケのロシア訪問（一八九九年と一九〇〇年）よりはむしろ、ロシアの外に出てしまったツヴェターエワ自身に関わっている。また、「見たはずだから」に続く「移転は準備万端！」という叫び——つまり、此岸から彼岸への移動がスムーズだということ——も、すぐに腕力に訴えたがる革命裁判所を多少は反映しているだろう。そのため、「移転」のすぐ後に続く部分がより一層自然に響くのである。

(29) 現在のロシア、ウクライナ、ベラルーシにまたがる地域の古い呼称。
(30) いずれも十九世紀ロシアの詩人フョードル・チュッチェフの詩からの引用。

生と死を私は、そっと薄笑いを浮かべて
口にする――きっと同じ笑みでそれに触れてくれるはず！
生と死を私は、脚注の星印《アステリスク》をつけて
口にする……

ここまで募りつつあった教訓的な調子は、「同じ笑みでそれに触れてくれるはず」という一節の高い抒情性によって解消されている。というのも、作品を宛てた相手と作者との「生と死」に対する見解の一致が、ここでは何か秘められた二つの微笑みの結合という形で呈示されているからである。その実存主義的な口づけの繊細さは、ささやきにも似た「触れてくれるはず」という心地よい響きによって伝わってくる。「同じ笑みでそれに触れ」るのが「あなた」であると名指されていないために親密さの感覚が強まり、それは、「生と死を私は、脚注の星印《アステリスク》をつけて／口にする」という次の行にも浸透している。なぜなら、「脚注」という語は、「括弧」や、あるいは「薄笑い」ほど芝居がかっていないからである。作者にとって「生と死」はやはり侮蔑すべきものであるという印象を膨らませながら伝える一方で、「脚注（snoska）」という語の持つ指小辞的でほとんど愛らしい響きのために、発話はきわめて個人的な次元に移行し、また、「星印《アステリスク》」となることで、「脚注」はいわば作品を宛てた相手と同化する。なぜなら、リルケはもはや星となった、あるいは星々の中にあるからだ。これに続く括弧にくくられた箇所は、二行半にわたる純粋なポエジーである。

……（夜、願わくば

「脳の半球よ――
星の半球になれ」！）

この括弧が見事なのは、その中に含まれるイメージの一部を視覚的に移し替えたものとなっている点である。そのイメージ自体をさらに魅力的に見せているのは、意識を、リルケへの脚注――星々――だけから成り立っているページになぞらえていることである。また、古語的な「願わくば」は、できる限りの優しさを抱きつつも、そのような願いをかなえるのが不可能であることを漂わせている。そしてこの不可能性は、速やかに音調を転じることを求めるのである。それゆえ、括弧が閉じた後、前の節とは違って表面上は事務的な調子の発話を私たちは耳にすることになる。もっとも、この調子は仮面に過ぎず、感情的な内実はそれまでと変わらない。

友よ、以下のことを
忘れないでほしい。ドイツ文字の代わりに
ロシア文字を書いたとしても――
それは巷で言うように
「大丈夫、死人（かわいそうな）だから何でもかまわず
飲み込んじまうさ！」ということではなくて……

「以下のこと」というお役所的な調子にくるまれたその内容は、この一節を文字通り受け取ってよいことを

知らしめてくれる。つまりこれは、詩がドイツ語ではなくロシア語で書かれていることに対して作者がリルケに許しを求めているのに他ならないのである。それは、決して媚を売ってのことではない。ツヴェターエワは一九二六年にリルケとの文通を始めたが（ちなみにこの文通はB・パステルナークのイニシアティブによって生まれたものだ）、二人はドイツ語で手紙をやり取りしていた。このように許しを請う感情が生じるのは、ロシア語――リルケにとって母語ではない――を使うことで、リルケから遠ざかってしまうのを自覚しているからである（彼の死という事実によって彼女はすでにリルケと隔てられているが、それ以上に遠く離れてしまうのだ。ドイツ語で書くことを試みていたなら、きっとその距離はもっと狭まっていたはずである）。また、こうして願うこと自体、これに先行する数行の「純粋なポエジー」から離脱させる役割を果たしている（この数行に対して、ツヴェターエワはほとんど自分自身を責めんばかりである）。いずれにしろ、このようなきわめて詩的な成果（先ほどの括弧の中の内容のような）は、一方で彼女をリルケから遠ざけ、そこに気を取られてしまう可能性がある――リルケではなく、まさに彼女自身が――ということをツヴェターエワは自覚している。「ドイツ文字の代わりに／ロシア文字を書いた」という大仰なフレーズには、自分と自分の作品に対する軽い揶揄の調子が感じられる。そして彼女は同じような威勢のいい口調で弁明を始めるのである。「それは巷で言うように／「大丈夫、死人（かわいそうな）だから何でもかまわず／飲み込んじまうさ！」ということではなくて」。しかし、このトーンは自己呵責のもう一つの形式に過ぎない。死者を意味する民衆語「目を細めた奴《ジュムーリク》」と諺とが混ざり合ってできた乱暴な言い回し「死人（かわいそうな）だから何でもかまわず／飲み込んじまうさ！」(31)の持つ無遠慮さは、作品を宛てた相手の性格描写ではなく、作者の心理的自画像であり、作者がここまで転落するかもしれないということを示している。ここから、つまり最底辺から、ツヴェターエワは自己防御を始める。そして普通、出発点が悪いほど自己防御の結果は確実なものとなる。

——なぜなら〈その世界〉は
わたしたちのものだから——十三歳、ノヴォデヴィッチで知った、
そこで言葉は失われるのではなく、〈すべての言葉〉が可能になるのだ、と。

これもまた驚異的な一節である。というのも、この前の部分からはこのような展開になるとはまったく予想外だからだ。ツヴェターエワの文体的コントラストに慣れている経験豊富な読者でさえ、このようなどん底から天上への急上昇に対してつねに心の準備ができているわけではない。なにしろツヴェターエワの詩の中で読者が直面するのは、詩人の戦略ではなく倫理の戦略なのだ。それは彼女自身の表現を借りるなら「良心の光に照らされた芸術[32]」なのである。さらに付け加えるなら、それは芸術と倫理の完全なる結合である。まさにこうした良心の論理（より正確には、良心性の論理）や、相手が死んでいるのに自分は生きているということに対する羞恥の論理、また、いずれ必ず死者は忘却され、自分の詩がその忘却への道を敷いているのだという自覚などのために、彼の死という現実からのさらなる逃走——すなわちロシア語で詩を書くこと、

（31）「何でもかまわず飲み込んじまうさ」と訳した箇所は、直訳すると「すべて飲み込み、まばたきもしない」となる。これは、「まばたきもせずに」＝「深く考えずに、気軽に」という慣用句を踏まえた表現で、それが死者を意味する「目を細めた奴《ジュムーリク》」と結びつくとブロツキーは解釈している。

（32）『良心の光に照らされた芸術』は一九三二年に書かれたツヴェターエワの評論。

いや、そもそも詩なるものを書くということ自体――に対する許しを請うことになるのである。ツヴェターエワが自らを弁明する論拠――「なぜなら〈その世界〉は……そこで言葉は失われるのではなく、〈すべての言葉〉が可能になる」――が注目に値するのは、まず何より、ほとんど誰しもが立ち止まってしまう心理的敷居を踏み越えているという点である。死は普通、言語的呵責から解放してくれる言語外的経験として理解されるが、ツヴェターエワはこの理解を越えてしまっている。「そこで言葉は失われるのではなく、〈すべての言葉〉が可能になる」という一節は、それよりもはるか彼方にまで進み、良心をその原点、良心が地上の罪悪の重みから解放される地点にまで連れてゆく。この言葉には、あたかも両手を広げ、思いがけぬ発見――「十三歳」で「ノヴォデヴィッチ」にいる子供にのみ可能な[33]――を祝っているような印象がある。

とはいえ、この論拠も十分ではなかった。なぜなら、呵責にせよ、言語をめぐる思索にせよ、幼年時代の回想にせよ、リルケ自身からのパラフレーズや、さらには詩そのものとその韻やイメージでさえ、現実と和解させようとするものはすべて、作者にとっては現実からの逃走や逸脱であると思われるからである。

話が逸れたかしら？

とツヴェターエワは、前の連を振り返りながら問いかけている。もっとも実際にはこれは前の連ばかりでなく、詩全体に関しての問いかけであり、抒情的逸脱というよりは、罪悪感によって生まれた逸脱についての問いである。

概してツヴェターエワの強みはまさにその心理的リアリズムにあると言える。彼女の詩の中では、決して和解させることのできない良心の声が主題として、あるいは少なくとも「付記」として響いている。彼女の作品を定義するならば、その一つは「カルヴァン主義に奉じるロシア語従属文」となるだろう。もしくは、「従属文に抱擁されたカルヴァン主義」とも言える。いずれにせよ、カルヴァン主義の世界観と、従属文という文法構造が相似していることを、ツヴェターエワ以上に明確に示した者はいない。もちろん、ある個人が自分に対してストイックに振る舞うというのは、それ自体が一定の倫理を有するものであるが、自己分析を施すのにロシア語の従属複文の多階層的シンタクシスよりも包括的、立体的、かつ自然な形式はおそらく存在しない。この形式で表現されたカルヴァン主義は、カルヴァン主義の母国の言葉であるドイツ語を用いたときよりも遥かに遠くへと個人を「運ぶ」。それはあまりにも遠くへと行ってしまうために、ドイツ語からはただ「最良の記憶」だけが残り、かくしてドイツ語は優しさの言語と化すのである。

話が逸れたかしら？　けれど私をあなたから
逸らすものなどありはしない。
すべての想いが、あらゆる音節が、Du Lieber（愛しい人よ）、
あなたへと導く——たとえ何を
語ろうとも……

(33)　十三歳のときツヴェターエワは慕っていた年上の親戚ナージャ・イロヴァイスカヤを結核で亡くし、大きなショックを受けた。ノヴォデヴィッチはナージャが埋葬されたモスクワの修道院で、その墓に詣でるためにここへ来たときに、ツヴェターエワはナージャが今いるはずの「その世界」（彼岸）についての洞察を得たと述べているのである。

この「Du Lieber」は、罪悪感の代償（「ドイツ文字の代わりに／ロシア文字を書いた」）であると同時に、この罪からの解放でもある。また、この言葉の背後には、リルケのそばに行きたい――彼にとって自然な形で、つまり、彼の母語の響きによって彼に触れたい――という、純粋に個人的で親密な、ほとんど肉体的なまでの欲求がある。しかし、もしそれだけの理由だったとすれば、きわめて多彩な技術を有する詩人ツヴェターエワなら、先に述べたような感覚を表現するのに、ドイツ語を用いなくとも、手持ちのパレットの中から何らかの手段を見つけることができただろう。おそらく重要なのは、ツヴェターエワが詩の最初のほうですでにロシア語で「Du Lieber」と言ってしまっていることである。「ある人がやってきた――誰だったか――（誰だって同じこと、愛しい人は／あなただけ）」。詩において同じ語を繰り返すのは、概して好ましいことではない。明らかに肯定的なニュアンスを持つ語を反復する場合、トートロジーの危険性は通常以上に増大する。これだけをとってみても、ツヴェターエワが別の言語に移行するのは必然で、ここでドイツ語はその「別の言語」という役割を果たしたのだった。その際、「Du Lieber」は意味的というよりも音声的に利用されている。というのも、まず何より『新しき年の辞』はマカロニズム[34]の詩ではないからで、そのため「Du Lieber」の負う意味的負荷は、きわめて高いか、あるいはまったく取るに足らないか、そのいずれかになるのである。前者である可能性は低い。なぜなら、ツヴェターエワはこの「Du Lieber」をほとんどささやき声で、「ロシア語よりもドイツ語のほうが近しい」人間として無意識に発しているからだ。「Du Lieber」はまさに、「自分のものとして」発音される「幸せで無意味な言葉[35]」に他ならず、その幸福なまでに無意味な総括的役割は、これに添えられている「たとえ何を（o chóm by to ni byl）」という韻[36]が同程度に有する無対象性によって裏付けられるのである。かくして、後者、つまり純粋な音声であるという説が生き残る。大量のロシア語テクストの中に差し挟まれた「Du Lieber」は、まず何よりも音なのである。それはロシア語の音ではないが、ドイツ語の音であるとも限らない。それはあらゆる言語の音なのだ。外国語の単語を用いた結果として生じる印象は、何よりもまず純粋に音声的なものであり、そのため、よりいっそう私的で個人的であるかのように感じられる。理性よりも先に目や耳が反応するからである。言い換えるなら、ツヴェターエワはここで「Du Lieber」を元々のドイツ語の意味としてではなく、超言語的意味で用いているのだ。

内的状態を表すのに別の言語へ移行するというのはかなり極端な手段であり、それだけでもすでに、その状態がどのようなものか窺い知れる。もっとも、詩というのは本質的に「別の言語」のようなものである。ないしは、「別の言語」からの翻訳と等しい。ドイツ語の「Du Lieber」を用いることは、原点へ近づこうとするツヴェターエワの試みである。彼女はその「原点」を、「Du Lieber」と韻を踏む箇所の次に続く括弧内の、おそらくはロシア詩の歴史上、最も非凡な一節で次のように定義している。

すべての想いが、あらゆる音節が、Du Lieber（愛しい人よ）、
あなたへと導く——たとえ何を
語ろうとも（たとえロシア語よりもドイツ語のほうが

(34) 異なる言語を混交した文体。
(35) マンデリシュタームの詩「ペテルブルクでふたたび僕らは会うだろう」（一九二〇）の一節。
(36)「Lieber」と「ni byl」が韻を踏んでいる。

私には近しくても、何よりも「天使語」のほうが近しいのです！）……

これは、『新しき年の辞』において作者が行った告白の中で最も本質的なものの一つである。そして、コンマ――イントネーション上の――は「私には近しくても」の後ではなく「ドイツ語のほうが」の後に置かれている。ここで秀逸なのは、「天使語」という表現の回りくどさが、詩のコンテクスト全体、つまり、リルケのいる「その世界」、彼を今直接的に取り巻いている環境そのものによって、ほとんど完全に解消されている点である。また同じく見事なのは、「天使語」という表現が、絶望感ではなく精神的飛翔（それは、「その世界」に彼がいるであろうという推測からというより、むしろ作者の全般的な詩的方向性に起因する）の「高さ」――ほとんど文字通り、物理的な意味での――を示しているという点だ。なにしろツヴェターエワにとって、そもそも伝記的にドイツ語がロシア語よりも近しいものであるのと同様、「天使語」は全般的に近しい言語なのである。ここで問われているのは、「より近しい」高み、つまり、ロシア語にもドイツ語にも到達することのできない超言語的な高さ、俗な言い方をするなら「魂の高み」についてである。究極的に言うなら、天使は音によって説明される。しかし、「何よりも「天使語」のほうが近しい」の中にはっきりと聞き取れる挑戦的な口調は、この「天使語」が完全に非教会的で、神の恵みとはごく間接的な関係しか持たないようなものであることを示唆している。これは本質的に、ツヴェターエワのあの有名な決まり文句「天の真実の声は地の真実の声に反す」(37)を、別の言い方で表したものである。この両方の表現に反映されたヒエラルキー的世界観は、制限されることのないヒエラルキーである。少なくともそれは、宗教的トポグラフィーによって制限されることはない。そのため「天使語」は、意味なるものの高み、彼女自身の表現を借りるなら「叫び着く」地点を示すための単なる補助的な用語として用いられている。

この高みは、空間の物理的尺度によってのみ表現しうるものであり、この詩の残りの部分はすべて、絶えず遠ざかってゆく距離の描写に費やされている。そのように遠ざかってゆくものの一つが、作者自身の声である。またしてもインタビュアーの仮面をかぶりつつ、ツヴェターエワは次のように問いかけている（彼女はまず自分について質問し、それからいつものように、すぐさま自分のことは放り捨ててしまう）。

――わたしのことなど思い出しもしないのかしら？
ライナー、まわりはどう？　気分は？
きっと、必ず現れるのは――
宇宙の最初の光景
（つまり詩人が宇宙で
見るはずの）と、あなただけにその全体が与えられた
惑星の最後の光景！

これはもう十分に天使的な眺望だが、ここで起きている出来事に対するツヴェターエワの理解が天使のそれと異なっているのは、魂の運命だけに関心を寄せるということがない点だ。また彼女は同様に、（純粋に人間的な理解の仕方とは違って）肉体の運命だけに関心を寄せることもない。「分けることはどちらも汚《けが》すこと」と彼女は言う。天使ならばそのようなことを言ったりはしないだろう。

（37）ツヴェターエワの連作詩「工場労働者たち」第二篇（一九二二）からの引用。

「創作」という肉体的活動のうちに具現化された魂の不死を、ツヴェターエワは『新しき年の辞』の中で、空間的カテゴリー、すなわちまさに肉体的カテゴリーを用いて表現している。それゆえに彼女は「詩人(poéta)」と「惑星(planéty)」を押韻させるだけではなく、この両者(文字通りの意味での「宇宙」と、個人の意識という伝統的に「宇宙」と見なされてきたもの)を同一視することができるのである。したがって、ここで問われているのは、大きさの等しい物と物との距離なのであり、「インタビュアー」が描いているのは、「詩人が見るはずの宇宙の最初の光景」ではなく、またそれらの別れや出会いでさえなく、

——原告と被告との
対審。出会いにして、かつ最初の
別れ

なのである。[38]

ツヴェターエワの形而上学が信頼に足るのは、まさにその天使語から政治語への翻訳が正確だからである。なにしろ「対審」というのはつねに、最初で最後の、出会いにして別れでもあるのだから。そしてこの壮大な規模の等式の後には、信じられないほど優しく抒情的な数行が続く。これが心に刺さるのは、先に触れた宇宙的光景と、取るに足らない細部(しかも括弧の中に入れられている)とが正比例しているからである。この細部は、創作と子供時代の双方への連想を誘い、この両者がともに二度と還らないものであることを示している。

自分自身の手を
どんな風に眺めたの？（その手の上のインクの痕を）
地中海の――あるいはその他の――受け皿の
クリスタルの海抜の
上空何マイルかの（何マイルなのかしら？）
果てしない――なぜなら始まりもないから――高みから

「かの如く魂は高みより見下ろす[39]」というテーマのバリエーションたるこの数行で驚かされるのは、「打ち捨てられた体」に属する「手」に残されたインクの痕と、「地中海の――あるいはその他の――受け皿」のクリスタル（それは、これらの「受け皿」がこの魂からは何マイルも遠く隔たっていることを示している）とを、同じくらい明確に見分けることのできる作者の目の鋭さだけではない。この数行で最も心をつかまれるのは、そのような目の鋭さに加えて、「果てしなさ」を「始まりのなさ」として理解している点である。この「忘我の光景」は、複雑に構成された単文によって、まるで飛翔するかのように一息に描き出されている。この単文構造のおかげで、無邪気なほど直接的な「インクの痕」と、抽象的な「果てしない――なぜなる。

（38）「――わたしのことなど思い出しもしないのかしら？」で始まる引用箇所の五〜六行目の末尾が「poéta」と「planéty」で不完全押韻している。
（39）チュッチェフの詩「彼女は床に座っていた」（一八五八）からの不正確な引用。正確には「魂が高みより見下ろすかのように」。なお、直後に出てくる「打ち捨てられた体」も同じ詩からの引用である。

ら始まりもないから――高み」、そしてアイロニカルな「クリスタルの受け皿」との語彙的（心理的）同一性が保証される。それは天国からの視線である。そこでは（そこからは）すべてのものが同じに見えるし、そこからの視線はつねに下へと向かう。

――桟敷のへりに肘をつき
いったい他にどこを見ればいいのだろう、
この世から向こうの世界を見る他に、あるいは向こうから
この苦しみ多い世界を見るより他に……

ここでもツヴェターエワの視線は、天国の「桟敷」から現実という「一階席」へ、日常存在の俗界へと、イントネーションとともに文字通り「落ちて」くる。そうした俗界性は、「舶来」の、つまりフランス語のベルヴュー（直訳すると「美しい眺め」）という名称で飾られることによって、さらに強められることになる。

ベルヴューに住む私。いくつもの巣と枝から成る
小さな町。ガイドと目が合えば
「これがベルヴューです。眺めの美しい城塞都市、
パリ――ガリアの怪物の宮殿――が見えます、
パリと――それにもう少し遠くまで……」

自分の住む場所の描写や、「ベルヴュー」に続く「住む」という言葉の中で、ツヴェターエワは一瞬——ほんの一瞬だけであるが——自分の身に起こっていることがまったく不条理だと感じている様子をさらけ出してしまう。この一節からはあらゆることが聞き取れる。この土地への侮蔑、そこに住まなければならないという宿命、そして——もしこう言ってよければ——それに対する弁明すら聞こえてくる。「だって私はここに住んでいるのだから仕方ないでしょう」と言わんばかりに。「ベルヴューに住む」ことが彼女にとってさらに耐え難いのは、この一節が自分の存在と、リルケの身に起きたことが両立しえないことを物理的に具象化してしまっているからでもある。彼女にとってベルヴューは天国という「彼岸」の対極である。もしかすると、それは「彼岸」の別バージョンでさえあるかもしれない。というのも、この両極のどちらも、存在が不可能な厳寒の地だからである。まるで自分の目を信じることを拒絶しているかのように、そして、自分がこの地にいることを信じたくないと抗っているかのように、ツヴェターエワはそのスケープゴートとして「ベルヴュー」という名を、トートロジーやナンセンスすれすれのところでバランスを取りながら二度繰り返している。もし「ベルヴュー」を三度繰り返していたら、おそらくヒステリックになってしまっただろう。まず何よりも詩人として、それはツヴェターエワにとって許しがたいことである。そうすることによって、詩の重心がリルケから自分自身へと移ってしまうからだ。そうする代わりにツヴェターエワは、嘲笑的な口調（この土地に対してというより自分自身に対して）で、この地名の直訳を提示している。彼女自身がわかっているように、「美しい眺め」なるものは「ここから」ではなく「向こうから」、つまり天国から、「桟敷」から見えるものだということを考えると、この地名はいっそう逆説的に響く。

深紅のへりに肘をつき　限りない高みから見下ろす
あなたには（誰に？）どんなにか滑稽でしょう
（私には）どうしようもない
このベルヴューとベルヴェデーレたちは！

かくして、この詩の中で唯一の、作者による自らの世界の描写は終了する。この世界からは、この作品の主人公が身を隠してしまった場所以外に、「いったい他にどこを見ればいい」のかわからない（パリという「ガリアの怪物の宮殿」や、「パリと――それにもう少し遠くまで」見えたところで意味がないのだ）。具体的な現実世界、とりわけ自分自身の置かれた状況に対するツヴェターエワの姿勢は概してこのようなものであった。彼女にとって現実というのはつねに出発点であって、支点や目的地ではないのだ。現実が具体的になればなるほど、遠くへ反発する力が強まってゆく。詩の中でのツヴェターエワは、まるで古典的なユートピア主義者のように振る舞っている。現実が耐え難いものであればあるほど、彼女の想像力は攻撃的になるのだ。とはいえ彼女の場合、視力の鋭さは観察対象とは無関係であり、その点が古典的ユートピア主義者とは異なっている。

対象が理想的であればあるほど――つまり、遠くにあればあるほど――その描写は綿密なものになるとすら言えるほどだ。まるで距離が目の水晶体を鼓舞する――成長させる――かのように。だからこそ「ベルヴューとベルヴェデーレたち[40]」は誰よりも彼女自身にとって滑稽なのである。というのも、彼女はそれらをリルケの目だけではなく、自分自身の目でも見ることができるからだ。

そしてその場所から――つまり宇宙の端から――、また、自分の「現在」に――つまり自分自身に――投げかけられた視線から、ごく自然に、この詩の中で思いもよらない、ありえないことについての話が始まる。それは最も重要かつきわめて詩的なテーマ、すなわち、詩を宛てた相手に対する作者の愛というテーマである。それ以前の部分はすべて、実は長大な導入部だったのであり、現実生活においてこの強い感情を告白するまでの導入期といくらか相応している。このテーマを掘り下げる際に、いや、より正確に言うなら、愛の言葉を口に出していくにあたって、ツヴェターエワはすでに導入部分で用いた手法、とりわけ質的カテゴリーを空間的に表現する（たとえば高さ）という手法を利用している。『新しき年の辞』の文体的統一性を考慮するならば、これらの手法を詳細に分析することは（その中には時として重要な伝記的要素も存在するのだが）、適切であるとは思われない。同様に、ツヴェターエワとリルケが具体的にいかなる関係であったのかを詮索する――詩を材料として――というのも、不適切であり、非難すべきことである。あらゆる詩は、空間と時間の中に与えられた現実に劣らぬほど重要な「現実」なのだ。そればかりでなく、具体的で物理的な現実が存在すると、普通は詩への欲求が削がれてしまう。たいていの場合、詩を書く動機は、現実ではなく非現実なのである。特に『新しき年の辞』の場合、それが書かれた動機は、リルケの死という非現実の極致――二人の関係性においても、また形而上学的な意味でも――であった。であるなら、この詩の残りの部分は、テクスト自体によって提示されている心理レベルにおいて考察するほうが、遥かに筋の通ったものとなるだろう。

『新しき年の辞』を理解するために重要な唯一の「現実」は、すでに言及したツヴェターエワとリルケとの

(40) ベルヴェデーレはもともと「美しい眺め」を意味するイタリア語で、バチカン、ウィーン、プラハ、ヴェルサイユなどヨーロッパ各地には「ベルヴェデーレ」と名づけられた宮殿や四阿が数多く存在する。

文通だ。この文通は一九二六年に始まり、その同じ年、リルケの死（白血病のためスイスのサナトリウムにて）とともに終わる。ツヴェターエワからリルケに宛てた書簡は三通が現存している（その分量と、内容のテンションの高さを考えると、実際それは三通しかなかったのかもしれない）。つまり、『新しき年の辞』は四通目の、そしていずれにせよ最後の手紙であったと考えるべきなのだろう。もっとも、スイスではなく「彼岸」に送られたものとしては最初の手紙なのだが。

これはあなたへの最初の手紙、新しい
〔中略〕場所へ去ってしまったあなたへの……

手紙であるからには、『新しき年の辞』は当然のことながらそれ以前の手紙（ツヴェターエワからリルケに宛てたものも、リルケからツヴェターエワに宛てたものも）の内容を、さまざまな形で参照しているが、書簡自体を引用せずにこれを考察するのはやはり不適切であろう。それに、『新しき年の辞』におけるこのような参照関係や引用、パラフレーズは、文通の続きのためというよりは、詩それ自体のために用いられている。なにしろ、文通をしていた人間のうち一人は、すでにこの世にないのだから。この文通の中で唯一『新しき年の辞』の詩学と直接的な関係を持っていると考えられるのは、ツヴェターエワに捧げられた「悲歌」で、リルケはこの作品を一九二六年六月八日（おそらく執筆直後であろう）に彼女へ送っている。もっとも、『新しき年の辞』の読者に「悲歌」のいくつかの行（第三、二〇、四五行目）[41]の残響を感じさせる二、三箇所を除けば、この二つの詩の類似はわずかである。もちろん、この二人の作者に共通する魂のベクトルを別にすれば、ということなのだが。

さらにこの文通からわかるのは、手紙をやりとりしていた間じゅうずっと、ツヴェターエワとパステルナーク（文通が始まったのは彼の発案だった）がリルケを訪問するためのさまざまな計画を立てていたということである。当初彼らは二人で行くつもりだったが、その後、パステルナークがこの旅行に参加できる可能性が薄れると、ツヴェターエワは一人で行こうと考えた。ある意味で、『新しき年の辞』は彼と会う計画の続きだった。文通相手の探索は、今や純粋な空間中で行われており、待ち合わせ場所がどこにあるかは、もはや言うまでもなかろう。この詩が一人きりで書かれているということだけでも、すでにそれは「続き」だと言える。手紙は一人で書くものなのだから。また、「このベルヴューとベルヴェデーレたち」という一節は、悲哀と耐え難さを表すものであるのと同時に、単に習慣で書かれた——あるいは決して来ないはずの返事を、あてもなく盲目的に期待しつつ記された——返信先の住所なのかもしれない。

この一行を生み出すに至った作者の感情がどのようなものであれ、ツヴェターエワは即座に前言を翻し、つまらないことを言ってしまったと恥じるかのように、こうした感情が生じたのは「新しい年」が迫っているからだと説明する。

急いで駆けつける。特別。大至急。
新しい年はもう戸口まで来ている。

（41）「悲歌」の三行目は「星へと加わろうとも！　総計において、すべてはもはや数え尽くされている」、二〇行目は「天使が歩み、そして救われるべき者たちの扉に印をつけるように」、四五行目は「いずれお前にそっと触れるであろう夜の息吹の中へと〔後略〕」。

この箇所によって、この詩にはこのタイトルがふさわしいものであることを示したあと、次に彼女は行の途中で一旦休止し、まるで振り子かうつむいた頭のようにホレイ（強弱格）を左右に揺さぶりつつ、次のように続ける。

……何を祝って、誰と、テーブル越し
グラスを合わせればいいのだろう？　何のグラスを？　泡ではなく、綿の
かたまり。何のために？　そう、鐘が鳴っている――でも私には関係ないでしょう？

クエスチョンマークの混乱ぶりと、「綿の《ヴァートィ》」に対して、何かひとかたまりになって不明瞭につぶやかれる「でも私には関係ないでしょう《アプリチョムヤートウット》」で押韻させる三音節の行結句[42]は、手綱《たづな》が外れて制御を失い、秩序だった発話が無意識の慟哭へと変じてしまったかのような印象を与える。その一行下（だが、音程としては一音上がっている）でツヴェターエワははっと我に返って言葉に意味らしきものを取り戻させているが、その後の発話はすべて、哀歌が持って生まれた音楽の支配下に置かれている。それは、語られたことの意味をかき消すわけではないが、自らのダイナミズムに意味を従わせてしまう。

新しい年のにぎわいの中、私はいったいどうしたらいいのだろう？
「ライナー（Rainer）が――死んだ（umer）」というこの内なる韻を。
もしもあなたが、あのような瞳が光を失ったのなら

つまり生は生でなく、死は死でない。
つまり──闇へと！　あとはあなたと逢った時にわかるだろう！──
生もなく、死もなく、あるのは何か第三の
新しいもの。それを祝して（二七年に
藁を敷き──過ぎゆく二六年
にとって──何と幸福なことか
あなたに終わり、あなたに始まるなんて！）
目には見えないテーブル越しに
あなたとグラスを合わせよう、ひそやかな音で──
グラスとグラス？

この部分の冒頭を飾る二行は恐るべきだ。ツヴェターエワの作品の中でさえ、これと並ぶようなものはほとんどない。ポイントとなるのはおそらく、「ライナー（Rainer）が──死んだ（umer）」という類韻──すぐ近くにある自身の唇が何度もこの名を口にしたせいで、この名前の発音に慣れていた耳（そしてそれはまさにロシア人の耳なのだが）によって聞き取られた音の共鳴──ではなく、「内なる（vnútrenneyu）」とい

（42）これはおそらくブロツキーの勘違いで、実際には二音節である。ここでは「綿の（vâty）」と「私には関係ないでしょう」の最後の二音節（vá tut）で押韻させている。ロシア詩の押韻パターンとしてはかなり新奇なタイプである。

う語の、微に入り細を穿つようなダクチリ（強弱弱格）であろう。この形容詞の各母音の明瞭さは、ここで語られていることの冷酷さと、この語自体の生理学的な内面性を強調している。ここではもはや、内なる韻ではなく、内なる意識について述べられているのであり、意識的（意味のせいで）にも無意識（超意識）的（音声のせいで）にも、すべてを最後まで、単語の音響的限界まで語り尽くす――口に出し切る――ことについて彼女は言おうとしているのである。

さらにここで留意すべきなのは、この行における「内なる」という語の内的状況、そして、行内韻の印象を強める五つの〈r〉音[43]――の創造的・征服的役割である。というのも、それはロシア語のアルファベットではなく、「ライナー（Rainer）」という名に由来しているかのように感じられるからだ（ツヴェターエワによる詩人リルケの全般的な認識にも言えることだが、この行を構成する際、彼のフルネーム「ライナー・マリア・リルケ」が少なからぬ役割を果たしていたというのは大いにありうることである。ロシア人であれば、この名前の中に四つの〈r〉だけではなく、ロシア語に存在する三つの性――男性、女性、そして中性――のすべてを感じ取るだろう[44]。言い換えるなら、この名前自体にある種の形而上学的要素が含まれているのである）。もっとも、実際にこの名前から汲み取られ、この詩の後の部分で利用されているのは、「ライナー（Rainer）」という名の最初の音節である[45]。この点に関して、ツヴェターエワの耳はあまりに無邪気で、フォークロア程度の根拠しか持っていないと非難することもできよう。「あのような瞳が光を失った（Takoe oko smerklos'）」「つまり――闇へと！（Znachit - tmitsya）」といった言い回しは、まさしくフォークロアの慣性力、フォークロアの無意識な模倣によって生まれている。「藁を敷き（solomoy zasteliv）」というのも同じような側面を持つ。それは習俗的な意味だけではなく、「藁（solomoy）」と「第七（sed'moy）」ないしは「第六（shestoy）」というオーソドックスな押韻の性格によるものである。「あなたとグラスを合わせよう、ひそやかな音で――／グラスとグラス……」もそうだし、「連中の酒場(46)」も部分的には同様である（もっともこれは単にマニエリズム的表現として捉えることもできるのだが）。声に出し、嘆き、むせび泣く技法が最もはっきりと感じられるのは、「もしもあなたが、あのような瞳が光を失ったのなら／つまり生は生でなく、死は死でない。／つまり――闇へと！」という部分である。「〜は〜でない」という理知的な言い回しに惑わされてはならない。というのも、仮にここで何らかの公式が提示されているのだとしても、次に続く「つまり――闇へと！……」と、括弧内の具体的な年号によって、その有効性は薄れてしまうからである。さてその括弧の部分であるが、ここにはツヴェターエワの恐るべき詩的資質が現れている。

（……過ぎゆく二六年
にとって――何と幸福なことか
あなたに終わり、あなたに始まるなんて！）

という一節に込められた度量の大きさは、いかなる計算をも超越している。なぜなら、彼女自身が最も大きな単位、すなわち「時間」というカテゴリーの中にあるからだ。

(43)　この行は「S etoi vnutrenneyu rifmoy Rainer – umer」で、五つの〈r〉音が用いられている。
(44)　ロシア語には文法的な性別があり、子音で終わる名詞は男性名詞、-a で終わる名詞は女性名詞、-e で終わる名詞は中性名詞であるため、「Rainer」は男性名詞、「Maria」は女性名詞、「Rilke」は中性名詞のように感じられる。
(45)　「rai」はロシア語で「天国」を意味する（原注）。
(46)　「グラスとグラス?‥」に続く箇所「いいえ、連中の酒場とは違う」からの引用。

「時間」に対するこのような羨望――それはほとんど嫉妬である――と、悶えるような「何と幸福なことか」――次の行では（「あなた（toboy）」の第一音節にアクセントが移るために）[47] 俗語的な発音へと逸れてゆく――より後の部分では、ツヴェターエワはほとんど公然と愛を語り始める。この移行の理由は単純にして感動的である。すなわち、「時間」――一九二六年という年――は詩のヒロインよりも幸運だからである。こうして、「彼」と一緒にいることのできない「時間」全体についての考えが生まれる。この括弧の中のイントネーションは、まるでいいなずけを悼んでいるかのようだ。しかし、さらに重要なのは、分け隔てる役割を果たすものとして「時間」が捉えられていることで、というのも、「時間」を具象化し、擬人化しようという傾向がそこには感じ取れるからである。実際、悲劇の本質とは、「時間」が望ましくない形をとることにある。これが最も明瞭に現れているのは古典悲劇で、そこでは愛の「時間」（未来の）が死の「時間」（未来の）に取って代わられる。典型的な悲劇の内容とは、思いもよらない行く末に対する否定と抵抗であり、舞台に残った主人公はそのようなリアクションを見せることになる。

　しかし、こうした抵抗がいかに激しいものであろうと、それはつねに「時間」を単純化、家畜化するものである。悲劇というのは普通、情熱的な若者が先ほど起きたばかりのことについて書くか、あるいは、いったい何が起こったのか、その本質をほとんど忘れかけている老人によって書かれるかのどちらかである。一九二六年の時点でツヴェターエワは三十四歳だった。彼女は二人の子を持つ母親で、数千行の詩の作者であり、また、内戦とさまざまな人への愛、さまざまな人の死――その中には彼女がかつて愛した者もいた――をくぐり抜け、ロシアを後に置いてきたのである。括弧の部分から判断するに（もっとも、一九一四－一五年以降の彼女の作品すべてに言えることだが）、彼女は「時間」について、古典作家やロマン主義者たち、あるいは同時代の人々のうちわずかな者しか気づいていなかったことをすでに知っていた。それはすなわち、

「時間」と生の関係は、「時間」と死（それは生よりも長く続く）の関係よりもはるかに希薄で、また、「時間」の観点からすると、死と愛は同じものだということである。死と愛の違いに気づけるのは人間だけなのだ。つまり、一九二六年の時点でツヴェターエワはいわば「時間」と対等な立場に立っており、彼女の思考は「時間」を自分に順応させるのではなく、自らが「時間」とその恐るべき要請に順応していったのだった。「何と幸福なことか／あなたに終わり、あなたに始まるなんて！」と彼女が言うときのトーンは、もし「時間」がリルケとの出会いを彼女に与えていたなら、きっと彼女が「時間」に感謝したであろうときのトーンと同じである。言い換えるなら、彼女の度量の大きさは、彼女に対する「時間」の度量の大きさ――実際にはそれが発揮されることはなかったが、それでも潜在的にそのような度量を持っていることには変わりない――を反映しているのである。

それだけではなく、彼女はリルケ自身についてもさらに知っていた。リルケのところへ一緒に旅行する計画について触れたパステルナーク宛ての手紙で、彼女は次のように書いている。「言うなれば、リルケはあまりにも重い荷を背負いすぎているので、彼には何も、誰も必要ではないのです……。リルケは隠遁者です……。私が彼から感じるのは、持てる者の最後の冷淡さです。私はそもそも彼の持ち物の中に含まれていて、何も彼に与えるものがありません。すべてはもう彼に取られてしまっているので。そう、熱心に手紙を書いてくれるし、素晴らしい耳で一心に耳を傾けてくれるけれど、私は彼には必要ないのです。貴方もね。彼は

(47)「あなた（toboy）」は通常、二番目の「o」にアクセントが置かれるが、『新しき年の辞』は全体がホレイ（強弱格）で書かれているため、朗読者によっては、「強弱」のリズムを保とうとして第一音節にアクセントを置いて読むこともある。

他の友人たちよりも歳をとっています。私にとってこの出会いは大きな痛み、そう、心臓への一撃です。しかも、彼の言っていることは間違っていません――最良で最高で最強の忘我の極致にあるときには、私だって同じではないか、と（それは彼の冷淡さではなく、彼の中にあって彼を守っている神の冷淡さなのです！）」

『新しき年の辞』はまさにその「最良で最高で最強の忘我の極致にあるとき」なのであり、それゆえにツヴェターエワはリルケを「時間」に譲り渡す。この二人の詩人はあまりにも多くのものを「時間」と共有していたので、三角関係的な状態になるのを避けるためである。少なくとも、「時間」の主な特質である極度の忘我状態は、この両者の特質でもあった。そして、この詩全体（本質的には、創作それ自体と同じように）は、このテーマを発展させ、掘り下げてゆく。より適切に表現するなら、「テーマ」というより、「時間」へ接近してゆく状態、と言うべきか。それが掘り下げられてゆく様子は、知覚可能な唯一の空間的カテゴリー（高さや彼岸、天国）において表現されている。もっと簡単に言うと、『新しき年の辞』は、何よりもそれが「時間」についての詩だという点において、その題にふさわしい。「時間」を具現化しうるのは、一つには愛、そしてもう一つは死だ。いずれにせよそのどちらもが永遠への連想を誘う。そして永遠というのは「時間」の一部分にすぎないのであって、その逆――と普通は考えられているが――ではない。そのため、この括弧の中からは憤慨する感じは聞き取れない。

また、先に引用した手紙の内容を考えるなら、仮に二人の出会いが実現していたとしても、この括弧の部分は変わらなかっただろうと推測しても間違いあるまい。なぜなら、最も幸福な、すなわち最も忘我的な愛でさえ、「時間」が詩人に吹き込んだ忘我への愛にはかなわないからである。「時間」は文字通り、この世のすべてに対する「あとがき」であり、つねに言語の自己再生的本質と関わり続けている詩人は誰よりもそのことを知っているのだ。このような言語と「時間」の同一性こそが「第三の」「新しいもの」なのであり、それについて作者は、「あとはあなたと逢った時にわかる」だろうと期待し、その「第三の」「新しいもの」ゆえに彼女は「闇へと」沈みゆくのである。そして洞察をひとまず中断すると、彼女は音域を変え、視覚のスイッチを入れる。

テーブル越しにあなたの十字架を見る。
どれほどたくさんの「郊外」があることか、そして郊外は
どれほど広いことか！　潅木が手を振るのは
私たちだけでしょう？　それはまさに私たちの、
他の誰のものでもない場所！　葉のすべても！　松の針も！
あなたと私の場所（あなたとあなたの場所）
（あなたと一緒に団体ハイクに行ったなら――
何をおしゃべりしただろう？）いくら場所があっても！　何か月あっても！
何週間あっても！　そして雨に濡れる、誰もいない
郊外があっても！　朝があっても！　小夜啼鳥の歌で始まることのなかった
それらすべてを合わせたとしても！

墓標の十字架によって限定された視野は、ここで描かれる経験のほとんど大衆的とも言ってよいほどの平凡さを強調している。この視野に含まれる情景も平凡で階級的だ。中立的でグレーゾーン的な性格を持つ

「郊外」は、ツヴェターエワの恋愛抒情詩にはおなじみの舞台である。『新しき年の辞』でツヴェターエワがこれを利用しているのは、音調を低めるという反ロマン主義的な理由ではなく、『山の詩』『終わりの詩』からの惰性である。実際、「郊外」のあてどなく物寂しい性質は、完全な人工性（町）と完全な天然性（自然）との間に挟まれた、人間自体の中間的状態に相応することを考えてみても、普遍的なものであると言える。いずれにせよ、現代の作家が説得力を持ちたいと思うなら、戯曲や田園詩《パストラル》の舞台背景として摩天楼や森林を選ぶことはないだろう。それはきっと、どこか郊外にある場所になるはずで、しかもそれは、ツヴェターエワが「場所」という語に込めた三つの意味――「地点」（「どれほどたくさんの「郊外」があることか」）、「地域・空間」（「郊外は／どれほど広いことか！」）、そして「お気に入りの土地」（「それはまさに私たちの、／他の誰のものでもない場所！」）――をはらんでいる。最後の意味については、「葉のすべても！　松の針も！」という叫びによって、さらに明確に示されている。ここには、自然の中で横になったり座ったりするための場所を探している都会人の姿が見える。文体的にはまだ哀歌ではあるが、語彙的にもイントネーション的にも、農村的・農民的語法はここで「工場労働者」的な語法にその座を明け渡している。

（あなたと一緒に団体ハイクに行ったなら――
何をおしゃべりしただろう？）いくら場所があっても！　何か月あっても！

もちろん「団体ハイク」という発想は、作者にとってあらゆる場所とあらゆる人々のうちに存在するリルケの多面性（多様性）によって説明されるものである。そしてもちろん、「月（mesyatsov）」の中に「場所（mesta）」を聞き取っているのはツヴェターエワ自身である。しかし、集団ハイクでの「おしゃべり」と、無教養な人間が叫ぶような「何か月あっても!」[48]という語法の民衆性は、この詩のジャンルが想定しているよりもいくらか一般的な表情をヒロインの顔に付与している。こうしたことをツヴェターエワが行うのは、民主主義的な理由からではないし、読者層を広げるため(そのような罪を彼女は一度たりとも犯したことはなかった)でもない。また、カムフラージュのため、つまり、物事の裏の裏を読む偏屈すぎる専門家との誹りを免れるためでもない。彼女がこのような「言語的仮面」をかぶるのは、ひとえにその純潔さゆえである。それは個人的なものというより職業的な、「詩的純潔」だ。彼女はただ、告白という強い感情表現によって生じた効果を弱めようとしている——高めるのではなく——だけなのである。つまるところ、彼女が「自分と同じ詩人」に語りかけているのだということを忘れてはなるまい。そのために彼女はモンタージュ手法を用いている。つまり、典型的な恋愛場面の装飾を構成する特徴的要素を列挙するのである。これが愛の場面であるということは、この列挙の最後の行で初めて明らかにされている。

……いくら場所があっても!　何か月あっても!
何週間あっても!　そして誰もいない、雨に濡れる
郊外があっても!　朝があっても!　小夜啼鳥の歌で始まることのなかった
それらすべてを合わせたとしても!

(48)「何か月」の部分のロシア語は、文法的に正しくは「mesyatsev」というが、ここでツヴェターエワは、無教養な人間の誤用である「mesyatsov」という言い方をわざと使っている。

だが、この場面と空間（そのどの地点においても恋愛シーンが起こりえたはずだが、結局起きずに終わった）を、典型的な恋愛抒情詩に不可欠な属性たる「小夜啼鳥」によって標示した後、彼女はすぐに自分の視力の質、ひいては自分の空間解釈に疑問を呈する。

確かに私にはよく見えない、穴の中にいるから、
確かにあなたにはよく見える、空の高みからなら……

ここにはさらに、自分自身に対する呵責や非難――視線の不確かさに対して？　あるいは魂の運動の不正確さ、あるいは手紙の中の言葉の不正確さに対して？――も聞き取れる。しかし、彼女の光学収差の可能性と、彼《リルケ》の天使的洞察力は、ある一行によって肩を並べることになる。この一行は、まさに月並みであるがゆえに心を揺さぶるもので、これもまた「すべての時代の女たちの叫び[49]」の一つなのである。

結局あなたと私の間には何もなかった。

この叫びは、それが告白の役割を果たしているがゆえに、より一層胸を突く。それは単に、諸々の状況のせいで、あるいはヒロインが気取っているために「イエス」が「ノー」という形をまとわされたわけではない。それは、「イエス」たる可能性を完全に凌駕し、排除してしまった「ノー」なのであり、それゆえに、発音されることを切望する「イエス」は、唯一可能な存在形態として「否定」にすがりついているのである。言い換えるなら、「結局あなたと私の間には何もなかった」は、否定を通じて主題を形成しているのであり、

意味的強勢は「なかった」に置かれる。しかし、いかなる叫びも決してそれだけで終わることはない。おそらくはこの詩が（そこに描かれている状況と同じく）ドラマトゥルギー的にはここで終了するからこそ、自らに忠実なツヴェターエワは、「なかった」から「何も」へとその重心を移すのだ。なぜなら「何も」は、何らかの「ありえた」ものよりも、彼女と詩を宛てた相手を如実に定義づけるからである。

きれいさっぱり——
何もなかった、それが私たちには
ふさわしい——数え上げる必要もない。
何もなかった、あったのは——いいえ、特別のことなんて
期待してはだめ……

「きれいさっぱり」は、一見すると、その前の「結局あなたと私の間には何もなかった」を感情面で展開している行のように読みとれる。というのも、実際何も起こらなかった（そのようなものを超越していた）この二人の詩人の関係は、ほとんど純潔と紙一重だからである。しかし、この「きれい」も「さっぱり」も、実は「何も」に係っているのであり、この二つの副詞の無邪気さは、これらが修飾する「何も」の文法的役割を狭めて名詞化しつつ、実は「何も」によって作られた真空を強化している。なぜなら、「何も」は非名詞で、まさにその非名詞的性質ゆえにツヴェターエワの関心を引いているからである。それは彼ら二人——

（49）ツヴェターエワの詩「昨日はまだ目を見てくれていたのに」（一九二〇）からの引用。

彼女と、その作品の主人公——にとってちょうどいい、「ふさわしい」性質だ。つまり、「何も」（非所有）が「無」（非存在）へと移行するときに生じる性質である。この「何も」は絶対的にして描写不可能であり、いかなる現実や具体的事物にも交換不可能なものである。それは極度の非所有、非所持であるために、次のようなものでさえ羨望を呼び起こす。

……枷をはめられた死刑囚にさえ
記憶が与えてくれる口もなかった！

「何も」に対するこれほどまでの関心は、もしかすると構文全体を無意識のうちにドイツ語に移し替えているために生まれたものなのかもしれない（ドイツ語では「何も」が文法上はるかに能動的な性格を持つ）。おそらくそれは、「結局あなたと私の間には何もなかった」という構文に感じられるステレオタイプ臭さを避けようとする作者の企図を示している。あるいは、そのステレオタイプ臭さを強調することによって、この紋切り型的な言い回しを、そこに含まれる真実の大きさまで拡大させようとしているのかもしれない。何にせよ、このフレーズの中には、状況を家畜化するような要素が含まれているのだが、それはこうした関心によってかなり減少し、そして読者は、文全体、あるいはもしかするとこの詩全体が、「あなたと私の間には……」という単純な決まり文句を口にする可能性を得るために書かれたのではないかと推測することになるのである。

この詩の残りの五八行は、加速された詩の総体のエネルギー——つまり、残された言葉、詩の後に残された「時間」——に促されて書かれた大きな追伸、あとがきである。つねに聴覚に従って行動するツヴェターエワは、何やらフィナーレ的和音のようなものを使って『新しき年の辞』を終結させようと二度ばかり試みている。一回目は以下の部分である。

何もまだ建てられていない辺境の地を――
ライナー、新しい場所を、ライナー、新しい世界を祝して！
証明可能の限界の岬を――
ライナー、新たな目を、ライナー、新たな耳を祝して！

ここでは詩人の名前そのものが純粋に音楽的役割を果たしている（どのようなものであっても、名前というのはまず何よりそのような役割を果たすものなのだが）。それはあたかも初めて聞かれた名前であるかのように、だからこそ何度も繰り返される。あるいは、口に出されるのはこれが最後であるからこそ繰り返される。しかし、この連の過剰な感嘆のトーンは、あまりにも韻律に依存しているために解決をもたらすことができない。この連はむしろ、教訓的ではないにせよ、調和的な発展を要求している。そこでツヴェターエワはもう一つの試みを企てる。つまり、詩脚を変化させて、韻律の慣性から逃れようとするのである。

何もかもあなたには妨げになって
いただけ――情熱も、友も。
こだまよ、新しい音を祝いましょう！
音よ、新しいこだまを祝いましょう！

しかし、五脚から三脚へ、そして連続脚韻から交差脚韻へ、さらには偶数行が女性韻から男性韻へ移行することによって、(50) 期待通りであるとはいえ、断続的で厳格であるという印象をあまりにもはっきりと与えてしまう。この厳格さと、それに伴う外見的なアフォリズム性は、あたかも作者がこの状況を司っているかのように感じさせるが、それは現実とはまるで異なっている。この連の韻律的コントラストがあまりにも激しすぎるので、それは詩を終結させるという作者の意図していた役割を果たすよりも、むしろ断ち切られた音楽を想起させる。いわばこの連によって後方へ放り出された『新しき年の辞』は、しばし歩みを止めた後、脆《もろ》い堤防を押し流す奔流のように、あるいはカデンツァによって中断した主題のように、全力で音を響かせながらもと来た道へと戻ってゆく。実際、この連に続く詩の結末部の最初の数行で、詩人の声は驚くほど自由に鳴り響いている。この数行の抒情性は純粋な抒情であり、主題の発展にも、詩を宛てた相手に対する考えにも関係がない（主題的には、この一節は先行する部分の残響なのだが）。それは、詩そのものから解き放たれ、ほとんどテクストから分離してしまった「声」なのだ。

教室の腰掛けで何度も繰り返した、
「そこにはどんな山があるの？　どんな川があるの？
観光客がいない景色は素敵かしら？」と。
間違いなかったでしょう、ライナー？　天国は雷雨の轟く
山地でしょう？　寡婦の求めるのとは違う――
だって天国は一つじゃないんでしょう？　その上にまた別の

天国があるんでしょう？　段になって？　タトラの山々を見て思う――
天国はコロシアムでなくては
いられない（そして誰かの上に幕が下りる……）
間違いなかったでしょう、ライナー？　神様は育ち続ける
バオバブの木でしょう？　黄金のルイではなく――
だって神様は一人じゃないんでしょう？　その上にまた別の
神様がいるんでしょう？

これはまたしても少女期の洞察の声、「十三歳、ノヴォデヴィッチで」の声である。より正確には、曇った大人のプリズムを通して聞こえる、それらについての記憶の声である。『幻燈』でも『夕べのアルバム』でも[51]、別れについて書かれた数篇の詩――そこからは将来のツヴェターエワが即座に聞こえてくる（「情熱は断絶へと誘うのだ」という一節はまさに彼女のことを言っている[52]）――を別にすれば、このようなトーンは聞かれない。「教室の腰掛けで何度も繰り返した」というのは、最初の二冊の詩集に見られた弱々しい悲

（50）「何もまだ建てられていない辺境の地を――」以下の四行は五脚ホレイ（強弱格）の連続脚韻（一行目と二行目、三行目と四行目が脚韻を踏む）で書かれているが、「何もかもあなたには妨げになって」以下の四行は三脚ホレイの交差脚韻（一行目と三行目、二行目と四行目が脚韻を踏む）に変化している。また、前者は四行すべてが女性韻（最後から二番目の音節に強勢がある脚韻）だが、後者は奇数行が女性韻、偶数行が男性韻（最終音節に強勢がある脚韻）である。
（51）『幻燈』（一九一二）はツヴェターエワの二番目の詩集、『夕べのアルバム』（一九一〇）は最初の詩集。

劇的トーンが、実はその後の彼女を予言していたのだと頷いてみせているようなものである（この二冊の詩集の日記風センチメンタリズムと陳腐さは、それが彼女の未来を脅かさなかったというだけでも、もう十分にその罪を水に流してやってよいだろう）。ましてや、「そこにはどんな山があるの？」「観光客がいない景色」等の少女的なアイロニーは、大人になった今、愛する偉大な詩人との待ち合わせ場所としての「彼岸」を語るとき、つまり、ある具体的な死について言及する際に唯一可能な語結合の形態なのである。

その厳格さ（より正確には、若い人間特有の厳格さ）にもかかわらず、このアイロニーはまるで若者らしくない論理を有している。「寡婦の求めるのとは違う――／だって天国は一つじゃないんでしょう？」と問いかけるその声は、はかなく崩れそうでありつつも、別の視点――敬虔な老婆や寡婦の視点――の可能性を許容している。おそらくは無意識（潜在意識）のうちに「寡婦の」という語を選んだツヴェターエワは、それに伴って自身に連想されるかもしれないイメージを即座に認識し、ほとんど嘲笑的な口調に移行しながら、そのイメージを切り捨ててしまう。「その上にまた別の／天国があるんでしょう？　段になって？　タトラの山々を見て思う……」。そして、あからさまな愚弄がもはや避けがたいと思われたその瞬間、突如として壮大な、ダンテが全精力をかけて語ろうとしたことをたった一行に込めたかのような一節が響きわたるのである。

天国はコロシアムでなくては
いられない……

ベルヴューにいるツヴェターエワが懐かしく回想するチェコのタトラ山脈(53)は、皮肉な調子の「段になって?」を導き出す一方で、自身への押韻を要求する。[54] これは、経験に対して言語が創造的役割を果たしている典型的な一例である。それは本質的には啓蒙的役割と言えよう。もちろん、劇場としての天国というイメージは、この詩の中ですでに現れているが（「桟敷のへりに肘をつき」）、しかしそれは個人的であるがゆえに悲劇的な調子で呈示されている。一方、皮肉なイントネーションによって用意された「コロシアム」は、感情的なニュアンスをすべて排除し、（個人を超越した）巨大で大規模なスケールをこのイメージに付与する。ここで語られているのはもはやリルケでもなければ、天国ですらない。なぜなら「コロシアム」は近代的できわめて技術的な意味を持つものではあるが、やはり何よりも古典的な、いわば時代を超越したイメージを連想させるからである。

この行があまりにも強すぎる印象をもたらすことを恐れてというよりは、このような成功が作者の高慢を助長することを恐れて、ツヴェターエワはこの行を、陳腐でわざとらしい形へ放り込み（「そして誰かの上に幕が下りる……」）、「コロシアム《アンフィチアトル》」を「劇場《チアトル》」へと転移させてしまう。言い換えるなら、この陳腐さは、初期詩の持っていた若いセンチメンタリズムの残響を守るための武器の一つとして用いられている。「教室の腰掛けで何度も繰り返した……」という一節で与えられた調子で話を続けるためには、この残響は不可欠なのである。

---

(52)「情熱は断絶へと誘うのだ」は、パステルナークの長編小説『ドクトル・ジヴァゴ』に収録されている、いわゆる「ジヴァゴ詩篇」の一つである「釈明」（一九四七）からの引用。

(53) ツヴェターエワは一九二二年から二五年までの間、プラハで暮らしていた。

(54) ここでは「タトラ（Tátram）」と「コロシアム（anfiteátrom）」が押韻している（原注）。

間違いなかったでしょう、ライナー？　神様は育ち続ける
バオバブの木でしょう？　黄金のルイではなく——
だって神様は一人じゃないんでしょう？　その上にまた別の
神様がいるんでしょう？

「間違いなかったでしょう、ライナー？」は、まるでリフレインのように繰り返される。なぜなら、少なくとも子供の頃には彼女はこう考えていたからなのだが、それだけではなく、句を繰り返すのは絶望のなせる業だからでもある。そして、質問の子供っぽさ（「神様は育ち続ける／バオバブの木でしょう？」）が明白になればなるほど、話者の喉元で燃え立つヒステリーの発作が間近に迫っていること——子供が「どうして？」と聞くときにしばしば起こるように——がはっきりと感じられる。とはいえ、ここで問われているのは無神論や宗教的模索ではなく、詩的立場から見た「永遠の生命」である。すでに指摘したように、それは標準的な神学よりも宇宙発生論と多くの共通点を持つ。そしてツヴェターエワがこうした質問をリルケにぶつけているのは、決して答えを期待してのことではなく、「綱領を述べる」ためである（だから用語は単純であればあるほどよいのだ）。そればかりか、彼女にはすでにその答えがわかっている。絶えず次の質問を繰り出すことができる——繰り出さないわけにはいかない——と彼女がわかっているというのが、その証拠の一つである。

繰り返しになるが、発話の真の原動力は言語そのもの、つまり、主題を粉砕し、韻やイメージと衝突して、ほとんど文字通り飛沫を上げる、解き放たれた大量の詩行なのである。ツヴェターエワがここで問いかける

唯一意味のある質問、つまり、それに対する答えを知らない質問とは、「その上にまた別の／神様がいるんでしょう？」に続く箇所である。

新しい場所での書き心地はどう？

実際には、これは「質問」というよりは、楽譜に書かれた指示記号のような抒情の四分音符や変音記号なのであり、なおかつそれらは五線譜のない純粋に思弁的な空間へと運び出され、声を超越した存在と化している。この高みが耐え難く、またそれを口に出すのが不可能であることは、すでに用いられたやや皮肉っぽい「新しい場所で」を繰り返している点や、またしてもインタビュアーの仮面をかぶっているところに現れている。もっとも、これに対する答えは、すでにその音色によって質問を凌駕し、事の本質のすぐ近くまで迫っている――

とはいえ、あなたがいるのなら――そこには詩もあるはず　あなた自身が
詩なのだから！

抑えが効かなくなりつつある声は、一刻も早く降下することを求めている。降下は次の行で実行されるが、あまりにもおなじみの手段を用いたため、その効果は期待していたのとは正反対のものになる。皮肉になるはずだったのが、悲劇になってしまったのだ。

　素晴らしい暮らしでの書き心地はどう?

彼——リルケ——自身が詩であるために、「書く」が存在全般を示す婉曲語と化し（実際この語はそのようなものであるのだが）、そして「素晴らしい暮らし」は、情け深さを表すのではなく胸を痛めるような調子になってしまう。これに満足できなかったツヴェターエワは、不完全な生、つまり地上の生につきもののディテールを欠落させることによって、「素晴らしい暮らし」の情景を深化させるのである（これは後に連作詩「机」でさらに深く掘り下げられることになる）。

　素晴らしい暮らしでの書き心地はどう?
肘を置く机も　手に（掌に）乗せる
額もなくて。

これらの部位同士は互いが互いに不可欠であり、それが欠如することは相互の欠如というレベルにまで高まってしまう。つまりそれは、結果だけではなく原因をも、文字通り物理的な意味で殲滅するのに等しい（それこそが——死の定義とまでは言えなくとも——死というものがもたらす最も明確な結果の一つである）。ツヴェターエワはこの二行で、「非存在」を能動的プロセスとして性格づけ、「彼岸」に関するきわめて奥深い定式を示している。「存在」にとっておなじみの属性（それは、「存在」を「書くこと」として理解する場合、最も重要な属性である）が欠如していることは、「非存在」と同義にはならないが、欠如を感じ取ることができるという点において「存在」を凌駕する。いずれにせよ、作者が「手に（掌に）」と言い直していることによって、まさにこの欠如感という効果が生まれている。結局のところ、欠如というのは忘我の俗称である。心理的には、欠如とはすなわち別の場所に存在することを意味し、それゆえ存在という概念が拡張される。一方、欠如している対象が重要であればあるほど、それが存在するという兆候は増大する。それはとりわけ詩人の場合に明白で、詩人の兆候とは、自らが記した（認識した）現象世界、思弁世界のすべてなのだ。「永遠の生命」の詩的解釈は、まさにここから始まる。さらに、言語（芸術）と現実との差異は、存在しないもの――すでにない、あるいはまだないもの――を数え上げること自体が十分に自立した現実だという点にこそある。ゆえに、欠如のみから成る非存在、すなわち死は、まさしく言語の続きに他ならない。

ライナー、新しい韻をあなたは喜んでいるかしら？
なぜなら「韻」という語の意味を
正しく解釈するのなら――新しい韻の
一連でなくて――何だというのでしょう――「死」とは？

ここで語られているのが、死と存在全般という主題をきわめて頻繁に扱った詩人であるということを考慮に入れるなら、「彼岸」の言語学的現実は、品詞や文法的時制の中に具現化される。そしてまさにそのために、『新しき年の辞』の作者は「現在」を拒絶するのである。

このようなスコラ哲学は、悲しみのスコラ哲学である。個人の思考が強ければ強いほど、その思考の持ち主が何らかの悲劇に出くわした際の苦痛は増大する。体験としての悲しみは、感情的要素と理性的要素の二種類から成る。分析能力が強力に発達していると、この両者の相互関係は、理性が感情の状態を和らげるのではなく、逆に悪化させてしまうという特質を持つ。こうした場合には、個人の理性は、同盟者や慰め手ではなく敵と化し、その理性の持ち主が予想もしなかったほど悲劇の範囲を拡大させる。このように、時として病める者の理性は、回復の情景を描くのではなく、避けられない破滅の場面を描き、それによって防御メカニズムを座礁させてしまうのである。しかし、創造のプロセスは治療のプロセスとは違って、作品を作る素材（この場合は言語）にも、作り手の良心にも、睡眠薬を与えることができない。いずれにせよ文学作品においては、作者は自分を脅かす理性の声につねに耳を傾けているのである。

『新しき年の辞』の内容を構成する「悲しみ」の感情的側面は、まず何よりも造形的に、つまり、作品の韻律や行間休止、行頭の強弱格、連続脚韻の原則（それは詩の中に感情的等価物を作り出す可能性を広げるものである）などにおいて表現されている。一方、理性的側面は、詩の意味論（それは明らかにテクストを支配しており、十分に独立した研究対象となりうる）において現れている。もちろん、そのように区分けすることは――たとえこうした区分が可能であっても――実質的には無意味である。しかし、もしほんの一瞬『新しき年の辞』から離れて、それをいわば外から眺めるならば、この詩の「純粋な思考」のレベルでは、純粋に詩的なレベルにおいてよりも多くの出来事が起きていることがわかるだろう。そのような方法で見ることのできるものを単純な言葉に置き換えるなら、襲いかかってくるものの重さに押しひしがれた作者の感情が理性に慰めを求めたものの、理性自体は慰めを求められる相手がいなかったため、感情を極端に遠くまで連れ去ることになってしまった――というような印象を受ける。もちろん、言語に対してなら理性も慰めを求められるのだが、それは感情の無力さへの回帰を意味する。言い方を換えるなら、理性的であればあるほど、何はともあれ作者にとって事態は悪化するのである。

まさにその破壊的な理性主義のために、『新しき年の辞』はロシア詩の伝統からは外れている。ロシア詩は、必ずしも肯定的にとは限らないにせよ、少なくとも慰めを与えるような形で問題を解決することを好むものだからである。この詩が捧げられた相手が誰か知っていれば、『新しき年の辞』におけるツヴェターエワ的論理の筋道が、かの名高いドイツ的思考（そしてそれは西欧全般に共通するものだが）の衒学的性格への貢ぎ物ではないかと推測できるかもしれない。この貢ぎ物は、「ロシア語よりもドイツ語のほうが近しい」ために、より支払いやすいと言えよう。おそらくここには幾ばくかの真実があるだろう。しかしツヴェターエワの作品にとって、『新しき年の辞』の理性主義は少しも特殊なものではない。むしろその逆で、これこそツヴェターエワ作品の特徴なのだ。おそらく、『新しき年の辞』と、同時期の他の詩とが唯一異なっているのは、前者においては論証が詳細に敷衍されているのに対し、たとえば『終わりの詩』や『ねずみとり』[55]では正反対のことが起きている、つまり、論拠がほとんど記号並みに凝縮されている、という点である（もしかすると、『新しき年の辞』の論証ぶりがこれほど詳細なのは、リルケがいくらかロシア語を知っていたからなのかもしれない。つまり、言語の壁が低くなったときにありがちな思い違いを恐れて、ツヴェターエワは自分の考えを意識的に「噛み砕いて」あげているようにも思われる。結局のところこれは最後の手紙なのであり、彼が「完全に」去ってしまわないうちに、つまり、忘却が訪れないうちに、そして、リルケのいない生活が当たり前のものになってしまわないうちに、すべてを言い尽くしてしまわないといけないのだ）。いずれにせよ、私たちはツヴェターエワ的論理の破壊的性質に直面させられる。それは彼女の作品の第一の特徴なのである。

あるいは、『新しき年の辞』はロシア詩の伝統から「外れた」というよりは、この伝統を「拡張した」と

(55)『終わりの詩』は一九二四年、『ねずみとり』は一九二五年に執筆されたツヴェターエワの物語詩。

いうほうが正しいのかもしれない。というのも、「形式は民族的、内容はツヴェターエワ的」[56]なこの詩は、「民族的」なる概念の枠を広げる――というより、この概念をより明確に定義する――ものだからである。ツヴェターエワ的思考はロシア詩にとっては特殊なものであったが、ロシア的意識にとってはごく当たり前のものであり、ロシア語のシンタクシスによってあらかじめ定められているとさえ言える。だが文学というのはつねに個人の経験よりも遅れてくる。なぜなら文学は個人の経験の結果として生じるからである。それに、ロシア詩の伝統はいつだって救いのない状態を敬遠する。しかもそれは、そうした状態がはらむヒステリーの可能性を恐れてではなく、世界の秩序を正当化しよう（どのような手段でもよいが、できれば形而上学的手段によって）というロシア正教的惰性の結果なのである。一方、ツヴェターエワは妥協を知らず、安逸に甘んじないことでは誰にも引けをとらない詩人である。世界や、世界で生じる多くの事物は、ほとんどの場合、彼女にとって正当化しえないものだった。それは、神学的にも正当化することはできないのだ。なぜなら、芸術はどのような信仰よりも古い歴史を持つ普遍的なものであり、信仰と結婚して子を成すことはあっても、信仰とともに死ぬことはないからである。芸術の裁きは、最後の審判よりも峻厳だ。『新しき年の辞』が執筆されるまでのロシア詩の伝統は、ロシア正教的キリスト教解釈――ロシア詩がそれを知ったのはほんの三〇〇年前にすぎないのだが――への想いに囚われ続けていた。そうした背景の中で、「だって神様は一人じゃないんでしょう？　その上にまた別の／神様がいるんでしょう？」と叫ぶ詩人が背教者となるのは当然のことである。このような状況は、ツヴェターエワの人生において、内戦に劣らぬほど大きな役割を果たしたのだった。

芸術の基本原則の一つは、現象を肉眼で、文脈や媒介物を抜きにしてみることである。『新しき年の辞』は本質的に、人間と永遠との、あるいは（それよりもさらに好ましくないことだが）永遠という観念との一対一での対面だ。キリスト教的な「永遠」の解釈を、ここでツヴェターエワは単に術語として用いているのではない。仮に彼女が無神論者であったとしても、「彼岸」は彼女にとって、具体的な教会的意味を持つものであったろう。なぜなら、人は自分自身の死後の生について疑いを抱く権利を持っていても、自分が愛した者にもそのような予想図を描きたいとは思わないものだからだ。それだけではなく、目に見えるものを拒否するという性格――いかにもツヴェターエワ的な――からしても、彼女は「天国」に固執せずにはいられなかったのである。

詩人とは、どのような言葉もそれで終わりにならず、思考の出発点となるような人間である。「天国（rai）」や「彼岸（tot svet）」という言葉を口にすると、詩人は心の中で次の一歩を踏み出し、この言葉に合う韻を探してしまう。かくして「果て（krai）」や「反射（otsvet）」という言葉が生じ、そしてこのようにして、すでに生を終えた者たちはなおも存在し続けてゆく。

遠く上方を、つまり、「彼」がいる文法的時制と文法的場所（なぜなら少なくともここには「彼」はいないのだから）を見上げながら、ツヴェターエワは『新しき年の辞』を書き終える――まるで手紙を書き終えるときのように、住所と宛名を記すことによって。

――濡らしてしまわぬよう掌で押さえる――
ローヌを越え、ラロンを越え、

（56）ソ連時代の社会主義リアリズム芸術に関してスターリンが掲げたテーゼ「内容においては社会主義的、形式においては民族的」を踏まえている。

むき出しに広がる別れを越えて——
ライナー——マリア——リルケ様——親展。

「濡らす」のは雨だろうか？　それとも溢れる川（ローヌ）？　あるいは自分自身の涙か？　おそらくは、この最後のものだろう。というのも、ツヴェターエワが主語を省くのは、それが自明のものであるときだけだからだ。手紙の終わりに丹念に書かれた宛名——ケミカルペンシル(57)で書かれたかのような——を洗い流すことのできる涙よりも、別れに際して「自明のもの」などありえまい。「掌で押さえる」というのは、客観的に見て自己犠牲的な身振りであり、もちろん涙よりも高尚だ。ローヌはジュネーヴ湖から流れる川だが、そのほとりにはリルケのサナトリウムがあった。つまり、「ローヌを越え」というのは、彼の以前の住所を越えていく、というのとほぼ同じことである。ラロンには彼が埋葬されているので、「ラロンを越え」というのはつまり、彼の現在の住所を越えていくことである。リルケの運命においてこれらの地名が登場する順番を示しながら、ツヴェターエワがその両者を音響的に融合しているのは驚きである。以前にこの詩の中では、墓というのは詩人がいない場所であるとされていたが(58)、墓のある場所を名指すことによって、「むき出しに広がる別れ」という感覚が強められている。さらに、封筒には宛名人のフルネームが書かれ、しかも「親展」と指示されている。おそらくはそれまでの手紙にもこのように書かれていたのだろう（現代の読者のために付け加えると、「親展」というのは、現在の「様」にあたる手紙の定型だった）。もしも詩人の名が書かれていなければ、この最後の一行は完全に散文的なものになっていたはずだ（これを見た郵便配達夫は自転車に飛び乗っただろう）。だがこの詩人の名は「あなた自身が／詩なのだから！」という既出の一節に部分的に呼応している。この一行は、郵便配達夫に対して効果を及ぼすだけではなく、作者と読者とを、この詩人への愛が始まった地点へと帰す。この一行において——詩全体を通じてもそうなのだが——重要なのは、彼を非存在へ行かせないように、せめてその名を呼ぶ声によって引き留めようとすることであり、また、自明であるにもかかわらず彼のフルネームに固執すること、つまり彼の存在に固執することである。その物理的存在感は、「親展」と指示することによってさらに補強されることになる。

感情的、あるいは音楽的な観点からすると、この最終連は涙まじりに発せられた声、涙によって浄められ、涙から飛び去っていく声という印象を受ける。少なくとも、声に出してこれを読むと、喉が詰まるような感覚を覚える。それはもしかすると、人は（読者にせよ、作者にせよ）語られたことに対して何も付け加えられないし、さらに高い音を発するだけの力も持たないがゆえに起こることなのかもしれない。文学は数多くの機能を持つが、種としての人間の声楽的・倫理的可能性について証明するものでもある。少なくとも、文学はそうした可能性を汲み取ろうとしている。つねに声の限界点で詩作をしていたツヴェターエワにとって、『新しき年の辞』は最大限に声を高めることを要求する二つのジャンル——恋愛抒情詩と、死者を悼む慟哭——を組み合わせる機会となった。驚くべきなのは、この両者の論争を締めくくる最後の言葉である「親展」が、その前者に属するものだということである。

一九八一年

（前田和泉訳）

(57) 芯が特殊な素材で作られている鉛筆で、濡らすとインクのような筆跡になる。

(58) この詩の前半にあった「(たとえロシア語よりもドイツ語のほうが／私には近しくても、何よりも〈天使語〉のほうが近しいのです！)」に続く箇所「あなたのいない場所などどこにもないかのように、不在とはすなわち墓のこと」を指している。

空中の大惨事(1)

原始的野蛮を治す薬ならありましょうが、そうでないふりをする狂人を治す薬となれば、そのようなものはありません。

——キュスティーヌ侯爵『ロシアからの手紙』

1

十九世紀ロシア小説は数も多く質も高かったことから、偉大な十九世紀ロシア小説が、自動的に、まったくの惰性によってふらふらと現代ロシア小説に移行したのだという見方は広く見られます。二十世紀に入って、誰それの作家こそがいわゆる「偉大なるロシア文学者」、その伝統の継承者だとして推す声を、あちらこちらで折にふれて耳にされたことと思います。そうした声は、インテリゲンツィヤばかりでなく、御用批

(1) 本エッセイは、一九八四年一月三十一日、ニューヨークのグッゲンハイム美術館でアメリカ詩人アカデミーが主催したビドル記念講演会における講演にもとづく。翻訳にあたっては、ロシア語訳（ブロツキー著作集第五巻所収、A・スーメルキン訳）も参照した。本エッセイの第三節は、プラトーノフ『土台穴』（アーディス社、一九七三）にブロツキーが寄せた「序文」が基になっているが、「序文」に含まれるものの本エッセイから割愛された文章を参考までに注で補記する。

評家やソ連の政府界隈から聞かれることもあって、大まかに言って十年に二人という頻度で偉大な作家の名前が挙げられてきました。

戦後これまでの期間だけを見ても――「戦後」という時間が今まで続いてきたのは幸いなことです――少なくとも半ダースの名前が宙を満たしてきました。一九四〇年代はミハイル・ゾーシチェンコによって終わり、五〇年代はバーベリの再発見によって始まりました。それから雪解けの時代となり、『パンのみによるにあらず』を書いたウラジーミル・ドゥジーンツェフに一時的に王冠が授けられました。六〇年代は、ボリス・パステルナーク『ドクトル・ジヴァゴ』とミハイル・ブルガーコフの復活におよそ二分されました。七〇年代のかなりの部分は、ソルジェニーツィンに属すものであるということは論を俟《ま》ちません。現在流行しているのは農村派文学と呼ばれるもので、ワレンチン・ラスプーチンの名前が最もよく口端に上ります。

しかしながら、公平を期して言っておかねばなりませんが、ソ連政府界隈の趣向は、気まぐれなものではまったくありません。ほぼ五〇年間にわたって、ソ連の官僚たちは一歩も譲らず、ミハイル・ショーロホフを推しつづけているわけですから。この一徹さは報われ――あるいはスウェーデンに巨大な船の建造でも注文した結果かもしれませんが――、一九六五年にショーロホフはノーベル文学賞を受賞しました。けれども、このように手間暇をかけたにもかかわらず、また、国家の総力を片手に蓄え、そして他方の手でインテリゲンツィヤに揺さぶりをかけてもなお、偉大な十九世紀ロシア小説によって二十世紀ロシア文学の中に残された真空は、埋められていないように思えます。年を追うごとにその真空はますます大きくなっていく一方で、世紀は終わりに近づき、次第にある疑念が膨らんでゆきます――ロシアはついに偉大な小説を残すことのないまま、二十世紀を後にすることになるのではないかという疑念です。

悲劇的な見通しです。しかしロシア人は、このことについて何を責めればよいのかと興奮して辺りをきょろきょろ見回す必要はありません。どこもかしこもみな悪いからです——というのも、悪いのは国家なのですから。至るところあまねき国家の手は最良の者を打ち倒し、倒されずに残った二級の者は締めつけられてまったくの凡人になってしまいました。しかしながら、より影響が広く、破滅的な結果をもたらすこともあります——それは、国が後見人となるかたちで社会秩序が創出されたことです。そのような社会秩序を描写したり、あるいはそれを批判することでさえ、それによって文学は社会人類学にすぎないものへと自動的に堕落してしまうことになるのです。もしも国が、手持ちのパレットの中から過去の、つまり放棄された文明に関する個人的または集団的記憶を——直接的な言及でなくとも、少なくとも文体的実験の体裁をとって——使うことを作家たちに許していたならば、おそらくはこのことにも辛抱していることができたでしょう。しかし、それもまたタブーとされたことによって、ロシア小説はすみやかに、弱体化した存在の歯の浮くような自画像のようなものへと堕落してしまいました。それは、洞窟の中の男が、自分が暮らす洞窟の絵を描きはじめたようなものでした——この絵がなお芸術であると認められるのは、壁に書かれた洞窟が現実のそれよりも空間的な広がりがあり、より明るく見えるからにすぎません。それに、現実よりも多くの動物やトラクターを洞窟の中に描きこむこともできたわけです。

この類いのものは「社会主義リアリズム」と呼ばれ、こんにちでは世界的に嘲笑の的とされているものです。しかし、皮肉がたいていそうであるように、嘲笑というものは、文学の失墜——わずか五〇年に満たないあいだにドストエフスキーから〔ミハイル・〕ブベンノーフや〔ピョートル・〕パヴレンコの類いへと失墜すること——がどうして可能であったのかを理解する能力の大きな妨げになります。この失墜は、新しい社会秩序が直接にもたらした結果なのでしょうか——つまり、ゴミ屑を消費することが本能的に行われるようになる水準まで、人々の精神のはたらきが一夜にして失墜してしまった、国全体を揺るがしたあの大変動のせいなのでしょうか？（公共交通機関に乗るときでも読書をするロシア人の悪癖を見て大喜びする西側の観察者たちにはお引き取り願いましょう。）それともひょっとすると、十九世紀文学そのものの中に、この失墜を引き起こすような欠点があったのでしょうか？　あるいは、どんな国でもそうであるように、人々の精神的気分にしたがって振り子が昇降を繰り返しているというだけのことなのでしょうか？　そもそも、このような問いを投げかけることは正当なのでしょうか？

そう、たしかに正当なことです——権威主義の過去と全体主義の現在を抱える国においては、とりわけ正当なことといえます。潜在意識とは異なり、超自我の声は聞き取りやすいことが期待されるからです。二十世紀ロシアで起こった国の大変動は、キリスト教世界の歴史上で類を見ないものであることは言うまでもありません。同様に、その大変動が人間心理におよぼした還元主義的な影響もまた唯一無二のものであり、支配者たちが「新しい社会」だとか「新しいタイプの人間」といったものを議論することが可能になったほどでした。しかしそれならば、そのことこそが事業全体の目的だった——つまり、後戻りできないところまで人類を精神的に根こそぎにすることが目的だったのです。別の方法でまったく新しい社会を作りだせるわけがあるでしょうか？　何かを新しくスタートするには、建物の基礎でも屋根でもなく、新しいレンガを作るところから始めるものです。

起こった出来事は、言い換えれば、人類史上に前例のない悲劇であり、遺伝子レベルでの逆行であって、その究極の結果が人間がもつ可能性の徹底的な削減でした。このことについて重箱の隅をつつくように、わけのわからない政治学の専門用語を持ち出すのはミスリーディングですし、その必要もありません。悲劇というのは、歴史のために特別に選ばれたジャンルです。文学そのものに恢復力《レジリエンス》が備わっていなかったならば、私たちは悲劇より他のジャンルを知ることはいっさいなかったでしょう。実際のところ、喜劇だとか実話小説《ロマン・ア・クレ》(2)のようなものが作られるのは、小説の自己保存行為であるわけです。しかし、二十世紀ロシアで起こったことはあまりに大きな衝撃をもたらしたので、小説が採用しえたジャンルはすべて悲劇の催眠的存在感に貫かれてしまったし、程度はどうあれ、今でもそうありつづけています。どんな道を採るにしても、歴史からゴルゴーン(3)的な眼差しを向けられてしまうのです。

　文学愛好者にとってどうかは別にしても、文学そのものにとって、これには良い面も悪い面もあります。良い面は、悲劇が普通よりも大きな実質を備えた文学作品をもたらし、病的な好奇心に訴えかけることで読者層を拡げることです。一方で悪い面は、作家の想像力が悲劇の枠内に制限されてしまうことにあります。それは悲劇が本質的には教訓的な企てであり、それ自体がスタイルとしての限界を持っているせいです。国民的ドラマはもちろん、個人的ドラマというものは、のちのちまで残る芸術作品には欠かすことのできない美学的な隔絶(4)を達成する作家の能力を損なってしまう——というよりは、打ち消してしまいます。取り組む問題が持つ重みによって、文体面での試みを求める欲望が単純に抹消されてしまうのです。大量虐殺の話を物語る際に、ものすごく意識の流れを解き放ってみたいと思うかというと、そんなことはないわけです——そしてそのこと自体は正しいことです。〔意識の流れを用いるという〕その選択がいかに魅力的であろうとも、

（2）実話小説（roman à clef「鍵つき小説」の意）は、フランスで流行した小説のジャンルで、人物の名前のみ変えて実際のスキャンダルが語られるもの。
（3）顔を見た者は石になるというギリシア神話の怪物。
（4）原語は detachment. ロシア語訳では「異化（ostranenie）」と訳されている。

それは原稿用紙を費やすことにしかなりませんが、それを用いない選択をすることは人の魂のためになります。

そうした適切な気遣いを原稿用紙の上で示そうとしますと、小説は、リアリズムの最後の砦とも言うべき伝記のジャンルに近づくことになります（だからといって、伝記の登場人物がユニークであるということにはなりませんが、このジャンルが人気であることの説明にはなります）。あり方はさまざまであれ、どのような悲劇も結局は伝記的な出来事にほかなりません。悲劇は、それ自体がアリストテレスのいう芸術と生の近接という考え方を厳格に守らせる傾向にあり、芸術と人生がまったく同義になるまでに陥ります。一般に小説は、話し言葉に似せて作られるものだと考えられていますが、それとて結局はこの問題の打開策にはなりません。芸術と人生とを同一視することに含まれる悲しい真実――それはそうした同一化がつねに芸術を犠牲にして成り立つものであるということです。悲劇的な経験さえあれば必ず傑作と呼ばれることになるというならば、一度破壊されたのち復興されたパンテオンに住まう者のうち、大勢を占めるのは著名人たちであり、読者などは悲惨な少数者に過ぎない存在となってしまうでしょう。倫理と美学がまったく同義であるとすれば、文学とは死すべき宿命を負う人間の領域ではなく、智天使ケルビムたちの領域ということになります。しかしながら幸いなことに、実際にはその逆です。おそらくケルビムたちは意識の流れ《ストリーム》などというものをわざわざ発明することはなく、むしろ意識の蒸気《スティーム》のほうに関心を持つことでしょう。

というのはつまり、小説とは何よりもまず手練手管であり、奇策が詰まったカバンのようなものだからです。手練手管の一種である小説には、独自の系譜があり、独自の力学があり、独自の法があり、独自の論理があります。こういったことは、モダニズムのスタンダードが作家の仕事を評価するにあたって大きな役割を担っている今、おそらく今まで以上に、モダニズムの試みによって明らかにされてきました。モダニズムとは、古典が論理的に行き着く結果――圧縮と簡潔化――にほかならないからです。（そしてそれこそが、モダニズム固有のものとして、上述のリストに「独自の論理」を加えがたい理由です。それはまた、歴史に同じ問いを投げかけることが必ずしも有益とならないことの理由でもあります。つまり、広く信じられていることとは反対に、歴史が答えを述べるときには、現在の手段を用いて、現在のことについて答えるのだからです。そしてそれこそ現在というものが持つ――唯一の存在理由とは言い過ぎにせよ――大きな魅力なのでしょう。）いずれにせよ、モダニズムのスタンダードが心理学的に重要であるとすれば、それはモダニズムのスタンダードの習熟度合いが、ある作家がどの程度素材から自立しているかの指標にもなり、あるいはより広く言えば、自分自身や自分の国が置かれた苦境よりもどの程度個人を優先しているかの指標になるという点においてなのです。

言い換えますと、少なくとも文体の点においては、芸術、そして芸術家は悲劇のジャンルを乗り越えられたのだと申し上げることができます。また、芸術家が取り組むべき課題とは、芸術家自身について語ることではなく、芸術家自身の言葉によって物語を語ることだとも言えるでしょう。それはつまり、芸術家とは、過去のではなく、芸術家が生きるその時代のヒーローである個人を代表する存在であるからです。芸術家の感性は、ほとんどつねに冗長である芸術家自身の実際の歴史的経験よりもむしろ、芸術家の手練手管に備わる上述したような力学や論理、法に負うものが大きい。自身が一員である社会に対して芸術家が為すべき仕事とは、嫌というほど知りつくした囚われの自己を離脱するためのおそらく唯一利用可能なルートとして、この感性を受容者に提示し、提供することです。そもそも芸術が人間に何か教えているとすれば、「他の人間のようになれ」ということではなく「芸術のようになれ」と教えているのです。実際、自分が生きるこの時代の犠牲者でも敵対者でもない別の何者かになれるチャンスがあるとすれば、そのチャンスは次に引用するリルケの詩「アポローンのトルソー」の最後の二行に対する速やかな応答の中にあります。

……このトルソーがおまえに叫ぶ　一筋一筋の筋肉もって
「さあ　己れの生を変えよ！」と(5)

そしてまさにこれこそ、二十世紀ロシア小説が失敗する点なのです。国民に降りかかった悲劇があまりに広い範囲に及んだせいで、ロシアの小説は催眠術をかけられたようになり、ぽりぽりと傷を掻くばかりで、哲学的にも文体的にも現実の経験を乗り越えることができずにいます。どれほど破壊的な効果をもたらす政治体制の告発であっても、それはいつも、世紀末スタイルの宗教的ヒューマニズムの修辞によるだらだらと書き連ねた名調子で飾り立てられて述べられます。どれほど毒に満ちた皮肉であれ、その皮肉の標的はいつも外部に――体制と権力者に――あるというわけです。人間はつねに褒め称えられるべき存在であり、生まれもった善良さは、最終的に悪が敗北することの証しであるとつねに考えられています。忍従はつねに美徳であり、歓迎すべきこととされます――そうした実例が無限にあるということだけをもってしても、このように述べる根拠には十分事足りるというわけです。

プルーストやカフカ、ジョイス、ムージル、ズヴェーヴォ、フォークナー、ベケットらが読まれるこの時代に、退屈して欠伸を漏らす尊大なロシア人が、チェコ人やポーランド人、ハンガリー人、イギリス人、インド人といった外国作家の本やら探偵小説やらに手を伸ばす気になるのは、今申し上げた特性のせいにほかなりません。ただ、同じこの特性は、西側の文学おたく――自分の言語においては小説がみじめな状態にあることを嘆き、文学の苦い良薬となりうる方角を明に暗に指し示す者たち――にとっては、たいへん喜ばしいものでもあります。矛盾しているように聞こえるかもしれませんが、半世紀以上ものあいだ文化に乏しい食餌によって国民が養われてきたことを筆頭として、その他さまざまな理由から、ロシアの一般人の読書趣向は、西側の代弁者の読書趣向と比べて、はるかに保守的傾向が少ないのです。西側の一般読者にとっては、モダニズム的隔絶や実験、不条理などがおそらく過飽和な状態にあるのですが、それに対して二十世紀、とりわけ戦後のロシア小説は一時《いっとき》の休息であり、気分転換の深呼吸であると言えます。そして西側の人々はさまざまなテーマについてあることないことを喚き散らし、延々と議論を繰り広げるのです――そのテーマは、「ロシア的魂」とか「ロシア小説の伝統的価値観」とか「十九世紀の宗教的ヒューマニズムが現代まで残した遺産」とそれがロシア文学にもたらしたありとあらゆる良いことなどをめぐるもの、あるいは――そのまま引用しますが――「ロシア正教会の峻厳な精神」だとかいったことです。(ちなみに、これに対置されるのがもちろん「ローマ・カトリックの怠慢さ」というわけです。)

この類いの人は、誰が相手だろうと構わず、またどのようなものであれとにかく自説を吹聴したがるものですが、それにしても宗教的ヒューマニズムは本当に大切な遺産なのだということは見過ごしてはなりません。しかし、この宗教的ヒューマニズムという遺産は、十九世紀だけの遺産というわけではなく、むしろ一般に見られる慰めの気風の遺産であり、またみずからの存在を――願わくばキリスト教的な意味において

(5)リルケ『新詩集』に所収の詩「いにしえのアポローンのトルソー」より。ブロツキーはおそらくロシア語訳を参照しており、ドイツ語原文とは相違する。日本語訳では「……この像は／隅々までこちらを視てゐる眼だと言ってよい。お前はお前の生を變へなければならぬ」(高安國世訳)などとなっている。ここではブロツキーによる英語での引用を訳出した。

――最も高い水準に位置づけることの正当化がもたらした遺産であって、そしてそれらはロシア的感性やロシアの文化的試みそのものに備わっているものです。控えめに言っても、ロシア史上でこうした態度を取らなかった作家は皆無と言ってよいでしょう。作家たちは最も陰鬱な出来事を〈神の摂理〉のせいにし、そうした出来事を自動的に人間の赦しにかかわる問題としています。他の場合であれば魅力的でさえあるこの態度の厄介な点はといえば、そうした態度が秘密警察によってもそっくりそのまま共有されている点です。最後の審判の日には、みずからの行いの都合のよい言い訳として、秘密警察の職員がこの態度をそのまま繰り返すことになるのかもしれません。

実際的な側面は別にして、はっきりしていることが一つあります。それは、この種のキリスト教的相対主義(宗教的ヒューマニズムが空から地上に着陸し、紙の上で煮詰められたもの)がもたらす自然な結末こそ、細部への強いこだわりであり、それはリアリズムという異名を持つものです。この世界観に導かれるようにして、作家と警察官は正確さにおいて競いあい、そして社会でどちらが優勢となるかに応じて、リアリズムに場当たり的な通り名をつけて提供するわけです。そのことが証明するのは、ロシア小説においてドストエフスキーから現在の惨状への移行は一夜にして起こったわけではないということであり、また正確にはそもそも「移行」とさえ言えないということです。というのも、ドストエフスキーが生きていた時代においても、ドストエフスキーは孤立した、自律的現象であったからです。こうした問題の全体から浮かび上がってくる悲しい真実――それは、トルストイの登場以来ずいぶん長いこと、ロシア小説は形而上学的スランプに陥っているということです。トルストイは、現実を少々文字通りに反映しすぎる芸術というアイディアを考えだしたのですが、ロシア小説における従属節たちはこんにちに至るまで、トルストイの影の中で怠惰に身もだえしている有り様なのです。

単純化が過ぎるように聞こえるかもしれません。しかし実際のところ、トルストイにおける模倣の大雪崩そのものが果たす文体的な重要性などは、それが書かれたタイミングを度外視すれば、たいしたものではないでしょう。タイミングとはつまり、トルストイがドストエフスキーとほぼ同時にロシアの読者層を直撃したことを言います。平均的な西側の読者にとってはきっと、このようにドストエフスキーとトルストイとを区別することは——少なくとも何らかの意味は認めるにせよ——それほど重要ではないですし、奇異なものでしかないでしょう。西側の読者が翻訳で読むとき、ドストエフスキーとトルストイは、まるで一人の偉大なロシア作家のように感じられます。翻訳がどちらも同じコンスタンス・ガーネット(6)の手になるものだという事実はここでは関係ありません。(ちなみに現在でも、ガーネット氏がドストエフスキーの『死の家の記録』とトルストイの『イワン・イリイチの死』の両方の翻訳を手がけていることは特筆に値します。おそらく、「死」が二作の共通分母として十分なものと受け止められているからでしょう。)このせいで、例の西側の文学おたくが「ロシア文学の伝統的価値観」なるものがあるのではないかと当て推量することになるのです。また、十九世紀ロシア小説が整合的な一体を成していると広く信じられ、そのため二十世紀にも引き続き似たような出し物が上演されることが期待されているのも、このせいです。こうしたことはすべて、現実からかけ離れています。そして正直に申し上げれば、ドストエフスキーとトルストイが近い時代に活躍したことは、ロシア文学史における最も不幸な偶然だと思います。このことがもたらした結果はあまりに重大であったので、偉大な国民の精神構造を弄んだことを非難された〈神の摂理〉が、みずからを正当化する唯一

(6) コンスタンス・ガーネット(一八六一－一九四六)はイギリスのロシア文学翻訳家。二十世紀初頭に彼女が英訳したロシア文学作品はその後長いこと英語圏で読まれ続けた。

の手立てとして、「こうしてやることで、ロシア人が神の摂理の秘密にあまりにも迫りすぎてしまわないようにしたのだ」などと言い訳するほかないほどでした。というのも、ある偉大な作家の衣鉢を継ぐ者は誰であれ、その大作家が物を落としたまさにその場所で作家の落とし物を拾う羽目になることを、〈神の摂理〉は誰よりもよく知っているのですから。そしてドストエフスキーは、〈神の摂理〉の嗜好を超えて高みに行き過ぎてしまったのでしょう。だから〈摂理〉はトルストイを送りこんだのです――あたかも、ロシアにおいて、ドストエフスキーの後継者が決して現れないことを確実にするためであるかのように。

2

そしてそれはうまくいきました。後継者は現れませんでした。文芸批評家・哲学者であったレフ・シェストフを例外として、ロシア小説はトルストイにしたがって歩んでゆきました。ロシア小説は、ドストエフスキーの精神的な高みにまで登りつめる苦行を避けて通れたことを喜ぶあまり、その坂道を逆に降ってゆき、模倣的文章というよく踏み固められた道を歩いて、いくつかの隔たり――チェーホフ、コロレンコ、クプリーン、ブーニン、ゴーリキー、レオニート・アンドレーエフ、グラトコーフ――を経て、社会主義リアリズムという穴に辿りついたのでした。トルストイ山は長く影を伸ばしており、その影の中から頭角を現すには、正確さにおいてトルストイに勝るか、あるいは質的に新しい言語的内容を提示するかのいずれかの選択を強いられることになりました。言語的刷新の道を選び、辺り一面を飲みこみつつあった写実的小説という影と誰よりも果敢に闘った人たち――ピリニャーク、ザミャーチン、バーベリ、その他数人の作家たち――でさえ、その影のせいで金縛りに遭って、電報的な文体による舌の痙攣を表現の手段とし、しばらくはそれがアヴァンギャルド芸術としてまかり通っていました。いかに才能に恵まれていたにせよ、これらの作家たちも精神的にはやはり前述したキリスト教的相対主義の産物であったといえます。新しい社会秩序が押しつけるプレッシャーのおかげで、彼らはたやすく徹底的なまでに冷笑的になり、その生みだす作品は、貧しき民のがらんとした食卓に置かれた食欲をそそるオードブルのようなものへと成り下がってしまいました。

　ロシア小説がトルストイの道を選んだのがなぜかといえば、それはもちろんトルストイの文体的特徴が理由です——それは開けっぴろげに「模倣しなさい」と誘惑するのです。もしかしたらトルストイに勝てるのじゃないかという印象が生まれるのも、このためです。そしてここにはまた、安全の保証もあります。というのも、トルストイに負けた場合にも、結局は大きな——しかもはっきりと際だった！——成果を得られるからです。こういったことは、ドストエフスキーからは決して生じてきません。ドストエフスキーと勝負したところで、彼を打ち負かす可能性が皆無であることはさて措いても、ドストエフスキーの文体をそっくりそのまま模倣することは問題にもなりえませんでした。ある意味、トルストイの登場は避けられなかったのでしょう。ドストエフスキーは唯一無二の存在であったからです。ドストエフスキーは、精神的探求の点でも、彼が用いた「交通手段」の点でも、反復する可能性をまったく与えませんでした。特に「交通手段」について言えば、プロットはスキャンダルの内在的論理にしたがって生起し、一方で文章は、お役所言葉やキリスト教の専門用語、下層階級《ルンペン》の隠語、フランスの空想社会主義思想家たちの訳のわからぬおしゃべり、紳士階級の散文が持つ古典的な調子など、要するにあらゆるもの！——同時代のありとあらゆる語法のレイヤー——が渾然一体となって、熱病に罹ったように目にも止まらぬ速さで発展します。このため、ドストエフスキーの「交通手段」についてはことのほか、模倣することなどは考えられないこととなったのです。

　ドストエフスキーは、多くの点で、自分自身の直感よりも——自分の信仰体系や作家個人の哲学が暗示することよりも――、言語の直感を信じた私たちの最初の作家でした。そして言語は、賭金の百倍をドストエフスキーに返したのです。従属節を連ねていく中で、最初の意図や洞察によってせいぜい辿り着けたであろう地点よりもはるか遠いところへと、しばしばドストエフスキーは連れ出されていきました。言い換えますと、ドストエフスキーの言語の扱い方は、小説家のというよりは詩人のそれなのです。あるいは、模倣ではなく改心を聞き手に迫る聖書の預言者の言語の扱い方と言ってもいいでしょう。ドストエフスキーは生まれながらの形而上学者であり、キリスト教でいう無限でも人間の精神の無限でも構いませんが、とにかく無限なるものを精査するためには、絡み合った構文を有し、高度に屈折した彼の母語こそが何よりも遠くに到達できる道具であることに、ドストエフスキーは本能的に気づいたのです。ドストエフスキーの芸術は、他何であるとしても、模倣では絶対にありえません。現実を模倣したものでは決してないのです。ドストエフスキーの芸術は、現実の創造であり、というよりはむしろ現実に追いつこうとすることです。こうした方向性において、ドストエフスキーは実質的に正教会（ひいてはあらゆる信仰）の道から傍へ逸れてゆくことになりました。ドストエフスキーはごく単純に、芸術は人生を描くためのものではないと感じていました――ちょうど、生きることが人生を描くことではないのと同じように。ドストエフスキーにとって、芸術とは――人生がそうであるように――人間の存在理由とはいったい何なのかをめぐるものです。聖書の譬え話と同様に、ドストエフスキーの小説は答えを得るための媒体なのであって、それ自体が目的であるのではありません。

大まかに言って人間には二種類あり、これに対応して二つのタイプの作家がいます。まず一方の種類は明らかに多数派であり、唯一可能な現実として人生を捉えるタイプの人間です。このタイプの人が作家であった場合、ごくごく微小なディテールに至るまで現実を再現することになるでしょう。このタイプの作家が読者に提供するのは、ベッドルームでの会話であり、戦闘シーンであり、椅子の表張りのテクスチャーであり、匂いや味であって、それらは読者の感覚やカメラのレンズ、あるいはおそらく現実そのものにも匹敵するほどに正確なものです。このタイプの作家の本を閉じることは、あたかも映画の終わりのようです。場内が明るくなり、テクニカラーやあれこれの映画スターの演技に感服しつつ街に出る。のちに俳優の喋り方の癖やふるまいを真似したくなることさえあるかもしれません。第二のタイプの人間は少数派であり、本人の生き方はもちろん、どんな人の人生をも、人間が持つ何らかの特性を見定めるための試験管として捉えるタイプの人間です。強い強制を受ける状況に人間の特性を置くことは、人類の出現に関するキリスト教の教説と人類学の学説のいずれにとっても必要不可欠なことです。このタイプの人は、作家としては物ごとを詳細に説き明かすことはないでしょう。このタイプの作家が記述するのは、登場人物の心理状態やその捻じれといったものになるでしょう。そして、その記述の仕方はあまりにも徹底したものなので、この作家に現実に会う機会がないことに感謝の念を抱きさえすると思います。このタイプの作家の本を閉じることは、表情を一変させて目覚めることに似ています。

どちらの側に付くかは各自で判断しなければなりません。ロシア小説は明らかに前者に群がり、一刻を争うようにしてその方向に向かったのです。ただし、それが歴史やその鉄壁の執行代理人である警察国家《ポリツァイシュタート》によって引き起こされたことを忘れてはいけません。ふつうは、そのような状況下においてこうした判断を行うことは正当化しうることではありませんが、いくつか許容される例外があって、その例外の主な一例がアンドレイ・プラトーノフのたどった経歴と言えるでしょう。ただ、プラトーノフの話に入る前に、慎重を期してもう一度強調しておきたいと思います。十九世紀から二十世紀への転換期において、ロシア小説はたしかに十字路、分岐点に立っていたということ。そして、二つの道のうち、一方の道は選ばれなかったということ。おそらく、外で起こっていた出来事が多すぎたため、スタンダールの有名なあの「鏡」を人間心理の歪みを吟味することに濫用するには至らなかったのでしょう。おびただしい死体に埋まり、裏切りに満ちたあの茫漠たる歴史の眺望――そこでは至るところで上がる悲嘆の叫び声のせいで空気さえもが凝固してしまっています。そうした歴史の眺望が求めたものは叙事詩的な手法であって、陰険な質問攻めなど求められはしなかったのです。――そうした質問攻めを採用したら、この叙事詩的眺望を防ぐことができたかもわかりません。

　平均的な読者が二人の偉大なロシア作家を区別したり、あるいは十九世紀ロシア文学の「伝統的価値観」について耳にするその都度に眉に唾をつけて接しようとするときに、この「分岐点」、「選ばれなかった道」という考え方はどちらかといえば何かしらの助けにはなるかもしれません。しかしいちばん大切なことは、その選ばれなかった道とはモダニズムへ続く道であったということです。カフカをはじめ、二十世紀の主要作家たちが軒並みドストエフスキーの影響を受けていることからもそれは証明されています。実際に選ばれた道は、社会主義リアリズム文学へと続く道でした。別の言い方をすれば、〈神の摂理〉は、それ自身の秘密を護るという点で、西側ではいくらかの蹉跌を経験することになりましたが、ロシアでは勝利を収めたということになります。しかしながら、〈神の摂理〉の行いについてこれほどまでに無知である私たちであっても、その摂理が、自分が収めた勝利について完全に満足してはいないのじゃないかと推測するだけの理由があります。アンドレイ・プラトーノフという贈り物がロシア文学に与えられたことの意味――の少なくとも一つ――が、そこにあるのです。

3

プラトーノフが、ジョイスやムージル、カフカよりも偉大な作家であると言うことをここでは差し控えるとしても、それはそのようなランク付けが悪趣味であることとか、現存する翻訳ではプラトーノフの本質が掴めないことが理由ではありません。この種のランク付けの問題は、それが悪趣味であるということではなく（悪趣味だからといって文学愛好者がランク付けをやめたことが一度でもあったでしょうか？）、誰が誰よりも上位にあるという意見から示唆されるヒエラルキーが曖昧模糊としていることなのです。現存する翻訳の不適切さという点について言えば、それは翻訳者の側の問題ではなく、悪いのはプラトーノフ本人、というよりはむしろプラトーノフの言語が持つ極限的な文体のせいと言えます。プラトーノフが作品において取り組む対象であった、人間が陥った苦境が持つ極限的な性格もそうですが、何よりもプラトーノフの極限的な文体こそが、この種の上下関係の判定を遠慮させる原因となっているのです――先に述べた作家たちは、どちらの極限にもその身を曝すことはありませんでした。プラトーノフが、文学界のこの階級に属する作家であることに疑いの余地はありませんが、そのような高みにはもはやヒエラルキーなど存在しないのです。

プラトーノフは一八九九年に生まれ、息子から感染した結核が原因で一九五一年に亡くなっています。彼

(7) スタンダール『赤と黒』に出てくる有名な言葉で、「小説というものは大道に沿うてもち歩かれる鏡のようなものだ」（桑原武夫・生島遼一訳）というものがある。つまり、現実をそのまま映しだすのが小説の役割であるとする、リアリズムの理念を表したもの。

の息子は、プラトーノフがさんざん苦労して働きかけた挙句に強制収容所から釈放されたのですが、その後まもなく作家に見守られて亡くなりました。プラトーノフの写真をご覧いただくと、ちょうど田舎の風景のように簡素な特徴を備えたやつれた顔がこちらをじっと見つめ、まるで何でも吸収するつもりであるかのように見えます。プラトーノフは民間のエンジニアとしての教育を受け（数年のあいださまざまな灌漑プロジェクトに携わりました）、作品を書き出したのは比較的若く、二十代の頃。それはちょうど二十世紀が二十代を迎えた頃でもありました。プラトーノフは内戦で戦い、さまざまな新聞に寄稿しました。本の出版は渋られがちでしたが、それでも一九三〇年代にはかなりの名声を獲得しました。その後、息子が反ソヴィエトの陰謀を企てた咎で逮捕され、公式な陶片追放の最初の兆しが現れ、やがて第二次世界大戦が起こり、プラトーノフは軍の新聞の特派員として従軍しました。戦後になると、プラトーノフは沈黙を余儀なくされました──一九四六年に発表した短篇(8)に対して、『文学新聞』の筆頭批評家〔ウラジーミル・エルミーロフ〕が丸々一ページを費やしてポグロムを行い、それが一巻の終わりとなりました。その後は、子供のためのおとぎ話の編纂など、時おりフリーで請け負うゴーストライター仕事のみを許されますが、その他には何もできませんでした。しかしその頃には結核が悪化しており、どのみちたいした仕事はできない状態でした。プラトーノフと妻、そして娘は、妻が編集者として稼ぐ給料で生計を立て、プラトーノフ自身は街頭掃除夫や近所の劇場で裏方の仕事をして糊口をしのぎました。

『文学新聞』での批評は、作家として残された余命が残りわずかであることの明白なサインになったものの、プラトーノフ自身は逮捕されませんでした。けれども、実際、その余命は本当にわずかだったのです。ソ連作家同盟の親玉〔アレクサンドル・ファジェーエフ〕は、秘密警察がプラトーノフを起訴しようとしたときに、それを支持しなかったほどでした。それには二つの理由があって、一つにはその親玉がプラトーノフに対して嫉妬の入り混じった賞賛の気持ちを持っていたからであり、二つにはプラトーノフが病気であることを知っていたからでした。闘病ののちに意識を取り戻したプラトーノフは、二、三人の男たちがベッドサイドで自分のことをそれはもう熱心に見つめているのをしばしば目にすることになりました。国家保安省職員(9)が病状を見守り、この特異な作家にまだかかずらっているべきかどうか、また、あの頑固な作家同盟の親玉の言うことが間違いでないかどうかを見極めていたのです。こういうわけで、プラトーノフの死因は自然死でした。

以上のことはすべて――そうでなくともほとんどは――各種百科事典や序文、あとがき、プラトーノフの作品に関する論文などできっと見つけることができると思います。彼が生きた時代と場所の標準に照らして、プラトーノフの人生は牧歌的とは言えないまでも、ごく普通の人生でした。しかし、プラトーノフが成し遂げた仕事の標準に照らしたとき、その人生は奇跡そのものでした。『土台穴』と『チェヴェングール』の作者が、わが家のベッドで死ぬことを許されたということ。表面的には、作家同盟幹部の中に生き残っていた良心の欠片という形で表れたかもしれませんが、そこにはやはり神の執り成しがあったとしか考えられません。別の説明をすれば、この二つの小説がそのときまで一度も公刊されなかったということも理由かもしれません。ムージルの『特性のない男』とほぼ同様に、プラトーノフにしてみれば、どちらの作品もおそらく書きかけのまま一時的に中断した作品でした。それでも、この二作が一時的に中断されたこともまた、神の執り成しと考えるべきでしょう。

(8) 短篇「帰還」(発表時のタイトルは「イワノーフの家族」)を指す。
(9) 政治警察組織。後のKGB。

『チェヴェングール』はおよそ六〇〇ページの作品、『土台穴』は一六〇ページの作品です。『チェヴェングール』の舞台はロシア内戦の真っ最中で、作品にはある男が登場します。彼は、すでにどこかに社会主義が、自然に発生するようにして出現している可能性があるのではないかと思いつき、ローザ・ルクセンブルクという名の馬に跨って、それが本当かどうかを見極めるため、旅に出ます。[10]『土台穴』で描かれるのは農業集団化の頃の出来事です。小説では、どこかの田舎の風景の中で、その地域の全住民がかなり長きにわたって、「社会主義」と呼ばれる明るく輝く高層ビルを建てるための巨大な基礎坑（土台穴）を掘る仕事に従事している様子が描かれます。この馬鹿らしいまでに単純な説明を聞くと、「どうやらシュルレアリスムの傾向があるらしいが、どうせよくいる反ソ諷刺作家の話なんだろう」と思われることでしょう。責めるならば、わたしの説明を責めていただきたいですし、そもそもこういう説明をする必要があるのかと難じていただいてもいい。ただ、ここでぜひ知っていただきたいいちばん大切なことは、こうして説明すること自体が間違っているということです。

と言いますのも、この二つの本を説明することは不可能なのです。この二作が素材に及ぼす破壊的な力は、社会批評が求めるいかなる要求をもはるかに凌駕したものであって、それは文学そのものとはほとんど関係のない単位によって計測されるべきなのです。この二作はソヴィエト・ロシアではこれまで刊行されておらず、おそらくこれからも刊行されることはないでしょう。[11]この二作が体制に対して行っていることは、体制がその国民に対して行ってきたことにとても近いからです。今後ロシアで出版されることがいったいありうるのかどうか。具体的な社会悪は別にして、この二作が本当の標的としているのは、むしろその悪をもたらした言語の感性であるからです。要するに、ロシア社会において千年王国待望論的《ミレナリアニズム》感性を媒介する当の者を攻撃する点だけをもってしても、アンドレイ・プラトーノフは千年王国待望論作家であるということが言えます。[12] そしてその媒介者とは言語そのもののことであり、あるいはより分かりやすく言えば、言語に埋めこまれた革命的終末論のことを指します。

ロシアの千年王国待望論《ミレナリアニズム》のルーツは、他の国のそれと比べて、本質的にそこまで変わったところはありません。この種のものはいつも、あれやこれやの宗教的コミュニティの危機到来の予見（それよりは多くはないですが、今そこにある危機が関係することもあります）や、そのコミュニティの識字率の低さと関係があります。たいてい、文字を読める少数派や文字を書けるさらなる少数派が先頭に立って、聖書の独自解釈を一つのルールとして提案します。精神的地平において、あらゆる千年王国待望運動は、〈新しいイェルサレム〉[13]の一変種という側面を持っており、感傷の度合いの強さによって〈新しいイェルサレム〉への近さが測られます。〈神の都〉がすぐそこにあるという考えは、宗教的熱意にそのまま比例していて、それがすべての始まりとなります。このテーマの数あるヴァリエーションの中には、黙示録の一変種もあり、世界秩序を丸ごと全部変革することについてのさまざまな思想も見られ、年表上の新しさと内実の新しさの両方を備えた「新しい時間」という漠とした、しかしそれだけにいっそう魅力的な考えも含まれています。（当然、〈新しいイェルサレム〉に一刻も早くたどり着くことを名目として犯される罪は、その目的地の美しさによって

（10）作中の馬の名前は実際には「プロレタリアの力」。以下断りなく修正する。

（11）幸いというべきか、『土台穴』は一九八七年、『チェヴェングール』は一九八八年に、ソ連国内でも刊行された。

（12）「千年王国待望論《ミレナリアニズム》」はキリスト教に見られる信仰で、救世主キリストが地上に再臨したのち、千年のあいだ神の国による統治が行われ、その後に世界の終焉が到来するという説（ふつう「千年王国論」と訳される）。グノーシス主義やユートピア思想に関連づけられる。

（13）キリストが支配するいわゆる「神の国」の別称で、『ヨハネの黙示録』などで言及される。

正当化されることになります。）そのような運動が成功を収めた場合、新しい信仰が生まれることになります。しかしもし運動が失敗した場合には、時が経って識字能力が広がるとともに、数あまたあるユートピアへと退行し、ついにはＳＦの中の数ページだとか政治学といった乾いた砂の中に完全に吸収されてしまうことになるでしょう。しかしながら、煤だらけの燃え滓にどうにかしてふたたび火を点けることができるかもしれない手段がいくつかあります。人々の苛烈な抑圧か、現実に迫った（何よりもまず軍事的なものであろう）危機か、伝染病の蔓延か、はたまた千年紀の終焉や新世紀の始まりといった年代上の重要な出来事がそれに当たります。

人類の終末論的能力がつねに変わることなく同じなのであれば、ロシアの千年王国待望論のルーツを微に入り細に入り説明することにたいした意味はありません。それがもたらす成果にもさほどの多様性はなく、ただ成果の大きさとか、プラトーノフがたまたま生きることになった時代の言語に対してその成果が及ぼした影響の点が異なるのみです。それでもやはり、プラトーノフとその時代について話す場合には、ロシアにおいて――あるいは他のどこであっても同じですが――その時代が到来するすぐ直前の時期のある種の異様さを念頭に置くべきでしょう。

世紀の転換期というその時期は、たしかに異様な時代でした。支離滅裂なシンボリズムが大衆煽動の風潮に油を注ぎ、それとともに年表上の単なる一時点にすぎない世紀の転換期という出来事に、さまざまな科学技術の大躍進やコミュニケーション手段の拡大が注ぎこまれて、大衆の自己意識に質的な飛躍をもたらしました。政治がおおいに活性化した時代でもありました。ロシア一国だけを見ても、革命の頃までに、こんにちのアメリカ合衆国やイギリスよりも多くの政党が存在していました。また、哲学的著作やＳＦにおいても、ユートピア的、あるいは社会工学的な調子を強く打ち出した作品が急増した時代でもありました。大変革、来たるべき新秩序、世界再建の期待と予言が空中を満たしました。地平線上にはハレー彗星が現れて、地球にぶつかるのではないかとやきもきさせ、また黄色人種によりもたらされた軍事的敗北のニュースが取り沙汰されました。非民主主義社会においては、ツァーリから救世主へ、はたまたアンチキリストへの移行がたった一歩で行われるのが普通のことでした。少なくとも言えるのは、この時代が少々ヒステリックな側に偏っていたということです。ですから、いざ革命が到来したときに、これぞ待ち望んでいたことだと多くの人が考えたのも、そう不思議なことではありません。

プラトーノフが用いた言語は、「質的変革」の言語、〈新しいイェルサレム〉により近い言語です。より正確に申し上げると、それは天国の建設者――『土台穴』に倣って言うならば天国の「掘削者」――の言語というわけです。ところで、「天国」という理念は人間の思想の論理的終着点と言えますが、それはつまり、人間の思想がその先には決して進めないからです――天国を超えてその先には何も存在せず、何かが起こることもないのですから。このため、天国とは行き止まりなのだと言ってもいいでしょう。それは空間の果てのヴィジョンであり、物ごとの終焉であり、山の頂上であり、そこから先へは足を踏みだす場所が存在しない最高地点なのです――その先に存在するものは、純粋な〈クロノス〉のみです。だからここで、永遠の生命という概念が導入されるわけです。実のところ、地獄についても同じことが言えます。少なくとも構造の点では、天国と地獄には共通するものが多いのです。

行き止まりに在ることは、何ものにも制限を受けないということです。しかし、行き止まりに在ってなお「意識が状況によって制限を受けている」と感じ、状況に応じた心理が生みだされうるとしたら、その心理を表現するためには何よりもまず言語によって表現することになります。一般的に、ユートピアをめぐるあらゆる言説――ユートピアを渇望する言説であれ、すでに手に入れたとする言説であれ――が最初に犠牲にするもの、それは文法であるという点は強調しておくべきでしょう。言語はこの種の思想には付き合いきれず、仮定法の中で息切れしはじめ、さらには時間とは比較的無関係な種類の範疇や構文へと引き寄せられていきます。その結果、最もシンプルな名詞でさえ、足元から地滑りを起こし、次第に専横性(14)のアウラを纏いはじめるのです。

こうしたことが、プラトーノフの小説の中では絶え間なく起こりつづけます。この作家については、次のように言ってよいと思います――プラトーノフが書く一文一文がロシア語を意味論的な行き止まりへと追いこんでいるのだ、と。あるいは、より正確に言うならば、プラトーノフの文章は、言語そのものに宿る行き止まり指向、袋小路的メンタリティを暴きたてているのだ、とも言えるでしょう。プラトーノフが作品のページ上で行っているのは、およそ次のようなことです。プラトーノフはまずとても馴染みのあるやり方で一文を書きはじめるため、読者は残りの部分の趣旨をほとんどすっかり予測できるような気さえします。ところが、プラトーノフの用いる一つひとつの単語は、形容詞句やイントネーションの点で、あるいは文脈の中で正しくない位置に置かれることによって矯正されており、そのおかげで読者はその一文の残りの部分に単に驚きを感じるというよりは、全体的な語り方の特徴や、個々の単語の配置のされ方について何ごとかを知ることによって、自分自身を無理やり納得させたような気分にさせられるのです。ふと気がつくと読者は、あれやこれやの単語が指し示す現象の無意味さに無防備に接近して、閉じこめられ、独りぼっちのまま取り残されてしまっているでしょう。そして読者自身の不用心な言葉遣いのせいで、あるいは自分の耳や言葉そのものへの過度の信頼のせいで、みずから苦境に嵌りこんでしまったことに気がつくのです。プラトーノフを読んで感じるのは、言語の中に築かれた仮借なさ、容赦のない不条理の感覚であり、しかもその言語は一つひとつが誰にとっても新しく、しかも不条理がますます深まるような言い方を伴っているのです。そしてこの袋小路には出口は存在せず、読者は自分をここまで導いてきた当の言語の中へと退却を余儀なくされることになります。

いま申し上げたことはおそらく、プラトーノフの文章術について述べるには、あまりにぎこちない――ものすごく正確というわけでも、網羅的であるわけでもない（どころか、正確さや網羅性にはかなり遠い！）――試みでしかありません。また、文法に不条理が内在しているということそのものが、ある特定の言語に関するドラマではなく、人類全体に関して何ごとかを示しているのですが、それでもやはり、この種の効果はもしかしたらロシア語でしか創りだせないのかもしれません。わたしがここまで試みてきたのは、プラトーノフの数ある文体的特徴のうちの一つに着目することにすぎませんが、しかしそれは結局、文体的な特徴とさえ言えないものであることに思い至ります。プラトーノフにはただ単に、言葉の論理的終着点――つまり不条理で、完全に金縛りになってしまうような地点――を見つめる癖があったのでしょう。言い換えれば、プラトーノフは、彼に先行するロシア作家も、後続のロシア作家も決して成しえなかったことをした――つまり、プラトーノフは言語そのものの中にひそむ自己破壊的で終末論的な要素を暴きおおせたのです。そして翻ってはそのことが、取り組むべき素材として歴史がプラトーノフに授けた革命的終末論というテーマを、極限まで暴きたてる結果を導いたのです。

プラトーノフが書いたどのページについても、馴染みの薄い近視眼的眼差しを投げかけると、読者はまるで楔形文字が刻まれた粘土版を見るような心地がします。それほどまでに、意味論的袋小路がみっちりと詰めこまれているのです。あるいは別の喩えで言えば、プラトーノフ作品のページは、まるで衣服がすべて裏

（14）原語は arbitrariness. ロシア語訳では「条件性（uslovnost'）」となっている。

返しになって売られている巨大なデパートのように見えます。このことはしかし、プラトーノフがユートピアの敵、社会主義の敵、体制の敵、集団化やその他の敵であったということを決して意味しません。そうではまったくありません。プラトーノフが言語でやっていたことが、(ロシアにおける社会主義建設という)特定のユートピアの枠組みをはるかに超え出てしまったというだけのことなのです。[15] だとすればしかし、それはどんな言語であれ不可避的に行っていることです——時代を問わずどんな言語にもこれは言えます。けれども、プラトーノフの文体で面白いところは、プラトーノフが、彼のユートピアの語彙——厄介な造語や略語、頭字語、お役所言葉、スローガンの文体、軍隊式の命令、その他もろもろ——に、自分自身を故意に、かつ完全に従属させているように見えるところなのです。作家の本能は別にしても、ニュースピーク[16]に向けたこの——放縦さとは言わないまでも——前のめりな姿勢は、新しい社会が惜しみなく与えた約束へのいくらかの信念をプラトーノフが分かち持っていることを示唆しているようにも思えます。

プラトーノフを彼の生きた時代と引き離して考えようとすることは、誤りでもあり、その必要もないでしょう。[17] 時代は限りあるものであって、言語はどのみちこれを潜り抜けなければならなかったのです。ある意味で、プラトーノフという作家は、時の中のある部分に一時的に場を占め、その内部から報告を行う言語が実体化した存在と捉えることもできるでしょう。プラトーノフが伝える最も肝要なメッセージは、〈言語は千年王国待望論的装置であるが、歴史はそうではない〉ということであり、プラトーノフにしてみればそれは適切なことと言えるでしょう。もちろん、プラトーノフの文体の系譜を掘り起こしていけば、何世紀にもわたるロシアの聖人伝の「言葉の編み物」の伝統や、高度に個人化されたナラティヴ(「スカース」、つまりほら話の類い)に傾きがちなニコライ・レスコフ、ゴーゴリの諷刺的叙事詩が持つ揺動、それにごた混ぜにされた語法が熱に浮かされたごとくに詰めこまれて膨れあがるドストエフスキーの文体に言及しないわけに

読者カード

みすず書房の本をご購入いただき，まことにありがとうございます．

書　名

書店名

・「みすず書房図書目録」最新版をご希望の方にお送りいたします．

（希望する／希望しない）

★ご希望の方は下の「ご住所」欄も必ず記入してください．

・新刊・イベントなどをご案内する「みすず書房ニュースレター」（Eメール）をご希望の方にお送りいたします．

（配信を希望する／希望しない）

★ご希望の方は下の「Eメール」欄も必ず記入してください．

(ふりがな) お名前　　　　様		〒
ご住所　　都・道・府・県	市・郡	
	区	
電話　（　　　　）		
Eメール		

ご記入いただいた個人情報は正当な目的のためにのみ使用いたします．

ありがとうございました．みすず書房ウェブサイト https://www.msz.co.jp では刊行書の詳細な書誌とともに，新刊，近刊，復刊，イベントなどさまざまなご案内を掲載しています．ぜひご利用ください．

郵便はがき

料金受取人払郵便

本郷局承認

7250

差出有効期間
2027年4月
30日まで

113-8790

東京都文京区
本郷2丁目20番7号

みすず書房営業部
行

通信欄

（ご意見・ご感想などお寄せください．小社ウェブサイトでご紹介させていただく場合がございます．あらかじめご了承ください．）

はいきません。しかし、プラトーノフに関して重要なことは、ロシア文学における系統や伝統ではなく、むしろロシア語自体が持つ統合的な本質（より正確に言えば、超－分析的本質）にプラトーノフが依存している点にあります。そしてそのことが、——時には純粋に音韻上の仄めかしを用いて——いかなる内実をも完全に欠いた概念が出現することの原因になっています。プラトーノフが使った主要な手段は、転倒《インヴァージョン》です。完全に転倒され、高度に屈折した言語によって彼が書くとき、プラトーノフは「言語」と「転倒」とをイコールで結ぶことができたのでした。「ヴァージョン」、つまり標準的な語の秩序〔語順〕は、いっそう補助的

(15)「序文」には、「特定のユートピアの枠組み」に続けるかたちでこうある。「プラトーノフは『土台穴』において、このユートピアの枠組みの証人となり、年代記編纂者となりました。『土台穴』は異様なまでに陰惨な作品であり、読者はこの上なく打ちひしがれた気分で本を閉じることになります。この瞬間に心理的エネルギーをそのまま物理的エネルギーに変換することができるとすれば、この本を閉じてまずすべきことは、現存する世界秩序を廃棄し、新時代の登場を宣することでしょう」。

(16) オーウェル『一九八四年』が念頭にある。

(17)「序文」には、続けてこうある。「社会的コンテクストの枠の中でプラトーノフに関して真剣に言えることが何かあるとすれば、それはプラトーノフがこのユートピアの言語、彼が生きた時代の言語で書いたということだけです。そして、言語以上に意識を規定する存在様式は、他にありません。バーベリ、ピリニャーク、オレーシャ、ザミャーチン、ブルガーコフ、ゾーシチェンコといった同時代作家の大勢は、多かれ少なかれ文体的な美食趣味に関心を持っていた——つまり各人各様のゲームにおいて言語を玩具にしていた（それは結局のところ現実逃避の一形態ではありましたが）のですが、彼らとプラトーノフの異なる点は、プラトーノフが時代の言語にみずからを屈服させた点です。プラトーノフは、時代の言語の深淵まで見抜きましたが、彼は一度その深淵の中を覗きこんだのち、プロットの知的操作だとかタイポグラフィの実験だとか文体的装飾のようなものにかかずらって、文学の表層をそこそこ這いまわるようなことはもはやできなくなってしまったのです」。

な役割に甘んじるようになっていったのです。(18)

繰り返しになりますが、プラトーノフのこのような言語の扱いは、ドストエフスキーのやり方にたいへんよく似ていて、小説家のそれというより、むしろ詩人のそれに相応しいものです。そして実際に、ドストエフスキーと同様、プラトーノフも詩を書いています。しかし、『悪霊』に出てくるレビャートキン大尉のゴキブリについての詩をもって、ドストエフスキーを最初の不条理作家と見なすことができるとしても、プラトーノフの詩は何かしらの殿堂に作家の居場所を与えてくれるものではありません。けれども、たとえば『土台穴』には村の鍛冶場で働く熊の槌工が登場するシーンがあり、その熊が農業集団化を強制し、またその親方よりも政治的に正統であるとされるのですが、こうしたシーンによって、プラトーノフは小説家としての地位をもいくらか超えたところに位置づけられます。もちろん、プラトーノフが私たちの最初のシュルレアリスム作家であったと言うのも正当なことでしょう。ただし、プラトーノフのシュルレアリスムは、つねに個人的な世界観と関係があるように想像される文学的カテゴリーとしてのそれではなくて、むしろ哲学的狂気の産物であり、また大衆的な規模で起こる心理的な袋小路の産物としてのシュルレアリスムなのです。プラトーノフは、個人主義者ではありませんでした。まったくその反対で、プラトーノフの意識は大衆的スケールと、当時の出来事の非個人的かつ脱人格的性格によってはっきりと規定されていました。プラトーノフの小説は、背景を従えた主人公を描くのではなく、むしろ背景のほうが主人公を貪り喰らうところを描きます。そしてそれこそ、プラトーノフのシュルレアリスムが非個人的で、フォークロア的色彩を帯びる理由であり、そしてある程度まで古代の神話に——さらに言えばあらゆる神話に——似ている理由です。そして公平を期して言うならば、神話は、シュルレアリスムの古典的形態と捉えられるべきだと思います。

全能の神と文学的伝統の両者から危機を志向する感性が自動的に与えられる対象は、自己中心的個人主義者ではなく、伝統的に生命なきものとされていた大衆であり、プラトーノフの作品においてはこの大衆が不条理哲学を開陳するのです。そしてその不条理の哲学がはるかに説得的で、まったく耐えがたいほどの威力を発揮するのは、その哲学の媒介者が膨大な数存在することが理由です。カフカやジョイス、あるいはたとえばベケットなどとプラトーノフが異なる点は、前者があくまで自分自身のアルター・エゴたちが経験するきわめて自然な悲劇を叙述するのに対して、プラトーノフはある意味においてみずからの言語の犠牲になった国民について物語る点です。より正確に言うと、プラトーノフは言語そのものについての物語を語るのであって、そこにおいて言語は、架空の世界を生成する能力を持っていることが明らかになり、やがてその架空の世界に文法的に依存することになるわけです。

こうしたことすべてが相まって、プラトーノフはまったく翻訳不可能であるように思われ、そしてある意味ではそれは良いことと言えます——翻訳不可能であるその翻訳先の言語にとっては、ということです[19]。それでもなお、プラトーノフの作品の総体はたいへん豊かであり、比較的多様なものです。『チェヴェングール』は一九二〇年代の終わりにかけて、『土台穴』は一九三〇年代はじめに書かれました。プラトーノフはその後もしばらくは機能しつづけました。この意味で、プラトーノフという事例は、ジョイスを逆転させた

(18)「序文」には、この部分に続けてこうある。「この意味で、プラトーノフにとって唯一の言語上の真の隣人として、わたしは詩集『巻本（ストルプツィ）』期のニコライ・ザボロツキーを挙げたいと思います」。

(19)「序文」には、この部分に続けてこうある。「ともあれ、プラトーノフの言語——時間と空間、生そのものと死を屈服させる言語——を復元する試みは、いかなるものであれ喜んで迎え入れなければなりません。これは「文化的」な思いやりから言うのではなく、結局のところ私たちが話すときに用いるのは、他ならぬこの言語であるからです」。

ものと捉えられるかもしれません。つまり、プラトーノフは、彼なりの『フィネガンズ・ウェイク』と『ユリシーズ』を書いたその後に『芸術家の肖像』と『ダブリンの人びと』を生みだしたのです。（翻訳というテーマに触れたところで、思い出したい話があります。一九三〇年代後半のいつだったか、プラトーノフのある短篇がアメリカ合衆国で出版され、ヘミングウェイが絶賛したというのです。ですから、翻訳がまったく絶望的というわけではありませんが、絶賛を受けたその短篇はプラトーノフとしては三流もいいところの作品――たしか「三男」だったかと思います。[20]）

生き物ならばみなそうであるように、作家の場合はなおさら、存在そのものが一つの宇宙です。作家は、作家仲間と自分とを近づけるものよりも、引き離すもののほうをつねに多く持っています。作家の系譜を論じ、あれやこれやの文学的伝統に当てはめようとすることは、本質的に、作家自身が目指している方向とはまったく正反対の方向に向かうことに他なりません。総じて、文学を何か整合的な全体として捉える欲望は、いつだって外から見た場合のほうが強く見えるものです。この意味では、おそらく、文芸批評が天文学によく似ているというのは本当のことなのでしょう。けれども、この類似が本当に喜ばしいものなのかどうかは疑問です。

ロシア文学の伝統なるものが本当に存在するとすれば、プラトーノフはその伝統からの根本的な離脱を象徴する作家です。少なくともわたしは、おそらくは『長司祭アヴァクーム自伝[21]』に含まれるいくつかの文章を除いて、プラトーノフの先行者も後継者も見出すことができません。プラトーノフという人間にはぞっとするほどの自律性の感覚があり、ロシア文学においておそらく他のどの作家よりも共通点を持つであろうドストエフスキーとプラトーノフとを結びつけたいのはわたしとしてもやまやまなのですが、そうすることはあえて止めておきたいと思います。そうしたところで、何かが解明されることはないだろうからです。『チエヴェングール』と『土台穴』がドストエフスキーの予言の具現化であることから、この二作が少なくともテーマ的にはドストエフスキーの『悪霊』の続篇と考えられるということについては、もちろん指摘したくてうずうずします。けれども、この具現化は歴史と現実とによってもたらされたのであり、作家として想像を働かせた結果ではなかったということはもう一度申し上げておきます。さらに言えば、『チェヴェングール』では、自然発生した社会主義を探して中心人物が地方を経巡りますが、その中でプロレタリアの力という名前の馬に対して語られる長い独白に、『ドン＝キホーテ』や『死せる魂』のエコーを認めることもできると思います。しかし、そうしたエコーもまた、何ものも明らかにすることはありません――只中で人が泣く、その曠野の広大さが感じられるばかりです。

プラトーノフの独自性は相当なものでした。彼の自律性は、特異な形而上学者や唯物論者の自律性であり、しかも本質的にそれは、茫漠と広がる大陸という無限の書物の中に打たれたコンマのように見失われた、田舎のぬかるんだ小さな町という、自分にとって有利な（あるいは不利な）見地から、誰にも頼らずに宇宙を理解してみようとする人の自律性だったのです。プラトーノフの作品には、この種の人々が鏤《ちりば》められています。地方の教師、エンジニア、機械工――こうした人々はそれぞれ置かれた神に見放された場所で、世界秩

(20) プラトーノフの短篇「三男」（一九三六）は、同年の『国際文学』誌に英訳が掲載された。ヘミングウェイがそれを激賞したというエピソードがまことしやかに伝えられるが、事実を証明する文章は現存しない。

(21) アヴァクームは、ロシア正教会の改革に反対して袂を分かった古儀式派の祖とされる十七世紀の聖職者。彼の『自伝』は、民衆の口語であったロシア語を用い生き生きとした文体で綴られている。邦訳に、松井茂雄訳「司祭長アヴァクム自伝」『スラヴ研究』一〇号（一九六六）、「主僧アヴァクーム自伝」（抄訳）中村喜和編訳『ロシア中世物語集』筑摩書房、一九七〇、所収がある。

序に関する手製の途方もない考えや、自分自身の孤独と同程度に驚異的かつ奇想天外な考えに耽るのです。

これほど長くプラトーノフのことを語ってきたのは、アメリカ合衆国でプラトーノフがそこまで知られていないからでもありますが、いちばん大きな理由は、現代ロシア小説に関する精神的な水準が、西側で一般に楽しまれている現代ロシア小説に関する素朴な見方とは、いくぶんか異なることをお示しするためでした。社会秩序が画一的であるといっても、精神のはたらきが画一的であるとは限りません。個人の美学が、個人的悲劇や国民的悲劇に完全に屈することは決してなく、同様に個人的幸福や国民的幸福に屈することもありません。ロシア小説の伝統なるものがあるとすれば、それはより偉大な思想を追い求める伝統であり、また人間が置かれた状況に関して、現在のものよりもさらに徹底的な分析を探し求める伝統であり、そして長く苦しい現実を耐え抜くためのもっと良い資源を探し求める伝統と言えます。とはいってもやはり、他の西側・東側の国々の文学の方向性とロシア小説とがそこまで異なるわけではありません。ロシアは結局はキリスト教文明の一部であり、その最良の部分というわけでも、最もエキゾティックな部分というわけでもないのですから。状況が状況なら逆転したレイシズムと受け止められかねない見方や、お行儀よくしたからと可哀そうな親戚の肩を叩いて褒めてやるような態度は、何とかやめていただかなくてはなりません――そうした態度がずさんな翻訳の後押しになるという一点のためにもです。

4

プラトーノフに関して最も厄介な側面はおそらく、プラトーノフの作品の質があまりに高いせいで、同時代や後続の人々に関してしっかり掘り下げた言説を維持することが難しくなってしまう点にあります。権力者さえ、『チェヴェングール』と『土台穴』の二作を抑圧する理由として、同じことを引き合いに出すかもしれません。しかし他方で、まさしくこの二作品が抑圧され、その存在さえも気づかれることのなかったおかげで、たいへん多くの作家たち――プラトーノフと同時代の作家も、現代の作家も――がそれぞれの作品を書くことを認められてきたのでした。罪を赦してしまうことがまた罪となってしまうような罪というものがありますが、これはそうした罪の一つです。プラトーノフの二つの小説の抑圧は、文学全体を五〇年ばかり遅らせただけではありません。国民の心理的成長そのものもまた同程度の年月にわたって妨げられてしまったのです。焚書は結局のところポーズでしかありませんし、本を発禁とすることは時代錯誤でしかありません。しかし繰り返しますが、体制の目的は、体制みずからのヴァージョンの未来を公布すること、まさにそこにあるのです。

そして公布されたその未来は到来し、それは体制が期待していたようなものでは必ずしもありませんでしたが、ロシア小説に関して言えば、それはあるべき姿よりもはるかに小さなものになりました。何の問題もない良い小説ではありますが、文体と哲学性の両方において、一九二〇年代から三〇年代の小説に比べてははるかに冒険性に劣るのです。「ロシア小説の伝統」とか何とか語ることができるほどには保守的なのはもちろんのこと、作品自身が生きている時代を弁《わきま》えてしまっているのです。そうしたことに関する最先端の知識については、残念ながら、外国の作家の教えを乞わねばなりませんが、ほとんどの外国作家もやはりプラトーノフに比べれば与えてくれるものは多くありません。一九六〇年代に最良の現代ロシア作家たちが作品のヒントを求めた先は、ヘミングウェイ、ハインリヒ・ベル、サリンジャー、そして順序としてはその次に、カミュとサルトルでした。一九七〇年代はナボコフの時代でしたが、ナボコフが綱渡り芸人だとすれば、プラトーノフはチョモランマ登攀者といった具合です。六〇年代にはロシア語のカフカ作品集が初めて陽の目を見、それはたいへん重要な出来事でした。その後、ボルヘスが出て、さらにはローベルト・ムージルの大傑作のロシア語訳がまもなく登場することになっています。

現在では他にも、上述の作家よりも重要性は劣るけれども、コルターサルからアイリス・マードックに至るまで、ずいぶん多くの外国作家がさまざまなやり方でロシア作家に対してモダニズムの授業を行っています。しかし、すでに申し上げたように、この教えをまともに受け止める意思があるのは、最良の作家ばかりです。そして、この教えを本当の意味で正しく受け止めているのは読者であり、こんにち、ロシアの平均的な読者は、将来有望なロシア作家よりもずっと賢くなっています。さらに、最良の作家たちに関して厄介な点は、この作家たちが主として諷刺的傾向を持つ作家たちであるということです。このため、こうした作家たちがのっけから突き当たる障碍はかなり巨大なものであり、やっとのことで身につけた知識さえ控えめに使わなければいけないような有り様です。また、それとは別に、ロシアではここ十年ほど、およそ不愉快な、ナショナリズム的自己認識への強い傾向が見られ、自覚的にか無意識裡にか、この国の脱人格化された大衆を前にしてナショナル・アイデンティティを主張することに誘惑を感じる傾向になびく作家が多くなっています。なるほど、それ自体は自然で立派な大志かもしれませんが、文学にとって、それはうんざりするほどの文体的・美学的な後退であり、破壊をもたらす一斉砲火を行うこともなく退却することに他ならず、固有の形而上学的能力をこじらせてしまったがために、ナルシシスティックな自己憐憫の中に引きこもることでもあります。ここでわたしがお話ししているのは、当然「農村派文学」のことです。それは、「大地に触れていたい」というアンタイオス的欲望[22]においてあまりに行き過ぎ、根を蔓延《はびこ》らせてしまったものです。

発想の点においても、包括的世界観においても、こんにちのロシア小説は質的に何ら新しいものを提供していません。ロシア小説がもたらしたものの中で、記念しておくべき最も意義深い認識といえば、それは世界が根本的には悪であり、国家とはその悪が見境なく用いる――必ずしも切れ味が鈍くはない――道具であるという認識です。ロシア小説が持つ最も前衛的な装置は、意識の流れです。その燃えるようないちばんの情熱は、エロティシズムと汚い言語の出版を認めさせることに向けられます――しかしそれは何とも悲しいことに、出版界のためではなく、リアリズムの理念をさらに押し進めるための努力なのです。ロシア小説は、その価値観において完璧なまでに原理主義的であり、慣れ親しんだ手堅さが主な魅力である文体的諸装置を動員します。ロシア小説がプレイするゲームは、端的に言えば、「古典的スタンダード」と呼ばれるものです。しかしこれが問題なのです。

「古典的スタンダード」という概念の基礎にあるのは、人間があらゆるものの基準であるという考え方です。歴史的過去のある時点、たとえばヴィクトリア朝時代とそれを結びつけるならば、それは人類の心理的発達の放棄にも等しいことになります。少なくとも、「十七世紀の人間は、現代人よりも強く飢えを感じていたに違いない」と信じこむことに似ている、と言うことができるでしょう。それゆえ職業批評家は、ロシア小説の伝統的価値観だとか、ロシア小説に見られる「正教会の峻厳なる精神」その他もろもろをくだくだと繰り返すことによって、古典的というよりは、単に時代遅れのスタンダードによって小説を判断するよう誘います。芸術作品はつねにその時代の産物であるのですから、その時代のスタンダードによって、せめてその作品が書かれた世紀のスタンダードによって（その世紀がもうすぐ終わろうとしている場合には特にそうですが）、判断されるべきです。現代のロシア小説を評価するにあたって特別な用意は必要ないといわれる理由は、まさに十九世紀にロシアがあれほど優れた小説を生みだしてきた事実にあるわけです。

（22）ギリシア神話に登場する巨人で、大地に足を着けている限りは不死身だった。

二十世紀における小説の書かれ方は——他のどんな分野でもそうであったように——百花繚乱の時代でした。強いて良い評価をつけるとすれば、どんな時代でもいつも人気のある直線的なストーリーテリングは別にしても、文体そのものの発明、モンタージュ、石蹴り遊び的手法その他の構造的装置などが挙げられるようです。要するに、ナラティヴから語り手自身を引き離す仕方で表される自己意識の表現を好むようになったというわけです。つまり、時代の、存在に対する向き合い方がそうしたものなのです。さらに言い換えれば、芸術において、二十世紀という世紀（あるいは現代という時代）は、自分自身を、あるいは自身が持つ特徴の反映を好むようになったのです——その特徴とは、断片化、統一性の欠如、内容の欠如、あるいは人間の置かれた困難な状況や苦しみ、倫理、芸術そのものをぼんやりと、または俯瞰するように眺めることなどです。他に良い名前がないので、こんにちではこうした特徴をひっくるめて、ふつう「モダニズム」と呼ばれています。そして、公刊が許されたものも非公式に流通するものも含めて、現代ロシア小説に著しく不足しているものこそ、この「モダニズム」なのです。

程度に差はあれ、現代ロシア小説は、教養小説《ビルドゥングスロマン》の技法を踏襲し、中心的な登場人物とその成長に重きを置いた冗長で保守的なナラティヴにいまだにこだわっています。現実をごく仔細に複製することによって、シュルレアリスム的、あるいは不条理な効果を十分に生みだすことができるかもしれないと——由縁のないことではありませんが——期待しているのです。もちろん、そのような期待の地盤であるところのロシアの現実の質は揺るぎないものです。けれども奇妙なことに、それだけでは十分でないことが判明します。こうした期待を挫くものこそが、描写の手段として用いられる保守的な文体に他なりません。それは、こうした描写の手段の高貴な出自がまとう心理的空気、つまり十九世紀という時代、ひいては非現実を想起させるものです。

たとえば、ソルジェニーツィンの『ガン病棟』には、あと二つ三つパラグラフを書き足せば、ソルジェニーツィン一人にとってのみならず、ロシア小説全体にとって決定的ブレイクスルーとなったに違いない箇所がありました。ある章で、ソルジェニーツィンは一人の女性医師の日々のルーティン仕事を記述します。この平板で単調な記述は、医師がこなすことになっている仕事の叙事詩的に長くて馬鹿らしい列挙と完璧に調和しています。しかしこの列挙は、誰も我慢できないほどにだらだらと、感情を欠いたトーンで仕事を記録しつづけます。そこで、読者は爆発を期待します。あまりに耐えがたいからです。しかしまさにそこに至って、ソルジェニーツィンは列挙をやめてしまう。もう二、三段落、このトーンと記述内容の面での不均衡を続けたならば、新しい文学を得られたかもしれません。作家の文体的試みによらず、本物のリアリティによって生み出される本物の不条理を、私たちは得られたかもしれません。

それなのに、ソルジェニーツィンはなぜやめてしまったのか？　どうして二、三の段落を書き加えなかったのか？　ソルジェニーツィンはそのとき、何かの瀬戸際に自分が立っているとは感じなかったのでしょうか？　感じたかもしれませんが、わたし自身はいささか疑問に思っています。ここで重要なのは、ソルジェニーツィンの手元に、その二段落ちょっとに詰めこむための素材もなければ、言い足すべき他の仕事も思い当たらなかったということです。じゃあソルジェニーツィンが自分で何か考えだせばいいじゃないか、と言う方もいらっしゃるかもしれません。それに対する答えは、気高く、同時に悲しいものです。ソルジェニーツィンはリアリストであって、自分の頭で考えだしたようなものは――事実に対しても、作家としての彼の本性からしても――裏切りになってしまうのです。ソルジェニーツィンはリアリストとして、チャンスがあれば何かを作りだせばいいじゃないかと促すような類いの人とは異なる本能の仕組みを持っていました。自分が瀬戸際に立っていることをソルジェニーツィンは感じなかったのではないか、とわたしが考えるのは、このことが理由です。ソルジェニーツィンは単に、そこにチャンスがあることが感じられず、それを目にする用意もなかったのです。ですから先ほどの一章は、「どうだ、あれもこれもみんな悪いだろう」といったような教訓的なトーンで幕を閉じます。わたしがその章を読んでいたとき、指がほとんど震えんばかりであったのを思い出します。「さあ、今だ、とうとう起こるぞ」、と。けれども、起こりはしなかったのでした。『ガン病棟』のこのエピソードは、ソルジェニーツィンが公刊を許された作家としての素質も、非公認の作家としての素質も兼ね備えているがために、なおさら徴候的です。公認・非公認というカテゴリーの共通点としては、他の何よりもまずその瑕疵が挙げられます。完全に実験的な方面に乗り換えてしまわない限り、非公認作家が体制寄りの他の作家と一線を劃すためには、取り組む主題がまずは大切なのであって、語り方などは二の次となります。他方で、実験的な作家は限界まで実験を突き進めたがるものです。公刊の見込みがないので、数人の目利きからなる少数の読者にもついには見限られるとしても、教訓的関心などことごとくさっさと振り払ってしまうのが普通です。しばしば、そうした実験的作家の唯一の慰めとなるのは酒であり、唯一の希望は西ドイツの何かの雑誌上で研究者が作家のウーヴェ・ヨーンゾンと自分との比較をやってくれること、となります。その理由としては、一つには実験的作家の作品がきわめて翻訳困難ということもあり、またそうした作家が普通、軍で利用される極秘の科学研究を行う機関に雇われているため、亡命という手段が思いつかないということもあります。結局、芸術的な探求を諦めてしまうことになるわけです。

こんなことになってしまうのは、ましな政治システムを備えた国々において、たとえばミシェル・ビュトールやレオナルド・シャーシャ、ギュンター・グラス、ウォーカー・パーシーといった作家たちによって主張される「中間地帯」なるものが、ロシアには単に存在しないためです。それは、「あれか、これか」の二者択一の状況であり、そこにおいては国外での出版さえも決定的な助けにはなりません――それがいつだって作家の身体的健康に害をなすという一点をもってしてもそう言えます。このような状況下において永続的な重要性を持つ作品を生みだすためには、悲劇の作者よりも、むしろ悲劇の登場人物のほうによく備わっている人格的一貫性が、ある程度必要になってきます。こうした困難な状況において、他のどんな芸術形式を差し置いてまず割を食うことになるのが当然小説ですが、それは小説を創作するプロセスに気まぐれ的性質が少ないことだけが理由ではなく、小説が教訓的な本質を持っているおかげで、じつにまじまじと観察されることになることもまた理由です。小説の観察者が作者を見限るとき、作品は打ち切りとなります。とはいえ、このような小説の番犬が作品を読めるように努力することで、小説はまさに羊のようにおじけたものになってしまうのでもあります。体制寄りの作家も時おりみずからの良心を晴らすために「引き出し用に」あるいは「屋根裏用に」書く[23]ことがありますが、それもまた文体の点で作家に救済をもたらすことはありません。それは「屋根裏小説」がほぼすべて西側に運び去られ、国外で出版されたこの十年で分かったことです。

偉大な作家とは、人間の感性の眺望を広げ、袋小路に陥った人間に突破口や倣うべき型を示す者のことです。プラトーノフ亡き後、ロシア小説がそのような偉大な作家を輩出するのに最も近づいた例は、ナデージダ・マンデリシュタームが書いた回想録と、少しそこからは劣りますが、アレクサンドル・ソルジェニーツィンの小説と記録文学でした。ソルジェニーツィンという偉大な人をあえて二番目に位置づけたのは、キリスト教世界の歴史上で最も残酷な政治システムの背後には――キリスト教の信仰そのもの（「正教会の峻厳な精神」についてはもういいでしょう！）が犯したものではないとしても――、人間の犯した失敗があるということにどう見ても気づけていないことが大きな理由です。ソルジェニーツィンが描く歴史的悪夢の巨大

（23）公刊を期待せず執筆することの表現。

さを考えれば、それを認識する能力の欠如自体がじつに目を見張るべきことであり、美的な保守性と人間の存在が根源的に悪であるという認識への抵抗の狭間のどこかにこの作家は依存しているのではないかと疑うのに十分な理由となります。結果として作品がどのような文体になるかはまったく別にしても、この認識を受け入れることを拒むところには、この悪夢が白昼にいつだって繰り返される可能性が潜んでいるのです。

現在のところロシア小説が、袋小路に陥った人間に対して与えられるものは、この二人の名前を除いてはほとんどありません。胸打たれんばかりの誠実さや奇妙さにおいて傑作に近づいた、個別の作品をいくつか挙げることができるばかりです。そうした作品が人間に対して提供できるものは、一瞬のカタルシスか、笑いによる安堵かのどちらかでしかありません。それは、究極的には現状への従属を推し進めるものではありますが、小説が行いうる比較的良いはたらきの一つと言えるでしょう。ユーリイ・ドムブロフスキー、ワシーリイ・グロスマン、ヴェネディクト・エロフェーエフ、アンドレイ・ビートフ、ワシーリイ・シュクシーン、ファジリ・イスカンデル、ユーリイ・ミロスラフスキー、エヴゲーニイ・ポポーフといった名前をアメリカの読者が知っていたなら、なおのことすばらしいと思います。この中には、たった一冊か二冊の本しか書いていない者もおり、すでに亡くなった者もいます。けれども、セルゲイ・ドヴラートフ、ウラジーミル・ヴォイノーヴィチ、ウラジーミル・マクシーモフ、アンドレイ・シニャフスキー、ウラジーミル・マラムジーン、イーゴリ・エフィーモフ、エドゥアルド・リモーノフ、ワシーリイ・アクショーノフ、サーシャ・ソコロフといった比較的よく知られた作家たちとともに、上述の作家たちは、ロシア文学やロシア関係のことが何らかの重要性を持っている人ならみな、いずれ無視できなくなるであろうリアリティに相当する作家たちです。

いま挙げたどの作家もみな、この講演がすでに費やしてきた長さに勝るとも劣らない分量の検討に値する作家たちです。たまたまわたしの友人である者もおり、まったく正反対の者も含まれています。この作家たちをぎゅっと一文に圧縮してしまうことは、ちょうど飛行機事故の犠牲者を列挙するようなものになってしまうでしょう。けれどもそれならばまさにそこで、事故が起こったのです——空中、つまり観念の世界で。そしてこの空中の大惨事の生存者こそが、上述の作家たちの最良の作品なのだと見なされるべきです。作者自身よりも、また現在の世代の読者よりも長く生き残るであろう作品の名前を一つ二つ挙げよと言われたら、わたしならば、ヴォイノーヴィチの『往復書簡によって』と、ユーリイ・ミロスラフスキーの短篇集（どの作品が含まれてもよいです）を挙げるでしょう。しかし、まったく未知数の未来に直面している作品を挙げるならば、わたしの考えではそれはユズ・アレシコフスキーの『カンガルー』[24]です。もうすぐ英訳が出るはずです（翻訳者に神助あれかし！）。

『カンガルー』は非常に衝撃的で、非常に恐ろしい滑稽さのある小説です。ジャンルとしては諷刺小説に属するでしょう。しかし、この小説が最終的にもたらす効果はといえば、それは体制への嫌悪でも笑いによる安堵でもなく、純粋に形而上学的な恐怖なのです。この効果は、作者アレシコフスキーが抱く終末論寄りの世界観そのものとはあまり関係はなく、むしろ作家の耳の良さと関わるものです。アレシコフスキーはロシアではソングライターとして圧倒的に高い評判を博していますが（じっさい彼の歌のいくつかは国民的フォ

(24) ユズ・アレシコフスキー（一九二九－二〇二二）はロシア語作家。クラスノヤルスクに生まれ、作家・バルド（フォークシンガーの類）としてモスクワで活動するも、一九七九年に亡命。以来、逝去までアメリカ合衆国で暮らした。『カンガルー』（未邦訳）は一九七五年に書かれ、一九八一年にロシア語版、一九八六年にタマラ・グレンニーによる英訳版がどちらもアメリカで出版された。

ークロアの一部となっています）、彼はまさに神童のように言語を聞き取るのです。『カンガルー』の主人公はソヴィエト・ロシアの歴史を通じてずっと暗躍しているプロの掏摸《スリ》で、この小説は汚さを極めた言語へと逸脱した叙事詩的ホラ話と言えます。この小説の言語は、定義としては「スラング」といっても「隠語」といっても的外れになってしまいます。インテリにとって個人的な哲学や信念がそうであるように、大衆が口にする汚い言語は、圧倒的にポジティヴで目立ちすぎる権力者のモノローグに対する解毒剤としてはたらきます。『カンガルー』においては、ちょうどロシア語の日常会話がそうであるように、その解毒剤の量が治療の用途としては過多となっていて、別の宇宙を丸ごと内包できるくらいの余剰があるのです。一方で、プロットや構成の点から言えば、この本は『兵士シュヴェイクの冒険』や『トリストラム・シャンディ』のような本に似たところがあるかもしれず、また言語的には間違いなくラブレー的と言えます。それは、汚く、病的で、不愉快で、猛烈な勢いで蔓延るモノローグであり、文章の調子には聖書の詩文を思わせるところがあります。もう一つ挙げておくと、この本にはエレミア書――それも笑うエレミア書――のような響きがあります。袋小路に陥った人間にとって、それだけですでに何ものかにはなりえています。しかし、どこにでもいるそうした匿名的人間が、他ならぬこの作品に感謝の念を抱くとしたら、重要なのはそういったことではなく、むしろ『カンガルー』という作品の至るところで、現代ロシア小説には馴染みのない方向に向かって疾駆するその文体が肝要なのです。その進む方向とは、日常語が進む方向です。つまり、内容や理念、信仰が持つ限界を超えて、次のフレーズ、次の発話へと向かい、そしてついに無限のおしゃべりに至るのです。少なくともこれだけは言えます――『カンガルー』はいかなる流派のイデオロギー小説というジャンルからもはみでる小説であり、それは社会秩序への非難を取りこむわけですが、しかし言語の洪水を受け入れるにはコップがあまりに小さいので、あたり一面にそれを撒き散らすことになるのです。

先述した作家たちから読みはじめると、わたしの説明が過激派的で偏ったものと思われる方もいるかもしれません。きっとまずは、そうした欠点はそれぞれの作家の技量のせいだと考えることになるでしょう。ここで申し上げた見方が、あまりに図式的で真実みに欠けると思われる方もいるかもしれません。それは当たっています――図式的で、偏狭で、皮相な見方です。良く言ってせいぜい主観的、エリート的といったところでしょう。それは公平な評価ではありますが、ただし芸術というのは民主主義的な仕事ではないのだということは頭に入れておくべきだと思います。小説という芸術に関しては、誰もかれもが習熟することもできるし批評もできるような雰囲気がありますが、そうであってもやはり民主主義的な仕事ではないということに変わりはありません。

人間が企てるほとんどすべての領域において民主主義的原則が歓迎されるべきだという考え方には、少なくとも二つの例外があります――芸術と科学です。この二つの領域で民主主義的原則を適用してしまうと、大傑作とゴミ屑とを、そして大発見と無知とを同等に扱うことになってしまうでしょう。そのような同一視に抗うことは、小説を芸術として認めることと同義です。そしてまさにこの認識こそ、最も酷なやり方で作品を峻別することを強いるものです。

好むと好まざるとにかかわらず、芸術とは直線的なプロセスです。芸術は、わが身の退路を絶つために、「クリシェ」という概念を持っています。芸術の歴史は、付け足しと改善の積み重ねであり、人間の感性の眺望を広げてきた歴史であり、表現の手段をより豊かにする、というよりはより濃縮してきた歴史です。新しい心理学的・美学的リアリティが芸術に導入されても、それはいつもすぐに、次の実践者にとっては古いものになる。このルールを無視する作家は――ヘーゲルはすこし異なる言い回しをしていますが――作りだす作品の運命を自動的に決定してしまうことになります。市場においてどんなに上質な印刷を施したところで、必ずや溶かされてパルプになってしまうというわけです。

しかし、それが作家自身やその作品を待つ唯一の運命であったとしても、不相応に悪いこととも言えないでしょう。パルプが供給されることで、パルプの需要が創出されるという事実もまた、それほど悪いこととは言えません。芸術そのものにとって、それは別に危険なことではないのです。というのも、ちょうど貧者や動物界の生き物がそうするように、芸術はつねに自分の種に属するものの面倒を見るものだからです。芸術ではない小説が良くないのは、それが描写する生活に当の小説が妥協してしまい、個人の発達においてマイナスの効果をもたらすところです。この種の小説は、芸術ならば無限を与えたであろう地点で終わりを与え、挑戦の代わりに安逸を与え、評決の代わりに慰謝を与える。要するに、芸術でない小説は、無数にいる人間にとっての形而上学的な敵や社会的な敵に、人間を売り渡すのです。

いろいろな意味で冷たく聞こえるかもしれませんが、ロシア小説が現在のような状況に陥ったことは自業自得です。悲しいことですが、ロシア小説がずっとこの状況に甘んじているのは、みずからの有り様のせいなのです。ですから、「政治が悪いから」という言い訳は撞着語法――というよりはむしろ悪循環といったほうがよいでしょう。政治は、まさに芸術によって人々の精神と心に残された真空を埋めるものであるからです。他国の文学は、二十世紀ロシア小説が陥ったこの苦境から何かしらを学ばなければなりません。プラトーノフ亡き今、ロシア作家がこのような働きぶりしかできないことには少しは弁解の余地がありますが、ベケットが存命だというのに、アメリカの作家たちが陳腐さを追求するようなことは許されないからです。

一九八四年

（工藤順訳）

W・H・オーデンの「一九三九年九月一日」について(1)

1

みなさんの前にある詩は九九行からできていますが、時間の余裕もありますので、その一行一行について、詳しく検討することにしましょう。退屈に思われるでしょうし、実際にそうかもしれません。しかし、そうすることによって私たちは、叙情詩一般の戦略についてのみならず、この詩の作者について大事なことを、いっそうよく知ることができるようになります。叙情詩一般と言ったのは、この詩はその主題にもかかわらず、叙情詩であるからです。

あらゆる芸術作品というものは、一篇の詩であれ、あるいは円蓋《クーポラ》であれ、当然、作者その人の自画像でもあるわけですから、私たちは作者のペルソナと叙情詩の語り手とを、あまりやかましく区別しないようにし

(1) この講義はコロンビア大学芸術学部の創作学科における現代叙情詩コースの一部としておこなわれた。これはその授業の学生、ミス・ヘレン・ハンドリーとアン・シェリル・パインがテープに取り、それを起こしたものである(原注)。

ましょう。概してそのような区別は、叙情詩の語り手はつねに作者の自我の投影であるという理由からだけでも、まったく無意味です。

この詩の作者は、よく覚えておくように言われたはずですから、みなさんもすでにご存知のとおり、彼が生きた二十世紀に対する批評家です。しかし彼はまた、この世紀の一部でもあります。したがって、この二十世紀に対する彼の批評はほとんどつねに自己批評ともなっているわけで、そこから、この詩における彼の声の叙情的均衡が生まれています。もしみなさんが、詩がうまく機能するためのほかの処方箋があると考えるなら、みなさんの詩はきっと、忘れ去られる運命にあることでしょう。

私たちはこの詩の言葉の意味内容を検討することになります。作家の使う語彙は、ある作家を別の作家から区別するものだからです。私たちはまた、この詩人が表明している考えに対してのみならず、彼が使う押韻形式にも注意を払うつもりです。詩人の考えにその必然性の感覚を与えるのは、押韻形式だからです。押韻は思考を法則に変えます。そしてある意味では、詩はそれぞれが一つの語学的法典なのです。

みなさんの中にもすでに気づかれた方がいると思いますが、オーデンの詩にはじつに多くのアイロニーが含まれていますし、この詩の場合にはとくにそうです。私としては、このアイロニー、軽いタッチが、じつは大変に深い絶望のしるしであることをみなさんに理解してもらえるように、いわば隅から隅までこの詩を見てゆくことにしたいと思います。いずれにせよ、アイロニーというものはしばしばそのようなものなのです。だいたいにおいて、この授業が終わるまでには、みなさんもこの詩に対して、この詩を生み出したのと同じ感情を、感じとれるようになるだろうと思います——それはつまり、愛の感情です。

2

表題についてはおのずから明らかと思いますが、この詩は、詩人が大西洋のこちら側に移り住んでまもなくの時期に書かれました。詩人の出国は祖国イギリスでは大きな騒ぎのもととなり、彼は、敵前逃亡者であるとか、危難のときに祖国を捨てる者という非難を受けました。確かに、危難は実際に訪れましたが、それは詩人がイギリスを去って少し経ってからのことでした。そのうえ、彼自身が、十年近くにわたってその危難の進行を警告しつづけてきた人物でした。ただし危難について言うなら、どれほど千里眼の持ち主といえども、それが到来する時期を言い当てることなどできないものです。そして彼を非難した者の大部分は、まさに、危難など到来するはずがないと考えていた人々だったのです。左翼も、右翼も、また平和主義者たちも含めてです。おまけに、アメリカに移り住もうという彼の決断は、国際政治とはほとんど関係がありませんでした。その移住の理由は、もっと個人的な性質のものだったのです。その点についてはもう少しあとで話せたら、と思います。いま問題になるのは、大戦が勃発したとき詩人は海のこちら側にいたということであり、したがって、詩人には語りかけるべき聴衆が少なくとも二種類あったということです。すなわち、祖国の人々と、彼の目の前にいるアメリカの人々です。この事実が彼の用語にどんな影響を与えているか、見てみましょう。では、まず第一連から……。

I sit in one of the dives
On Fifty-second Street

Uncertain and afraid
As the clever hopes expire
Of a low dishonest decade:
Waves of anger and fear
Circulate over the bright
And darkened lands of the earth,
Obsessing our private lives;
The unmentionable odour of death
Offends the September night.

ぼくは五十二丁目の
とある地下酒場に座って
頼りなく　怯えている、
卑しく不誠実な十年間の
小賢しい希望が消え去るいま。
怒りと恐怖の電波が
地上の明るい国々や　暗く翳る国々の
上空をめぐって
ぼくらの私的生活にのしかかる。

口にできない死の匂いが
九月の夜を侵《おか》す。

最初の二行から始めましょう。「ぼくは五十二丁目の／とある地下酒場に座って…（I sit in one of the dives / On Fifty-second Street...）」みなさんは、この詩がなぜこのように始まると思いますか？　たとえば、なぜ「五十二丁目」という精確な表現が使われるのでしょう？　それはどれほど精確なのでしょう？　確かにこれは、「五十二丁目」がヨーロッパにはありえない場所を指しているという意味で精確です。それで十分なのです。私が思うに、オーデンがここでちょっと演じようとしているのは、ジャーナリストの役割、もしそう言ってよければ戦争特派員の役割です。この出だしには、はっきりと報告の雰囲気があります。詩人の口調は、「…から特派員が報告いたします」といった口調に似ています。彼はレポーターとして祖国イギリスの人々に向けて報告しているのです。ここで私たちはたいへん興味深い問題に立ち入ることになります。「地下酒場（dives）」という語に注意してください。これは精確にはイギリス英語ではありませんね？「五十二丁目」という語にしてもそうです。彼のレポーターとしての姿勢にとって、これらの語は明らかに直接の利点を持っています。二つともに、祖国の聴衆にとってはエキゾティックに聞こえるからです。このことは、私たちがこれからしばらく扱うことになるオーデンのある一面について、教えてくれます。つまり、アメリカ英語の侵略に惹きつけられたことが、彼が合衆国にやってきた理由の一つだったのだと私は考えるからです。この詩は一九三九年に書かれましたが、その後の五年間に、彼の詩には文字どおりアメリカ英語がちりばめられるようになりました。彼はイギリス英語が支配的な彼の語彙の中に、はしゃぎながらアメリカ英語を取り込んでいると言ってもいいくらいです。イギリス英語のテクスチャー——イギリス詩一般のテクスチャー――は、「地下酒場（dives）」とか「むき出しの町（raw towns）」といった語彙によって、めざましい活気を与えられます。これからそうした語を一つずつ詳しく見てゆくのは、詩人にとっては思想や確信よりも、一つ一つの語や、それらの語がどのように響くかのほうが、ずっと重要だからです。詩に関するかぎり、依然として、初めに言葉あり、なのです。

そしてとくにこの詩では最初に、「地下酒場（dives）」という語が出ていますが、このdivesは、この詩の残りの部分に大いに責任がありそうです。以前には使ったことがないという理由からだけでも、詩人は確かにこの言葉が気に入っています。それでもやはり彼は、「ふむ、祖国イギリスの連中は言葉遣いの点から見て、ぼくがいかがわしい場所に出入りしていると考えるかもしれない、そしてぼくがこうしたアメリカ英語のかけらを舌の上で転がしているだけなのだと」。そこで彼は真っ先に、divesと「生活（lives）」とを押韻させますが、この押韻自体、古い脚韻に生気を吹き込むばかりでなく、大変に効果的です。次に彼は、「とある地下酒場（one of the dives）」と言うことによってその言葉を限定し、そのことによってdivesという語にあるエキゾティシズムを軽減します。

それと同時に、「とある」という言い回しは、まず第一に、地下酒場にいるという謙虚さの効果を高めていますし、この謙虚さの効果は詩人のレポーターとしての姿勢によく合っています。なぜなら、彼はここで自分をかなり低い位置に置いているからです。肉体的に低い位置にいるということは、つまり、事態のただ中にいるということでもあります。これだけでも真実らしさを高めてくれます。事態のただ中から語る人間は、いっそう容易に耳を傾けてもらえるからです。全体をさらに説得力に富むものとしているのは、「五十二丁目」という句ですが、それというのも、数字というものは結局、詩においてはめったに使われないものだからです。おそらく詩人は最初、「ぼくは…とある地下酒場に座って（I sit in one of the dives）」と言いたい衝動に駆られたのでしょう。しかし彼は次に、dives という語は祖国の大衆にとっては強烈すぎる言葉かもしれないと考え、そこで、「五十二丁目」という語をつけ加えるのです。これで事態はいくぶんやわらげられます。五番街と六番街のあいだにある「五十二丁目」は当時、世界的に有名なジャズ街だったからです。ついでに言えば、これら三歩格の傾斜韻(2)の中に反響するシンコペーションも、そこから生まれています。

覚えておいてもらいたいのですが、この詩の韻律がどこに向かおうとしているのか、それを教えてくれるのは、第二行目であって、第一行目ではないということです。このことはまた、経験を積んだ読者には、作者の正体を、つまり作者がアメリカ人であるかイギリス人であるかを、教えてくれます（アメリカの詩人の第二行目は通例、とても大胆なもので、予想される韻律の音楽を、言葉の意味内容によって破ります。イギリスの詩人の場合には通例、第二行目では予想されるトーンを保ちながら、三行目になってはじめて、あるいは多くの場合は第四行目になってはじめて、詩人独自の用語を登場させる傾向があります。トマス・ハーディの四歩格――あるいはさらに五歩格――の詩行と、E・A・ロビンソンや、もっといいのはロバート・フロストの詩行とを比べてみてください）。けれども、さらに重要なのは、第二行目は押韻形式を紹介する詩行でもあるということです。

「五十二丁目の（On Fifty-second Street）」という詩行がそれらすべての役割を果たしています。この行が告げるのは、これが三歩格の詩になるであろうということ、詩人がこのアメリカの人間としても通用するほど活力にあふれているということ、さらに押韻は不規則で、おそらくは類音によるものとなり（street の次に afraid がきます）、それも拡張する傾向にあるということです（なぜなら、street と実際に押韻するのは

（2）Fifty-Sécond Stréet のように強勢のある音節の母音または子音のいずれかが同一である韻。

bright ですが、street は afraid をとおして decade まで拡がっているからです）。オーデンのイギリスの聴衆にとってこの詩は、本格的には、「五十二丁目」という句が思いがけない方法でつくり出す、この、愉快ではありますがまったく無味乾燥な雰囲気とともに、始まります。しかし肝心なのは、詩人はいまや、イギリス人だけを相手にしているわけではないということです。もはやそうではないのです。その美点は、この出だしが大西洋の両岸の読者に訴えかけるということです。「地下酒場」と「五十二丁目」という語は、アメリカの読者には、この詩人がアメリカ英語をみごとに語ることを伝えるからです。この詩の直接の目的を心に留めるならば、このような語の選択は少しも驚くにはあたりません。

この詩から二〇年ほどあと、オーデンはルイス・マクニースを偲ぶために書かれた詩の中で、「できれば大西洋の小さなゲーテになる[3]」希望を表明しています。これはとても重要な表明ですが、ここで鍵になる言葉は、みなさんが信じるかどうかはわかりませんが、「ゲーテ」ではなく「大西洋」です。なぜなら、彼の詩歴の最初からオーデンの念頭にあったのは、彼が使う英語という言語は大西洋の両岸にまたがるものだという感覚、あるいはもっと適切には、帝国的なものだという感覚だったからです。ただし、帝国的とは言っても、イギリスによるインド統治といった意味においてではなく、一つの帝国をつくったのは英語という言語だったという意味においてです。なぜなら、帝国というものが統合されるのは政治的な力や軍事的な力によるものではなく、言語の力によるものだからです。たとえば古代ローマを、あるいはもっといい例として、ヘレニズム時代のギリシアを考えてみてください――ギリシアが崩壊しはじめたのは、アレクサンドロス大王自身が死去した直後のことでした（しかも彼は非常に若くして亡くなっています）。政治的中心が没落したあとも、なお数世紀間にわたって人々を統合していたのは、あの「偉大なるギリシア語《マグナ・リングア・グレカエ》」であり、ラテン語であったのです。帝国というものは、まず第一に文化的実体です。そして実際にことをなすのは、軍団ではなく、言語なのです。ですから、もしみなさんが英語でものを書こうとするなら、いわばフレズノ〔カリフォルニア州中部の都市〕からクアラルンプールまでの、英語のあらゆる慣用句を習得すべきです。そうしなければ、みなさんが語ることの意味は、みなさんが住む狭い教区の外までは伝わらないかもしれません。もちろん、それはそれでまことに立派なことです。おまけに、あの有名な、「水の一滴」（全世界を映し出します）という態度もあって、みなさんを慰めてくれます。それもいいでしょう。それでもみなさんには、「大いなる英語」市民となるあらゆる機会があるのです。

ひょっとすると、これはデマかもしれませんが、それを言ったからといって、気を悪くすることはないでしょう。オーデンの話に戻るなら、彼がイギリスを去る決意をしたときには、いずれにしても、これまで挙げたようなことが考慮されたのだと思います。それに、彼は祖国ではすでに非常に高い評価を受けており、おそらく将来考えられることといえば、あとは既成の文壇に加わることくらいだったでしょう。それというのも、注意深く階層化された社会においては、とるべき道はそれ以外には何もないからです。そこで彼は旅に出、言語がその旅路を拡げたのです。いずれにせよ、彼にとっては英語の帝国は空間においてのみならず時間においても拡がり、彼は英語のあらゆる源泉、レベル、時代から言葉を汲みだしていたのです。当然のことながら、『オックスフォード英語辞典』（OED）からひどく古くて、難解な、時代遅れの言葉を漁っているとしばしば非難されていた彼としては、アメリカが提供する探険旅行《サファリ》を、とうてい無視することができなかったのです。

いずれにしても、「五十二丁目」という句は、大西洋の両岸で人々に聴き耳を立てさせるには十分な響き

（3）「住まいへの感謝Ⅲ　創作の洞窟　ルイス・マクニースを悼んで」の中の句。

を発します。詩人はあらゆる詩の出だしにおいて、大衆の詩に対する態度をくもらせる、あの、いかにも芸術的で技巧的な雰囲気を一掃しなければなりません。彼は説得力に満ち、平明でなければなりません――おそらくは大衆がそうであるのと同じように。詩人は公の声をもって語らなければなりません。詩人が扱うのが公の主題であれば、なおさらのことそうなのです。

「ぼくは五十二丁目の／とある地下酒場に座って」という二行は、そのような要求に応えています。私たちがここに聞き取るのは、私たちの仲間、つまり、私たちと同じ口調で私たちに語りかけるレポーターの、率直で自信のある声です。そして、彼はこのような安心させる口調で語りつづけるのだろうと私たちが思いこんだその瞬間、そして、私たちがその公の声を聞き取り、彼の三歩格によって規則正しい韻律に慣らされそうになったその瞬間、詩人は私たちに、「頼りなく　怯えている（Uncertain and afraid）」という非常に私的な言葉遣いをぶつけてきます。これはレポーターの言葉遣いではありません。これは、世馴れたトレンチコート姿の報道記者の声というより、怯えた子供の声です。「頼りなく　怯えている」という句が意味するものは何でしょう――疑いです。そしてまさしくそこから、つまり疑いの中から、そして疑いとともに、この詩は――実際には詩一般、芸術一般は――本当に始まるのです。突如としてあの「五十二丁目の地下酒場」の確かさは消えてなくなり、みなさんは、そもそものような表現が出てくるのも、ひょっとすると詩人が最初から「頼りなく　怯えている」ためだったのだと感じるようになります。だからこそ、詩人は具体的表現にこだわったのです。さて、これで準備作業は終わり、私たちはいよいよ読解にとりかかることになります。

この詩を一行ずつ見てゆくとき、私たちは、この詩全体の構成の中でのそれぞれの行の内容と機能とを検討するばかりでなく、それぞれの行が持っている独自の独立性と安定性をも検討しなければなりません。詩が永続するためには、煉瓦のようにきちんとした構成要素でできているに越したことはないからです。そのような観点から見れば、第一行目は、まだ韻律が紹介されたばかりで、詩人もそれを承知しているという理由からだけでも、ちょっと不安定です。この行には自然な会話の雰囲気がありますし、そこで語られる行動のために、とてもくつろいだ謙虚な感じがあります。肝心なのは、この行を読んだだけでは、韻律的にも、内容的にも、次の行が予測できないということです。「ぼくは…とある地下酒場に座って（I sit in one of the dives）」という行のあとでは、どんな可能性もありえます――五歩格でも、六歩格でも、二行連句の押韻でも、お好みのままです。したがって、「五十二丁目の（On Fifty-second Street）」という第二行目には、単にその内容が暗示する以上の大きな意味があります。この行は、この詩を一定の韻律に固定するからです。

On Fífty-Sécond Stréet の三つの強勢は、この行を、まさしく「五十二丁目」のように堅固でまっすぐなものにしています。「とある地下酒場」に座っているという姿勢は、伝統的な詩的姿勢とは一致しませんが、その目新しさは、「ぼく（I）」という代名詞に関わるすべての事柄と同じように、一時的なものです。いっぽう「五十二丁目」のほうは、非個人的であるせいと、数字が出てくるせいもあって、永続的なものです。規則的な強勢によって強調されるこの二つの側面の組み合わせが、読者に自信に満ちた印象を与え、あとに続くものが何であれ、それを正当化するのです。

このような理由からして、「頼りなく　怯えている」という第三行目は、具体的なものがまったく含まれていないだけに、かえって強く訴えかけます。名詞もなければ、数字もなく、ただ二つの形容詞だけが、パニックの二つの小さな噴水のように、胸にこみ上げてくるのです。公的なものから私的なものへの用語の変化は、まことに唐突なものです。この行に二つだけ出てくる形容詞それぞれの最初の開口母音（*U*ncertain, *a*fraid）を聞けば、みなさんは、「五十二丁目」を越えて拡がる具体的で安定した世界を前に、はっとさせられ、孤独になってしまいます。この詩行が表しているのは、明らかに、心の状態ではありません。詩人はむしろ、ある理論的根拠を提示しようとしているのです。それはおそらく、彼の故郷喪失がのぞき込ませようとするいかなる深淵にも滑り込むまいとするためです。この行は、眼前の情況への異和感から（もしそう言いたければ、あらゆる情況に対する皮膚感覚的な異和感から）生まれていると言ってもいいでしょう。私としては、この詩人にはそのような異和感がいつもつきまとっていたと、あえて言いたい気さえします。その異和感がいっそう切実なものとなっているのは、まさしく、詩人の個人的情況のせいでもあれば、またこの詩の場合のように、歴史的情況のせいでもあるのです。

したがって、詩人がここで、語られた状況への理論的根拠を捜し求めようとするのは、ごく当然のことです。そしてこの詩全体が、その探究から生まれてきます。では、どう進んでゆくのか、見てみましょう。

卑しく不誠実な十年間の
小賢しい希望が消え去るいま……

まず初めに、イギリスの聴衆のかなりの部分が槍玉に挙げられます。「小賢しい希望（the clever hopes）」は、ここではじつに多くのことを意味しています。平和主義、宥和政策、スペイン、ミュンヘン——つまり、ヨーロッパにおいてファシズムへの道を開いたすべての出来事を意味しているのです。現代のヨーロッパで、ハンガリーや、チェコスロヴァキアや、アフガニスタンや、ポーランドによって共産主義への道が開かれたのも、多かれ少なかれ、似たような情況においてでした。ポーランドについて言えば、この詩の題ともなっている一九三九年九月一日は、ドイツ軍がポーランドに侵攻し、第二次世界大戦が始まった日付です（ちょっとばかり歴史の話をしても、気を悪くはしないでしょうね?・)。戦争は、ご承知のとおり、イギリスがポーランドの独立を保証したことから始まりました。それが開戦の口実《カスス・ベリ》でした。いまは一九八一年ですが、四〇年後の今日、ポーランドの独立はどうなっているでしょうか?(4) というわけで、厳密に法律上の話をするなら、第二次世界大戦は無意味だったことになります。しかし、話が脇にそれてしまいました……。ともかく、その保証はイギリスが与えたものでしたし、この「イギリス」という言葉は、オーデンにとっては依然として大きな意味を持っていました。控えめに言っても、それは依然として祖国を意味しました。そこから、「小賢しい希望」に対する彼の態度の、明晰さと厳格さが生まれてくるのです。

けれども、「小賢しい」と「希望」という二語の連結のおもな役割は、パニックを合理的説明によって宥めようとする、語り手の試みを表すことにあります。そして、「小賢しい希望」という表現が用語として矛盾さえしていなければ、その試みはうまくいくはずです。しかし、小賢しいものであっても、希望にとってはすでに遅すぎるのです。この表現の人を宥めるような唯一の側面は、「希望」という言葉自体にあります。「希望」には、必然的に、進歩と結びついた未来が含まれているからです。この矛盾した言い回しの本音は明らかに諷刺的なものです。(5) とはいえ、このような情況のもとでは、諷刺は、一方においてはほとんど非倫理的に聞こえますし、また一方においては不十分なものでもあります。そこで作者は、「卑しく不誠実な十年間の」という行によって、振り上げたこぶしを下ろすのです。この句には、これまでに挙げた、野蛮な力に屈服するあらゆる例が含まれます。しかし、この行を詳しく見る前に、「不誠実な十年間」という句の

(4) 一九八九年まで、ポーランドは実質的にソ連の衛星国だった。
(5) 賢そうに見えても実際には根拠薄弱なという意味。

警句《エピグラム》的性格に注意してください。似たような第二音節での強勢の位置と、ともに同じ子音dで始まることによって、dishónest は decáde といわば心理的に韻を踏んでいるのです。しかし、これではあまりにも細部の美質にこだわりすぎ、ということかもしれません。

さて、みなさんは、なぜオーデンが「卑しく不誠実な十年間」と言っているのだと思いますか? 一つには、その十年間が実際にひどく堕落していたから——つまり、ヒトラーに対する不安が高まるにつれて、万事どうにかうまくいくだろうという議論もまた、とくに大陸では、高まっていたからです。結局のところ、大陸の国々はあまりにも長いあいだ肩を寄せ合って生きてきたため、まだ記憶に新しい第一次世界大戦の殺戮については言うまでもなく、ふたたび撃ち合いが起こりうるなどとは思いもしなかったのです。多くの人々にとって、それは愚行の繰り返しと思われたことでしょう。このような典型的な考え方を最もよく語っているのは、ポーランドの偉大な諧謔家スタニスワフ・イエージィ・レツ(彼の詩集『ぼさぼさ頭の思念』〔一九五七〕を、オーデンはとても称賛していました)の、「悲劇を生き抜いた英雄は、もはや悲劇的英雄ではない」という観察です。気の利いた言葉に聞こえるかもしれませんが、むかつくのは、英雄はしばしば、次の悲劇で死ぬために悲劇を生き抜くということです。いずれにせよ、そこから「小賢しい希望」という句が出てくるのです。

「卑しく不誠実な十年間」という句をつけ加えることによって、オーデンは慎重に判断を下しているような効果を生み出しています。一般に、名詞に一つ以上の形容詞がつくとき、それもとくに紙の上の場合には、われわれは少し疑い深くなります。普通、そのようなことは強調のためにおこなわれますが、作者はそれが危険であることを承知しています。ここでついでながら、補足的なコメントをつけ加えておきます——みなさんは詩の中では、形容詞を最小限に切り詰めるよう努めるべきだということです。たとえ誰かが、形容詞を消してしまう魔法の布をみなさんの詩の上にかぶせても、そのページが名詞と副詞と動詞で、十分に黒くなっているようにです。その布が小さいとき、最良の友は名詞です。また、決して同じ品詞で押韻しないようにしてください。名詞ならかまいませんが、動詞はだめです。形容詞どうしで押韻するのはタブーです。

オーデンは一九三九年までにはすでに十分に経験を積んでいて、一つの名詞に二つあるいは三つの形容詞をつけるのがどういうことか、承知しているはずです。それにもかかわらず、彼はこうして二つの形容詞を並べています。しかも、よりにもよって、二つとも侮蔑的なものです。みなさんは、なぜだと思いますか？その十年間を糾弾するためでしょうか？　しかしそれなら、「不誠実な」だけで十分だったでしょう。それに、正義漢ぶることはオーデンの性格には合いませんでしたし、自分自身、その十年間の一部であったという意識も、彼からは消えなかったでしょう。彼のような人間が否定辞を使う場合、そこにはかならず、多少なりとも自画像が描き込まれているものです。言葉を換えるなら、みなさんは何か侮蔑的な言葉を使うときには、その言葉の重さを十分に測るため、それを自分にもあてはめてみるようにすべきだということです。そうしなければ、みなさんの批評は、ただ単に憂さ晴らしをしただけ、となってしまうでしょう。大多数の自己療法と同じように、それでは治癒効果などほとんどありません……。私の考えでは、詩人が形容詞を並べて使っているのは、理性的嫌悪に物理的重さを与えるためなのです。詩人はこの詩行を永遠に封印したいと思っているのです。そして重い短音節の「卑しく（low）」が、その役割を果たしています。ここでは三歩格が、いわばハンマーのように使われています。詩人は「むかつくような（sick）」とか「ひどい（bad）」という語を使うこともできたでしょう。しかし、low はもっと安定していますし、「地下酒場（dive）」のいかがわしさとも響きを交わしています。詩人がすべてを路上のレベルに置きたがっているとおり、私たちがここで扱っているのは、倫理的問題ばかりでなく、現実の都市の地誌でもあるのです。

怒りと恐怖の電波（waves）が
地上の明るい国々や　暗く翳る国々の
上空をめぐって
ぼくらの私的生活にのしかかる……

wavesというのは、明らかにラジオ放送の「電波」のことですが、この語が「不誠実な十年間」の直後の、新しい文の最初に出てくるため、私たちは気分の転換、語調の変化を期待してしまいます。そこで、読者は最初、このwavesを「波」というロマンティックな意味にとりたくなります。さて、詩というものは、白い大きな余白に囲まれて、ページの真ん中にしるされているわけですから、その一つ一つの語、一つ一つのコンマには――周囲の空白が大きければ大きいほど――それだけ膨大な引喩と意味とが込められていることになります。詩の中の語、それもとくに詩行の最初と最後の語には、まさしく大きな負荷がかかっています。詩は散文じゃないのです。詩は白い空を舞う飛行機のようなもので、一つ一つのボルトとリベットが重要な意味を持っています。だからこそ、私たちは一つ一つの語を詳しく見てゆこうとしているのです……。いずれにしても、おそらくは「怒りと恐怖」が、そのラジオ放送の実質ということになるでしょう――ドイツによるポーランド侵略と、ドイツに対するイギリスの宣戦布告を含む世界の反応。まさしく、それらの報道とアメリカ社会の光景との対照が、ここで詩人に報道記者の姿勢をとらせたのだと言えるでしょう。いずれにせよ、次の行で「めぐる（circulate）」という動詞が選ばれているのは、この報道への言及があるためです。しかし、それは理由の一つであるにすぎません。

この動詞が選ばれるもっと直接的な理由となる言葉は、前の行の最後にある「恐怖（fear）」という語であり、恐怖という感情が一般に繰り返し襲ってくる性質を持つからというだけでなく、恐怖が混乱と結びついているからでもあります。「怒りと恐怖の電波」という句は、それ以前の詩行の、抑制され、落ちついた言葉遣いのあとでは、ちょっとうわずった感じなので、詩人はこの、技術的で、官僚的で、ともかくも私情を交えない「めぐる（circulate）」という語によって、調子を下げることにするのです。この非個人的な、技術用語のような動詞のおかげで、詩人は安全に――つまり感情が上滑りした印象を与えることなく――「明るい…暗く翳る（bright / and darkened）」という、暗示に満ちた形容辞を使うことができるわけです。この形容は、地球の現実の気象と政治上の気象とをともに表しています。

「怒りと恐怖の電波」は、明らかに、「頼りなく　怯え」た状態にある詩人自身の精神状態のこだまです。いずれにしても、「怒りと恐怖の電波」を条件づけるのは、「ぼくらの私的生活にのしかかる」という句であるとともに、「頼りなく　怯え」たと描かれた精神状態でもあるのです。その第九行目のキーワードは明らかに「のしかかる（obsessing）」です。なぜならこの語は、それらのニュース放送や、がさがさ鳴るタブロイド紙の重要性を伝えるのみならず、この第一連全体に流れる恥辱感を伝えて、私たちがこの陳述の意味を理解する前に、「ぼくらの私的生活」の上に鋭いｓの歯擦音の影を投げかけるからです。こうして、私たちに向かい、私たちについて語るレポーター然とした姿勢が、自己嫌悪に陥った語り手のモラリストの姿を隠してしまい、「ぼくらの私的生活」は、何か語りえないこと――この第一連の最後の二行に責任があること――を表す婉曲語法となります。

口にできない死の匂いが

九月の夜を侵《おか》す。

ここで私たちはふたたび、どこか客間風の匂いのするイギリス的な言い回しを感じとります——「口にできない匂い(unmentionable odour)」。詩人は形容詞と対象物の二つの婉曲語法を、いわば続けて使っているわけで、私たちにはむずむずする詩人の鼻さえ見えそうです。「侵《おか》す(offends)」についても同じことが言えます。婉曲語法は一般には、恐怖の惰性です。この二行が二重に恐ろしいのは、詩人の真の恐怖感ともってまわった言い回しとを混ぜる語り口が、事実を直視することを嫌う聴衆の気持ちをそっくり真似ているためです。この二行から感じとられる嫌悪感の対象は、「死の匂い」それ自体や、その匂いが私たちのすぐ鼻先にあることよりも、それを指して「口にできない」と逃げるような感受性のほうなのです。

全体として、この第一連の最も重要な告白、「頼りなく 怯えて」のもととなっているのは、戦争の勃発というより、戦争を引き起こした感受性のほうなのであり、最後の二行で模倣されているその言葉遣いなのです。この二行をパロディと考えるような間違いは犯さないでください。ぜんぜん違うのです。この二行は、すべての人々、すべてのことがこの集団的犯罪に責任があるのだとする詩人の考えを示すうえで、まさしくその役割を果たしているのです。詩人は端的に、あの洗練されて婉曲的な、われ関せずといった言い回しや、それと関係するすべてのことが招来した結果を——つまり死肉《キャリオン》を——示そうとします。とはいえ、これはもちろん、詩連を終わらせるにはちょっと強烈すぎる感情なので、詩人は、みなさんに一息つかせることにします。そこで、この「九月の夜(September night)」という句が出てくるわけです。

この「九月の夜」は傷を受けているために少し歪んではいますが、依然として九月の夜であり、それなりに容認できる暗示をほのめかします。この時点で、詩人の戦略は——歴史的に精確であろうとする全体的な希望を別とするなら——次の詩連への道筋をつけることにあります。私たちはこのような考慮についても忘れるべきではありません。というわけで、詩人はここで、みなさんの心と鳩尾《みぞおち》とに、自然主義と昂揚した叙情の入り交じった一撃を加えるのです。けれども、この詩連の最後に出てくるのは、たとえ傷ついたものとはいえ、心からの声です——「九月の夜」。あまりほっとさせるものではありませんが、それでもどこかへ出てゆけそうな気がします。それでは次に、詩人が「九月の夜」という言葉によって、私たちが読んでいるのは詩なのだということを思い出させてくれたあと、私たちをどこへ連れてゆこうとしているのか、それを見ることにしましょう。

3

〔以下、原書では詩のテクストのすべてが引用されているわけではないが、本訳書ではすべて引用して示す〕

Accurate scholarship can
Unearth the whole offence
From Luther until now
That has driven a culture mad,
Find what occurred at Linz,
What huge imago made
A psychopathic god:
I and the public know

What all schoolchildren learn,
Those to whom evil is done
Do evil in return.

正確な学問は
すべての犯罪を発掘することができる
ルターから現在まで
一つの文明を狂わせたものを、
そして　リンツで起こったこと、
いかなる巨大なイマーゴが
精神病の神をつくり出したかを発見することができる。
ぼくも大衆も知っている
すべての学童たちが学ぶことを、
悪をなされた者は
仕返しに悪をなすのだと。

第二連は故意に、いわば衒学的な不意打ちによって、「正確な学問は／すべての犯罪を発掘することができる／ルターから現在まで／…」と始まります。みなさんはきっと、「九月の夜」のあとがこのように続くとは、まったく予想もしていなかったことでしょう。いいですか、オーデンは最も予測しがたい詩人なのです。音楽において彼と匹敵するのは、ヨーゼフ・ハイドンくらいでしょう。オーデンの場合、韻律が最も平凡なものであっても、次の詩行を予測することはできません。本物の仕事というのは、そのようにしてなされるのです……。それはともかく、みなさんはなぜ、詩人がここで、「正確な学問」という句から始めていると思いますか。

新しい連を始めるにあたって、彼の第一の関心と目的は、同じような構成を繰り返せば必ず生じるはずの単調さを避けるため、声調《ピッチ》を変えることにあります。第二に、もっと重要なことですが、彼は前の文の重みとその効果とを十分に意識しながらも、同じように権威ありげな調子を続けたくはないと考えます。彼は、聴衆の目から見れば先験的《アプリオリ》に正しい詩人の権威というものを、とても大事にしているのです。ですから、彼がここで示そうとしているのは、彼にも、客観的で冷静な議論ができるということです。ここで「正確な学問」が喚起されているのは、第一連の言葉遣いによって進行中の倫理的な議論の上に投げかけられたと思われる、ロマンティックで詩的な影のいかなる可能性をも追い払うためなのです。

客観性や乾いたトーンを求めるこうした圧力は、現代詩にとっては恵みであるとともに呪いでもありました。それはじつに多くの詩人たちの喉を窒息させました。T・S・エリオット氏もその一例でしょうが、ただし、その同じ圧力のおかげで、彼はすぐれた批評家にもなれたわけです。オーデンの場合、ことにすぐれているのは、その圧力を自分の叙情的目的に合うよう操作できることを証明したことです。たとえば彼はここで、冷静な衒学的口調で、「正確な学問は／すべての犯罪を発掘することができる…」と語っていますが、その客観性の仮面の下からは、抑えようとしても抑えきれない怒りが感じとれます。つまり、ここでの客観性は、抑制された怒りの結果なのです。この点に注意してください。それからまた、この第一二行目最後の can のあとにくる休止と、その can が、かすかにではありますが、第二一行目の done と韻を踏むことにも

――離れすぎていて分かりにくいのですが――注意してください。この休止のあとでは、「発掘する（unearth）」という断固とした動詞がそらぞらしく聞こえます。この動詞は少しうわつきすぎていて、その学問がはたして何かを発掘できるかどうかに関して、大きな疑問を投げかけるからです。

この二行におけるメトロノームのように規則正しい強勢の配置は、学問研究に特有の、感情の不在を強調していますが、耳の鋭い読者は「すべての犯罪（the whole offence）」という句に聞き耳を立てます。このような十把一からげの言い回しは、必ずしも学問的とは言えません。あるいはこれは、前に述べたとおり「発掘する」に含まれる超然とした態度を際だたせるためのものかもしれませんが、私にはどうも疑わしく思われます。詩人がこの口語的な、十把一からげの口調を使っているのは、おそらく、その学問的発見が不正確である可能性を伝えるためというより、学問の紳士的で超然とした姿勢が、研究の主題そのものとほとんど関係がないということ――ルターとも、また「現在」とも、関係がないということ――を伝えるためでしょう。この時点までに、この第二連を支えている思いつき《コンシート》の全体が――そう、私たちは論理的にもなれる、ということですが――作者の神経に障りはじめます。そして「一つの文明を狂わせた（has driven a culture mad）」という句において、オーデンはとうとう自分を解放し、長いあいだ舌の先でうずうずしていたmad（狂った）という語を口にするのです。

私の直感では、彼はこの語をことのほか愛していたようです。英語を母語にする者なら誰にとってもそうですが、この語は――たとえ万能ではないにしても――じつに多くのことを意味します。さらにmadは、いかにもイギリスの学童むきの言葉でもありますが、それはオーデンにとっては一種の「聖の聖なるもの《サンクタ・サンクトールム》」でした。彼の「幸福な子供時代」や学校教師としての経験のゆえにというより、むしろあらゆる詩人がもつ簡潔さへのあこがれのゆえに、そうなのです。世界の情況と詩人の精神状況とをともに表すのに適切であることとは別に、このmadはこの連の最後で十分に展開される語evil（悪）の到着をも予告しています。しかしまず、次の行を見ることにしましょう。

「リンツで起こったことを発見する（Find what occured at Linz）」。みなさんはきっと、リンツで起こったことよりもルターについてよく知っていることでしょう。さて、リンツはオーストリアの都市で、アドルフ・ヒトラー——アドルフ・シックルグルーバーとしても知られていたころのヒトラー[6]——が子供時代を過ごしたところ、つまり、学校に通ったり、さまざまな着想を得たりしたところです。彼は実際には画家になる希望を持っていて、ウィーン美術アカデミーに出願しましたが、断られてしまいました。この男のエネルギーを考えれば、美術界にとってはまことに残念なことでした。そこで彼は、いわば転倒したミケランジェロになったわけです〔創造の天才ではなく破壊の天才になったということ〕。ですが、この、戦争と絵画の話については、またあとで触れることにします。いまはこの第二連の辞書的意味を見てゆくことにしましょう。ここで私たちは興味深いことに気づくからです。

まず、madという語には高校生活を思わせる側面があると述べたことが、正しいと仮定してみましょう。肝心なのは、「リンツで起こったこと」というのは、高校時代の経験、つまり若きシックルグルーバーの経験をも指しているということです。もちろん私たちはそこで精確に何が起こったのかは知りませんが、いま

（6）アドルフ・ヒトラーは一八八九年、オーストリアのブラウナウ生まれ。父アロイスは私生児として生まれ、母の姓シックルグルーバーを名乗っていたが、のちに義理の叔父に引き取られるとその叔父の姓にならってヒトラーと改名している。父のアロイスが一九〇三年に死去すると一九〇七年に母が死去するまで、アドルフはリンツで母と二人暮らしだった。

では私たちはみんな「性格形成期」という概念を信じるようになっています。次の二行は、みなさんも見られるとおり、「いかなる巨大なイマーゴが／精神病の神をつくり出したか」です。さて、「イマーゴ」という語は、精神分析学の術語から直接とられています。それは子供が、本当の父親が不在のときに——若いアドルフの場合もそうでしたが——自分でつくり出す父親像のイメージのことで、それが子供のその後の発育を条件づけるということです。言い換えるなら、詩人はここで学識を噛み砕き、今日の私たちが無意識のうちに吸収している精妙な精神分析を示してくれているのです。それから、mad を類似の母音を持つ made を通して god と結びつけている三つの脚韻のみごとさにも注目してください。詩人はまことに巧みに、しかし冷酷に、この連の最後の四行にいたる道を準備しますが、それは、生きているすべての人間が、自分の心に深く刻みつけておかなければならない四行です。

この連全体の意図は、「正確な学問」（これもまた別なかたちの「小賢しい希望」です）をもって、「悪をなされた者は／仕返しに悪をなす」という単純な倫理に対抗しようとするものです。この基本原理は誰もが知っていることです。学童たちでさえ知っていること、つまり、私たちの潜在意識に属する事柄です。この原理を聴衆の頭にたたき込むため、詩人は、ある語を別の語によって引き立たせなければなりません。対照こそ、私たちが最も理解しやすいものだからです。そこで詩人は、「リンツ／ルター／イマーゴ」対「はっとさせられるほど単純な最後の二行」という、ひどく凝った構図を仕立てるわけです。しかし、「精神病の神」にいたるまでに、詩人は、実際の感情を抑制する必要に対してばかりでなく、反対の立場の議論に公平であろうとする努力にも、いらだつようになっています。そこで彼は突然、「ぼくも大衆も知っている（I and the public know）」という雄弁口調によって母音を解き放ち、すべてを説明する語、「学童たち（schoolchildren）」を導入するのです。

ただし詩人はここで、狡猾と無垢とを並置しているわけではありません。また、勝手に精神分析を実践しているわけでもありません。もちろん彼はフロイトの著作を知っていました（実際には、彼はオックスフォードに入る前、ごく早い時期にそれを読んでいます）。彼はまさしく、私たちをヒトラーと結びつける共通項を挙げているのであり、なぜなら、彼の聴衆——あるいは彼の患者——は、顔のない権威ではなく、いつの時期にかあれこれの悪をなされた経験を持つ、私たちすべてであるからです。オーデンによるなら、ヒトラーは単なる政治的現象ではなく、人間的現象です。それゆえに詩人はフロイト的方法を利用しているわけで、それというのも、フロイト的方法は問題の根、問題の源を探る近道を約束しているからです。オーデンは、お分かりのとおり、とりわけ原因と結果の相互作用に関心を引かれる詩人であり、彼にとってフロイトの精神分析理論は結論ではなく、結論にいたる方法であるにすぎません。それに、第一義の問題ではありませんが、この学説はほかのあらゆる学説と同様、彼の語彙を拡げてくれるものでもあります。彼はいかなる水たまりからでも語彙を汲み取るのです。したがって彼がここでおこなっているのは、人間の悪を説明できるという「正確な学問」の能力を、ただたんに狙い撃ちする以上のことです。彼は私たちに、私たちすべてが非常に邪悪だと語っているのです。だからこそ、私たちはこの四行を強調するのではないでしょうか。みなさんにはなぜだか分かりますか。結局、この四行連句は最も筋の通った「原罪」の解釈に思われるからです。

しかし、この四行には、何かそれ以外のことが語られています。というのも、この四行は、私たちすべてがヒトラーになりうるのだと暗示することによって、ヒトラーを（あるいはドイツ人を）糾弾しようという私たちの決意を、少し鈍らせてしまうからです。そこには、どれほどかすかであるにせよ、「はたして私たちに裁くことなどできるだろうか」という問いも漂っていそうです——みなさんには感じられるでしょうか。

それとも、私だけがそう感じるのでしょうか。それでも私はそう感じられると思います。もしそうなら、みなさんはその感じをどう説明するのでしょう。

まず第一に、これはまだ一九三九年九月一日のことで、ヒトラーの計画のほとんどが現実のものとはなっていないときのことです。また詩人自身、この四行の効果にうっとりするあまり（この四行は簡単に生まれてきたような印象を与えます）、そのニュアンスを見逃したということもありうるでしょう。しかしオーデンはそのような種類の詩人ではありませんでしたし、一方ではスペインでの体験から、現代の戦争がいかなるものであるかも知っていました。最も考えられる説明は、オーデンはオックスフォードを出たあと、ドイツで長く過ごした経験があったからというものでしょう。彼は何度かドイツに旅をしており、しかも、いくつかの滞在は長期にわたる幸福なものでした。

彼が訪れたドイツはワイマール共和国時代のドイツでした——みなさんの教師たるオーデンに関するかぎり、今世紀に存在したドイツとしては最良のドイツでした。それは悲惨さにおいても、また活気においても、イギリスとはまったく違っていました。というのも、その国の住民は第一次世界大戦を生き延びた——打ちひしがれ、手足の自由を失い、貧窮し、孤児となった——人々でしたが、大戦の第一の犠牲者は古い帝国の秩序でもあったからです。経済はもとより、かつての社会構造の全体が完全に滅び去り、政治情勢はまことに不安定でした。控えめに言っても、自由放任の雰囲気において、また漠然とデカダンスと呼ばれる現象において、それはイギリスとは違っていました。とくに視覚芸術においてそうでした。それは「表現主義《エクスプレッショニズム》」の大爆発の時期だったのです。当時のドイツの芸術家たちは、この「主義《イズム》」の創始者と考えられています。実際、折れた線や、神経質でグロテスクなまでに歪んだ物体や人物、毒々しく残酷なまでに鮮やかな色彩を主な視覚的特徴とする「表現主義芸術」について語るなら、第二次世界大戦がその最大のショーであったと考えずにはいられません。あたかも、芸術家たちの描いた画面が額縁からさまよいだし、ユーラシア大陸の全体に投影されたかのような感じなのです。ドイツ語はフロイトの言語でもあり、オーデンがその偉大な学説と間近で関わりを持つにいたったのは、ベルリンでのことでした。さて、早い話、私としてはみなさんに、クリストファー・イシャウッドの『ベルリン物語』(7)を読むよう勧めたいと思います。この作品は、みなさんがこれまでに見たかもしれないいかなる映画よりもはるかによく、その場所とその時代の雰囲気を捉えているからです。

確かに、ヒトラーによる権力の掌握は、こうしたことをほとんどすべて終わらせる結果となりました。ヨーロッパの知識人の目には、ヒトラーの出現は当時、意志の勝利というより、俗悪さの勝利と映りました。しかし、同性愛者であり、また私の考えでは、もともと少年を求めてベルリンへ出かけたオーデンにとって、第三帝国は、その若者たちを陵辱するものにも思われたのです。少年たちはやがて兵士となり、人を殺し、人に殺される運命にありました。さもなければ、彼らは追放されたり、監禁されたりしたことでしょう。ある意味で、オーデンはナチズムを個人的に受け取ったのだと思います。つまり、官能性や精妙さに完全に敵対するものと受け取ったのです。彼が正しかったのは言うまでもありません。原因と結果の相互作用に関心を持っていた彼は、即座に、悪を育てるためにはまずその土壌が肥やされねばならないことを悟ったのです。ドイツの発展に関する彼の洞察は、いかなる形のナチスが表面に出てくるよりも前に、それらの若者すべてに対して悪がなされたことを直接知っていたことによって、なおさらのこと研ぎ澄まされていたのです。彼

(7)『ノリス氏汽車を乗り替える』(一九三五)『サリー・ボウルズ』(一九三七)『ベルリンよ、さらば』からなる三部作。

の言う「すでになされた悪」というのは、「ヴェルサイユの平和」(8)のことを指しているのであり、また、これらの少年たち自身、その結果――貧困や、損失や、無視――を味わわされた、戦争の子らであるということを指しているのだと思います。詩人はその少年たちを知りすぎるほどよく知っていたので、彼らが、軍服を着る着ないにかかわらず、卑劣な振る舞いをしても驚きはしませんでした。悪をなすにふさわしい情況さえあれば、彼らが「仕返しに悪をなし」ても少しも意外ではないと思うほど、彼らをよく知っていたのです。

学童たちというのは、ご承知のとおり、まことに脅威的な連中です。そして、軍隊も、警察国家《ポリツァイシュタート》も、ともに学校組織を真似ています。大切なのは、この詩人にとって、学校は「性格形成上の経験」にとどまらなかったということです。それは彼が（生徒として、また教師として）体験した、唯一の社会組織でした。そのため、学校は彼にとっては、存在そのものの比喩となったのです。「男の子はいつまでたっても男の子」なのだと思います。まして、イギリス人であるなら、とりわけそうです。だからこそ、彼にはドイツのことがはっきりと見えたのですし、だからこそ、彼は一九三九年九月一日に、ドイツ人を十把一からげにして糾弾する気にはなれないのです。それに、詩人は誰でも、ちょっと総統《フューラー》に似たところがあって、人々の心を支配したがります。詩人は、他人よりも自分のほうがよくものを知っていると思いがちだからです――そこから、自分のほうがより立派な人間だと考えるまでは、ほんの一歩です。相手を糾弾するということは、暗に自分のほうがすぐれていると言っていることです。オーデンはこの機に臨んで、裁くことよりも、悲しみを表すことのほうを選ぶのです。

部分的には傷つけられた官能性から生まれるこの留保が示すのは、絶望しているモラリストの姿であり、彼の唯一の自制の手段は、弱強三歩格です。そしてこの三歩格は、それに含まれる寡黙な威厳によって、彼に報いてくれます。ところで、人は自分が使う韻律を選ぶことはできません。その逆です。韻律のほうが、いかなる詩人よりも長く存在してきたからです。まず韻律が詩人の頭の中で唸りをあげはじめます――その韻律が、読んだばかりの誰かに使われていたから、ということもあるでしょうが、しかし、ほとんどの場合には、その韻律がある心の状態（それには倫理的状態も含まれます）の等価物であるからです――あるいはまた、その韻律に、ある心の状態を抑制する可能性が含まれているからです。

少しでもすぐれた詩人なら、韻律を形式的に変えようとします。詩連の形式をいじったり、中間休止の位置を動かしたりすることもあれば、また、お馴染みの詩行に詰め込むつもりの内容の意外性によることもあります。二流の詩人ならただおとなしく韻律を繰り返すだけでしょうが、少しでもましな詩人であれば、それをぐらつかせるだけのことによってでも、韻律に活気を与えようとするものです。ここでオーデンのペンを動かしていたのは、W・B・イェイツの詩「一九一六年の復活祭《イースター》」〔オーデンの詩と同じく三歩格で書かれている〕であり、とくにその詩で似たような主題が扱われていたため、ということも考えられます。しかし同じように、オーデンはスウィンバーンの「プロセルピーナの庭で」〔同じく三歩格の詩〕を読み返したばかりだった、ということも考えられます。詩の内容にもかかわらず、その韻律が好きになることはありますし、また、大詩人は必ずしも大詩人ばかりに影響されるわけではありません。いずれにしても、イェイツが自分の感情を表現するためにこの韻律を使ったとするならば、オーデンは自分の感情を抑制しようとして同じ韻律を使っているわけです。ですから、みなさんに知ってもらいたいのは、詩人の上下ということではなく、この同じ韻律で二つのことが可能だということです。いえ、それ以上のこと、実際にはあらゆることが可能だということです。

（8）第一次世界大戦後のパリ講和会議でのドイツに対する多額の賠償請求は、第二次世界大戦の遠因の一つになったと言われる。

では、詩に戻りましょう。みなさんは、第三連がなぜこのように始まると思いますか。

4

Exiled Thucydides knew
All that a speech can say
About Democracy,
And what dictators do,
The elderly rubbish they talk
To an apathetic grave;
Analysed all in his book,
The enlightenment driven away,
The habit-forming pain,
Mismanagement and grief:
We must suffer them all again.

追放されたトゥキュディデス(9)は
言葉で語りうることのすべてを知っていた、
民主主義について、

独裁者たちがなすことについて、
無感情な墓に向かって
彼らが語る老人のたわ言について。
すべてが彼の本の中で分析されていた、
駆逐された啓蒙思想、
習慣をつくり出す苦痛
不手際と嘆き。
ぼくらはふたたびすべてを苦しまなければならない。

詩連というものは自己生成的な装置です。一つの詩連が終われば、必然的に次の詩連が生まれてきます。この必然性は何よりもまず純粋に音響的なものであり、そのあとにはじめて、教訓的なものがやってきます（ただし、この二つを、とくに分析のために、分離しようとすべきではありません）。ここで危険なのは、繰り返される詩連のパターンから予想される音楽が、内容まで支配しがちであり、さらには決定さえしがちだということです。そして、旋律の命令と戦うことは、詩人にとってきわめて困難なのです。「一九三九年九月一日」の十一行からなる詩連は、私の知るかぎり、オーデン自身の発明であり、その不規則な脚韻形式は内蔵された疲労防止装置として働きます。この点には注意してください。けれども、十一行

（9）『戦史』の作者であったトゥキュディデスは、将軍としてペロポネソス戦争に従軍した折、ある作戦の失敗の責任を問われ、一時、祖国アテネから追放されていた。

もの長さからなる詩連の量的効果は絶大なものなので、詩人が次の詩連を始めるとき、真っ先に考えるのは、先行する詩行の音楽的行き詰まりからいかにして抜け出るかということになります。注意してもらいたいのですが、第二連最後の四行の、引き締まって、警句めいた、魔法にかけるような、その美しさのために、オーデンはきわめて難しい仕事をしなければなりません。そこで彼は「トゥキュディデス」をもちこみます――ここでお目にかかろうとは、思ってもいなかった名前ではありませんか？　多少の違いはあれ、これは、「九月の夜」の次に「正確な学問」を持ってくるのと同じ技法です。ともかく、この第一行をもう少し詳しく検討してみましょう。

「追放された」という語は、ぎっしりと意味の詰まった語ですね。この語は、その意味内容によってばかりでなく、その母音の効果によっても、調子の高いものです。しかし、とりわけ強勢の目立つ前の詩行のすぐあとに続き、しかも、韻律を規則正しい息づかいに戻すはずの詩行の冒頭に位置するために、「追放された」という語はここでは、むしろ低い調子で現れます……。さて、われらが詩人はなぜトゥキュディデスを思い浮かべたのか、このトゥキュディデスは何を「知って」いたのか、みなさんの意見ではどうですか？　私の推測で言えば、それは、詩人自身が詩人にとってのアテネ〔当時のロンドンおよびイングランドのこと〕に対して、歴史家の役割を果たそうとしていることと関係があるでしょう。その試みの成功が危ぶまれ、詩人自身、どれほど彼のメッセージ――とくに先行する四行――が雄弁であろうと、彼もまた無視される運命にあるのだと認識しているだけに、なおさらのこと、そう思われます。そこから、この詩行を浸す疲労感が生まれ、そこから、「追放された」にこもる吐息をつくような感情が生まれることになります――詩人はその感情を、彼自身の、故国を離れているという物理的情況に当てはめることもできるでしょうが、それはほんのほのめかし程度のものでしかありません。というのも、この形容詞には、自分を誇示するような可能性も潜んでいるからです。

私たちはハンフリー・カーペンターによる見事なオーデンの評伝[10]の中に、この詩行についての、もう一つのヒントを見つけることができます。カーペンターはその中で、われらが詩人がこのころ、トゥキュディデスによる『戦史』（ペロポネソス戦争の歴史）を再読していたという事実に触れています。もちろん、ペロポネソス戦争の肝心な点は、それが、私たちが古代ギリシアとして知っている世界の終わりをもたらしたということです。その戦争によって惹き起こされた変化は、実際、激烈なものでした。ある意味でそれは、アテネと、アテネが代表していたすべてのものの真の終わりでした。トゥキュディデスはペリクレスの口を借りて、みなさんが今後も読むことがないであろうような、民主主義についての悲痛きわまりない演説[11]をおこないますが、トゥキュディデスはそこで、あたかも民主制に明日はないかのように語り――ギリシア的な意味での民主制には実際に明日はありませんでしたが――、また、民衆の心の中では、ほとんど一夜にして、ペリクレスにとって代わる者が現れつつあったと語っています。誰でしょうか？　ソクラテスです。共同体、つまり都市国家《ポリス》との一体化よりも、個人主義のほうが強調されるようになります――確かに、それほど悪い変化ではありませんが、ただし、その変化は、その後の社会の分裂、およびそれに伴うさまざまな悪へと道を開きます……。そこで、少なくとも地理的にはトゥキュディデスとわが身を重ねることができるわれらが詩人も、どのような世界の変化が――もしお望みならわれらがアテネの変化が――地平線上に迫っているか

(10) ハンフリー・カーペンター『W・H・オーデン――評伝』オックスフォード大学出版局、一九八一年。

(11) トゥキュディデスの『戦史』で語られる、当時のアテネの指導者ペリクレスによるペロポネソス戦争での死者に対する葬礼演説の一節は、今日までつたわる民主制の要点をまとめていて有名。ペロポネソス戦争さなかでのペリクレスの病死後、アテネの民主制は大衆迎合的となり、衰退していった。

を悟るのです。言葉を換えるならば、彼もまたここでは戦争の前夜に、ただし、トゥキュディデスの場合とは違って後知恵の有利さなしに、来たるべき事柄の姿——というよりむしろ、その廃虚——をまざまざと予測しながら、語っているのです。

「言葉で語りうることのすべて」は、もの悲しさを漂わせながら、それだけで完結した詩行です。この詩行には、トゥキュディデスとの、疲労感漂う個人的なつながりがこめられています。なぜなら、言葉の価値を低く見ることができるのは、言葉に熟達した人だけ、つまり詩人や歴史家だけ、だからです。私としては、あらゆる詩人は言葉の歴史家でもあるとつけ加えておきたい気もしますが、わざわざこんなことを断らなければならないのを残念にも思います。それはともかく、speechという語には明らかに、トゥキュディデスがペリクレスの口を借りて語らせた葬礼演説への言及があります。もちろん、一方では、詩それ自体が一つの演説（speech）であり、詩人はほかの誰かに——批評家か何かの出来事によって——批判される前に、自分の仕事を批判にさらしておこうとするものです。つまり詩人は、みなさんの「だからどうしたというのだ?」という反応を、詩が終わる前にみずから口に出すことによって、その批判を作品の中に取り込んでしまうのです。ただし、それは防衛策ではありません。詩人の狡猾さや自意識を示すものではなく、謙虚さを示すものであり、最初の二行の低い調子が、それを促しています。オーデンは実際、英語の詩人の中では最も謙虚な詩人であり、彼と比べれば、エドワード・トマスでさえ尊大に映ります。というのも、オーデンの美質は、彼の良心によってのみならず、詩の韻律によってももたらされており、その韻律の声のほうが説得力に富んでいるからです。

そのことについてなら、「民主主義について」という句に目を留めてください！　この詩行の、なんと尻すぼまりなこと！　もちろん、ここで強調されているのは、言葉それ自体の限られた——あるいは呪われた

——能力です。それはオーデンが「W・B・イェイツを偲んで」ですでに徹底して扱っていた考えですし、そこでは彼は、「…詩は何事をも惹き起こしはしない」と述べています。しかし、ここでは、尻すぼまりで、無造作な詩行の扱いのおかげで、その呪いは「民主主義」にも拡がります。そしてこの「民主主義（democracy）」は、何よりもまず、子音の上からも、また視覚的にも、「語る（say）」と脚韻を踏みます。言い換えるなら、「言葉」の無力さは、それが「民主主義」であれ、「独裁者たちがなすこと」であれ、その主語の無力さによってさらに強められます。

この「独裁者」についての行で興味深いのは、「民主主義について」の行と比べるなら、もっと力強い強勢の配置ですが、ただし、その配置が強調するのは、独裁者に対する詩人の怒りというよりは、募りくる疲労の重さを克服しようとする詩人の試みのほうです。「独裁者たちがなす」という句の控えめな表現の技法にも注目してください。この二語の結合による婉曲表現の性格は、動詞「なすdo」に対する名詞「独裁者たちdictators」の、音節数の上でのほとんど耐え難いほどの優越によって、あらわになります。ここでみなさんは、独裁者にはじつにさまざまなことが可能であることを感じますし、またdo（この語はここでは、第一連での「口にできない（unmentionable）」と同じ役割を果たしています）が、knewと脚韻を踏んでいるのも、理由のないことではありません。

「無感情な墓に向かって／彼らが語る老人のたわ言…」というのは、きっと、前に述べたペリクレスの追悼演説への言及でしょう。けれどもここでは、事は少し厄介です。というのも、歴史家の（そして同じように詩人の）演説と、独裁者たちが語ることとのあいだの区別が、ぼかされているからです。その区別をぼかしているのは、「無感情な」という、墓よりも群衆にふさわしい形容詞です。が、考え直してみれば、この形容詞は両者に当てはまります。さらに考え直すと、それは「群衆」と「墓」とを同一視しています。もちろん、「無感情な墓」という句は、彼の定義のめざましい対象への接近によって、おなじみのオーデン特有の表現になっています。したがって、詩人がここで関わっているのは、独裁者たちの不毛さではなく、すぐれて言葉の用途についてなのです。

自分自身の技法に対するこのような態度は、もちろんここでも、作者の謙虚さ、彼の控えめな態度によって説明できるかもしれません。しかし、みなさんは、オーデンがニューヨークに上陸したのは、ちょうど八か月前の一九三八年十二月二十六日、[12] スペイン共和国が崩壊したまさにその日であったということを忘れるべきではありません。この九月の夜に、おそらくは詩人を（このときまで、その分野におけるほかの誰よりも多くの、鋭い、ファシズムの攻撃に対する警告を発してきた詩人を）襲ったであろう無力感は、二千年も前に目の前の現象を詩人に劣らず広範に扱った、ギリシアの歴史家との相似に慰めを求めます。言い換えるなら、もしトゥキュディデスがギリシア人たちを納得させることに失敗したとするなら、さらに弱い声を持ち、さらに大きな群衆を前にした現代の詩人に、どんなチャンスがあるのか、ということです。

トゥキュディデスの本で「分析」されたとする事柄のリスト、つまりオーデンがそれらを列挙するやり方は、歴史的展望を暗示して、旧式の「啓蒙思想」から、「習慣をつくり出す苦痛」を経て、まことに現代的な「不手際」へと至っています。「習慣をつくり出す苦痛（habit-forming pain）」について言えば、この表現は、もちろん、詩人自身の造語ではありません（いかにもオーデンの造語のようには聞こえますが）。詩人はこの表現を精神分析学の術語から拾ってきたにすぎません。彼はよく、このようなことをしますし、みなさんもそうすべきです。こうした術語は、そのように利用されるためにあるのですから。それらの術語は、手間を省いてくれますし、また、しばしばは、適切な言葉のもっと想像的な扱い方を提示してくれます。またオーデンはこの複合形容詞を、いわばトゥキュディデスへの称賛として利用しました——ホメロスのおかげで、古代古典期のギリシアはハイフンつきの定義〔「足の速いアキレス」のような定型句〕と結びつけられているからです……。それはともかくとして、ここで列挙される事柄から、詩人が、現代の不安をその源《みなもと》まで遡っていることが分かります。その遡行は、あらゆる回顧と同じく、詩人の声を哀歌的《エレジアック》にします。

けれども、ここでの列挙には、もっと意味深い理由があります。「一九三九年九月一日」はオーデンにとっては移行期の詩であり、みなさんも聞いたことのある、この詩人のいわゆる三つの段階――フロイト的段階、マルクス的段階、宗教的段階――が、ここでは二行の中に簡潔に要約されているからです。「習慣をつくり出す苦痛」が明らかにウィーンの医師フロイトに遡る言及であり、「不手際」が政治経済学に対する言及であるのに対して、リスト全体の最後に来る、いえ、リストがそこにきわまる単音節の語「嘆き（grief）」は、欽定訳聖書[13]から直接来ているものであり、いわば、われらが詩人の真の趣旨を表しているからです。その趣旨と、この「嘆き」が予告するあの第三の宗教的段階の出現の理由は、この詩人にとっては、歴史的なものであると同時に、個人的なものでもあります。この詩で述べられる状況のもとでは、正直な人間は、わざわざ両者を区別したりはしないものなのです。

ここでトゥキュディデスが現れるのは、当時オーデンがトゥキュディデスを読んでいたからというだけでなく、そこで語られるジレンマ自体がお馴染みのものでもあったから[14]、ということは明らかでしょう。実際、

(12) 注（10）の『評伝』によればオーデンがイシャウッドとともにニューヨークに着いたのは一九三九年一月二十六日。同日にスペイン共和国側のバルセロナが陥落している。

(13) ジェイムズ一世の命で編纂され一六一一年に刊行された英訳聖書で、その格調の高さから長くイギリス国教会で用いられた。

(14) 理想の統治体制としては専制がいいのか民主制がいいのかという問いを指すと思われる。

ナチス・ドイツは、とくにプロシア陸軍の伝統のことを考え合わせれば、一種のスパルタに似た国家となり始めていました。かくして、そのような状況のもとでは文明世界は、当然にも脅かされる側の、アテネに当たるということになります。新しい独裁者もまた多弁でありました。そのような世界においてふさわしいものといえば、過去を振り返ること以外、ほかになかったでしょう。

しかし、回顧には独特の癖があります。いったん回顧装置を働かせてしまうと、すべては過去の事柄なので、それぞれ違った遠さにある過去の、その混乱のただ中に飛び込むことになります。さて、いったいどのようにして、いかなる根拠にもとづいて、選択をおこなうのでしょう？　あれこれの傾向や、出来事に対する親近感によってでしょうか？　その意義の合理化によってでしょうか？　ある語や名前が与える、純粋に音響的な喜びにもとづいてでしょうか？　たとえば、オーデンはなぜ、「啓蒙思想（enlightenment）」という語を拾い上げているのでしょう？　それが文明を、つまり「民主主義」と結びつく文化や政治の洗練を表すからでしょうか？　「習慣をつくり出す苦痛」の衝撃のための、道ならしをするためでしょうか？　道ならしをするのは、「啓蒙思想」という語の含意の中の、どの部分なのでしょう？　あるいはひょっとすると、それは回顧行為それ自体と関係があるのでしょうか？　回顧の理由と同時にその目的とも関係があるのでしょうか？

私の考えでは、詩人がこの語を取り上げたのは、問題となっている不安の種を宿しているのはスパルタではなく、大文字で始まる「啓蒙思想（Enlightenment）」であるからです。もっと適切に言えば、このとき詩人の心の中で、あるいはお望みなら彼の無意識の中で進行していたのは（とは言っても、繰り返しますが、ものを書くというのは大変に理性的な作業であり、無意識を自分の目的のために利用こそすれ、その逆ではありませんが）、いくつかの方向に向かっての、不安の原因の探究であったと思われます。そしてすぐ間近に見つかったのが、ジャン＝ジャック・ルソーの、不完全な制度によって堕落した「高貴なる野蛮人《ノーブル・サヴェッジ》」という考えでした。明らかにそこから、不完全な制度を改善することが必要とされ、さらにそこから、「理想国家」という概念が生まれます。またそこから、いくつもの社会的ユートピアが説かれ、そのユートピアを実現するための流血騒ぎが起こり、そして論理的帰結として、「警察国家《ポリツァイシュタート》」が生まれることになります。

遠い過去に離れているため、ギリシア人はわれわれにとっては、つねに原型を指す名称となっており、このことはギリシアの歴史家たちにも当てはまります。そして教訓的な詩においては、聴衆に飛びつきやすい原型を与えてやれば、それだけ成功の確率が高くなります。オーデンはそれを知っていたので、ここでわざわざルソー氏の名前を出していないだけなのです。とはいえ、理想的統治者という概念、この場合にはヒトラー氏の出現に対しては、ほぼこの人物一人に責任があります。それと同時に、詩人はこの状況のもとでは、そのようなフランス人の誤りを暴露する気にもなれなかったようです。最後に、オーデンの詩はつねに、人間の行動のより一般的パタンを確立しようとしますし、そのためには、歴史と精神分析が、その副産物よりももっと適しているのです。詩人が当時の状況に思いを巡らせていたとき、彼の心を占めていたのは「啓蒙思想」のことであったのだと、まさしくそう思いますが、この語は、それが歴史の中にさまよい込んだときと同じように、目立たぬ小文字で詩の中に迷い込んでいます。

さて「高貴なる野蛮人」の話になりますので、もう一つ脱線しておきたいと思います。この言い回しが人口に膾炙したのは、あの〈発見の時代〉におこなわれた、世界周遊航海のためだろうと思います。偉大な航海者たち、マゼランや、ラ・ペルーズ、ブーゲンヴィルのような航海者たちが、この表現をつくり出したのではないでしょうか。彼らの念頭にあったのは、新しく発見された熱帯の島々の住民たちのことで、おそらく、その住民たちが訪問者を生きたまま喰わないことに、彼らは大きな感銘を受けたのでしょう。もちろん、これは冗談で、悪趣味なものです。文字どおりにそうだということはつけ加えておきます。「高貴な野蛮人」という概念が文人たちに大いに人気があり、のちには社会のほかの階層の人々にも人気があった理由は、明らかに、楽園に関する大衆のお粗末きわまりない考え、つまり広く歪曲された聖書の読解と関係がありました。その歪曲は、〈原罪〉の拒否とともに、アダムもまた裸であったという考えにもとづくものでした（もちろん、原罪の拒否ということなら、啓蒙思想時代の紳士淑女が最初でもなければ、また彼らが最後というわけでもありません）。この二つの態度――とくに原罪の拒否――は、おそらくは、カトリック教会の遍在と過剰に対する反動だったのでしょう。とりわけフランスにおいては、新教《プロテスタンティズム》の教義に対する反動でした。

しかし、系譜がいかなるものであるにせよ、そのような考えは、人間にへつらっているという理由からだけでも、浅薄なものでした。ご承知のとおり、へつらいに乗っては、禄なことがありません。せいぜい、人間は本来善であり、悪いのは制度のほうだと語って、論点を――罪の所在を――ずらすだけです。つまり、事態が堕落していても、それは自分のせいではなく、誰か他人のせいだ、というわけです。悲しいことですが、真実を言えば、人間も、制度も、何の役にも立たないのです。どう控えめに見ても、制度は人間のつくったものだからです。にもかかわらず、それぞれの時代が――実際、それぞれの世代が――自分たちのために、高貴なる野蛮人というこの愛すべき種を発見し、それに、自分たちの政治的、経済的理論を押しつけます。世界の大航海時代と同様、今日の高貴なる野蛮人も、ほとんどの場合、浅黒い色をし、熱帯に住んでいます。現在、われわれはそれを第三世界と呼び、そこに、われわれの側で失敗した公式を当てはめようとする熱狂が、逆転したかたちの人種差別にほかならないことを認めまいとしています。偉大なるフランスの思想は、温帯でなしうることをすべておこなったあと、ある意味では、その源に戻り、野外《アル・フレスコ》で専制君主を生み出すようになったのです。

さて、「高貴なる野蛮人」についてはこれでおしまいです。この詩連において knew-do や say-democracy-away に劣らず暗示に富んでいるほかの脚韻にも、注意してください——talk-book や grave-grief そして最後に、「苦痛（pain）」の「習慣をつくり出す」側面を強調する「ふたたび（again）」。また、みなさんはすでに、「不手際と嘆き（mismanagement and grief）」という句の自己完結的な性格をよく鑑賞することもできたろうと思います。ここでは、原因と結果とのあいだの膨大な距離が、たった一行の中に収められています。ちょうど数学の方程式によるかのように。

5

Into this neutral air
Where blind skyscrapers use
Their full height to proclaim
The strength of Collective Man,
Each language pours its vain
Competitive excuse:
But who can live for long
In an euphoric dream;
Out of the mirror they stare,

Imperialism's face
And the international wrong.

この中立的な空気の中、
盲目の摩天楼が
そのありったけの高さを利用して
集合的人間の力を宣言する中に、
それぞれの言語は競って、
むなしい口実を注ぎこむ。
だが、誰が長いあいだ
おめでたい夢の中に住み続けられよう。
彼らは鏡の中からじっと見つめる、
帝国主義の顔を、
そして国際的な悪を。

みなさんは、なぜ詩人がこの第四連を、「この中立的な空気」に言及することから始めていると思いますか、また、なぜ、この空気は中立的なのでしょうか？　まず第一に、詩人は、感情が充満するすぐ前の詩行から彼の声を解放するため、そうしているのです。したがって、どのような中立性でも歓迎なわけです。それはまた、詩人の客観的であろうとする考えの裏付けともなります。けれども、「この中立的な空気」という句がここにある主な理由は、これが戦争についての詩だからであり、アメリカはまだ中立の立場にあるからです。アメリカはまだ参戦していなかったのです。ところで、アメリカが参戦したのはいつか、それを覚えている方は何人いますか？　まあ、気にしないでいいでしょう。最後に、「この中立的な空気」という句がここにあるのは、「空気」に対して、これ以上の形容詞はないからです。これ以上に適切な形容詞があるでしょうか？　おそらくみなさんもご存知でしょうが、あらゆる詩人がこの問題、つまり四大[15]をどう描くかという問題と、取り組もうとしています。四大のうち、四つか五つの形容詞を許すのは「地」だけです。「火」の場合にはもっと少なく、「水」の場合にはほとんど絶望的、「空気（風）」にいたってはまったく不可能です。政治が絡んでいなければ、詩人もこううまくはやれないだろうと思います。それに注意してください。

それはともかくとして、この詩連は何を語っていると思いますか？　少なくとも、詩連の前半部についてはどう思いますか？　まず最初に、詩人はここで、過去の歴史から現在へと、焦点を移しています。しかし実際には、詩人は前の詩連の最後の二行で、すでにその移行にとりかかっていました――「不手際と嘆き。／ぼくらはふたたびすべてを苦しまなければならない」。こうして過去は終わります。次に現在が始まりますが、その始まりはちょっと不吉なものです。

まず第一に、摩天楼はなぜ盲目なのでしょうか？　まことに逆説的ですが、まさにそのガラスのため、窓のためです。つまり摩天楼は、その窓の「目」の数に直接比例して、盲目なのです――お望みなら、アルゴス〔ギリシア神話、全身に無数の眼をもつ巨人〕のように、と言ってもいいでしょう。次に、この、威厳があるというよりは恐ろしげな

（15）古代ギリシアの科学哲学では、万物は地水風（空気）火の四大要素の組み合わせから成ると考えられていた。

盲目の摩天楼のすぐあとに、「利用する」という動詞が現れて、この動詞は、ほかの何よりもまず、摩天楼が建てられた理由を明らかにします。しかもこの動詞は、あまりにもすばやく、あまりにも唐突に、無生物的な力のすべてをもって現れます。そこでみなさんは、もし「盲目の摩天楼」が「利用」するとすれば、いったい何ができるのか、強く意識するようになります。けれども、それが利用するのは、ほかでもない、「そのありったけの高さ」です。ここでみなさんは、それらの建築物にいかにもふさわしい、過剰なほどの自立性という恐ろしい感覚を覚えます。この記述がみなさんに強く訴えかけるのは、記述の創意によるものではなく、みなさんの予想の先回りをしているからです。

なぜなら、みなさんは摩天楼が詩での習慣どおりに、おそらくは薄汚れた生命感を与えられるだろうと予想するからです。けれども、張り形《ディルド》を見せびらかすような、この無遠慮な「そのありったけの高さを利用して」という句は、摩天楼が——おそらくはその盲目のゆえに——外部には働きかけないということを暗示します。盲目は今度は、いいですか、中立性の一形態となるのです。結果として、みなさんは、この空気とこれらの建築物とが同語反復《トートロジー》であるような感じ、両者のどちらか一方が他方に対して責任があるわけではないという感じを受けることになります。

ここでは詩人は御覧のとおり、都市の景観、いわばニューヨークのスカイラインを描いています。一つにはこの詩の目的のためですが、主として詩人の目の鋭さから、彼はそれを教訓化された風景《ペイザージュ・モラリゼ》[16]（あるいはこの場合には堕落した風景《ペイザージュ・デモラリゼ》）に変えています。ここでの空気は、その中に突き出している建物の建造者や住人の政治学によってと同様、その建物自体によっても限定されています。逆に空気は、建物の窓に映り、窓を盲目にし、中立化することによって、その建物を限定します。結局、摩天楼を描くことなど、文字どおり、とてもできない注文なのです。頭に浮かぶ唯一成功した例は、「灰色のスポンジ」についての、ロルカのあの有名な詩行〔「ハドソン川のクリスマス」の中の句〕です。オーデンがここでみなさんに提示しているのは、後期キュビスムの心理的等価物です。というのも、実際には、この建築物の「ありったけの高さ」が宣言しているのは「集合的人間の力」ではなく、集合的人間の無関心の度の深さなのであり、集合的人間にとっては、無関心こそが唯一可能な感情の状態なのです。詩人にとってこの光景が目新しいものであることに留意してください。また、描写することと箇条書きにすることは認識の形式であり、まさしく哲学の形式であることにも、留意してください。ともかく、叙事詩を説明するには、ほかの方法はないのです。

恐るべき受動性の中にある、この無生物的な「集合的人間の力」は、この詩全体を通して詩人の主要な関心事であり、この詩連においてもそうであることは確かです。その「中立的空気」の中に「それぞれの言語は競って／むなしい口実を注ぎこむ」この共和国の強固さ（私は「集合的人間」はそのことをも意味すると考えます）を評価しながらも、詩人はその強固さの中に、この悲劇全体を引き起こした事態の特質を認めています。これらの詩行は、大西洋の反対側においても同様に書くことができたでしょう。ヒトラー氏の登場を止めるために何もしなかったことへの「競っての口実」は、とりわけ、実業界を狙い撃ちしたものですが、ただし「彼らは鏡の中からじっと見つめる、／帝国主義の顔を、／そして国際的な悪を」と同様、これらの詩行を突き動かしているのは、むしろ、オーデンのマルクソニアン（Marxonian マルクスとオックスフォード大学の）時代を思わせる、惰性的な用語法です。真の犯人を発見したという詩人の確信よりも、惰性的用語法の傾向が強いのです。いずれにせよ、「彼らは鏡の中からじっと見つめる」という句は、迫り来る恐ろしい出来事を暗示しているというより、鏡の中に自分たちの視線を認める人々のほうを暗示しています。そ

（16）美術史家アーウィン・パノフスキーの用語だが、オーデンに同じ題の詩がある。

れは、習慣的に罪を負わせられる「人々」を指すというよりは、大恐慌の中から生まれたこれら無敵の建造物[17]を建てたことで、われわれが享受できる「おめでたい夢」にも、結局は落ちついていられない「われわれ」を指しているのです。

「一九三九年九月一日」は何よりもまず、恥辱についての詩です。みなさんも覚えているとおり、詩人自身、イギリスを離れてきたことに、ある負い目を感じています。そうであるからこそ、詩人は、前に挙げた鏡の中のいくつもの顔を見分けるわけですし、そこに彼自身の顔も見るわけです。語り手はもはやレポーターではありません。われわれがこの第四連で聞く声は、この日付に勃発した出来事に誰もが荷担しているということ、さらに、語り手自身、「集合的人間」を行動に駆り立てることができなかったということ、これらのことに対する明晰な絶望から発されています。それに加えて、アメリカに新しくやってきたオーデンは、おそらく、アメリカ国民を行動に駆り立てる道徳的権利が自分にあるのかどうか、確信が持てなかったに違いありません。不思議なことですが、この詩連の後半にかかるにつれて、脚韻はみすぼらしく、弱々しいものになり、全体のトーンも、個人的なものでも、非個人的なものでもなく、修辞的なものになってきます。威厳あるヴィジョンとして始まったものがジョン・ハートフィールド[18]のフォト・モンタージュの美学に萎縮してしまうし、詩人もそれを感じているのだと思います。そこから、次の第五連冒頭部の数行と、室内風景に対する恋歌との、巧みに抑制された叙情性が生まれてきます。

6

Faces along the bar

Cling to their average day:
The lights must never go out,
The music must always play,
All the conventions conspire
To make this fort assume
The furniture of home;
Lest we should see where we are,
Lost in a haunted wood,
Children afraid of the night
Who have never been happy or good.

バーに居ならぶ顔は
いつもながらの一日にしがみつく。
明かりは決して消さないでおけ、
いつも音楽をかけておけ、
すべてのしきたりが共謀して

---

(17) 大恐慌のあとまもなく建てられたエンパイア・ステート・ビルなどを指すと思われる。
(18) 一八九一－一九六八。ドイツ生まれのビジュアル・アーティスト、反ナチスのフォト・モンタージュで有名。

この砦に
家庭の調度を与えようとする、
われらがいま、
魔物の住む森に迷い
幸福も善も知らぬ子供のように
夜を恐れていることに、目をつぶるため。

この第五連は日常のほんの一コマ、見事なまでの言葉による写真であり、ハートフィールドではなく、カルティエ＝ブレッソンです。「彼らは鏡の中からじっと見つめる」が、「バーに居ならぶ顔」への道ならしをしています。なぜなら、そのような顔が見えるのは、バーの鏡の中だけだからです。前の第四連最後数行の抗議プラカードのような言葉遣いとは対照的に、ここにあるのは私的な声です。ここにあるのは説明を必要としない、私的で、親密な世界だからです。囲われた世界、安全さの典型であり、実際、砦と言っていい世界です。オーデンについて、彼は何を書いているときでも、つねに礼儀に気を配っていたと語った人がいます。ただし、より精確には、彼は彼がいる場所、あるいは彼の主題のある場所が安全かどうか、その足場《グラウンド》がしっかりしているかどうかということに、つねに気を配っていたと言ったほうがいいでしょう。というのも、どのような場所《グラウンド》も、いわば疑いの根拠《グラウンド》となるからです。そして、もしこの詩連が美しいとすれば、その美しさは底に流れる不確かさのせいです。

不確かさは、ご承知のとおり美の母親であり、美の定義の一つは、自分のものでないものということです。少なくとも、それが、最もしばしば美にともなう感覚の一つです。したがって、不確かさが喚起されるときには、美が近くにあると感じられるのです。不確かさというのは、まさしく、何かを確信している状態よりもむしろ何かに敏感になっている状態であり、したがって、叙情にとってより望ましい風土をつくりだします。美は内部からではなく、つねに外部から獲得される何か、であるからです。そしてまさに、それこそ、この詩連の中で進行していることなのです。

というのも、あらゆる描写は対象物の客観化であり、対象を見つめるために、一歩、脇に寄ってみることだからです。それゆえ、この詩連の最初の部分で詩人が描いている慰安は、詩連の最後までにはほとんど消え失せてしまいます。「バーに居ならぶ顔は／いつもながらの一日にしがみつく」はまったく問題なく、おそらくはただ「しがみつく」という動詞だけが別ですが、この動詞は、強勢を置かれる位置から遠く離れた、第二行目の冒頭に置かれているため、われわれはつい見過ごしてしまいます。「明かりは決して消さないでおけ、／いつも音楽をかけておけ」もまた、慰めを与えるもので、ただ、二つのmustという語が、あまりにも暢気に油断しているのではないか、という警告を発しています。「明かりは決して消さないでおけ」という句に認められるのは、バーは一晩中開いているはずだという確信よりも、軍事上の灯火管制がありませんようにという、そわそわ落ちつかない希望です。「いつも音楽をかけておけ」は、控えめな表現と素朴さの結びつきを通して、その確信のなさをぼかそうとし、また、確信のなさが不安へと発展し、その不安が、「しきたりが共謀して（conventions conspire）」という、自意識的で、口ごもりがちの——というのも、この、二つの長いラテン語系の語を重ねた句は、このバーのような居心地のいい場所の描写としては過度の理屈づけを示すからですが——そのトーンの中に聞き取れるようになることを、防ごうとします。

次の行の務めは、事態を統御し、この詩連本来の、適度にくつろいだ雰囲気を回復することにあります。アイロニカルな「この砦」という句が、見事にその務めを果たしています。実際、ここで興味深いのは、バーは「家庭《ホーム》」であるという意図された陳述に（その陳述の精確さは、憮然とさせるものではあるかもしれませんが）詩人がたどりつくまでの、その過程です。そこにたどりつくまでに詩人は六行を要していますが、その中のすべての語が、おずおずとしながらも、その憮然とさせる考えが現れるために必要な、isという短い動詞[19]の樹立に向けて、それぞれの貢献をしています。このことは、詩人がこの等式をなかなか認めたがないでいるということばかりでなく、isで結ばれるあらゆる等式関係の背後にある複雑さについても、教えてくれます。また、assumeとhomeのあいだの慎重な類音にも注意すべきです。そればかりではありません。「調度（furniture）」という語の背後にある静かな絶望にも注意すべきです——「調度」はわれわれにとっては「家庭」と同義ですよね？ こうした構造の上では、「家庭の調度」という句は、それ自体が廃虚の図となります。目的が果たされ、予想通りの韻律とお馴染みの細部の混合になだめられたとわれわれが思う、その瞬間、これまでの慰安の探求のすべては、「われらがいま…目をつぶるため（Lest we should see where we are...）」という句とともに、雲散霧消してしまいます。この句のややヴィクトリア朝風[20]のlestという語が、この詩行のあとの部分に含まれる苦さをやわらげています。そしてこのヴィクトリア朝風の木霊《こだま》はみなさんを「魔物の住む森」に連れていきますが、そこにもlestの木霊は聞こえて、「幸福も善も知らぬ（Who have never been happy or good）」の中に出てくるneverを正当化します——この最後の一行は、それ自体、第二連の最後に登場するあの学童たちの姿の木霊ともなっています。この二度目の木霊はまさしく潜在意識という主題を、しかもまことにタイミングよく、反響します。この主題は、次の第六連の理解に関係するからです。けれども、次の詩連に移る前に、最後の二行の、お伽噺めいた、きわめてイギリス的な性格にも注目しておきましょう。それは人間の不完全さの容認を補強するだけでなく、その木霊が次の詩連の冒頭に吸収されてゆくのを助けてもいます。では、次の詩連に移ることにしましょう。

7

The windiest militant trash
Important Persons shout
Is not so crude as our wish:
What mad Nijinsky wrote
About Diaghilev
Is true of the normal heart;
For the error bred in the bone
Of each woman and each man
Craves what it cannot have,
Not universal love
But to be loved alone.

重要人物たちの叫ぶ

（19）the bar *is* a home という等式をつくるための繋辞としての is.
（20）一種の緩和語法になっているということ。

吹き荒れる軍事的たわごとも、
ぼくらの望みほど卑しくはない。
狂ったニジンスキーが
ディアギレフについて書いたことは、
普通の人間の心にもあてはまる。
それぞれの女と男の骨の中に
育まれた誤りは
手に入れられないものを切望するからだ、
分け隔てない愛ではなく、
自分一人だけが愛されることを。

「吹き荒れる（windiest）」は、ここではいかにもイギリス的表現です。しかし、この故国イギリスの用語は、故国の秋という概念をもこっそり取り込んでいて、私から見れば、その概念は、少なくとも部分的には、この第一行の内容に責任があります。みなさんもご存知のとおり、ニューヨークの九月は蒸し暑い時期だからです。けれども、イギリスとイギリス詩の伝統の中では、九月という名前は秋と同義です。ただ、十月とあったほうがもっとよかったでしょう。もちろん、詩人が念頭においているのは、政治上の季節のことですが、詩人はそれを、問題になっている領域、つまりヨーロッパのほかの部分においてと同様、故国においての現実の気候によって描こうとしているのです。どういうわけか、この冒頭を読むと、私はロバート・ウィルバーの詩「最後のニュースの後で」の、この大都市ニューヨークの街路を冷たい風に吹き飛ばされてゆくゴミを描いた第一連を、思い浮かべてしまいます。この第一行に関しては、私は間違っているかもしれません。ここにある「軍事的」という語は、私の読解にうまく当てはまらないからです。それでも、何かが、windiest をまず第一に文字どおりの「吹き荒れる」という意味にとり、そのあとで、軽蔑的な意味〔「空虚な」という転義〕に取るようにと、告げているのです。
「重要人物たちの叫ぶ」によって、われわれは、われわれの不満を客観化できる安全な立場に立ちます。「吹き荒れる軍事的たわごと」とともに、この第二行は、その力強い従属節のゆえに、責任を誰か他人に、つまり権威に、転嫁できるという、つねに歓迎すべき約束を含んでいます。しかし、その嘲笑的態度をいざ楽しもうとした、その瞬間、次の詩行が現れます。

　　ぼくらの望みほど卑しくはない。

これは、われわれから罪を着せるべき犠牲の羊《スケープゴート》を奪い、堕落した事態に対するわれわれ自身の責任を問うているだけでなく、われわれのほうが、われわれが罪を着せようとする相手よりももっと悪いのだということを告げてもいるのです。wish が trash と韻を踏んでいるように見えても、正確な脚韻となっていないため、われわれの罪も彼らの罪と同じようなものだという慰めすら与えられないからです。続く二行は、この詩の中で詩人が語る最も重要な意見、この時代において詩人が目にしたことすべてに対する最も重要な意見を、紹介します——「狂ったニジンスキーが／ディアギレフについて書いたこと」。さて、高尚かつブルジョワの人々のあいだではバレエが野球と同じくらい人気のある、このニューヨークでは、ここに出てくる人物について、あらためて説明の必要はないだろうと思います。しかしニジンスキーは、二十世紀の一〇年代と二

○年代には、パリの、あの伝説的なバレエ・リュスのスターであり、そのバレエ団を率いていたセルゲイ・ディアギレフは、現代芸術においてさまざまな革新をおこなった有名な興行主であり、非常に強い個性を持った一種のルネサンス人でしたが、何よりも一人の審美家でした。ディアギレフに見出されたニジンスキーは、彼の愛人でした。その後、ニジンスキーが結婚すると、ディアギレフはニジンスキーとの契約を破棄しました。その後まもなく、ニジンスキーは狂いました。私がこういう話をするのは、興味本位からではなく、この第六連のずっとあとに出てくる一語〔love〕――実際には、その中の一つの子音――の由来を説明するためです。なぜディアギレフがニジンスキーを解雇したかについては、実際、さまざまな説があります――ニジンスキーのダンスの質に不満だったからとか、前からニジンスキーが狂いそうな徴候があったからとか、彼の結婚がそれを例証していたから、といった類いのものです。みなさんには、ディアギレフに対して、単純な見方をしてもらいたくないと思います。一つには、この詩の中で彼の名前が果たしている役割のためですが、主として彼が独特の人間であったからです。同じ理由から、ニジンスキーについても単純化してもらいたくはありません。オーデンがこの詩連の最後で逐語的に引用しているのが、ニジンスキーが狂気に近い状態で書き記していた手記の中の言葉であるという理由からだけでも、そうです。私はみなさんに、この手記を強くお勧めします――この手記には、黙示録の声調と烈しさがあります。そういうわけで、「狂ったニジンスキーが／ディアギレフについて書いたこと」は重要なのです。

　人物紹介についてはこれでおしまいです。正常な人間について狂人が語ることは、たいてい興味深いものですし、しばしばは当たっています。「普通の人間の心にもあてはまる」の中の「あてはまる」という句は、オーデンがここで、無意識にもせよ、「聖愚《ユロージビィ》」(21)の原理――つまり、聖なる愚者の言うことは正しいという考え――を応用していることを示しています。いずれにせよ、ニジンスキーは演技者であるので、結局 fool

（道化／愚者）の資格があることになります。「聖性」の代わりに、彼の書きものには狂気が表れており、その狂気には、実際、強い宗教的傾向が見られます。ご存知のとおり、ここでは詩人も、宗教的傾向と無縁ではありません。「それぞれの女と男の骨の中に／育まれた誤り」という句は、養育が潜在意識に与える効果に言及するばかりでなく、聖書の言葉を反響してもいるからです。ただし、「それぞれの女と男（each woman and each man）」という言い回しは、その木霊を、同時に確認もし、分かりにくくもしています――ここでは具体性がほのめかしと争っているのです。けれども、ニジンスキーの言葉の妥当性を強めるのは、彼の「聖性」というより「愚かさ」のほうです。なぜなら、演技者としての彼は、その専門から言えば、「分け隔てない愛」の代理人であるからです。ここでは、オーデンがこの主題を敷衍している「聖バーナビーのバラッド[22]」を覗いてみるようお勧めします。最晩年のオーデンです。

誤りはもちろん、われわれ一人ひとりの中にあるとても根深い利己心にあります。詩人がこの悲劇の根源に照準を合わせようとしているのはお分かりでしょうし、彼の議論はカメラのように、周辺（政治）から中心（潜在意識、本能）へと向かい、そこで、「分け隔てない愛ではなく、／自分一人だけが愛されること」への切望と出会います。ここでの区別は、キリスト教と異教、あるいは精神的なものと肉体的なものとの区別というより、寛容さと利己心、つまり与えることと奪うことのあいだの区別であり、ひと言で言えば、ニジンスキーとディアギレフとのあいだの区別です。愛することと所有することとの区別、と言ったほうがも

(21)　東方正教会に見られるしばしば狂人を装う聖者。
(22)　堕落した生活を送る軽業師の魂が、最後に聖母の取りなしによって救われるという物語詩。もとのオーデンの詩の題には「聖」はついていない。

っと適切でしょう。

オーデンがここでおこなっていることをよく見てください。彼はとても考えつかないような語、「愛(love)」と韻を踏む新しい語、を見つけ出しています――love と Diaghilev で韻を踏んでいるのです！ では、いかにしてそれが実現されているのか、見てみましょう。詩人はきっと、この押韻を、しばらく胸に暖めていたことでしょう。ただ問題は、love が最初に来て、次に Diaghilev が来るのであれば、もっと簡単だということです。しかし、詩の内容から、詩人は Diaghilev を最初にもって来ざるをえず、そのためにいくつかの問題が生じます。問題の一つは、それが外国の名前であり、読者が強勢を置く位置を間違えるかもしれないということです。そこでオーデンは、とても短く縮められた行「ディアギレフについて (About Diaghilev)」を、規則的に強勢が配置された「狂ったニジンスキーが…書いたこと (What mád Nijínsky wróte...)」のあとに置きます。規則正しいリズムとは別に、この詩行は読者に、また外国の名前が出てくる可能性を予感させ、読者がここで好きなように強勢を配置することを許します。その自由が、次の行のどっちつかずの強弱格への道ならしをし、Diaghilev は事実上、強勢なしということになります。そこで読者はおそらく最後の音節に強勢を置くことになり、そうなれば、-lev と love とが脚韻を踏むことになって、それこそ詩人の意図にかなうことになります。これ以上のことがあるでしょうか?

けれども、その名前には、英語に慣れた目や耳にとっては奇妙な *gh* という音が含まれているので、それにも気を配らなければなりません。この奇妙さの原因は、*g* の後に *h* が来るところにあります。したがって詩人は、-lev に対してだけでなく、-ghilev あるいは -hilev に対する脚韻をも、見つけなければならないように思われます。詩人は実際にそうしていますし、それが「手に入れられないものを切望する (Craves what it cannot have...)」の中の have です。これはまったく見事な行です。「切望する」のエネルギーが、「手に入れられないもの」という壁に真正面からぶつかっているからです。これは非常に力強い「骨の中に…育まれた誤り」という詩行と同じパターンのものです。その詩行のあと、詩人は「それぞれの女と男の…」で読者をつかの間、くつろがせます。しかるのちに、そのくつろぎの代償を求めるかのように、単音節を主体とする次の詩行、「手に入れられないものを切望する（Craves what it cannot love）」を持ってきますが、この詩行の構文はとても強引で、不自然にさえ見えます。つまり、この詩行は自然な発話よりも短く、思考の長さよりも短いもの、あるいはもっと最終的なものです。が、ともかく、have に戻ることにしましょう。その影響はずっと遠くにまで及んでいるのですから。

みなさんにもお分かりのとおり、Diaghilev を love と直接、押韻させれば、両者を同一視することになり、それでは読者にも詩人にも釈然としないものが残ることになるでしょう。二つのあいだに have を挟むことによって、オーデンは見事なヒットを稼いでいます。というのも、今度は脚韻の形式自体が一つの陳述――「ディアギレフは愛をもつ（Diaghilev-have-love）」あるいはむしろ「ディアギレフは愛をもちえない（Diaghilev cannot have love）」という陳述――になるからです。しかも、いいですか、ディアギレフはここでは芸術の代表者なのです。したがって、最終結果としては、Diaghilev は love と同一視されることになりますが、ただしそれは一旦 have と同一視されたあとでのことなのです。そして、「持つこと（所有すること）（having）」は、みなさんもご存知のとおり、「愛すること（loving）」の反対のことですが、「愛する」のは、すでに述べたとおり、ニジンスキーであり、その愛は giving「与えること」です。というわけで、この脚韻形式には眩暈を誘われるほどに深い含意がありますが、すでにこの詩連には時間をかけすぎました。みなさんには、家に帰ってから、自分で、この脚韻を分析してもらいたいと思います。おそらく、詩人自身がこの脚韻を使ったときに表そうと思っていたよりも多くのことを、もたらしてくれるでしょう。ただ私としては、みなさんにあらぬ期待を抱かせるつもりはありませんし、第一に、オーデンがこうしたことすべてを意識的におこなったのだと言うつもりもありません。オーデンは逆に、本能的に、あるいはこう言ったほうがいいなら、意識下で、この脚韻形式を求めたのです。しかし、まさしくそうであるからこそ、探ってみるだけの興味が湧いてきます。そうは言っても、なにも、他人の潜在意識（詩人の場合、それは意識に吸収されたり、意識にさんざん利用されたりして、ほとんど存在しません）や、あるいは他人の本能の中に入り込めるから、というわけではありません。まさしくこの脚韻形式が示しているのは、作家というものがどれほどまでに言語の道具であるか、また、作家の耳が鋭くなればなるほど、作家の倫理観もどれほど鋭くなるか、ということなのです。

全体として、この第六連の役割は、前の詩連の仕事に片をつけること、つまり、不安をその根源にまで遡ることであり、実際にオーデンはその核心にたどり着いています。

この作業のあとでは、当然、息抜きが必要になりますし、その息抜きは次の詩連として現れます。次の第七連では、ここでほど辛辣でない思考と、もっと一般的で、もっと公的なレベルの用語が使われます。

8

From the conservative dark
Into the ethical life
The dense commuters come,
Repeating their morning vow;

"I will be true to the wife,
I'll concentrate more on my work,"
And helpless governors wake
To resume their compulsory game:
Who can release them now,
Who can reach the deaf,
Who can speak for the dumb?

保守的な闇の中から
倫理的生活の中へと
通勤人たちのかたまりがやってくる、
朝の誓いを繰り返しながら——
「妻に誠実であろう、
仕事にもっと集中しよう」——と、
そして無力な統治者たちが
規定のゲームを再開しようと目を覚ます。
彼らをいま解放できる者などいるだろうか、
聾者に手を伸ばすことができる者などいるだろうか、
唖者に代わって話すことができる者などいるだろうか？

おそらくこれは詩全体の中で最も興味をそそらない詩連でしょうが、それなりの魅力がないわけではありません。最も魅力的な仕事は冒頭の二行で、そこでは、潜在意識の世界から理性的世界つまり倫理的世界への旅、眠りから行動へ、「闇」から光ではなく「生活」への旅が、描かれます。脚韻について言えば、ここで最も暗示的なのは dark-work-wake という押韻であり、この詩連の内容を考えれば、とてもよく機能しています。それは一貫して母音を主とする押韻であり、この種の脚韻に含まれるさまざまな可能性を示しています。というのも、dark のあと、wake にたどり着くと、その wake をさらに何か別の押韻に発展させることもできそうに思われるからです。たとえば、wait–waste–west といったものに発展させることもできます。この dark–work–wake の純粋に教訓的側面について言えば、dark にはおそらく二重の意味〔「闇」と「蒙昧」〕が含まれているという理由から、dark–work の部分がより興味深いように思われます。この押韻は、オーデンの「バイロン卿への手紙」の中の、次の二行連句を思い出させます。

That man's no center of the Universe;
And working in an office makes it worse.

人間は宇宙の中心ではなく、
オフィスでの仕事がそれをいっそう悪くする。

これ――つまり、この「バイロン卿への手紙」――は、みなさんが、たとえ「善人」にはなれないとしても、

「幸福になれる」唯一の機会を与えてくれます。

韻律的に言えば、この連の最初の六行は、鉄道による移動感を伝えるというすてきな仕事をしています。最初の四行のあいだ、みなさんはとても滑らかに旅を続けますが、やがて、まず will によって、次には more によって、ぐいと揺さぶられます。これらの語は、それぞれの強調の原因を明らかにするだけでなく、それらの約束にもとづく解放の見込みをも明かしています。「そして無力な統治者たちが…目を覚ます（And helpless governors wake）」とともに、韻律は平衡を取り戻しますが、もがき進むような句「規定のゲームを再開しようと（To resume their compulsory game）」のあと、三つの修辞的疑問文によってこの詩連のスピードは緩められ、そのうちの最後の疑問文で列車は完全に止まります——「彼らをいま解放できる者などいるだろうか、／聾者に手を伸ばすことができる者などいるだろうか、／唖者に代わって話すことができる者などいるだろうか？」

さて、「通勤人たちのかたまり」は、おそらく「自分一人だけが愛されること」の結果として生まれる「群れ」でしょう。ここで「闇」を修飾する「保守的」という語は、三つ前の詩連の中の「中立的な空気（neutral air）」や、この時期のまったくすばらしい詩「スペイン」の中の「必要な人殺し（necessary murder）」という句と同様、オーデン特有の、めざましいほど本質に接近した定義の、もうひとつの例です。オーデンによるこれらの連結が効果的で、記憶に残るのは、連結されるそれぞれの語が通常たがいに投げかけ合う、非情な光——あるいはむしろ、闇——のためです。つまり、「必要」なのは「殺人」であるばかりでなく、「必要性」それ自体が「殺人的」なのであり、同様に「保守性」も闇（蒙昧）なのです。したがって、次の詩行の「倫理的生活（ethical life）」で、みなさんは二重にやりこめられることになります——みなさんは「倫理的光（ethical light）」を予期するからです。ごく普通の肯定的な言葉遣いが、唐突に、不安感によって異化されます――「生活（life）」は「光（light）」の抜け殻なのですから。全体としてこの詩連で描かれるのは、意気消沈した機械的生活であり、そこでは「統治者」といえども決して統治される者より優れているわけではなく、また、自分たちが紡ぎ出す憂鬱に包まれることを避けることもできないでいるのです。

さて、みなさんは、こうしたオーデン特有の連結法の根、その源泉はどこにあると思いますか？ つまり、先に挙げた「必要な人殺し」や、「アキレスの楯（The Shield of Achilles）」の中の「人工の荒野（artificial wilderness）」、「美術館（Musée des Baux Arts）」の中の「重要な失敗（important failure）」などの源泉は？ もちろん、それは強い注意力ですが、しかし、この能力はわれわれ全員に与えられていますよね？ こうした結果をもたらすためには、明らかに、その能力が何かほかのものによって強化されていなければなりません。では、詩人のその能力、とりわけこの詩人におけるその能力を強化するものは何か？ それは脚韻の原理です。これらのめざましい本質への接近のもととなっているのは、Diaghilev が love と韻を踏むと、目や耳で感じることができる本能のメカニズムと同じものです。一旦、そのメカニズムが働きはじめると、何事もそれを止めることはできず、それは本能となります。どう控えめに言っても、それは一つ以上のやり方でみなさんの精神の働きを形成します。それは認識の様式となるのです。そして、それこそ、詩作の事業を、われわれ人類にとってかくも価値あるものたらしめるものです。見たところ異質の実体どうしのあいだにそのような近接関係を感じさせるのが、脚韻の原理だからです。オーデンのこれらの連結がとても真実に響くのは、それらが脚韻だからです。対象や、思考や、概念や、原因や、結果どうしのあいだに認められるこうした近さ――その近接関係こそが、脚韻なのです。それは、ときに完全な脚韻となることもありますが、多くの場合には母音の類似であり、単に視覚的なものにすぎない場合もあります。こうした脚韻に対する本能を磨けば、みなさんも現実をもっといっそう楽しむことができるかもしれません。

9

All I have is a voice
To undo the folded lie,
The romantic lie in the brain
Of the sensual man-in-the street
And the lie of Authority
Whose buildings grope the sky:
There is no such thing as the State
And no one exists alone;
Hunger allows no choice
To the citizen or the police;
We must love one another or die.

ぼくが持っているのは
包みこまれた嘘を暴くための声だけ、
みだらな俗物たちの
頭の中にあるロマンティックな嘘、

空をまさぐる建物のような
権威の嘘を暴くための。
国家などというものは存在しないし、
誰も一人では生きてゆけない。
飢えは、市民にも、警官にも、
選択を許さない。
ぼくらは愛し合わねばならない、さもなければ、死ななければ。

前の詩連までで、この詩は七七行の長さになっており、内容とは別に、その長さがある解決を要求します。つまり、世界の叙述それ自体が、今度は一個の世界になるということです。したがって詩人がここで、「ぼくが持っているのは…声だけ」と語るとき、そこには、さまざまな意味の可能性があり、単に倫理的緊張に叙情的なくつろぎを与えているだけではありません。冒頭の第七八行は、これまでに述べられてきた人間の情況に対する詩人の絶望だけでなく、それを叙述することの虚しさをも反映しています。絶望だけであれば、まだしもましでしょう。怒りや諦めを通じてそれを解決する機会がつねにあるからです――怒りと諦めは、ともに、詩人にとっては有望な道です。とくに怒りはそうです。また、虚しさについても同じことが当てはまります、なぜなら、虚しさ自体、アイロニーや沈着さをもって扱えば、報いの多い道かもしれないからです。

スティーヴン・スペンダーはかつてオーデンについて、彼は診断を下すのには巧みだが、決して治療法を与えようとしない、と書いたことがあります。しかし、「ぼくが持っているのは…声だけ」は癒しを与えてくれます。声のトーンを変えることによって、詩人はここで、視点を変えているからです。この詩行は、これまでのどの詩行よりもはっきりと高い調子になっています。ご存知のとおり、詩においてはトーンがそのまま内容であり、あるいは内容の結果です。声の調子について言えば、その高さ《アルティテュード》が態度《アティテュード》を決定するのです。

この第七八行で重要なことは、非個人的で客観的な記述から非常に個人的で主観的な調子への変化です。結局、これは、詩人が「ぼく（I）」という一人称単数を使う二度目の、そして基本的には最後の機会です。この「ぼく」はもはや、報道記者のトレンチコートに身を包まれてはいません。みなさんがこの声の中に聞くのは、その禁欲的響きにもかかわらず、癒しがたい悲しみです。この「ぼく」の鋭さは、次の行の最後の「嘘（lie）」に、やや抑えられた感じで反響します。にもかかわらず、覚えておいてもらいたいのですが、ともに高い調子の二重母音〔ai〕が前の詩連のdeafとdumb[23]のすぐあとに来て、それが、音響上の大きな対比を生むのです。

ここでその「悲しみ」を制御している唯一のものは、リズムです。「韻律によって制御された悲しみ」というのは、詩芸術全体の定義ではないにしても、謙虚さのとりあえずの定義としてなら、役に立つかもしれません。概して、詩人における禁欲的態度と頑固さは、個人の哲学や好みの結果というよりは、癒しの別名とも言える、韻律上の経験の結果なのです。この第八連は、この詩全体と同様、信頼できる美徳の探求であり、その探求が結局は探求者を、探求者自身に向かわせるのです。

しかし、少し先回りをしすぎてしまいました。きちんと順を踏むことにしましょう。さて、脚韻に関する

（23）ともにd＋短母音＋子音のくぐもった音。

かぎり、この詩連はそれほどめざましいものではありません。voice–choice–police と lie（authority）–sky–die は問題ありません。それよりも詩人がうまくやっているのは、brain–alone で、これは示唆に富んでいます。けれども、さらに示唆に富むのは、「包みこまれた嘘、／…頭の中にあるロマンティックな嘘…（folded lie / The romantic lie in the brain…）」です。folded と lie が、この二行の中でともに二回ずつ使われています。[24] 明らかに強調のためにおこなわれているのですが、ただ問題は、ここで何が強調されているのか、ということです。「包みこまれた（folded）」は、もちろん「紙」を暗示しますから、したがって「嘘」は活字による嘘、おそらくはタブロイド紙の嘘、ということになります。しかし次に、「頭の中にあるロマンティックな嘘」という限定が出てきます。「ロマンティックな」という別な形容詞が出てきますが、ここで限定されるのは「嘘」それ自体ではなく、襞（folds）の中にある（lies）脳、あるいは、襞の中で嘘をつく（lies）脳のほうです。[25]

「ぼくが持っているのは…声だけ」に聞こえるのは、もちろん、沈着さとその副産物のほうであって、その沈着さにもかかわらず「包みこまれた嘘」の抑えられた怒りの中に聞き取れる、アイロニーのほうではありません。それでも、この第七八行の価値は、絶望と虚しさのそれぞれの効果にあるのでもなければ、その両者の相互作用にあるのでもありません。われわれがこの詩行の中に最もはっきりと聞き取るのは、この詩のコンテクストの中では禁欲的な響きを持つ、謙虚さの声です。オーデンはここで、ただ地口《パン》を使っているだけではありません。この二行はまさしく、あの「それぞれの女と男の骨の中に／育まれた誤り…」を言い換えるものです。ある意味で、オーデンは骨を切開して、われわれに、骨の中にある嘘（誤り）を示しているのです。なぜ彼はここで、そのようなことをしているのでしょうか？「分け隔てない愛」と「自分一人だけが愛されること」とが対立することを、よく思い知らせたいと、詩人が望んでいるからです。「権威」と同様に「みだらな俗物たち」、そして「市民」や「警官」は、アメリカ合衆国は孤立主義を守るべきだという当時の議論の副産物であるとともに、まさしく、「それぞれの女と男」という主題の敷衍なのです。「飢えは、市民にも、警官にも、／選択を許さない」は、人々のあいだには共通分母が存在するということを常識的に論じたもので、それにふさわしく、低い調子で述べられています。オーデンがここで、いかにもイギリス人らしい実際的な言葉遣いを求めているのは、まさしく、彼が主張しようとする問題が、とても崇高なものであるからです。つまり彼は、「分け隔てない愛」のような問題は、実際的な論理を使ったときに一番よく論じることができると考えているようなのです。それを別にすれば、詩人は無表情な出口なしの精神状態を楽しんでおり、その精神のめざましいほどの真実への接近が、このような陳述を生み出しているのだと、そう思います（実際には、飢えは選択を許します。さらにいっそう飢えることもできるからです。しかし、これは余計な話です）。いずれにせよ、この飢えという問題が、次の、議論全体にとって最も重要な詩行の、おそらくは聖職者風の連想を引き立てています――「ぼくらは愛し合わねばならない、さもなければ、死ななければ」。

さて、この行は、そのために詩人がのちに、彼の全作品からこの詩の全体を削除することになった行です。さまざまな資料によれば、彼がそうしたのは、この詩行が押しつけがましくて真実ではないと考えたからです。彼の言葉によれば、われわれはいずれにしても死ななければならないからです。彼はこの詩行を変えようとしましたが、考えつくことができたのは、「ぼくらは愛し合わねばならない、そして、死ななければ

（24）ブロツキーは Romantic lie（folded）in the brain と取っているようである。

（25）原文 the brain that lies in folds. の lies には、「…にある」と「嘘をつく」の二つの意味が重なる。

(We must love one another *and* die)」というもので、これでは、深遠そうに見せかけただけの凡庸な陳述になってしまいます。そのために彼は戦後の『全詩集』からこの詩を削除したのであり、われわれが今この詩を読めるとすれば、それは、彼の文学上の遺言執行人であるエドワード・メンデルスンのおかげです。メンデルスンは詩人の死後、ヴァイキング版の詩集を編纂していますが、この詩集への序文は、私が今までに読んだ最良のオーデン論です。

この詩行についてのオーデンの判断は正しかったのでしょうか？　正しかったとも言えるし、そうでなかったとも言えます。彼は明らかに極度に良心的であり、英語で良心的になるということは、誇張を避けるということになります。また、われわれとしては、われわれがこの改訂を、あとから振り返って考えられる有利な立場にいるということも、考慮しなければなりません。第二次世界大戦の殺戮のあとでは、どちらの詩行でも、ちょっと不気味に感じられるでしょう。詩はルポルタージュではありませんし、詩が伝えるニュースは永続的な意義を持つべきです。ある意味では、オーデンはここで、彼が詩の最初に報道記者の姿勢をとったことへの代償を払っていると言うこともできるでしょう。それでもなお、私としては、この詩行が彼にとって真実には見えなかったとしても、それは決して彼の間違いのせいではなかったのだと断っておかなければなりません。

というのも、この詩行の当時の実際の意味は、もちろん、「ぼくらは愛し合わねばならない、さもなければ、殺し合わなければ」というもの、あるいは、「ぼくらはすぐにも、殺し合うようになるだろう」というものだったからです。それに、――結局、彼にあったのは声だけで、その声に耳を傾ける者も、注意を払う者もないまま――その後に起こったことは、まさに彼が予測したとおりの、殺し合いだったからです。しかしながら、第二次世界大戦の大量殺戮のことを考えてみるなら、予言者であったことを喜ぶことなど、とてもできるものではありません。そこで詩人は、文字どおりに、この「さもなければ、死ななければ」と予告するほうを選びます。おそらくは、起こったことを避けることができなかったことに自分も責任があると感じたためでしょう。この詩を書いたことの肝心の目的は、世論に影響を与えることであったからです。

10

Defenceless under the night
Our world in stupor lies;
Yet, dotted everywhere,
Ironic points of light
Flash out wherever the Just
Exchange their messages:
May I, composed like them
Of Eros and dust,
Beleaguered by the same
Negation and despair,
Show an affirming flame.

夜につつまれて無防備なまま

ぼくらの世界は昏睡して横たわる。
けれど、いたるところに散らばって、
アイロニックな光の点が、
義なる者たちがメッセージを
かわし合うところでまたたく。
彼らと同じく、
愛欲《エロス》と塵とからつくられ、
同じ否定と絶望とに悩まされている
このぼくにも、
肯定の炎を示すことができますように。

ここまでのことは、結局のところ、あとから振り返るだけで分かることではありませんでした。詩人が第八連最終行の提言にあまり確信を持てなかった証拠は、次の、この第九連の始まりにも感じられます――「夜につつまれて無防備なまま…」。「ぼくらの世界は昏睡して横たわる」と対になって、この第一行は、説得の失敗を認めるに等しいものとなっています。それと同時に、「夜につつまれて無防備なまま…」という詩行は、この詩全体の中で最も叙情的に聞こえる詩行となっており、その語調の高さにおいては、「ぼくが持っているのは…声だけ」にもまさっています。どちらの場合にも、その叙情性は、オーデンが「W・B・イェイツを偲んで」の中で「人間の不成功」と名づける感情、ここでは何よりも彼自身の「苦悩の恍惚」に由来します。

「ぼくらは愛し合わねばならない、さもなければ、死ななければ」の直後に来る第一行には、いっそう鋭い個人的響きがあり、合理的説明のレベルから純粋な感情吐露のレベル、そして啓示のレベルへと飛躍します。専門的に言えば、「ぼくらは愛し合わねばならない、さもなければ、死ななければ」の詩行で、知性がたどる道は終わっています。そのあとに残るのは、祈りだけです。「夜につつまれて無防備なまま…」は、その用語においてではなくとも、トーンにおいて祈りへと達しています。そして、事態が気づかぬうちに制御できなくなり、声の調子が嘆きの震え声に近づくのを感じたかのように、詩人は「ぼくらの世界は昏睡して横たわる」によって、自らの声を抑えます。

しかし、詩人がこの行ばかりでなくそのあとの四行で、どれほど彼の声を抑えようとしても、「ぼくらは愛し合わねばならない、さもなければ、死ななければ」が投げかける魔力は、詩人の意志に反するかのように、「夜につつまれて無防備なまま…」によってかえって強められ、なかなか消え去ろうとしません。それどころか、この魔力は、詩人がそれに対抗して防御を固めるそばからその防御を破ってしまいます。この魔力は、すでに知ってのとおり、聖職者が備えるような魔力であり、つまり、無限の感覚に浸されているのです。「いたるところ（everywhere）」や「光（light）」や「義なる（just）」という語は、それらの語の一般的性格のおかげで、知らず知らずのうちに、その無限の感覚を反響させています。「散らばって（dotted）」とか「アイロニックな（ironic）」といった、その役割を小さく見せるような形容詞がついているにもかかわらずです。そして、詩人が彼の声をほとんど完全に制御したかと思われる瞬間、その魔力が、嘆願と祈りとの入り交じった、息をのむような詩行となって、ありったけの抒情の力とともに、ほとばしり出ます。

彼らと同じく、

愛欲《エロス》と塵とからつくられ、
同じ否定と絶望とに苛まれている
このぼくにも、
肯定の炎を示すことができますように。

何はさておいても、ここにあるのは、そのまま人類の定義にまで拡がっていきそうな自画像です。断っておかなければならないのは、その定義の拡がりが、May I という句以降の三行の精確さからというより、その句にこもる趣旨(26)から来ているということです。May I（「…できますように」）を生み出しているのは、以下の三行で定義されているものの総体〔すなわち人類〕であるからです。言い換えるなら、ここにあるのは抒情となった真実であり、さらには、真実となった抒情であると言ったほうがいいかもしれません。ここにあるのは祈りを捧げる禁欲主義者なのです。それはまだ人類の定義とは言えないかもしれませんが、確かに、人類の目標ではあるのです。

いずれにせよ、それが、この詩人が向かった方向なのです。もちろん、みなさんは、この結末をちょっと信心家ぶったものと思い、「義なる者たち」とはいったい誰だろう――寓話に出てくる三六人(27)のことだろうか、それとも、特定の誰かを指すものだろうか――と思い、「肯定の炎」とはどのように見えるのだろう、と疑問に思うかもしれません。しかし、小鳥を解剖しても、その歌声の源を発見することはできません。むしろ解剖されるべきはみなさんの耳のほうです。けれども、どちらを選ぶにしても、みなさんはきっと、「ぼくらは愛し合わねばならない、さもなければ、死ななければ」とあるような選択は避けるでしょうし、そのような選択をすることは不可能だろうと私は考えます。

一九八四年

（加藤光也訳）

（26）May I... 以下は祈願文の構文。

（27）ユダヤ教の聖典タルムードの教えでは、各世代ごとに生まれる三六人の敬虔な無名の人びとの働きによってこの世界がたもたれているとされる。

師の影を喜ばせるために

1

作家が自分の母語以外の言語に頼ろうとするとき、その理由は、コンラッドの場合のように必要に迫られてであったり、ナボコフの場合のように激しい野心からであったり、あるいはまたベケットの場合のように、さらに大きな異化効果を求めるためであったりする。そのような人々とは違って、すでにアメリカに暮らしはじめて五年後の一九七七年、私がニューヨークの六番街にある、タイプライターを売る小さな店で、ポータブルの「レットラ22」を買い求め、英語で（エッセイや、翻訳や、ときには詩を）書きはじめたのは、最初に挙げた人々の理由とほとんど関係のない理由からであった。そのときの唯一の目的は、いまでも変わっていないが、私が二十世紀最高の精神と考える人にもっと近づいてみたいということだった。その人とはウィスタン・ヒュー・オーデンである。

もちろん、この企てが無謀なものであることはよく承知していた。私がロシアに生まれロシア語を母語としているから、というだけでなく（私はロシア語を決して捨てないだろうし――ロシア語のほうでも私を捨てはしないと思うが）、私の見るところ、この詩人の知性には誰もかなわないからである。そのときにはオーデンが亡くなってからすでに四年がたっていたので、なおさらのこと、この企ては無謀に思われた。それでもなお、私にとって英語でものを書くことは、オーデンに近づき、彼と同じ条件で仕事をし、たとえ彼の良心の掟によってではなくても、彼の良心の掟を可能ならしめた英語という言語に含まれているものによって審判を受けるための、最良の方法に思われたのだ。

私のこのような言葉遣い、これまでの文章の構成を見れば、オーデンの詩の一連、あるいは彼の文章の一節でも読んだことのある人なら、私の失敗のほどがわかるはずだ。けれども私にとっては、彼の基準に照らしての失敗のほうが、ほかの基準に照らしての成功よりも好ましい。そのうえ、失敗するはずだということは最初からわかっていたことでもあった。このような真面目な態度が私本来のものであるのか、それともオーデンの書いたものから借りてきたものであるのか、いまとなってはわからない。彼と同じ英語で書いているときの私の望みは、彼の精神の働きのレベル、彼の心遣いの水準を下げたくないということだけである。自分よりすぐれた人物に対してせいぜいなしうることは、その人と同じやり方を続けるということだ。それが文明というものなのだと思う。

私自身、気質やそのほかの点からしても、自分がオーデンと違った人間であることはわかっていたし、せいぜいよくて、オーデンの模倣者と見られるだけということもわかっていた。だが、そう見られるだけでも、私にとっては賛辞なのだ。それに、私は第二の防御線も用意していた。私はいつでもロシア語にもどって書くことができたし、それにはかなりの自信も持っていた。オーデンだってもしロシア語を知っていれば、おそらくロシア語が好きになったことだろう。英語でものを書きたいという私の強い望みは、確信や満足や慰めを得たいという気持ちとはまったく関係がなかった。それはひたすら、師の影を喜ばせたいがためであった。もちろん、当時すでにオーデンの霊がある世界では、言語の壁などほとんど問題にならなかったが、ともかく、私の気持ちを英語で彼にはっきりさせるほうを、彼は好むだろうと考えたのだ（いまから十一年前、スイスのキルヒシュテッテンの芝生の上で英語を使おうとしたときにはうまく通じなかったし、その当時の私の英語力は、会話よりも読書や聞き取り向きのものだった。おそらくはそれでよかったのだ）。

　別な言い方をするなら、受け取った恩をすべてお返しできないかわりに、せめて同じかたちでお返しをしたいということなのだ。なんといっても、オーデン自身が同じように、「バイロン卿への手紙」では『ドン・ジュアン』〔バイロンの諷刺的な長篇叙事詩〕の詩連を借り、また「アキレスの盾」ではホメロスのヘクサメトロス〔六歩格の韻律〕を借りているのである。相手の心をつかむためには、つねに、ある程度の自己犠牲と相手への同化が必要なものだが、純粋な霊に訴えかけるとなれば、なおさらのことそうである。この人は生前、肉体を持っていたとき、じつに多くのことを成し遂げたので、なぜかどうしても、その霊は不滅であると信じたくなるのだ。彼が私たちに遺してくれたものは、ひとつの福音となっており、その福音は、決して限りあるものではない愛によってもたらされ、その愛によって満たされている――それは決してすべてを人間の肉体の中にしまっておくことのできない、したがって、言葉によって表されることを必要とする愛である。ほかに教会というものがなくても、この詩人の上になら容易に教会を建てることができたろうし、その主要な戒律は、このようなものになるだろう。

同じ強さの愛がありえないのなら、
私のほうがより愛深き者でありますように。
〔「愛深き者」から〕

2

詩人にとって社会に対する何らかの義務があるとすれば、それは、よいものを書くということである。少数派である詩人にとっては、ほかに選ぶ道はない。その義務を果たせなければ、人々の忘却の中に沈むだけだ。いっぽう、社会は詩人に対して何の義務も負ってはいない。定義からして多数派である社会は、どれほどよく書けていようと、詩など読まないことを選ぶこともできると考えるものだ。詩を読むことがなくなれば、その結果、社会は、容易にデマゴーグや独裁者の餌食となるような言葉遣いのレベルへと、堕落することになる。それは、社会自体が忘却されるというに等しい。もちろん、独裁者は何か派手な大殺戮によって、臣民が社会というものを忘れないよう努めるかもしれないけれど。

はじめてオーデンの詩を、二〇年ほど前にロシアで読んだのは、気の抜けた生気のない翻訳を通してのことだった。その翻訳は、イギリス現代詩のアンソロジーの中にみつけたもので、それには「ブラウニングから今日まで」と副題がついていた。「今日」というのは、そのアンソロジーが出版された一九三七年当時のことだった。言うまでもないことだが、その後まもなく、編者のM・グートネルとともに翻訳者のほとんどすべてが逮捕され、その多くが非業の死を遂げた。また、言うまでもないことだが、その後四〇年間というもの、ほかにイギリス現代詩のアンソロジーはロシアでは出版されなかったし、このアンソロジーは収集家にとっての希少品となった。

けれども、そのアンソロジーの中で、オーデンの詩の一行が私の目を引いた。あとになって知ったことだが、それは初期の詩「移動なし（No Change of Place）」の最終連の中の一行で、その詩に描かれた閉所恐怖症的な風景の中では、「誰も線路や桟橋の端から先へは行こうとしない、／誰も行こうとはしないし、息子を行かせようともしない…」。この最後の「誰も行こうとはしないし、息子を行かせようともしない…」という一行にある、否定の拡がりと良識の混じり具合が、私の心を打った。本質的に威勢がよく自信にあふれたロシアの詩を養分として育ってきた私は、自己抑制を主成分とするこの処方箋をすぐに心に銘記した。それでも、詩行というものはいつのまにかそのコンテクストからはずれて普遍の意味へと向かいがちなもので、私が紙に何かを書きつけようとするたびに、私の心の奥で、「誰も行こうとはしないし、息子を行かせようともしない…」という一行にある、脅かすような不条理の感覚が震えはじめたのだった。

これは、いわゆる影響というものだと思う。ただし、その不条理の感覚は決して詩人の発明によるものではなく、現実の反映である。発明というものはめったに見られないものなのだ。ここでわれわれが詩人に恩恵を蒙っているのは、この詩の情緒自体ではなく、その扱い方――静かで控えめで、決して力まない、いかにもついでに《アン・パサン》、といった感じの、その扱い方である。このような扱い方が私にとってとくに重要だったのは、まさに、私がこの詩行と出会ったのが、不条理演劇全盛の六〇年代初めのことであったからだ。その時代背景のもとでオーデンのこの主題の扱い方が際だったのは、彼が多くの人々の機先を制したから、というだけでなく、彼が非常に違った種類の倫理的メッセージを伝えていたからだ。彼のこの詩行の扱いは、少なくとも私にとっては、たとえ狼がすぐ戸口に来ていても「狼が来た」と騒ぎ立てたりはするな、(1)と言っているみたいに聞こえた（私ならば、狼がたとえ君にそっくりであっても、とつけ加えたいところだ。それだからこそ、なおのこと、騒ぎ立てたりはするなということになる）。

作家が自分の服役体験について――あるいは、いかに辛い目に遭ったかについて――述べるのは、普通の人々の前で有名人の名前をちらつかせるようなものだが、たまたま次にオーデンの詩を詳しく見るようになったのは、ロシア北部の北極圏近くにある、湿地と森に埋もれた小さな村で刑期に服しているときのことだった。そのときに持っていたアンソロジーは英語版のもので、友人がモスクワから送ってくれたものだった。中にはイェイツの詩がたくさん収められていたが、彼は当時の私には、少し朗々としすぎて、韻律的に締まりがないように思われた。またエリオットの詩も収められていて、彼は当時、東ヨーロッパで最高の権威を持っていた。私はエリオットを読むつもりだった。

しかし、まったく偶然にも、オーデンの「W・B・イェイツを偲んで」が載っているページが開いた。私は当時まだ若かったので、とりわけエレジーのジャンルが気に入っていたが、エレジーを捧げようにも、周囲には死んでゆく人は誰もいなかった。おそらくはそのために、ほかの詩よりもいっそう熱心にエレジーを読んだのだろうが、私はたびたび、このジャンルの最も興味深い特徴は、作者が無意識のうちに自画像を描こうとする点にあると考えたものだ。「偲ぶ」詩のほとんどすべてにはそのような自画像がちりばめられている――あるいはそのような自画像に汚されている――と考えたのだ。この傾向は理解できることではあるが、そのために「偲ぶ」詩はしばしば、死という主題をめぐる作者自身の省察の場となってしまい、われわれはそこから、故人についてよりも作者についてより多くのことを学ぶことになる。オーデンの詩にはそのようなところはまったくなかった。そのうえ、私はすぐに、その詩の構成自体が、死んだ詩人を讃えるために考えられたものであることに気づいた。それは、この偉大なアイルランド詩人の文体の発展を、時代的に逆にたどって模倣しながら、彼の最初期の文体――この詩最後の第三部に見られる四歩格〔八音節〕の詩行――にまで戻るものだった。

（1）イソップの寓話にもとづく。人騒がせな嘘を言いふらすなという意味。

この四歩格の詩行、そしてとりわけその第三部の中の八行によって、私は、自分がどのような詩人を読んでいるのかを理解した。私にとっては、その八行に比べれば、冒頭部の、

日の終わりの暮れがた　寒暖計の水銀が下がった。

という戦慄的な一行を含む、イェイツ最後の「暗く寒い日」のあのめざましい描写すら、影が薄くなってしまった。その八行に比べれば、死後の硬直した体を、あたかも叛乱が鎮圧されたあとのように、郊外や広場からしだいに人影が引いてゆく都市になぞらえた、あの忘れがたい描写も影が薄くなる。またその八行と比べれば、

……詩は何事も惹き起こしはしない……

という、その時代の陳述すら影が薄くなってしまう。

この詩の第三部を、救世軍の賛美歌と、哀悼歌と、子守歌との入り混じったもののように思わせる、四歩格のその八行とは、このようなものだった。

Time that is intolerant
Of the brave and innocent,
And indifferent in a week

To a beautiful physique,

Worships language and forgives
Everyone by whom it lives;
Pardons cowardice, conceit,
Lays its honours at their feet.

時間は、勇敢で無垢な者にも
寛容ではなく、
一週間もすれば美しい肉体にも
無関心となるが、

言語を崇拝し、
言語がそれを糧として生きるすべての者を許し、
臆病やうぬぼれをも容赦して
彼らの足許に敬意を捧げる。

憶えているが、私は木造の小さな小屋の中に座ったまま、舷窓のような小さい四角の窓から、二、三羽の迷子の鶏がいる濡れてぬかるんだ汚い道を眺めながら、読んだばかりの言葉をなかばは信じながらも、またなかばは、自分の貧しい英語力のために騙されているのではないかと考えたりしていた。私はその小屋に本物の分厚い英露辞典を持ち込んでいたので、何度もページを繰って、一つ一つの語と、あらゆるほのめかしとを調べ、そうすることによって、ページから私を見つめている意味が消えてくれはしないものかと期待した。いまにして思えば、すでに一九三九年に一人のイギリス人の詩人が「時間は…言語を崇拝する」と語っていたにもかかわらず、周囲の世界が依然として変わっていないことを、信じたくなかっただけなのだろう。

だが、このときだけは、私も辞書に捉われなかった。オーデンは実際に、時間（「現代《ザ・タイム》」ではない）は言語を崇拝すると語っていたのであり、その陳述によって私の中で始まった思考の流れは、今日にいたるまで続いている。というのも、「崇拝」というのは、小さいものが大きなものに対してとる態度だからである。もし時間が言語を崇拝するというなら、言語のほうが時間よりも偉大であるか、より古いということになり、ひいては、空間よりも古くて偉大だということになる。私はそのように教えられ、実際にそう感じた。では、もし時間が――時間は神性と同義であり、さらには神性すら包含するものだが、その時間が――言語を崇拝するというなら、言語はいったいどこからやってくるのだろう。それというのも、贈り物はそれを与える者よりもつねに小さいはずだからだ。とするならば、言語は時間の貯蔵庫ということになるのではないだろうか。それだからこそ、時間は言語を崇拝するのではないだろうか。行間休止や区切りや強強格などをともなう、歌や、詩や、話し言葉自体が、時間を再構成するために言語がおこなう、ゲームではないのだろうか。そして、言語がそれを糧として「生きる」者たちとは、時間がそれを糧として「生きる」者たちでもあるのではないだろうか。もし時間がそれらの者を「許す」とするならば、それは寛大さからだろうか、それとも、必要からだろうか。いずれにしても、寛大さとは、必要から生まれるものではないだろうか。

これらの詩行は短く、ページの上に平らに記されたものであったが、私にとっては、信じがたいほど垂直に立ち上がって見えた。これらの詩行はまた、とてもくだけた、おしゃべりに近いものでもあって、ここでは形而上学が常識の衣装につつまれ、常識が子守歌を思わせる二行連句の衣装につつまれていた。この二重の衣装からだけでも、私は言語がいかなるものであるのかを学んだ。そして、自分が真実を語る詩人——あるいはその人を通して真実がみずからを語る詩人——の詩を読んでいることを悟った。少なくとも、このアンソロジーでどうにか読みとれたほかのいかなる詩よりも、この詩は真実に近い感じがした。あるいはそう感じられたのは、まさしく、「言語がそれを糧として生きるすべての人を許し、／臆病やうぬぼれをも容赦して／彼らの足許に敬意を捧げる」という弱まりゆく抑揚の中に私が感じとった、どこか場違いな感じのためなのかもしれない。これらの言葉はただ、「時間は…言語を崇拝する」という上向きの力を引き立てるためにそこにあるのだ、と私には思われたのである。

これらの詩行についてはまだいくらでも語りつづけることができるが、それができるのも、いまだからこそだろう。そのときの私は、ただただ呆然としていた。何よりもまず私にとって明らかになったのは、オーデンが、直接の主題（あるいは情況）が何であれ、つねに文明というものに気を配りながら、機知にとんだコメントや観察を口にするときには、よくよく注意しなければならないということだった。私は私が相手にしているのは新しい種類の形而上詩人であり、並はずれた叙情詩人の才能に恵まれながら、社会の風習の観察者を装っている詩人なのだと感じていた。そして、そのような仮面を選択し、そのような言葉遣いを選択したのは、文体や伝統の問題というより、むしろ、個人的な謙虚さによるものであり、その謙虚さは、なにか特定の信条というよりは、言語の本性に対する彼の感覚によって、彼に課せられたものではあるまいかと思われたのだった。謙虚さというものは、決して選びとることなどできないものなのだ。

私はなお、私のオーデンを読まなければならなかった。それでも、「W・B・イェイツを偲んで」を読んだあと、私は、私が対面しているのが、イェイツやエリオットよりも謙虚な作家であり、二人ほど怒りっぽくはなくても、おそらくは二人に劣らないほど悲劇的な魂を持った作家であることを知った。いまから振り返ってみれば、私は必ずしも間違ってはいなかったと言えるだろうし、また、オーデンの声の中に少しでもドラマがあるとしても、それは、彼個人のドラマではなく、社会的なドラマ、あるいは実存主義的なドラマだったと言うことができるだろう。彼は決して悲劇的画面の中心に自分を置くことはなかった。せいぜいのところ、その場に居合わせたことを認めるくらいだった。私はその後、詩人自身の口から、「J・S・バッハはまったく幸運だった。主を讃えたいときにはコラールやカンタータを書いて、直接全能の主に語りかけることができた。今日では、同じことをしようとするなら、詩人は間接話法を使わなければならない」という言葉を聞くことになった。おそらく、祈りについても同じことが言えるだろう。

3

私はこのノートを書きながら、一人称単数の「私」が、おどろくほどの頻度で醜い顔を覗かせることに気づいている。しかし人間とは、その人が読んでいるものの総体である。言い換えるなら、この一人称単数を見つけだしながら、私はそこに、ほかの誰よりもオーデンの姿を見出しているのである。なぜならこの異常さは、私がこの詩人をどれほどよく読んでいるかの反映にほかならないからだ。もちろん、老いた犬は新しい芸を覚えようとしないが、犬の飼い主のほうは、最後には飼い犬に似てくるものだ。特徴的な文体を持った作家を取り上げる批評家や、またとくに伝記作家は、どれほど無意識にせよ、しばしば、取り上げる作家の表現方法をまねてしまうものだ。端的に言えば、人は愛するものによって変えられるのであり、ときには、自分の全アイデンティティを失ってしまうほどに変えられるのである。私はなにも、それと同じことが私の身に起こったと言っているのではない。私が言いたいのは、さもなければ安っぽい、「私は」とか「私に」というこれらの代名詞は、それなりに、オーデンを対象とする一種の間接話法なのだということである。

私と同世代の者のうちで、英語の詩に興味を持っていた者たちにとって——それほど多くいたと言うつもりはないが——一九六〇年代はアンソロジーの時代だった。学術交流のプログラムでロシアに来た外国の学生や学者たちは、帰国するときには当然、よけいな荷物を処分しようとするし、そのとき真っ先に処分されるのが詩集だった。彼らはただ同然で詩集を古本屋に売り払っていったが、あとでそれを買い求めようとすれば、法外な値がつくのだった。法外な値がつく理由は単純だ。国内の人間に、こうした西洋の品物を買わせないようにするためである。売り払ってゆく外国人について言えば、彼らは立ち去ったまま、その格差に気づくこともなかったのだ。

それでも、ある店を何度も訪れる者が必然的にそうなるように、店の店員を知っていれば、本を探す人間にはお馴染みの取引ができるようになる。つまり、一冊の本を別の本と交換したり、二、三冊の本を一冊の本と交換したり、あるいはまた、本を買って読み終えたら、それを店に返してお金を戻してもらったりするのだ。おまけに、私は釈放されて故郷の町に帰るころには、ある程度の評判を得ていたので、何軒かの本屋ではかなり優遇された。その評判のおかげで、交流プログラムでやってきた学生たちがときどき私を訪ねてきたし、他人の家を手ぶらで訪ねるわけにはいかないので、彼らは本を持ってきてくれた。私はこのような訪問者の幾人かと深い親交を結び、おかげで、私の本棚にはかなりの本が増えた。

私はそのようにして手に入れたアンソロジーがとても好きだった。中身のためばかりでなく、製本の甘い香りと黄色い縁取りのために気に入っていたのだ。いかにもアメリカ製という感じがしたし、実際にポケットサイズでもあった。それらは市街電車の中や、公園の中でポケットから取り出すことができたし、たとえテクストの半分か三分の一しか理解できなくても、たちまち周囲の現実を忘れさせてくれた。ただし、私のお気に入りのアンソロジーはルイス・アンターマイヤー編のものや、オスカー・ウィリアムズ編のものだった——なぜなら、それらには寄稿者たちの顔写真が載っていて、詩作品に劣らず、こちらの想像力をかき立ててくれたからだ。私はよく、何時間もじっと座ったまま、あれこれの詩人の顔が写った白黒の小さな四角形を見つめながら、その詩人がどんな人物か推測して表情をつけてみようとし、その顔と、半分か三分の一しか理解できない詩人の詩とを調和させようとしたものだ。そのあとで友人たちと一緒になると、私たちは突飛な憶測や、ときおり耳に入ってくる断片的な噂話を交換し合って、共通項を引き出しては、評決を下すのだった。これもまた今から振り返ってみると、私たちの予言がそれほど的はずれでないことがしばしばであった、と言わなければならない。

そんなふうにして、私ははじめてオーデンの顔を見た。それはおそろしく縮小された写真だった——ちょっとわざとらしく、影の扱いが教訓的にすぎた。その写真は被写体よりも、写真家について多くのことを語っていた。写真を見るかぎり、写真家が素朴な審美家であるか、あるいは詩人の表情が詩人にしては控えめすぎるか、そのいずれかだと判断せざるをえないだろう。私としては、後者の判断をとりたかった。一つには、中立的《ニュートラル》なトーンこそまさにオーデンの詩の特徴だったからだし、また一つには、反英雄的な姿勢というものが私たちの世代の固定観念《イデ・フィクセ》になっていたからである。それは、ほかのどんな人とも変わらない恰好をしているということだった——プレインシューズに労働者風の帽子、できればグレイの上着にネクタイ、そして頬髭も口髭もなし。ウィスタンはまさにそのようなタイプだった。

さらに、人を慄然とさせるまでにはっきりとオーデンの特徴を表しているのは、「一九三九年九月一日」

第二連の数行で、表面的には、私たちの世代の幼年時代を形づくった戦争の起源を説明していたが、実際には、独特の力を持つ白黒のスナップ写真のように、ほかならぬ私たち自身の姿をも描き出すものだった。

ぼくも大衆も知っている
すべての学童たちが学ぶことを、
悪をなされた者は
仕返しに悪をなすのだと。

この四行は実際、詩のコンテクストからはずれて、勝利者と犠牲者を同一視しているが、私としては、この四行は、その内容のゆえのみならず、その韻律のゆえにも、連邦政府によって、すべての新生児の胸に入れ墨されてしかるべきものと考えている。そのような措置に対して唯一考えられる反論は、オーデンにはそれにもっとふさわしい詩行がほかにもあるということくらいだろう。たとえば、このような詩行はどうだろう。

バーに並んだ顔は
いつもながらの一日にしがみつく。
明かりは決して消さないでおけ、
いつも音楽をかけておけ、
すべてのしきたりが共謀して
この砦に

家庭の調度を与えようとする、
われらがいま、
魔物の住む森に迷い
幸福も善も知らぬ子供のように
夜を恐れていることに、目をつぶるため。

〔「一九三九年九月一日」第五連〕

これではあまりにもニューヨーク的であり、アメリカ的であるというならば、「アキレスの楯」からの次の二行連句はどうだろう。この二行は、少なくとも私にとっては、東ヨーロッパのいくつかの国家に対するダンテ的な墓碑銘のように聞こえる。

……彼らは誇りを失い
肉体が死ぬ前に人間として死んでいた。

これでもまだ残酷すぎると思い、こうして敏感な肌を傷つけられたくないと思うなら、同じ詩の中に次のような七行がある。現存するすべての国家の門に、いや、全世界中の門に刻み込まれてしかるべき七行だと思われる。

ボロだらけの悪童が　一人あてもなく

その空き地を歩きまわり、鳥でさえ
彼の狙い精確なつぶてを避けて高く舞い上がった。
少女たちは凌辱され　二人の少年が三人目の少年を刺す——
それが悪童にとっての公理だった、彼は聞いたこともなかったのだ、
約束が守られ　他人が泣くからといって
人が泣けるような世界があることなど。

どんな新参者でも、この悪童のように、世界は邪悪だとだまされる者はいないだろうし、また実際に世界に住んでいる者は、この悪童のような煽動家たちを半神と見まがうこともないだろう。

ある人間の外見とその人の行いとのあいだには関連があるのだと信じるために、わざわざジプシーになったり、ロンブローゾ(2)になったりする必要はない。結局のところ、われわれの審美観はそのようなものに対する直感の上に成り立っているのだ。だが、次のような詩行を書いた詩人というのは、いったい、どのような顔をしているのだろう。

まったく別のところでは
トナカイの大群が

---

(2) チェーザレ・ロンブローゾ　一八三五－一九〇九。イタリアの犯罪学者、犯罪者は身体的および精神的特徴を持つとの説を唱えた。

何マイルも続く黄金の苔の上を渡ってゆく、
音もなく　まこと迅速に。

〔「ローマの滅亡」から〕

平凡な常識の中に形而上的な真実を見つけだすことを好むばかりでなく、形而上的な真実を平凡な常識の言葉に翻訳することをも好んだ人間というのは、いったい、どのような顔をしているのだろう。世界の創造に深く思いを凝らしながら、まっしぐらに天空を墜ちてくるいかなる生意気な主人公[3]よりも創造主について多くのことを語る人間とは、いったい、どのような顔をしているのだろう。誠実さと、超然たる冷静さと、抑制された叙情性とが独特に結びついた感受性は、独特の組み合わせの顔立ちとしては現れなくても、少なくとも、なにか特別な、凡庸ならざる表情として現れるのではないだろうか。そのような顔立ち、あるいは表情は、絵筆で捉えられるものなのだろうか、カメラで記録できるものなのだろうか。

私は、その切手のように小さな顔写真から、あれこれ推測する過程が好きだった。人はつねに顔を探り求め、つねに理想が具体的な姿をとることを求めるが、オーデンは当時、理想とされる存在にとても近かった（ほかに二人挙げられるのはベケットとフロストだったが、私は彼らの容貌は知っていた。どれほど恐ろしげであっても、彼らの顔の外見と彼らの行為とのあいだの照応は明らかだった）。もちろん私はのちに、こっそり持ち込まれた雑誌や別のアンソロジーで、ほかにもオーデンの写真を見ていた。だが、それらの写真は何の助けにもならなかった。人物のほうがカメラのレンズから逃れてしまうか、レンズがその人の動きについていけないかのどちらかだった。私は、一つの芸術ははたしてもう一つの芸術を描き出すことができるのか、視覚芸術ははたして意味を持つ文学を捉えることができるのか、疑問に思いはじめた。

そんなある日——あれは一九六八年か六九年の冬のことだったと思うが——私はモスクワで訪ねたナデージダ・マンデリシュタームから、もう一冊の現代詩のアンソロジーを手渡されたのだが、立派な装丁の本で、大きな白黒写真がたっぷり入っていた。私の記憶が正しければ、ロリー・マッケンナ撮影の写真だったと思う。私はそこに、探し求めていたものを見つけだした。そのアンソロジーは二、三か月後に誰かが借り出していき、私は二度とその写真を見ることはなかった。それでも、その写真はかなりはっきりと覚えている。その写真はニューヨークのどこかの高架橋の上で——グランド・セントラル駅近くの高架橋か、アムステルダム・アベニューをまたぐコロンビア大学の高架橋の上で——撮られたもののように思われた。オーデンは通りすがりに、知らぬ間に撮られた人のように、困惑げに眉を上げて立っていた。けれども、彼の目のほうはおそろしいほど平静で鋭かった。おそらく、一九四〇年代の終わりか五〇年代初めのころで、まだあの有名な皺——「だらしなく乱れたベッド」——が顔に現れる前だった。すべてのことが、あるいはほとんどすべてのことが、私には明白になった。

その対照、もっと言うなら、あらたまって困惑したように上げられた眉と、彼の凝視の鋭さとのあいだのその不釣り合いの度合いこそ、私の中では、彼の詩行の形式的な側面（上げられた二本の眉＝二つの脚韻語）と、その内容のすばらしい精確さに照応するものだった。そのページから私を見つめていたのは、二行連句と、心でこそいっそうよく知られるその真実性の、等価物としての顔だった。その顔立ちはごく普通の、地味ともいえるものだった。その顔には、とりたてて詩人らしいところはなかった。バイロン的なところも、悪魔的なところも、アイロニックなところも、鷹のようなところも、鷲のようなところも、ロマンティック

（3）オーデンの詩「美術館」で語られるブリューゲルの絵「イカロスの墜落のある風景」への言及。

なところも、傷ついたようなところもなかった。むしろそれは、相手が病気であることを知りながら、相手の話に関心を示す医者の顔に似ていた。それはあらゆることを受け入れる覚悟ができている顔、さまざまな顔の総体としての顔だった。

それは一つの結果だった。その無表情な凝視は、みごとなまでに顔を対象に近づけてきたことから直接生まれてきたものであり、そこから、「自発的使い走り」〔「この島で」〕とか、「必要な殺人」〔「スペイン」〕「保守的な闇」〔「一九三九年九月一日」〕「人工の荒野」〔「アキレスの楯」〕「砂の小ささ」〔「海と鏡」（後出）の中のアロンソの台詞〕といった表現が生まれたのである。それはちょうど、近視の人間が眼鏡をはずしたときのような感じで、ただ、その目の鋭い洞察力は、近視とも、対象の小ささとも関係がなく、それらの対象の奥深くに潜む脅威に関わるものだった。それは、自分にはその脅威を取り除くことはできないと知りつつも、その不安自体についてと同様、その徴候についての記述にも専念している人間の凝視だった。それは——その不安が社会的なものではないという理由からだけでも——いわゆる「社会批評」というものではなかった。それは実存的な批評だった。

私の考えでは、この人間は概して、社会批評家であるとか、診断医であるとか、何かそんな者として、ひどく誤解されてきた。最もよく彼に向かって浴びせられた非難は、彼が治療法を提示しないということだった。ある意味では彼も、フロイト的用語や、マルクス主義の用語や、折衷主義的な用語に頼ることで、その治療法を求めたのだろうと思う。けれども治療法は、まさしく、そのような用語の彼特有の使い方にあった。なぜなら、そのような用語もまた、結局はただ一つのこと、すなわち愛について語るための、別な言いまわしであるにすぎないからだ。病人を癒すのは、病人に向かって語りかけるときの、その声の抑揚である。この詩人は世界の墓場の中で、しばしば末期患者たちのあいだを、外科医としてではなく、看護士として歩きまわったのであり、すべての患者たちも、最終的に自分を立ち直らせてくれるのは、医者の切開手術ではなく、看護士たちなのだということを知っている。「海と鏡」(4)で、アロンソのファーディナンドへの最後の言葉の中にわれわれが聞くのも、看護士の声、すなわち愛の声である。

だが、もし王国の保持に失敗し、おまえに先立って父が経験したように、思考が咎め、感情が嘲る土地へ来るならば、おまえの苦痛を信じるがいい……

君が決定的に挫折したときには、医者も、天使も——ましてや——君の恋人も、親族も、このように語りかけたりはすまい。ただ看護士と詩人のみが、愛からとともに経験から、そのように語りかけるのである。

そして私はそのような愛に驚嘆した。私はオーデンの人生について何も知らなかった。彼が同性愛者であることも、また、彼がエリカ・マンと(彼女のために)便宜上の結婚をしたことも(5)——何も知らなかった。私が一つ、はっきりと感じていたのは、この愛はその対象よりももっと遠くまで届くものだろうということだった。私の心の中では——というより、私の想像力の中では——それは言語と、それを表現する必要性によって拡大され、あるいは加速された愛だった。そして言語というものは——その程度までは、すでに私に

(4) 副題には「シェイクスピア『あらし』への注解」とついているが、実際にはさまざまな詩や散文の形式で書かれた『あらし』の続篇であり、オーデン自身の芸術論の開陳ともなっている。
(5) オーデンはトーマス・マンの娘エリカがナチスの迫害を逃れるため英国籍を取得するのを助けた。

も分かっていたのだが——それ独自の力学を持っていて、とくに詩の場合には、自己生成的な種々の工夫を、つまり、詩人を彼の本来の目的地よりもずっと遠くまでつれてゆく韻律や詩連を、使う傾向がある。さらに、詩における愛について、詩を読んで少しずつわかってくるもう一つの真理を言えば、作家の感情は必然的に、芸術の直線的で後戻りすることのない進行に従うということである。こうした事情によって、芸術においてはより高次の叙情性が確保され、人生においてはより深い孤独が確保されることになる。この人間は、彼の文体上の多芸ぶりを見ただけでも、並外れて深い絶望を経験してきたにちがいない。そのことは、彼の数多くの、最も楽しく、最もうっとりとさせるような叙情詩によっても示されている。というのも、芸術においては筆致の軽さは、たいていの場合、まさにその軽さ（もしくは明るさ）に欠ける暗さから生まれてくるからだ。

にもかかわらず、それはやはり愛であり、ただ、言語によって不滅のものとされ、性別を忘れ（というのも、使われる言語が英語であるためだが）、さらには、深い苦悩によって強くなった愛なのである。なぜなら、苦悩もまた、最終的には表現されねばならないだろうからだ。言語は結局のところ、定義からして自意識的なものであり、あらゆる新たな情況を理解したがるものなのだ。ロリー・マッケンナ撮影の写真を眺めながら、私がうれしく思ったのは、その顔には神経症的なところも、ほかのいかなる緊張もまったく見られなかったことであり、また、その顔が青白く平凡なもので、眼前で起こっていることならどんなことでも、表現するというよりは、受けとめていることだった。このような顔だちを持てたらどんなに素晴らしいだろうと考えた私は、鏡の前でそのしかめ面を真似してみたものだ。もちろん失敗したが、失敗することは分かっていた。そのような顔は世界にただ一つのものだったからだ。真似などする必要はなかった。その顔はすでに世界に存在しているのであり、その顔がどこかに存在しているというだけで、私にとっては世界がいっそう耐えやすいものとなったのである。

詩人たちの顔というのは不思議なものだ。理論的には、作家の顔など読者にはまったく関係がないはずだ。読書は自己陶酔的な活動ではないし、創作もまたそうではないが、ある詩人のかなりの詩が好きになると、こんどは、その詩人がどんな姿をしているのか、気になりはじめる。おそらくこれは、われわれが、芸術作品を好きになるということは、芸術が表現している真理、あるいは真理の一斑を認めることでもあると、うすうす感じていることと、関係があるのだろう。われわれは生来、自信がないものだから、われわれが作品と同一視している芸術家本人の顔を見て、次からは真理というものが現実にどのような姿をしているのか分かるようにしておきたがるのだ。そのような詮索を逃れるのは、ただ古代の作家だけである。一つには、それゆえにこそ彼らは古典と見なされているのであり、また、それゆえにこそ、図書館の壁龕を飾る彼らの一般化された大理石の容貌が、彼らの作品の絶対的典型としての重要性と直接の関連を持つことにもなるのである。だがそれでは、次のような詩行……

……友の
墓を訪ねることや　醜態を演じること
　過去のものとなった愛の数をかぞえることは
うれしいことではないが、さりとて　あたかも誰も個人としては死なぬかのごとく
　また噂話に真実などないかのごとく
涙を知らぬ小鳥のようにさえずることも　考えられはしない……

〔「歴史の女神《クレイオー》への敬意」から〕

このような詩行を読むと、その背後にあるのは、金髪や褐色の髪をし、青白い肌や浅黒い肌で、皺を刻まれたりなめらかな顔をした、あれこれの具体的な作者ではなく、生そのものだという感じがしてくる。まさしくそれこそ、読者が出会いたいと思っているものであり、それこそ、読者が人間としてその間近にいたいと思うものである。この願望の背後にあるのは、虚栄心ではなく、ある種の人間的な物理学であり、それが小さな分子としての個々の人間を、大きな磁石に引きつけるのである。とは言え、読者も最後には、オーデン自身の次の言葉を繰り返すことになるのかもしれない――「私は、それぞれが性悪女の誉れの子である、三人の偉大な詩人を知っている」。私がその三人とは「誰ですか?」と訊ねると、オーデンは「イェイツ、フロスト、バート・ブレヒト」と答えた(ブレヒトについては彼は間違っていた。ブレヒトは大詩人ではなかった)。

4

私はまったく急な話でロシアを出てから四八時間ほどあとの、一九七二年六月六日[6]、友人であり、ミシガン大学のロシア文学教授であるカール・プロッファーと(彼は私を出迎えるためにウィーンまで飛んできていたのだが)、キルヒシュテッテンの小さな村にあるオーデンの夏の別荘の前に立ち、別荘の持ち主に、私たちがそこに来ている理由を説明していた。この出会いは、もう少しで起こりえなかったかもしれないものだった。

オーストリア北部にはキルヒシュテッテンが三つあり、私たちはすでにその三つすべてをまわり終えて、引き返そうとしていた。ちょうどそのとき、車が静かな狭い田舎道にはいりこむと、木の矢印に「オーデン通り《シュトラーセ》」と書いてあるのが見えた。その道は以前には（私の記憶が正しければ）「奥の森《ヒンターホルツ》」通りと呼ばれていた。森の奥でその小道は、地区の墓地に通じていたからだ。名前を変えたのは、おそらく、村びとたちが自分たちの中に住んでいる大詩人に敬意を払ったからでもあっただろうが、そればかりでなく、彼らがこの「死を忘れるな《メメント・モリ》」の警告を取り去りたかったからでもあるのだろう。詩人のほうはこの情況を、誇りと困惑の入り混じった気持ちで眺めていた。けれども彼は、シックルグルーバーという名の土地の司祭に対しては、もっとはっきりとした感情を抱いていた。オーデンはその司祭にわざと「シックルグルーバー神父」と呼びかけて、からかわずにはいられなかったのだ。(7)

こうしたことはすべて、あとで知ったことである。さて、カール・プロッファーは私たちがそこに来ている理由を、ずんぐりとして、赤いシャツに幅広のズボン吊りをつけ、上着を腕に掛け、その小脇に本の束を抱えてひどく汗をかいている男に向かって、説明しようとしていた。彼はちょうど汽車でウィーンから戻ってきたところで、丘を登ってきたために息を切らし、会話をする気にはなれない様子だった。私たちが諦めようとしたちょうどそのとき、彼は突然、カール・プロッファーの話を理解して、「まさか！」と叫ぶと、私たちを家の中に招き入れた。それがウィスタン・オーデンで、彼はそれから二年足らずのうちに亡くなった。どうしてそんなことになったのか、そのわけを説明することにしよう。話は一九六九年に遡るが、その年、

（6）ブロツキーは五月十二日、当局からイスラエル移住を強制する最後通告を受け、六月四日に出国した。
（7）シックルグルーバーはヒトラーの子供時代の姓。三六五ページの注（6）を参照。

ブリン・モア大学の哲学教授ジョージ・L・クラインが、レニングラードで私を訪ねてきた。クライン教授はペンギン文庫のために私の詩を英語に翻訳しているところで、話が将来出版されるその本の内容に及んだとき、教授は私に、理想としては誰に序文を書いてもらいたいかと訊ねた。私はオーデンの名を挙げた——その当時、私の心の中では、イギリスとオーデンとは同義だったからだ。だが当時は、私の本がイギリスで出版されることなどまるで夢のように思われた。考えようとしても、そんな企てはソヴィエトの法律では完全に違法だということくらいしか思いつかなかった。

それにもかかわらず、事態は進行した。オーデンに草稿が送られ、それを読んでとても気に入ったオーデンは序文を書いてくれることになった。というわけで、私はウィーンに着いたとき、キルヒシュテッテンのオーデンの住所を持っていたのである。いまから振り返ってみて、私たちがその後の三週間で、オーストリアや、それからあとはロンドンやオックスフォードで交わした会話のことを考えてみるとき、甦ってくるのは私の声よりも、オーデンの声のほうである。ただ、断っておかなければならないのは、私はそのときオーデンを、現代詩に関する問題や、それもとくに詩人たち自身に関する問題のあれやこれやで、質問ぜめにしたということである。だが、それも無理からぬことだった。というのも、そのとき私が間違いを犯さずに言えると思っていた英語の言いまわしは、「ミスター・オーデン、あなたは…についてはどうお考えですか」というものに限られていたからだ——あとは「…」の部分に名前がはいるだけだったのである。

おそらくはそれでよかったのだと思う。彼がとうてい知りえないような事柄について語ったところで、いったい何になったろう。もちろん私は、私が彼の詩の何篇かをロシア語に訳して、モスクワの雑誌に持ち込んだことを話してもよかったろう。だが、たまたまそれは、ソヴィエトがチェコスロヴァキアに侵攻した一九六八年のことだった。そしてある日の夜、ＢＢＣが彼の「悪鬼は悪鬼どもがなしうることをなす…」を放送していた。それで私の話の種は尽きていた（翻訳の話を持ち出せば、ひょっとすると私は彼に気に入られたかもしれないが、いずれにしても、私の翻訳はあまり上出来とは思えなかった）。あるいは、彼の作品の翻訳について、私にいくらか覚えのある言語への翻訳では、成功した翻訳にお目にかかったことがないとでも言えばよかったのだろうか。そのことについてなら、おそらくはオーデン自身が、とっくにご存知のことだったろう。あるいはまた、ある日、彼が、われわれ多くの者にとっても人類を理解する鍵であるキルケゴールの三部作に夢中であることを知って、非常にうれしかったことを話せばよかったのだろうか。だが私は、自分にはそんなことはうまく言えないのではないかと不安に思っていた。

彼の話に耳を傾けているほうがよかった。私がロシア人なものだから、オーデンはロシアの作家について語りつづけた。「ドストエフスキーと同じ屋根の下に住みたいとは思わないね」と彼は明言したものだ。また、「ロシアの最良の作家はチェーホフだ」とも言った。「なぜですか？」と訊ねると、「君たちロシア人の中で唯一、常識を持った人間だからね」との答えだった。また彼は、私の祖国のことで、彼を最も戸惑わせているらしく思われることについて、私に訊ねたりした──「ロシア人はいつも、駐車中の車からフロント・ガラスのワイパーを盗むという話だが、なぜかね？」だが、私の答え──スペアの部品がないからです──に彼は納得しようとしなかった。彼は明らかに、何かもっと不可解な理由を考えていたらしく、その気持ちを察した私も、不可解な理由を思いつきそうになったくらいだ。そのうちに彼は、私の詩を何篇か訳してやろうと言いはじめた。この言葉にはすっかり面喰らってしまった。オーデンに訳してもらえるなんて、私はそれに値するのだろうか？　彼に翻訳されたおかげで、実際よりも高く評価されている同国の詩人たちが何人かいることは、私も知っていた。だがどういうわけか、私のために彼に仕事をしてもらう気には、どうしてもなれなかった。そこで私はこう訊ねた、「ミスター・オーデン、どうお考えですか……ロバート・

ローウェルについては？」答えは、「私は好きじゃないね、過去に女性を何人も泣かせているような男は」というものだった。

私がオーストリアに滞在していたその何週間かのあいだ、オーデンは母鶏のようなかいがいしさで私のことを気遣ってくれた。まず初めに、何通もの電報や手紙が理由もなく私のもとに、「W・H・オーデン気付」で届きはじめた。次に彼は、アメリカ詩人アカデミー宛に、私への財政的援助を要請する手紙を書いてくれた。こうして私ははじめてアメリカのお金――正確には一千ドル――を手にすることになり、私がミシガン大学で最初の給料をもらうまでは、それで十分、間にあったのである。彼は私に彼のエージェントを紹介してくれ、誰と会うべきか、誰とは会わないほうがいいかを助言し、私を彼の友人たちに紹介し、ジャーナリストたちから私を守ってくれ、さらにはうらめしげに、セント・マークス・プレイスのフラットはもう引き払ってしまったのでね、と――まるで私が彼のいたニューヨークに住むつもりでいたかのように――言ってくれさえした。「あそこなら君にはいいだろうにな。近くにアルメニア教会があるだけでもいいし、ミサは言葉が分からないほうが有難いものだ。君はアルメニア語は知らないよね？」もちろん知らなかった。

やがてロンドンから――これも「W・H・オーデン気付」で――クイーン・エリザベス・ホール(8)で開かれるポエトリ・インターナショナル(9)の会合へ私の参加を求める案内が届き、私とオーデンは、ブリティッシュ・ヨーロピアン・エアウェイズの同じ便を予約した。そしてこのときには、オーデンに対して実際に少しばかりのお返しをする機会に恵まれた。たまたま私はウィーン滞在中に、ラズモフスキー家の人々（ベートーヴェンの弦楽四重奏が捧げられているラズモフスキー伯爵の子孫）と親しくなっていた。そのうちの一人、オリガ・ラズモフスキーは当時、オーストリアの航空会社のための仕事をしていた。W・H・オーデンと私が同じ便でロンドンまで行くことを知ると、彼女はブリティッシュ・ヨーロピアン・エアウェイズに電話をかけて、この二人の搭乗者には王侯なみの接待をするようにと言ってくれたのである。実際に私たちは王侯なみの接待を受けた。オーデンは喜んだし、私も得意だった。

そのころ、オーデンは私に何度か、彼をクリスチャン・ネームで呼ぶようにと言った。当然、私は抵抗した――彼を詩人として尊敬していたからだけではなく、私たちの年齢の差のためでもあった。ロシア人はそのようなことにはとても気を使うのである。彼はとうとうロンドンで、「困るよ、君がウィスタンと呼んでくれなければ、私はミスター・ブロツキーと呼ばなければいけなくなる」と言いだした。想像しただけでもグロテスクなことに思われたので、私も折れた。「分かりました、ウィスタン。何でも言われたとおりにしますよ、ウィスタン」と私は言った。そのあとで私たちは朗読会にでかけた。彼は演壇に寄り掛かり、会場でまるまる三〇分も、暗記している詩を朗唱しつづけた。時間に止まってほしいと思ったことがあるとすれば、それはまさに、テムズ川南岸のあの大きな暗い部屋でのことだった。残念ながら時間は止まらなかった。けれども一年後、彼がオーストリアのホテルで亡くなる三カ月前、私たちはふたたび一緒に朗読をおこなった。その同じ会場でのことだった。

5

そのときまでにはオーデンは六十六歳近くになっていた。「オックスフォードに移る羽目になったよ。体

（8）テムズ川南岸にある会場。
（9）ロッテルダムを本拠地とし、世界中の詩人たちの交流を促進する組織。

調はいいんだが、世話をしてくれる者が必要でね」。一九七三年一月、オックスフォードに彼を訪ねたとき、彼の世話をしていたのは、私が見たかぎり、コレッジから与えられた十六世紀の田舎家の四方の壁と、お手伝いだけだった。ダイニング・ホールでは学部のメンバーたちが、彼を料理の載った台から押しのけていた。私はそれをイギリスの学校の流儀にすぎないと思った。男の子はいくつになっても男の子、というわけだ。けれどもそれを見ていると、私としてはウィスタンの、あのすばらしいほどの真理への接近のさらなる一例、「砂の小ささ」という言葉を、また思い出さないわけにはいかなかった。

このような愚行は、まさしく、社会が詩人に対して、それもとくに老いた詩人に対しては、何の責務も負わないという主題の一変奏だった。つまり社会の人々は、同じ年輩の政治家、あるいはもっと老いた政治家の言葉には耳を傾けても、詩人の言葉には耳を傾けたりしないということなのだ。これには、人類学的な理由からお追従まで、さまざまな理由がある。だが、結論は明瞭で避けがたいものだ。社会は、政治家が嘘をついても、文句を言う権利を持たないのである。オーデンもかつて「ランボー」の中で述べたとおりである。

だが　その子供の中で　修辞家の嘘は
パイプのように破裂した。寒さが詩人をつくったのだ。

もし「その子供」の中で嘘がそのように破裂するとするなら、寒さをもっと痛切に感じる老人の中では、嘘はどうなるのだろう？　外国人から言われれば生意気に聞こえるかもしれないが、詩人としてのオーデンの悲劇的な達成は、まさしく、彼が自分の詩から、修辞家の欺瞞であれ大詩人風の欺瞞であれ、あらゆる種類の欺瞞を抜き去った点にあった。そのようなことをすれば、われわれは、同じ学部のメンバーからばかりでなく、同業者仲間からも除《の》け者されることになる。なぜなら、われわれみんなの中には、筋の通らない昂揚感を渇望するあの赤いニキビだらけの若者が住んでいるからだ。

　このニキビの権化が批評家になると、昂揚感の欠如を、弛緩、だらしなさ、おしゃべり、衰退と見なすことになる。そのような者は、老いつつある詩人には以前よりも下手に書く権利があることなど——詩人が実際にそう書くとしても——思いつかないし、また、年甲斐もなく「愛を発見する」老人や猿の性腺の移植手術(10)ほど不快を感じさせるものはないことも、思いつかないのだ。騒々しい詩人と賢明な詩人とのあいだで、大衆はつねに騒々しいほうを選ぶ（そうなるのは、その選択が人口統計学上の割合いを反映しているためでもなければ、また、詩人たち自身が「ロマンティックに」若死にするという習慣のためでもなく、われわれ人類が生まれつき、老いの行く末についてはもとより、老い自体について考えたがらないからなのだ）。こうして未熟さにしがみつくことの悲しむべき点は、その未熟な状態自体、決して永遠のものではないということだ。ああ、その未熟さが永遠でありさえすればよいのだが！　そうであれば、すべては人類の死に対する恐怖ということで説明がつくだろう。そうであれば、かくも多くの詩人たちの『選詩集』も、「奥の森」通りという名前を変えたあのキルヒシュテッテンの住人たちと同様、無害なものになるだろう。もしそれが単に死に対する恐怖だとするなら、読者や、そしてとりわけ鑑識眼のある批評家たちは、お気に入りの若い作家たちのあとを追って、絶え間なく自殺していたことだろう。だが、実際にはそうはならないのだ。

　われわれ人類が未熟さにしがみつきたがることの背後にある真実は、はるかに悲しむべきものだ。それは、

（10）一九二〇年、フランスの医師セルジュ・ヴォロノフがチンパンジーやヒヒの睾丸を用いた回春手術なるものを実施して評判になった。

われわれが死について知りたがらないことよりも、生について聞きたがらないことに関連する。だが、無知の状態というものは本来、いつまでも続くものではない。だからこそ詩人たちの作品は——それもとくに長生きした詩人たちの場合——選詩集のかたちでではなく、その全体を読まなければならないのである。終わりがあってこそはじめて、始まりが意味あるものとなる。というのも、小説家と違って、詩人はわれわれにすべてを語ってくれるからであり、しかも、彼らの実際の体験や感情によってのみならず——そしてこれが最もわれわれに関係することだが——言語それ自体によって、すなわち彼らが最終的に選ぶ言葉によって、語ってくれるからだ。

老いつつある人間には、まだペンを持てるなら、回想録を書くか、日記をつけるか、そのいずれかの選択がある。そして詩人は、彼らの技芸の本性からして、日記作者である。彼らはしばしば、彼ら自身の意志に反して、（a）それが魂の拡張であれ、あるいは——こちらのほうが多いが——魂の収縮であれ、彼らの魂に起こりつつあることや、（b）彼らの言語への感覚（というのも、彼らによってこそ、言葉は最初に傷つけられたり、価値を損なったりするのだから）に起こりつつあることを、まことに正直に記録する。われわれはそこで、好むと好まざるとにかかわらず、時間が人間に対して何をなすかについてのみならず、言語が時間に対して何をなすかについても学ぶことになる。そして忘れないようにしよう、詩人とは「それによって言語が生きてゆく」ところのものなのだ。詩人に、いかなる信条をもってしても及ばないような廉直さを教えるのは、まさしくこの法則なのである。

それゆえ、われわれはW・H・オーデンを多くのことの基礎とすることができる。ただ単に、彼がキリストの倍の年齢で死んだからというだけではないし、また、キルケゴールの「反復の原理」のゆえでもない。彼はまさに、普通われわれに測りうる以上の無限に仕え、そのような無限が手にはいることのよい証言者となっている。そしてさらには、彼はそのような無限がわれわれを親切に迎えてくれるように感じさせてくれた。控えめに言っても、人は誰でも、少なくとも一人の詩人の作品を最初から最後まで知るべきなのだ。たとえこの世界を渡るための手引きとしてではなくても、言語を測るための尺度として、知るべきなのである。W・H・オーデンはその両方の点で役に立つだろう。この世界と言語とが、それぞれに、地獄と地獄の辺土《リンボ》に似ているという理由からだけでも。(11)

彼は偉大な詩人であったし（この文章で唯一おかしいのはその時制だが、言語の本性は言語の中での人間の業績を、きまって現在時制で表すからだ）、私は彼に会うことができて、自分が非常に幸運だったと思っている。だが、かりに彼とまったく会わなかったとしても、それでも彼の作品は現実として残るだろう。われわれはその現実にめぐり会い、これらの贈り物を惜しむことなく与えられたことを、運命に感謝すべきだろう。これらの贈り物はとくに誰に向けられたものというわけではないだけに、かえっていっそう貴重なものだからである。これは精神というものの寛大さと言っていいのかもしれないが、ただし、精神が表れるためには、それが人間を通して屈折する必要がある。だが、この屈折を通して神聖となるのは人間ではない。むしろ精神が人間化され、理解可能なものとなるのだ。このこと――そして、人間は限りある存在だという事実――からだけでも、この詩人を崇拝するには十分である。

彼が大西洋を渡ってアメリカ人になった理由がいかなるものであるにせよ、(12)その結果、彼はイギリス英語とアメリカ英語の語法を融合することによって――彼の詩の一行を言いかえるなら――大西洋両岸を結ぶホ

(11)　キリスト教で天国と地獄のあいだにあるとされる場所。キリスト以前の善人たちや洗礼を受けずに亡くなった幼児たちが行くところとされる。

ラティウス〔紀元前六五－前八、古代ローマのウェルギリウスと並ぶ詩人〕となった。彼がおこなったあらゆる旅――さまざまな大陸や、精神《サイキ》の洞穴や、教義や、信条をめぐる旅――は、何らかの点において、彼の議論を発展させるというより、むしろ彼の語彙を拡大するうえで役に立った。たとえかりに、彼にとっては詩が野心の問題であったとしても、彼が長生きをしているうちに詩はまさしく存在のための手段となった。彼の自立も、正気も、釣り合いも、アイロニーも、超然たる態度も――つまりは叡智も――そこから生まれている。それがいかなるものであるにせよ、彼の詩を読むということは、自分が品位を保っているのだと感じるための（たとえ唯一のではないにしても）ごくわずかな方法の一つである。もっとも、それが彼の目的だったのではないかとも思う。

私が最後に彼と会ったのは、一九七三年七月、ロンドンのスティーヴン・スペンダー宅での夕食の席でだった。ウィスタンは右手にタバコ、左手にゴブレットを持ちながら席について、コールド・サーモンについて長々と弁じていた。椅子が低すぎたので、家の女主人がＯＥＤのぼろぼろになった二巻を彼の尻の下にあてがっていた。そのとき私は、ＯＥＤの上に座る権利を持っている唯一の人間を、自分は見ているのだと思った。

一九八三年

（加藤光也訳）

（12）「住まいへの感謝Ⅲ　創作の洞窟」中の「できることなら私は／大西洋の小さなゲーテになりたい」。

卒業式の講演

一九八四年の卒業生のみなさん、

みなさんがどれほど大胆になろうとしても、あるいはどれほど用心しようとしても、みなさんは生きていく中で、きっと〈悪〉として知られるものと直接、肉体的に接触することがあるはずです。私がここで言っているのは、ゴシック小説につきものの〈悪〉のことではなくて、控えめに言っても、みなさんがどうしても制御できない明白な社会的現実のことを指しています。どれほどの善良さがあっても、また、どれほど抜け目なく計算を働かせてみても、〈悪〉との出会いを避けることはできません。実際、計算をすればするほど、また用心すればするほど、悪との遭遇は起こりやすくなりますし、その衝撃もいっそう大きくなります。生の構造がそのようにできていますので、われわれが〈悪〉と見なしているものは、善の見せかけのもとに現れがちだという理由からだけでも、どこにでも現れる性質を持っています。みなさんはそれが、「やあ、ぼくは〈悪〉だよ！」などと名乗りながらみなさんの家の敷居をまたいでくるのを見ることなどありません。もちろん、それは悪の二次的性質を示すにすぎませんし、そのような観察から得られる慰めも、度重なれば弱まってきます。

したがって、用心しようとするなら、自分が持っている善の観念を可能なかぎり仔細に吟味し、いうなれば衣装箪笥の中を総ざらいして、どの衣装がその部外者に似合うかを調べてみることです。もちろん、それはかかりきりの仕事になるかもしれませんし、きっとそうでしょう。みなさんは、自分に合う衣装で立派だと思っているどれほど多くのものが、あまり直さなくても、簡単に敵の体にも似合うかを見て驚くでしょう。さらには、その敵は自分の鏡像ではないかとすら思われてくることでしょう。なぜなら、〈悪〉の最も興味深い点は、それが完全に人間の顔をしていることだからです。控えめに言っても、社会正義や、市民意識、よりよき未来といったわれわれの観念ほど、やすやすと簡単に裏返しにできるものはないのです。そのような危険の確実な兆候の一つは、自分の考えを共有する人間がどれだけ大勢いるかです。全員一致は画一性に堕しやすいからというより、高貴な感情というものが――多数を隠れ蓑にして――捏造されがちだからです。

同じ理由によって、〈悪〉に対する最も確実な防御策は、過激な個人主義、独創的な思考法、気まぐれ、さらには――お望みなら――畸人ぶりです。つまり、偽造されたり、捏造されたり、模倣されたりしないものであり、熟練の詐欺師でさえ敬遠するようなものです。言葉を換えるなら、自分自身の皮膚のように、少数派によってさえ共有されないようなものです。〈悪〉は団結するものをカモにします。つねに多数を求め、自信に満ちた花崗岩の結束や、イデオロギー上の純粋さ、鍛錬された軍隊、バランスのとれた貸借対照表を求めます。〈悪〉にそのようなものを求める傾向があることは、おそらく、〈悪〉に内在する不安定さに関係しますが、やはり、それを悟ったからといって、〈悪〉が勝利してしまえば、あまり慰めにはなりません。

実際、〈悪〉は勝利します――世界の多くの部分で、そしてわれわれ自身の内部で。その量と強烈さ、とくにそれに反抗する人々の疲労を考えるなら、今日の〈悪〉は倫理上のカテゴリーとしてではなく、もはや個々に計測されるより地図上に位置づけられるべき物理的な現象と見なされるかもしれません。ですから、私がみなさんにこうしたことを話している理由は、みなさんが若く潑剌として、まっさらな経歴《クリーン・スレート》から出発しようとしていることとは関係がありません。そう、経歴はすでに泥に汚れており、それをぬぐい去るための自分の能力や意志を信じることは、難しいことです。私の話の目的は、いつの日かみなさんの役に立つかもしれない抵抗の方法を提案することです。つまりみなさんが悪と出会う場合、必ずしも先輩たちより勝ち誇ってではなくても、より汚れが少ない状態で抜け出してくるのに役立つような方法を提案するということです。もちろん、私の念頭にあるのは、あの有名な、「左の頬をも向けなさい」というやり方です。[1]

　みなさんもいろいろな形で、この山上の垂訓の詩句の、レフ・トルストイや、マハトマ・ガンジー、マーティン・ルーサー・キング・ジュニアなど大勢の人々による解釈を耳にしたことがあると思います。言い換えるなら、みなさんには、悪に対して善を返すこと、つまり同じ種類の報復をしないことを大原則とする、非暴力的な、あるいは受動的な抵抗の概念は、おなじみのものだろうと思います。今日の世界の状況がご覧のとおりだという事実は、いくら控えめに言っても、この概念が普遍的には受け入れられていないことを示しています。この概念の不人気の理由は二つあります。第一に、この概念を実行するために必要とされるのは、民主主義のゆとりというものだからです。それはまさに、地球上の八六パーセントの地域に欠けているものです。第二に、常識の語るところによれば、左の頬をも向けて同じ報復をしないことによって犠牲者が得るのは、せいぜいのところ、道徳上の勝利、つまりまったく実態のないものにすぎないということです。もう片方の頬を向けて殴られるという行為に対する当然のためらいを正当化するのは、そのような行為はただ〈悪〉を煽り立て、増長させるだけではないかという疑いです。道徳上の勝利も、敵方からは、罰を受け

（1）「マタイによる福音書」五章三九節。この節の前半は「だれかがあなたの右の頬を打つなら」。

ないですむことだと誤解されかねないということです。

そのような疑いには、ほかの、もっと深刻な理由もあります。もし最初の打撃によって犠牲者が知力を失わなければ、犠牲者は、ほかの頬をも向ければ攻撃者の因果応報はもとより、罪悪感に訴えることになることを悟るかもしれません。そうなれば、結局のところ、道徳上の勝利はそれほど道徳的なものではなくなるかもしれません。受難にはしばしばナルシシスティックな側面があるからというだけでなく、受難は犠牲者を敵よりも上位の者に、つまり優れた者にするからでもあります。しかし、敵がどれほど邪悪であっても、肝腎なのは、敵が人間の顔をしているということです。そして、われわれは他人を自分自身と同じように愛することはできないとしても、(2) 自分が相手より優れていると考えるときに悪が根を下ろすことを知っています(それだからこそ、まず最初に右の頬を殴られたのです)。したがって、敵にほかの頬をも向けることによって得られるのは、せいぜい、敵に対して敵の行為の不毛さを警告してやれるという満足感ということになります。「見るがいい」とほかの頬は告げます、「おまえが打っているのは肉にすぎない。それは私ではない。おまえは私の魂をつぶすことはできない」。もちろん、このような態度の問題点は、敵がその挑戦を受け入れるかもしれないということです。

二〇年前、ロシア北部にあるいくつもの刑務所の中庭の一つで、つぎのような場面がありました。朝の七時、雑居房のドアがぱっと開かれると戸口に看守が立って、囚人たちにこう告げました、「市民諸君! この刑務所の看守集団は囚人諸君に、中庭に積まれた材木で薪割りをする社会主義的競争を申し込む」。その地域にはセントラルヒーティングの設備などないので、地区の警察はいわば、近くの材木工場から材木の十分の一を徴発していました。私がここで話している時期には、刑務所の中庭は文字どおりの材木置き場になっていて、積み上げられた材木は、四角形の平屋建ての刑務所を圧して二階か三階の高さに達していました。そのような社会主義的競争は以前にもありましたが、薪割りをしなければならないのは明らかでした。囚人の一人が訊ねました、「もし私が作業に加わるのを断ればどうなりますか」。「そうだな、そうなれば食事抜きだ」というのが看守の答えでした。

やがて囚人たちに斧が配られ、薪割りが始まりました。囚人も看守も熱心に働き、昼までには全員が、そしてとくにいつも満足に食べていない囚人たちは、へとへとになっていました。休憩が告げられ、みんなは座って食事を始めましたが、質問した囚人だけは別でした。彼は斧を振るいつづけていました。囚人や看守たちはその男のことで冗談を言い合い、ユダヤ人というのはふつうは抜け目がないやつという評判なのに、この男ときたら……などと話していました。休憩のあと、こんどはもっとだれた感じでですが、みんな仕事に戻りました。四時までに看守たちは作業をやめました。彼らにとってはそれまでが勤務時間だったからです。少しあとには囚人たちも作業をやめました。それでも男の斧は動きつづけていました。男は何度か、看守と囚人仲間から、もうよせと促されますが、耳を貸しません。男はまるで、中断したくないある種のリズムを身につけてしまったかのようでした。あるいは、リズムのほうが彼に取り憑いてしまったのでしょうか。

ほかの者たちには彼は自動人形のように見えました。五時になっても、六時になっても、斧はまだ上下に動いていました。看守も囚人仲間もいまや男をじっとみつめたままで、彼らの顔に浮かんでいた嘲笑の表情は、しだいに、はじめは当惑へ、そして次には恐怖へと変わってゆきました。七時半までには男も作業をやめ、よろよろと房に戻り、眠りにつきました。その男がまだ刑務所にいるあいだは、材木が積み重なってい

（2）「マタイによる福音書」二二章三九節。「隣人を自分のように愛しなさい」。

っても、看守と囚人との社会主義的競争が命じられることは二度とありませんでした。

その男にこんなまね――一二時間ぶっつづけに薪割りをすること――ができたのは、当時の彼がまだ若かったからだと思います。事実、そのときの彼は二十四歳でした。みなさんより少し年上なだけです。しかし、その日の彼の行動にはおそらくもう一つの理由があったように思います。その若者は――まさしく若者であったがゆえに――山上の垂訓の詩句を、トルストイやガンジーよりもよく覚えていたようです。人の子イエスは三行連句で語る習慣がありましたから、若者は問題の詩句が

もし、だれかがあなたの右の頬を打つなら、ほかの頬をも向けなさい(3)

という箇所で終わるのではなく、句読点もなしに次につづくことを思い出すことができたでしょう。

あなたを訴えて、下着を取ろうとする者には、上着をも与えなさい。
もし、だれかが、あなたをしいて一マイル行かせようとするなら、その人と共に二マイル行きなさい。

全体を引用してみると、これらの詩句は実際には、非暴力や受け身の抵抗、また、同じ種類の報復をするのではなく悪に対し善をもって報いるという原則とはほとんど関係がありません。これらの詩句の意味は受け身的なものではまったくないのです。というのも、これらの詩句は、悪を過剰によってばかばかしいものに変えることができるということを示し、また、あなたが過剰に従うことで相手の要求を矮小化して悪をば

かばかしいものに変え、それによって被害の価値を貶めてやることを提案しているからです。このような態度は被害者をたいへん積極的な立場に、精神的には攻撃する立場に、立たせることになります。こうして得られる勝利は道徳上のものではなく、実存的なものです。この場合、ほかの頬をも向けることは、敵に罪悪感を起こさせるのではなく（それなら彼は難なく抑えられます）、彼の企て全体の無意味さを彼の感覚と能力とに思い知らせてやることになるのです――あらゆる形態の大量生産の無意味さが白日に晒されるのと同じように。

思い出してもらいたいのですが、ここで話しているのは、フェアプレーが通用するような状況のことではありません。われわれが話しているのは、最初から敵より絶望的なほど劣勢な立場にいるときのことであり、反撃の機会もなく、勝てる見込みなどほとんどない状況のことです。言葉を換えるなら、われわれが話しているのは、人生における暗鬱な時期のことであり、敵に対する道徳上の優越感が何の慰めにもならず、敵が何の恥をも感じず、捨て去った良心の呵責にノスタルジーを覚えることもないほど強大になり、こちらが自由に使える手段といっても、自分の顔と、下着と、上着と、それから、まだ一マイルか二マイルは歩くことができる二本の脚だけ、という状況のことです。

そのような状況のもとでは、戦術を練る余地などほとんどありません。したがって、ほかの頬をも向けることは、みなさんの意識的で、冷静で、慎重な決断でなければなりません。どれほど惨めなものであろうと、勝利を収められるかどうかは、みなさんが自分がおこなっていることを自覚しているかどうかにかかっています。敵に対してほかの頬をも差し出すときには、それが、詩句の言葉の始まりであると同時に、試練の始

（3）原書の引用の語彙からすると、英語の欽定訳聖書からの引用と思われるが、欽定訳では一行目の最後がピリオド。

まりにすぎないということを知らなければなりません――そうしてはじめて、みなさんは試練のすべての過程を、山上の垂訓の三つの詩句すべてを、乗り越えることができるようになるのです。さもなければ、詩句の一行をコンテクストから抜き出しただけでは、痛めつけられるだけになるでしょう。

倫理の基礎を誤って引用された詩句におくかぎり、悲運を招くか、あるいは究極の慰め、つまり自分の確信は間違っていないという慰めを得る精神的ブルジョワになるのが関の山です。いずれの場合にも（後者の場合、善意の運動や、非営利団体のメンバーになるというだけでも、とても愉快とは言えませんが）、結果としては、〈悪〉に降伏することになり、〈悪〉の弱点の理解を遅らせることになります。なぜなら〈悪〉は、また思い出してもらいたいのですが、まさしく人間の顔をしているからです。

このように誤って引用された詩句にもとづく倫理は、ガンジー以後のインドでは、統治者の皮膚の色以外には何も変えませんでした。ところが、飢えた人間の目から見れば、誰が彼を飢えさせているかは問題ではないのです。私としては、飢えた人間は、白人が彼の惨めな境遇に責任を持つ状態のほうが好ましいとさえ考えるのではないかと思います。なぜなら、そうすれば、社会的悪はどこかほかのところからきているように見え、同じ皮膚の者たちの手による不幸よりも苦しみが減るかもしれないからです。外国人に責任があるとなれば、希望や空想を拡げる余地がまだあるからです。

同じように、トルストイ以後のロシアでも、誤って引用された詩句にもとづく倫理は、警察国家に対峙しようとする国民の決意を大きく鈍らせました。そのあとに続いたことはあまりにもよく知られています――六〇年にわたってほかの頰をも向けつづけた国民の顔には大きな打ち傷ができてしまい、暴力に疲れた国家は、その顔に向かって唾を吐きかけるだけになっています。世界の顔に向かっても同様です。言葉を換えてみますが、もしみなさんがキリスト教を世俗に合わせようとするなら、もしみなさんがキリストの教えを政治の言葉に翻訳しようとするなら、現代の政治的たわ言以上のものが必要です。たとえみなさんの心の中に受け入れる余地がみつからなくても、少なくとも頭の中には、原文を覚えておく必要があります。彼イエスは善人というより聖霊に近い者なので、彼の形而上学を忘れて彼の善を言い立てるだけでは破滅につながる、ということです。

こうしたことを話しながら、私が少し居心地の悪い思いをしていることは認めなければなりません。ほかの頬をも向けるかどうかは、結局のところ、きわめて個人的なことだからです。悪との遭遇はつねに、一対一の状況で起こります。それはつねに、あなたの皮膚、あなたの下着、あなたの上着の問題であり、歩かなければならないのはあなたの脚なのです。誰に対してもこれらのものの使用を、奨励とまではいかずとも助言するのは、完全に間違っているとは言えないにしても、好ましくないことです。ここで私がおこないたいのは、あまりに多くのものを傷つけ、あまりにも少しのことしかもたらさなかった陳腐な決まり文句を、みなさんの頭から消し去ろうということだけです。私としてはまた、みなさんに、皮膚と、下着と、上着と、脚が残っているかぎり、勝利の可能性がどれほど低くても、みなさんはまだ敗北していないのだということをしっかりと覚えておいてもらいたいのです。

けれども、公の席でこのような問題を論じることに居心地の悪い思いをする、もっと大きな理由があります。当然のことですが、みなさん自身、若い自分たちが犠牲者になる可能性を持っていると考えたくはないだろう、ということだけではありません。そうではなくて、誰でも正気であれば、みなさんのあいだにも将来悪人になる可能性のある人々がいることを予測できるからですし、敵になるかもしれない人々を前にして、抵抗の秘密を漏らすのはまずい戦略であるからです。しかし、敵方への裏切りや、さらに悪くすれば、戦術上の現状を未来にまで継続させる罪から私を救ってくれるのは、犠牲者はつねに悪人よりも創意に富み、もっと独創的な考えを持ち、もっと進取の気性に富んでいるだろうという希望です。そこにこそ、犠牲者が勝利を収める可能性があるのですから。

ウィリアムズ・カレッジ、一九八四年

（加藤光也訳）

一つと半分の部屋で

L・Kに

1

ぼくら三人が住んでいた、その一つと半分の部屋は（そのようなスペースが英語で何かの意味があればのことだが）、寄木張りの床になっていて、母は家族の男たち、とくにぼくが、靴下を履いたままで歩き回ることに強く抗議したものだ。母はぼくらに、いつも靴かスリッパを履くようにと言い張った。そのことで説教をするとき、母はよく、昔からのロシアの迷信を引き合いに出した――それは縁起の悪いことであり、家族の誰かの死の前兆になるというのだ。

もちろん母はただこの習慣を、野蛮な、まったくの不作法と考えていただけなのかもしれない。男の足は臭うものだし、まだ脱臭剤などなかった時代のことである。それでもぼくは、実際、とくに毛糸の靴下なんかを履いていれば、磨かれた寄木張りの床では簡単に滑って転んだりすることもあるだろうと考えた。それに、年をとって体が弱っていれば、結果は悲惨なことになる。というわけで、寄木張りの床は木材や大地につながるだけでなく、ぼくの頭の中では、同じ町に住む近しい親戚や遠い親戚の足の下にある大地までつながっていた。遠い近いに関係なく、それは同じ大地だった。親戚の者が、あとでぼくがアパートに自分の部屋を借りることになる川の向こう側に住んでいても、何の言い訳にもならなかった。町にはとても多くの川や運河があったからだ。そのうちのいくつかは外洋船が航行できるほど深かったけれども、死にとってはそれでも浅いだろうし、たとえ深いとしても、死はおきまりの地下をつたう流儀で、河床を這って渡ってくるだろうと、ぼくは思っていた。

いまでは父も母も亡くなっている。ぼくはいま大西洋岸にいて、広い海が、生き残っている二人の叔母やいとこたちからぼくを隔てている。死をさえ困惑させるほど大きな、真の深淵だ。この大陸に親戚はいないのだから、いまでは心ゆくまで靴下を履いて歩き回ることもできる。いま家族の中で招き寄せることができる唯一の死は、おそらく、ぼく自身の死ということになるだろうが、それでは、送り手《トランスミッター》（死の前兆を伝えるもの）と受け手《レシーヴァー》（死をうけとるもの）とが混同されて、辻褄が合わなくなる。そんな可能性は低いだろうし、それが迷信と電子機器とを区別するものだ。それでも、もしぼくが、このカナダ楓材を張った広い床を靴下で歩かないとしたら、それは、そのような迷信のせいでも、自分の体を守ろうとする本能からでもなく、母が同意しないだろうからなのだ。いまでは家族のうちで残っているのはぼく一人なので、ぼくも、以前の家族のしきたりを守っていたいのだと思う。

2

ぼくらの一つと半分の部屋には、父と母とぼくの三人が暮らしていた。家族として、それは当時の典型的なロシアの家族だった。当時は第二次世界大戦後のことで、子供を一人以上育てる余裕のある者はほとんどいなかった。それどころか、父親が亡くなっていたり、不在だったりする者たちもいた。大都市、とくにぼくの町では、大粛清〔1〕と戦争が多くの命を奪った。だから、ぼくらは幸運だと考えなければならなかった。ぼくらがユダヤ人であってみれば、なおさらのことそうだった。ぼくら三人は全員が戦争を生き延びた（「三人全員」というのは、ぼくも戦争前の一九四〇年生まれだからだ）。だが両親は、一九三〇年代も生き延びてきたのだ。

父も母もそうは言わなかったが、自分たちを幸運だと考えていたのだと思う。だいたいにおいて二人とも、年をとり、病気にかかるようになるまでは、あまり自分たちのことを意識していなかった。それに、年をとってからでも、自分たちや死について、聞き手を怖がらせたり、相手の同情を惹くような話し方はしなかった。自分たちの痛みについて、ただ、誰にともなくぶつぶつ不平を洩らしたり、薬や何かについて長々と話したりするだけだった。母が何かそれらしきことを話したのは、とても繊細な一組の磁器を指さして、「これもおまえの物になるのよ、おまえが結婚するか、それとも……」と話したときのことだったが、そこで母は口をつぐんだのだった。それから、昔、病気だと聞いていた遠い友人と母が電話で話していたときのことを覚えている。ぼくが外で待っていると、母は通りの電話ボックスから、鼈甲《べっこう》縁のメガネの奥の、見慣れたはずの目に、どこか見慣れない表情を浮かべて出てきたのだった。母のほうにかがみ込み（ぼくはすでに母よりもずっと背が高くなっていた）、母の友人は何と言ったのかと聞くと、母はぼんやりと前方を眺めながら、こう言った「あのひとも自分が死ぬのを分かっていて、電話口で泣いていたわ」。

（1）一九三〇年代後半スターリンの主導によって、共産党幹部から一般党員、知識人、農民までを対象に大量の処分・処刑がおこなわれた。犠牲者は数百万人とされる。

二人はすべてのことを――社会制度や、自分たちの無力さや、自分たちの貧しさ、自分たちの気まぐれな息子のことを――当然のこととして受け入れていた。そして、せいぜいあるものでがまんしようと努めていた。食卓に食べ物を欠かさないこと――どんな食べ物であろうと、それを三つに分けること。何とか帳尻を合わせること――いつも給料かつかつの暮らしをしながら、それでも、息子の映画や、美術館通いや、本や、ちょっとしたお菓子のために、数ルーブルをとっておくこと。家にあった皿や、道具類や、衣服、下着類はいつも清潔で、磨かれ、アイロンを掛けられ、繕いをされ、糊づけされていた。テーブルクロスはいつもシミ一つなくぱりっとしており、その上のランプシェードは塵を払われ、寄木張りの床はぴかぴかに掃除されていた。

驚くのは、二人とも決して飽きるということがないことだった。確かに疲れてはいたが、飽きることはなかった。二人は家にいるほとんどの時間、動きまわっていた。料理をつくり、洗い物をし、アパートの共同台所とぼくらの一つと半分の部屋とのあいだを行き来し、家事のあれこれをせわしなくこなしていた。二人が座るのは、もちろん、食事の時だったが、ぼくがおもに覚えている座ったときの母の姿は、手動で足踏み式のシンガーミシンでぼくらの服を直したり、古くなったシャツの襟の表裏を取り替えたり、古くなったコートを仕立て直したりしているときの姿だ。父のほうはといえば、椅子に座っているのは、新聞を読んだり、あるいは書きものをしているときだけだった。ときには二人で夕方、一九五二年型のテレビで映画やコンサートを観ることがあった。そんなときにも座っていた……。一年前、ほかには誰もいない一つと半分の部屋でそんなふうに椅子に座って父が死んでいるのを、近所の人が見つけてくれた。

父は母よりも一三カ月、長生きした。七八年間の母の人生と、八〇年間の父の人生のうち、ぼくが一緒に過ごしたのは三二年間でしかない。二人がどのようにして知り合ったのか、求婚がどんなふうにおこなわれたのか、ぼくはほとんど何も知らない。何年に結婚したのかさえ知らない。ぼくがいなくなってからの最後の十一年か一二年のあいだ、二人がどんな暮らしをしていたのかも知らない。ぼくにはもう知ることができないのだから、日常はいつもどおりであり、おそらくぼくがいなくなったことで――お金の点でも、また、ぼくが再逮捕されるのではないかと心配する必要がなくなったという点でも――前よりも楽になったと考えたほうがいいのだろう。

とはいえ、ぼくは年老いた二人を助けることができなかったし、死んでゆくときにそばについていることもできなかった。ぼくがこういう話をしているのは、罪悪感からというよりは、両親の生涯のあらゆる時期をたどりたいという、子供の、いわば利己的な願望からである。子供は誰でも多かれ少なかれ、両親の歩んだ道を繰り返すものだからだ。ぼくとして言えるのは、結局のところ子供は両親から、自分の未来について、自分が年をとることについて、学びたいと思っているということだ。そして両親から究極の教えを、つまり、どのように死ぬべきかも学びたいと思っているということだ。かりに子供がそう望まないとしても、どれほど無意識にではあれ、子供は両親から学ぶものだということを知っている。「年をとれば、ぼくもこんなふうに見えるのだろうか。これは遺伝的な心臓の――それとも何かほかの――問題なのだろうか」。

二人が生涯の最後の歳月、どんなふうに感じていたのか、ぼくには分からないし、これからも決して分かることはないだろう。二人が何度怯えを感じたのか、そろそろ死ぬときだと何度思ったことか、それから、また回復したときにはどう感じたのか、そして、ぼくら三人がまた一緒になれるだろうとの希望をどう取り戻したのか。母は電話ごしに言ったものだった、「ねえ、わたしの生涯での唯一の願いは、あなたにまた会うことよ。それだけを頼りに生きているの」。それから一分後にはまたこう聞くのだった、「電話をしてくれる五分前には何をしていたの」、「じつは、皿を洗っていたところなんだ」、「まあ、それはいいことだわ。皿を洗うのは、とてもいいことよ。とても心をいやしてくれることがあるものね」。

4

一つと半分の部屋は、町の一ブロックの三分の一の長さを占める巨大な集合住宅の一部で、同時に三つの通りと一つの広場に面した、六階建ての建物の北側にあった。その建物は、北ヨーロッパでは十九世紀から二十世紀への変わり目をしるしつづけた、いわゆるイスラム建築様式で飾り立てた途方もない建築の一つだった。父が生まれたのと同じ一九〇三年に建造されたその建物は当時、サンクト・ペテルブルクでは話題の建物で、アンナ・アフマートワはぼくに、彼女の両親がこの驚異の建物を見学するために馬車で彼女を連れてきたのだと話してくれたことがある。建物の西側の、ロシア文学で最も有名な並木道の一つ、リテイヌィ大通り(2)に面したところには、一時、アレクサンドル・ブロークが部屋を持っていた。集合住宅のぼくらが住んでいた区画について言えば、そこには、革命前のロシアの文学界ばかりでなく、一九二〇年代と三〇年代の革命後のパリの亡命者社会の知的風土に君臨していたカップル、ディミトリー・メレシコフスキーとジナイーダ・ギッピウスが住んでいた。そして、まさにぼくらの一つと半分の部屋のバルコニーから、幽霊のようなジンカ〔ジナイーダのこと〕は革命派の船員たちに向かって悪口をあびせていたのだった。

建物は革命後、ブルジョワジーの「居住密度の増加」という方針にもとづいて細分化され、一部屋ごとに一家族ということになった。部屋と部屋のあいだには——最初はベニヤ板で——壁がつくられた。やがて何年かのうちに、厚板、煉瓦、漆喰のおかげで、それらはふつうの建築上の仕切壁のようになっていった。空間に無限性があるとするなら、それは拡張において見られるのではなく、縮小において見られる。奇妙なことだが、空間の縮小のほうがつねに首尾一貫しているという理由からだけでも、そうなのだ。縮小された空間のほうが構造がきちんとしており、より多くの名前を持っている——独房、押入、墓。拡張のほうは大まかな区分けの身振りであるにすぎない。

ソヴィエト連邦では一人あたりの最小居住スペースは九平方メートルである。ぼくらは幸運だと考えるべきだった。共同住宅のぼくらの区画の半端さのお陰で、ぼくら三人は合計四〇平方メートルのスペースを持つことができたからだ。その余剰分はまた、ぼくらがその区画を、父と母が結婚する前に町のそれぞれ別の地区で住んでいた二つの部屋を提供する代わりに、手に入れたという事実とも関係していた。この借り換え——というより（その借り換えは最終的なものであるので）交換と言ったほうがいい——の概念は、部外者の外国人にはうまく伝えられない。不動産に関する法律はいたるところで不可解なものとなっているが、とくに国家が家主である場合には、さらにいっそう不可解になることがある。たとえば、それには金銭はまったく関係がない。全体主義国家においては、所得による階層の大きな違いはない——言い換えれば、誰もが等しく貧しい——からだ。居住区画を買うということはありえず、せいぜいのところ、以前に住んでいたのと同じ広さの区画に住む権利があるくらいである。もし二人の人間がいて、一緒に暮らすことに決めたとす

（2）サンクト・ペテルブルクの中心部にある、リテイヌィ橋とネフスキー大通りを結ぶ通り。

ると、それぞれの以前の居住区画の合計の広さと同等のスペースを手に入れる権利があることになる。さらに、どれだけのスペースを手に入れられるかを決めるのは、地区の不動産担当部署の役人たちである。賄賂も役には立たない。役人たちの序列というものもまったく不可解であり、できるだけ少なく与えることが彼らの第一の本能だからである。交換の手続きには何年もかかるが、そのときの唯一の味方は疲労である。つまりせいぜい期待できるのは、以前にいたところよりも狭いところに移ることを拒みつづけて、彼らを疲労させることくらいだからだ。純粋な計算を別にすれば、彼らの決定に影響するのは、法律には明記されていないじつにさまざまな仮定の判断であり、こちらが与える個人的印象はもちろんだが、年齢や、国籍、民族、職業、子供の年齢と性別、社会的地域的背景、等々についての判断である。役人たちだけが空いている部屋を知っており、彼らだけが、等価のスペースを判断したり、あちこちで数平方メートルを足したり引いたりすることができる。その数平方メートルの違いの何と大きいことか！　そこには本棚を置くことも、それどころか机を置くことも、できるのだ。

5

余剰分の一三平方メートル以外でも、ぼくらはとても幸運だった。ぼくらが移り住んだ共同区画はとても小さかったからだ。つまり、集合住宅のぼくらの区画には六部屋しかなく、その六部屋も四家族しか住めないように区切られていたのである。ぼくらの家族を含めて、そこに住んでいたのは十一人だけだった。通例、共同区画では、住人は簡単に百人になってしまうこともある。といっても、平均は二五人から五〇人といったところだ。ぼくらのところはこぢんまりしていた。

もちろん、トイレも、風呂場も、台所も共同だった。だが、台所はかなり広く、トイレもこぎれいで居心地がよかった。風呂場についていえば、ロシア人の衛生習慣はご承知のとおりなので、風呂に入っているときでも、最低限の洗濯をしているときでも、鉢合わせになることはめったになかった。洗濯物は各部屋と台所をつなぐ二本の廊下に干されたので、誰もが隣の住人の下着を覚えてしまっていた。

隣人たちはよき隣人たちだった。個人としてもそうだったし、また、全員が働いていて、日中は留守にしていたからでもある。一人を除いては警察への通報者もいなかったが、十一人のうちで一人というのは、共同区画ではましな割合だった。だが、近くの総合病院勤めの外科医である、その寸胴《ずんどう》の女性でさえ、ときには、医療上の助言をしてくれたり、めったに手に入らない食料を買う列に代わりに並んでくれたり、温めているスープの番をしてくれたりした。ロバート・フロストの「星を分けるもの」という詩には何と書いてあるだろう、「人と交わることは許すこと」とあるのではないだろうか。

このような暮らしの嫌悪すべき側面にもかかわらず、共同区画にはおそらくそれを償ってくれる側面もある。共同区画は人の生の基本をむき出しにし、人間の本性についてのあらゆる幻想を剝ぎとってくれるからだ。おならの大きさで誰がトイレに入っているのか分かるし、その人が朝食はもちろん、夕食に何を食べたかも分かる。ベッドでたてる音も聞こえるし、女性の月経の時期も分かる。しばしば隣人から悲しみを打ち明けられることもあるが、その同じ隣人が、狭心症の発作や、それ以上に悪い状態のとき、救急車を呼んでくれるのだ。一人暮らしをしていたりすれば、椅子で死んでいるのを見つけてくれるのはその隣人なのだし、逆に、こちらが相手を見つけることもある。

夕方にお上さんたちが料理をつくっている共同の台所では、どんな辛らつな言葉が交わされ、どんな医療上の助言や料理の助言が交わされることだろう、どこそこの店で急に手にはいることになった品物についての、どんな情報が交換されることだろう！　そこは、小耳に挟んだ言葉、ふと目にはいったものから、人生の基本を学ぶ場所なのだ。不意に誰かと誰かが口をきかなくなるとき、そこには、たちまち沈黙のドラマが展開する！　そこはまた、何という物真似の稽古場だろう！　憤然としてこわばった姿勢、凍り付いた横顔から、何という深い感情が伝わることだろう！　組み紐のようにもつれたコードから下がる黄色い涙の粒のような百ワット電球のまわりの空気に、どんな臭いと芳香と香りが漂うことだろう。この、ぼんやりと照らされた洞穴には、どこか部族的なもの、どこか原始的なもの——そう言いたければ、進化途上——を思わせるものがある。そして、ガスストーブの上のほうには、原始の太鼓《トムトム》を思わせる鍋やフライパンが掛かっている。

6

こうしたことを思い出しているのは、ノスタルジアからではない。そうではなくて、母が人生の四分の一をそこで過ごしたからなのだ。家族持ちはめったに外食はしないものだが、ロシアではまったくしないと言ってもいい。レストランのテーブルで父と母が向き合って座った記憶はないし、カフェテリアにさえ一緒に行ったことはない。母はぼくが知るかぎり、おそらくはチェスター・コールマン(3)を除けば、最良のコックだった——ただ、コールマンのほうが多くの材料に恵まれていたけれど。ぼくが一番よく思い出す母の姿は、台所でエプロンを掛け、顔を赤くしてメガネをちょっと曇らせ、ぼくがガスストーブの上からあれこれつまみ食いしようとするのを、シッシッと追い払おうとしているときの姿だ。上唇は汗で光り、白髪がのぞく短く刈り込んで赤く染めた髪を乱して、「あっちに行きなさい！」と母は叫ぶ。「なんで待てないの！」もうあの言葉を聞くこともない。

もう、部屋のドアが開き（だが、両手でキャセロールの鍋や大きな二枚の皿を持ったまま、母はどうやってドアを開けたのだろう。鍋や皿を持った手を下げ、その重みを取っ手に預けたのだろうか）、正餐や夕食やお茶やデザートを持って母が入ってくるのを見ることもないだろう。父のほうは新聞を読みつづけ、ぼくはやめなさいと言われるまで本から目を離そうとしないし、母のほうでも、たとえぼくらの手伝いが期待できたとしても、それがのろのろして不器用なものであることを知っていた。家の男たちは、十分すぎるほど特別扱いに慣れていた。腹が減っているときでさえ、そうだった。「またドス・パソスを読んでいるの？」と母はテーブルに料理を並べながら言ったものだ、「トゥルゲーネフを読もうとする人はいないのかしらね」。すると父が新聞をたたみながら「息子に何を期待しているんだい」と応じる、「怠け者なのさ」。(4)

7

そんな場面の中に、どうしてぼくは、ぼくの姿を思い浮かべたりするのだろう。だが、父や母の姿と同様、ぼくはぼくの姿もはっきりと思い浮かべてしまう。これもやはり、ぼく自身の青春や、故国に対するノスタルジアからではない。そうではなくて、二人が死んでしまったいま、かつての二人の暮らしを思い浮かべて

（3）W・H・オーデンのアメリカ時代のパートナー。

（4）ロシア文学にはオブローモフという有名な怠け者が登場するが（ゴンチャロフ）、このオブローモフについては、トゥルゲーネフの『余計者の日記』に出てくる社会の余計者という概念でしばしば説明されることがある。

みると、そこにはぼくも含まれていたことになるからだ。二人がぼくを思い出すのも、そんなときのぼくの姿だろう。ただし、いまの二人に全知の力が備わっていて、現在のぼくが大学から借りたアパートの台所に座り、二人には理解できなかった言語で（いまでは二人はどんな言語でも解読できるだろうが）これを書いているところを見ることができれば、話は別だ。それが、二人にとってぼくとアメリカとを見る唯一の方法なのだ。ぼくにとっても、二人と、ぼくらの部屋を思い浮かべるための、それが唯一の方法なのだ。

8

ぼくらの部屋の天井は、それ以上はなくても一四フィートほどの高さはあり、建物の外観と同じイスラム建築様式の漆喰装飾で飾られていたが、その装飾模様は、上の階でときおり破裂するパイプによるひび割れや染みと一緒になって、どこかの存在しない超大国か多島海の、じつに精緻な地図に変容していた。部屋にはアーチ型のとても高い三つの窓がついていて、中央の窓がなければ、通りを挟んだ向かい側の高校が見えるだけだった。中央の窓はバルコニーに出るためのドアにもなっていた。バルコニーからは通りの全体を見渡すことができ、サンクト・ペテルブルクに典型的な非の打ちどころのない眺望の先には聖パンテレイモン教会のドームのシルエットが見え、また――こんどは右手を眺めれば――大きな広場が見え、その中央に帝室プレオプラジェンスキー連隊大聖堂があった。

ぼくらがこのイスラム建築様式の驚異の建物に移り住むころには、その通りはすでに、デカブリストの乱で処刑された指導者の名にちなんで、ペステリ通りの名がついていた。だが、もともとは、通りのずっと先に見える教会にちなんで、パンテレイモノフスカヤの名前がついていた。通りは先のところで教会をぐるっと回り込んでフォンタンカ川に達し、警察橋を渡ると夏の庭園まで続いている。かつてプーシキンが通りのそのあたりに住んでいて、妻に宛てた手紙のどこかで、こう書いている、「ぼくは毎朝、夏の庭園で散歩をするため、ナイトガウンとサンダル姿で橋を渡ってゆく。夏の庭園全部がぼくの果樹園なのだ……」

プーシキンの住所は十一番地だったと思う。ぼくらの住所は二七番地で、そこは、帝室プレオブラジェンスキー連隊大聖堂の広場に合流する通りの端にあたっていた。けれども、ぼくらの建物は、その通りが名高いリテイヌィ大通りと交差するところに建っていたので、郵便物の宛名はリテイヌィ大通り二四番地、二八番住宅となっていた。ぼくらはこの番地で郵便物を受け取ったし、ぼくが父と母に宛てた手紙の封筒に書いたのもこの番地だった。ここでこんなことに触れるのは、何か特別な意味があるからではなく、おそらくぼくのペンがこの番地を書くことはもう二度とないだろうからである。

9

奇妙なことだが、ぼくらの家の家具は建物の外装と内装とに釣り合っていた。家具のほうも、いたるところ曲線だらけで、建物正面の化粧漆喰の繰り形や内部の壁から張り出した鏡板と付け柱《ピラスター》のようにものものしく、幾何学的な果実をつけた漆喰の花環をからみつかせていた。建物の外部と内部の装飾は、明るい茶色の、ココアミルクのような色をしていた。いっぽう、大聖堂のように巨大なぼくらの二つの整理箪笥はワニス塗りの黒い樫材のものだったが、建物と同じ、十九世紀から二十世紀への変わり目の時代のものだった。おそらくはそのおかげで、隣人たちも知らず知らずのうちに、初めからぼくらに好感を抱くようになったのだろう。そして、おそらくはまたそのおかげで、その建物に移って一年と経たないうちに、ぼくらはそこに永遠に住んでいたかのような気分になっていた。それらの整理簞笥に居場所が見つかったという感覚が、あるいはその場所にふさわしい家具が見つかったという感覚が、どういうわけかぼくらにも、ぼくらはここに落ち着いて、もうほかへ移ることはないのだと実感させたのである。

それらの十フィートもの高さの、二階建ての整理簞笥には（動かすとなると、象の足のような下の部分から、軒蛇腹《コーニス》つきの上部をはずさなければならなかったが）、ぼくらの家族ができて以来、ぼくらがかき集めてきたほとんどありとあらゆるものが詰まっていた。ほかの家でなら屋根裏部屋や地下室が果たしたであろう役割を、ぼくらの場合、これらの簞笥が果たしてくれていた。父のさまざまなカメラ、現像や焼き付けのための装置、プリント写真、皿、陶磁器、リンネル、テーブルクロス、父には小さくなりすぎたけれどぼくにはまだ大きすぎる靴の入った靴箱、いろんな道具、電池、父の古くなった海軍の制服、双眼鏡、家族のアルバム、黄ばんだ挿絵入りの別冊付録、母の帽子やスカーフ、何枚かの銀色に光るゾーリンゲンの剃刀の刃、壊れたままのフラッシュライト、父の軍隊の勲章、母のまだら模様のキモノ、父と母とが交わした手紙、柄つき眼鏡《ロルネット》、扇、そのほかの記念の品々――これらすべてが洞穴のような簞笥の奥にしまい込まれていて、どれかの扉を開けると、虫除けの樟脳と古い革と埃との入り交じった匂いが漂うのだった。簞笥の下の部分のいちばん上には、暖炉の飾り棚に並べるように、リキュールを入れた二つのカットグラスの瓶と、獲物の魚を引きずる千鳥足の二人の中国人の釉薬《うわぐすり》をかけた小さな磁器の人形が載っていた。母は週に二度、人形の埃を払っていた。

あとから振り返ってみると、これらの整理簞笥の中身は、ぼくら三人分の集合的無意識になぞらえることもできるだろう。だが、当時はそのような考えは思い浮かばなかった。少なくとも、これらのものすべては、父と母の意識の一部であり、二人の記憶の形見だった――だいたいにおいて、ぼくが生まれる前のさまざまな時と場所、つまり、父と母との共通であったり別々であったりした過去、それぞれの青春と子供時代、ほとんど別の世紀に属する時代の記憶の形見であった。そして、これもまたあとから振り返ってみてのことだけれども、ぼくはそこに、二人の自由の記憶をつけ加えておきたい。なぜなら、愚かなカスどもは革命と呼ぶけれど、何世代にもわたるほかの人々にとってと同様、二人にとって奴隷状態を意味した体制ができる前には、二人は自由な人間として生まれ、育っていたのだから。

10

ぼくがこれを英語で書いているのは、父と母に自由を味わう余地を残しておいてやりたいからだ。どれだけの余地が生まれるかは、これをどれだけ多くの人が進んで読んでくれるかにかかっている。ぼくはマリヤ・ヴォリペルトとアレクサンドル・ブロツキーに「異国の良心の掟[5]」のもとでリアリティを持ってもらいたいし、英語の動詞に二人の動作を描いてもらいたいのだ。そうしたからといって、二人を甦らせることはできないだろうが、ロシアの国営火葬場の煙突からの脱出路ということなら、少なくともロシア語よりも英語の文法のほうがましだということになるかもしれない。二人のことをロシア語で書けば、二人の囚われの状態を長引かせ、二人を無意味な存在におとしめるだけで、機械的に抹殺する結果となってしまう。国家をそこで語られる言語と同一視すべきでないことは分かっている。だが二人の老人が、死ぬ前に一人息子に会うため外国旅行の許可を得ることはできないものかと願って、足をひきずりながらいくつもの大使館や省庁

(5) W・H・オーデンの詩「W・B・イェイツを偲んで」の中の句。

を歩きまわり、そのあげくに一二年にもわたって繰り返し、国家としてはそのような訪問は「目的のうちにははいらない」と考える、と告げられたのは、ロシア語によってなのだ。控えめに言っても、繰り返しそう告げられたことは、国家とロシア語とのあいだに何らかのつながりがあることの証拠になる。それに、たとえこれをすべてロシア語で書いたとしても、それらの言葉はロシアでは日の目を見ることはないだろう。いったい誰が読んでくれるというのだろう。似たような状況ですでに両親が死んでいたり、あるいは死のうとしている、一握りの亡命者たちだろうか。だが、彼らには聞き飽きた話なのだ。死の床にある父や母を見舞うことが許可されないときどんな感じがするものなのか、また、親類の葬儀に参列するための緊急ビザを申請しても沈黙が返ってくるだけだということも知っている。やがて手遅れになり、彼あるいは彼女は受話器を置いて電話ボックスから異国の午後の中に踏み出し、言葉で言い表すこともできず、どんな叫びをもってしても十分とはいえないような思いを感じる……。彼らに何と声をかければいいのか。どう慰めればいいのか。いかなる国といえども、ロシアほど、国民の魂を破壊する術に精通している国はないし、ペンを持ったどんな人間にも破壊された魂をいやすことはできない。それは全能の神だけの仕事であり、そのためにこそ、神にはすべての時間がゆだねられているのだ。だとするならば、どうか英語がぼくの死者たちにとっての家となってほしい。ぼくはロシア語で詩や手紙を書いたり読んだりしつづけるつもりだ。だが、マリヤ・ヴォリペルトとアレクサンドル・ブロツキーにとっては、英語のほうが――そこにぼく自身がいないことを除けば――よりよき死後の世界の似姿を、おそらくは唯一のその似姿を、与えてくれる。ぼく自身に関するかぎり、これを英語で書いているのは、いわば皿を洗っているようなものなのだ――心をいやしてくれるのである。

11

父はジャーナリストであり――より精確には報道写真家だったが、記事を書くこともあった。たいてい、誰にも読まれないような日刊紙に書いていたので、記事のほとんどは「重苦しい嵐をはらんだ雲がバルト海にたれ込め……」といった調子で始まっていた。ぼくらの地域の天候がこのような書き出しをニュースに値するものにしてくれたり、あるいはふさわしいものにしてくれると、信じ込んでいたのだ。父はレニングラード大学の地理学の学位と、赤軍報道学校のジャーナリズムの学位と、二つの学位を持っていた。父が赤軍報道学校に入学したのは、旅行の機会、とくに外国旅行の機会など期待しても無駄だということがはっきりしてからのことだった――ユダヤ人で、印刷所経営者の息子で、共産党員でもない自分にとっては。

ジャーナリズム（ある程度までは）と、そして戦争が（大いに）、その埋め合わせをしてくれた。父は地表の六分の一（ソヴィエト連邦の領土の標準的計測値）と大いなる海原とを踏破した。海軍の配属となったが、父にとっての戦争は一九四〇年にフィンランドで始まり、一九四八年に中国で終わった。中国へは、毛沢東の奮闘を援助するための軍事顧問団とともに送られ、千鳥足の漁師たちの磁器人形と、ぼくが結婚したら譲りたいと母が言っていた陶磁器のセットもそこから持ち帰ったものだった。その間、父はバレンツ海では連合軍の輸送船団（Allied PQs）[6]を護衛し、黒海ではセバストポリを守備し、失い――彼の魚雷艇が沈められたあと――当時の海兵隊に加わった。レニングラード包囲戦のさなかにはレニングラードの前線に派遣され、ぼくが見た中では包囲下のレニングラードの最良の写真を撮影したし、包囲網からの撤退作戦にも参

（6）第二次世界大戦中、ソ連への援助物資を運ぶために連合国側が組織した輸送船団。

加した（父にとっては戦争のこの部分が最も重要だったと思う。それは父の家族と家庭にあまりにも近いところだったからだ。しかし、すぐ間近にいたにもかかわらず、爆弾と飢えのせいで、父はアパートと一人きりの女きょうだいを失った）。その後、父は黒海に送り返され、悪名高いマラヤ・ゼムリヤ島〔北極海にある島〕に上陸し、そこを守備した。続いて、前線が西部に移るにつれて水雷船隊の第一分遣隊とともにルーマニアに侵攻して上陸し、短期間ではあったが、コンスタンツァ〔黒海に面する港湾都市〕の軍政長官を務めた。父はときには「われわれがルーマニアを解放したんだ」と自慢し、国王ミハイとの会見の思い出を語りはじめるのだった。ミハイは父が会見した唯一の王だった。父は、スターリンはもちろんのこと、毛沢東や蔣介石も成り上がり者と見なしていた。

12

中国時代の父がどんないんちきをたくらんでいたにせよ、わが家の小さな食料貯蔵庫や箪笥や壁は、ずいぶんその恩恵にあずかった。壁に掛けられていた美術品の数々――コルク張りの水彩画、いく本かの日本刀、シルクスクリーン――は、中国から持ち帰ったものだった。千鳥足の漁師たちの立像は、生き生きとした大勢の小さな磁器の立像たちや、人形たちや、帽子をかぶったペンギンたちが、少しずつ姿を消したり、不注意な扱いで壊れたり、さまざまな親戚への誕生日のプレゼントとして消えていったりしたあとの、最後の生き残りだった。日本刀も、まともな市民が所持すべきでない潜在的武器として没収され、国家の収集品となった。これについては、のちにぼくが、ぼくらの一つと半分の部屋に警察の侵入を招くことになったのを考えれば、賢明な用心だったことになる。ぼくの素人目にもおどろくほど精妙な磁器の茶器セットについて言えば、母は、美しい受け皿の一枚すら、わが家のテーブルには出そうとしなかった。「これは野暮な人たち向きじゃあないわ」、と母は辛抱強くぼくらに説明したものだ、「あなたたちは野暮ですよ。だらしない野暮天ですからね」。それに、ぼくらが使っていた食器類は、丈夫なだけでなく十分にエレガントなものだった。

　戦争中と戦争直後、母とぼくは一六平方メートルの小さな部屋のほうで暮らしていたが、一九四八年十一月の、暗く寒い晩のことを覚えている。その日の晩に、父が中国から帰ってくることになっていた。ベルが鳴り、母とぼくがぼんやりと照らされた踊り場に飛び出してみると、そこはたちまち海軍の軍服姿の男たちで暗くなった。父と、父の友人で同僚でもあるF・M大佐、それから一団の軍人たちが三つの大きな木箱を運びながら廊下にはいってきたのだ。中国式の留め金がついた箱のぐるりには、蛸がしがみついたみたいにばかでかい漢字が殴り書きされている。やがて、F・M大佐とぼくがテーブルに座っていると、父は箱の荷ほどきをし、母はハイヒールにイエロー・ピンクの中国更紗の服を着て両手を握りしめながら、「あら、《アッハ・》まあ！　すばらしいわ！《オー・ヴンダーバール》」と叫びをあげる——ドイツ語は母にとっては、ラトヴィアでの子供時代の言語であり、当時の仕事の言語でもあった（母はドイツ人の戦争捕虜収容所で通訳を務めていた）——そして濃紺の上着《チュニック》のボタンをはずした背が高くて痩せたF・M大佐のほうは、自分でガラスの瓶《カラフ》からグラスに酒をつぎながら、まるで大人に向かってするようなウインクをぼくに送ってよこす。二人の、バックルに錨模様のついたベルトと、ホルスターにはいった九ミリ拳銃は窓敷居に置かれ、母は息をのみながらキモノを見つめている。戦争は終わり、平和がやってくるのに、ぼくはまだ小さすぎて、ウインクを送り返すことができないでいる。

13

ぼくはいま、あの十一月の晩の父とちょうど同じ年齢、四十五歳で、ふたたびあの場面を、高解像度のレンズを通したように、異様なほどの鮮明さで思い浮かべているが、あの場面に登場する者たちは、ぼく以外はみんな死んでいる。その場面があまりにもはっきりと思い浮かぶので、F・M大佐にウインクを送り返すこともできるほどだ……。あれは、そのように意図されていたのだろうか。四〇年ちかくの歳月を隔てたこのウインクには、何かぼくにはわからない意味、ぼくにはわからない重要性があるのだろうか。人生とはそのようなものなのだろうか。そうでないとするなら、この鮮明さは、いったい何のためなのだろう。思いつく唯一の答えは——この瞬間が存在しつづけるためであり、ぼく自身を含めた登場人物たちが消え去ったあとでも、この瞬間が忘れられないようにするためである。ひょっとすると、そんなふうにして、あの瞬間がどれほど貴重なものであったのかを、ぼくらは理解するのかもしれない——一つの家族に、平和がおとずれた瞬間のことを。そして、それはまた、同じように、瞬間というものが実際にどのようなものであるかを明らかにするためでもある——たとえ、その瞬間が、誰かの父親の帰還であっても、また、木箱を開けることであっても。それゆえにこそ、このような催眠術的な鮮明さが備わっているのだ。あるいはひょっとすると、ぼくが写真家の息子だからであり、ぼくの記憶がフィルムを現像しているだけのことなのかもしれない。もう四〇年も前にこの二つの目で写し取られたフィルムを。だから、あのときにはウインクを返すことができなかったのだ。

14

父はその後もほぼ二年間、海軍の軍服を着ていた。それはちょうど、ぼくの子供時代が本格的に始まったころのことだった。父は海軍博物館の写真部門担当将校だった。博物館はペテルブルクで最も美しい建物の中にあった。ということは、ロシア帝国全土で最も美しい建物ということだ。建物は以前には株式取引所だったところで、いかなる神殿《パルテノン》よりもはるかにギリシア的な建物であり、しかも、ワシリエフスキー島の先端がネヴァ川の川幅が最も広いところに突き出している、はるかにいい場所にあった。

午後遅く、学校が終わると、ぼくはペテルブルクの町を縫ってネヴァ川までたどりつき、宮殿橋を渡ると、父を迎えに博物館に駆け込んで、一緒に家に帰るのだった。いちばんいいのは、父が、博物館がすでに閉館したあとの、遅番勤務将校になっているときだった。父は長い大理石の廊下の奥から、左腕にあの青と白と青の当番将校の腕章を巻き、ベルトの右側にはホルスターに収まった九ミリ拳銃を下げ、ラッカー塗りのツバの上に金モールのついた海軍帽をばつが悪いまでに禿げあがった頭にのせて、見事な正装姿で現れた。「こんにちわ、中佐」とぼくは声をかけるが、それが父の階級だった。父は作り笑いを浮かべてみせるが、巡回の当番がまだ一時間ほど残っているときには、ぼくに一人で博物館の中をうろつかせてくれるのだった。

ぼくが強く確信しているのは、過去二世紀間の文学と、またおそらくはかつての首都ペテルブルクの建築を除けば、ロシアが唯一誇れるのは、海軍の歴史だということである。これまでにわずかしかないめざましい勝利のためではなく、その事業を形づくってきた精神の高貴さのためにそう思うのだ。独りよがりと呼んでもらっても、おかしな空想と呼んでもらってもかまわないが、ロシア歴代の皇帝たちの中で唯一の幻視家《ヴィジョナリー》であったピョートル大帝の頭脳から生まれたこの子供は、ぼくにとっては、まさしく、先に挙げた文学と建築との混合物のように思われる。イギリス海軍を手本にしながら、装飾過多というより機能性に欠け、拡張の精神よりも発見の精神によって形づくられ、いかなることがあっても生き残ろうとするよりも英雄的身振りと自己犠牲を好む傾向を持ったこの海軍は、実際、ひとつの幻想《ヴィジョン》だった——ロシアの大地ではどこにあっても達成できないからといって、世界の大海原に浮かべられた、完璧で、ほとんど抽象的といっていい秩序の、幻想だった。

子供はつねに、何よりもまず、一人の審美家である。子供は外見や、表面や、格好や形に反応する。ぼくがこれまでの人生で何よりも好きだったと言えるのは、髭をきれいに剃った海軍提督たちの正面《アン・ファス》を向いた顔や、横顔が、金縁の額に入って、実物大に戻ろうとする船舶模型のマストの森のあいだから姿を現すところだった。十八世紀や十九世紀の、胸に襞飾りのついたシャツや、高い襟、ゴボウみたいな房飾りつきの肩章、鬘、胸を横切る幅広の青い飾り紐の軍服につつまれた彼らは、まるで、青銅の縁つきの、燦然と輝く天体観測儀《アストロラーベ》や、羅針儀とその架台、六分儀におとらず精密な、ある完璧な抽象的理想のための道具のように見えた。彼らは星々の下での自分の位置を、自分の主人たちよりも少ない誤差で計測することができた！彼らにこそ人間の海原も支配してほしいと願わずにはいられなかった——イデオローグたちの安っぽい面積測定よりも三角法の厳格さに従い、現実の一部というより、おそらくは幻想か蜃気楼の産物になってほしいと、そう願わずにはいられなかった。ぼくは今日にいたるまで、もしこの国が、国旗として、ロシア帝国時代のくだらない双頭の鷲の紋章やどこかフリーメーソンを思わせるハンマーと鎌の図柄〔ソヴィエト連邦の国旗〕の代わりに、ロシア海軍の旗を、つまり比較にならないくらい美しく栄光あるわれらの聖アンドレイ旗、純白の地に青い線が斜めに交差している旗を使えば、はるかにましなものになるだろうと思っている。

15

家に帰る途中、父とぼくはよく、あちこちの店に立ち寄って食料や写真の材料（フィルム、化学薬品、紙）を買ったり、ショーウィンドウをのぞき込んだりした。町の中心部を通るとき、父はぼくに、あれこれの建物正面《ファサード》の歴史や、第二次世界大戦の前、あるいは一九一七年の革命の前にはどこそこに何があったかを話してくれた。誰が建築家で、誰が所有者であったか、誰が住んでいて、彼らはどうなったのか、また、父の考えではなぜそうなったのかを話してくれた。身長六フィートのこの海軍中佐は市民の生活についてたくさんのことを知っていたので、ぼくはしだいに、父のその軍服を偽装と思うようになった――より厳密に言うと、形式と内容の違いという観念が学童時代のぼくの心に根づきはじめたのだ。このことには、父がそうやって指さしていたときの建物正面《ファサード》の意味内容に劣らず、父の軍服も関係があった。学童時代のぼくの心の中では、外見と内容のこの不釣り合いは、もちろん、嘘への誘惑につながるものだった（ぼくに嘘をつく必要があったというわけではない）。けれども、深いところでは、このことはぼくに、内面で何が起きていようと外見を保たなければならないという原則を教えてくれたのだと思う。

ロシアでは、家にいてさえ、軍人はめったに市民に戻ることはない。一つには、決して余裕があるわけではない衣装簞笥のせいでもあるが、おもな理由は、軍服と結びついた、したがって、その人の社会的地位と結びついた、権威というものの考え方に関係している。将校の場合にはとくにそうである。除隊になって引退した将校たちでさえ、その後しばらくは家でも公の場でも、軍服の一部のあれこれを身につける傾向がある。肩章なしの軍服の上着、長靴、軍帽、外套などを着て、みんなに自分たちの所属階層を示す（そして自分にも思い起こさせる）のである。ひとたび軍務につけば、生涯軍人というわけである。それはアメリカのこの地方〔東海岸、マサチューセッツ州〕のプロテスタントの牧師に似ている。そして海軍軍人の場合、立て襟の下につける白い下襟のため、いっそう牧師に似てくる。

家の箪笥の上の引き出しには、プラスティックやら綿やらの下襟がたくさんはいっていた。何年か経って、ぼくが七年生のときに学校に制服が導入されると、母はよく、それらの下襟を切って、ネズミ色のぼくの上着の立て襟に縫いつけてくれた。学校の制服も軍服に似ていたからだ。上着、バックルつきのベルト、同系色のズボン、ラッカー塗りのツバつきの帽子。若者が自分を軍人と考えるのが早ければ早いほど、体制にとっては都合がいい。ぼくにとってはそれで問題なかったが、ただ、歩兵や、さらに悪いことには警官を思わせる、その色だけは気にくわなかった。ぼくの制服はいかなる点でも、父の、夜の大通りを思わせるような、二列の黄色いボタンつきの真っ黒い外套にはかなわなかった。そして外套のボタンをはずすと、その下に、また同じボタンが縦に並ぶ濃紺の上着が見えて、ぼんやりと照らされた夕暮れの通りのようだった。「大通りの中にまた通りがある」――海軍博物館から家に向かって歩きながら父を横目で見るとき、ぼくは父のことをそんなふうに考えていた。

16

ここサウス・ハドレー〔マサチューセッツ州、ボストンの近郊〕の家の裏庭にはカラスが二羽いる。彼らはとても大きくて、ワタリガラスほどもあるが、車で家に帰ってきたり、家を出たりするとき、最初に目にするのは彼らだった。彼らは一羽ずつここに現れた。最初のカラスは二年前、母が亡くなったときに、次のカラスは去年、父が亡くなった直後に現れた。というより、そんなふうにして、ぼくは彼らの存在に気がついた。いまでは彼らはいつも一緒に現れ、一緒に飛び去ってゆくが、カラスにしては静かすぎるくらいだ。ぼくは彼らを見ないようにしている、少なくともじっと見つめたりしないようにしている。けれども彼らが松林によくいることは気がついた。松林はうちの裏庭の端から始まると、傾斜地にそって四分の一マイルほど先の牧草地までつづき、牧草地は大きな二つの丸石があるその端から小さな渓谷につづいている。ぼくはもうそこまで歩いてゆくことはない。歩いてゆけば、カラスたちがその二つの丸石の上で日を浴びてまどろんでいるところを見つけることになると思うからだ。彼らの巣を見つけようとしたこともない。彼らは黒いが、翼の裏側は濡れた灰色をしていることにも気がついた。彼らの姿を見ないのは、雨が降っているときだけだ。

17

一九五〇年のことだったと思うが、父は、ユダヤ系の人間は軍の高官になってはならないという政治局の決定に従って、除隊になった。その決定を提案したのは、私の間違いでなければ軍のイデオロギー統制を担当していたアンドレイ・ジダーノフだった。そのときには父はすでに四十七歳で、いわば再出発が必要な歳になっていた。父はジャーナリズムの写真報道の仕事に戻ろうと決心した。だが、そうなるためには、雑誌社か新聞社に雇ってもらわなければならない。それはとても困難であることがわかった。一九五〇年代はユダヤ人にとっては悪い時代だった。「根無し草の国際人《コズモポライト》」を批判するキャンペーンが最も激しかったからだ。やがて一九五三年に「医師団陰謀事件」(7)が起こったが、それがおきまりの流血の惨事に終わらずに済んだのは、ひとえに、事件が最悪の事態を招きつつあったとき、扇動者である同志スターリン自身が突然、亡くなったからである。だが、そのずっと前からと、その後もしばらくのあいだ、政治局がユダヤ人に対する報復を計画し、すべての「第五項目」人物を東シベリアの、中国国境近くにあるビロビジャンと呼ばれる地域に移住させる計画を立てているとの噂がしきりに立っていた。最も著名な「第五項目」人物たち――チェス・チャンピオンや、作曲家や、作家たち――が署名した書簡の回覧さえおこなわれ、そこには、共産党中央委員会と、個人的に同志スターリンに宛てて、われらユダヤ人たちを赦し、僻地での重労働によってロシア人民に与えた多大なる損害の償いをさせてもらいたいとの嘆願が書かれていた。その書簡は、われわれの移送の口実として、いつでも『プラウダ』に掲載されることになっていた。

ところが『プラウダ』に掲載されたのは、スターリン死亡の告知だった。ただ、そのころにはもう、ぼくらは旅支度をすませ、いずれにせよわが家の誰も弾くことのできない縦型ピアノもすでに売り払ったあとだった（母はぼくにピアノを教えるため、遠い親戚の人を呼んでくれさえしたのだけれど、ぼくにはいかなる才能もなかったし、それ以上に辛抱が足らなかった）。しかし、そのような雰囲気のもとでは、ユダヤ人や共産党の党員でない者が雑誌社や新聞社に雇われることは絶望的だった。というわけで、父は旅に出ることになった。

父は数年間、モスクワの全ロシア農業博覧会との契約のもと、フリーランスの記者として全国を回った。こうしてぼくらはときどき、食卓で驚嘆すべきものに出会うことになった――重さ四ポンドもあるトマト、林檎と梨との交配種。だが、報酬は雀の涙ほどにもならなかったし、ぼくら三人はもっぱら、地区の開発評議会で事務員をしていた母の給料で生き延びた。ぼくらにとってはとても貧しい時代で、そのころから父と母の具合が悪くなりはじめた。それでも父はいつもどおり社交的に見えたし、しばしばぼくを町に連れ出して、海軍時代の友人たち――いまではヨットクラブを経営したり、古い海軍工廠の番をしたり、若者の訓練をしたりしていた友人たち――に会わせてくれた。父には友人が大勢いたし、彼らはきまって父と会うことを喜んだ（男であれ女であれ、概して、父に恨みを抱いている人には会ったことがなかった）。友人の一人に船員組合地方支部向けの新聞の編集長を務めている人物がいて、ロシア風の名前を持ったユダヤ人だったが、その友人がやっと父を雇ってくれ、父は引退するまでレニングラードの港でその刊行に携わった。

父の生涯のほとんどは、船や、船員や、船長や、クレーンや、船荷のあいだを、徒歩で（「記者は狼みたいに、足で生きるんだ」というのが父の口癖だったが）歩き回ることについやされたように思われる。その背景にはつねに、鉛色に拡がる海のさざ波や、船のマスト、母港の綴りの最初の文字や最後の文字がわずかに白く残る巨大な黒い金属の船尾があった。冬の季節以外には、父はいつもラッカー塗りのツバのついた黒い海軍帽をかぶっていた。父は海のそばにいたがったし、海が大好きだった。あの国では、そこが自由に最も近いところだった。ときには海を見ているだけで十分だったし、父はほとんど生涯、海を眺め、海の写真を撮っていた。

18

子供は誰でも、程度の差こそあれ、大人になることを熱望し、自分の家、自分を抑圧するねぐらから出たがるものだ。外へ！　本物の人生へ！　広い世界へ。思いどおりの人生へ。

（7）著名なユダヤ人の医師九人がソ連政府の要人たちを暗殺しようとしたとの容疑で逮捕された事件。スターリンの死後、医師たちは無実を認められて釈放された。
（8）旧ソヴィエト連邦パスポートの第五項目目には「民族」の項目があり、ユダヤ人を指す婉曲語法となっていた。

そのうちに彼は望みを達成する。そしてしばらくのあいだ、新しい眺めや、自分のねぐらをつくること、自分自身の現実をつくりあげることに夢中になる。

やがてある日、新しい現実に慣れ、自分にとっての条件も整ったと思うころ、彼は不意に、古いねぐらがなくなり、彼に生を与えてくれた人々が亡くなっていることを知る。

そんな日には、彼は突然、自分が原因から切り離された、ただ結果だけの存在であるように感じる。とほうもない喪失感のため、その喪失が把握できなくなるのだ。その喪失によって裸にされた彼の精神は収縮し、喪失の衝撃をさらに大きいものにする。

彼は「本物の人生」を求めての若いころの探求、古いねぐらからの出発が、その古いねぐらを無防備にしてしまったことを悟る。それだけでもひどいことだが、それだけなら、自然《ネイチャー》に罪を押しつけることもできる。

だが、自然に罪を押しつけるわけにはいかないことがある。つまり、彼が達成したもの、彼自身のつくりだしたものの現実は、彼が棄て去ってきたねぐらの現実ほど確かではないという発見だ。そしてまた、彼の人生の中で何か本当のものがあったとすれば、それはまさしく、彼があれほどにも逃げ出したいと思っていた、抑圧的で息苦しい、あのねぐらだったということだ。なぜなら、古いねぐらはほかの人々、彼に生を与えてくれた人々によってつくられたものであり、彼自身がつくったものではないからだ。彼は自分自身の働きがどれほどのものであるのかを痛いほどよくわかっているのであり、彼はいわば、与えられた生を利用しているにすぎないのだ。

彼は自分がつくりだしたもののすべてが、どれほど気ままなものであるのか、どこまで熟考の末に意図されたものであるのかを知っている。結局のところ、それらすべては間に合わせのものであるにすぎない。たとえそれが長続きするにせよ、その最良の利用法は、彼が自慢できる自分の技量の証拠とするくらいのものである。

だが、彼の技量のすべてをもってしても、あの原初の、彼の最初の生の叫びを聞いた、堅固なねぐらを復元することは決してできないだろう。また、彼をこの世に送り出してくれた人々を復元することもできないだろう。一つの結果であるにすぎない彼には、その原因を復元することはできないのだ。

19

ぼくらの家の家具でいちばん大きい――あるいはいちばん場所をとっていた――ものは、父と母のベッドで、ぼくはそこから生を享《う》けているのだと思う。大きなキングサイズの代物で、その彫り物は、これもやはり、ある程度はほかの家具と釣り合いがとれていたが、もっとモダンにできていた。もちろん同じ植物模様だったが、仕上がりはアール・ヌーボー風とも、商業化された構成主義風とも、どちらとも決めかねるものだった。このベッドは母のとくにご自慢のもので、それというのも、母が一九三五年、父と結婚する前に、どこか二流の道具屋で、三面鏡のついた揃いの化粧台と一緒に見つけて、とても安く買ったものだったからだ。ぼくらの生活のほとんどはこの低く沈み込んだベッドを中心にまわっていたし、家族の重要な決定のほとんどは、三人でテーブルを囲んでではなく、その広々としたベッドの上でなされた――ぼくは二人の足もとにいたのだけれど。

ロシアの基準からすると、このベッドは本当に贅沢品だった。ぼくはしばしば、父が母と結婚する気になったのは、まさにこのベッドのためだったのではないかと考えたものだ。父は何よりもベッドの中にいることを好んだからだ。父と母が、たいていは生活費のことで、おたがいに最もひどくいがみ合っていたとき（「おまえはあり金を全部、食料品屋につぎ込むつもりか！」と父の怒った声が、二人の「一部屋」とぼくの「半分の部屋」を隔てる本棚ごしに聞こえてくると、母も「わたしはあなたのケチに三〇年も、さんざん苦しめられてきたのよ」とやり返す）、そんなときでさえ、父は、とくに朝だったりすると、そのベッドから出てきたがらなかったものだ。ぼくらの区画で実際にとんでもない場所を占拠していたそのベッドに、大金を払ってもいいと申し出た人たちが何人かいた。だが、どれほど金に困っても、父と母はベッドを売ろうと考えたことはなかった。確かにそのベッドは余分な贅沢品だったが、まさにそれだからこそ二人はそれが気に入っていたのだと思う。

ぼくの記憶では、父と母はおたがいに背を向けたまま、横向きになって寝ていたので、二人のあいだにはくしゃくしゃになった毛布の境界ができていた。二人はそこで読書をし、話をし、薬を飲み、あれこれの病気と闘った。ぼくにとっては、二人の生活がとても安定していたときにも、二人がすっかり途方に暮れていたときにも、いつもそのベッドが二人の背景にあった。そのベッドは二人のプライベートなねぐら、二人の最後の小島であり、世界でぼく以外には誰も立ち入ることのできない、二人だけの場所だった。あのベッドが今どこにあろうと、それは世界の秩序の中の一つの空白を示すものとなっている。縦七フィート、横五フィートの空白。それは明るい褐色の楓材でできていて、きしんだりすることは一度もなかった。

20

ぼくが使っていた半分の部屋は、天井まで届きそうな二つの大きなアーチによって二人の部屋とつながっており、ぼくはいつもそれらのアーチを、本棚やスーツケースをさまざまに組み合わせてふさぎ、両親と自分とを分離して、ある程度のプライバシーを確保しようとしていた。ある程度の、としか言えないのは、その二つのアーチの高さと幅、それに上の縁のイスラム建築風の輪郭のため、二つの区画を完全に分離するのはとても不可能だったからである。もちろん、煉瓦で埋めたり、木の板でふさいだりすれば、できないことはない。しかし、それでは法律違反になってしまう。そんなことをすれば、地区の住宅部門でぼくらに資格があると定められた、一つと半分の部屋の代わりに、二つの部屋を持つことになってしまうからだ。それに、建物の監督官はたびたび視察にくるわけではなかったが、隣人たちとどれほど良好な関係を保っていても、彼らがすぐさましかるべき筋に届け出ることになってしまう。

なんらかの緩和策を考えるしかなかったし、ぼくは十五歳のときからせっせとその緩和策を考えていた。唖然とするような方策を次々に考え出し、一度などは、高さ一二フィートの水槽を据え付け、その中央に、ぼくの半分の部屋と両親の部屋とをつなぐドアをつけようと考えたことさえある。言うまでもなく、建築上のそんな離れ業など、論外だった。やがて解決策として、ぼくのほうではしだいしだいに本棚が増えてゆき、父と母のほうでもしだいに厚くなるカーテンがどんどん増えていった。言うまでもなく、父と母はそのような解決策も、問題が存在すること自体も気に入らなかった。

しかし、女友達や友人たちの数よりも本の量のほうが早く増えていった。おまけに、本はそこにとどまったままだ。家には大型の衣装簞笥が二つあり、扉に全身が映る鏡がとりつけてある以外には変哲のないものだった。しかし、かなりの高さのあるものだったので、それで仕事の半分は片づいた。ぼくはその二つの簞笥の上とまわりに本棚をつくり、あいだに狭い隙間を空けて、そこから両親がぼくの半分の部屋にかろうじて出入りできるようにした。父がその工夫に憤慨したのは、とりわけ、ぼくの半分の部屋のいちばん奥に父が暗室をつくっていて、そこで写真の現像と焼き付けをおこなっていたからで、それがぼくらの生活費のかなりの部分になっていたからだった。

ぼくの半分の部屋の暗室のある側にはドアがついていた。父が暗室で作業をしていないとき、ぼくはよく、そのドアを使って出入りしていた。「二人の邪魔をしないようにね」と父と母には話していたけれど、実際には両親からの詮索や、ぼくの客を二人に紹介する面倒を避けるためだったし、両親からもその手間を省いてやるためだった。ぼくにどんな客が来るかわからないようにするため、ぼくは電動蓄音機をかけっぱなしにしていたから、両親はしだいにバッハの音楽を嫌うようになった。

さらにその後、本とプライバシーの必要が劇的に増大したとき、ぼくは二つの衣装簞笥を配置し直すことによって、半分の部屋をさらに区切り、ぼくのベッドと机を暗室から切り離すようにした。ぼくのベッドと机と、暗室とのあいだに、廊下で遊んでいた三つ目の衣装簞笥を押し込んだのである。その裏側を剝ぎ取り、ドアは手をつけずに残しておいた。その結果ぼくのお客は、ぼくの生活圏《レーベンスラウム》にはいるのに、二つのドアと一つのカーテンをくぐらなければならなくなった。最初のドアは廊下につづくドアで、そのドアを入ると父の暗室になる。暗室のカーテンを開けると、次には、かつて衣装簞笥だったもののドアを開けなければならない。それらの衣装簞笥の上に、ぼくは家にあるだけのスーツケースを積み上げた。たくさんのスーツケースだったが、それでも天井までは届かなかった。実際の効果はバリケードを築いたくらいのものだった。それでも、その奥で、おてんば娘たちは安全に感じたたし、マリアンヌとかいう娘は胸以上のところまで見せてくれた。

21

このような変化に対する父と母の疑わしげな態度は、仕切りの奥からぼくのタイプライターのカタカタいう音が聞こえはじめると、少しやわらいだ。厚いカーテンがその音をかなりさえぎってくれたが、完全にというわけにはいかなかった。ロシア語の活字のついたそのタイプライターも父の中国土産の一つだったが、父は息子がそれを利用することになるとは思っていなかった。ぼくはそのタイプライターを、隙間に押し込んだ机の上に置いたが、その隙間は、かつてはぼくらの一つと半分の部屋を共同住宅のほかの部分につないでいたドアが煉瓦でふさがれたためにできた隙間だった。そんなとき、余分な一フィートが役に立ったのだった！　隣の家ではそのふさがれたドアの反対側にピアノを置いていたので、隣の娘の「たどたどしいワルツ曲《チョップスティックス》」に対抗して、ぼくはこちら側に背板つきの本箱を置いたが、机に寄せかけるとうまく隙間に収まった。

いっぽうには鏡つきの二つの衣装簞笥とそのあいだを通る通路、もういっぽうには厚いカーテンのついた高い窓と窓敷居のすぐ二フィート下にある大きめのクッションなしの茶色の寝椅子、イスラム建築風の縁飾りのところまで後ろを本棚でふさがれたアーチ、そして隙間を埋める本箱とぼくのすぐ鼻先にロイヤル・アンダーウッドのタイプライター(9)が載っている机——これがぼくの生活圏《レーベンスラウム》だった。母がそこを掃除し、父は暗室への出入りのときにそこを通った。ときには、口喧嘩のあとなどに、父か母が、擦り切れてはいたけれ

(9)ロイヤルとアンダーウッドはアメリカの別々のタイプライター・メーカーの製品だが、中国で改造でもされた物か。

ど深々としたぼくの肘掛け椅子に避難してくることもあった。だが、それ以外には、この十平方メートルの空間はぼくのものであり、それはこれまでにぼくが知っている最良の十平方メートルだった。もし空間というものに独自の精神があり、独自の分類をおこなうものならば、その空間のどこかの部分はぼくのことを懐かしく思い出してくれるかもしれない。とくに、そこを誰か他人が歩き回っているはずの今となっては。

22

ぼくとしても、ロシア人にとってさまざまな絆を断ち切られることを受け入れるのは、ほかのどんな民族にとってよりも難しいことだと、そう信じたい気持ちはある。ぼくらロシア人は土地にしっかり根づいた民族であり、ヨーロッパ大陸のほかの民族（ドイツ人やフランス人）に比べればその傾向が強い。ドイツ人やフランス人は車を持っていて、国境などなきに等しいという理由からだけでも、はるかに動き回ることが多い。ぼくらにとってはアパートの区割は一生の場所であり、町も一生の場所、国も一生涯そこにいる場所である。したがって、永久という観念もそれだけ強いし、喪失の観念も強い。それにもかかわらず、半世紀間に殺戮好きな国家のために六千万人（戦争にたおれた二千万人を含めて）を失った国は、確かに安定感を高めることができた——それらの喪失は、現状維持のためにもたらされただけなのだけれども。

だから、こうして過去を振り返っても、かならずしも祖国を心理的に美化することにはならないだろう。おそらく、このように記憶があふれでてくるのは、まさしく懐旧とは反対の理由から、つまり、思い出されることと現在との齟齬からなのだ。思うに、記憶というものは、ユートピア的な思考に劣らず、その人の現実の質を反映するものなのだ。ぼくがいま直面している現実は、海を隔て、しかもいまでは存在していない一つと半分の部屋や、その部屋の二人の住人とは何の関係もないし、対応するところもない。ほかの可能性を考えようとしても、ぼくがいまいる場所ほど、かつての家と違う場所はないだろう。それは、二つの別半球ほどの違いであり、夜と昼、都市と田園、死者と生者ほどの違いである。過去と現在に共通している唯一のものといえば、ぼくの体とタイプライターだけだ。ただ、体格も変わり、タイプライターの活字面も別のものになっているけれど。

もし、父と母の最後の一二年間に二人のそばにいることができたなら、二人が死につつあるときに二人のそばにいることができたなら、夜と昼、ロシアの町の通りとアメリカの田舎の小道との対比はそれほど強くはならないだろうし、記憶がおしよせてくるかわりにユートピア的な思考がおしよせてくることだろう。とてつもない消耗《ウェア》と悲しみ《ティア》のため、感覚もすっかり鈍ってしまい、その悲劇を自然なものと受けとめ、自然に忘れてしまうことになるだろう。けれども、振り返って過去の選択をあれこれ考えることほど不毛なことはない。同様に、人為的な悲劇のよい点は、その巧妙さに目を向けさせられることである。貧しい者はあらゆるものを利用する傾向がある。ぼくはぼくの罪悪感を利用する。

23

罪悪感を克服するのはやさしいことだ。結局のところ、子供は誰でも親に対して罪悪感を感じるが、それというのも、どういうわけか、親たちのほうが自分よりも先に死ぬことを知っているからだ。したがって、その罪悪感をなだめるためには、親たちが自然な原因——病気や老齢、あるいはその両方——によって死んでくれるのがいいことになる。だが、このような責任の回避を、奴隷の死に対してまであてはめることができるだろうか。自由の身として生まれながら、その自由を奪われた者の死に対してまで。

ぼくが奴隷というものをこのように狭く定義するのは、学問的な理由からでもなければ、寛容さに欠けているからでもない。ぼくとしては、奴隷に生まれた人間でも遺伝子的に、あるいは知性によって――読書や、噂話からだけでも――自由について知るという意見には賛成したいと思う。だが、つけ加えておかなければならないが、自由に対するその遺伝子的な熱望は、あらゆる熱望と同様、ある程度までは矛盾したものである。自由というものは、自分の心や体に残る現実の記憶ではないからだ。数多くの叛乱の残虐さと無目的な暴力はそこに由来する。叛乱の敗北すなわち独裁政治もそこに由来する。そのような奴隷、あるいはその親族にとっては、死は解放と思われるかもしれない（マーティン・ルーサー・キング・ジュニアの「ワシントン大行進」での有名なスピーチに「ついに自由になった！　ついに自由になった！……われらはついに自由になった！」とあるように）。

だが、自由の身として生まれながら、奴隷として死んでゆく者にとってはどうだろうか。そのような者は――教会の考えは別として――死を慰めと考えるだろうか。あるいはそうかもしれない。だが、それ以上に、彼らはおそらくそのような死を、究極的な侮辱、究極的な、回復しがたいまでに彼らの自由を盗み取る行為と考えるだろう。彼らの親族と彼らの子供はそう考えるのであり、まさしくそのとおりなのだ。究極の盗みである。

母が以前、南の鉱泉サナトリウムへ行くための列車の切符を買いに行ったときのことを覚えている。地区の開発評議会での二年間の休みなしの勤めのあと、二一日間の休暇をもらった母は、肝臓を治すためそのサナトリウムに行くことにしていた（癌ということは知らされないままだった）。市の切符売り場で長い列に三時間も待ちつづけたあげく、母は、切符を買うための四〇〇ルーブルを盗まれたことに気がついた。母をと半分の部屋に連れてゆくと、ベッドに横になって泣きつづけた。こんなことを思い出すのも、母は葬儀のとき以外には決して泣くことがなかったからだ。

24

結局、父とぼくとでなんとか金を工面し、母はサナトリウムに行った。だが、母は失った金のことで泣いていたのではなかった……。ぼくの家族のあいだでは涙はめったに流されなかった。同じことは、ある程度までは、ロシア全体についても言える。「涙はもっと悲しいときのためにとっておきなさい」と、ぼくが小さいとき、母はよく言ったものだ。母の期待以上に、ぼくはそれをよく守ってきたのではないかと思う。

母は、ぼくがこんなことを書くことも許さないだろうと思う。もちろん、父にしてもそうだ。父は誇り高い人間だった。何かいやなことや恐ろしいことが迫ってくると、父は顔をしかめながらも、同時に、挑戦するような表情を見せた。まるで、初めから自分より強大だとわかっている相手に向かって、「かかってこい」と言っているかのようだった。「こんなクズから、これ以上何がほしいというんだ」というのが、そんなときの父の決まり文句だったが、降伏するときにも同じことを言うのだった。

これは禁欲主義《ストイシズム》のしるしというわけではなかった。その当時の現実には、どれほど些細なものであれ、いかなるポーズも、いかなる哲学も、受け入れてもらえる余地はなかった。当時の現実は、それに対立するものすべてに対して完全な服従を求めることによって、あらゆる確信や良心を傷つけた（妥協しなかったと主張できるのは、収容所から戻らなかった者たちだけである。戻ってきた者たちはほかの者たちと同様、どこから見ても妥協してしまったのだ)。とはいえ、それは冷笑的態度《シニシズム》というのでもなかった。それはまさしく、まったく不名誉な状況においてさえ姿勢をまっすぐに保ち、目を見開いておくための努力だった。だから、涙など問題外だったのだ。

25

父の世代の男たちは、あれかこれかの二者択一型の人間だった。その子供たちは自分の良心とはるかにうまく折り合いをつけることができたが(それはときにはとても有益だった)、その子供たちにとって、父の世代の男たちはしばしば単純なだけの人間に見えた。前にも書いたことだが、彼らはあまり自分のことを考えなかった。彼らの子供であるぼくらは、世界の複雑さと、ニュアンスや言外の意味や曖昧な領域、あれこれの心理学的な側面の重要性とを信じるように育てられた——というより、そのように育ってきた。だが、当時の父とならぶ年齢になり、同じような体格になって同じサイズの服を着るようになったいまでは、ぼくらにも、すべてのことが、つまるところ、まさしく、あれかこれか、イエスかノーかの原理に行き着くのだということがわかる。父の世代の人たちが最初から知っていたように思われること——世界は粗野な場所であり、それ以上の扱いには値しないということ——を学ぶために、ぼくらはほぼ生涯をついやした。あの「イエス」と「ノー」の二分法は、ぼくらが喜々として発見しつつあり、構築しつつあった、あの複雑さ、そのために意志力をほとんど奪われてしまった複雑さを、あますところなく、みごとにとらえている。

26

もし父と母が彼らの生存のためのモットーを探したとしたら、アフマートワの「北のエレジー」の一篇からの数行を選ぶこともできたろう、

まさしく川の流れのように
わたしは頑強な時代によって曲げられた。
彼らはわたしの人生を取り換えた——人生は違った谷へとはいり、
違った景色を過ぎて　進んでいった。
それがどんな岸辺で、どこにあるのかさえ、わたしは知らない。

父と母は、二人の子供時代、二人のそれぞれの家系、両親や祖父母のことについて、決して多くを語ることがなかった。ぼくが知っているのは、ただ、（母方の）祖父の一人がロシア帝国のバルト地方（リトアニア、ラトヴィア、ポーランド）でシンガーミシンのセールスマンだったことと、（父方の）祖父の一人がサンクト・ペテルブルクで印刷所経営者だったということだけである。このような寡黙さは、健忘症のためではなく、あの圧倒的な時代に生き延びるため、自分の出身階級を隠す必要があったからである。父は話し上手だったが、母のたしなめるような灰色の目つきを見ると、高校時代の奮闘ぶりについての回想をすぐさまやめるのだった。母のほうも、通りや、ぼくの友人たちの誰かから、ときおり聞こえてくるフランス語の言いまわしには瞬き一つしなかったけれど、ある日、その母がフランス語訳のぼくの詩集を持っているところを見

たことがある。ぼくらはおたがいに顔を見合わせたが、やがて母は黙ってその詩集を本棚に戻し、ぼくの生活圏《レーベンスラウム》から出て行った。

曲げられた川はなじみのない人工の入江へと向かって流れてゆく。川がその入江で消えることを、自然の原因に帰することができる者がいるだろうか。もしできるとするなら、流れの行路についてはどうだろうか。外部の力で押さえつけられ、ねじ曲げられた人間の潜在能力についてはどうだろうか。本来のどの川筋から流れを曲げられたのか、それを説明できる者がいるだろうか。いったいそんな者がいるのだろうか。こうした問いかけをするからといって、このように限定され、ねじ曲げられた人生でも、その流れの中でもう一つの生を——たとえばぼくを——生み出すことができるだろうし、まさにそうして選択が狭められなければそもそもこのぼくが生まれてくることもなくて、こんな問いを発することもないだろう、という事実を見失っているわけではない。ぼくだって蓋然性の法則というものは知っている。父と母が出会わなければよかったなどと思っているわけではない。ぼくがこのような問いを発しているのは、ぼくが流れを変えられ、ねじ曲げられた川の一つの支流であるからだ。結局、ぼくはぼく自身に向かって話しているのだと思う。

では、いつ、どこで、自由から隷属への移行が不可避の事態となるのか、考えてみよう。いつ、その移行は、とくに何も知らぬ傍観者にとって、受け入れ可能なものとなるのか。何歳の時なら、その人間の自由の状態を変えても、最も傷つかないのか。何歳の時なら、この変更が、その人間の記憶に最も残らないのだろうか。二十歳の時か、十五歳の時か、十歳の時か、五歳の時か、それとも生まれる前か。これは単なる形だけの問いじゃないだろうか。いや、そうではない。少なくとも革命家や征服者は、正しい答えを知っておくべきなのだ。たとえば、チンギス・ハンは知っていた。彼は、頭が荷車の車軸の上に出る者すべてを選び分けた。それは当時、五歳の子供たちだった。だが、一九一七年十月二十五日[10]、父はすでに十四歳だったし、母は十二歳だった。母はすでにフランス語をいくらか覚えていたし、父はラテン語を覚えていた。だから、ぼくはこんな問いを発しているのだ。だから、ぼくは自分に向かって話しているのだ。

27

夏の夕方には、家の高い窓三つすべてが開けられ、川からのそよ風が、まるで生き物のようにチュールのカーテンをふくらませた。川は遠くなく、ぼくらの建物からほんの十分の距離にあった。どこに行くにもそう遠くなかった——夏の庭園、エルミタージュ、マルスの原。だが、父と母がまだ若かったときにも、二人が散歩に出ることは、一人ででも、二人揃ってでも、めったになかった。一日中歩き回ったあとでは、父はふたたび通りに出る気にはとてもなれないでいた。母にしても、八時間勤務したあとで買い物の列に並ぶと、同じようになっていた。その上、母には家でやらなければならない仕事がたくさんあった。それでも二人で出かけることがあれば、たいていは、親戚の何かの集まり（誕生日や、結婚記念日）に出席したり、映画に行ったりするためであり、芝居に行くことはめったになかった。

ずっと二人のそばで暮らしていたので、ぼくは二人が歳をとってゆくのに気づかないでいた。いま、数十年間のさまざまな場面をあれこれ思い出していると、母がバルコニーから、下をのろのろ歩いてゆく父の姿を見て、「あんたも本当に年をとったわね。正真正銘の年寄りだわ」とそっと呟いている姿が浮かんでくる。また父の、「おまえはおれをせっせと墓場に送り込もうとしてるんだな」と言う声が聞こえてくるのは、一

（10）ロシア革命の一連の出来事の中でボリシェヴィキが政権を握った日。

九六〇年代の父と母の喧嘩の最後の台詞で、それより十年ほど前だと、喧嘩のあとには、父がばたんとドアを閉め、外に出てゆく足音が聞こえてきたものだった。いま、髭を剃っていると、ぼくの顎髭にも、あのころの父と同じ白髪が交じっているのが見える。

ぼくの心が年老いてからの父と母のイメージに引きつけられるとしても、それはおそらく、最後の印象をいちばんよくとどめておきたいという記憶の癖のせいなのだ（これに、直線的な論理や進化理論へのぼくらの好みをつけ加えたらいい――そうすれば、写真の発明は必然的なものとなる）。だが、ぼく自身が歳をとりつつあることも、いくぶんかは関係があるのだと思う――人は自分の若かったころのこと、たとえば十二歳のころのことは、めったに夢に見ないものだ。もし少しでもぼくの未来のことを考えるとするなら、それは父と母の姿に似せてつくられるだろう。父と母は、少なくとも視覚的には、ぼくの未来の「キルロイ参上」〔一一〇頁を参照〕なのだ。

28

たいていの男たちと同じように、ぼくも母より父のほうに似ている。だが、子供のときには母と過ごす時間のほうが多かった――一つには戦争のせいだし、また一つには戦争のあと、父が遊牧民のようにあちこち動きまわらなければならなかったせいである。ぼくは四歳のとき母から字の読み方を教えられた。ぼくの仕種や、声の抑揚、身振りの癖のほとんどは母から伝わったものだろうと思う。タバコを含めたいくつかの習慣もそうだと思う。

ロシア人の標準からすると母はかなり背が高いほうで、五フィート三インチあり、色白で、肉づきのいいほうだった。髪はくすんだブロンドで、それを亡くなるまで短くしていたし、目は灰色だった。母はとくに、ぼくが父の威厳ある湾曲した鉤鼻ではなく、母のまっすぐなローマ人風の鼻を受け継いだことを喜んでいた。ただ、母は父の鉤鼻をすごく魅力的なものと思っていて、「ああ、その鉤鼻ときたら！」と、注意深く言葉を切りながら言ったものだ。「その鉤鼻なら」――間をおいて――「空では」――間をおいて――「一個、六ルーブルで売られてるわね」。ピエロ・デラ・フランチェスカが描いたウルビーノ公夫妻像の一枚に似ていたけれど、父の鉤鼻は明らかにユダヤ人のもので、母には、ぼくがそれを受け継がなかったのを喜ぶいくつもの理由があったのだ。

母の場合、結婚前の姓にもかかわらず（母は結婚してもそれを残していたが）、パスポートの「第五項目」が通例ほど影響がなかったのは、彼女の容貌のおかげだった。母は一般的な北ヨーロッパ的意味で（バルト地方的な意味で、とぼくは言いたいが）、とても魅力的だった。ある意味で、これは幸福なことだった。職探しに困ることがなかったからだ。けれどもその結果として、母は物心ついてからというもの、ずっと働かなければならなかった。おそらくプチブル階級の出身であることを偽ることができなかったため、母は高等教育を受けることを諦めなければならなかったし、生涯、秘書か会計係としてさまざまな事務所で働いた。戦争が変化をもたらした。母はドイツ人捕虜の収容所で通訳を務め、内務省内の軍事組織で中尉となった。ドイツが降伏文書に署名したときは内務省内での昇進と地位を提供された。母は共産党に入党したくなかったので、誘いを断り、帳簿とそろばんに戻った。「最初に夫に敬礼するつもりはありません」と母は上司に話したのだという。「それに、わたしの衣装箪笥を兵器庫にしたいとも思いませんから」。

29

ぼくらは母を「マルーシャ」「マーニャ」「マーネチカ」と呼んだり（これらは父や、母の姉妹による愛称）、ぼくがつくった「マーシャ」「キーサ」という愛称で呼んだりした。年月が経つうちに、最後の二つがよく使われるようになり、父でさえ母をそう呼ぶようになった。「キーサ」を除けば、ほかはすべて、母の名前マリヤからきた愛称だった。「キーサ」は雌猫のちょっと愛らしい呼び方で、母はかなりのあいだ、そう呼ばれることに抵抗した。「そんなふうに呼ばないでちょうだい」と母は怒って叫んだものだ。「とにかく、ペットの猫みたいな呼び方はやめてちょうだい！　そうじゃないと、あなたたち、頭の中まで猫みたいになっちゃうわよ！」

これは少年のころのぼくが、ある種の言葉を猫のように発音していたことを指していた。その言葉の母音が、そんな発音を誘うように思われたのだ。たとえば「肉《ミート》〔ロシア語の「肉」は「ミャーサ」〕」もそんな言葉だったし、ぼくが十五歳になるまでには家には猫語《ミャウイング》があふれていた。父も猫語に感染しやすいことがわかり、ぼくらはおたがいに「大きな猫」「小さな猫」と呼び合ったり、相手のことを指してそう言ったりするようになった。「ニャオ」とか「ゴロニャン」とか「ゴロニャンニャン」とかが、ぼくらのさまざまな感情のおもなもの――承認、疑念、無関心、諦め、信頼――を表すようになった。しだいに母も猫語を使うようになったが、それはもっぱら、われ関せず、という意味だった。

しかし「キーサ」という愛称は、とくに母が歳をとってからは、母についてまわった。丸々として、何枚かの茶色のショールにくるまれ、本当にやさしく穏やかな顔をした母は、まったく抱きしめたくなるような満足しきった様子をしていた。いまにもゴロゴロと喉を鳴らしそうにさえ見えた。母は喉を鳴らすかわりに、父に向かって「サーシャ、今月の電気代は払ってくれたかしら」と言ったり、誰にともなく「来週はうちがアパート掃除の番だわね」と言ったりした。アパート掃除というのは、廊下や共同台所の床をごしごし洗ったり、風呂場や便所の掃除をすることだった。母が誰にともなくそんなことを言うのは、自分がやらなければならないことを知っていたからだ。

30

二人がそのような雑用、とくに掃除仕事を、最後の一二年間、どんなふうに処理していたのか、思いもつかない。もちろん、ぼくが出てきたことで、一人分の食い扶持が減ったことになり、ときどきは雑用のために人を雇うこともできたろう。だが、二人の生活費（二人の取るに足りない年金）と母の性分を考えると、人を雇ったとは思えない。それに、共同アパートではそのような習慣はまれである――結局、隣人たちの自然なサディズムもある程度は満足させてやらなければならない。おそらく親戚の者なら認められただろうけれど、人を雇うとなれば別なのだ。

大学の給料でぼくは金持ち《クロイソス》(11)になったけれど、アメリカのドルをルーブルに両替することなど、二人は聞き入れようとしなかった。二人は公定の為替レートをいかさまと見なしていたし、ブラックマーケットと関わりを持つことを潔癖に恐れていた。おそらく、犯罪に関わるまいとする、最後の理由が最も強かったろう。二人は、一九六四年、ぼくが五年の刑を受けたときに年金が取り消され、また仕事を探さなければならなく

（11）紀元前六世紀のリュディア王国最後の王で大金持ちで有名だったが、もちろん誇張。

なったときのことを覚えていたのだ。したがって、ぼくが送ってやったものはほとんどが服や美術書だった。美術書は愛書家たちのあいだでは大変な高値がつくからだ。二人は服の贈り物を喜んだし、いつも大変なおしゃれだった父はとくに喜んだ。二人は美術書のほうは手元にとっておいた。七十五歳になって共同アパートの床を磨いたあと、眺めるためである。

31

二人の読書の趣味はとても幅の広いもので、母はロシアの古典を好んでいた。母も父も、文学や、音楽、美術についてはっきりした意見は持ち合わせていなかったが、二人とも若いころには個人的に、レニングラードの多くの作家、作曲家、画家たち（ゾーシチェンコ、ザボロツキー、ショスタコーヴィチ、ペトロフ゠ヴォドキン）を知っていた。二人は普通の読者――もっと精確に言えば、夜だけの読者――で、注意深く図書館の利用カードを更新していた。母は仕事から帰るときにはきまって肩掛けカバンを、ジャガイモやキャベツや、汚れないように新聞紙で包んだ図書館の本でいっぱいにしていたものだ。

ぼくが十六歳になって工場で働いていたとき、市立図書館に登録するよう勧めてくれたのは母だった。母が考えていたのは、ぼくが夜中に通りをうろつかないようにすることだけではなかったと思う。ぼくが知るかぎり、母はいっぽうでは、ぼくが画家になることを望んでいた。ともかく、フォンタンカ川の右岸にある、あの、以前は病院だった図書館の部屋や廊下がぼくの堕落の始まりであり、母の助言でぼくが最初に借りた本のことは覚えている。それはペルシアの詩人サーディの『薔薇園《グリースタン》』だった。母はペルシアの詩が好きだったことがわかった。次に、今度は自分で選んで借りた本は、モーパッサンの『メゾン・テリエ』だった。

32

記憶が芸術と共通に持っているのは、選択のこつと、細部へのこだわりである。この観察は芸術には（とくに散文芸術に対しては）褒め言葉となるかもしれないが、記憶に対しては侮辱と思われるだろう。だが、侮辱されても当然なのだ。記憶がとどめているのは、まさしく細部なのであり、全体像ではないからである――舞台の全体ではなく、ハイライトのあたった部分だけ、と言ってもいい。どういうわけか毛布で包むようにすべてを覚えているという確信、人類が生の営みを続けていけるという確信は、根拠のないものである。記憶は何よりも、本を手当たりしだいにアルファベット順に並べた、ただし誰の全集物もない図書館に似ている。

33

ほかの人々が子供の成長を台所の壁に鉛筆で刻みつけるのと同じように、父は毎年、誕生日にぼくを家のバルコニーに連れ出し、そこでぼくの写真を撮った。背景には帝室プレオブラジェンスキー連隊大聖堂のある、玉石を敷いた中くらいの広場があった。戦争中、その地下室は地区の防空壕に指定され、空襲のあいだ、母は名札をつけたぼくを大きな箱に入れてかくまった。これはぼくがロシア正教に受けている恩の一つであり、記憶とも結びついている。

大聖堂は六階建ての古典的な建物で、一面に樫やシナノキや楓の木が茂るかなり大きな庭園に囲まれていて、戦争後にはぼくの遊び場になっていた。母がそこにいるぼくを呼びにきて（母がひっぱるとぼくは座り込んで泣きだす——まるで食い違った目的の寓意画《アレゴリー》だが）、宿題をさせるために家に引きずっていったことを覚えている。同じようにはっきりと、母と祖父と父が、この庭園の細い小道の一つでぼくに二輪車の乗り方を教えようとしたときのことが思い浮かんでくる（こんどは共通の目的、あるいは運動の寓意画だ）。大聖堂の裏手、東側の壁には厚いガラスで覆われて、キリストの変容を描いた大きくぼんやりとした聖画像《イコン》があった——うっとりと仰向いた大勢の人の頭上で空に浮かんでいるキリストの図である。その絵の意味をぼくに教えてくれることのできる者は誰もいなかった。いまになっても、その意味を十分に把握しているとは言えない。聖画像にはたくさんの雲が描かれていたが、ぼくはなぜか、それを地域の気候と結びつけて考えていた。

34

庭園は黒い鋳鉄製の柵に囲まれ、柵は、同じ間隔を置いて逆さに置かれた砲身の束で支えられていた。それらの砲身は、クリミア戦争のときの、プレオブラジェンスキー連隊の兵士たちによるイギリス軍からの戦利品だった。それらの砲身（花崗岩の台座に据えられた三本組）は、柵の装飾となるばかりでなく、重い鋳鉄製の鎖でつながれていて、子供たちはその鎖に乗って乱暴に揺らし、がちゃがちゃ鳴る音と、下の釘の上に落ちる危険とを楽しんだ。言うまでもないことだが、鎖に乗ることは厳しく禁じられていたし、大聖堂の守衛たちはいつもぼくらを追い払った。これもまた言うまでもないことだが、香《こう》の匂いが漂い、ずっとおとなしい行動しか許されない大聖堂の内側より、柵のほうがはるかにおもしろかった。「あれが見えるね」と父は重い鎖の輪を指さしながら訊ねる、「あれから何を思い出すかな」。ぼくは二年生で、こう答える、「数字の8みたいだ」。「そのとおり」と父。「それじゃあ、数字の8は何の記号かわかるかな」。「蛇かな」。「近いぞ。数字の8は無限の記号なんだ」。「無限って何」。「それはあの中で聞いたほうがいい」、父はにやっと笑い、大聖堂を指さしながら言う。

35

だが、真っ昼間、ぼくが学校をさぼったときに通りで鉢合わせし、さぼった理由を訊ねて、ひどい歯痛のせいだと聞くと、ぼくをすぐさま歯医者に連れていったのも父だった。嘘をついたせいで、ぼくは続けざまの恐怖を二時間も味わわされることになった。それでも、ぼくが規律違反で学校から追い出されそうになったとき、教育評議会でぼくに味方してくれたのも、やはり父だった。「いったい何です！　そんな軍隊の服を着て！」「海軍です、マダム」、と父は言った、「それにわたしが彼を弁護しているのは、彼の父親だからです。何も驚くことはありませんよ。動物だって子供のことは守ります。ブレーム〔アルフレッド・ブレーム、十九世紀ドイツの動物学者〕さえそう言っています」。「ブレーム、ブレームですって。わたしは……党組織にあなたの服装のことを報告します」。もちろん、彼女はそうしたのだった。

36

「誕生日や新年を迎えるときには、いつも何か真新しいものを身につけるようにしなさい。少なくとも靴下くらいは」――これは母の声だ。「誰か目上の者、上役や上官と会うときには、いつも出かける前に食事を済ませておけ。そうすれば切れ味が出てくる」（これは父の言葉）。「家を出てすぐ、忘れ物で家に戻るときには、また家を出る前に鏡を覗きなさい。さもないと、面倒に巻き込まれるかもしれないから」（また母の声）。「いくら使ったかは決して考えるな。いくら稼げるかを考えるんだ」（父の言葉）。「町なかを上着なしで歩くな」。「何を言われようと、おまえが赤毛だってかまわんさ。おれはブルネットだったけど、ブルネットのほうがからかわれやすいんだ」。

いまもこうした忠告や教えが聞こえてくるけれど、これらは断片、細部にすぎない。記憶はすべての人を裏切るが、とくにいちばんよく知っている人を裏切る。記憶は忘却と同盟を結んでおり、死と同盟を結んでいる。それはあとにとても小さな獲物が残っているだけの網のようなもので、水はすでになくなっている。そんな記憶を使って誰かを、紙の上でさえ、再現することはできない。ぼくらの脳の中にある、あの名高い数百万もの脳細胞はいったいどうしてしまったのだろう。パステルナークの言う「愛の偉大な神、細部の偉大な神」〔「言葉を振りまこう」から〕はどこに行ったのだろう。いったいいくつの細部が集まれば落ちつくことができるというのだろう。

37

ぼくは二人の顔、さまざまな表情をしたときの父や母の顔を、とても鮮明に思い浮かべることができる――だが、これらもまた断片、刻々に例示される顔であるにすぎない。これらの顔のほうが耐えがたい笑顔の写真よりもましだけれど、それでも、これらの顔はとりとめがない。ときおりぼくは、ぼくの心が、両親の累積して一般化されたイメージ、一つのしるしや公式、それとわかるようなスケッチをつくりだそうとしているのではないか、そして、そのようなものでぼくを満足させようとしているのではないかと疑いはじめる。そのようなもので満足することもできると思うし、ぼくの不満、つまりこれらの断片に連続性が欠けているという不満の根拠がばかげたものであることはよく承知している。記憶からはあまり多くのことを期待すべきではない。暗闇の中で撮影されたフィルムから新しいイメージが浮かび出てくることなど期待できないのと同じことだ。もちろん、そうなのだ。だが、昼間に撮影された誰かの人生のフィルムなら、そこにはいくつかのコマが欠けていると非難することができる。

38

おそらく肝腎なのは、いかなるものにせよ、継続するものなど何もないということなのだ。記憶のあのような不完全さは、生体組織が自然の法則に従っていることの証しにほかならない。いかなる生命といえども、いつまでも保存されるわけではないのだ。ファラオででもないかぎり、ミイラになりたいと熱望する者などいない。回想の対象になる者がそのような正気をそなえているとすれば、それで記憶の不完全さに納得がいくかもしれない。ふつうの人間はすべてのものが存続しつづけることなど期待しない。自分自身や、自分の作品に対してさえ、存続しつづけることを期待しない。ふつうの人間なら朝食に何を食べたかなど覚えていないものだ。ルーティンとなっていること、繰り返される性質のものは忘れ去られることになっている。だが、朝食と、亡くなった家族とでは話が違うのだ。いちばんいいのは、記憶が不完全なのは、記憶が空間的な余裕を空けておくためなのだと考えることである。

そうすれば、慎重に節約した脳細胞を使って、記憶が不完全であるということは、ぼくらすべてはおたがいに他人どうしなのではあるまいかという疑念の、無言の声にほかならないのではないかということに思いをめぐらすこともできるだろう。また、ぼくら一人一人の自律性の感覚は、親子関係を含めた結びつきの感覚より、はるかに強いものなのかどうか。子供が親のことを思い出さないのは、子供はつねに外に出ていきたがり、未来を向いているためではないかということに思いをめぐらすことができる。子供だって、おそらくは、未来の利用のために脳細胞を節約するのだ。諺によれば、記憶が短ければ短いほど、人はいっそう長生きする。もしくはまた、その人の未来が長ければ長いほど、記憶はいっそう短くなる。これは、長生きの見通しを立てるための一つの方法だし、長老となる未来について語る一つの方法である。だが、このような考え方の欠点は、長老になろうとなるまいと、自立していようと誰かと結びついていようと、ぼくらもまた、繰り返される存在であり、〈何者か大いなるもの〉がぼくらに関してその脳細胞を節約しているということである。

39

わずかな見返りしか得られないにもかかわらず、ぼくが記憶について思いをめぐらせているのは、そのような形而上学を嫌っているからでもなければ、また、不完全なぼくの記憶によって明らかに保証されている未来を嫌悪しているからでもない。作家の自己欺瞞や、あるいは、父や母を犠牲にして自然の法則と共謀しているという非難を受けたくないという気持ちとも、このことはほとんど関係がない。ぼくが考えているのは、ただ、不完全な記憶と協力して（あるいは不完全な記憶を装って）、何人《なんぴと》に対しても継続の感覚を否定する自然の法則という考え方は、国家の利益に奉仕するということである。ぼくに関するかぎり、国家の利益を増すために働きたいとは思わない。

もちろん、かき消されては再度火をつけられ、またかき消される希望に導かれるまま、一二年間にわたって、年老いた夫婦はいくつもの役所や大使館の敷居をまたぎ、そして国営火葬場の炉の中に消えていったが、二人の継続的努力ばかりでなく、数多くの似たような例を考えるならば、そのような希望自体、繰り返されてきたものである。だがぼくは、〈至高なる存在〉がその脳細胞にこの単調さの負担をかけないよう心配するほどには、ぼくの脳細胞のことを心配していない。ぼくの脳細胞はもうすっかり汚染されている。おまけに、二人のことを英語で思い出すことはもちろんのこと、わずかな細部、断片を思い出すだけでは、国家の利益にはつながらない。そのことによってだけでも、ぼくはこれを書きつづけることができる。

40

あの二羽のカラスも少しばかりあつかましくなってきている。いまもぼくの家のポーチに上がり込み、古い薪山のまわりをうろついている。彼らはアスファルトのように真っ黒で、ぼくは彼らを見ないようにしているが、おたがいの大きさが少し違うのはわかる。片方がもう一方より体が短いのは、ちょうど、母の背丈が父の肩のところまでしかなかったのと同じだ。ただし、嘴は同じ大きさだ。鳥類学者ではないが、カラスは長生きするのだと思う。少なくともワタリガラスはそうだ。彼らの歳まではわからないが、老夫婦のように見える。遠出してきているところなのだ。彼らを追い払うつもりはないが、どのような方法でも交流することはできない。カラスは渡り鳥ではないことも覚えているような気がする。もし神話の起源が恐怖と孤独とにあるとするならば、ぼくは完全に孤独だ。これから先、どれほど多くのものが父と母を思い出させてくれるのだろう。だが、このような来訪者があれば、記憶力がよくなくても大丈夫というものだ。

41

記憶の欠陥は、奇妙なことが記憶に残っているところにも現れている。たとえば、第二次世界大戦の直後に手に入れた、ぼくらの最初の、当時は五桁だった電話番号。それは二六五－三九で、いまでもそれを覚えているのは、電話がついたのが、ちょうど学校で九九のかけ算表を暗記していたときのことだったからだと思う。それがいまのぼくにとって何の役にも立たないのは、ぼくらの一つと半分の部屋で最後に使った番号が役に立たないのと同じだ。いまでは最後の電話番号も覚えていないけれど、その番号は、これまでの一二年間、ほとんど毎週かけていた番号だ。手紙がうまく届かないので、ぼくらは電話でがまんすることになった。明らかに、手紙を検閲してまたその手紙を配送するより、電話の盗聴のほうが簡単だ。ああ、ソヴィエト連邦に毎週かけたあの電話！　国際電話電信会社《アイ・ティー・ティー》があれほどいい仕事をしたことはない。

ぼくらはそのようなときの電話ではいろいろ話すことができなかったので、口数が少なくなるか、曖昧で遠回しな話し方をするほかなかった。たいていは天気や健康の話で、人の名前は出さず、栄養上のアドバイスについてよく話した。肝腎なのはおたがいの声を聞くことであり、そのような動物的なやり方で、それぞれの生存を確かめていたのだ。ほとんどが意味のないことばかりだったので、母が入院して三日目の父の返事以外、これといったことを覚えていないのも不思議ではない。「マーシャはどう」とぼくが聞くと、「ああ、マーシャはもういないんだ、わかるね」と父が言った。「わかるね」とつけ加えたのは、このときにも父は遠回しな言い方をしようとしたからだ。

42

あるいはまた、一つの鍵がふと思い出されたりする。長めのステンレススティール製の鍵で、ポケットに入れて運ぶのには不便だが、母のハンドバッグにはすんなり収まった。それはぼくらの家の白くて高いドアを開けるためのものだったが、その家はもう存在しないのだから、なぜいまになって思い出すのかわからない。それに何かエロティックな象徴があるとは思わない。ぼくらは三つの複製を持っていたからだ。それを言うなら、なぜ父の額や顎の下の皺とか、母の、赤みがかって少しほてったような左の頰のこと（母はそれを「自律神経症」と呼んでいた）を思い出すのかわからない。父や母の、そんな特徴も、またほかの特徴も、もはや存在しないからだ。ただ、どういうわけか、二人の声だけは、ぼくの意識の中に残っている。おそらく、ぼくの顔だちに二人の顔だちがまざっているように、ぼくの声にも二人の声がまざっているためだろう。それ以外のもの――二人の肉体や衣服、電話、鍵、ぼくらの持ち物、家具――は、まるで、ぼくらの一つと半分の部屋に爆弾が落ちてきたみたいに消え去ってしまい、もはや見つからない。少なくとも家具だけは無傷のままに残す中性子爆弾ではなく、人の記憶さえ破砕する時間の爆弾にやられたのだ。建物はまだ残っているが、そこはきれいに消し去られ、新たな間借り人たち、いや一団がやってきて占拠している。それが時間の爆弾のもたらすことだ。これは時間との戦いだからだ。

43

二人はオペラのアリアやテノール、二人が若かったころの映画スターが好きだったし、絵はあまり好きでなかったが、「古典」芸術の観念も持っていて、クロスワードパズルを解くことを楽しんだけれど、ぼくの文学探求には当惑し、狼狽していた。二人はぼくが間違っていると考え、ぼくの進む道について心配していたが、できるかぎりぼくを支援してくれた。ぼくが二人の子供だったからだ。あとになって、ぼくがあちこちに何かを発表できるようになると、それを喜んでいたし、ときには誇りにさえ思っていた。しかし、ぼくが単なる書字狂〔人に認められないつまらないものを書きまくる人〕となり、おちこぼれになったとしても、二人のぼくに対する態度は少しも変わらなかったろうと思う。二人は自分たちのこと以上にぼくを愛してくれたし、おそらく、ぼくが二人に対して罪悪感を抱いていることなどまったく理解しようとしないだろう。おもに問題になることといえば、ちゃんと食事をとっているか、清潔な服を着ているか、健康にしているかといったことだった。二人にとってはそれがぼくに対する愛の同義語だったし、ぼくが二人にかけてやる言葉よりはましだった。

あの時間との戦いについていうなら、二人は勇敢に戦った。時間の爆弾が炸裂しそうになっていることは知っていたが、決して戦術を変えなかった。立つことができるかぎり、二人は動きまわって買い物をし、寝たきりの友人や親戚の者たちに食料を運んだ。そして、たまたま貧しくなっている人たちに、服や、工面できるだけの金や、避難場所を与えた。ぼくが覚えているかぎり、二人はいつもそうだった。なにも、二人が心の奥で、もし人に親切にしてやれば、それがどこか高いところで記録され、いつか自分たちも同じように扱ってもらえるだろうと、そう思っていたからではない。そうではない。これは自然な、計算なしの、外向的人間の寛容さであり、おそらくはそれが、いちばんの関心の的であったぼくがいなくなってから、ほかの人々の目にはいっそう表に現れるようになったのだ。このことが、ぼくがぼくの記憶の不完全さと折り合いをつけるときの、最終的な救いとなってくれるかもしれない。

二人が死ぬ前にぼくに会いたいと思っていたことは、時間の爆弾の炸裂を避けようという望みや試みとは何の関係もない。二人はアメリカに移住して最後の日々を暮らしたいとは望んでいなかった。二人はどんな変化を受け入れるのにも歳をとりすぎたと感じていたし、二人にとってアメリカとは、せいぜい、息子と会える場所の名前にすぎなかった。それは、もし旅行許可が下りたとしても、はたして実際に旅ができるだろうかという二人の疑念との関連においてのみ、現実の名前となった。だがそれにもかかわらず、旅行許可の発行を担当するクズどもを相手に、この弱い二人の老人はどれほどよく戦ったことだろう！　まず母が一人だけでビザを申請し、自分はアメリカに亡命するつもりはないこと、自分が帰国する保証に夫が人質としてあとに残ることを示した。次に、こんどは役割を交代し、父が一人だけで申請した。さらに、その後しばらくは申請せずに、興味を失ったふりをしたり、アメリカとソ連の関係のあれこれの状況のもとでは当局としても判断に苦しむことを理解したと当局に示したりした。それからまた、アメリカでのほんの一週間の滞在を申請したり、フィンランドやポーランドへの旅行許可を申請したりした。さらに母は首都に出かけていって、ソ連で大統領にあたる人物との面会を求めたり、そこにある外務省や内務省のあらゆる窓口を訪ねたりした。すべては無駄だった。上から下まで、あの官僚組織はたった一つのミスも犯さなかった。官僚組織に関するかぎり、それは自慢にしてもいい。だが、非人間的であることは体制にとってはつねに、ほかの何よりもたやすいことだ。ロシアはそのために秘訣《ノウハウ》を輸入する必要はなかった。実際、あの国が豊かになる唯一の方法は、そのノウハウを輸出することなのだ。

44

というわけで、ロシアはますます豊かになっている。だが、かりに最後の笑い《ラスト・ラーフ》ではないにしても、最終決定権《ラスト・ワード》は遺伝子情報の中にあるのだという事実から、いくらかの慰めを得ることはできる。ぼくは父と母に、ぼくを産んでくれたことを感謝するばかりでなく、息子を奴隷として育てなかったことを感謝しているからだ。二人は——ぼくが生まれてきた社会的現実からぼくを守ろうとするためだけにせよ——ぼくを国家の従順で忠実な一員に変えるため、最善を尽くそうとした。二人がそれに成功しなかったこと、そのため、死んでも息子の手によってではなく、国家の無名の役人によって瞼を閉じてもらう目に遭わねばならなかったこと、このことは、二人の手抜かりの証拠ではなく、二人の遺伝子の特質の証拠となっている。組織が異質のものとして吐き出さねばならないような者を、二人の遺伝子の融合は生み出したのだ。その点について考えるなら、父と母の忍耐力の組み合わせから、これ以上の何を期待できたというのだろう。

もしも自慢しているように聞こえるなら、そう受け取ってもらってかまわない。二人の遺伝子の融合は、それが国家に抵抗できるものであると判明したという理由からだけでも、自慢するに値する。しかもそれは、単なる国家ではなく、それが好んで自称するところでは、人類史上で最初の社会主義国家であり、とくに遺伝子の接合には精通した国家である。それゆえ、その人の意志力を左右する細胞を隔離したり麻痺させる実験のため、その国家の両手はつねに血にまみれているのだ。だから、この国家からの亡命者の数の多さを考えるとき、今日では、そこで家庭を築こうとするなら、相手の血液型や持参金ばかりでなく、相手のDNAをも確かめる必要がある。だからこそ、おそらく、ある種の人々は異人種間の結婚には猜疑の目を向けるのだ。

父と母がそれぞれに二十代の若さだったときに撮影された二枚の写真がある。父のほうは蒸気船の甲板に立ってのんきな微笑を浮かべ、背景に煙突が一本見えている。母のほうは客車の踏み台に立ち、しとやかにキッドの手袋をはめた片手を振っており、後ろには車掌の上着のボタンが見えている。二人とも、まだ相手の存在には気づいていない。もちろん、二人ともぼくではない。それに、客観的、物理的に、自分の皮膚の外側に存在している人間を、自分の一部と感じることは不可能だ。「……だがパパとママは／二人の他人どうしではなかった」〔「クリオ（歴史の女神）への敬意」の中の句〕とオーデンは語っている。ぼくは、二人のどちらかいっぽうのごく小さな部分としてさえ、二人の過去をふたたび生きることはできないけれど、二人が客観的にぼくの皮膚の外の存在ではなくなったいま、ぼく自身を二人の総体、二人の未来と考えていけない理由があるだろうか。少なくともそうすれば、二人は生まれてきたときと同じく自由になれる。

　とするならば、ぼくは、ぼくの中に父と母を抱きしめているのだと考えながら、気を引き締めるべきなのだろうか。ぼくの頭の中身を、二人が地上に残していったものとして、甘んじて受け入れるべきなのだろうか。そうかもしれない。おそらくは、このような唯我論的な離れ業を演じることも可能だろう。さらにぼくは、二人が、二人の魂よりも小さいぼくの魂の大きさに縮むことにも抵抗しないだろうとは思う。そのようなことが可能だとしてみよう。そうしたら、「キーサ」と呼びかけたあと、ぼく自身に向かっても「ミャオ」と言ったりすべきなのだろうか。さらに、この猫語を確かなものにするためには、ぼくは、ぼくがいま住んでいる三つの部屋の、どの部屋に駆け込めばいいのだろう。

　もちろん、ぼくは彼ら二人でもある。いまではぼくの中に三人の家族が住んでいるからだ。だが、誰も未来のことは知らないのだから、四〇年ほど前の、一九三九年九月のある夜には、父も母も、自分たちが国外に出る方法を考える《コンシーヴ》のみならず、実際にその方法を孕《コンシーヴ》みつつあるのだとは、思いもしなかったろうと思う。

せいぜいのところ、子供を持ち、家族を持つくらいのことしか、考えていなかったろうと思う。二人はまだ若かったし、何よりも自由の身として生まれてきたので、自分たちの生まれた国で、いまや、どのような家族を持つべきか、そもそもはたして家族を持つべきかどうかさえ、国家が決めることになっていることなど、気づいていなかった。それに気づいたときには、もはや希望を持つこと以外すべてが手遅れになっていた。二人が死ぬまでに努めたのはそのこと、希望を持つことだった。家族思いの二人にはそれ以外のことはできなかった。二人は希望を持ち、計画を立て、実行を試みた。

45

二人のためにも、二人はあまり高い希望は持たないようにしたのだと思いたい。ひょっとすると、母のほうには高い希望があったかもしれない。だが、かりにそうであったとしても、それは母自身の優しさからくるものだったし、父はそれを母に指摘してやる機会を逃さなかった（「マルーシャ、自分の望みをひとに押しつけようとすることほど、むなしいことはないぞ」と、父はよく言い返したものだ）。父のことでは、ぼくがすでに十九歳か二十歳になっていたある夏の日の午後、二人で夏の庭園を歩いたときのことを覚えている。ぼくらは海軍のブラスバンドが古いワルツを演奏している木造のあずまやの前で立ち止まった。父はそのバンドの写真を何枚か撮ろうとしたのだ。豹《ひょう》か縞馬《しまうま》みたいな影のついた白い大理石の像がそこここに立ち、人々はのんびりと砂利道を歩き、子供たちが池の脇で歓声を上げ、ぼくらは戦争やドイツ人のことを話していた。ブラスバンドを眺めているうちに、ぼくは、父から見ればナチスとソ連の、どちらの強制収容所のほうがよりひどいと思うか、訊ねていた。「私に言わせれば、のろのろと死んでゆきながらそのあいだに何か意味をみつけるより、あっという間に火あぶりになるほうがいいな」と返事がかえってきた。それから父はスナップ写真を撮りはじめた。

一九八五年

（加藤光也訳）

世界感覚の巨大な加速器に乗って――ヨシフ・ブロツキー略伝

一九八七年、ノーベル文学賞を授与されたヨシフ・ブロツキーは、あるインタビューでこう尋ねられた。「あなたはアメリカ市民なのに、ロシア語で書いた詩でノーベル賞を受賞しましたね。あなたは何者なのでしょうか、アメリカ人ですか、それともロシア人？」理解しがたい国籍不明の現象に、わかりやすい定義を与えようとするのは、ジャーナリストの習い性と言うべきものかもしれない。それに対して、ブロツキーはこう答えたという。「私はユダヤ人です。それからロシア語の詩人で、英語のエッセイストです。もちろんアメリカ市民でもある」

ブロツキーはひょっとしたら、この種の質問を何度も浴びせられて、辟易していたのかもしれない。とはいえ、これは簡単には定義できない越境的な存在についての、見事な応答になっていた。

ヨシフ・アレクサンドロヴィチ・ブロツキー（英語圏ではジョゼフ・ブロツキーと呼ばれる。なお日本語でブロツキーの姓は「ブロツキイ」と表記されることも多い）は一九四〇年五月二十四日、旧ソ連のレニングラード（現サンクト・ペテルブルク）で生まれた。ユダヤ人の両親のもとに遅くできた一人っ子である。父親のアレクサンドル・ブロツキー（一九〇三－八四）は海軍所属の報道カメラマンで、第二次大戦直後の一時期は海軍博物館の写真部長を務めたが、やがて反ユダヤ的な風潮の中で海軍を追われ、地元新聞の無名の写真家として一生を終えた。一家の生活は倹《つま》しいもので、母親のマリヤ（旧姓ヴォルペルト、一九〇五－八三）の事務員としての給料をあわせても楽ではなかった。

しかし、スターリンの粛清と過酷な戦争の時代をこのユダヤ人の一家がそろって生き延びられただけでも幸運だったと言わねばならないだろう。一九四一年、独ソ戦の開始とともにブロツキーの父は出征し、すぐにレニングラードはドイツ軍に包囲され、九〇〇日近くにおよぶ封鎖の中で多くの餓死者を出すに至った。未来の詩人が生まれたのは、まさにそんな時代だったのである。まだ幼児だったブロツキーを抱えて母は難を逃れ、ヴォログダ州のチェレポヴェツに疎開することができた。

父方の祖父はサンクト・ペテルブルクで小さな印刷所を経営していた。母方の祖父はバルト地方でシンガー・ミシンの販売をしていた。そのため、ブロツキーの母もラトヴィア生まれで、ロシア語のほかにドイツ語を身につけていた。このような「プチ・ブル的」な出自は革命後のソ連では好ましくないものであり、ブロツキーの両親は出自をむしろ隠すようにして、スターリン時代を生きたのだろう。

幼いブロツキーに大きな影響を与えたのは、まず何と言っても、ネヴァ川のほとりに作られたレニングラードという街そのものだった。この街の比類なき美しさについて、彼は本書所収のエッセイ「改名された街の案内」で誇らしげに回想している。そして詩人としてのブロツキー自身も、プーシキンに始まりアフマートワやマンデリシュタームらによって受け継がれてきたペテルブルク＝レニングラード詩派の伝統に連なる存在となった。ロシア的な混沌を背景に終末の予兆を響かせながらも、ヨーロッパ文化に対して開かれた自由な感性を保ち、旺盛な実験精神に燃えながらもその反面、古典的な調和を追求しつづけるブロツキーの詩は、この街の詩的伝統なしに生まれることはなかっただろう。彼はロシア固有の現実にはあまり拘泥せずに、普遍的・抽象的な主題を扱うことが多いため、時に「非ロシア的詩人」とみなされることがあるが、そのような見方は皮相なものと言わざるをえない。

ブロツキーは十五歳のときに学校から「ドロップ・アウト」し、以後正規の教育を一切受けずに独学で詩人への道を歩むことになる。多数派に与せずに、つねに自分だけの個人的なものを追求しようとするのは、多かれ少なかれ、どんな詩人にも共通する癒しがたい性癖かもしれないが、ブロツキーの置かれたソ連の社会環境でそのような生き方をするのは特に困難なことだった。すべての構成員に画一的なものを押しつけようとする共産党の支配する社会にあってブロツキーは、若い頃からまさにこの画一的なものに対する強烈な反感に導かれるように生きたのである。

学校をやめてからブロツキーはさまざまな職を転々とした。一九五六年から一九六四年に逮捕されるまでの間に一三回も職を変えたという。その中には工場での肉体労働の他に、地質学調査隊への参加も含まれていた。そして、この調査旅行のため全国を回っているうちに、ある日ヤクーツクで十九世紀前半の詩人、バラティンスキーの著作集をふと手にしたことから、彼は詩に開眼し、文学の世界に次第にのめりこんでいった。バラティンスキーの作品の多くは、感情を抑制した思弁的な（時に難解な）抒情詩であり、ソ連の公式の詩とはまったく異なる性格が若きブロツキーを惹きつけたに違いない。

ブロツキーはさらに独学でポーランド語や英語を習得し、時に訳詩に携わりながら知的な視野を広げていく。彼に特に大きな影響を与えた英語の詩人としては、ジョン・ダンなどのいわゆる「形而上詩人」、そして何と言ってもW・H・オーデンの名を挙げなければならない（後に西側に亡命したブロツキーは、オーストリアの別荘に滞在していたオーデンをまっさきに訪ねたのだが、そのとき持っていた手荷物は二本のウォッカと、ジョン・ダンの詩集と、ロシア語のタイプライターだけだったという「伝説」がある）。このような詩人たちの影響下に詩を書きはじめたブロツキーは、晩年のアンナ・アフマートワや、研究者のエフィム・エトキンドなど、一部の文学者の間で非常に高く才能を評価されたものの、ソ連国内では決して公認されることがなかった。詩人として「公認」されるという言い方自体、いまの日本では理解しがたいかもしれないが、当時のソ連では共産党による言論の統制が厳しく、小説家や詩人はしかるべき形で公式に認められない限り、自分の作品を出版することもできなかったのである。ブロツキー研究家ワレンチナ・ポルーヒナの表現を借りれば、ブロツキーの詩が当時のソ連文壇に受け入れられなかった「理由は政治的なものではなく、形而上的・言語的なものだった。彼の詩の言語と精神が、社会主義リアリズムとは無縁のものだったからだ」。

そして一九六四年二月に二十三歳のブロツキーは社会的に有益な労働に携わらない「徒食者」として逮捕され、裁判にかけられた。傍聴者の一人が書き留めた裁判記録は西側に流出し、この「ブロツキー裁判」を国際的に有名にした。そこには次のような、驚くべきやりとりが記録されていたのだ。

裁判官（女性）「あなたの職業は？」
ブロツキー「詩人です。翻訳もします」
裁判官「誰があなたを詩人と認めたんです？　誰があなたを詩人の一員にしたんですか？」
ブロツキー「誰も。じゃあ、誰がぼくを人間の一員にしたっていうんです？」
裁判官「でも、あなたは詩人になるための勉強をしたんですか？　そういうことを教える学校にあなたは行こうとしなかったでしょう」
ブロツキー「思いもよりませんでした……。そんなことが教育で得られるなんて」
裁判官「では、どうしたら得られると思うんです？」
ブロツキー「ぼくの考えでは、それは……神に与えられるものです」

「神に与えられるもの」（or Bora）とは、ロシア語の慣用句で「天賦の才」ほどの意味になり、強い宗教的な意味合いはないが、それにしても無神論の社会主義国での裁判で、公然と裁判官にこう言い放つのは大胆な行為だった。しかし、その見事な受け答えの甲斐なく、ブロツキーは有罪判決を受け、北部ロシアのアルハンゲリスク州ノリンスカヤ村に流刑（強制労働）になった。刑期は五年で、当時の刑法では「徒食」の罪に対して最も重い判決である。それに対して国内外でブロツキー擁護の声が高まり、そのおかげか、結局一年半で釈放された。しかしその後も彼はソ連では公的に詩人と認められることはなく、不当な扱いを受けつづけ、ついに一九七二年には当局からイスラエルへ移住するという前提で出国を強制されて、西側への亡命の道を選ばざるをえなくなる。

その後アメリカに住み、英語に磨きをかけたブロツキーは、ロシア語で詩を書きつづけるとともに、多くのエッセイを英語で書くバイリンガル作家となり、国際的な名声を得、一九八七年には四十七歳の若さでノーベル文学賞の栄誉に輝いた。ロシア出身の露英バイリンガル亡命作家としてはウラジーミル・ナボコフが有名だが、帝政ロシアで裕福な貴族の家に生まれたナボコフは幼少時から母語のロシア語の他に英語・フランス語も母語同様に習得できる環境に育った。それに対してブロツキーはソ連時代から独学で英語を学び英詩を読んでいたが、英語で書き話す本格的な能力を身につけたのはアメリカ亡命後のことで、英語による執筆は主にエッセイに限られていた。後に詩も英語で書くことがあったが、それはロシア語で書かれた詩に比べるとわずかで、軽いものが多かった。

ブロツキーは旧ソ連における不当な逮捕や裁判で国際的に有名になってしまったが、決して政治的な意味での「反体制活動家《ディシデント》」ではなかったし、本人もそのように見られることを嫌っていたと思われる。ブロツキーと同じくソ連からアメリカに亡命した同世代の詩人・批評家のレフ・ローセフは（彼はブロツキーの最も詳しい伝記の著者でもある）ブロツキーについて、この時期の「最も非政治的な詩人の一人」と言っているほどだ。

またブロツキーはユダヤ人の両親のもとに生まれたが、家庭環境には特にユダヤ教的なものはなく、彼の書くものにもユダヤ的なテーマを扱うものは少なかった。むしろ彼が偏愛したのは、英米の詩人たちや、古典古代のローマなどだった。そして作品を通じて追い求めたのは、より抽象的な「時間」や「空間」といった普遍的な主題だった。たとえば『ケープ・コッドの子守歌』（一九七五）という長編詩では、ソ連という帝国を追放された詩人がもう一つの帝国、アメリカ合衆国にたどりつき、「二つの大洋と二つの大陸を試食した」という感慨を抱くという現実的な筋書きは読み取れるものの、それが結局は空間と時間という概念の中に投げ出された人間の存在をめぐる一種の形而上的ドラマに転化してしまう。この長編詩では「鱈」（英語の「コッド」は鱈の意味。ロシア語で鱈は「トレスカー」といい、女性名詞である）が登場し、こんな不思議な歌を歌う。

時間は空間よりも大きい。空間は物なの。
でも時間の本質は、物について考えること。
生は時間の一つの形。鯉も鯛も
時間の澱……

そして、こういったブロツキーの詩的思考が最後に行きつくのは、言語そのものだった。たとえば、彼が敬愛したオーデンを追悼した詩「ヨーク」（一九七六）には、次のような一節がある。

小から大を引けば――人間から時間を引けば

そこに残るのは、白い背景に生前よりも
くっきりと浮かび上がる言葉……

また、ノーベル賞受賞講演（一九八七）を彼はこんな言葉で結んでいる――「詩を書く者は、ときにたった一つの言葉、たった一つの韻の助けをかりて、以前に誰も到達しなかったところに、そしてひょっとしたら自分が望んでいたところよりも遠くに、たどり着くことができるでしょう。詩人が詩を書くのは、何よりもまず、詩作が意識や、思考、世界感覚の巨大な加速器だからです」

アメリカでブロツキーはまずロシア文学者カール・プロッファー（ソ連で出版できないロシア文学作品の出版を手がけるアーディス社の創業者でもある）の招きを受けてミシガン大学で教え、その後マサチューセッツ州のマウント・ホリヨーク大学で文学の教授を務めた。ソ連で十五歳までしか教育を受けていない彼がアメリカで大学教授となり、しかも母語でない英語でアメリカ人の学生たちに文学を教えるようになった、というのはなんという予測しがたい人生の転変だろうか。

旧ソ連では彼の作品はずっと無視（事実上禁止）されていたが、ちょうどノーベル賞を受賞した頃、折からのペレストロイカの自由化の波のなかで解禁され、以後ソ連・ロシアでも広く読まれるようになった。もっとも、ロシア人の読者の中には、それまでソ連で大衆的に読まれていた詩とあまりに違うブロツキーの作品を「難解」と感じ、戸惑う者も少なからずいたようだ。たとえばソルジェニーツィンは多くの者が手のひらを返したようにブロツキーを称賛しはじめた流れにあえて抗するように、ブロツキーの詩について、理知が勝って「冷たく」「ドライ」で、音楽性に乏しく、宗教的感情にも深みがない、といった強烈な批判の声を上げた。結局のところ、民族主義者ソルジェニーツィンには、ブロツキーは西欧志向のユダヤ系コスモポリタンにしか見えず、彼の詩の真価を理解できなかったようだ。ソルジェニーツィンとブロツキーの対立は、ロシアが十九世紀以来抱えてきたスラヴ派（民族派）vs. 西欧派の確執を繰り返すものにもなっている。

このような文脈では、ブロツキー自身が好むと好まざるとにかかわらず、政治的な議論に巻き込まれるのは宿命であったと言えるかもしれない。実際、晩年のブロツキーは強い興味を持ってペレストロイカからソ連解体に至る政治情勢を追っていたようで、一九九〇年には、東欧の架空の小国を舞台に、劇的な政変に対処しようとする権力者たちを戯画化した戯曲『民主主義！』を書いている。また一九九二年にはソ連から独立したウクライナを揶揄するような詩を公開の場で朗読して、物議をかもしたこともある。確かにこれは「政治的に正しくない」言動として顰蹙を買うものだったが、古代ローマから現代のソ連・アメリカに至るすべての帝国を「詩的トポス」と捉えてきた詩人（竹内恵子の論による）にとっては、これもまた「帝国」探求の詩的営為の延長線上にあったと言えるかもしれない。

詩人の生涯を彩った霊感の源泉《ミューズ》たちに一言触れておけば、ブロツキーは一九六二年にレニングラードで画家のマリーナ（マリアンナ）・バスマーノワと知り合って親しくなり、多くの詩を彼女に捧げ、後に息子をもうけているが、正式に結婚することはないまま別れた。その後、キーロフ劇場（現マリインスキー劇場）のバレリーナ、マリアンナ・クズネツォーワと交際し、彼女との間にも娘が生まれている。しかし、ブロツキーは女性たちも子供たちもソ連に残してアメリカに単身で渡った。

亡命後、長いこと独身を通したが、一九九〇年には貴族の家系のイタリア人（母方はロシアの血を引いている）のマリア・ソッツァーニと結婚した。ブロツキー五十歳にして初めての「家庭生活」だった。一九九三年には娘が誕生している。

一九九六年一月二十八日、ブロツキーはニューヨークの自宅で心筋梗塞の発作のために亡くなった。五十五歳八カ月の短い人生だった。遺体はいったんニューヨーク市内の教会の地下納骨堂に安置されたが、翌年ヴェネツィアのサン・ミケーレ島に埋葬された。ヴェネツィアはブロツキーが最も――故郷のペテルブルクは別として――愛した町で、生前何度も訪れ、この町について『ヴェネツィア　水の迷宮の夢』（金関寿夫訳、集英社）という美しい散文作品を書いている。サン・ミケーレ島の墓地は亡命ロシア人と縁が深く、ストラヴィンスキーやディアギレフなどもここに眠っているが、ブロツキーは正教徒ではなかったため、ロシア人区画には埋葬されなかった。

亡命して以来、故国の土を二度と踏むことはなかった。ブロツキーの詩人としての評価は亡くなってからも高まる一方で、二十世紀後半最大のロシア詩人の一人であったことはいまや文学史上の事実として定着していると言ってもいいだろう。彼について数多くの研究書や博士論文が欧米でも、ロシアでも、日本でも出版され、国際学会も何度も開催されてきた。

（沼野充義、竹内恵子協力）

付記　この「略伝」は、折に触れて私（沼野）が何度も書いてきたブロツキーに関する文章（たとえば群像社版ブロツキイ『私人』の解説）をもとにしていることをお断りします。ただし、過去の文章に見られる不正確・不十分な個所をこの機会にできる限り修正し、増補しました。

解題

ヨシフ・ブロツキーの『レス・ザン・ワン』Joseph Brodsky, *Less Than One: Selected Essays* はアメリカ亡命後のブロツキーが書いたエッセイや書評・序文・講演・講義などを集めた最初のエッセイ集である。初版はファラー・ストラウス・ジルー社（ニューヨーク）から一九八六年に出版され、この年度の全米批評家協会賞を受賞した。ここには文学論（とりわけ二十世紀ロシア・欧米の詩を扱ったもの）や自伝的エッセイなどを中心に一八篇が収められているが、そのうちの一篇「ビザンチンからの逃走」は本訳書では、残念ながら紙幅の関係で割愛した。

ブロツキーは一九七二年にソ連からアメリカに亡命した後、迅速に高度な英語力を身につけ、詩以外の散文の大部分をみずから英語で書くようになった。本書に収録された文章についてみても、「詩人と散文」「ある詩について」「ビザンチンからの逃走」の三篇だけは最初にロシア語で書かれているが、それ以外の一五編は最初から英語で書かれた。なお『レス・ザン・ワン』のロシア語への全訳単行本は、Иосиф Бродский, «Меньше единицы. Избранные эссе» として一九九九年にニェザヴィーシマヤ・ガゼータ出版社（モスクワ）から出版された他、同年プーシキン・フォンド（サンクト・ペテルブルク）から出版されたブロツキー著作集第五巻にも収録された（このロシア語版では最初から英語で書かれた一五篇のロシア語訳はさまざまなロシア人が担当しているが、その一部は生前ブロツキー自身が監修している)。本書訳出にあたって適宜参照した。

ブロツキーは『レス・ザン・ワン』に収録されたもの以外にもかなり多くのエッセイ・書評・序文などの文章を書いており、ワレンチナ・ポルーヒナとトマス・ビゲロウ共編の文献目録には全部で一三六点が登録されている。エッセイ類を集めた英語版の単行本としては『レス・ザン・ワン』の後に、『悲しみと理性について』*On Grief And Reason: Essays*(ファラー・ストラウス・ジルー社、一九九五年)が出た。これは『レス・ザン・ワン』とほぼ同じくらい厚い本で、二一篇の文章を収めている。一九八七年のノーベル賞受賞記念講演もここに「皆とは違った顔立ち」という表題で再録されている。

「レス・ザン・ワン」Less Than One　初出(抜粋)*New York Review of Books*, Vol. 26, No. 14, Sept. 27, 1979.

執筆は一九七六年。レニングラードの幼年・青年時代の自伝的回想で、エッセイ集『レス・ザン・ワン』の表題作。「母語でない英語」によって書かれた回想であることが意識され、十代半ばで学校からドロップアウトした経緯が鮮烈に書かれている。「一より少なく(小さく)」という意味の表題については本文の一七ページを参照。わかりにくく、正しく理解したという自信は訳者にもないが、人間には人生を通じて変わらない不変の一つの自分の核のようなものがあって、人生のさまざまな局面に異なった姿をとって現れる個別の自分はそれよりも小さいというふうに解釈できるのではないか。その意味を汲めば、「自分より小さな自分」と意訳できるかもしれない。平野啓一郎の言う「分人」の考え方にも通じるものがある。

ブロツキーは自分の文章に時折、それと分からないように他の文学作品からの引用を織り込むことがあるが、読者のために親切に説明してくれることはまずなく、言わば「分かる人は分かるよね? 分からなければけっこう」と目配せをしているようにも感じられる。恥ずかしながら訳者にも容易には見抜けないことが多いが、右記ブロツキー著作集第五巻に添えられた丁寧な訳注によれば、たとえばこのエッセイに出てくる（路面電車の）「乗降用踏段にすがりついている人間葡萄」（一五ページ）という斬新な比喩的表現は、マンデリシュタームの「私は恐ろしい時代の路面電車のサクランボだ」という詩句を踏まえているという。また二九ページの「最初の霊的な至福」（first pneumatic bliss）という英語の表現はT・S・エリオットの詩「不死の囁き」から採られている。

「哭き歌のムーサ」 The Keening Muse　初出は Anna Akhmatova: *Poems*, selected and transl. by Lyn Coffin. New York 1982. アフマートワ英訳詩集の序文として書かれた。

アンナ・アフマートワ（一八八九－一九六六）は、二十世紀初頭に、象徴主義的な神秘性を否定した明晰な言葉遣いや古典的調和を求めるアクメイズム系の詩人として頭角を現した。ブロツキーは一九六一年にレニングラードでアフマートワと知り合い、親交を結んだ。ブロツキーが一九六四年に逮捕されたとき、アフマートワは手を尽くして彼を庇護しようとしたことで知られる。一九六六年、アフマートワの葬儀の際にブロツキーは棺の担い手の一人だった。なお彼に加えてアナトーリイ・ナイマン、エウゲーニイ・レイン、ドミートリイ・ボブィシェフの四人のレニングラードの若手詩人たちは、後に「アフマートワの遺児たち」とも呼ばれた。

「振り子の歌」 Pendulum's Song　初出 *New York Review of Books*, Vol. 24, No. 2, Febr. 17, 1977. Edmond Keeley, *Cavafy's Alexandria: Study of a Myth in Progress* の書評として書かれた。初出時のタイトルは 'On Cavafy's Side'.

コンスタンティノス・カヴァフィス（一八六三－一九三三）はエジプトのアレクサンドリアに生まれ、生涯のほとんどをこの古い歴史を持つ町で過ごしたギリシア人の詩人。没後評価が世界的に高まり、今では近代ギリシア文学最大の詩人として認められている。ソ連でも一九六七年に作品の一部のロシア語訳が始まり、二〇〇〇年には全作品のロシア語訳が出ている。ブロツキーも一九六〇年代にレニングラードですでにカヴァフィスに興味を持ち、後にアメリカに渡ってから友人のゲンナジー・シマコフとともに一九篇のロシア語訳を行った。古代ギリシア・ローマへの関心において、カヴァフィスとブロツキーには共通するところが大きい。長谷川麻子による論文「交差点の住人と越境する詩人——ロシアにおけるカヴァフィスとブロツキー」（柳富子編著『ロシア文化の森へ——比較文化の総合研究　第二集』ナダ出版センター、二〇〇六年）を参照のこと。「振り子の歌」では、カヴァフィスの詩は翻訳によって損なわれるだけでなく、「得るところ」もある（五九ページ）という指摘が目を惹くが、これはブロツキー自身の翻訳の経験にもとづいているのであろう。なおカヴァフィスは日本でも優れた翻訳に恵まれ、中井久夫訳『カヴァフィス全詩集』第二版（みすず書房、一九九一年）および池澤夏樹訳『カヴァフィス詩集』（岩波文庫、二〇二四年）という二種類の全詩の訳が出ている。

「改名された街の案内」 A Guide to a Renamed City　初出 *Vogue*, Vol. 169, Sept. 1979. 初出時のタイトルは ‘Leningrad: City of Mystery’.

最初は『ヴォーグ』誌に掲載された「街の案内」だが、もちろん通常の観光案内的な文章ではない。ブロツキーの生まれ育った美しい街レニングラード（帝政時代および現代ではサンクト・ペテルブルク）への独自のオマージュであり、また近代ロシア文学を生み出した街についての文学的都市論でもある。

「ダンテの影のもとで」 In the Shadow of Dante　初出 *New York Review of Books*, Vol. 24, No. 10, June 9, 1977.

モンターレの英訳詩集 *New Poems* と *Poet in Our Time* の書評として書かれた。

エウジェーニオ・モンターレ（一八九六－一九八一）は、ジュゼッペ・ウンガレッティ、サルヴァトーレ・クァジーモドと並んで、二十世紀イタリアの「エルメティズモ」（錬金術派）を代表する詩人。難解な詩人と言われるが、ブロツキーは英訳では言葉の音楽の多くは失われても、意味はむしろ理解しやすくなる、と指摘する。そしてモンターレの詩はダンテの『神曲』の影響があるにしても、意外に「イタリア的」には感じられず、むしろ「普遍的」であり、結局彼の難解な詩はいまもなお文化の擁護でありつづけていると結論づける。ブロツキー自身の詩のありかたを言っているようにも聞こえる。

なお、本エッセイは『新潮』一九八八年一月特大号に加藤光也訳で掲載されたが、今回、本書に収録するにあたって全面的に改訳した。

「独裁政治について」 On Tyranny　初出 *Parnassus*, Vol. 8, No. 1, Fall/Winter 1979. *The Contemporary Essay*, Second Edition, ed. by Donald Hall. New York 1989 にも再録された。

ブロツキーはアメリカへの亡命後にソ連時代の政治的迫害についてしばしば尋ねられたが、彼はそういう話題について語ることを好まなかった。詩においても政治的主題を扱うことは稀で、文学を政治的議論の次元に落とすべきではないという信念を貫いたと言ってもいいだろう。このエッセイでもソ連の独裁体制の具体的な批判や時事的な議論というよりも、権力者と群集をめぐる彼一流のレトリックを駆使した一種の詩的哲学が展開されている。

「文明の子」 The Child of Civilization　初出 マンデリシュタームの英訳詩集 *Osip Mandelstam: 50 Poems*, transl.

by Bernard Meares. New York, 1977 の序文として、同書に掲載された。
オーシプ・マンデリシュターム（一八九一－一九三八）は一九一〇年代にアクメイズムの詩人として活躍を始めたユダヤ系のロシア語詩人。二十世紀ロシアの詩人たちの中では、アフマートワ、ツヴェターエワと並んで、ブロツキーが最も高く評価する詩人である。ソ連体制に対して批判的・反革命的とみなされ、一九三四年に逮捕・流刑、一九三八年に再逮捕され、極東の一時収容所（中継ラーゲリ）で病没したとされる。ブロツキーはマンデリシュタームの生涯の政治的側面よりは詩の形式・韻律・語法といった面に重点を置き、その翻訳がいかに困難か——英訳詩集の序文としてはいささか厳し過ぎるほどに——を強調する。

「ナデージダ・マンデリシュターム（一八九九－一九八〇）追悼」 Nadezhda Mandelstam (1899–1980): An Obituary
初出 *New York Review of Books*, Vol. 28, March 5, 1981.
モスクワでオーシプ・マンデリシュタームの未亡人が八十一歳で亡くなったとき、追悼記事として書かれた。ナデージダには有名な二冊の回想があり——『回想』（ロシア語版一九七〇年、英訳『見込みのない希望』一九七〇年、日本語訳『流刑の詩人・マンデリシュターム』木村浩・川崎隆司訳、新潮社、一九八〇年）、および『第二の書』（ロシア語版一九七二年、英訳『捨てられた希望』一九七三年）——これらの回想でナデージダは亡夫オーシプの比類なき詩人としての姿を描き出すとともに、同時代の知人たちも容赦せずにソ連社会の堕落を厳しく批判したため、ソ連国内で物議をかもした。

「元素の力」 The Power of the Elements　初出 *Stand*, Vol. 22, No. 4, Winter 1981. 初出時のタイトルは 'Dostoevsky: A Petit-Bourgeois Writer'〔「ドストエフスキー——プチ・ブルジョワ作家」〕だった。

世にドストエフスキー論は無数にあるが、これはドストエフスキー作品の「元素」となっている金銭の力を一つの軸に、ロシア語の力をもう一つの軸にして論じたユニークな、ブロツキーならではのもの。

「潮騒」 The Sound of the Tide　初出 *New York Review of Books*, Vol. 30, Nov. 10, 1983. さらに Derek Walcott, *Poems of the Caribbean* (Limited Editions Club, New York), 1983 にも序文として収録された。

デレク・ウォルコット（一九三〇－二〇一七）はカリブ海のセントルシア出身の詩人、劇作家。ブロツキーのノーベル賞受賞の五年後の一九九二年、カリブ海諸国出身者として初めてノーベル文学賞を受賞した。ブロツキーは渡米後まもなく知り合ったウォルコットの親友となったが、このエッセイも行き届いたウォルコット論となっている。ウォルコットはブロツキーについてのドキュメンタリー映画 *Joseph Brodsky: A Maddening Space*（ローレンス・ピトケスリー監督、ニューヨーク・ヴィジュアルヒストリー・センター制作、一九九〇年）にも友人として出演し、親密さを示している。

なお、この論考は「潮の音」として徳永暢三編・訳『デレック・ウォルコット詩集』（小沢書店、一九九四年）に収録されており、本書の訳でもたいへん参考になった。

「詩人と散文」 A Poet and Prose（ロシア語 Поэт и проза）　初出 Цветаева, *Избранная проза в 2 томах, 1917–1937*〔ツヴェターエワ『散文選集全二巻 一九一七－一九三七』〕, Vol. 1. New York, 1979 の序文としてロシア語で書かれた。英語版の初出は *Parnassus*, Vol. 9, No. 1, Spring/Summer 1981, Barry Rubin 訳。本書ではロシア語版から翻訳した。マリーナ・ツヴェターエワ（一八九二－一九四一）はいかなる流派にも分類されない、二十世紀ロシア最高の詩人の一人。ブロツキーの評価では、マンデリシュタームやアフマートワよりも高いという印象を受ける。ロシア革命後の一九二二年に西側に亡命、三九年に帰国するが、不遇のうちに自殺。その後、ソ連体制下では長いこと無視されていたが、一九六〇年代から再評価が始まった。

「ある詩について」 Footnote to a Poem（ロシア語 'Об одном стихотворении (вместо предисловия)'〔ある詩について（序文にかえて）〕）　初出 Марина Цветаева, *Стихотворения и поэмы*〔マリーナ・ツヴェターエワ『短編詩と長編詩』〕, New York 1980, Vol. 1. ニューヨークで出版されたロシア語版ツヴェターエワ詩集成の第一巻の「序文にかえて」ロシア語で書かれた。英訳（Barry Rubin 訳、英訳タイトルは "Footnote to a Poem"）は『レス・ザン・ワン』が初出。本書ではロシア語版から翻訳した。

オーストリアのドイツ語詩人、ライナー・マリア・リルケ（一八七五－一九二六）の死を悼んで書かれたツヴェターエワの詩「新しき年の辞」（一九二七）一篇についての分析である。ツヴェターエワはリルケを深く敬愛し、手紙のやりとりも行っていた。「新しき年の辞」は一九四行の作品だが、行を追いながらブロツキーは「凝縮と圧縮の芸術」であると彼が言う詩に驚くべき詳細な分析で肉薄し、この「恋愛抒情詩と、死者を悼む慟哭」の組み合わせを解きほぐす。その分析は、詩の韻律や音声、単語の選択から、時間、死、愛、生などをめぐる詩的哲学に及び、ブロツキーが非常に高く評価していたツヴェターエワの詩の秘密を解き明かすと同時に、「詩とは何か」をめぐるブロツキー自身の信念を表明するものにもなっている。

「空中の大惨事」 Catastrophes in the Air　初出　本文中の訳注が示す通り、もともとは一九八四年にニューヨークで行われた講演。第三節は最初にアンドレイ・プラトーノフ（一八九九－一九五一）の『土台穴』の英訳（アーディス社、一九七三年）への序文として書かれた。本エッセイの全体は、本書『レス・ザン・ワン』において初めて活字になった。

ブロツキーの独自な視点からの二十世紀ロシア・ソヴィエト小説論。第三節では、ブロツキーがきわめて高く評価するアンドレイ・プラトーノフを特に詳細に論ずる。ブロツキーが詩だけでなく、小説の貪欲な読み手であったことがうかがえる。

「W・H・オーデンの「一九三九年九月一日」について」 On "September 1, 1939" by W. H. Auden　初出 本書。W・H・オーデン（一九〇七–七三）はイギリス出身、アメリカ合衆国に移住した詩人。二十世紀の英語圏を代表する詩人の一人である。ブロツキーは彼の詩を終生愛読し、彼を「二十世紀最高の精神」と称えている。次のエッセイ「師の影を喜ばせるために」を参照のこと。

本エッセイは原注にもある通り、コロンビア大学での講義の録音テープから起こしたものである。豊かな語彙を駆使しながら、分かりやすい卑俗な現実から哲学的に難解な考察まで自在に行き来する、これほど詳細な詩の分析・解釈が本当に口頭で、しかも母語でない英語によって行われたのだろうかと驚かされる。しかしブロツキーの講演をアメリカで実際に聞いたことのある沼野の印象では、これは紛れもなく、好きな詩について一行一行なめるように半ば即興で（つまり多くの場合事前に準備した講義原稿もなく）解釈していく彼独自のスタイルである。ロシア語訛りが強く、訥弁なようで、興が乗ると止め難い奔流のようにせっかちな早口になる彼の声が聞こえてくるようだ。

「師の影を喜ばせるために」 To Please a Shadow　初出 *Vanity Fair*, Vol. 46, No. 8, Oct. 1983.

ブロツキーが敬愛したW・H・オーデンの人と詩について、個人的な出会いを含めて回想したエッセイ。ブロツキーはソ連時代からオーデンの詩に親しんでおり、一九七二年ソ連から出国した直後にまずオーストリアに彼を訪ねた。このエッセイを読むと、オーデンがブロツキーの亡命生活開始にあたっての良き導き手《メンター》となったことがわかる。本文中に言及のあるブロツキー最初の英訳詩集は、オーデンの序文を添えて一九七三年に出版された（*Joseph Brodsky: Selected Poems*, trans. by George L. Kline, Penguin, 1973）。ブロツキーは一九七六年に書いた「ヨーク」という詩（連作『イギリスで』の一篇）にW. H. A. というイニシャルだけの献辞を掲げ、オーデンに捧げた。

「卒業式の講演」 A Commencement Address　初出 ウィリアムズ・カレッジ第一九五回卒業式講演パンフレット、一九八四年。初出時のタイトルは 'The Misquoted Verse'（「間違って引用された聖書の詩句」）。*New York Review of Books*, Vol. 31, Aug. 16, 1984 に再録。

commencement（コメンスメント）とは本来「開始」を意味する単語だが、アメリカの大学では、新しい生活への門出を祝うという趣旨で、卒業式・学位授与式を指す名称となっている。コメンスメントには著名人が招かれて記念講演を行うことが多い。ブロツキーは、この講演の他、ミシガン大学（一九八八年）、ダートマス・カレッジ（一九八九年、「退屈礼賛」として邦訳あり）でもコメンスメント講演を行っており、これらのテクストは『悲しみと理性について』に収録された。

本書所収の講演でブロツキーは、山上の垂訓の「誤った引用」を取り上げて、人が人生で必ず遭うことになる「悪」にどう対処すべきか論じている。この中で語られる、二〇年前のロシア北部の刑務所での薪割りの挿話は、自分のこととは明言していないが、おそらく「寄食者」として有罪判決を受けたブロツキー自身の実体験であろう（当時彼は二十四歳）。それにしても「悪を過剰によってばかばかしいものに変える」（四五四ページ）という、およそアメリカ的合理主義・効率主義とは相いれないようなはなむけの言葉を、これから社会に巣立とうとするアメリカの若者たちはどんな顔で聞いたのだろうか？

「一つと半分の部屋で」In a Room and a Half　初出 本書。*New York Review of Books*, Vol. 33, Febr. 27, 1986 に再録。

本書の掉尾を飾るのは、レニングラード時代の「一つと半分の部屋」しかなかった狭い共同住宅での暮らしと、ソヴィエトで最後まで倹《つま》しく暮らした両親についての思い出である。本書はこうして冒頭と結末が互いに呼応するような自伝的回想になっている。ブロツキー一家三人の暮らした部屋が入っていた建物はアレクサンドル・ムルジ公爵のために一八七四年から七七年に建てられた由緒あるもので「ムルジ邸」と呼ばれる（本文第四節に一九〇三年建造とあるのは、ブロツキーの勘違いであろう）。なお、「一つと半分の部屋」は現在ブロツキー住居記念博物館になっている。

一九七二年にブロツキーは単身で出国することを当局から強制され、両親を伴うことは許されなかった。その後ブロツキーは一度も故国の地を踏むことはなく、両親も息子に一目会うための一時出国さえ許されることはなく、母は一九八三年に、父は一九八四年にレニングラードで亡くなった。その両親を偲ぶこのエッセイが書かれた一九八五年にブロツキーは四十五歳で、このエッセイが四十五の断章からなっているのは、年齢を意識したものであろう。抑制された筆致で書かれているが、ブロツキーの散文の中でも最も痛切に響くエッセイになっている。

なお、ロシアでは二〇〇九年にアンドレイ・フルジャノフスキー監督によって『一つと半分の部屋、あるいは故国へのセンチメンタル・ジャーニー』という長編映画（日本未公開）が制作された。これはブロツキーがロシアに帰るという架空の設定にもとづく作品で、同名のエッセイ「一つと半分の部屋で」をそのまま映画化したものではないが、多くの伝記的事実がこのエッセイと「レス・ザン・ワン」から取られている。映画はロシア国内で高く評価され、ニカ賞を始めとして数々の賞を受賞した。

（加藤光也・沼野充義、竹内恵子協力）

ブロツキー作品の主な邦訳

詩六編（川村二郎・小平武訳）『世界の文学』第三七巻『現代詩集』所載、集英社、一九七九年。

「特集ヨシフ・ブロツキー」『中央公論文芸特集』一九九一年春季号［ノーベル賞受賞記念講演の全訳の他、詩数篇の翻訳（安井侑子・沼野充義訳）を掲載］。

『大理石』［戯曲］沼野充義訳、白水社、一九九一年。

『私人　ノーベル賞受賞講演』沼野充義訳、群像社、一九九六年。

『ヴェネツィア　水の迷宮の夢』金関寿夫訳、集英社、一九九六年。

「特集ヨシフ・ブロツキー　甦る言葉の力」『すばる』一九九七年十一月号［詩四編（沼野充義訳）および講演「われわれが「亡命」と呼ぶ状態」「退屈礼賛」（沼野充義・竹内恵子訳）を掲載］。

『ローマ悲歌』たなかあきみつ訳、群像社、一九九九年。

『ちいさなタグボートのバラード』沼野恭子訳、イーゴリ・オレイニコフ絵、東京外国語大学出版会、二〇一九年。

「愛」亀山郁夫訳、亀山郁夫・エリス俊子編『世界文学の小宇宙３　詩集　愛、もしくは別れの夜に』名古屋外国語大学出版会、二〇二三年、所載。

ブロツキー研究書

竹内恵子『廃墟のテクスト　亡命詩人ヨシフ・ブロツキイと現代』成文社、二〇一三年（東京大学に提出された博士論文にもとづく）。

訳者あとがき

私がはじめてブロツキーの名を知ったのは「ジョン・ダンにささげる悲歌」の訳によってだった。雪が降りしきり、すべてのものが眠る中でイギリス十七世紀の形而上派詩人ジョン・ダンの魂が語りはじめるこの詩によって現代に生きる形而上詩人の登場に強い感銘を受け、それ以来、ブロツキーといえば形而上派詩人という印象が強く刻まれたけれども、難解さのゆえに敬遠されがちなイギリスの形而上派詩人たちとブロツキーとでは、やはり事情が違っているようだ。ブロツキー自身は、「形而上的」なるものについて、「師の影を喜ばせるために」の中で、公私ともに最も深い交流のあったオーデンの詩の特徴として、「平凡な常識の中に形而上的な真実を見つけだす」（四三二ページ）ことを挙げている。

今回、私の担当分のブロツキーのエッセイや回想記を訳してみて印象に残ったのは、取り上げられた詩人たちにおける「形而上的な真実」の指摘よりも、その主題にたどり着くまでの細部（平凡な常識）の語り方のほうだった。以下、いくつか例を挙げて、気づいた点を書いておくことにする。

たとえばオーデンの「一九三九年九月一日」は第二次世界大戦勃発時の欧米の日常を覆う不安と怯えとを巧みに描き出した詩だが、その第五連、

バーに居ならぶ顔は
いつもながらの一日にしがみつく
……
われらがいま、
魔物の住む森に迷い
幸福も善も知らぬ子供のように
夜を恐れていることに、目をつぶるため。（三八九－三九〇ページ）

この描写のお伽噺や童謡のような語彙とリズムの巧みな利用を指摘したあと、ブロツキーは続く第六連での「愛《ラヴ》」と「ディアギレフ」を重ねる、離れ業のような押韻の精密な注解をおこない、押韻によってしか表すことのできない意味の重なりを、みごとに解きほぐしてくれる。そして、一挙に事の核心にある真実（人の心の奥底にひそむ利己心や独占欲）の剔抉へと向かう。まさしく、「詩は、倫理と美学との、考えうる最も緊密な相互作用の一形態」（二〇八ページ）なのである。

このような頭韻や脚韻や中間韻など、ときには説明の英語原文の中にまで出てくるブロツキーの韻へのこだわりは、決して詩人による言葉の遊戯ではない。そこには不条理な現実を越えたある秩序への強い欲求が反映しているようにも思われる。

あるいは、「ダンテの影のもとで」の中の、死別した妻にささげられるモンターレの一連の詩についての次の

ような一節、

確かに、彼は自分が沈黙に向かって語りかけていることを知っている。彼の詩行をたびたび中断する休止《ポーズ》が暗示するのは、その空虚の身近さであり、空虚は——たとえ実際には埋められないにしても——「彼女」がどこかすぐそこに存在するかもしれないという彼の確信のために、すこしは近しいものとなるのである。

（一一三ページ）

ダンテの名が出てきたりして難しそうだけれども、ブロツキーはここで、モンターレと限らず、われわれの短い生を取り巻くいくつもの空虚、不在について、言葉を尽くして語っている。ここで、われわれのすぐ向こう側にひろがる世界の身近さ、不在の感覚の切実さがすこしでも感じ取られれば、おもに両親の思い出をめぐって淡々と語るだけのように思われる「一つと半分の部屋」にも、どれほど多くのことがなお語られずに残されているのか、あらためて気づかされるのである。

さらにまた、事物の謙虚さと寡黙さ（ブロツキーにあっては、寡黙さはつねに美徳である）についてのウォルコットのさりげない記述の引用、

引っ掻き傷のある壁に対する重罪人の愛は悲しく、
古いタオルの疲労は美しい、

（一九〇ページ）

いつの時代のことであっても、どこのことであってもかまわないだろう。一行の引用がそのまますぐれた批評となることもある。ほかの個所でのブロツキーの言葉を借りるなら、ここではあたかも人生そのものが語っているかのような感じがするからである。

独学によって身につけたヨーロッパの詩の伝統に対する広範な理解と、およそ人間的なるもの一般に対する深い顧慮によって、ブロツキーはオーデンに劣らない現代詩のすぐれた批評家の一人となっているのである。

なお、「ダンテの影のもとで」の今回の全面的な見直しについては、イタリア文学者の和田忠彦さんの懇切な助言を得ることがなければかなわなかったことであり、ここに記してあらためてお礼を申し上げます。

また、最初に本書翻訳の企画を紹介してくれたみすず書房の栗山雅子さん、それに飽きることない叱咤激励でつい怠けがちな私を最後まで導いてくれた守田省吾さんにもこの場を借りて感謝申し上げます。

（加藤光也）

ブロツキーと一度だけ、電話で話したときの思い出をここに書き留めておきたい。国際比較文学会の世界大会が一九九一年の夏に東京で開かれることになり、「君が知っているノーベル文学賞受賞者の誰でもいいから（!・）、基調講演者として招待できないだろうか」という相談を組織委員長の芳賀徹先生から藪から棒に受け、私はニューヨークのブロツキーの自宅に東京から急遽電話をかけ、日本への招待に応じてくれるよう、彼を説得しようとした。そのとき彼とのあいだにロシア語で交わされた以下のような会話は、いまだに頭に焼き付いていて忘れられない。

ブロツキー「私の詩は日本語に翻訳されていない。自分が詩人として知られていない国に行ってもしかたないじゃないか……」
沼野「翻訳はこれから出るでしょう。私もがんばります」
ブロツキー「それに日本の夏は暑いよね？　私は心臓が悪いんだ」
沼野「エアコンがきいていますから大丈夫です。電話での口頭の説明だけでは不十分だったら、詳しい書類をお送りしましょうか」
ブロツキー（書類という言葉に強く反応して）「書類？　それだけは後生だから（文字通りには「神のために」）勘弁してくれ！」
沼野「それではいま口頭でもう少しご説明しますが、会議の全体のテーマは〈ヴィジョンの力〉となっています。でも基調講演ではそれは気にせず、自由に考えてください」
ブロツキー「私はいつでも、どこでも自由に考えているよ」

こうしてブロツキーを日本に招待する試みは残念ながら失敗に終わった。「いつでも、どこでも自由に考えている」という彼の言葉はごく自然に、特に気負いもなしに口から出たようだったが、後でよくよく考えると、当局による迫害、裁判、流刑、亡命といった経歴を生き抜きながら、詩人としての自己を貫いてきたブロツキーにこれほど相応しい言葉もなかった。自分以外に自分を縛るいかなる権威も認めない、本当の意味で自由な人間として、彼は最後まで生き通したのだと思う。

本書『レス・ザン・ワン』邦訳の企画ははるか昔、一九九一年にまでさかのぼる。当時のみすず書房の編集者栗山雅子さんの肝いりで、加藤光也さんと私の共訳で出そうということになった。当時ブロツキーは存命中で、翻訳上の疑問点は本人に直接問い合わせられるものと私は期待していた。翻訳が無事出たら、アメリカの彼に直接手渡しに行こう、などとも。

それがその後三十四年（!）ものあいだ実現できなかったのは、ひとえに沼野の怠慢のせいである。このことについてはどのようにお詫びをしても、赦されるものではない。今回新たな共訳者たちの協力を得て、ようやく刊行の運びになったのは、この企画を引き継いでくださったみすず書房の守田省吾氏の熱意と剛腕のおかげである。栗山さんと守田さんがいなければ、この本がこうして日の目を見ることはなかっただろう。

時間はだいぶ経ってしまったけれども、ひとつ救いとも思えるのは、ブロツキーの文章が古びて輝きを失ってしまうことがなかったということだ。個人的な感慨を言えば、私にとってこの仕事は二十代半ばからロシア語と英語の両方の言語でブロツキーの詩と散文に親しんできた人生の総仕上げのようなものになった。ブロツキーの縁で出会ったロシア、欧米、そして日本の多くの人たちのことを懐かしく思い出す。私の東京大学在職時代に大学院でブロツキーを専攻した金玹英《キムヒョンヨン》、竹内恵子、関岳彦といった優れた研究者たちは、難解な詩の読解にともに取り組むという豊かな時間を与えてくれた。また今回、特に竹内恵子さんには略伝・解題を点検のうえ、不正確な点を洗い出していただいた。

その他、日英露語に通暁するロジャー・パルバースさんは、「レス・ザン・ワン」という不可解な表現の意味について膝を突き合わせていっしょに検討してくださった。畏友柴田元幸君は英語の訳し方についての初歩的な質問にも丁寧に答えてくれた。ニューヨーク在住の亡命ロシア批評家アレクサンドル・ゲニス氏には、生前身近によく知っていたブロツキーのひととなりを教えてもらった。

ここにお名前を出さないそのほか多くの方々も含め、お世話になったすべての皆様にお礼を申し上げます。

ひとつ心残りは、「(詩の) 翻訳はこれから出るでしょう」と、ブロツキーに対して三十数年前私が電話で咄嗟に口走った約束が、いまだに果たされていないことだ。ブロツキーの詩の翻訳はこれまで散発的に少しずつ出ているが、詩人の全体像を思い描くことを可能にするようなまとまった形での訳詩集はいまだにない。ロシア詩の神様が私にいましばし時間と力を与えてくださるならば取り組んでみたいのだが……新たな空約束の罪を重ねることはやめ、もしもブロツキーが生きていたら、いまアメリカで生じている途方もない事態について何というだろうと思いをはせながら、あとがきを結ぶことにする。

(沼野充義)

翻訳分担

加藤光也　「振り子の歌」「ダンテの影のもとで」「独裁政治について」「潮騒」「W・H・オーデンの「一九三九年九月一日」について」「師の影を喜ばせるために」「卒業式の講演」「一つと半分の部屋で」

沼野充義　「レス・ザン・ワン」「改名された街の案内」「元素の力」

斉藤　毅　「哭き歌のムーサ」「文明の子」「ナデージダ・マンデリシュターム（一八九九－一九八〇）追悼」

前田和泉　「詩人と散文」「ある詩について」

工藤　順　「空中の大惨事」

著者略歴

(Иосиф Бродский／Joseph Brodsky, 1940-1996)

1940 年，旧ソ連のレニングラード（現サンクト・ペテルブルク）でユダヤ系の両親のもとに生まれる．15 歳のときに学校に通うことを拒否し，職を転々としながら，独学で詩を書き始めるが，1964 年，「徒食者」として逮捕され，北ロシアの僻村に流刑となる．さらに 1972 年には国外移住を強要され，アメリカ合衆国に亡命した．国際的評価が高まり，1987 年ノーベル文学賞受賞．1991 年にはアメリカ桂冠詩人に選ばれた．1996 年，心臓発作のためニューヨークの自宅で没．亡命後二度とソ連・ロシアの地を踏むことはなかった．主な詩集に『美しい時代の終焉』『言葉の部分』『オーガスタに寄せる新しい詩編』『ウラニア』など．その他，戯曲『大理石』や散文作品『ヴェネツィア——水の迷宮の夢』，エッセイ集に本書と『悲哀と理性について』がある．

訳者略歴

加藤光也〈かとう・みつや〉 1948 年生まれ．東京都立大学名誉教授．専門はイギリス文学．著書『詩について』，共編著『今日の世界文学』他，訳書にナボコフ『ベンドシニスター』，ジョイス『若き日の芸術家の肖像』，コンラッド『ヴィクトリア朝の宝部屋』，カーター『夜ごとのサーカス』など．

沼野充義〈ぬまの・みつよし〉 1954 年生まれ．東京大学名誉教授．専門はスラヴ文学・現代文芸論．著書『チェーホフ　七分の絶望と三分の希望』『徹夜の塊　亡命文学論』『ロシア文学を学びにアメリカへ？』他，共編著『ロシア文化事典』，訳書にナボコフ『賜物』，ブロツキー『大理石』『私人』など．

斉藤 毅〈さいとう・たけし〉 1966 年生まれ．大妻女子大学他講師．東京大学大学院人文社会系研究科博士課程修了．専門はロシア文学・文化．共著『他者のトポロジー——人文諸学と他者論の現在』『暴力の表象空間——ヨーロッパ近現代の危機を読み解く』他，訳書にマンデリシターム『言葉と文化——ポエジーをめぐって』，マージン『オネイログラフィア　夢，精神分析，芸術家』など．

前田和泉〈まえだ・いずみ〉 東京外国語大学教授．東京大学大学院人文社会系研究科博士課程修了．専門はロシア文学・文化．著書『マリーナ・ツヴェターエワ』，共著『ロシア・東欧の抵抗精神——抑圧・弾圧の中での言葉と文化』，訳書にウリツカヤ『通訳ダニエル・シュタイン』『緑の天幕』，『白い，白い日　アルセーニイ・タルコフスキー詩集』，レールモントフ『デーモン』など．

工藤 順〈くどう・なお〉 1992 年生まれ．ロシア語翻訳労働者．主に 20 世紀ロシアの作家アンドレイ・プラトーノフの翻訳紹介に携わる．訳書にプラトーノフ『不死——プラトーノフ初期作品集』『チェヴェングール』（石井優貴と共訳），ワッサースタイン『ウクライナの小さな町——ガリツィア地方とあるユダヤ人一家の歴史』．

ヨシフ・ブロツキー
レス・ザン・ワン
詩について　詩人について　自分について
加藤光也・沼野充義
斉藤 毅・前田和泉・工藤 順
共訳

2025 年 5 月 9 日　第 1 刷発行

発行所 株式会社 みすず書房
〒113-0033 東京都文京区本郷 2 丁目 20-7
電話 03-3814-0131（営業） 03-3815-9181（編集）
www.msz.co.jp

本文組版 キャップス
本文印刷所 中央精版印刷
扉・表紙・カバー印刷所 リヒトプランニング
製本所 松岳社
装丁 安藤剛史

© 2025 in Japan by Misuzu Shobo
Printed in Japan
ISBN 978-4-622-09765-5
［レスザンワン］
落丁・乱丁本はお取替えいたします

帝　国　新版 ロシア・辺境への旅	R. カプシチンスキ 工藤幸雄訳 関口時正解説	4300
最後のソ連世代 ブレジネフからペレストロイカまで	A. ユルチャク 半谷史郎訳	6400
人生と運命 1–3	V. グロスマン 齋藤紘一訳	I 5200 II 4700 III 4500
万物は流転する	V. グロスマン 齋藤紘一訳 亀山郁夫解説	4000
トレブリンカの地獄 ワシーリー・グロスマン前期作品集	赤尾光春・中村唯史訳	4600
システィーナの聖母 ワシーリー・グロスマン後期作品集	齋藤紘一訳	4600
世界文学論集	J. M. クッツェー 田尻芳樹訳	5500
続・世界文学論集	J. M. クッツェー 田尻芳樹訳	5000

（価格は税別です）

みすず書房

遠読 〈世界文学システム〉への挑戦	F. モレッティ 秋草・今井・落合・高橋訳	4600
ナボコフ書簡集 1・2	D. ナボコフ/M. J. ブルッコリ編 江田孝臣・三宅昭良訳	I 5500 II 5800
パゾリーニ詩集 増補新版	四方田犬彦訳	6000
アフリカ文学講義 植民地文学から世界 - 文学へ	A. マバンク 中村隆之・福島亮訳	4500
カフカの日記 新版 1910-1923	M. ブロート編 谷口茂訳 頭木弘樹解説	5000
カフカ素描集	A. キルヒャー編 高橋文子・清水知子訳	13000
霧のコミューン	今福龍太	4300
レーナの日記 レニングラード包囲戦を生きた少女	E. ムーヒナ 佐々木寛・吉原深和子訳	3400

（価格は税別です）

みすず書房